国家社科基金重大项

20世纪中国文学史丛刊

中国大文学史

谢无量◎著

丛书主编：陈文新　余来明
本册整理：林　昭

时代出版传媒股份有限公司
安徽文艺出版社

图书在版编目（CIP）数据

中国大文学史 / 谢无量著；林昭整理. --合肥：安徽文艺出版社，2022.3

（20世纪中国文学史丛刊 / 陈文新，余来明主编）

ISBN 978-7-5396-6883-3

Ⅰ．①中… Ⅱ．①谢… ②林… Ⅲ．①中国文学－古代文学史 Ⅳ．①I209.2

中国版本图书馆 CIP 数据核字(2020)第 026442 号

出 版 人：姚 巍　　　　　统　筹：宋潇婧　王婧婧
责任编辑：宋潇婧　王婧婧　装帧设计：张诚鑫

出版发行：时代出版传媒股份有限公司　www.press-mart.com
　　　　　安徽文艺出版社　　www.awpub.com
地　　址：合肥市翡翠路 1118 号　邮政编码：230071
营 销 部：(0551)63533889
印　　制：安徽新航向印刷有限公司　(0551)65661327

开本：700×1000　1/16　印张：35　字数：540 千字
版次：2022 年 3 月第 1 版
印次：2022 年 3 月第 1 次印刷
定价：98.00 元

（如发现印装质量问题，影响阅读，请与出版社联系调换）
版权所有，侵权必究

本书为国家社科基金重大招标项目"中国文学史著作整理、研究及数据库建设"（17ZDA243）阶段性成果。

前　言

　　谢无量(1884—1964),名大澄,后改名澄,又名蒙、沉、仲清、锡清,字无量,号啬庵、解庵、希范,四川乐至县人。谢无量既是积极的社会革命活动者,著名的书法家,也是20世纪中国重要的文史学者。他拥有深厚的传统文化学养,又是新文化的开风气之先者,是新旧文化交替时期的代表人物。

　　谢无量的《中国大文学史》在20世纪初最具有典型性,不仅因其广博、精深,在一些问题上有独到的见解,更因其最大程度地体现了当时的传统学人在面对新旧、中西文化碰撞时的思考与犹疑。基于中西文学观念的差异,既突出美艺之文学,又要保存中国的传统之"文";基于新旧史学观的差异,运用新史学的视角来看待文学史,但经学的影响仍然被放置于首位;在西方进化论的影响下,以继承传统的"源流正变"论为基础,注重文体的"一代有一代之所胜";在书写实践中,既继承传统史学的资料素材、书写方式和叙述观点,也将自己的议论和观点熔铸其中。这部文学史体现了时代的过渡性质,谢无量关于如何对待传统文化的思考和选择,对于当下仍然有所启发。

一、谢无量的生平

　　清光绪十年(1884年),谢无量出生在四川乐至县的一个书香世家,其父谢维喈于1885年拔贡朝考中式,先后任安徽庐州、天长、青阳、当涂、芜湖知县,谢无量也从4岁开始跟随其父赴芜湖任所跟读。谢无量自幼聪敏,三四岁时便能背诵唐诗,五岁开始作诗,并有了自己的一本诗集,八岁作文,九岁已读完五经,随后开始学作八股文,但谢无量对八股文并不感兴趣,而对史书十分钟爱。[①] 1898年,年仅14岁的谢无量拜时为维新人士的汤寿潜为师,这对谢无量的人生产生了很大的影响,他不仅由此结识了一生的知己马一浮,

---

① 据《谢无量自传》,《国学学刊》2009年第1期。

也从此开始走出家门,增长见识,施展抱负。1901年谢无量放弃科考,转而考入南洋公学(即后来的上海交通大学),从而能够受学于蔡元培,这很大程度上得益于汤寿潜的建议。

在南洋公学求学期间,谢无量真正开始受到新思想的影响。1901年谢无量与马君武、马一浮一起在上海创办翻译会社,翻译多种世界名著,随后又因"苏报案"牵连,避祸日本,其间于日本西京大学补习了日文、英文、德文,并阅读了马一浮从美国带来的英文版《资本论》。与此同时,谢无量依然继续着对传统经史的学习。1904—1906年,他与挚友马一浮在镇江焦山和杭州文澜阁潜心读书,阅览了《四库全书》和大量其他古典藏书。此时,二十多岁的谢无量已经有了深厚的传统学术基础,并且通过各处游历甚至出国学习,具备了广阔的学术视角。

1908年谢无量开始学术创作,此年他在芜湖家中著《诗学指南》和《词学指南》,这两本书均于1917年由中华书局出版。在短暂地担任四川存古学堂监督(校长)之后,谢无量开始了第一个创作高峰。1912—1917年,在紧张的政治形势下,谢无量无法参加社会活动,于是隐居书肆为中华书局著书十余种,主要有《中国大文学史》《中国哲学史》《中国妇女文学史》《佛学大纲》《王充哲学》《伦理学精义》《中国六大文豪》等。1918年谢无量辞北大任教之邀,为商务印书馆用白话文编写了国学小册子数种,如《平民文学之两大文豪》(现收入万有文库改名为《马致远与罗贯中》)、《楚词新论》、《古代政治思想三种》等。谢无量的绝大部分学术著作均完成于这一时期。

此后,谢无量一方面在国内多所高校任教讲课,一方面投身救亡图存的运动之中。谢无量受到孙中山的重视,在孙中山大本营任孙中山秘书长、参议长、黄埔军校教官等职。孙中山去世之后,谢无量专心回到教学之中,先后在南京东南大学、上海中国公学、四川大学城内部中文系任教。在东南大学任教时,谢无量讲授历史研究法,以唯物史观为主,"是唯物史观在中国之第一讲座"①。1931年,"九一八"事变后,谢无量与阿英等人合办《国难月刊》。

新中国成立后,谢无量先后担任川西文物管理委员会主任委员、川西行署参事、川西博物馆馆长、成都市人民代表、四川省博物馆馆长、四川省文史馆研究员、四川省政协委员、全国政协委员、中央文史馆副馆长等职。1956年8月应当时中国人民大学校长吴玉章之邀任人民大学特约教授。晚年,谢无量重新回到写作之中,从1958—1961年,先后发表《汉语拼音方案读后》《王韬——清末变法论之首创者及中国报道文学之先驱者》《纪念关汉卿——革命的戏剧家》《佛教东来对中国文学的影响》《再谈李义山》《诗经研究与注译》等文章。之后谢无量因身体原因搁笔,1964年因心脏病逝世于北京,享年八十岁。

谢无量在学术研究方面有自己独到的见解,在中西文化的激烈冲突下,试图兼收并蓄,调和冲突,同时又大胆地提出自己的观点。其学术著作以《诗经研究》《楚词新论》《中国大文学史》最为令人瞩目。《诗经研究》出版于1923年,开篇就将《诗经》定性为"有诗以来第一部大总集"②,消解其经学地位,接着将"诗言志"解释为"诗是人类性情中自然所发出的"③,将诗回归到抒情的本质上来,并从历史学、社会学、文艺学的角度对《诗经》进行解读。在楚辞的研究方面,谢无量和陆侃如是最早批驳否定屈原存在论的学者,谢无量在《楚词新论》中针对当时廖平、胡适等人怀疑、否定屈原存在的观点进行了批驳。④《中国大文学史》更是体现了中西文化的冲突与融合,谢无量在童年时期就对史学有了浓厚的兴趣,具备了"史"的眼光,因而《中国大文学

---

① 《谢无量自传》,《国学学刊》2009年第1期。
② 谢无量《诗经研究》,商务印书馆1924年版,第1页。
③ 谢无量《诗经研究》,商务印书馆1924年版,第1页。
④ 据谢祖仪《回忆父亲谢无量》:"父亲之所以写《楚词新论》,是因为胡适先生在北京《努力周报》的'读书杂志'上发表文章,对于历史上有没有屈原这个人表示怀疑。"(《重庆文史资料》1984年第23辑)

史》中始终"鲜明地贯穿着一个史的线索,一个发展变化的脉络"[1],但他又不完全站在新史学的立场,而是在新史学的影响下表现出传统史学的特点。在20世纪早期的文学史书写中,谢无量的处理不仅具有普遍性,也具有典型性。

20世纪初,是中国文学史书写的发端。文学史,是一种西方的新体例,有特定的范式和书写规范,与中国传统的"文学"和"史"都迥然不同。而这一时期执笔文学史的是率先接触并接纳西方新文化的一批学者,他们大都懂外语,甚至有留学经历,能够迅速接受扑面而来的新名词、新概念并为其奔走呼告,但同时他们也是从小浸淫于传统文化之中、有着良好的传统学术训练的学人,面对汹涌而来的西学大潮,他们身处其中,努力为保存和弘扬国粹贡献自己的力量。如何用一种新的手段,对民族精神进行塑造,这是当时中国文学史产生的最根本的因由和意义。

二、首要难题——文学史书写对象的确定

文学史产生于新的学科分类体系之下,文史哲的分科体系冲击着传统的经史子集,尤其是历史研究的范围和影响扩大,文学研究也呈现出当时"新史学"所具有的科学化趋向,文学史也就更加自然地归属到史学的范畴,因而谢无量在一开始就旗帜鲜明地表示文学史是"属于历史之一部"[2]。尽管如此,文学史与一般意义的史学仍然有所不同,史学所叙述的对象始终是历史事实,传统史学与新史学的差异也只是对于历史事实的处理方式不同,而文学史书写对象的确定,是先有既定的"文学"概念,然后去寻找符合概念的文学现象,而这一概念不仅于中西文化中存在着巨大的差别,即便在传统文化的历时与共时之中也难以确定其具体内涵,因此文学史书写面临的首要难题是

---

[1] 冯其庸《怀念国学大师谢无量先生》,谢无量《谢无量文集》,中国人民大学出版社2011版,第13页。

[2] 谢无量《中国大文学史》卷一,中州古籍出版社1992年据1918年中华书局本影印,第43页。

"文学"的定义和范畴难以界定,入史标准存在争议。

正因为如此,20世纪早期的文学史都要在开头专门对此进行讨论,《中国大文学史》也不例外。不仅如此,谢无量还专设"绪论"一章对文学的定义、文字起源、文学变迁、中国文学特质、文学史体例等问题进行了梳理,虽然依旧庞杂,但体现了初步的文学史理论意识。

对于文学的定义,谢无量同当时许多学人一样,既熟悉又陌生。中国古代虽不经常提及"文学",但"文""文章"是人们十分熟悉的,谢无量将三者等同,专设"中国古来文学之定义"一节,实则讨论传统文化中"文"之定义。接着又设"外国学者论文学之定义"一节,列举欧洲学者对于"文学"之定义。面对因时而异、因人而异之"文",谢无量首先进行了广义与狭义的区分:自《易》而下的传统,"文之广义,实苞天地万物之象"①;至齐梁宗《文言》多用偶语,以有韵为文,"文之为义愈狭而入乎艺矣"②;至唐宋又重倡文以载道,于是"文学复反于广义,超乎艺之上矣"③。在谢无量看来,文学在传统文化中已有广义与狭义之分,认为广义上文学应以道德为实,文辞为艺,二者是文学内外之关系,只有内外兼美,文学才得以完备,而狭义之文学则专属声律,也就是艺。显然,在广义与狭义之间,谢无量倾向于广义之文学,并且通过历史分析,也认为在中国古代是以广义上的文学为主导,有广义—狭义—复反于广义的趋向。

对应地,谢无量在西方"文学"定义中也找到了类似之处。虽然当时西方普遍认为"文学"是艺的一种,主美,主情,但在谢无量看来,文学在西方仍有广狭之分。他从历史角度,指出"文学"一词,是出于拉丁语之Litera,此字

---

① 谢无量《中国大文学史》卷一,中州古籍出版社1992年据1918年中华书局本影印,第2页。
② 谢无量《中国大文学史》卷一,中州古籍出版社1992年据1918年中华书局本影印,第2页。
③ 谢无量《中国大文学史》卷一,中州古籍出版社1992年据1918年中华书局本影印,第2页。

有文法、文字、学问三义,至近世文学才专属于美艺之一种。继而列举庞科士《英国文学史》中将文学作广狭之分的例子,其广义与中国古代之广义类似,"统文书之属",而其狭义则与后来所倡之纯文学相近。将中国传统之"文"与西方的"文学"进行类比,这是20世纪早期的学者经常运用的方法;但与后来纯文学史观的倡导者不同的是,谢无量不是以西方文学为蓝本,重新整理出一条中国文学发展的理路,而是将西方文学作为辅证,从中找到例证之后更好地回到中国传统之"文"的路子。

谢无量从中西的角度对文学均作了广狭的区分,这是历来被认可的,但其遭到诟病和质疑的也正是未能在其中做一个选择,从而始终显得庞杂而不精纯。如王峰在《"文学"的重构与文学史的重释》一文中肯定"谢无量的《大文学史》首分狭义文学与广义文学"①,但同时指出他"还无法在广义文学与狭义文学之间做出一个判断"。董乃斌等主编的《中国文学史学史》中进一步说:"此时的谢无量,显然还没有能力对广义及狭义的中国文学做真正的总结与概括,充其量他只是表达了自己结合中西理论对中国文学所做的一点思考,但就在谢无量这样一种方式的思考中,对'文学'一词的理解由混沌一团开始分裂。这一分裂,实际上隐含了动摇旧的文学观念的某种力量,并且在未来的中国文学史写作与研究中预埋下了两条线路;而由于历史的机缘,其中一条路线又将借助着旧的文学观念被颠覆的势头,由隐而显,拓宽其途,成为今后几十年写作《中国文学史》的惟一'正道'。"②实际上,谢无量清楚地说明了狭义之文学的特征和所包括的范畴,中国之狭义文学,体裁上指有韵之文,西方之狭义文学"宗主情感,以娱志为归者"③,体裁上指"诗歌、历史、

---

① 王峰《"文学"的重构与文学史的重释》,《华东师范大学学报》2008年第2期。

② 董乃斌、陈伯海、刘扬忠主编《中国文学史学史》第二卷,河北人民出版社2003版,第25页。

③ 谢无量《中国大文学史》卷一,中州古籍出版社1992年据1918年中华书局本影印,第4页。

传记、小说、评论等"①,而这些却远远不能对中国之"文"进行概括。因此,谢无量确实结合中西理论对中国文学进行了思考,但思考的结果并不是含糊不清、站在原地,而是在由此分裂而出的两条道路上偏向了与此后的"惟一正道"相反的另一条道路。由于这条道路并不符合现代学术发展大潮,因而常常遭到质疑或忽视,而如今,立足于中国传统文学的实际,以"了解之同情"回溯文学史书写进程时,这一条道路的选择又显示出新的价值和意义。

对于文学的范畴和分类,哪些文体和作品能够进入文学史以及该如何对文学进行划分,谢无量在列举了西方的知之文与情之文、创作文学与评论文学、实用文学与美文学之后,又毅然决然地回到了传统词章学的有句读文与无句读文的区分上来,其下所包括的十六科基本涵盖了传统经史子集里的各种文体形式。由此可以看出,在具体的分类上,谢无量更加明确地偏向了传统的广义之文学,虽然在最后尽力与西方文学做一个类比:"大抵无句读文,及有句读文中之无韵文,多主于知与实用;而有句读文中之有韵文,及无韵文中之小说等,多主于情与美"②,但诸如"历史科之国别史类""学说科之诸子类"等完全是经史子集的范畴。虽然如此这般什么都不舍得丢弃的文学史在纯文学视野下显得有些不伦不类,犹如"一块块五彩旧布拼就的'百衲衣'"③,但正是由于诸如《周易》《尚书》《周礼》《春秋》等经典在此后的那条"惟一正道"上难以找到合适的安身之所,没有恰当的评价体系彰显其真正的意义和价值,因此谢无量的处理至今仍能引起学界的关注。

---

① 谢无量《中国大文学史》卷一,中州古籍出版社1992年据1918年中华书局本影印,第4页。
② 谢无量《中国大文学史》卷一,中州古籍出版社1992年据1918年中华书局本影印,第9页。
③ 董乃斌、陈伯海、刘扬忠主编《中国文学史学史》第二卷,河北人民出版社2003年版,第35页。

三、史学观——新史学与传统史学

虽然文学史的书写对象与历史的叙述对象有所区别,但当时文学史确实明白无疑地属于历史的范畴。从西学的角度,"文学所要求的是美,而文学史是历史之一种,所要求的是真"[①];从传统的角度,文学史则与《文苑传》等史传相类似。整部《中国大文学史》也不例外,是"属于历史之一部",因此整体的观念和架构都受到当时史学观念的影响。在新史学的影响下,谢无量用社会的、文化的多元视角来看待文学史,而不再以王朝政治作为历史发展的唯一关注点,这一点主要体现在文学史的分期问题上。但在影响文学史的诸多因素中,经学的影响仍然被放在首位,这一方面是因为谢无量无法抛弃经学而完全走向西学和平民文学,同时某种程度上也是对中国传统社会发展的真实写照。

1901和1902年梁启超先后发表两篇文章《中国史叙论》和《新史学》,批判传统史学,倡导新史学。梁启超批评传统史学有"四弊":"一曰知有朝廷而不知有国家","二曰知有个人而不知有群体","三曰知有陈迹而不知有今务","四曰知有事实而不知有理想"[②],由此得知新史学与传统史学的区别主要有四点:一是不再将历史的发展依附于王朝政治,而是考虑多方面的综合因素,二是关注平民文学,三是以进化观看待历史,四是说明历史之前因后果,而不仅是记载事实。其中第一点在《中国大文学史》中体现得最为明显。

是否将历史的发展依附于王朝政治,主要体现在文学史的分期问题上。20世纪初的很多文学史著者虽然已经放弃了以王朝更迭作为历史分期的依据,但仍然将政治作为至关重要的影响因素,而很少考虑到文学内部的嬗变。以黄人的《中国文学史》为例,其分期方式已经与按王朝更迭划分的分期方

---

① 谭正璧《中国文学进化史》,光明书局1929年版,第18页。
② 梁启超《新史学》,《饮冰室合集·文集》第九册,中华书局2015年版,第3—4页。

式有了根本的区别,黄人将文学史分为三大时期:上世文学史、中世文学史、近世文学史,在一个长时间段内去考察文学的发展和影响文学发展的因素。这种分期方式将整个文学史划分为几个长的时间段,努力揭示某一时期文学与其他时期文学的差异,以及各个时期之间文学的变迁。谢无量的《中国大文学史》也采用了这样的分期方式。但黄人的《中国文学史》所分的三大时期内又具体划分了"文学全盛期""文学华离期""暧昧期""第二暧昧期"和"文学之反动力"几个阶段,而这些阶段的划分则与重大的政治事件直接相关,"我国文学,有小劫一,次小劫三,大劫一,最大劫二。祖龙之焚坑,一小劫也。南北朝之分裂,五季之奴虏羼处,蒙古之陆沉全国,为三次小劫。汉武之罢斥百家,为一大劫。"①"文学全盛期"终于汉,主要是由于文学之"一大劫"——汉武帝罢黜百家。"汉武则剧烈之性,兼以魔醉,史迁虽竭力补救,而元气已衰退,而不可尽复其故。"②而"暧昧期"与"第二暧昧期"的划分则是因为文学之"最大二劫"——明清的高度专制以及清人入主中原,"专制体制,至明已达极点,文界之受其影响尤烈"③,"刘渊、石勒、拓跋、宇文、阿保机、阿骨打、忽必烈辈,入据黄图,虽存盗贼憎主之心,尚有鸡犬升天之愧……以匪种必锄之惯技,合之以齿马有诛之旧章……遂演成此第二期天愁地惨、泣鬼惊神之一重现象。"④黄人没有将文学史的分期完全比附于政治的兴衰、王朝的更迭,而是着眼于专制体制给文学带来的灾难,对二者的内部关系,文学之于政治,不再是亦步亦趋,而有可能背道而驰,但也始终没有跳出文学与政治之外,考虑其他因素对文学的影响,以及文学内部的发展。

相较而言,谢无量对于文学史的分期主要依据文学风貌自身的变迁。谢无量就古今文学发展之大势,提出"创造文学""国家文学""模拟文学"和"平民文学"之说,其中创造文学与平民文学相近,国家文学与模拟文学相

---

① 黄人《中国文学史》,苏州大学出版社2015版,第17页。
② 黄人《中国文学史》,苏州大学出版社2015版,第13页。
③ 黄人《中国文学史》,苏州大学出版社2015版,第15页。
④ 黄人《中国文学史》,苏州大学出版社2015版,第18—19页。

近。秦及其以前是创造文学的时代,"自有文字以来,至于周秦之末世,皆为创造时代"①,也是平民文学的时代,"自春秋以后,平民文学,几乎息矣,况更秦之暴政哉"②,因此自邃古至秦之文学被划分为上古文学。在上古期,五经已出,众体皆备,而此后的文学皆是模拟文学;在模拟文学中,国家文学又是模拟之极盛。自唐宋已还,以文章取士的科举制度几乎成为唯一的选举制度,因此模拟文学发展成为国家文学,完全进入模拟其形式而非模拟其精神的阶段。另一方面,从文体的角度,虽然文集亦是对战国经、史、子的模拟文学,然而文集至齐梁以后也荡然无存。因此中古文学与近古文学从隋唐之间划分,汉至隋为中古文学,唐至明为近古文学,完全进入了国家文学的阶段。至清废止科举,文章将摆脱国家之束缚,平民文学或将日益兴盛,因此为近世文学。这样的分期方式是以文学内部的发展为基础,考虑到文体等文学的特性,虽然划分的结果不一定完全为后世所采纳,但体现了新史学与传统史学的差异。从这个方面来讲,谢无量的"新潮"又胜过其"传统"。

是把传统的儒家经典视为影响传统文学的最为重要的因素,还是视为最为重要的文学现象,在谢无量这里有些含混。谢无量对待六经的态度沿袭章太炎而来,一方面不再关注六经的义理性,将其从载道中分离出来,更多地发掘其文学性,重视六经(五经)与文学的关系。比如在"《诗》与文学"一节中探索《诗》中的音韵学、修辞学以及对后世诗体之启发,在"《书》与文学"一节中论《书》开史书记传之先河,在"《易》与文学"一节中论《易》之音韵、声律以及说、序文体之发源,在"《礼》与文学"一节中论《礼》与典章、碑铭、哀诔之关系,在"《春秋》与文学"一节中论《春秋》之文法,属辞比事,一字见义。然而另一方面,五经在文学与历史之中仍然处于最高的位置,一则将五经视为文学之始,文体之源,继承颜之推之说:"夫文章者原出五经:诏命策檄,生于

---

① 谢无量《中国大文学史》卷一,中州古籍出版社 1992 年据 1918 年中华书局本影印,第 35 页。

② 谢无量《中国大文学史》卷一,中州古籍出版社 1992 年据 1918 年中华书局本影印,第 37 页。

《书》者也;序述论议,生于《易》者也;歌咏赋颂,生于《诗》者也;祭祀哀诔,生于《礼》者也;书奏箴铭,生于《春秋》者也。"①所以,"五经以后,文章乃可得而论矣","五经以后,文章之变至繁"②。二则经学对文学之影响既长久而深远,在上古文学中有"孔子与五经"一章论五经与文学之关系,中古文学中专设"经术变迁与文学之影响"一章论两汉经学,近古文学中宋、元文学之初皆先论经学,"宋文学之特质,则在经学文章之发达。经术至宋一变,学者益究心纯理,故文体往往平正可观"③,"(元)承宋贤之学,以性理为宗者"④。在谢无量这里,经学仍是文学史书写中至关重要的一环,是文学发展的源头,是史料中的信史,并非与其他文学现象和史料同等地位,这既体现了保存传统经学的期望,也在一定程度上客观呈现了经学对古代文学和史学的重要影响。

四、文学史观——"源流正变"与"文体代嬗"

新史学对文学史的另一重要影响是带来了进化的文学史观。早在1905年黄人所著的《中国文学史》中就已经吸收了进化论的观点,虽然黄人将汉以前划分为文学全盛期,又说明在此之后文学经过了多次小劫、次小劫、大劫、最大劫;但总体而言,这并不是崇古的退化观,而只是将其看作文学进化过程中的一环,因为"文治之进化,非直线形,而为不规则之螺旋形。盖一线之进行,遇有阻力,或退而下有似前往者,又似后却者,又中止者,又循环者。及细审之,其范围必扩大一层,其为进化一也"。⑤ 新文化运动后,进化的文

---

① 颜之推《颜氏家训》,中华书局2007年版,第141页。
② 谢无量《中国大文学史》卷一,中州古籍出版社1992年据1918年中华书局本影印,第26页。
③ 谢无量《中国大文学史》卷八,中州古籍出版社1992年据1918年中华书局本影印,第1页。
④ 谢无量《中国大文学史》卷九,中州古籍出版社1992年据1918年中华书局本影印,第7页。
⑤ 黄人《中国文学史》,苏州大学出版社2015版,第13—14页。

学史观占据了上风,最具代表性的是1929年以此命名的《中国文学进化史》,其著者谭正璧认为,文学史就是"叙述文学进化的历程,和探索其沿革变迁的前因后果,使后来的文学家知道今后文学的趋势,以定建设的方针"。[①] 这种彻底的进化观与黄人所说的进化又有所不同,黄人认为从客观而言,文学史本就是总体进化的,而中途或有阻力使之后退,文学史正书写了这一曲折前进的过程。至谭正璧,虽然亦承认文学史发展过程中有进化的文学,也有退化的文学,但文学史只应是进化的文学史,"退化的文学应当排斥于文学史之外"[②]。胡适的《白话文学史》也是这一思路,只为其所认同的进步的文学作史。但谢无量的《中国大文学史》并没有急切地拥抱新学。

中国传统的文学发展观以"源流正变"论为主,而以"一代有一代之所胜"为辅。"源流正变"论以源为宗,虽承认有变,但变化之流不可与源相去太远。"正变"是对雅正之道的延续。与"源流正变"论有所不同,清人焦循提出"一代有一代之所胜",减弱了源的重要性和崇古的意味,开始关注每个时代突出的文学形式。

但"一代有一代之所胜"与五四前后的"一代有一代之文学"也有明显的不同。王国维"一代有一代之文学",胡适"一时代有一时代之文学"接受了西方进化论的影响,其内涵有三:一、"一代有一代之文学"强调文体的进化。进化的文学观认为,白话文学比文言文学更为进步,从诗文到词、曲、小说,白话文的比重越来越大,所以是进化。而"一代有一代之所胜"虽然肯定每个时代都有优秀的文学形式,但并不强调后代的文学形式一定胜于前代。二、"一代有一代之文学"强调规律的重要。按照进化论的观点,社会历史的发展应是按照原始社会、奴隶社会、封建社会、资本主义社会这一条有迹可循的脉络发展,是具有规律性的,文学发展也同样如此。而"一代有一代之所胜"只是描述一个事实,并不认为事实背后有规律的支配。三、"一代有一代之文

---

① 谭正璧《中国文学进化史》,光明书局1929年版,第10页。
② 谭正璧《中国文学进化史》,光明书局1929年版,第10页。

学"强调民众文学,这一点也与白话文运动相辅相成。胡适《白话文学史》的一个核心观点是:"一切新文学的来源都在民间。民间的小儿女,村夫农妇,痴男怨女,歌童舞妓,弹唱的,说书的,都是文学上的新形式与新风格的创造者。这是文学史的通例,古今中外都逃不出这条通例。"①"《国风》来自民间,《楚辞》里的《九歌》来自民间。汉魏六朝的乐府歌辞也来自民间。以后的词是起于歌妓舞女的。……弹词起于街上的唱鼓词的,小说起于街上说书讲史的人——中国三千年的文学史上,哪一样新文学不是从民间来的?"②民间的作品被视为文学进化的基本动力。

　　谢无量的文学史观与传统的"源流正变"论和"一代有一代之所胜"论关联度甚高。谢无量认为,在中国文学中,五经为源,后世诸文体是流:"及唐虞《赓歌》,其流渐广。至于散文,则三皇之世,始已作教。其后人事渐繁,诸体继作,而五经实为众制之源。"③在谢无量看来,流是对源的模拟,但模拟之中仍有高下之分,有拟其精神者,有拟其形貌者,拟其形貌者是模拟五经的末流,而拟其精神者则成为每个时代的文学形式的代表。谢无量对于二者的区分,实际上是在肯定五经为众体之源的同时,确认后世的优秀文学形式也是中国文学史的重要组成部分。从这一点来说,谢无量的文学史观又与"源流正变"论有所不同,倒是颇多"一代有一代之所胜"的意味:"周之诗骚,汉之赋,六朝之骈体,唐之诗歌,宋之词,元之小说、杂剧,皆貌异心同之类也。"④诗骚、汉赋、六朝骈文、唐诗、宋词、元小说和杂剧,同出于一源,虽体制不一,但精神实同,是一代之所胜。在实际的书写过程中,谢无量确乎格外关注这些文学形式:有的文体既是"一代之所胜",也是当时社会的主要文学形式,

---

① 胡适《白话文学史》,上海古籍出版社1999年版,第15页。
② 胡适《白话文学史》,上海古籍出版社1999年版,第15页。
③ 谢无量《中国大文学史》卷一,中州古籍出版社1992年据1918年中华书局本影印,第26页。
④ 谢无量《中国大文学史》卷一,中州古籍出版社1992年据1918年中华书局本影印,第35—36页。

比如汉赋、唐诗,谢无量用了大量的篇幅进行书写;有的文体虽是一个时代中最具有特色和成就的文学形式,但不是当时社会的文学主流,比如宋词、元杂剧,谢无量仍使其在文学史中有一席之地,并梳理了词与戏曲的发展脉络。

　　在理论上,谢无量是推崇民众文学的,但具体到中国古代的白话文学,他认为其成就不高。所以,虽然《中国大文学史》给了平民文学一些篇幅,尤其是元之杂剧与小说在元代文学中占了很大的比重,但整体而言仍是以雅文学为主,评价体系也倾向于雅正:"宋元之间,复有平民文学之萌动,词、曲、小说是也。其言颇猥杂不类,或悉用俗语,不尚文雅。"①总体来说,谢无量表现出了文体代嬗的文学史观,但主要从雅文学的角度出发,并没有包含当时颇为新潮的进化观。

五、书写实践——引文多而论述少

　　在具体的书写实践之中,谢无量的《中国大文学史》最有争议的便是其引文多而论述少的写作特点。一方面,其资料翔实、内容丰富,历来受到认可;另一方面,其材料过多,论述太少又不免遭受质疑,整部文学史似乎成了诗话、文话与史传的资料汇编。对于这一现象,应该如何理解?

　　从谢无量的角度来看,述历史之事实多,论因果之关系少,这是继承了传统史学的书写方式,并没有什么不妥。传统史书重视实录,以记载历史事件与人物为主,其中隐含了史家批评的序、论、赞只占了很小的比重,刘知幾在《史通》中要求论赞应是"事无重出,文省可知"②,要行文简洁,并且与所叙述的事件互为补充,不要重复,论赞的作用应是"辩疑惑,释凝滞"③,若记载之事已经明白无疑,那就无须强加论述,在发表个人议论时,史官更应小心注

---

① 谢无量《中国大文学史》卷一,中州古籍出版社1992年据1918年中华书局本影印,第38页。
② 刘知幾撰,浦起龙释《史通通释》,上海古籍出版社1978年版,第82页。
③ 刘知幾撰,浦起龙释《史通通释》,上海古籍出版社1978年版,第81页。

意,不要作"与夺乖宜,是非失中"①的评判。这种著史的传统对中国早期的文学史影响很大。朱自清在1947年还批评当时的一些文学史:"这些文学史大概包罗经史子集,直到小说剧曲八股文,就像具体而微的百科全书,缺少的是'见',是'识',是史观。"②因此,新史学的倡导者们往往批评传统史学"知有事实而不知有理想"。

从客观的效果来看,《中国大文学史》一方面遵循了传统史书的书写惯例,引文的比重远大于自己的论述;另一方面也表达了作者自身的学术思想,这些思想和观点不仅体现在论述中,也隐含在引文之中。

对于《中国大文学史》中不同类型的引文,需要做必要的区分:一、一部分引文属于文学作品,是必要的举例说明;二、一部分引文是对作家作品和文学现象的评议,尤其是史书中的序、论常常被当作既定的结论加以引用,这些引用常常包含谢无量自身的观点和倾向。这里要讨论的,主要是后一方面的引文。

中国文学史书写之初,还没有形成明确的书写体例和规范,著者往往去史书的《文苑传》或《文艺传》中找寻材料和书写范式。谢无量也认为古之文学史与今之文学史相近,并列举了七例古来关于文学史之著述作为参考,分别是:流别、宗派、法律、纪事、杂评、叙传、总集。从这些著述中,谢无量所吸取的不仅是材料、体例,还有观点,而在史书之中,所接受的也不仅是史书所记载的历史事件和人物,史家在序、论中所表达的学术思想,也一并对其产生了重要的影响。比如,在分析古今文运升降时,谢无量直接引用了《文心雕龙·时序》、沈约《谢灵运传论》、《隋书·文苑传序》《唐书·文艺传序》、《宋史·文苑传序》中的论述作为对宋以前文学变迁的勾勒。这样的引用潜在地体现了谢无量的观点。

---

① 刘知幾撰,浦起龙释《史通通释》,上海古籍出版社1978年版,第83页。
② 朱自清《林庚著〈中国文学史〉朱佩弦先生序》,清华大学出版社2009年版,第1页。

谢无量有时也对前人的议论表示异议。对于每个时代的文学发展和变迁，谢无量有自己的理解。比如，在书写唐代文学时，《中国大文学史》在"唐文学总论"一节中先引用了《唐书·文艺传序》《群书备考》和《唐文粹序》中对于唐文章"三变"的概括，但并没有按照这样的框架继续详述"三变"的历程，而是表明"然有唐一代，最盛者莫如诗"①，依照诗歌的发展作"初、盛、中、晚"四个时段的划分。除此之外，谢无量对于人物品评，何人应该入史，又在文学史中如何书写，尤其有自己的看法。《中国大文学史》在"永嘉以后之文学"一章中引《南齐书》曰："仲文玄气，犹不尽除。谢混情新，得名未盛。"②谢无量接受了史家的论述并作为对于殷仲文和谢混的评价，但并没有沿着这一论说继续展开，而是将其作为铺垫，提出了自己的判断。谢无量认为，在东晋应当推举的还是陶潜："然叔源委蛇宋世，卒婴刑祸，篇什流传绝鲜，故当推渊明是晋末之英矣。"③在论及"北魏文学"时，谢无量引用了《北史·文苑传序》对于文学大势的概括，其中列举了一批当时之士。接着又说"《魏书》序袁跃、裴敬宪、卢观、封肃、邢臧、裴伯茂、邢昕、温子昇为《文苑传》"④，但在这些人中，谢无量仅取温子昇一人，又加上与温齐名于当时的邢邵和魏收，"邵与收虽并仕齐，皆在魏已有重名"，认为"魏世文章，温子昇、邢邵、魏收为最也"⑤，在"北魏文学"一节中也仅详述这三人。

谢无量自己所发的议论不多，但发表议论的态度是大胆而果敢的。比如

---

① 谢无量《中国大文学史》卷六，中州古籍出版社1992年据1918年中华书局本影印，第2页。

② 谢无量《中国大文学史》卷四，中州古籍出版社1992年据1918年中华书局本影印，第62页。

③ 谢无量《中国大文学史》卷四，中州古籍出版社1992年据1918年中华书局本影印，第62页。

④ 谢无量《中国大文学史》卷五，中州古籍出版社1992年据1918年中华书局本影印，第42页。

⑤ 谢无量《中国大文学史》卷五，中州古籍出版社1992年据1918年中华书局本影印，第42页。

关于"孔子删诗"的问题。这是《诗经》学史上的一大公案,司马迁首先提出孔子将古诗从三千余篇删除、整理为三百零五篇之后,至唐一直延续此说,孔颖达对此提出异议:"案书所传引之诗,见在者多,亡逸者少,则孔子所录,不容十分去九,马迁言古诗三千余篇,未可信也。"①此后怀疑之风渐起,郑樵、朱熹、吕祖谦、叶适、朱彝尊、王士禛、赵翼、崔述、魏源等都反对"孔子删诗"说,民国的大部分学者如梁启超、胡适、顾颉刚、钱玄同等疑古派更是进一步对此进行了反驳,在当时"孔子未删诗"几已趋于定论。但谢无量在《中国大文学史》中仍然坚持自己的观点:"按孔子删诗,所据者三千余篇,又承其祖正考父之学,故叙商颂五篇。《周诗》三百六篇,其小雅笙诗六篇,本有声无辞,共得三百五篇。后人以其六篇之辞亡而补之者,非也。"②在文学史中,谢无量并没有对这一问题展开,也没有就此加入论争之中,这是由文学史书写的限制所决定。但他在之后的《诗经研究》中则条分缕析地梳理了反对"孔子删诗"说的观点,并一一进行了反驳,最后提出"孔子因为删述群经,故应当删诗,又因为平日于诗兴趣最深,故应当删诗"③,认为这是毋庸置疑的。且不论"孔子删诗"说是否符合史实,但对于存在争议的问题明确地陈述自己的立场,说明这是一部具有个性色彩、反映自身学术成果的文学史。更为大胆的是谢无量还在文学史中提出自己的猜想,在1923年的《诗经研究》中谢无量说自己对于孔子修定韵谱曾有一种猜想,但并无确证,只好存疑,这个猜想正是在1918年的《中国大文学史》中提出的,并进行了初步的论证:"按陈第知古诗必有同守之韵,至亭林、慎修,直以《三百篇》即其韵谱。夫《三百篇》定自孔子,是即孔子之韵谱也。以殊时异俗之诗,其韵安能尽合?意孔子就原采之诗,不惟删去重复,次序其义,而于韵之未安者,亦时有所定。故曰

---

① [汉]毛公传,[汉]郑玄笺,[唐]孔颖达等正义,黄侃经文句读《毛诗正义》,上海古籍出版社1990年版,第5页。
② 谢无量《中国大文学史》卷二,中州古籍出版社1992年据1918年中华书局本影印,第36页。
③ 谢无量《诗经研究》,商务印书馆1924年版,第10页。

'乐正,雅、颂各得所'也。太史公申之曰'孔子皆弦歌之',则孔子未定以前,或不协于弦歌。既定以后,学者即据之为韵谱,故《易象》、《楚辞》、秦碑、汉赋,韵多与古合,皆本孔氏矣。"①另外,谢无量为反驳胡适提出的"屈原否定论",于1923年发表了《楚词新论》,从作品的产生和屈原的思想、形象来源进行分析,鲜明地提出了与之对立的观点,由此反观其在文学史中对楚辞起源、屈原生平和屈原作品数目的介绍,实则是具有重大意义的学术观点。

  谢无量《中国大文学史》于1918年10月由上海中华书局出版,现可见上海中华书局初版,1919年上海中华书局二版,1927年上海中华书局12版,1931年上海中华书局16版,1940年昆明中华书局18版②,中州古籍出版社1992年据1918年中华书局本影印本,中国人民大学2011年整理本。本书的整理以国家图书馆藏《中国大文学史》1918年初版为底本,个别不清晰处和文字明显错误处主要根据中国人民大学2011年整理本加以补正。初版的排版为繁体竖排,现改为简体横排,按照现行标点进行点校,并统一修改了以下字词:如表疑问时,"那"改作"哪";按照版式的改动,将"如右"统一改为"如上","如左"统一改为"如下"。对于确定有误的内容,多直接修改。一些人物、典籍等的省略用法,如将"司马迁"略为"马迁",《文心雕龙》略为《雕龙》等,予以保留。一些通假字,予以保留。其引文中与当今通行版本不同之处,如能自成一说,则予以保留。其间难免错漏,还祈方家教正。

---

  ① 谢无量《中国大文学史》卷二,中州古籍出版社1992年据1918年中华书局本影印,第37页。
  ② 据《民国时期总书目》(1911—1949)中的《文学理论·世界文学·中国文学(上)》部分,书目文献出版社1992年版,第197页。

序

我国为文明最古之国,而所以代表其文明者,佥曰文学。盖其发源至远也,分类至夥也,应用又至繁也。浏览全史,文苑儒林,代有其人;燕书郢说,人有其著。而文字之挚乳、体格之区别、宗派之流衍,虽散见于各家著述中,而独无一系统之书为之析其源流,明其体用,揭其分合沿革之前因后果。后生小子望洋兴叹,蹙额而无自问津,此文学之所以陆沉,忧世者骎骎乎有用夷变夏之惧焉。安寿谢先生无量,精于四部之学,旁通画革之文(所著有《中国六大文豪》《中国文学史》《中国妇女文学史》《妇女修养谈》《实用文章义法》《佛学大纲》《国民立身训》《孔子》《韩非》《朱子学派》《阳明学派》《王充哲学》《骈文指南》《诗学指南》《词学指南》等书)。以世界之眼光、大同之理想,奋笔为之,提纲挈领,举要治繁,品酌事例之条,明白头讫之序,核名实而树标准,薄补苴而重完全。百家于是退听,六艺因而大明,如日月之经天,如江湖之行地。而后有志于此者,不至有扣盘扪烛之讹、得一漏万之虑焉。其功顾不伟欤!我友昭明黄君摩西之言曰:"彦和《雕龙》、子玄抽象,尚足衍向、歆之家学,为游、夏之功臣,变迁至今,可无后盾?则此文学史者,不仅为华士燃犀之照,且可为朴学当璧之征。"(按黄君高才博学,曾任大吴大学堂教员,撰《中国文学史》作课本,议论奇伟,颇有独见。惜援引太繁,且至明而止,未为完简。此则其总论之结语。)质诸谢君,当不河汉斯言也。

民国七年十月吴兴王文濡谨识

目 录

前言 / 1
序 / 1

第一编 绪论
第一章 文学之定义 / 003
第二章 文字之起源及变迁 / 010
第三章 古今文学之大势 / 022
第四章 中国文学之特质 / 031
第五章 古来关于文学史之著述及本编之区分 / 034

第二编 上古文学史
第一章 邃古文学之渊源 / 039
第二章 五帝文学 / 045
第三章 夏商文学 / 052
第四章 周之建国及春秋前之文学 / 059
第五章 孔子与五经 / 069
第六章 春秋时杂文体 / 088
第七章 战国文学 / 093
第八章 秦文学 / 109

第三编 中古文学史
第一章 汉高创业与楚声之文学 / 113
第二章 博士派之文学 / 115

第三章　贵族之倡导 / 119

第四章　武帝时代文学之全盛 / 128

第五章　昭宣以后之文学 / 148

第六章　经术变迁与文学之影响 / 163

第七章　二班与史学派 / 168

第八章　东京之词赋与诗体 / 173

第九章　王充与评论派之文学 / 186

第十章　佛教之输入 / 189

第十一章　建安体与三国文学 / 191

第十二章　魏晋老庄学派及名理之影响 / 197

第十三章　太康文学 / 204

第十四章　晋之历史家与小说家 / 211

第十五章　永嘉以后之文学 / 214

第十六章　南北朝佛教之势力及文笔之分途 / 219

第十七章　元嘉文学 / 226

第十八章　永明文学 / 232

第十九章　梁文学 / 238

第二十章　陈文学 / 250

第二十一章　北朝文学 / 253

第二十二章　隋之统一及文学 / 265

第四编　近古文学史

第一章　唐初文学与隋文学之余波 / 273

第二章　上官体与四杰 / 285

第三章　武后及景龙时文学 / 289

第四章　开元天宝之文学 / 301

第五章　大历文学 / 318

第六章　韩柳古文派 / 324

第七章　元和长庆间之诗体 / 336

第八章　晚唐文学 / 348

第九章　五代词曲之盛 / 364

第十章　宋文学之大势及五代文学之余波 / 369

第十一章　庆历以后之古文复兴 / 380

第十二章　黄庭坚及江西诗派 / 401

第十三章　道学派与功利派之文体 / 407

第十四章　南渡后之诗体 / 417

第十五章　宋四六 / 425

第十六章　宋之词曲小说 / 428

第十七章　辽金文学 / 440

第十八章　元文学及戏曲小说之大盛 / 445

第十九章　明初文学 / 460

第二十章　台阁体 / 471

第二十一章　弘正文学 / 473

第二十二章　嘉靖万历文学 / 480

第二十三章　明之戏曲小说 / 492

第五编　近世文学史

第一章　清初遗臣文学 / 499

第二章　康熙文学 / 507

第三章　乾嘉文学 / 514

第四章　清代之戏曲小说 / 526

第五章　道咸以后之文学及八股文之废 / 530

第一编 绪论

第一章　文学之定义

第一节　中国古来文学之定义

今以文学为施于文章著述之通称。自《论语》始有文学之科,其余或谓之文,或曰文章,其义一也。

《易》曰:"物相杂,故曰文。"《说文》曰:"文,错画也。"又:"彣,䰈也。""䰈,彣彰也。"论者或谓文理、文字、文辞,皆谓之"文";状其华美,当谓之"彣"。然错画相杂,本含华美之义,称"文"已足。"彣"则孳乳之辞,是以后罕承用也。

《释名》曰:"文者,会集众彩,以成锦绣;会集众字,以成辞义,如文绣然也。"彩绣之美,是文本义,属辞美同彩绣,亦命曰文。盖人之表志,始用言语,继有文辞。孔子曰:"言以足志,文以足言,言之不文,行之不远。"清阮元《文言说》曰:

> 许氏《说文》:"直言曰言,论难曰语。"《左传》曰:"言之无文,行之不远。"此何也?古人以简策传事者少,以口舌传事者多;以目治事者少,以口耳治事者多。故同为一言,转相告语,必有愆误。是必寡其词,协其音,以文其言,使人易于记诵,无能增改。且无方言俗语,杂于其间,始能达意,始能行远。此孔子于《易》所以著《文言》之篇也。古人歌诗、箴铭、谚语,凡有韵之文,皆此道也。《尔雅·释训》主于训蒙,"子子孙孙"以下,用韵者三十二条,亦此道也。孔子于《乾》《坤》之言,自名曰文,此千古文章之祖也。为文章者,不务协音以成韵,修词以达远,使人易诵易记,而惟以单行之语,纵横恣肆,动辄千言万字,不知此乃古人所谓"直言之言,论难之语",非言之有文者也,非孔子之所谓文也。《文言》数百字,几于句句用韵。孔子于此发明乾坤之蕴,诠释四德之名,几费修词之

意,冀达意外之言,要使远近易诵,古今易传。

阮元之说,颇能明言文之原。惟泥于晋宋下文笔之分,故仅以有韵为文。至于标仲尼《文言》为文章之祖,则自刘勰发之。《文心雕龙·原道》曰:

> 文之为德也大矣,与天地并生者,何哉?夫玄黄色杂,方圆体分。日月叠璧,以垂丽天之象;山川焕绮,以铺理地之形。此盖道之文也。仰观吐曜,俯察含章,高卑定位,故两仪既生矣。惟人参之,性灵所钟,是谓三才。为五行之秀,实天地之心,心生而言立,言立而文明,自然之道也。傍及万品,动植皆文:龙凤以藻绘呈瑞,虎豹以炳蔚凝姿;云霞雕色,有逾画工之妙;草木贲华,无待锦匠之奇。夫岂外饰,盖自然耳。至于林籁结响,调如竽瑟;泉石激韵,和若球锽。故形立则章成矣,声发则文生矣。夫以无识之物,郁然有彩;有心之器,其无文欤?人文之元,肇自太极,幽赞神明,《易》象惟先。庖牺画其始,仲尼翼其终。而乾坤两位,独制《文言》,言之文也,天地之心哉。

综彦和之论,则文之广义,实苞天地万物之象。及庖牺始肇字形,仲尼独彰美制,而后人文大成。《文言》多用偶语,为齐梁声律所宗。齐梁文士,并主美形,切响浮声,著为定则。文之为义愈狭而入乎艺矣。唐世声病之弊益甚,学者渐陋狭境,更趣乎广义,论文必本于道,而以词为末。至宋以下,其风弥盛。周元公曰:"文所以载道也。"又曰:"文辞,艺也;道德,实也。不知务道德而第以文辞为能者,艺焉而已。"且又以治化为文。王荆公曰:"礼乐刑政,先王之所谓文也。书之策,引而被之天下之民一也。"于是文学复反于广义,超乎艺之上矣。

虽然,文学之所以重者,在于善道人之志,通人之情,可以观,可以兴,可以群,可以怨,言天下之至赜而不可乱也。虽天地万物、礼乐刑政,无不寓于其中,而终以属辞比事为体。声律,美之在外者也;道德,美之在内者也。含内外之美,斯其至乎。

第二节　外国学者论文学之定义

欧美皆以文学属于艺(art)。柏拉图曰:"雕刻、绘画,艺之静也;诗歌、音乐,艺之动也。"亚里士多德所说亦同。至黑格尔,则分目艺、耳艺、心艺,以诗歌属诸心艺。至于文学之名,实出拉丁语之 Litera 或 Literatura。当时罗马学者用此字,含文法、文字、学问三义。以罗马书证之,用作文字之义者,塔西兑(Tacitus)是也;用作文法者,昆体卢(Quintilianus)是也;用作文学者,西塞罗(Cicero)是也。要至近世,而后文学成为美艺之一种耳。

今略举欧洲诸家论文学之定义如下:

白鲁克(Stopford Brooke)曰:"文学云者,所以录情,发男女之英思,使读者易娱,故其行文尤贵典秩,而散文非文学之至也。"

亚罗德(Thomas Arnold)曰:"文学者,著述之总称,非以喻特殊之人,及仅为事物之记识而已,在会通众心,互纳群想,于是表诸言语,而得人人智情中之所同然,斯为合矣。"

戴昆西(De Quincy)于诗人蒲白(Pope)论中,尝释"文学"曰:"文学之别有二:一属于知,一属于情。属于知者,其职在教;属于情者,其职在感。譬则舟焉,知如其舵,情为帆棹;知标其理悟,情通于和乐,斯其义矣。"

前三说中,戴氏之说较为明了,然所谓"知"之文学,未定其范围。及庞科士(Pancoast)著《英国文学史》,论文学定义最详审,其言曰:

文学有二义焉:(甲)兼包字义,统文书之属,出于拉丁语之 Litera。首自字母,发为记载,凡可写录,号称书籍,皆此类也,是谓广义。但有成书,靡不为文学矣。(乙)专为述作之殊名。惟宗主情感,以娱志为归者,乃足以当之。文学虽不规规于必传,而不可不希传,故其表示技巧,同工他艺。知绘画、音乐、雕刻之为艺,则知文学矣。文学描写情感不专主事实之智识,世之书,名曰科学者,非其伦也。虽恒用历史科学之事实,然必足以导情陶性者而后采之,斥厥专知,撷其同味,有以挺不朽之盛美焉。此于文学,谓之狭义,如诗歌、历史、传记、小说、评论等是也。

第三节　文学研究法

凡研究诸学,各有定类,惟文章之事,主博涉而不拘一方。又非精思,无以致其巧。古来名家,因所尚或殊,则其讨究之法,亦遂不同,诚不能悉数也。约而言之,则思不积不至,词不习不成。广习而约取,审思而慎出,则亦庶矣。为学之始,尤重于习。荀子曰:"诵数以贯之,思索以通之。"扬子云曰:"巧者不过习者之门。"又曰:"阅赋千首,自善为赋。"皆其义也。至刘勰《文心雕龙》,所论致力文学之术益详。唐宋以下,谈者稍异。今仅掇一二要论,可以考焉。

《文心雕龙·神思》曰:

> 神居胸臆,而志气统其关键;物沿耳目,而辞令管其枢机。枢机方通,则物无隐貌;关键将塞,则神有遁心。是以陶钧文思,贵在虚静。疏瀹五藏,澡雪精神。积学以储宝,酌理以富才,研阅以穷照,驯致以怿辞。然后使玄解之宰,寻声律而定墨;独照之匠,窥意象而运斤。此盖驭文之首术,谋篇之大端。

> 是以临篇缀虑,必有二患:理郁者苦贫,辞溺者伤乱。然则博闻为馈贫之粮,贯一为拯乱之药。博而能一,有助乎心力矣。若情数诡杂,体变迁贸。拙辞或孕于巧义,庸事或萌于新意。视布于麻,虽云未贵,杼轴献功,焕然乃珍。至于思表纤旨,文外曲致,言所不追,笔固知止。至精而后阐其妙,至变而后通其数。伊挚不能言鼎,轮扁不能语斤,其微矣乎。

韩愈《答李翊书》曰：

　　愈之所为，不自知其至犹未也。虽然，学之二十余年矣。始者，非三代两汉之书不敢观，非圣人之志不敢存。处若忘，行若遗，俨乎其若思，茫乎其若迷。当其取于心而注于手也，惟陈言之务去，戛戛乎其难哉！其观于人，不知其非笑之为非笑也。如是者亦有年，犹不改。然后识古书之正伪，与虽正而不至焉者，昭昭然白黑分矣，而务去之，乃徐有得也。当其取于心而注于手也，汩汩然来矣。其观于人也，笑之则以为喜，誉之则以为忧，以其犹有人之说者存也。如是者亦有年，然后浩乎其沛然矣。吾又惧其杂也，迎而距之，平心而察之，其皆醇也，然后肆焉。虽然，不可以不养也，行之乎仁义之途，游之乎诗书之源，无迷其途，无绝其源，终吾身而已矣。气，水也；言，浮物也。水大则物之浮者，大小毕浮。气之与言犹是也，气盛则言之短长与声之高下皆宜。虽如是，其敢自谓几于成乎？

第四节　文学之分类

　　文学分类，说者多异。吾国晋宋以降，则立文笔之别。或以有韵为文，无韵为笔。然无韵者，有时亦谓之文。至于体制之殊，梁任彦昇《文章缘起》仅有八十三题，历世踵增，其流日广。自欧学东来，言文学者，或分知之文、情之文二种，或用创作文学与评论文学对立，或以实用文学与美文学并举。顾文学之工，亦有主知而情深、利用而致美者，其区别至微，难以强定。近人有以有句读文、无句读文分类者，辄采其意，就吾国古今文章体制，列表如下：

　　文学各科表：

$$\text{无句读文}\begin{cases}\text{图书}\\\text{表谱}\\\text{簿录——簿录与表谱殊者，以不皆旁行缀系故}\\\text{算草}\end{cases}$$

```
                ┌─有韵文┌─赋颂——无韵之颂即入符命类述序类中
                │      │ 哀诔——祭文附此
                │      │ 箴铭——无韵之铭即入款识类中
                │      │ 占繇——如《周易》《易林》《太玄》《灵棋》之属
                │      │ 古今体诗
                │      └─词曲——戏曲、弹词均属此
                │      ┌─学说┌─诸子——九流及近世科学诸说并附于此
                │      │      │ 疏证——凡随文解义及著书考古者皆属此
                │      │      └─平议——如《史通》《文心雕龙》及一切文评、史评之属
                │      │      ┌─纪传——《尚书·帝典》之类皆属此
                │      │      │ 编年
                │      │      │ 纪事本末
                │      │      │ 国别史——如《国语》之属
                │      │      │ 地志
                │      │      │ 姓氏书
                │      │ 历史│ 行状
                │      │      │ 别传
                │      │      │ 杂事——报章中纪事亦属此
                │      │      │ 款识——如鼎、彝、碑志之属
                │      │      │ 目录——书目之无说者,别入簿录科
                │      │      └─学案
有句读文┤               │      ┌─诏诰——《尚书·康诰》《酒诰》之类亦属此
                │      │      │ 奏议——《尚书》谟、训之类亦属此
                │      │      │ 文移
                │      │      │ 批判
                │ 无韵文┤ 公牍│ 告示——一切教令皆属此
                │      │      │ 诉状
                │      │      │ 录供
                │      │      │ 履历
                │      │      └─契约——如条约、地契、引帖之属,其私立者,即入书札类中
                │      │      ┌─书志——如正史各志及通典、通考之属
                │      │      │ 官礼——如《周礼》六典、会典之属
                │      │ 典章│ 律例
                │      │      │ 公法
                │      │      └─仪注——如《仪礼》《江都集礼》书仪之属。其经学家专
                │      │              门说礼者,即入疏证类中
                │      │      ┌─符命——如封禅、告天、《剧秦》《典引》之属,不皆有韵
                │      │      │ 论说——连珠之类亦属此
                │      │ 杂文│ 对策
                │      │      │ 杂记
                │      │      │ 述序
                │      │      └─书札——私订契约,不关公牍者亦属此
                └─小说——文言俗语诸体均属之
```

如上所说,分无句读文、有句读文为二,下分十六科,即图书、表谱、簿录、算草、赋颂、哀诔、箴铭、占繇、古今体诗、词曲、学说、历史、公牍、典章、杂文、小说是也。其中学说、历史、公牍、典章、杂文,又当区为各类。经典亦散入各科中:《周易》,占繇科也;《诗》者,赋颂科也;《尚书》者,历史科之纪传类、纪事本末类,公牍之诏诰类、奏议类、告示类也;《周礼》者,典章科之官礼类也;《仪礼》者,典章科之仪注类也(《乐经》已亡,末由判别);《礼记》者,典章科之仪注类(《曲礼》《内则》《投壶》《公冠》诸篇皆是)、书志类(《祭法》《明堂》《月令》诸篇皆是),学说科之诸子类(《中庸》《礼运》《礼器》《三朝记》诸篇皆是)、疏证类(《昏义》《冠义》《乡饮酒义》诸篇皆是),历史科之纪传类(如《五帝德》篇是)也;《春秋》者,历史科之编年类;《世本》则表谱科;《国语》则历史科之国别史类;二《传》则学说科之疏证类也;《论语》《孝经》者,学说科之诸子类也;《尔雅》《说文》者,学说科之疏证类也;经史以下,及后人文集,可各就其体制所近,以类相从矣。大抵无句读文,及有句读文中之无韵文,多主于知与实用;而有句读文中之有韵文,及无韵文中之小说等,多主于情与美。此其辨也。

第二章　文字之起源及变迁

第一节　总论

民之始生,其自达其意。若以交于群者,始由身体之振动,继乃效物之音,而有言语。言语不能致远合契,乃立文字。文字之立,必先制定法。在主音之族,皆有字母,以相孳衍,于是文字日繁。吾国六书,其所以定声之道,不主一例。虽仓颉造书,伶伦制律,同出一时,其间或不无相资之道。然太史公《律书》,以甲乙至壬癸为十母,指律之所生而言。至于字之有母,古所未传。梵学东来,汉时始有以十四字贯一切音者,稍广至三十六母,诸家增减不同。或云伏羲画卦,是字之所起;吾丘衍谓《说文》五百四十部首,是仓颉初文,后世本此增益为字。此则字形之祖,非必主音之字母也。

字之所始,中西同有二说:以为由于神之所启,非人能为者,宗教家之说也;以为人取象物形而制字者,历史家之说也。吾国谓河出图、洛出书,圣人则之,以立八卦作文字,与前一说相近;谓仓颉见鸟兽蹄远,依类象形以为文字,与后一说相近。

许慎《说文序》曰:"古者庖牺氏之王天下也,仰则观象于天,俯则观法于地,视鸟兽之文,与地之宜,近取诸身,远取诸物,于是始作八卦,以垂宪象。及神农氏,结绳为治而统其事,庶业其繁,饰伪萌生。黄帝之史仓颉,见鸟兽蹄远之迹,知分理之可相别异也,初造书契。百工以乂,万品以察,盖取诸夬。夬,扬于王庭。言文者,宣教明化于王者朝廷,君子所以施禄及下,居德则忌也。仓颉之初作书,盖依类象形,故谓之文。其后形声相益,即谓之字。文者,物象之本;字者,言孳乳而浸多也。著于竹帛谓之书,书者,如也。以迄五帝三王之世,改易殊体,封于泰山者,七十有二代,靡有同焉。"

王安石《进字说表》曰:"盖闻物生而有情,情发而为声,声以类合,皆足相知。人声为言,述以为字。字虽人之所制,本实出于自然。凤鸟有文,河图有画,非人为也,人则效此。故上下内外,初终前后,中偏左右,自然之位也;衡邪曲直,耦重交析,反缺倒仄,自然之形也;发敛呼吸,抑扬合散,虚实清浊,自然之声也;可视而知,可听而思,自然之义也。以义自然,故仙圣所宅,虽殊方域,言音乖离,点画不同,译而通之,其义一也。道有升降,文物随之,时变事异,书名或改,原出要归,亦无二焉。"

周礼八岁入小学,保氏教国子,先以六书:一曰指事。指事者,视而可识,察而见意,上下是也。二曰象形。象形者,画成其物,随体诘诎,日月是也。三曰形声。形声者,以事为名,取譬相成,江河是也。四曰会意。会意者,比类合谊,以见指㧑,武信是也。五曰转注。转注者,建类一首,同意相受,考老是也。六曰假借。假借者,本无其字,依声托事,令长是也。

文字之纲有三:曰形体,曰音声,曰训诂。六书象形、指事、会意者,形体之事也;形声者,音声之事也;转注者,训诂之事也;假借者,训诂而兼音声之事也。惟转注一法,言人人殊。许君以为"建类一首,同意相受,考老是也"。孙恮《切韵》云:"考字左回,老字右转。"戴仲达《六书故》、周伯琦《六书正伪》,别举"侧山为阜""反人为𠤎"之类当之。徐楚金则就考字附会,谓祖考之考,古铭识通用丂,于丂之本训,转其义而加老注明之。郑夹漈《通志略》又分建类主义、建类主声、互体别声、互体别义四事。杨桓《六书统》则谓三体已上,辗转附注。此皆以形体言转注者也。清戴东原始发互训之旨,其言曰:"转相为注,犹互相为训,老注考,考注老。《尔雅·释诂》有多至四十字共一义者,即转注之法。故一字具数用者曰假借,数字共一用者曰转注。"而江叔沄以转注统于意:"转注者,转其意也,如挹彼注兹之注,故立老字为部首,即所谓建类一首。考与老同意,故受老字而从老省。考之外,耋、耊、寿、耇之类皆是。《说文解字》一书,分部五百四十,即建类也;始一终亥,即一首也。云'凡某之属皆从某',即同意相受也。凡合两字以成一谊者为会意,取一意以概数字者为转注。"朱骏声《说文通训定声》以江氏之说为然。六书次序,诸家多首象形,惟许氏以指事为首。《说文解字》共九千五百五十三字,其后字数日增。魏李登《声类》万一千五百二十字,梁顾野王《玉篇》二万二千七百二十六字,唐《韵海镜源》二万六千九百十一字,宋陈彭年等重修《广韵》二万六千一百九十四字,丁度等《集韵》五万三千五百二十五字。大抵以《集韵》字数为最多。如明之《字汇》《正字通》、清之《康熙字典》,其字视《集韵》互有增损。近世学术事物,日进繁总,将来文字必犹有所益,此可预期者也。

第二节　字音之变迁

上古之时,未造字形,先有字音。然人当始有言语,未若今日之复杂也。其始也,仅有无字之音。厥后声音复杂,始成言语。世界言语学者,以人类最古言语,概为单音。今吾国之字,犹字各一音,则其命音之法,尚未大异于古也。大抵音之起源有三:

一曰自然之音。婴儿坠地,即有呱呱之声,以至欢笑、哭泣、唏嘘、怒号,自然成声,皆源于天籁,有感而动,如尔我等皆发语声。父母之号,夷夏同符,是其证也。

二曰效物之音。声音之繁,非尽自创,山居则习禽兽之鸣,泽处则效江河之响。此实命物作名之原,其数尤众。

三曰合会之音。人之声音,由所居山川、天气不同,各各殊异。及渐交通,始就其殊音,互相增益,而立定名,言语成矣。

音之起源,既有三种,及其合会,乃能互达其志。纬书谓遂人、伏羲始名鸟兽百物,当时言语宜已大成。盖言语之始,必先有物名,复假物名,通之于事,以致其意,由是言语日完。上世音简,后世音繁,交通之域益广,言语之合会益多。荀子所谓散名则从其成俗曲期者也。自其声而言之,则谓之名;自其形而言之,则谓之书。及书体已具,犹谓之名者,从其朔也,要自有言语即有名矣。

然则音本先有,既成字体,仍称其旧名。古时相沿,但有假借譬况,以证字音。及《切韵》兴,而后字音之学大备。故王应麟曰:"世称仓颉制字,孙炎作音,沈约撰韵,为椎轮之始。"然自《切韵》行而音益多于古。古不立入声之别,及无歌、麻韵,而后世并有之,是以又有今韵、古韵之辨也。颜之推《家训·音辞》篇曰:"郑玄注六经,高诱解《吕览》《淮南》,许慎造《说文》,刘熙制《释名》,始有譬况假借,以证音字。而古语与今殊别,其间轻重清浊,犹未可晓;加以内言、外言、急言、徐言、读若之类,益使人疑。孙叔言创《尔雅音义》,是汉末人独知反语。至于魏世,此事大行。高贵乡公不解反语,以为怪异。自兹厥后,音韵锋出,各有土风,递相非笑。……共以帝王都邑,参校方俗,考核古今,为之折中。"

阎若璩《尚书古文疏证》曰:"《文心雕龙》:'昔魏武论赋,嫌于积韵而善于资代。'晋《律历志》:'魏武时,河南杜夔精识音韵,为雅乐郎中令。'二书虽一撰于梁,一撰于唐,要及魏武、杜夔之时,俱有韵字。知此学之兴,盖于汉建安中。"

按古人用韵,未有平上去入之限,四声通为一音。故《帝舜歌》以熙韵"喜"起。而《三百篇》通用平上去,及通用去入者甚多,各如其本音读之,自成歌乐。魏李登《声类》始以五声命字。晋吕静作《韵集》,宫、商、角、徵、羽各为一篇,以为字区五声之始。然五声合于一纽,非如后世之声,各为纽也。至齐梁间,始有四声之说。

顾炎武《音论》曰:"平上去入之名,汉时未有。然《公羊·庄二十八年》传曰:春秋伐者为客,伐者为主。何休注于'伐者为客'下曰:'伐人者为客,读伐,长言之,齐人语也。'于'伐者为主'下曰:'见伐者为主,读伐,短言之,齐人语也。'长言之,则今之平、上、去声;短言之,则今之入声也。"据顾氏说,则古似已有入声之辨。然段玉裁等皆谓古仅有三声,此事要当起于齐梁以来耳。

《梁书·沈约传》曰:"约撰《四声谱》,以为在昔词人,累千载而不寤,而独得胸襟,穷其妙旨,自谓入神之作。"永明体矜言声律,本于约也。故曰声始于沈约矣。

《元和韵谱》曰:"平声者哀而安,上声者厉而举,去声者清而远,入声者直而促。平声实分阴阳。"近世毛先舒《韵学通指》又谓:"平去入皆有阴阳,惟上声无阴阳。"焦循则力辟其说。

唐人作词,仍遵诗韵。至宋始渐滥,且惟平声独押,上去则通押,间有三声通押者。元周德清《中原音韵》用于北曲,以入声分配平上去三声之中,此又韵学之异派,以明南北之殊音也。盖音韵之学,纵而贯之,则有四声;横而列之,则有七音,此字母之所由立也。郑樵《七音略序》曰:"汉人课籀隶,始为字书,以通文字之学;江左竞风骚,始为韵书,以通声音之学。然汉儒识文字而不识子母,则失制字之旨;江左之儒识四声而不识七音,则失立韵之源。独体为文,合体为字。汉儒知以《说文》解字,而不知文有子母,生字为母,从母为子,子母不分,所以失制字之旨。四声为经,七音为纬,江左之儒知纵有平上去入为四声,而不知衡有宫、商、角、徵、羽、半徵、半商为七音,纵成经,横成纬,经纬不交,所以失立韵之源。七音之韵,起自西域,流入诸夏。梵僧欲以其教传之天下,故为此书。虽重百译之远,一字不通之处,而音义可传,华僧从而定之,以三十六为之母,重轻清浊,不失其伦。天地万物之音备于此矣。"

宋元以来,竞谓反切之学起于释神珙传西域三十六字母于中土。珙之《反纽图》附《玉篇》后。其自序尚称《元和韵谱》,则唐宪宗以后人也。或云唐初僧舍利作三十字母,后有守温者,益以六字,今传三十六母:见溪郡疑是牙音,端透定泥舌头音,知彻澄娘舌上音,帮滂并明重唇音,非敷奉微轻唇音,精清从心邪齿头,照穿床审禅正齿,影晓喻匣是喉音,来日半舌半齿音是也。《隋书·经籍志》称《婆罗书》十四音贯一切字,汉明帝时与婆罗门书同入中国。然则字母汉时已有,后始定为三十六母。自此以降,说者仍或以意增减。近世江慎修独以三十六母为至精,不可有所损益,其作《四声切韵表》等书,并严守其法云。

近世言小学者,无不讲音韵之学,故研究文学者不可不知。大抵分为三派:

一、古韵之学。此研究古代韵文,及汉儒音读之例者也。盖声音语言,每随时代迁移,如《周易》《尚书》《诗》《礼》、楚骚、汉赋,其用韵多与今异。郑玄《诗笺》云："古音填、置、尘同。"则汉音已殊于周音矣。然讲古音,实萌芽于宋。自吴才老作《毛诗补音》,朱子传诗用之,今已不传。又作《韵补》,就二百六部,注古通某,古转声通某,或转入某等,其分合未精。近世昆山顾炎武作《音学五书》,分古音为十部。婺源江永据《三百篇》为本,作《古韵标准》,分古音为十三部。金坛段玉裁《六书音韵表》分古音为十七部。曲阜孔广森作《诗声类》,分为十八类。归安严可均《说文声类》分十六类。此讲求古音者之大略也。

二、广韵之学。此区别四声,各为一纽,而各纽之中,又合音近之字为一韵者也。周彦伦《四声切韵》及沈约《四声谱》今皆不传。故言切韵者称隋陆法言,而法言书亦亡。宋《广韵》卷首犹题陆法言撰本,长孙讷言笺注,则《广韵》之二百六韵,当即法言之旧目也。及刘渊壬子新刻《礼部韵略》,始并《广韵》二百六部为一百七部,世谓之《平水韵》,元明以来旨用之,如明之《洪武正韵》、清之《佩文韵府》,其分类皆依《平水韵》也。

三、等韵之学。此研究反切及字母之法,区为牙、舌、唇、齿、喉诸音,以呼吸之不同,区为各等者也。盖同母之字,既分四等;而同韵之字,亦分四等。一韵有止一等者,有全四等者,有两三等者。宋郑樵《七音略》及元刘鉴《切韵指南》皆以声之洪细,别为一、二、三、四各等,称为等韵。各等又分开口呼、合口呼,一韵之中,率有开合。又有有合口无开口,及有开口无合口者,其辨析甚微也。

凡古今字音之异,其最著者:(一)古人叶韵,无平仄之分,故无四声。(二)齐梁虽发明四声,尚无五音、七音之说。(三)古音无舌头、舌上之分。(四)古音无轻唇、重唇之分。(五)古音近之字,多可通用。大抵声音之变,周秦以前为一期,六朝以前为一期,隋唐以降又为一期。音之不同,又有因于地方者,《王制》谓"五方之民,言语不通"。故《尔雅》有《释言》之篇,扬雄有《方言》之作。陆法言曰:"吴楚南方之音,流于轻浅;燕赵北方之音,失于重浊。"及《切韵》之成,颇会南北之彦,其定声分部,渐归统一。虽古音由是遂亡,而使南北之人,并得借此以为审音之准,其功亦不可没也。然后世犹有中原韵、中州韵之别,岂以音之相习既久,诚不易同耶?清雍正间尝命广东、福建两省官吏,设法教导所属地方语音,务使明白易晓。施鸿保《闽杂记》谓闽中各县,从前皆有正音书院,此殆统一字音之萌芽。近日益有注意于此,惟其效尚未睹耳。

第三节 字形之变迁

既有字音,即有字形。宣于口者为字音,笔于书者为字形。自伏羲作《易》名官,乃因名而立字。《字源》云:"太昊时始有文字,黄帝变为古文。"又云:"庖牺氏作龙书,炎帝作穗书,仓颉变古写鸟迹作鸟迹篆,少昊作反书,高阳作蝌蚪书。"荀子曰:"古之作书者众,而仓颉独传。"是仓颉前当已有书矣。说者谓六书为仓颉造字六法,字形虽众,不能外乎六者之义也。及周宣王太史籀著大篆十五篇,与古文或异。至孔子书六经,左丘明述《春秋传》,皆以古文。七国之际,言语异声,文字异形。秦并天下,李斯乃奏同之,罢其不与秦文合者。斯作《仓颉篇》,中车府令赵高作《爰历篇》,太史令胡毋敬作《博学篇》,皆取史籀大篆,或颇省改,所谓小篆者也。时官役务繁,初有隶书,以趣约易。自尔秦书有八体:

一、大篆;二、小篆;三、刻符;四、虫书;五、摹印;六、署书;七、殳书;八、隶书。

汉兴有草书。尉律:学童十七已上始试,讽籀书九千字,乃得为史。又以八体试之。王莽居摄,颇改定古文,时有六书:

一、古文(孔子壁中书);二、奇字(即古文而异者);三、篆书(小篆);四、左书(即秦隶书);五、缪篆(所以摹印);六、鸟虫书(以书幡信)。

至是而字体大略备矣。上古书见法帖中者,录以备考:

仓颉书:

夏禹书：

[古文字符]

史籀书：

[古文字符]

孔子书：

[古文字符]

李斯书：

[古文字符]

程邈书：

兴得一以清地得一以宁神
得一以灵谷得一以盈万物
得一以生侯王得一以为为天
下乃其致之兵无以清将恐歇

上所列程邈书，乃近行之正书。庾肩吾谓隶书即今正书。张怀瓘亦曰："隶书亦曰真书，以其较篆书为真正，故或曰楷书。其有楷隶并称者，则是专指汉隶为隶书。"《史记正义》曰："程邈变篆为隶。"江式曰："隶书者，始皇时下杜人程邈，附于小篆而作者也。"然卫恒《四体书势》又以八分书为楷书，欧阳修以八分书为隶书。八分为秦人王次仲作。《书苑》引蔡文姬说云："割程隶字八分取二分，割李篆字二分取八分，是为八分。"张怀瓘《书断》亦谓次仲八分，从大篆出锋而加疾。此说最精。盖汉碑之字，凡与正书相近者，皆隶书也；其与篆书相近，而略具正字形者，皆八分也。吴时皇象书《天发神谶碑》，其体杂篆隶，当是八分，故《书断》称象工八分书。

《说文》谓草书汉兴始有，赵壹则以为起于秦末。汉元帝时史游作《急就章》，解散隶体粗书之，为章草之始。其后又有行书，与真书相近。字体之行于今者,惟真、草、篆、隶及行书耳。篆、隶工者,代不数人。真书自晋代以降,又有南派、北派之分。南派宗钟、王,北派宗索靖,此则美术史之所论矣。

郑樵《金石略》录太昊金为首。自三代以下,泉货、钟鼎、古器,山川所出,无代无之。虽仅碎文断句,不能如卫宏西州漆书、晋《汲冢竹书》之可贵,然文士多用以为考古之资。惟其真伪错出,未可悉信耳。

中国字主单音,其字形之变迁,则字数由少而增多(见第一节),字画由简而趋繁。《说文》所载之字,点画皆少。《玉篇》以三十三画为最多之画。清《康熙字典》所载,则三十四画者一字,三十五画者一字,三十六画者三字,三十九画者二字,四十三画、四十四画、五十二画者各一字,皆梁以后所增者也。

第四节　字义之变迁

字义所起,或依于形,或依于声。故字音、字形既立,而义即具于其中矣。古之造字,形声相配(贾公彦分左形右声、右形左声、上形下声、上声下形、外形内声、外声内形六种),聆声察形,义则自明。然小学书之专以义为主者,莫先于《尔雅》。相传《释诂》一篇,周公所作。自孔子、子夏以降,递有增益。王充曰:"《尔雅》者,五经之训。"郭璞亦以《尔雅》为六艺之钤键。欲观周秦以上文字之义,必求之《尔雅》。《尔雅》大例,尤在《释诂》《释言》《释训》三篇。三篇以下,则大抵释事物之名也。今略就三篇之例言之。

一曰以今语证古语。孔子曰:"《尔雅》以观于古,足以辨言。"(《大戴礼》)班固亦曰:"古文应读《尔雅》。"盖古今文字,各有不同,《释诂》一篇即以释今言异于古言者也。例如:"初、哉、首、基、肇、祖、元、胎、俶、落、权舆,始也。"自"初"至"权舆",并系古称,而"始"则今言也。

二曰以方言证雅言。周代各国方言,或与王都正音不合。《论语》:"子所雅言。"阮元以雅言犹官话也。尔,近也,方言而近于官话,故曰《尔雅》。《释言》一篇,释方言殊于雅言者也。例如:"斯、侈,离也。"注云:"齐陈曰斯、侈。"是"斯""侈"为方言,"离"为雅言。

三曰以俗语释文言。文词所用,有与俗言殊者。《释训》一篇,即释直言殊于文言者也。例如:"明明斤斤,察也。条条秩秩,智也。""明明""条条"等,并是文言,而"察"与"智"则通行之义。

此外复有数字一义之例,即转注之法。如"初""哉"以下十二字皆训为"始"是也。有一字数义之例,即假借之法,如"君"训为"公",又训为"事";"尸"训为"陈",又训为"主"是也。

自《尔雅》以后,言字义之书,约分二派:一曰即形以求其义,如许慎《说文》等,皆建形类,定其从某或从某省,以取其义是也;一曰即音以求其义,如刘熙《释名》,多取同音之字,以释其义是也。

古之造字,视其形声,而义自见,固无待乎训诂之书。然言语之变迁,有随时代而殊者,如《尔雅》:"夏曰岁,商曰祀,周曰年,唐虞曰载。"《孟子》:"夏曰校,商曰序,周曰庠。"同一事物,而历代之称谓各殊,则后世必有不能识其义矣。有随方俗而殊者,如《公羊》之用"得来",《左传》用"熠"字。同一名义,而四方言者异致,则异地必有不能识其义矣。此训诂之书所为作也。其后习用文言,故论方音之书,自扬雄《方言》外,罕有传者,其古今字义之异,则可得而论也。

古今字义之变迁,约略分之,则周秦以上为一期,至汉而一变,至宋而又一变。周秦以上言字义之法,大抵具于《尔雅》。今就《尔雅》外引群书证之。(甲)以本字训本字者,如《易》:"蒙者,蒙也。""比者,比也。""剥者,剥也。"《孟子》:"彻者,彻也。"《礼记》:"夫者,夫也。"(乙)以音近之字训本字者,如《易》:"咸者,感也。""夬者,决也。"《论语》:"政者,正也。"《荀子》:"君者,群也。"(丙)以字形解字,如《左传》:"止戈为武,反正为乏。"《穀梁》:"人言为信。"《韩非子》:"自环为私,背私为公。"其余不可备举矣。

汉儒于六经诸子,咸有注释。故言字义之书,以汉儒为最博最精。郑康成曰:"就原文字之声类,考训诂,捃秘逸。"盖当时字义,既多受自师说,又自为之考其类,捃其逸,字义滋多于是矣。往往一字之下,两义并存,或先后解义不同。且恣为繁博,有以三万字说《尧典》者。由字义而推衍,极为唐代义疏之体,皆沿汉法。汉人释经,有以今语释古语者,如郑玄《礼记注》:"'人'读如'相人偶'之'人'。""人偶"是俗语也。有以今制况古制者,如马融《周礼注》:"重翟为盖,注今之羽盖是也。"此类甚多。

宋儒言字义,与汉人颇有出入。盖唐以前虽多用玄释解经,而其训诂,犹守汉法。至宋而小变。一由王安石《字说》,好为臆论,缪于篆籀。及新学盛行,其势颇被于学者。一由于道学之兴,士慕纯理,至流为语录讲章,渐异古义。此后世汉学、宋学门户所以分也。略举宋人言字义与古不同者。(一)以字形解字,如朱子言"中心为忠","如心为恕"。(二)以字音解字,如程子言"雹字从雨从包,是大气所包"。(三)用佛书语立训,如"虚灵""不昧""常惺惺"等语。(四)用俗语立训,如"工夫""东西""这个""模样"等语。

元明以来,解释字义,颇沿宋学。清乾嘉以来,汉学乃大盛。字义之变迁,其关系于文学亦至巨也。

第五节　字类分析与文章法

近世言语学者,论吾国文句之构成,主位(Nominative)尝先于他动词(Transitive),他动词尝先于宾位(Objective),尚存最初言语自然之序。此外如希伯来语、英语,宅句之法,亦间同吾国,其余率恣为巧变,远于古矣。是故吾国文章之起,因言语之成法,得于天而原乎习者为多。自今以观三代之文,其句义部居,往往文从字顺,未大异也。惟方俗异名、古今殊语,始烦训释,此不关于文法耳。周时国子仅教六书,不闻别课文章之法。及夫六艺之成,后师始有章句之学。而六艺之中,属辞比事,专为《春秋》之教。《春秋》一字见义,或以详略成文,或以先后显义,其修辞之道,诚异乎径情直言者。然指远辞微,弥伦万端,虽古为修辞之专书,而究不可以用于今世通行之文法,故兹靡得而论矣。若夫今所谓文法者,始于分析字类,继以制作篇章。字类古判以六书,制作之事,后贤多讲其体势利病,或推及声调气韵。至于字句篇章之相络,希有屑屑述之者。近世高邮王氏之《经传释词》,德清俞氏之《古书疑义举例》,颇究古书难解语句,然非著其条贯统纪,以垂定法者也。

古代字仅分虚实,而虚字多由实字假借。以世所谓文法书例推之,则名词、代名词固为实字,动词、形容词之本义,亦多为实字,若介词、副词、连词、叹词等,皆虚字也。古虚字由名词假借之例,略证于下:

之　草出地也。

于　孝鸟也。

而　颊毛也。

所　锯木声也。

则　等画物也。

维　车盖系也。

云　山川气也。

不　鸟飞翔不下也。

必　弓檠也。

莫　日且冥也。

盖虚字多本无其字,或由义假借,或由声假借,古或谓之词,或谓语助。自来论虚字之书,以近世刘淇《助字辨略》为最详,析助字为三十类:曰重言、曰省文、曰助语、曰断词、曰疑词、曰咏叹词、曰急词、曰缓词、曰发语词、曰语已词、曰设词、曰别异之词、继事之词、曰或然之词、曰原起之词、曰终竟之词、曰顿挫之词、曰承上、曰转下、曰语词、曰通用、曰专词、曰仅词、曰叹词、曰几词、曰极词、曰总括之词、曰方言、曰例文、曰实字虚用,然其例未免过繁矣。

中国造字,字由事起,事由物起,故名词为文字之祖。小学书多释名词,不劳举例。至于用近世文法分类之例以为书者,则出自近人马建忠之流。当时踵作者颇有,此后自益众矣。

马建忠《文通》之例,凡字有事理可解者曰实字,无解而惟以助实字之情态者曰虚字。实字之类五:曰名字、曰代字、曰动字、曰静字、曰状字。虚字之类四:曰介字、曰连字、曰助字、曰叹字。此其大略也。

第三章　古今文学之大势

第一节　总论

文学之兴,先有歌曲。沈约曰:"歌咏所兴,自生民始。"王灼《碧鸡漫志》:"或问歌曲所起。曰天地始著,人生焉,人莫不有心,此歌曲所以起也。"及唐虞《赓歌》,其流渐广。至于散文,则三皇之世,始已作教。其后人事渐繁,诸体继作,而五经实为众制之源。颜之推曰:"文章者原出五经:诏命策檄,生于《书》者也;序述论议,生于《易》者也;歌咏赋颂,生于《诗》者也;祭祀哀诔,生于《礼》者也;书奏箴铭,生于《春秋》者也。"故自五经以后,文章乃可得而论矣。

五经以后,文章之变至繁,说者谓唐以前之文主骨,唐以后之文主气,风尚所趋,代有偏重。今约举昔贤之论于下:

(甲)关于变迁之大势

陈傅良曰:"六经之后,有四人焉:摭实而有文采者,左氏也;凭虚而有理致者,庄子也;屈原变国风、雅、颂而为《离骚》;子长易编年而为纪传。皆前未有比,后可为法。"

虞集曰:"六经之文尚矣。孟子在战国时,以浩然之气,发仁义之言,无心于文,而开辟抑扬,曲尽其妙。汉初贾谊,文质实而或伤激厉。司马迁驰骋有余,而识不逮理。董仲舒发明王道,而词多缓弱。至谷永辈渐趋于对偶,而古文始衰矣。"

吴澄曰:"西汉之文最近古。历八代浸敝,得唐韩柳而古;至五代复敝,得宋欧阳氏而古。嗣欧而兴,惟王、曾、二苏为卓。之七子者,皆不为风气所变化者也。"

何景明曰:"文靡于隋,韩力振之,然古文之法亡于韩。诗溺于陶,谢力振之,然古诗之法亦亡于谢。"

唐寅曰："自曼倩《答客难》之作,扬雄诸人,率慕效之。余谓世之变也,诗降而为骚,骚降而为赋,赋又降而为《解嘲》《答宾戏》诸作,欲以自重,适以自轻。如此诸篇,率皆自讥自诮之语,纵后来辩驳得正,亦有甚占地步处。"

王世贞曰："《三百篇》亡而后有骚赋,骚赋入乐府而后有古乐府,古乐府不俗而后以唐绝句为乐府,绝句少宛转而后有词,词不快北耳而后有北曲,北曲不谐南耳而后有南曲。"

又曰："吾于文虽不好六朝人语,虽然,六朝人亦哪可言。皇甫子循谓:'藻艳之中有抑扬顿挫,语虽合璧,意若贯珠,非书穷五车,笔含万化,未足云也。'此固为六朝人张价。然如潘、左诸赋,及王文考之《灵光》、王简栖之《头陀》,令韩、柳授觚,必至夺色。然柳州《晋问》,昌黎《南海神碑》《毛颖传》,欧、苏亦不能作。非直时代为累,抑亦天授有限。"

何孟春曰："古今文章擅奇者六家:左氏之文以葩而奇;庄生之文以玄而奇;屈原之文以幽而奇;《战国策》之文以雄而奇;太史公之文以愤而奇;孟坚之文以整而奇。"

姜南曰："文章自六经、《语》、《孟》之外,惟庄周、屈原、左氏、司马迁最著。后之学者,言理者宗周,言性情者宗原,言事者宗左氏、司马迁。周出于《易》,原出于《诗》,左氏、司马迁出于《尚书》《春秋》。"

《日知录》:"唐宋以下,何文人之多也？固有不识经术,不通古今,而自命为文人者矣。韩文公《符读书城南》诗曰:'文章岂不贵,经训乃菑畲。潢潦无根源,朝满夕已除。人不通古今,马牛而襟裾。行身陷不义,况望多名誉。'而宋刘挚之训子孙,每曰:'士当以器识为先,一号为文人,无足观矣。'然则以文人名于世,焉足重哉？此扬子云所谓'摛我华而不食我实'者也。"

(乙)关于行文之气格

魏文帝曰："文以气为主,气之清浊有体,不可力强而致。"

张茂先曰："读之者尽而有余,久而更新。"

陆士衡曰："其始也,收视反听,耽思旁迅,精骛八极,心游万仞。其致也,精瞳眬而弥宣,物昭晰而互进。倾群言之沥液,漱六艺之芳润。浮天渊以安流,濯下泉而潜浸。"又曰:"离之则双美,合之则两伤。"又曰:"石韫玉而山晖,水怀珠而川媚。"

范晔曰:"情志所托,故当以意为主,以文传意。以意为主,则其旨必见。以文传意,则其辞不流。然后抽其芬芳,振其金石。"

沈约曰:"天机启则六情自调,六情滞则音韵顿舛。"又曰:"五色相宣,八音协畅,由乎玄黄律吕,各适物宜。欲使宫羽相变,低昂舛节,若前有浮声,则后须切响。一篇之内,音韵尽殊;异句之中,轻重悉异。妙达此旨,始可言文。"又云:"情者文之经,辞者理之纬。"

韩愈曰:"养其根而俟其实,加其膏而希其光。根之茂者其实遂,膏之沃者其光晔。"又曰:"和平之声淡泊,愁思之声要妙,欢愉之辞难工,穷苦之言易好。"

柳宗元曰:"本之《书》以求其质,本之《诗》以求其情,本之《礼》以求其宜,本之《春秋》以求其断,本之《易》以求其动。参之穀梁氏以厉其气,参之孟荀以畅其支,参之老庄以肆其端,参之《国语》以博其趣,参之《离骚》以致其幽,参之太史以著其洁。"

李德裕曰:"魏文《典论》称'文以气为主,气之清浊有体',斯言尽之矣。然气不可以不贯,不贯则虽有英词丽藻,如编珠缀玉,不得为全璞之宝矣。鼓气以势壮为美,势不可以不息,不息则流宕而忘返。亦犹丝竹繁奏,必有希声窈眇,听之者悦闻。如川流迅激,必有洄洑逶迤,观之者不厌。从兄翰尝言'文章如千兵万马,风恬雨霁,寂无人声',盖谓是也。近世诰命,惟苏廷硕叙事之外,自为文章。才实有余,用之不竭。沈休文独以音韵为切,重轻为难,语虽甚工,旨则未远矣。夫荆璧不能无瑕,隋珠不能无纇。文旨高妙,岂以音韵为病哉!此可以言规矩之内,未可以言文外意也。"

殷璠曰:"文有神来、气来、情来,有雅体,有野体、鄙体、俗体。能审鉴诸体,委详所来,方可定其优劣。"

柳冕曰:"善为文者,发而为声,鼓而为气。直则气雄,精则气生。使五采并用,而气行于其中。"

程颐曰："夫语丽辞赡,此应世之文也;识高志远,议论卓绝,此名世之文也;编之乎《诗》《书》而不愧,措之乎天地而不疑,此传世之文也。"

姜夔云："雕刻伤气,敷演伤骨。若鄙而不精,不雕刻之过也;拙而无委曲,不敷演之过也。"又云："人所易言,我寡言之;人所难言,我易言之。"

姚鼐曰："天地之道,阴阳刚柔而已。文者天地之精英,而阴阳刚柔之发也。惟圣人之言,统二气之会而弗偏。然而《易》《诗》《书》《论语》所载,亦间有可以刚柔分矣。值其时其人,告语之体,各有宜也。自诸子而降,其为文无弗有偏者。"又曰："一阴一阳之谓道。文之多变,亦犹是也。糅而偏胜可也,偏胜之极,一有一绝无,与夫刚不足为刚、柔不足为柔者,皆不可以言文。"

第二节　时势与作者

今就古今文运升降,析其时代论之。

《文心雕龙·时序》曰："昔在陶唐,德盛化钧,野老吐'何力'之谈,郊童含'不识'之歌。有虞继作,政阜民暇,'薰风'诗于元后,'烂云'歌于列臣。尽其美者何？乃心乐而声泰也。至大禹敷土,九序咏功;成汤圣敬,'猗欤'作颂。逮姬文之德盛,'周南'勤而不怨;大王之化淳,'邠风'乐而不淫。幽厉昏而《板》《荡》怒,平王微而《黍离》哀。故知歌谣文理,与世推移,风动于上,而波震于下者。春秋以后,角战英雄,六经泥蟠,百家飙骇。方是时也,韩魏力政,燕赵任权;五蠹六虱,严于秦令;唯齐楚两国,颇有文学。齐开庄衢之第,楚广兰台之宫。孟轲宾馆,荀卿宰邑。故稷下扇其清风,兰陵郁其茂俗。邹子以谈天飞誉,驺奭以雕龙驰响,屈平联藻于日月,宋玉交彩于风云。观其艳说,则笼罩雅、颂,故知炜烨之奇意,出乎纵横之诡俗也。"

沈约《谢灵运传论》曰："周室既衰,风流弥著,屈平、宋玉导清源于前,贾谊、相如振芳尘于后,英辞润金石,高义薄云天。自兹以降,情志愈广。王褒、刘向、扬、班、崔、蔡之徒,异轨同奔,递相师祖。虽清辞丽曲,时发乎篇,而芜音累气,固亦多矣。若夫平子艳发,文以情变,绝唱高踪,久无嗣响。至于建安,曹氏基命,二祖、陈王,咸蓄盛藻,甫乃以情纬文,以文被质。自汉至魏,四百余年,辞人才子,文体三变。相如巧为形似之言,班固长于情理之说,子建、仲宣以气质为体,并摽能擅美,独映当时。是以一世之士,各相慕习,原其飙流所始,莫不同祖《风》《骚》。徒以赏好异情,故意制相诡。降及元康,潘陆特秀,律异班贾,体变曹王,缛旨星稠,繁文绮合。缀平台之逸响,采南皮之高韵,遗风余烈,事极江左。有晋中兴,玄风独振,为学穷于柱下,博物止乎七篇。驰骋文辞,义单乎此。自建武暨乎义熙,历载将百,虽缀响联辞,波属云委,莫不寄言上德,托意玄珠,遒丽之辞,无闻焉尔。仲文始革孙许之风,叔源大变太元之气。爰逮宋氏,颜谢腾声,灵运之兴会标举,延年之体裁明密,并方轨前秀,垂范后昆。"

《隋书·文学传序》曰:"自汉魏以来,迄乎晋宋,其体屡变,前哲论之详矣。暨永明天监之际,太和天保之间,洛阳江左,文雅尤盛。于时作者,济阳江淹、吴郡沈约、乐安任昉、济阴温子昇、河间邢子才、巨鹿魏伯起等,并学穷书圃,思极人文,缛彩郁于云霞,逸响振于金石。英华秀发,波澜浩荡,笔有余力,词无竭源。方诸张蔡曹王,亦各一时之选也。闻其风者,声驰景慕,然彼此好尚,互有异同。江左宫商发越,贵于清绮;河朔词义贞刚,重乎气质。"又曰:"梁自大同之后,雅道沦缺,渐乖典则,争驰新巧。简文湘东,启其淫放;徐陵庾信,分路扬镳。其意浅而繁,其文匿而彩,词尚轻险,情多哀思。格以延陵之听,盖亦亡国之音乎!周氏吞并梁荆,此风扇于关右,狂简斐然成俗,流宕忘返,无所取裁。高祖初统万机,每念斫雕为朴,发号施令,咸去浮华。然时俗词藻,犹多淫丽。"又曰:"时之文人,见称当世,则范阳卢思道、安平李德林、河东薛道衡、赵郡李元操、巨鹿魏澹、会稽虞世基、河东柳䜮、高阳许善心等,或鹰扬河朔,或独步汉南,俱骋龙光,并驱云路。"

《唐书·文艺传序》曰:"唐有天下三百年,文章无虑三变。高祖、太宗,大难始夷,沿江左余风,缔句绘章,揣合低卬,故王杨为之伯。玄宗好经术,群臣稍厌雕琢,索理致,崇雅黜浮,气益雄浑,则燕许擅其宗。是时唐兴已百年,诸儒争自名家。大历、正元间,美才辈出,擩哜道真,涵泳圣涯,于是韩愈倡之,柳宗元、李翱、皇甫湜等和之,排逐百家,法度森严,抵轹晋魏,上轧汉周,唐之文完然为一王法,此其极也。若侍从酬奉则李峤、宋之问、沈佺期、王维,制册则常衮、杨炎、陆贽、权德舆、王仲舒、李德裕,言诗则杜甫、李白、元稹、白居易、刘禹锡,谲怪则李贺、杜牧、李商隐,皆卓然以所长为一世冠。"

《宋史·文苑传序》曰:"艺祖革命,首用文吏而夺武臣之权,宋之尚文,端本乎此。太宗、真宗,其在藩邸,已有好学之名,及其即位,弥文日增。自时厥后,子孙相承。上之为人君者,无不典学;下之为人臣者,自宰相以至令录,无不擢科,海内文士,彬彬辈出焉。国初,杨亿、刘筠犹袭唐人声律之体,柳开、穆修志欲变古而力弗逮。庐陵欧阳修出,以古文倡,临川王安石、眉山苏轼、南丰曾巩起而和之,宋文日趋于古矣。南宋以后,文气不及东都,岂不足以观世变欤!"

陈善《扪虱新话》曰:"唐文章三变,宋朝文章亦三变矣。荆公以经术,东坡以议论,程氏以性理,三者要自各立门户,不相蹈袭。然其末流,皆不免有弊。"

杨慎《丹铅总录》曰:"元诗人,元右丞好问、赵承旨孟𫖯、姚学士燧、刘学士因、马中丞祖常、范应奉德机、杨员外仲弘、虞学士集、揭应奉傒斯、张句曲雨、杨提举廉夫而已。赵稍清丽而伤于浅;虞颇健利;刘多伧语而涉议论,为时所归;廉夫本师长吉,而才不称,以断案杂之,遂成千里。元文人自数子外,则有姚承旨枢、许祭酒衡、吴学士澄、黄侍讲溍、柳国史贯、吴山长莱、危学士素,然要而言之,曰无文可也。"

元时杂剧、小说大行,平民文学,于斯为盛。明兴,文则推宋濂,诗则推高启。而王祎、刘基、方孝孺,实潜溪之辅;杨基、张羽、徐贲,并吴中之杰。台阁之体,东里辟其源,长沙导其流。及北地李献吉、信阳何大复,摹先秦之遗则,振建安之体势。余姚王伯安,独标理学之帜。嘉靖初,王慎中、唐顺之,复宗韩柳为古文;归震川、茅鹿门,溉其余风。而李攀龙、王世贞,则守北地、信阳之说,互相诋訾。自万历以来,袁中郎欲变王、李肤廓,首倡清新,号公安体。钟谭承之,益流为纤仄,号竟陵体,以至明亡。文章之变,如是而已。

清初承明之遗彦,诗人则钱谦益、吴伟业,古文则侯方域、魏禧、汪琬。康熙间王贻上为诗始主神韵,而方望溪古文极有义法,并称大家。贻上同时诗人,又有"南施北宋"之目,赵秋谷独为异说。乾隆以来,则沈德潜言诗主格调,袁枚主性灵,颇风动一世。惟黄仲则号为豪健。望溪门人刘海峰、海峰门人姚姬传,皆桐城人,故古文称桐城派,当时又支为阳湖派。桐城派之传最广,近日曾国藩亦宗桐城派云。

第三节　精神上之观察

古今文学大势,就精神上观察之,其别有四期。虽未能立确然之区划,然亦固各关于时势也。

一、创造文学。创造者,前无所因,体必己出。自有文字以来,至于周秦之末世,皆为创造时代。章学诚以至战国而文章之体备,盖五经既作,实为众制之渊源。至于战国诸子,驰骋辩论,文藻益富,而纵横之学,出于古行人之官。苏、张侈陈形势,为京都诸赋所本。安陵之从田,龙阳之同钓,则《上林》《羽猎》所取资也。乃若韩非肇连珠之体,屈宋极骚人之致,并为后世宗效。《文史通义·诗教》篇列《文选》诸体,推其并出于战国甚详。要之周秦以前,并是文章创造时代也。

二、模拟文学。周秦以后,文章率出于模拟。然上者模拟其精神,次乃模拟其形貌。相如、枚乘之拟《骚》《雅》,拟其精神者也;扬雄之拟《易》《论语》,拟其形貌者也。故《史通·模拟》篇有"貌同心异""貌异心同"之说。周之诗骚,汉之赋,六朝之骈体,唐之诗歌,宋之词,元之小说、杂剧,皆貌异心同之类也;后世文集,拘牵形貌,陈陈相因,皆貌同心异之类也。章学诚曰:"子史衰而文集之体盛,著作衰而辞章之学兴。文集者,辞章不专家,而萃聚文墨,以为蛇龙之沮也。后贤承而不废者,江河导而其势不容复遏也。经学不专家,而文集有经义;史学不专家,而文集有传记;立言不专家(即诸子书也),而文集有论辩。后世之文集,舍经义与传记、论辩之三体,其余莫非辞章之属也。而辞章实备于战国,承其流而代变其体制焉。学者不知,而溯挚虞所裒之《流别》(挚虞有《文章流别集》)甚且以萧梁《文选》,举为辞章之祖也,其亦不知古今流别之义矣。"又曰："论文拘形貌之弊,至后世文集而极矣。盖编次者之无识,亦缘不知古人之流别、作者之意指,不得不拘貌而论文也。集文虽始于建安(魏文撰徐、陈、应、刘文为一集,此文集之始。挚虞《流别集》犹其后也。),而实盛于齐、梁之际,古学之不可复,盖至齐梁而后荡然矣。"(挚虞《流别集》乃是后人集前人。人自为集,自齐之《王文宪集》始,而昭明《文选》又为总集之盛矣。)

三、国家文学。夫模拟文章,能得其精神,而不专取其形式,则犹可以致一时之盛。故模拟之弊,极而不可挽者,实在国家以文章取士之后。班固已诋博士为利禄之路。汉以下虽重文章,然门望选举,取士犹有他途。唐宋以还,一以诗、赋、策论、经义为尚。模拟之道,于是乎终穷。然宋尤甚于唐,盖唐时登第,犹赖名人达学为之延誉,宋以后始纯任有司之耳目矣。苏子瞻云："文字之衰,未有如今日者也,其源出于王氏。王氏之文,未必不善也,而患在于好使人同己。自孔子不能使人同,颜渊之仁、子路之勇,不能以相移,而王氏欲以其学同天下。地之美者同于生物,而不同于所生。惟荒瘠斥卤之地,弥望皆黄茅白苇,此则王氏之同也。"杨用修云："宋世儒者失之专,今世学者失之陋。失之专者,一骋意见,扫灭前贤;失之陋者,惟从宋人,不知有汉唐前说也。宋人曰是,今人亦曰是;宋人曰非,今人亦曰非。高者谈性命,祖宋人之语录;卑者习举业,抄宋人之策论。其间学为古文歌诗,虽知效韩文杜诗,而未始真知韩文杜诗也,不过见宋人尝称此二人而已。盖经义之弊,始于宋王安石,至明清以来,其汩没士人聪明才智,使终身不得自拔,昔人论之详矣。模拟之弊至此,文章安得不日衰乎?"

四、平民文学。昔者太史陈诗,其所采者,匹夫匹妇之歌谣而已,皆怨叹感讽,出于自然,不待国家制其体势、施其劝禁也。于是孔子有取焉,以为十五国风。失德之君,恶讥刺并兴,始有监谤之事。诗人之戒,不得以明。《春秋》乃隐约其辞,以寓褒贬。定、哀之间多微词,主人习其读而问其传,则不知己之有罪。盖继诗以发愤,不得已之志与? 孟子曰："《诗》亡而后《春秋》作。"此之谓也。自春秋以后,平民文学,几乎息矣,况更秦之暴政哉。由汉暨唐，国家虽重文学，然未尝多方以为之桎梏。故模拟之余，犹得自纵其词采。其后程试有格，士人所传者定说、所守者定法，父师相教，一切务同于国家之好尚，至其弊之极。而后宋元之间，复有平民文学之萌动，词、曲、小说是也。其言颇猥杂不类，或悉用俗语，不尚文雅，岂非惩于国家文学之敝，而自变其体以发愤者耶？甚至苴弃德义，不屑与国家之好尚同，以洸洋而恣已。君子陋其文而哀其志，以为风诗之遗也。然平民文学，固不当仅存于俗语，宋元以来，格于国家之势，是以其体未大也。自清季始废科举，民治嗣兴，国家宜无复束缚文学之事，则自今以往，平民文学，殆将日盛乎！

综而言之，国家文学，近于模拟；平民文学，近于创造。创造与模拟合，广臻文学之极轨矣。

第四章　中国文学之特质

第一节　文字最古之特质

近世言语学者，论世界言语起源，以单音为最古。故言语学之系别有三：一曰单音系（Monosyllabic），二曰合体系（Agglutinative），三曰变音系（Inflexive）。单音系者，就人类原始之音，创立字体，以为之符，吾国及暹罗、缅甸、安南，以至国内苗、猓诸族，咸属此系，言语形式之最古者也。其次乃有合体系。合体系者，以单音字胶合，形则相缀，音亦随增，离之仍各自为字，条兰尼恩（Turanian）族，如今土耳其等，咸属此系。又次有变音系，随其声之屈折，以适于变，形声并繁，离之不复悉各成字矣，闪弥族及今所谓印度欧罗巴语系，咸属此种，其于祖单音一也。今欧洲文字，莫不有语根（Root）、冠语（Prefix）、缀语（Suffix）之辨，是即当时孳乳转变之成法。久渐淆乱，不尽可别。然彼土所谓语根之单音，统其字形之最简者而言，有时合尾音读之，不仅一音。惟中国一字一音，乃真可谓单音耳。偶有点画繁重，合数字而成者，其音仍纯乎一，确守世界最古单音之旧系，斯足异矣。

世传太昊时已有文字，然仓颉之字独盛行，后世字书，无不宗仓颉者。仓颉或云黄帝史官，或云先于黄帝，要在今四五千年以前。仓颉以来，书之体势虽有篆楷之殊，而其形义，仍垂旧式，卒无所变。惟仓颉能造此通用数千年之文字，非如埃及、巴比伦古文，久归销亡也。自腓尼基人始创标音文字，中国文字，所以不立字母者，盖主义不主音，创造于字母发见之前故也。欧洲造字，亦始于象形，其后音繁，乃立字母以范之。字母行而象形之书废矣。

十九世纪中，考古学者，多探索埃及、巴比伦古文，论者遂谓中国文物，来自西方。自那古伯礼（Terrien de La Canperie）以后，此论渐寂，亦一时风尚使然也（那氏一千八百九十二年始卒）。那氏尝主《东方杂志》，所著《中国文明史》，以神农即巴比伦之沙恭（Sargon），以黄帝即巴比伦之纳洪特（Kndur Nakhunte），又以《易经》卦名，比附楔形文字，考证至数十条，真可谓谬悠无实之谈，不足深辨也。

哀德砡氏（Edkins）著《中国言语学上之地位》（China's Place in Philology），谓世界言语，同出一源，皆发自小亚细亚之米所波大未（Mesopotamia）及亚米尼亚（Armenia）之间（按哀氏前已有此说），其始必别有一种单音文字，在埃及与中国文字之前，而为诸族文字之祖者。书中多引中国文字比较，其一条引中国"别"字，读若 bit 或 pit，梵文曰 bheda，希伯来曰 bad，拉丁文曰 pars、bartis，英文曰 separation、departure，其义皆与"别"同，而音亦相近。晚出之字，虽加冠语、缀语，仍中含原音，可为文字始出一源之证。余多用此例。按中国"别"之义本出于"八"（象相背义之），读若 bah 或 par，其音益与欧、梵语根合，哀氏所谓更有一种单音文字在中国之先者，既无何等确据，则用哀氏之例，谓中国单音文字实为诸族之源，亦何不可？要之中国文字，其音读形式，在世界中，宜为最古矣。

至于中国文句位置，亦得言语自然之序。（见第二章第五节）此又其最古之一证也。

第二节　美之特质

中国文章形式之最美者，莫如骈文、律诗，此诸夏所独有者也。

一、骈文。阮元《文韵说》曰："八代不押韵之文，其中奇偶相生，顿挫抑扬，咏叹声情，皆有合乎音韵宫羽者。《诗》《骚》而后，莫不皆然。而沈约矜为创获，故于《谢灵运传论》曰：'自灵均以来，此秘未睹，至于高言妙句，音韵天成，皆暗与理合，匪由思至。'又约《答陆厥书》云：'韵与不韵，有精粗，轮扁不能言之，老夫亦不尽辨。'休文此说，乃指各文章句之内有音韵宫羽而言，非谓句末之押脚韵也。（即如"雌霓连蜷"，"霓"字必读仄声是也。）是以声韵流变，而成四六，亦只论章句中之平仄，不复有押脚韵也。四六乃有韵文之极致，不得谓之为无韵之文也。昭明所选不押韵脚之文，本奇偶相生，有声音者，所谓韵也。休文所矜为创获者，谓汉魏之音韵，乃暗合于无心；休文之音韵，乃多出于意匠也。"盖骈文至齐梁为盛,徐、庾嗣作,声律弥精矣。

二、律诗。沈约之论音韵,本兼诗文为言,故律诗之法,亦至休文始严,有四声八病之说。刘勰《文心雕龙》曰:"声画妍媸,寄在吟咏;吟咏滋味,流于字句,气力穷于和韵。异音相从谓之和,同声相应谓之韵。韵气一定,故余声易遣;和体抑扬,故遗响难契。"又曰:"双声隔字而每舛,叠韵杂句而必睽。"此极论句中平仄调适之法。唐初上官体,及沈宋继作,于是律体大成矣。

夫骈文、律诗,既准音署字,修短相侔,两句之中,又复声分阴阳,义取比对,可谓美之极致。然亦字必单音,乃能所施尽协。异邦之人,书违颉诵,即有闳文丽藻,而音调参差,隶事亦匪均切,非其至矣。故吾国文章,所长虽非一端,骈文、律诗,则尤独有之美文也。

第五章　古来关于文学史之著述及本编之区分

文史之名,始于唐吴兢《西斋书目》,欧阳修《唐书·艺文志》因之,于是后之作史者,并于总集后附列文史一门,录《文心雕龙》《诗评》以下诸评论文学之书。宋《中兴书目》曰:"文史者,讥评文人之得失也。"故其体与今之文学史相近。

《四库提要·诗文评类叙》曰:"文章莫盛于两汉,浑浑灏灏,文成法立,无格律之可拘。建安、黄初,体裁渐备,故论文之说出焉,《典论》其首也。其勒为一书,传于今者,则断自刘勰、钟嵘。勰究文体之源流,而评其工拙;嵘第作者之甲乙,而溯厥师承,为例各殊。至皎然《诗式》,备陈法律;孟棨《本事诗》,旁采故实。刘攽《中山诗话》、欧阳修《六一诗话》,又体兼说部。后所论著,不出此五例中矣。宋明两代,均好为议论,所撰尤繁。虽宋人务求深解,多穿凿之词;明人喜作高谈,多虚憍之论。然汰除糟粕,采撷菁英,每足以考证旧闻,触发新意。"

按古来关于文学史之著述,共有七例:

一、流别。挚虞《文章流别》、任昉《文章缘起》为一类,此专别文体者也,后世如吴讷之《文体明辨》、徐师曾之《诗体明辨》之类宗之。刘勰《文心雕龙》为一类,总论文体源流而兼及其优劣者也,后世刘知幾之《史通》、章学诚《文史通义》之类宗之。

二、宗派。钟嵘《诗品》,其论诗必推其源出何人,而后评其优劣。流为张为之《主客图》、吕居仁之《江西诗派图》等。(后有《词品》《曲品》之类,以数语评作家优劣,亦出钟嵘。)

三、法律。皎然《诗式》、齐己《风骚旨格》并论文章法律。降如《声调谱》之类,皆其流也。

四、纪事。孟棨《本事诗》,始以事系诗。后有计有功之《唐诗纪事》及厉鹗《宋诗纪事》等。

五、杂评。魏文帝《典论》,始杂评当时文人。宋以来诗话之体大行,或偶论一人,或间章断句,虽颇掎摭利病,而叙述不甚有纪。

六、叙传。荀勖《文章叙录》,兼载文人行事。张骘始为《文士传》,及辛文房《唐才子传》、历史《文苑传》等,皆此类也。

七、总集。挚虞撰《文章流别》,又为文章志,以集录文人篇章。及《文选》《玉台新咏》出,立后世总集之规模,皆掇其菁华,以为楷式者也。

今世文学史,其评论精切,或不能逮于古。然实奄有以上诸体以为书,且远溯文章所起,暨于近世,述其源流,明其盛衰,其事诚尤繁博而难齐也。以属于历史之一部,故分为上古、中古、近古、近世四期。由五帝至秦为上古,由汉至隋为中古,由唐至明为近古,清一代为近世。每期各分章节,先述其时势,次及文人出处,制作优劣,附载名篇,以资取法焉。

第二编　上古文学史

第一章 邃古文学之渊源

第一节 名与字之起源

民之生也,既有言语,则有名,有名则有字形,故《字源》谓文字起于太昊时,而神农以下颇有作书者。要之,名必先于字。贾公彦《周礼正义》,论名之起源甚详。其言曰:

> 天皇地皇之日,无事安民。降自燧皇,方有臣矣。是以《易·通卦验》云:"天地成位,君臣道生。君有五期,辅有三名。"(注云:"三名,公、卿、大夫。")又云:"燧皇始出,握机矩表计,置图其刻曰:'苍牙,通灵昌之成,孔演命,明道经。'"(注云:"燧皇,谓人皇,在伏羲前,风姓,始王天下者。")是故政教君臣,起自人皇之世。至伏羲因之。故《文耀钩》云:"伏羲作《易》,名官者也。"又按《论语撰著》云:"黄帝受地形象天文以制官。"伏羲以前,虽有三名,未必具立官位,至黄帝名位乃具。是以《春秋纬·命历序》云:"有九头纪,时有臣,无官位尊卑之别。"燧皇、伏羲既有官,则其间九皇六十四民有官明矣,但无文字以知其官号也。按《左传·昭十七年》云:"秋,郯子来朝,公与之宴。昭子问焉,曰:'少皞氏以鸟名官,何故也?'郯子曰:'吾祖也,我知之。昔者黄帝氏以云纪,故为云师而云名。'(注云:'黄帝轩辕氏,姬姓之祖也。黄帝受命有云瑞,故以云纪事,百官师长,皆以云为名号。缙云氏盖其一官也。')炎帝氏以火纪,故为火师而火名。共工氏以水纪,故为水师而水名。太皞氏以龙纪,故为龙师而龙名。我高祖少皞挚之立也,凤鸟适至,故纪于鸟,为鸟师而鸟名。"又云"凤鸟氏,历正"之类,又以五鸟、五鸠、九扈、五雉并为官长,亦皆有属官,但无文以言。若然,则自上以来所云官者,皆是官长。故皆云师以目之。又云:"自颛顼以来,不能纪远,乃纪于近。"是以少皞以前,天下之号象其

德,百官之号象其征;颛顼以来,天下之号因其地,百官之号因其事。事,即司徒、司马之类是也。

以上所论,但称官名。《春秋命历序》:"伏羲、燧人,始名物虫鸟兽。"盖作名之初,当先有物名,复借物名以名事,则官名乃生。故官名取诸龙鸟之属,即是物名也。至谓燧人、伏羲但有名,无文字,此亦未审。当时文字虽未备,当已渐有字形也。《易·乾凿度》:"方上古之时,人民无别,群物无殊,未有衣食器用之利,于是伏羲乃仰观象于天,俯观法于地,中观万物之宜,始作八卦以通神明之德,以类万物之情。"《礼·含文嘉》:"伏羲德洽上下,天应以鸟兽文章,地应以河图、洛书,乃则象而作《易》。"《古史考》:"伏羲氏作卦,始有筮。"伏羲画八卦,因自重为六十四卦,故可以筮。又博观天地万物之象,立其名号,偶画其象,以为字形。此理或有之。《字源》以文字起于伏羲,其说未必诬也。《乾凿度》又以"☰"为古"天"字,"☷"为古"地"字,"☶"为古"山"字,"☳"为古"雷"字,"☴"为古"风"字,"☲"为古"火"字,"☵"为古"坎"字,"☱"为古"泽"字。然则卦画亦即伏羲时字形矣。

钱维城《与戴东原书》曰:"六书之道,有形有声。形者,字体也。声者,音韵也。儒者著述,必衷六经。《易》称庖牺氏仰观天文,俯察地理,观鸟兽之文,与地之宜,始作八卦。而书契之兴,未详作者。然卦画已具字形,窃谓三画即'乾'字,六画即'坤'字。大辂椎轮,必自于此。"

综而论之,则伏羲时既作鸟兽物虫之名,因画卦象,渐立文字。神农以下,并有踵益。虽其体之同于仓颉与否不可考知,宜为仓颉所本。所谓"神农结绳而治"者,郑玄注以"大事大结其绳,小事小结其绳"。盖当时物名虽颇有,而事名未具,或借物名以系事,而未能周给,故与结绳并行。近人有谓结绳亦字体之一种者。要未可缘是遂谓伏羲、神农无文字也。

汉碑谓伏羲苍精,始制文字。梁昭明太子《文选序》,亦谓"伏羲氏之王天下也,始画八卦,造书契,以代结绳之政,由是文籍生焉"(此用伪孔《书序》)。郑樵《通志·金石略》,首录太昊金、尊卢氏币、神农氏金,当时并传拓本。虽金石多伪托，不可尽信，亦可证古多谓文字起于皇时，不过至仓颉而后大备耳。

第二节　诗之起源

据纬书及他书记载，伏羲、神农，并作乐器，兼立乐名。故歌曲之兴，必于邃古。盖民生而有悲愉之情，其发于声音，自然有舒疾长短咏叹往复之和。是以文学起源，韵文宜先于散文也。《诗序》云："情动于中而形于言，言之不足，乃永歌嗟叹。"声成文，谓之音，盖以由诗乃为乐也。今引古书论伏羲、神农时乐歌者如下。

（一）伏羲。《孝经·钩命诀》："伏羲乐曰《立基》，一曰《扶来》，亦曰《立本》。"

《世本》："伏羲作瑟，五十弦。瑟，洁也。使人清洁于心，淳一于行。"

《楚辞》注："伏羲作瑟，造《驾辩》之曲。"元结《补乐歌》，有伏羲氏作《网罟》之歌。

（二）神农。《孝经·钩命诀》："神农乐曰《下谋》，一名《扶持》。"

《说文》："琴，乐也。神农所作，洞越练朱五弦。"

《新论》："神农氏为琴七弦，足以通万物而考理乱也。"

（三）伏羲、大庭以后。《帝王世纪》："女娲氏亦风姓，承庖羲制度。女娲氏没，大庭氏王有天下。次有柏皇氏、中央氏、栗陆氏、骊连氏、赫胥氏、尊卢氏、祝融氏、混沌氏、昊英氏、有巢氏、葛天氏、阴康氏、朱襄氏、无怀氏，皆袭庖羲之号。"《孝经·钩命诀》："祝融乐曰《属绩》。"

《吕氏春秋》："昔古朱襄氏之治天下也，多风而阳气富积，果实不成。故士达作为五弦瑟以采阴气，以定群生。昔葛天氏之乐，三人操牛尾，投足以歌八阕：一曰《载民》、二曰《玄鸟》、三曰《遂草木》、四曰《奋五谷》、五曰《敬天常》、六曰《达帝功》、七曰《依帝德》、八曰《总万物之极》。昔阴康氏之始，阴多滞伏，而湛积水道，壅塞不行。其原民气郁阏而滞著，筋骨瑟缩不达，故作为舞以宣导之。"《文心雕龙》曰："葛天氏乐辞云'玄鸟在曲'。"

孔颖达《毛诗正义》，申郑玄《诗谱序》之说，以伏羲时无诗，神农时乃疑有之。今备录其说。

《诗谱序》云："诗之兴也，谅不于上皇之世。"《正义》曰："上皇谓伏羲，三皇之最先者，故谓之上皇。郑知于时信无诗者，上皇之时，举代淳朴，田渔而食，与物无殊，居上者设言而莫违，在下者群居而不乱，未有礼义之教，刑罚之威。为善则莫知其善，为恶则莫知其恶。其心既无所感，其志有何可言？故知尔时，未有诗咏。"又曰："郑注《中候·敕省图》，以伏羲、女娲、神农三代为三皇，以轩辕、少昊、高阳、高辛、陶唐、有虞六代为五帝。德合北辰者皆称皇，感五帝座星者皆称帝。故三皇三而五帝六也。大庭，神农之别号。大庭、轩辕，疑其有诗者，大庭以还，渐有乐器。乐器之音，逐人为辞，则是为诗之渐。故疑有之也。《礼记·明堂位》曰：'土鼓、蒉桴、苇籥，伊耆氏之乐也。'注云：'伊耆氏，古天子之号。''夫礼之初，始诸饮食。蒉桴而土鼓。'注云：'中古未有釜甑。'而中古谓神农时也。《郊特牲》云：'伊耆氏始为蜡。'蜡者，为田报祭。案《易·系辞》称神农始作耒耜以教天下，则田起神农矣。二者相推，则伊耆、神农，并与大庭为一。大庭有鼓籥之器，黄帝有《云门》之乐，至周尚有《云门》，明其音声和集。既能和集，必不空弦，弦之所歌，即是诗也。但事不经见，总为疑辞。"

伊耆氏《蜡辞》：

土反其宅，水归其壑。昆虫毋作，草木归其宅。

《吴越春秋》：越王欲谋复吴，范蠡进善射者陈音。音，楚人也。越王请音而问曰："孤闻子善射，道何所生？"音曰："臣闻弩生于弓，弓生于弹，弹起于古之孝子。不忍见父母为禽兽所食，故作弹以守之。"歌曰：

断竹，续竹；飞土，逐宍。

《文心雕龙》曰:"黄歌断竹。"则以此歌在黄帝时。然黄帝时,已有弓矢。弓缘弩而作,弹复在前。若然,此歌宜传自皇时也。《吴越春秋》虽晚出难据,以自昔录古逸者,并用此歌冠首,故附著于此焉。

第三节　散文之起源

名字既作,人事浸繁,则有求于宣教、达事、合契、致远,是散文之体所由肇也。《周礼》:"小史掌三皇五帝之书。"明三皇已有书。《易·下系》云:"上古结绳而治,后世圣人易之以书契,盖取诸夬。"既象夬卦而造书契,伏羲有书契,则有夬卦矣。故伪孔《尚书序》云:"古者伏羲氏之王天下也,始画八卦,造书契,以代结绳之政。"又曰:"伏羲、神农、黄帝之书,谓之三坟是也。"

《管子》记古之封泰山禅梁父者七十二家,无怀氏为首,次以伏羲、神农。《韩诗内传》:"自古封泰山禅梁父者,万有余家。孔子观之,不能尽识。"《说文序》论书体之异,亦谓"封于泰山者,七十有二代,靡有同焉"。据此则邃古之世,已有封禅,并有文字纪刻可观。秦政欲拟迹皇代,故多为刻石之文,则斯体所自来远矣。

《汉志》阴阳五行神仙之书,往往有名伏羲、神农者,大抵六国时依托。而神农《本草经》,尤行于今时。郑玄《易论》引伏羲十言之教,其余子书多载神农之教者,是否当时原文,虽不可知,然教令之事,故当兴自远古也,录以备考。

伏羲十言之教:

乾坤震巽坎离艮兑消息。(郑玄《易论》)

神农之教:

一谷不登减一谷,谷之法什倍。二谷不登减二谷,谷之法再什倍。第疏满之,无食者予之陈,无种者贷之新。故无什倍之贾,无倍称之民。(《管子》)

丈夫丁壮不耕,天下有受其饥者;妇人当年不织,天下有受其寒者。故其耕不强者,无以养其生;其织不力者,无以衣形。(《文子》)(《吕览》所引略有同异。)

有石城十仞,汤池百步,带甲百万,而无粟不能守也。(《汉书》)

第二章　五帝文学

第一节　黄帝正名及仓颉造字

黄帝之时，古之成名已繁，或相淆乱，于是黄帝乃正名百物。纬书称礼名起于黄帝，盖先世已有物名、官名，而礼名未具。黄帝因物起事，一正其名。仓颉又即旧有字形，广其类例，或因或创，字体大备。《说文》曰："黄帝之史仓颉，见鸟兽蹄迒之迹，知分理之可相别异也，初造书契。百工以乂，万民以察，盖取诸《夬》。"又曰："仓颉之初作书，依类象形，故谓之文。其后形声相益，即谓之字。"卫恒《书势》："黄帝之史沮诵、仓颉，视彼鸟迹，始作书契，纪纲万事，垂法立则。"盖仓颉作书，宜有诸史同治，沮诵亦其一也。

《淮南子》："仓颉作书而天雨粟，鬼夜哭。"《论衡》："仓颉四目，为黄帝史。"然《春秋·元命苞》及《河图玉版》并以仓颉为帝，非黄帝臣也。故又号史皇氏，或云在黄帝前。《世本》："史皇作画。"《淮南子》亦谓："史皇生而能书。"仓颉、史皇，要是一人耳。

《通志·金石略》曰："仓颉《石室记》有二十八字，在仓颉北海墓中，土人呼为藏书室。周时自无人识，逮秦李斯始识八字，曰：'上天作命，皇辟迭王。'"汉叔孙通识十二字，《淳化阁帖》有仓颉书。（见绪论第二章第二节。）

《吕氏春秋》曰："仓颉造大篆。"是仓颉书亦可称大篆。《说文》所叙古文，即仓颉古文。《史籀》十五篇，与古文或异者，非悉异也。文字自以仓颉、史籀为正。李斯小篆，但略变书势耳。

吾丘衍《学古编》曰："《仓颉》十五篇，即是《说文》目录五百四十字，许慎分为每部之首，人多不知，谓已久灭。此为字之本原，岂得不在？后人又并字目为十四卷，以十五卷著叙表，人益不意其存矣。仆闻之师云。"《小学考》曰："李斯作《仓颉篇》，首始有仓颉句，遂以名篇。犹史游之《急就》也。至吾丘衍以《仓颉》为十五篇，且谓即《说文》目录五百四十字，此乃其师说之谬，不足信也。按仓颉造字，诚宜先立偏旁，孳乳益繁。然遽谓仓颉所造，仅于此五百四十字，则殊不然。盖当时造字，固已大备，所以能推施于后。如韩非子引仓颉'自环为私，背私为公'，及旧说'仓颉见秃人伏禾中，乃造秃字'，此皆不在部首。其余可知也。"

第二节　黄帝时文学及于后来之影响

黄帝时文字既备，所以达事载言，必有多方，此无足异也。代历绵邈，依托者众，《汉志》并录存之，亦疑以传疑之例矣。故今世所传黄帝时文字，不必果出黄帝。然当时宜已有著述之体，是以后世溯其源而系其名也。今考诸书所称黄帝时文体，略述于下：

颂　《庄子》：黄帝张《咸池》之乐，有焱氏为颂曰："听之不闻其声，视之不见其形，充满天地，包裹六极。"《拾遗记》称黄帝有《衮龙》之颂，又有宁封《七言颂》。

铭　《汉志》有《黄帝铭》六篇。蔡邕《铭论》："黄帝有《巾几》之法，孔甲有《盘盂》之诫。"《皇王大纪》："帝轩作《舆几》之箴。"箴亦统于铭。《大戴记》载黄帝《丹书》之言曰："敬胜怠者吉，怠胜敬者灭。义胜欲者从，欲胜义者凶。"《鼎录》有黄帝《鼎铭》。

议　管子曰："轩辕有明堂之议。"徐炬《事物原始》曰："此为议之始也。"

曲　黄帝既有《咸池》之乐，又承前世，仍作歌曲。《归藏》曰："蚩尤出自羊水，八肱，八趾，疏首。登九原以伐空桑，黄帝杀之于青丘。作《棡鼓》之曲十章：一曰《雷震惊》，二曰《猛虎骇》，三曰《鸷鸟击》，四曰《龙媒蹀》，五曰《灵夔吼》，六曰《雕鹗争》，七曰《壮士夺志》，八曰《熊罴哮唅》，九曰《石荡崖》，十曰《波荡壑》。"

诏命　《文心雕龙·诏策》曰："轩辕、唐虞，同称曰命。"

道书　《汉志》道家有《黄帝四经》四篇，《黄帝君臣》十篇，《杂黄帝》五十八篇。《列子》引黄帝曰："精神入其门，骨骸反其根，我尚何存？"此道家之说也。他如道书所载天真皇人之《度人经》、宁封之《龙跷经》、广成子之《自然经》,皆黄帝所受。自魏晋来,有此说矣。

医书 《帝王世纪》:"黄帝命雷公、岐伯论经脉旁通,问难八十,为《难经》。教制九针,著内、外经术十八卷。"《汉志》有《黄帝内经》十八卷,《外经》三十七卷。

小说 《汉志》小说有《黄帝说》四十篇,迂诞依托。然《史记》称黄帝且战且学仙,及鼎湖龙髯之事,殆出自小说家言也。

阴阳家 《汉志》阴阳有《黄帝泰素》二十篇,六国时韩公子所作。

纵横家 苏秦、张仪,事鬼谷先生,受《黄帝阴符》。虽是今所传阴符与否不可知,然则纵横家亦宜托始黄帝也。

杂家 孔甲《盘盂》二十六篇。《七略》:"《盘盂》书者,传言孔甲为之。孔甲,黄帝之史也。书盘中为诫法。"《汉志》列入杂家。

兵家 《汉志》兵阴阳有《黄帝》十六篇、黄帝臣《封胡》五篇、《风后》十三篇、《力牧》十五篇、《鬼容区》三篇,虽并以为依托,然兵家固当始自黄帝耳。

天文 《汉志》有《黄帝杂子气》三十三篇。

历谱 《黄帝五家历》三十三卷,见《汉志》。

五行书 《黄帝阴阳》二十五卷,见《汉志》五行。

占书 《汉志》杂占有《黄帝长柳占梦》十一卷。

神仙书 《汉志》神仙有《黄帝杂子》三家。

至于《隋志》以下所录黄帝书犹不止此,并不复引。盖黄帝时文字既具,诸学并可传述,故后世著述,多托于黄帝。黄帝诚于文学诸体,有开创之功也。

黄帝时文明大启,颛顼、帝喾,但承黄帝之道而已,当时亦宜颇有书,略证于下:

《新书》:"帝颛顼曰:'至道不可过也,至义不可易也,是故以后复迹也。故上缘黄帝之道而行之,学黄帝之道而赏之,加而弗损,天下亦平

也。'"（《吕氏春秋》亦引此语）

又："帝喾曰：'缘道者之辞而学为己，缘巧者之事而学为巧，行仁者之操而学为仁也。故节仁之智而修其躬，而身专其美矣。故上缘黄帝之道而明之，学帝颛顼之道而行之，而天下亦平也。'"

《淮南子》："帝颛顼之法：'妇人不辟男子于道者，拂之于四达之衢。'"

据《淮南子》所引颛顼之法，则颛顼以下，又颇有政治法令之书矣。

第三节　唐虞文学

孔子删《书》，断自唐虞，盖始于帝尧，而为之赞曰："惟天为大，惟尧则之。巍巍乎，其成功也！焕乎，其有文章！"当是之时，制作明备，礼乐具举，功成让贤，舜乃登庸。盖自伏羲以来，皆以世及为礼。尧乃不传于子，询于四岳，扬于侧陋，故古之言治者，莫不称尧、舜，可谓至德也已。于是历象日月星辰，敬授人时，平洪水之难，作五刑，距苗戎，诗乐典制，垂世化俗之事，滋多于前古矣。辄采其有关于文学，而流传较古者，疏记于下：

《文心雕龙》曰："至尧有《大唐》之歌，舜造《南风》之诗，观其二文，辞达而已。"

《路史·后纪》："帝尧制七弦，徽《大唐》之歌，而民事得；制《咸池》之舞，而为经首之诗，以享上帝，命之曰《大咸》。帝舜作《大唐》之歌，以声帝美。声成而彩凤至，故其乐曰：'舟张辟雍，鸧鸧相从，八风回回，凤凰喈喈。'言其和也。"《尸子》："帝舜弹五弦之琴，以歌《南风》。"其诗曰：

　　南风之薰兮，可以解吾民之愠兮。南风之时兮，可以阜吾民之财兮。（亦见《家语》）

《南风》诗见于《乐记》，而不著其词，独见《尸子》。当时诗歌之属，宜已

多有,孔子于《帝典》录有虞之歌,且载舜命夔之言曰:"诗言志,歌永言。"是诗教之始也。《虞书》帝庸作歌曰:

"敕天之命,惟时惟几。"又曰:"股肱喜哉,元首起哉,百工熙哉。"

皋陶《赓歌》曰:

"元首明哉,股肱良哉,百工康哉。"又曰:"元首丛脞哉,股肱惰哉,万事堕哉。"

《尚书大传》:舜作《卿云歌》曰:

"卿云烂兮,纠缦缦兮。日月光华,旦复旦兮。"

《八伯歌》曰:

"明明上天,烂然星陈。日月光华,弘于一人。"

帝乃载歌曰:

"日月有常,星辰有行。四时顺经,万姓允诚。于予论乐,配天之灵。迁于贤善,莫不咸听。鼚乎鼓之,轩乎舞之。菁华已竭,褰裳去之。"

他书记尧、舜歌诗之属,掇录于下:

《列子》:"尧微服游于康衢,闻童儿谣曰:'立我烝民,莫匪尔极。不识不知,顺帝之则。'问曰:'谁教尔为此言?'童儿曰:'我闻之大夫。'问大夫,大夫曰:'古诗。'"

《淮南子》:"《尧戒》曰:'战战栗栗,日慎一日。人莫蹪于山,而蹪于垤。'"

《高士传》:"帝尧之时,天下太和,百姓无事。壤父年八十余,而击壤于道中。观者曰:'大哉,帝之德也!'壤父曰:'吾日出而作,日入而息,凿井而饮,耕田而食,帝何德于我哉?'"

《吕览·慎人》:"舜自为诗曰:'普天之下,莫非王土;率土之滨,莫非王臣。'所以见尽有之也。"

《文心雕龙》:"舜祠田曰:'荷此长耜,耕彼南亩,四海俱有。'利民之志,颇形于言矣。"《庄子》:"尧之师曰许由,许由之师曰啮缺,啮缺之师曰王倪,王倪之师曰被衣。"又曰:"啮缺问道乎被衣,被衣曰:'若正汝形,一汝视,天和将至;摄汝知,一汝度,神将来舍。德将为汝美,道将为汝居。汝瞳焉如,新生之犊,而无求其故。'言未卒,啮缺睡寐,被衣大悦,行歌而去之。歌曰:'形若槁骸,心若死灰,真其实知,不以故自持。媒媒晦晦,无心而不可与谋。彼何人哉!'"

《述异记》:"崆峒山有尧碑、禹碣,皆籀文焉。伏滔述帝功德,铭曰:'尧碑禹碣,历古不休。'"则尧时已有刻石文字。盖无怀封禅,见于《管子》,而刘勰亦称黄帝勒功乔岳。虽遗文不传,而渊源可证。《水经注》:"河图,帝王之阶。图载江河、山川、州界之分野。后尧坛于河,受《龙图》,作《握河记》。逮虞舜、夏、商,咸亦受焉。"此为记之始,亦地理书之始也。《汉志》小说家又有《务成子》十一篇,称《尧问》非古语,历世久远,自不免于依托也。

至如《琴操》《拾遗记》《古今乐录》等,多有尧、舜时歌词,如尧之《神人畅》,舜之《思亲操》等。《琴操》又别有《南风歌》,其词甚浅。以后此类,皆不录焉。

《书序》:"帝釐下土,方设居方,别生分类。作《汨作》、《九共》九篇、《稿饫》。"以上十一篇俱亡。盖唐虞之际,文字之散佚者众矣。诸子记尧、舜之

语,或不足信据,然亦疑有所本。录贾谊《新书》一条于下,可以考焉:

《新书》:"帝尧曰:'吾存心于先古,加意于穷民。痛万姓之罹罪,忧众生之不遂也。故一民或饥,曰此我饥之也;一民或寒,曰此我寒之也;一民有罪,曰此我陷之也。仁行而义立,德博而化富。故不赏而民劝,不罚而民治,先恕而后行,是以德音远也。'"

第三章　夏商文学

第一节　禹之功烈与文学

禹平水土,其施功于民最切。既受舜禅,天下戴之。涂山之会,万国咸至,声教覃被,学术渐备。《洪范》称天锡禹《洪范九畴》,即洛书是也。刘歆以《洪范》"初一曰五行"以下六十五字,为洛书本文。其体博而用大,实儒墨之所宗矣。

《大戴礼记》:"颛顼产鲧,鲧产文命,是为禹。"《吴越春秋》:"家于西羌,地曰石纽。"石纽在蜀西川也。

夏后氏之文学,当以南音为始。《吕氏春秋》曰:"禹行水,见涂山之女,禹未之遇,而巡省南土。涂山氏之女乃命其妾候禹于涂山之阳。女乃作歌,歌曰:'候人兮猗。'"实始作为南音。周公及召公取风焉,以为《周南》《召南》。(取涂山氏女南音以为乐歌也。[高诱注])

按,涂山在今之重庆,古曰江州。杜预曰:"江州,巴国也,有涂山。禹娶涂山。"《华阳国志》曰:"帝禹之庙铭存焉。"周公所以取南音为风者,盖武王伐纣,庸、蜀、巴、渝之人实从。所谓前歌后舞者,即巴渝之歌舞,而南音之遗也。《晋书·乐志》曰,高祖为汉王时,自蜀定三秦,率賨人以从,勇而善斗,其俗喜舞。高祖乐其猛锐,数视其舞曰:"此武王伐纣歌也。"使工习之,名《巴渝舞》。舞曲四篇:一《矛渝本歌曲》,二《安弩渝本歌曲》,三《安台本歌曲》,四《行辞本歌曲》。魏初使军谋祭酒王粲改制其辞,粲问巴渝师李管、种得歌本意,乃改造四篇,以述魏德,因名《俞儿舞》,盖取"俞美"之义,与汉初异矣。然则南音历汉魏犹有存者。禹之流化,岂不远哉。

禹治水经历山川,以八年之间,垂万世之功。《书序》:"禹别九州,随山浚川,任土作贡。"然《禹贡》一篇,是夏史追书,后世以为记之始,孔子叙为《夏书》之首,昭王业所由起也。至如《山海经》颇志怪异,太史公所不敢言,然诸子书类多称述,亦有关于文学矣。

《吴越春秋》:禹"遂巡行四渎,与益、夔共谋,行到名山大泽,召其神而问之山川脉理、金玉所有、鸟兽昆虫之类及八方之民俗、殊国异域、土地里数,益疏而记之,故名之曰《山海经》"。

《论衡》:"禹、益并治洪水,禹主治水,益主记异物,海外山表,无远不至,以所闻见作《山海经》。非禹、益行远,《山海》不造。然则《山海》之造,见物博也。"

按,《山海经》颇有后世郡国地名,或后人本益所记,有所增益也。至于他书记禹治水,或因先世所藏秘文,及自勒石名山,事多诡异,宜出依托。然《述异记》云:"崆峒山有尧碑、禹碣。"《淳化阁帖》首有禹篆十二字。《舆地志》江西庐山紫霄峰下有石室,室中有禹刻篆文,有好事者,缒入摸之,凡七十余字。止有"鸿荒漾,余乃撐"六字可辨,余叵识。后复追寻之,已迷其处矣。则当时纪功刻石之事,当颇有之,辄掇古传禹治之迹。有关文学者,录数条于下,以供参考:

《吕氏春秋》:"禹得陶、化益、真窥、横革、之交五人佐禹,故功绩铭乎金石,著于盘盂。"

《吴越春秋》:"乃案《黄帝中经历》,盖圣人所记,曰:'在于九山东南天柱,号曰宛委,赤帝在阙。其岩之巅,承以文玉,覆以磐石,其书金简,青玉为字,遍以白银,皆瑑其文。'"又曰:"禹退又斋三月,庚子登宛委山,发金简之书。案金简玉字,得通水之理。"

《衡山记》云:"夏禹导水通渎,刻石书名山之巅。"

《荆州记》曰:"禹登南岳而祭之,获金简玉字之书曰:'祝融司方发其英,沐日浴月百宝生。'"

《后汉·郡国志》:"湘南,侯国。衡山在东南。"注:"郭璞曰:'山别名岣嵝。'"《湘中记》曰:"衡山有玉牒,禹案其文以治水,遥望衡山如阵云,沿湘千里,九向九背,乃不复见。"

《丹铅总录》曰:徐灵期《衡山记》云:"夏禹导水通渎,刻石书名山之高。"

刘禹锡《寄吕衡州诗》云："传闻祝融峰，上有神禹铭。古石琅玕姿，秘文龙虎形。"崔融云："于铄大禹，显允天德。龙画旁分，螺书匾刻。"韩退之诗："岣嵝山尖神禹碑，字青石赤形模奇。"又云："千搜万索何处有？森森绿树猿猱悲。"古今文字称述禹碑者不一，然刘禹锡盖徒闻其名矣，未至其地也。韩退之至其地矣，未见其碑也。崔融所云，则似见之，盖所谓螺书匾刻，非目睹之，不能道耳。宋朱晦翁、张南轩游南岳，寻访不获。其后晦翁作《韩文考异》，遂谓退之诗为传闻之误，盖以耳目所限为断也。《舆地纪胜》云："禹碑在岣嵝峰，又传在衡山县云密峰，昔樵人曾见之，自后无有见者。宋嘉定中，蜀士因樵夫引至其所，以纸打其碑七十二字，刻于夔门观中，后俱亡。"近张季文佥宪自长沙得之，云是宋嘉定中何政子一模刻于岳麓书院者。斯文显晦，信有神物护持哉。韩公及朱、张求一见而不可得，余生又后三公，乃得见三公所未见，亦奇矣。禹碑凡七十七字，《舆地纪胜》云"七十二字"，误也。其文曰：

承帝曰嗟，翼辅佐卿。洲渚与登，鸟兽之门。参身洪流，而明发尔兴。久旅忘家，宿岳麓庭。智营形折，心罔弗辰。往求平定，华岳泰衡。宗疏事衰，劳余伸诬。郁塞昏徙，南渎衍亨。永制食备，万国其宁，窜舞永奔。

按，岣嵝碑唐宋来已传有之，今所传拓本，则显于明时。杨慎始为释文，录于其金石古文中。后人颇有异释。要之，此碑真伪，良不可知。其释文亦各出臆解，录之以俟考古者详焉。其余《抱朴子》记吴王问孔子《禹书》、《古今乐录》录禹《襄陵操》等，并不具载。

第二节　夏之杂文学

禹以后则启传卜筮之词。《五子之歌》，仅有伪古文。孔甲虽作东音，而遗文不可复见。惟《大戴记》之《夏小正》、《周书》之《夏箴》，其文辞颇可观而已。

启所作乐,有《九辩》《九歌》,其词今不传。《墨子》:"夏后开使蜚廉折金于山,而陶铸之于昆吾,是使翁难雉乙卜于白若之龟,曰:

鼎成三足而方,不炊而自烹,不举而自藏,不迁而自行。以祭于昆吾之墟上。

乙又言兆之繇曰:

飨矣!逢逢白云,一南一北,一西一东,九鼎既成,迁于三国。

《山海经》注引启筮曰:

空桑之苍苍,八极之既张,乃有夫羲和,是主日月,职出入以为晦朔。瞻彼上天,一明一晦,有夫羲和之子,出于旸谷。

《夏书》惟有《禹贡》《甘誓》二篇,《书序》:"启与有扈战于甘之野,作《甘誓》。"盖三王始作誓,此后世军令檄书之类也。其文简而法。特录于下:

大战于甘,乃召六卿。王曰:"嗟!六事之人,予誓告汝:有扈氏威侮五行,怠弃三正,天用剿绝其命,今予惟恭行天之罚。左不攻于左,汝不恭命;右不攻于右,汝不恭命;御非其马之正,汝不恭命。用命,赏于祖;不用命,戮于社,予则孥戮汝。"

《吕览·音初》曰:"夏后氏孔甲田于东阳萯山,天大风,晦盲,孔甲迷惑,入于民室。主人方乳,或曰:'后来,是良日也,之子是必大吉。'或曰:'不胜也,之子是必有殃。'乃取其子以归,曰:'以为余子,谁敢殃之?'子长成人,幕动坼,斧破其足,遂为守门者。孔甲曰:'呜呼!有疾,命矣夫!'乃作为《破斧》之歌,实始为东音。"

《史记·夏本纪》:"孔子正夏时,学者多传《夏小正》云。"《集解》骃案:"《礼运》称,孔子曰:'我欲观夏道,是故之杞而不足征也。吾得夏时焉。'郑玄曰:'得夏四时之书,其存者有《小正》。'"《索隐》:"《小正》,《大戴记》篇名。"

夏小正

正月:启蛰,雁北乡,雉震呴,鱼陟负冰。农纬厥耒,初岁祭耒,始用畼,囿有见韭。时有俊风,寒日涤冻涂,田鼠出,农率均田。獭祭鱼,鹰则为鸠,农及雪泽,初服于公田。采芸。鞠则见,初昏参中,斗柄县在下。柳稊,梅、杏、杝桃则华,缇缟,鸡桴粥。

《小正》为言岁时书之最古者。《周书》引《夏箴》曰:

中不容利,民乃外次。
小人无兼年之食,遇天饥,妻子非其有也;大夫无兼年之食,遇天饥,臣妾舆马非其有也。戒之哉!弗思弗行,至无日矣。

《新序·刺奢》篇:桀作瑶台,罢民力,殚民财,为酒池、糟堤,纵靡靡之乐,一鼓而牛饮者三千人,群臣相持歌曰:

江水沛沛兮,舟楫败兮。我王废兮,趣归薄兮,薄亦大兮。
乐兮乐兮,四牡蹻兮,六辔沃兮,去不善而从善,何不乐兮?

《归藏》:"桀筮伐有唐,格于荧惑曰:'不吉。'其词曰:

不利出征,惟利安处。彼为狸,我为鼠。勿用作事,恐伤其父。

第三节 商文学

夏桀暴虐,汤为诸侯,伊尹作辅,伐夏放桀,平定海内,黔首安宁。乃命伊尹作《大濩》、歌《晨露》,修九招六列,以见其善。《商书》存于今者,仅《汤誓》《盘庚》《高宗肜日》《西伯戡黎》《微子》五篇。《史记》有《汤诰》一篇,其文与伪古文绝异,辄录于下:

> 汤既绌夏命,还亳,作《汤诰》:"维三月,王自至于东郊,告诸侯群后:'毋不有功于民,勤力乃事。予乃大罚殛汝,毋予怨。'曰:'古禹、皋陶久劳于外,其有功乎民,民乃有安。东为江,北为济,西为河,南为淮,四渎已修,万民乃有居。后稷降播,农殖百谷。三公咸有功于民,故后有立。昔蚩尤与其大夫作乱百姓,帝乃弗予,有状。先王言不可不勉。'曰:'不道,毋之在国。女毋我怨。'"以令诸侯。

夏后篇章,靡有孑遗,及于商王,不风不雅。孔子录诗,仅列《商颂》五篇而已。苏子由曰:"商人之书简洁而明肃,其诗奋发而严厉。"杨慎以为非深于文者不能为此言也。诗书之遗,不可复见;诗书以外,有可采掇者。

汤盘铭《礼记》:

> 苟日新,日日新,又日新。

大旱祝辞《说苑》(与《荀子》小异):

> 政不节邪?使人疾邪?苞苴行邪?谗夫昌邪?宫室崇邪?女谒盛邪?何不雨之极也!

禹之兴也以南音,汤之兴也以北音,亦五行相胜之道也。殷契,母曰简狄，有娀氏之女也。《吕氏春秋》："有娀氏有二佚女，为之九成之台，饮食必以鼓。帝令燕往视之，鸣若谥隘。二女爱而争搏之，覆以玉筐。少选，发而视之，燕遗二卵，北飞，遂不反。二女作歌，一终曰：'燕燕往飞。'实始作为北音。"

京房《易传·汤嫁妹之辞》曰：

无以天子之尊而乘诸侯，无以天子之富而骄诸侯。阴之从阳，女之顺夫，天地之义也。往事尔夫，必以礼义。

《汉志》道家有《伊尹》五十一篇，小说家有《伊尹说》二十七篇，又有《天乙》三篇。天乙谓汤，其言依托。群书往往引伊尹与汤问答。《书序》称伊尹作《伊训》《太甲》《咸有一德》等篇，今并亡。见于伪古文者，不足据也。

《周礼》太史掌三易，近师以《归藏》，殷易之名也。然其中因有繇筮，今既以繇筮入前节，复择诸书所引尤古质者二首，附于此焉。

瞿：有瞿有觚，宵梁为酒。尊于两壶，两羭饮之，三日然后苏。士有泽，我取其鱼。

上有高台，下有雍池，若以贾市，其富如河海。

清严元照《娱亲雅言》云"述而不作，信而好古"，自来皆以为孔子自言。汉博陵太守孔彪碑云："述而不作，彭祖赋诗，是以此二语为老彭之言，然以之为诗甚奇。"钱氏大昕曰："'作'与'古'谐韵。"按，此说亦可信。古人多矣，孔子何独以老彭自比？盖述其言，故窃比其人耳。

《史记·秦本纪》："蜚廉生恶来，恶来有力，蜚廉善走，父子俱以材力事殷纣。周武王之伐纣，并杀恶来。是时蜚廉为纣在北方，还无所报，为坛霍太山而报，得石棺，铭曰：'帝令处父不与殷乱，赐尔石棺以华氏，死遂葬霍太山。'"是最古之墓铭，其词则谶类也。

第四章　周之建国及春秋前之文学

第一节　周初文学

《论语》称"文王三分天下有其二,以服事殷",盖自商受失政,诸侯归周久矣。虽至武王始行吊民伐罪之事,然犹缵文王之志。故论周之兴者,必以文、武并称也。《史记》:"文王囚羑里,盖益《易》之八卦为六十四卦。"《易正义》:"伏羲制卦,文王卦辞,周公爻辞,孔子十翼。"非文王始益为六十四也。《系辞》谓《易》当文王与纣之事,殆谓此矣。

> 乾:元亨利贞。(《乾·爻辞》)
> 坤:元亨,利牝马之贞。君子有攸往,先迷后得,主利。西南得朋,东北丧朋。安贞吉。(《坤·爻辞》)

《琴操》有文王演《易》时申愤歌,昔人并以后之好事者所记,故不录。《尚书》无文王之辞,独《逸周书》《度训》《文传》等篇,以为文王作。而《诗》有《文王》数篇。《诗序》曰:"《采薇》,遣戍役也。"文王之时,西有昆夷之患,北有猃狁之难,以天子之命,命将率遣戍役以守卫中国,故歌《采薇》以遣之,《出车》以劳还,《杕杜》以勤归也。《周南》自《关雎》以下,说者多以为文王时诗矣。

文王之师曰鬻熊,《汉志》道家有《鬻子》二十二篇,小说家有《鬻子说》十九篇。《文心雕龙》曰:"鬻熊知道,文王咨询,余文遗事,录为《鬻子》。子之肇始,莫先于兹。"《列子》引《鬻子》曰:

> 欲刚必以柔守之,欲强必以弱保之。积于柔必刚,积于弱必强。观其所积,以知祸福之乡。强胜不若己,至于若己者刚。柔胜出于己者,其

力不可量。

武王伐纣,作《泰誓》《牧誓》,既克殷,作《武成》,以箕子归,作《洪范》。盖太公之功为最多,武王既践阼,太公进王以《丹书》之道。王闻书之言,惕若恐惧,退而席之,四端为铭焉:于机为铭焉,于鉴为铭焉,于盥盘为铭焉,于楹为铭焉,于杖为铭焉,于带为铭焉,于履屦为铭焉,于觞豆为铭焉,于户为铭焉,于牖为铭焉,于剑为铭焉,于弓为铭焉,于矛为铭焉,所以戒也。今节录于下:

与其溺于人也,宁溺于渊。溺于渊犹可游也,溺于人不可救也。(《盥盘铭》)

毋曰胡残,其祸将然。毋曰胡害,其祸将大。毋曰胡伤,其祸将长。(《楹铭》)

夫名难得而易失。无勤弗志而曰我知之乎?无勤弗及而曰我杖之乎?扰阻以泥之,若风将至,必先摇摇。虽有圣人,不能为谋也。(《户铭》)

以镜自照者见形容,以人自照者见吉凶。(《镜铭》)

周初殷之遗民,颇有以文采见者。箕子陈《洪范》,录于《尚书》。《史记》:箕子朝周,过故殷墟,感宫室坏毁,生禾黍,箕子伤之,欲哭则不可,欲泣为其近妇人,乃作《麦秀》之诗,以歌咏之。其诗曰:

麦秀渐渐兮,禾黍油油。彼狡童兮,不与我好兮。

《史记》又载伯夷、叔齐饿且死作歌,其辞曰:

登彼西山兮,采其薇矣。以暴易暴兮,不知其非矣。神农、虞、夏忽焉没兮,我安适归矣? 于嗟徂兮,命之衰矣。

《华阳国志》:周武王伐纣,实得巴蜀之师。巴师勇锐,歌舞以凌之,殷人倒戈。故世称武王伐纣,前歌后舞也。武王既克殷,封其宗姬于巴,爵之以子,其地东至鱼复,西至僰道,北接汉中,南极黔涪。其民质直好义,土风敦厚,有先民之流。故其诗曰:

川崖惟平,其稼多黍。旨酒嘉谷,可以养父。野惟阜丘,彼稷多有。嘉谷旨酒,可以养母。

又其祭祀之诗曰:

惟月孟春,獭祭彼崖。永言孝思,享祀孔嘉。彼黍既洁,彼仪惟泽。蒸命良辰,祖考来格。

又其好古乐道之诗曰:

日月明明,亦惟其名。谁能长生? 不朽难获。
惟德实宝,富贵何常? 我思古人,令闻令望。

第二节　周之制作与周公

《史记》曰:"周公旦者,周武王弟也。自文王在时,旦为子孝,笃仁异于群子。及武王即位,旦常辅翼武王,用事居多。武王九年,东伐至盟津,周公辅行。十一年,伐纣至牧野,周公佐武王,作《牧誓》。……已杀纣……封周公旦于少昊之虚曲阜,是为鲁公。周公不就封,留佐武王。……于是卒相成王。"周初文章,自箕子为殷遗民外,有太公、鬻子、尹佚,然其见于书者,周公、召公、芮伯、荣伯而已。周公于武王之世作《牧誓》《金縢》,成王之时作《大诰》《微子之命》《归禾》《嘉禾》《多士》《无逸》《立政》《周官》;召公于武王之世作《旅獒》,成王时作《君奭》;芮伯于武王时作《旅巢命》;荣伯成王时作《贿肃慎之命》。然今所存者,惟召公之《君奭》,周公之《牧誓》《金縢》《大诰》《多士》《无逸》《立政》等篇,而周公之作为多。且周之制作,多出于周公,故周初文章,必推周公也。

群经之中,并多周公制作,不独《书》也。今自《书》以外分别论之。

《诗》 《诗序》:"《七月》,陈王业也。周公遭变,故陈后稷先公风化之所由,致王业之艰难也。""《鸱鸮》,周公救乱也。成王未知周公之志,公乃为诗以遗王,名之曰《鸱鸮》焉。"

《礼》 周公居摄六年,颁礼于天下,即今《仪礼》也。刘歆、郑玄并以《周礼》为周公致太平之书。《仪礼·士冠礼》祝辞、醮辞等,大抵亦周公当时所定也,附录于下:

令月吉日,始加元服。弃尔幼志,顺尔成德。寿考惟祺,介尔景福。(始加祝辞)

吉月令辰,乃申尔服。敬尔威仪,淑慎尔德。眉寿万年,永受胡福。(再加)

以岁之正,以月之令,咸加尔服。兄弟具在,以成厥德。黄耇无疆,受天之庆。(三加)

甘醴惟厚,嘉荐令芳。拜受祭之,以定尔祥。承天之休,寿考不忘。(醴辞)

旨酒既清,嘉荐亶时。始加元服,兄弟具来。孝友时格,永乃保之。(醮辞)

旨酒既湑,嘉荐伊脯。乃申尔服,礼仪有序。祭此嘉爵,承天之祜。(再醮)

旨酒令芳,笾豆有楚。咸加尔服,肴升折俎。承天之庆,受福无疆。(三醮)

礼仪既备,令月吉日,昭告尔字。爰字孔嘉,髦士攸宜。宜之于假,永受保之。(字辞)

《易》 说者谓《易》爻辞,周公所作。《纲目前编》云:"周公居东,取《易》之三百八十四爻,各系以辞。"马宛斯曰:"文王囚羑里,有卦辞;周公居东,有爻辞。作《易》者,其有忧患,亶其然乎?"

乾初九,潜龙勿用。九二,见龙在田,利见大人。九三,君子终日乾乾,夕惕若厉,无咎。九四,或跃在渊,无咎。九五,飞龙在天,利见大人。上九,亢龙有悔。用九,见群龙,无首,吉。(《乾·爻辞》)

《春秋》 杜预《春秋》释例,以五十凡例为周公作。

《尔雅》 刘歆曰:"《记》言孔子教鲁哀公学《尔雅》,《尔雅》之出远矣。旧传学者皆云周公所记也,'张仲孝友'之类,后人所作耳。"《尔雅序》曰:"《释诂》一篇,周公所作。《释言》以下,或言仲尼所增,子夏所足,叔孙通所益,梁文所补。"

由斯以谈,周一代之制作,多周公所定。而周之文章,莫盛于六艺,则周公之鸿笔亦往往在焉,宜仲尼之亟称周公也。

第三节　成康以后之文学

文、武既没,成、康继治。成王之时,周、召作辅,颂声并作。其文见于诗书者,何其众也。及康王即位,申文、武之业,天下安宁,刑措四十余年不用。当时文学大兴。国子教六艺:曰礼、曰乐、曰射、曰御、曰书、曰数。大师教六诗:曰风、曰赋、曰比、曰兴、曰雅、曰颂。《周书》今存者二十篇,其为周、召、荣、芮之作者,前已论之矣。其余成、康时诰命诗颂之属,分别考之。

关于《书》者 《书》自周、召所作以外,《书序》:"成王东伐淮夷,遂践奄,作《成王政》。成王既践奄,将迁其君于蒲姑……作《将蒲姑》。""成王归自奄，在宗周，诰庶邦，作《多方》。""成王在丰，欲作洛邑，使召公先相卜，作《召诰》。""召公既相宅，周公往营成周，使来告卜，作《洛诰》。"至《梓材》之书，本出伏生，而《大传》以为周公命伯禽之书，伪孔传以为成王命康叔，后人多疑之。吴氏谓自"王其效"以下，似《洛诰》之文。蔡氏谓自"今王"以下乃人臣告君之语，金仁山氏断其为《召诰》所称"命侯甸男邦伯"之词。"周公既没，命君陈分正东郊成周，作《君陈》。""成王将崩……作《顾命》。""康王即位……作《康诰》。""命毕公分居里成周郊，作《毕命》。"惟其亡佚者多矣。

关于《诗》者　《史记》："成王作颂，推己惩艾，悲彼家难，可不谓战战恐惧，善守善终哉？"《诗序》："《闵予小子》，嗣王朝于庙也。""《访落》，嗣王谋于庙也。""《敬之》，群臣进戒嗣王也。""《小毖》，嗣王求助也。"而《泂酌》《卷阿》，并召、康公戒成王之诗。其余《周颂》祭祀文、武之诗，大抵出于成、康时。《关雎》，或以为康王时诗。《后汉书》："康王晚朝，《关雎》作讽。""昔周王承文王之盛，一朝晏起，夫人不鸣璜，宫门不击柝，关雎之人，见几而作。"按此《鲁诗》说。《史记》云："周道缺，诗人本之衽席，《关雎》作。"又曰："周室衰而《关雎》作。"《列女传》云："康王晏出朝，《关雎》预见。"《韩诗序》亦云："《关雎》刺时也。"独《毛诗》定为文王时之诗。

成王之时，鬻熊尚存，为道家之宗。周公制作礼乐，为儒家之宗。《汉志》墨家有《尹佚》二篇，《说苑》记成王尝问政于尹佚，则墨家之宗也。故道家、儒家、墨家，最为后世显学，自周初皆有之矣。

成康以降，文学少衰。《尚书中侯》以《鼓钟》之诗，作于昭王时。至于穆王，颇勤远略。《书序》："穆王命君牙为周大司徒，作《君牙》。""命伯冏为周太仆正，作《冏命》。""训夏赎刑，作《吕刑》。"今惟《吕刑》见存。然穆王之世，不著风雅。《左传》述楚子革之言曰："昔穆王欲肆其心，周行天下，将皆必有车辙马迹焉。祭公、谋父作《祈招》之诗以谏。"曰：

祈招之愔愔，式昭德音。思我王度，式如玉，式如金。形民之力，而无醉饱之心。

后世所出《穆天子传》,当是其时史官所记,体近小说,中杂有歌词,亦逸诗之流也。今节录于下:

《穆天子传》:"天子觞西王母于瑶池之上,西王母为天子谣曰:'白云在天,山陵自出。道里悠远,山川间之。将子无死,尚能复来。'天子答之曰:'予归东土,和治诸夏。万民平均,吾顾见汝。比及三年,将复而野。'……天子遂驱升于弇山,乃记丌迹于弇山之石,而树之槐,眉曰:西王母之山。西王母之山,还归丌□①。世民作忧以吟曰:'北徂西土,爰居其野。虎豹为群,於(读曰乌)鹊与处。嘉命不迁,我惟帝天子大命而不可称顾。世民之恩,流涕丼陨。吹笙鼓簧,中心翔翔。世民之子,唯天之望。'"又曰:"天子东游于黄泽,宿于曲洛,废□使宫乐谣曰:'黄之池,其马歕沙,皇人威仪。黄之泽,其马歕玉,皇人受谷。'天子筮猎苹泽,其卦遇讼,☰(坎下乾上)逢公占之曰:'讼之繇,藪泽苍苍,其中□宜其正公。戎事则从,祭祀则憙,畋猎则获。'□饮逢公酒,赐之骏马十六,绛纻三十箧。逢公再拜稽首。赐筮史狐□有阴雨梦神有事,是谓重阴,天子乃休。日中大寒,北风雨雪,有冻人,天子作诗三章以哀民曰:'我徂黄竹,□员閟寒,帝收九行。嗟我公侯,百辟冢卿。皇我万民,旦夕勿忘。我徂黄竹,□员閟寒,帝收九行。嗟我公侯,百辟冢卿。皇我万民,旦夕勿穷。有皎者鹭,翾翾其飞。嗟我公侯,□勿则迁,居乐甚寡。不如迁上,礼乐其民。'天子曰:'余一人则淫,不皇万民。'□登乃宿于黄竹。"

《丹铅总录》:"余尝疑《穆天子传》《西王母歌词》出于后人粉饰。且《山海经》载西王母虎首鸟爪,形既殊异,音亦不同,何其歌词悉似国风乎?又观《后汉书》朱辅上白狼王《唐蕨歌》三篇,音韵与汉无异,愈可疑也。"按,此为

---

① 原文中此处即缺字,下同。

翻译外国诗歌之始,又在越《鄂君歌》之先矣。

穆王既崩,共王立。共王传懿王,王室遂衰,诗人作刺。《汉书》曰:"懿王时,戎狄交侵,暴虐中国,中国被其苦。诗人始作疾而歌之曰:'靡室靡家,猃狁之故。岂不日戒,猃狁孔棘。'"按,此系《采薇》之诗,本文王作。诗人感于外患,而诵文王之诗以刺之也。懿王之后,孝、夷嗣立。厉王无道,国人放之。及于共和行政,宣王中兴,而后文采复盛矣。

第四节　宣王中兴及西周之文学

懿王以来,虽有讽刺之诗,至厉王暴恣,而后诽议大作。《诗序》:"《民劳》,召穆公刺厉王也。""《板》,凡伯刺厉王也。""《荡》,召穆公伤周室大坏也。厉王无道,天下荡荡,无纲纪文章,故作是诗也。""《桑柔》,芮伯刺厉王也。"《郑谱》以《小雅·十月之交》《雨无正》《小旻》《小宛》此四篇为刺厉王之诗。宣王承厉王之烈,内有拨乱之志,遇灾而惧,侧身修行,天下喜于王化复行,颂声又作。则仍叔吉甫之徒,形容于咏歌,于是北伐猃狁,南征荆蛮,有方叔、召虎之将,江汉、淮浦之功。诗人美大其功,《采芑》《六月》诸篇所由作也。及其晚年,海内晏然,外变不作,复狃于逸乐,乃料民太原,冤杀杜伯,乱政更起,而后《祈父》《白驹》《黄鸟》之诗刺焉。幽王继之,不数年身弑国亡,周遂东迁,一蹶不振。故观一时之文学,亦足以知世变也。

宣王时诗人,则尹吉甫父子所作尤多。盖吉甫作颂,而其子伯奇、伯封并有诗为孔子所采也。

《诗序》:"《江汉》,尹吉甫美宣王也。能兴衰拨乱,命召公平淮夷。""《崧高》,尹吉甫美宣王也。天下复平,能建国,亲诸侯,褒赏申伯焉。""《烝民》,尹吉甫美宣王也。任贤使能,周室中兴焉。""《韩奕》,尹吉甫美宣王也,能锡命诸侯。""《常武》,召穆公美宣王也。有常德以立武事,因以为戒然。"

赵岐《孟子注》云:"伯奇作《小弁》之诗。"曹植云:"尹吉甫杀伯奇,其弟伯封作《黍离》之诗。"

《琴清英》:"尹吉甫子伯奇至孝,后母谮之,自投江中,衣荷带藻,忽梦见水仙赐其美药,惟念养亲,扬声悲歌,船人闻而学之。吉甫闻船人之声,疑似伯奇,援琴作《子安》之操。"《琴操》:"《履霜操》,尹伯奇所作也。伯奇无罪,为后母谮而见逐,乃制芰荷叶以为衣,采楟花以为食,晨朝履霜,自伤见放,于是援琴作操。"别本曰:"伯奇放于野,宣王出游,吉甫从,乃作歌以言感之。宣王闻之曰:'此孝子之辞也。'吉甫乃求伯奇于野,而射杀后妻。"

《石鼓诗》十章,周宣王猎碣也;或云文王之鼓,至宣王时刻诗;或云成王大蒐,有岐山之诗也,诗于体属小雅。韩愈作《石鼓歌》,定以为宣王时诗,太史籀书。

周初国子教六艺,五曰书,其所教犹仓颉之遗也。宣王时,太史籀乃有所考定。《汉书·艺文志》曰:"周宣王太史作大篆十五篇,建武时亡六篇矣。"又曰:"《史籀篇》者,周时史官教学童书也,与孔氏壁中古文异体。"许慎《说文解字叙》曰:"宣王太史籀著大篆十五篇,与古文或同或异。至孔子书六经,左丘明述《春秋传》,皆以古文。"阮元《与友人论古文书》曰:"古人于籀史奇字,始称古文。至于属辞成篇,则曰文章。"然则《说文》所称古文,即含籀书矣。

扬雄《法言》曰:"或欲学《仓颉》《史篇》,曰:'史乎史乎,愈于妄阙也。'"应劭《汉官仪》曰:"能通《仓颉》《史籀篇》,补兰台令史,岁满为尚书郎。"卫恒《书势》曰:"大篆或与古同,或与古异,世谓之籀书者也。"唐元度曰:"秦焚诗书,惟《易》与《史篇》得全。王莽之乱,此篇亡失。建武中获九篇,章帝时,王育为之解说。晋世此篇废。今略传事体而已。"盖史籀大篆,战国以来俱用之,李斯始变小篆。今许书古文,犹存其体者也。

《琴录》:"周宣王有琴曰响风,背铭云:'墙有耳,伏寇在是。'武王之遗器也。宣王每朝,姜后辄以此铭援琴奏。"

《周春秋》者,亦小说家言,《国语》"杜伯射王于鄗"注引之,其文不悉。颜之推《冤魂志》所引颇详,大抵与墨子所记相类。其书虽后人所托,未能定为何时,以言宣王事,故附于此,殆后之史家所记,而《穆天子传》之流耶?其文曰:

周杜国之伯名为恒,为周大夫。宣王之妾曰女鸠,欲通之。杜伯不可,女鸠诉之宣王曰:恒窃与妾交。宣王信之。其友左儒争之,九谏而王不听。王使薛甫与司工锜杀杜伯,左儒死之。杜伯既死,即为人见王曰:"恒之罪何哉?"召祝而以杜伯语告之。祝曰:"始杀杜伯,谁与王谋之?"王曰:"司工锜也。"祝曰:"何不杀锜以谢之?"宣王乃杀锜,使祝以谢杜伯。司工锜为人而至曰:"臣何罪之有?"宣王告皇甫曰:"祝也与我谋而杀人。吾所杀者,又皆为人而见,奈何?"皇甫曰:"杀祝以兼谢焉。"又无益也,皆为人而至。祝亦曰:"我焉知之?奈何以为罪而杀臣也?"后三年,游于圃田,从人满野。日中,杜伯乘白马素车,司工锜为左,祝为右,朱衣朱冠起于道左,执朱弓射宣王,中心折脊,伏于弓矢而死。

《诗序》:《白华》《小弁》《正月》《瞻卬》《十月之交》《节南山》《雨无正》《召旻》《小旻》《小宛》《巧言》《巷伯》《青蝇》《角弓》《菀柳》《谷风》《蓼莪》《四月》《北山》《鼓钟》《楚茨》《信南山》《甫田》《大田》《瞻彼洛矣》《裳裳者华》《桑扈》《鸳鸯》《頍弁》《鱼藻》《采菽》《瓠叶》《车舝》《隰桑》《黍苗》《采绿》《渐渐之石》《苕之华》《何草不黄》,皆刺幽王之诗。孔子录之至数十篇。其他闵宗周之乱,未尝显指以刺者尚不止于此。平王东迁,王风遂降于列国而不能复振,则《春秋》于是乎作矣。

第五章　孔子与五经

第一节　孔子正名与删述之渊源

周至春秋之世,百家争鸣,各守其一方,莫能相通。及孔子出,博观深考,集其大成,故曰:"汝以予为多学而识之者与? 予一以贯之。"孟子曰:"自生民以来,未有如夫子者也。由百世之后,等百世之王,莫之能违也。"太史公曰:"孔子布衣,传十余世,学者宗之。自天子王侯,中国言六艺者,折中于夫子,可谓至圣矣。"然孔子之学,所以有传于后者,尤在于文章。子贡曰:"夫子之文章,可得而闻也。"子以四教:文、行、忠、信。及游、夏并称文学之彦,而子夏发明章句,是以后世有述也。

孔子博学于文,好古,敏以求之。其于当世,则问官于郯子,学琴于师襄。《史记》称孔子之所严事,于周则老子,于卫蘧伯玉,于齐晏平仲,于楚老莱子,于郑子产,于鲁孟公绰,数称臧文仲、柳下惠、铜鞮伯华、介山子。然孔子皆后之,不并世。既多识前言往行,与一时之贤哲,乃有志于述作。然犹历聘七十二国之君,自卫反鲁,然后乐正,雅、颂各得其所。于是赞《易》,作《春秋》,曰:"吾欲垂之空言,不如见之行事之深切著明也。既不得行其道,乃托之空文而不敢辞。"此孔子述作之微意矣。

孔子在卫,曰:"必也,正名乎!"郑玄以正名谓正书字也。盖孔子将从事于删述,则先考正文字。春秋之时,文字虽秉仓史之遗,而古之作字者多家,其文往往犹在,或相诡异。至于别国,殊音尤众。孔子周历诸邦,必闻其政,又观于旧史氏之藏,百二十国之书,佚文秘记,远俗方言,尽知之矣。于是修定六经,将择其文之最驯雅者用之,以传于学者,故以周公《尔雅》教人,其余亦颇有所定。六经文字极博,指义万端,间有仓史文字所未赡者,则博稽于古,不主一代,刑名从商,爵名从周之例也。春秋异国众名,则随其成俗曲期,物从中国,名从主人之例也。太史公往往称孔氏古文,以虽同是仓史文字,经孔子考定,以书六经,则谓孔氏古文焉。《论语》"《诗》、《书》、执礼",谓之雅言。文字自孔子考定,始臻雅驯也。意当时孔子,必别有专论文字之书。《说文》尝引数条,掇录于下:

孔子曰:"一贯三为王。"
孔子曰:"推十合一为士。"
孔子曰:"黍可为酒,禾入水也。"
"儿,仁人也。孔子曰:'在人下,故诘屈。'"
孔子曰:"乌,盱呼也。取其助气,故以为乌呼。"
孔子曰:"牛羊之字,以形举也。"
孔子曰:"狗,叩也,叩气吠以守。"
孔子曰:"视犬之字,如画狗也。"
孔子曰:"貉之为言恶也。"
孔子曰:"粟之为言续也。"

《延陵季子碑》,相传为孔子书(已见绪论),其体亦不尽用大篆,此孔子定文字之证。《书画史》:"《吴季子碑》,或曰孔子未尝至吴,或曰吴人言子游从孔子,孔子慕札高风,寄题之。"今观"吴子"二字类小篆,"有陵之墓"四字类大篆。或云开元殷仲恭模拓,大历中萧和又刻于石。杨升庵曰:"大、小篆三代以前通行,非始于秦。"此犹未知孔氏古文之说也。

《史记》传孔子有《陬操》,而不载其文。《礼记·檀弓》有孔子《临终歌》曰:

泰山其颓乎!梁木其坏乎!哲人其萎乎!

此歌《史记》亦录之。其余《孔丛子》《家语》《琴操》及他书,往往列孔子歌操,后人或疑其词不类,故不复著。

第二节 《诗》与文学

《史记》曰:"古者诗三千余篇,及至孔子,去其重,取可施于礼义,上采契、后稷,中述殷、周之盛,至幽、厉之缺,始于衽席。故曰:'《关雎》之礼,以为风始;《鹿鸣》为小雅始;《文王》为大雅始;《清庙》为颂始。'三百五篇,孔子皆弦歌之,以求合《韶》《武》《雅》《颂》之音。"

郑玄《商颂谱序》曰:"当宣王大夫正考父者,校商之名颂十二篇于周太师,以《那》为首,归以祀其先王。孔子录诗之时,则得五篇而已。"

按,孔子删诗,所据者三千余篇,又承其祖正考父之学,故叙《商颂》五篇。《周诗》三百六篇,其小雅笙诗六篇,本有声无辞,共得三百五篇。后人以其六篇之辞亡而补之者,非也。

孔子曰:"吾自卫反鲁,然后乐正,雅、颂各得其所。"盖古诗皆被弦歌,诗即乐也。近世言古音者,如顾亭林、江慎修以来,并以《诗》为古之韵谱,其说视吴棫、陈第弥精。陈第《毛诗古音考序》曰:"士人篇章,必有音节,田野俚曲,亦各谐声,岂以古人之诗,而独无韵乎?盖时有古今,地有南北,字有更革,音有转移,亦势所必至。故以今之音读古之作,不免乖剌而不入,于是悉委之叶。夫其果出于叶也?作之非一人,采之非一国,何'母'必读'米',非韵杞韵止,则韵祉韵喜矣;'马'必读'姥',非韵组韵黼,则韵旅韵土矣;'京'必读'疆',非韵堂韵将,则韵常韵王矣;'福'必读'逼',非韵食韵翼,则韵德韵亿矣。厥类实繁,难以殚举。其矩律之严,即唐韵不啻。此其故何耶?又《左》、《国》、《易象》、《离骚》、《楚辞》、秦碑、汉赋,以至上古歌谣、箴铭、颂赞,往往韵与《诗》合,实古音之证也。或谓《三百篇》,诗辞之祖。后有作者,规而咏之耳。不知魏、晋之世,古音颇存,至隋唐渐尽矣。"按,陈第知古诗必有同守之韵,至亭林、慎修,直以《三百篇》即其韵谱。夫《三百篇》定自孔子,是即孔子之韵谱也。以殊时异俗之诗,其韵安能尽合?意孔子就原采之诗,不惟删去重复,次序其义,而于韵之未安者,亦时有所定。故曰"乐正,雅、颂各得所"也。太史公申之曰"孔子皆弦歌之",则孔子未定以前,或不协于弦歌。既定以后，学者即据之为韵谱，故《易象》《楚辞》、秦碑、汉赋，韵多与古合，皆本孔氏矣。

《记》曰："温柔敦厚，《诗》教也。"孔子曰："不学《诗》，无以言。"又曰："《诗》三百，一言以蔽之曰：思无邪。"又曰："《诗》可以兴，可以观，可以群，可以怨；迩之事父，远之事君，多识于鸟兽草木之名。"孟子曰："说《诗》者不以文害辞，不以辞害志。以意逆志，是为得之。"至于《说苑》《孔丛》及他书，多记孔子论诗之义，是详论文章之源，《诗序》亦《本事诗》所昉。郑玄以《大序》子夏作，《小序》子夏与毛合作，亦孔氏之遗说也。

挚虞《文章流别论》曰："古之诗有三言、四言、五言、六言、七言、九言，古诗率以四言为体，而时有一句、二句，杂在四言之间。后世演之，遂以为篇。古诗之三言者，'振振鹭，鹭于飞'之属是也，汉郊庙歌多用之。五言者，'谁谓雀无角，何以穿我屋'之属是也，于俳谐倡乐多用之。六言者，'我姑酌彼金罍'之属是也，乐府亦用之。七言者，'交交黄鸟止于桑'之属是也，于俳谐倡乐多用之。古诗之九言者，'泂酌彼行潦，挹彼注兹'之属是也，不入歌谣之章，故世希为之。"夫诗虽以情志为本，而以成声为节，然则雅音之韵，四言为正。其余虽备曲折之体，而非音之正者也。王士禛《香祖笔记》曰："方勺引刘中垒谓'泥中''中露'，卫二邑名，《式微》之诗，盖二人所作，是为联句所起。"此说甚新，然不知有据依否。按方勺说见《泊宅编》。以《式微》为二人诗，则《鲁诗》说，见刘向《列女传》。

《渔洋诗话》曰：孙季昭云："章句，孔安国曰：'自古而有篇章之名，故《那序》曰：'得《商颂》十二篇。'《东山序》曰'一章言其完足也'句则古者谓之言，《论语》曰：'一言以蔽之曰，思无邪。'则以一句为一言。赵简子称子太叔'遗我以九言'，皆以一句为一言。秦、汉以来，诸儒各为训诂，乃有句。"诗家有四言、五言、六言、七言，则又以一字为一言也。

又曰："余因思《诗》三百篇，如化工之肖物。如《燕燕》之伤别；'籊籊竹竿'之思归；'蒹葭苍苍'之怀人；《小戎》之典制；《硕人》次章写美人之姚冶；《七月》次章写春阳之明丽，而终以'女心伤悲，殆及公子同归'。《东山》之三章:'我来自东,零雨其蒙。鹳鸣于垤,妇叹于室。'四章之'其新孔嘉,其旧如之何',写闺阁之致,远归之情,遂为六朝唐人之祖;《无羊》之'或降于阿,或饮于池,或寝或讹。尔牧来思,何蓑何笠,或负其餱,麾之以肱,毕来既升',字字写生,恐史道硕、戴嵩画手,未能如此极妍尽态也。"

陈绎曾《诗谱》于《诗》之各篇并加以评曰:"《周南》,不离日用间,有福天下万世意。《召南》,至诚谆恪,秋毫不犯。《邶风》,君子处变,渊静自守。《齐风》,翩翩有侠气。《唐风》,忧思深远。《秦风》,秋声朝气。《豳风》,深知民情而真体之。小雅忠厚,宣王小雅振刷精神。大雅深远,宣王大雅铺张事业。《周颂》,天心布声。《鲁颂》,谨守礼法。商颂,天威大声。"又曰:"凡读《三百篇》,要会其情不足性有余处,情不足故寓之景,性有余故见乎情。"

第三节 《书》与文学

《尚书纬》曰:"孔子求得黄帝玄孙帝魁之书,迄于秦穆公,凡三千二百四十篇,断远而定近,可以为世法者百二十篇,以百二篇为《尚书》,十八篇为《中候》。"

《论衡·须颂》篇曰:"古之帝王,建鸿德者,须鸿笔之臣。褒颂纪载,鸿德乃彰,万世乃闻。问说者:'钦明文思以下,谁所言也?'曰:'篇家也。''篇家谁也?''孔子也。'然则孔子鸿笔之人也,'自卫反鲁,然后乐正,雅、颂各得其所'也。鸿笔之奋,盖斯时也。或说《尚书》曰:'尚者,上也。上所为,下所书也。''下者谁也?'曰:'臣子也。'然则臣子书上所为矣。"据此则以《尚书》均出孔子之笔,非必编纂旧文矣。或因旧文,间有所刊定,未可知也。

刘子玄叙古之为史者六家,而《尚书》为首。并叙后之史家法《尚书》者,论其得失曰:"《尚书》家者,其先出于太古。《易》曰:'河出图,洛出书,圣人则之。'故知《书》所起远矣。至孔子观《书》于周室,得虞、夏、商、周四代之典,乃删其善者,定为《尚书》百篇。"孔安国曰:"以其上古之书,谓之《尚书》。"《尚书·璇玑钤》曰:"尚者,上也。上天垂文,写布节度,如天行也。"王肃曰:"上所言,下为史所书,故曰《尚书》也。"推此三说,其义不同。盖《书》

之所主,本于号令。所以宣王道之正义,发话言于臣下,故其所载,皆典谟、训诰、誓命之文。至如《尧》《舜》二典,直序人事,《禹贡》一篇,唯言地理。《洪范》总述灾祥,《顾命》都陈丧礼,兹亦为例不纯者也。又有《周书》者,与《尚书》相类,即孔氏刊约百篇之外,凡为七十一章,上自文、武,下终灵、景,甚有明允笃陈,典雅高义。时亦有浅末恒说,滓秽相参,殆似后之好事者所增益也。至若《职方》之言,与《周官》无异;《时训》之说,比《月令》多同。斯百王之正书,五经之别录者也。自宗周既殒,《书》体遂废,迄乎汉魏,无能继者。至晋广陵相鲁国孔衍,以为国史,所以表言行、昭法式,至于人理常事,不足备列,乃删汉魏诸史,取其美词典言,足为龟镜者,定以篇第,纂成一家,由是有《汉尚书》《汉魏尚书》,凡为二十六卷。至隋,秘书监太原王劭又录开皇仁寿时事,编而次之,以类相从,各为其目,勒成《隋书》八十卷。寻其义例,皆准《尚书》。原夫《尚书》之所记也,若君臣相对,词旨可称,则一时之言,累篇咸载;如言无足记,语无可述,若此故事,虽有脱略,而观者不以为非。爰逮中叶,文籍大备,必剽截今文,模拟古法,事非改辙,理涉守株。故舒元所撰《汉》《魏》等书,不行于代也。若乃帝王无纪,公卿缺传,则年月失序,爵里难详,斯并昔之所忽,而今之所要。如君懋《隋书》,虽欲祖述商、周,宪章虞、夏,观其所述,乃似《孔子家语》、临川《世说》,可谓画虎不成反类犬也。故其书受嗤当代,良有以焉。

子玄讥《尚书》之短,亦殊未然。盖《尚书》纪大政者也,犹《春秋》常事不书。至于帝王之年号,公卿之爵里,非大义所在,偶有所阙,庸何伤乎?意古之为书,出于史官所记,必至琐悉,孔子乃加裁削耳。《尧典》以下,每篇必纪一事之本末,则下开袁枢《纪事本末》之体者也。

颜之推以诏令策檄生于《书》,然《禹贡》《顾命》则记体之所昉,《洪范》则阴阳灾异之说所自昉。扬子云评虞、夏、商、周之书曰:"虞、夏之书浑浑尔,《商书》灏灏尔,《周书》噩噩尔。"韩退之亦云:"上窥姚、姒,浑浑无涯;《周诰》《殷盘》,佶屈聱牙。"此论《尚书》文体者也。

《尚书》辞义最古。汉拾秦烬之余,今文出于伏生之口,古文出于孔氏之壁。篆隶各殊,传写讹误,异文歧读而不相通。然孔壁遗经,犹非今日蔡传所谓古文也。至西晋梅赜古文晚出,江左以来,渐多传习。唐陆德明据以作《释文》,孔颖达据以作《正义》,于是此二十五篇之伪古文与伏生二十九篇混合为一,举世莫知其伪。宋吴棫始有异议,朱子亦稍疑之。吴澄诸人,本朱子之说,相继抉摘,其伪愈彰。明梅鹭参考诸书,证其剽剟,而见闻较狭。清阎百诗、惠定宇之徒,复详证之,谭经者益信其伪矣。惟毛西河作《古文尚书冤词》以攻阎,程绵庄复作《冤冤词》以攻毛。要之,今文艰深奥博,古文平易浅近,即非皆出仲尼之鸿笔,亦不应不伦如此也。

第四节 《易》与文学

《史记》:"孔子晚而喜《易》,序《彖》《系》《象》《说卦》《文言》,读《易》,韦编三绝。曰:'假我数年,若是我于《易》则彬彬矣。'"《论语》谶孔子读《易》,韦编三绝,铁挝三折。郑玄以孔子作《十翼》,即《上彖》、《下彖》、《上象》、《下象》、上下《系辞》、《文言》、《说卦》、《序卦》、《杂卦》是也。

文章之体,凡说与序,皆肇于《十翼》。自《文心雕龙》,尤称孔子《文言》,已引于绪论中。其《丽辞》篇又曰:"《易》之《文》《系》,圣人之妙思也。序《乾》曰德,则句句相衔;龙虎类感,则字字相俪;乾坤易简,则宛转相承;日月往来,则隔行悬合。虽句字或殊,而偶意一也。"故美文实肇于孔子矣。

《乾》文言:

> 文言曰:元者,善之长也。亨者,嘉之会也。利者,义之和也。贞者,事之干也。君子体仁足以长人,嘉会足以合礼,利物足以和义,贞固足以干事。君子行此四德者,故曰"乾,元、亨、利、贞"。初九曰"潜龙勿用",何谓也?子曰:"龙德而隐者也,不易乎世,不成乎名,遁世无闷,不见是而无闷。乐则行之,忧则违之,确乎其不可拔,潜龙也。"九二曰"见龙在田,利见大人",何谓也?子曰:"龙德而中正者也。庸言之信,庸行之谨,闲邪存其诚,善世而不伐,德博而化。《易》曰:'见龙在田,利见大

人。'君德也。"九三曰"君子终日乾乾,夕惕若厉,无咎",何谓也?子曰:"君子进德修业。忠信,所以进德也;修辞立其诚,所以居业也。知至至之,可与几也。知终终之,可与存义也。是故居上位而不骄,在下位而不忧,故'乾乾'因其时而'惕',虽危'无咎'矣。"九四曰"或跃在渊,无咎",何谓也?子曰:"上下无常,非为邪也。进退无恒,非离群也。君子进德修业,欲及时也,故无咎。"九五曰"飞龙在天,利见大人",何谓也?子曰:"同声相应,同气相求。水流湿,火就燥,云从龙,风从虎,圣人作而万物睹。本乎天者亲上,本乎地者亲下,则各从其类也。"上九曰"亢龙有悔",何谓也?子曰:"贵而无位,高而无民,贤人在下位而无辅,是以动而有悔也。""潜龙勿用",下也。"见龙在田",时舍也。"终日乾乾",行事也。"或跃在渊",自试也。"飞龙在天",上治也。"亢龙有悔",穷之灾也。乾元用九,天下治也。"潜龙勿用",阳气潜藏;"见龙在田",天下文明;"终日乾乾",与时偕行;"或跃在渊",乾道乃革;"飞龙在天",乃位乎天德;"亢龙有悔",与时偕极;乾元用九,乃见天则。乾元者,始而亨者也。利贞者,性情也。乾始能以美利利天下,不言所利,大矣哉!大哉,乾乎!刚健中正,纯粹精也。六爻发挥,旁通情也。时乘六龙,以御天也。云行雨施,天下平也。君子以成德为行,日可见之行也。"潜"之为言也,隐而未见,行而未成,是以君子弗用也。君子学以聚之,问以辨之,宽以居之,仁以行之,《易》曰"见龙在田,利见大人",君德也。九三重刚而不中,上不在天,下不在田,故"乾乾"因其时而"惕",虽危"无咎"矣。九四重刚而不中,上不在天,下不在田,中不在人,故"或"之。"或"之者,疑之也,故"无咎"。夫大人者,与天地合其德,与日月合其明,与四时合其序,与鬼神合其吉凶,先天而天弗违,后天而奉天时。天且弗违,而况于人乎?况于鬼神乎?"亢"之为言也,知进而不知退,知存而不知亡,知得而不知丧。其惟圣人乎!知进退存亡,而不失其正者,其惟圣人乎!

阮元《文韵说》曰:"汉魏以来之音韵,溯其本源,久出于经。孔子自名其言《易》者曰文,此千古文章之祖。《文言》固有韵矣,而亦有平仄声音焉。即如湿、燥、龙、虎、睹上下八句,何等声音。无论龙、虎二句,不可颠倒,若改为龙、虎、燥、湿,即无声音矣。无论其德、其明、其序、其吉凶四句不可错乱,若倒'不知退'于'不知亡''不知丧'之后,即无声音矣。此岂圣人天成暗合,全不由于思至哉?由此推之,知自古圣贤属文时,亦皆有意匠矣。然则此法肇开于孔子,而文人沿之。休文谓'灵均以来,此秘未睹',正所谓文人相轻者矣。"

又《文言说》曰:"文言不但多用韵,抑且多用偶。即如'乐行''忧违'偶也,'长人''合礼'偶也,'和义''干事'偶也,'庸言''庸行'偶也,'闲邪''善世'偶也,'进德''修业'偶也,'知至''知终'偶也,'上位''下位'偶也,'同声''同气'偶也,'水湿''火燥'偶也,'云龙''风火'偶也,'本天''本地'偶也,'无位''无民'偶也,'勿用''在田'偶也,'潜藏''文明'偶也,'道革''位德'偶也,'偕极''天则'偶也,'隐见''行成'偶也,'学聚''问辨'偶也,'宽居''仁行'偶也,'合德''合明''合序''合吉凶'偶也,'先天''后天'偶也,'存仁''得丧'偶也,'余庆''余殃'偶也,'直内''方外'偶也,'通圣''居体'偶也。凡偶,皆文也。于物两色相偶而交错之,乃得名曰文。文即象其形也。然则千古之文,莫大乎孔子之言《易》。孔子以用韵、比偶之法错综其言,而自名曰'文',何后人之必反孔子之道而自命曰'文'?即尊之曰'古'也。"又曰:"如孔子《文言》'云龙风虎'一节,乃千古宫商翰藻奇偶之祖;'非一朝一夕之故,一节,乃千古嗟叹成文之祖'。"

《文言》以外,如《彖》《象》《传》,亦多用韵,但不拘拘一律耳。故后人有《易》音之作,顾氏《日知录》曰:"且如孔子作易《彖》《象》《传》,其用韵有多有少,未尝一律,亦有无韵者。可知古人作文之法,一韵无字则及他韵,他韵不协则竟单行。圣人无必无固,于文见之矣。"

第五节 《礼》与文学

《史记》曰："孔子之时,周室微而礼乐废,《诗》《书》缺。追迹三代之礼,序《书传》,上纪唐虞之际,下至秦缪,编次其事。曰:'夏礼,吾能言之,杞不足征也;殷礼,吾能言之,宋不作征也。足则吾能征之矣。'观夏、殷可损益,曰:'后虽百世可知也,以一文一质。周监二代,郁郁乎文哉!吾从周。'故《书传》《礼记》自孔氏。"

《礼记·杂记》:"恤由之丧,哀公使孺悲之孔子学士丧礼,《士丧礼》于是乎书。"

《礼经》十七篇,即《仪礼》也。虽周公之遗,然当时或不止此数,而孔子删定;或并不及此数,而孔子增补。故《士丧礼》为孔子所书。既见于《记》,而太史公亦谓言《礼》自孔氏也。

贾公彦《仪礼疏序》曰:"《周礼》《仪礼》,发源是一。理有终始,分为二部,并是周公摄政太平之书。《周礼》为末,《仪礼》为本。"《仪礼疏》曰:"《周礼》言'周'不言'仪'。《仪礼》言'仪'不言'周'。既同是周公摄政六年所制,题号不同者,《周礼》取别夏、殷,故言'周';《仪礼》不言'周'者,欲见兼有异代之法,故此篇有醯用酒,《燕礼》云'诸公',《士丧礼》云'商祝''夏祝',是兼夏、殷,故不言'周'。"

后世以《仪礼》《周官》《礼记》并号"三礼"。《仪礼》十七篇,汉初已传。戴德删古《礼记》二百四十篇为八十五篇,名《大戴礼》。戴圣复删为四十六篇,为《小戴礼》。马融复增益三篇,合为四十九篇,即今《礼记》是也。《周官》相传河间献王时,李氏上《周官》五篇,缺《冬官》一篇,以《考工记》补之。王莽时始立学官。郑玄兼治今古文,通三礼,并为作注,传于今云。

三礼之中,《仪礼》文至简奥,至韩退之犹以为难读。六朝治《礼》者已有图,朱子《仪礼经传通解》始分节读之,如《士冠礼》第一节后题曰"右筮日",第二节后题曰"右戒宾",此与宋元人评文法略同,自是习者易得其条理。张尔岐《仪礼郑注句读》因之。

《周官》为政治典章之书，后世会典之属所由昉也。《考工记》文尤奇，虽后所补，而文章之士多好之。明郭正域有《批点考工记》，盖论文而不诂经者也。

《礼记》系采合众篇而成。如《乐记》取之公孙尼子、《中庸》取之子思子、《月令》取之《吕览》等是也。汉时每篇仍多别行，故《汉志》有《中庸说》，蔡邕有《月令章句》，不必合于《礼记》也。《檀弓》文简而晰，后人称苏子瞻熟于《檀弓》，故其文俊而辨。宋末谢枋得亦尝为之评点，至《礼运》《儒行》《哀公问》《仲尼燕居》等篇，皆敷演润色，骈偶用韵。《文心雕龙》曰："《儒行》缛说以繁辞。"亦明其文体特殊于余篇矣。

王世贞曰："《檀弓》简，《考工记》繁；《檀弓》明，《考工记》奥。各极其妙，盖三礼之中，此二篇尤文家所习称者也。"

徐师曾《文体明辨》曰："按《仪礼》，士冠三加三醮而申之以字辞，后人因之，遂有字说、字序、字解等作，皆字辞之滥觞也。虽其文去古甚远，而丁宁训诫之义，无大异焉。若夫字辞、祝辞，则仿古辞而为之者也。然近世多尚字说，故今以说为主，而其它亦并列焉。至于名说、名序，则援此意而推广之。而女子笄，亦得称字，故宋人为女子名辞，其实亦字说也。"

吴讷《文章辨体》曰："按《仪礼·士婚礼》：'入门当碑揖。'又《礼记·祭义》云：'牲入庙门丽于碑。'贾氏注云：'宫庙皆有碑以识日影，以知早晚。'《说文》注又云：'古宗庙立碑系牲，后人因于上纪功德。'是则宫室之碑，所以识日影，而宗庙则以系牲也。秦汉以来，始谓刻石曰碑。"

颜之推谓哀诔祭祀生于《礼》。《礼记》有《孔悝鼎铭》及《孔子诔》，具录于后。

孔悝鼎铭：

六月丁亥，公假于太庙。公曰："叔舅，乃祖庄叔，左右成公。成公乃命庄叔，随难于汉阳，即宫于宗周，奔走无射。启右献公，献公乃命成叔，纂乃祖服。乃考文叔，兴旧耆欲，作率庆士，躬恤卫国，其勤公家，夙夜不懈,民咸曰:休哉!"公曰:"叔舅,予女铭,若纂乃考服。"悝拜稽首曰:"对扬以辟之,勤大命,施于烝彝鼎。"

鲁哀公《孔子诔》(与《左传》异):

天不遗耆老,莫相予位焉。呜呼哀哉!尼父。

第六节 《春秋》与文学

《史记》曰:"子曰:'弗乎弗乎,君子病殁世而名不称焉。吾道不行矣,吾何以自见于后世哉?'乃因史记作《春秋》,上自隐公,下讫哀公十四年。据鲁,亲周,故殷,运之三代,约其文而指博。故吴、楚之君自称'王',而《春秋》贬之曰'子'。践土之会,实召周天子,而《春秋》讳之曰:'天王狩于河阳。'推此类以绳当世。贬损之义,后有王者,举而开之。《春秋》之义行,则天下乱臣贼子惧焉。孔子在位听讼,文辞有可与人共者,弗独有也。至于为《春秋》,笔则笔,削则削,子夏之徒,不能赞一辞。弟子受《春秋》,孔子曰:'后世知丘者以《春秋》,而罪丘者亦以《春秋》。'"

杜预《春秋序》曰:"《春秋》者,鲁史记之名也。记事者以事系日,以日系月,以月系时,以时系年,所以纪远近、别同异也。故史之所记,必表年以首事。年有四时,故错举以为所记之名也。《周礼》有史官掌邦国四方之事,达四方之志,诸侯亦各有国史。大事书之于策,小事简牍而已。孟子曰:'楚谓之《梼杌》,晋谓之《乘》,而鲁谓之《春秋》,其实一也。'……周德既衰,官失其守,上之人不能使《春秋》昭明,赴告策书,诸所记注,多违旧章。仲尼因鲁史策书成文,考其真伪,而志其典礼,上以遵周公之遗制,下以明将来之法。其教之所存,文之所害,则刊而正之,以示劝戒,其余则皆即用旧史。史有文质,辞有详略,不必改也。……其发凡以言例,皆经国之常制,周公之垂法,史书之旧章,仲尼从而修之,以成一经之通体。"

《春秋·感精符》:"孔子受端门之命,制春秋之义,使子夏等十四人求周史记,得百二十国宝书,九月经立。"

《记》曰:"属辞比事,《春秋》教也。"故《春秋》文尤谨严。《文心雕龙》尝论之曰:"《春秋》辨理,一字见义。'五石''六鹢',以详略成文;'雉门''两观',以先后显旨。"今录《公》《榖》申"五石""六鹢"之义一条于下:

> 春,王正月,戊申,朔,陨石于宋五。是月,六鹢退飞,过宋都。(《春秋·僖十六年》)
>
> 先陨而后石,何也?陨而后石也。六鹢退飞,过宋都……聚辞也,自治也。子曰:"石,无知之物;鹢,微有知之物。"石无知,故日之;鹢微有知之物,故月之。君子之于物,无所苟而已。石、鹢且犹尽其辞,而况于人乎?(《榖梁传》)
>
> 曷为先言陨而后言石?陨石记闻,闻其磌然,视之则石,察之则五。……曷为先言六而后言鹢?六鹢退飞,记见也;视之则六,察之则鹢,徐而察之则退飞。(《公羊传》)

《严氏春秋》曰:"孔子将修《春秋》,与左丘明乘如周,观书于周史,归而修《春秋》之经。丘明为之传,共为表里,是《春秋》诸传,左氏最先也。"《史记》亦曰:"鲁君子左丘明,惧弟子人人异端,各安其意,失其真。故因孔子史记,具论其语,成《左氏春秋》。"又曰:"铎椒为楚威王傅,为王不能尽观《春秋》,采取成败,卒四十章,为《铎氏微》。赵孝成王时,其相虞卿上采《春秋》,下观近世,亦著八篇,为《虞氏春秋》。吕不韦者,秦庄襄王相,亦上观尚古,删拾《春秋》,集六国时事,以为八览、六论、十二纪,为《吕氏春秋》。又如荀卿、孟子、公孙固、韩非之徒,各往往捃摭《春秋》之文以著书,不可胜纪。"按,此外又有《邹氏》《夹氏传》,然今惟存《左氏》《公羊》《榖梁》三传而已。

范宁《春秋榖梁传集解序》曰:"《左氏》艳而富,其失也巫;《榖梁》婉而清,其失也短;《公羊》辩而裁,其失也俗。若能富而不巫,清而不短,裁而不俗,则深于道者也。故君子之于《春秋》,没身而已矣。"刘子玄《史通》,分古之史体为六家：一《尚书》家，二《春秋》家，三《左传》家，四《国语》家，五《史记》家，六《汉书》家。然《左传》《国语》，皆《春秋》之传，是《春秋》独有三家也。今具录其语：

《春秋》家者，其先出于三代。案《汲冢琐语》记太丁时事，目为《夏殷春秋》。孔子曰："疏通知远，《书》教也"；"属辞比事，《春秋》之教也"。知《春秋》始作，与《尚书》同时。《琐语》又有《晋春秋》，记献公十七年事。《国语》云："晋羊舌肸习于《春秋》，悼公使传其太子。"《左传·昭公二年》："晋韩献子来聘，见《鲁春秋》，曰：'周礼尽在鲁矣。'"斯则《春秋》之目，事匪一家，至于隐没无闻者，不可胜载。又案《竹书纪年》，其所纪事，皆与《鲁春秋》同。孟子曰："晋谓之《乘》，楚谓之《梼杌》，而鲁谓之《春秋》，其实一也。"然则《乘》与《纪年》《梼杌》，其皆《春秋》之别名者乎！故墨子曰："吾见百国《春秋》。"盖皆指此也。逮仲尼之修《春秋》也，乃观周礼之旧法，遵鲁史之遗文，据行事，仍人道，就败以明罚，因兴以立功，假日月而定历数，藉朝聘而正礼乐，微婉其说，志晦其文，为不刊之言，著将来之法，故能弥历千载，而其书独行。又案儒者之说《春秋》也，以事系日，以日系月，言春以包夏，举秋以兼冬，年有四时，故错举以为所记之名也。苟如是，则晏子、虞卿、吕氏、陆贾，其书篇第本无年月，而亦谓之《春秋》，盖有异于此者也。至太史公著《史记》，始以天子为本纪，考其宗旨，如法《春秋》。自是为国史者，皆用斯法。然时移世异，体式不同，其所书之事也，皆言罕褒讳，事无黜陟。故马迁所谓整齐故事耳，安得比于《春秋》哉！

《左传》家者，其先出于左丘明。孔子既著《春秋》，而丘明受经作传。盖传者，转也，转受经旨以授后人。或曰：传者，传也，所以传示来世。案孔安国注《尚书》，亦谓之传，斯则传者，亦训释之意乎？观《左传》之释经也，言见经文，而事详传内，或传无而经有，或经阙而传存，其言简而要，其事详而博，信圣人之羽翮，而述者之冠冕也。逮孔子云没，经传不作,于时文籍,惟有《战国策》及《太史公书》而已。至晋著作郎鲁国乐资,乃追采二史,撰为《春秋后传》。其书始以周贞王,续前传鲁哀公后,至王赧入秦;又以秦文王之继周,终于二世之灭,合成三十卷。当汉代史书,以迁、固为主,而纪、传互出,表、志相重,于文为烦,颇难周览。至孝献帝,始命荀悦撮其书为编年,体依《左传》,著《汉纪》三十篇。自是每代国史皆有斯作,起自后汉,至于高齐,如张璠、孙盛、干宝、徐贾、裴子野、吴均、何之元、王劭等,其所著书,或谓之《春秋》,或谓之《纪》,或谓之《略》,或谓之《典》,或谓之《志》,虽名各异,大抵皆依《左传》以为的准焉。

《国语》家者,其先亦出于左丘明。既为《春秋内传》,又稽其逸文,纂其别说,分周、鲁、齐、晋、郑、楚、吴、越八国事,起自周穆王,终于鲁悼公,别为《春秋外传》——《国语》,合为二十一篇。其文以方《内传》,或重出而小异。然自古名儒贾逵、王肃、虞翻、韦曜之徒,并申以注释,治其章句。此亦六经之流,三传之亚也。暨纵横互起,力战争雄,秦兼天下,而著《战国策》。其篇有东西二周、秦、齐、燕、楚、三晋、宋、卫、中山,合十二国,分为三十三卷。夫谓之策者,盖录而不序,故即简以为名。或云:汉代刘向以战国游士为之策谋,因为之《战国策》。至孔衍,又以《战国策》所书未为尽善,乃引太史公所记,参其异同,删彼二家,聚为一录,号为《春秋后语》。除二周及宋、卫、中山,其所留者,七国而已。始自秦孝公,终于楚、汉之际,比于《春秋》,亦尽二百三十余年行事。始,衍撰《春秋时国语》,复撰《春秋后语》,勒成二书,各为十卷。今行于世者,唯《后语》存焉。案其书《序》云:"虽左氏莫能加。"世人者皆尤其不量力、不度德。寻衍之此义,自比于丘明者,当为《国语》,非《春秋传》也。必方以类聚,岂多嗤乎!当汉氏失驭,英雄角力,司马彪又录其行事,因为《九州春秋》,州为一篇,合为九卷。寻其体统,亦近代之《国语》也。自魏都许、洛,三方鼎峙;晋宅江、淮,四海幅裂;其君虽号同王者,而地实诸侯。所在史官,记其国事,为纪传者则规模班、马,创编年者则议拟荀、袁。于是《史》《汉》之体大行,而《国语》之风替矣。

以上子玄所论,微为繁博,以其并是论文章之体,俾学者得因其源而穷其变,故不加裁削焉。

林希元曰:"殷鉴不远,在夏后之世,故贾山借秦为喻。刘向告汉成,亦引用周与春秋之事,其言周之兴衰,而证以《诗》,及引《春秋》所书灾异,文法皆自左氏来。"

黄省曾曰:"昔左氏集国史以传《春秋》,而以其余溢为《外传》,是多先王之明训。自张苍、贾生、司马迁以来千数百年,播论于艺林不衰。世儒虽以浮夸阔诞者为病,然而文词高妙精理,非后之操觚者可及。善乎刘生之评,谓其工侔造化,思涉鬼神;六经之羽翼,而述者之冠冕也。不其信欤!"

胡应麟曰:"《檀弓》之于《左传》,意胜也;《左传》之于《史记》,法胜也;《史记》之于《汉书》,气胜也;《汉书》之于《后汉》,实胜也;《后汉》之于《三国》,华胜也;《三国》之于《六朝》,朴胜也。"然则《檀弓》《史记》无法,《左传》《汉书》弗文乎?非是之谓也。《国策》之文粗,《国语》之文细;《国语》之气萎,《国策》之气雄。《国语》《左氏》末弩乎?《国策》,马氏先鞭乎?

第七节　孔子弟子传业

孔子弟子三千人,通六艺者七十二人。故曾子作《孝经》以记孔子论孝之言。(此据《史记》,郑玄则以《孝经》为孔子作。)游、夏诸人,复荟集孔子诸言,纂为《论语》。而群经亦各有其传。《韩非子·显学篇》云:"孔子之后,儒分为八,有子张氏、子思氏、颜氏、孟氏、漆雕氏、仲良氏、公孙氏、乐正氏之儒。"陶潜《圣贤群辅录》云:"颜氏传《诗》,为讽谏之儒;孟氏传《书》,为疏通致远之儒;漆雕氏传《礼》,为恭俭庄敬之儒;仲良氏传《乐》,为移风易俗之儒;乐正氏传《春秋》,为属辞比事之儒;公孙氏传《易》,为洁静精微之儒。"

诸儒学多不传,无从考其家法。可考者惟卜子夏。洪迈《容斋随笔》曰:"孔子弟子,惟子夏于诸经独有书。虽传记杂言,未可尽信,然要与他人不同矣。于《易》则有《传》；于《诗》则有《序》——一云子夏授高行子,四传而至小毛公；一云子夏传曾申,五传而至大毛公——于《礼》则有《仪礼·丧服》一篇；于《春秋》虽云不能赞一辞,然公羊高实受之于子夏。《风俗通》云穀梁赤亦子夏门人。而《论语》则郑康成以为仲弓、子夏所撰者,更无论矣。后汉徐防上书曰：'《诗》《书》《礼》《乐》,定自孔子；发明章句,始于子夏。'斯言良信云。"

朱彝尊《经义考》曰："孔门自子夏兼通六艺而外,若子木之受《易》,子开之习《书》,子舆之述《孝经》,子贡之问《乐》,有若、仲弓、闵子骞、言游之撰《论语》。而传《士丧礼》者,实孺悲之功也。"

子夏之文章,今不多见。《诗大序》相传以为子夏作。其词曰：

> 《关雎》,后妃之德也,风之始也,所以风天下而正夫妇也。故用之乡人焉,用之邦国焉。风,风也,教也,风以动之,教以化之。诗者,志之所之也。在心为志,发言为诗。情动于中而行于言,言之不足,故嗟叹之；嗟叹之不足,故永歌之；永歌之不足,不知手之舞之、足之蹈之也。情发于声,声成文,谓之音。治世之音安以乐,其政和；乱世之音怨以怒,其政乖；亡国之音哀以思,其民困。故正得失,动天地,感鬼神,莫近于诗。先王以是经夫妇,成孝敬,厚人伦,美教化,移风俗。故诗有六义焉：一曰风、二曰赋、三曰比、四曰兴、五曰雅、六曰颂。上以风化下,下以风刺上,主文而谲谏,言之者无罪,闻之者足以戒,故曰风。至于王道衰,礼义废,政教失,国异政,家殊俗,而变风、变雅作矣。国史明乎得失之迹,伤人伦之废,哀刑政之苛,吟咏情性,以风其上,达于事变,而怀其旧俗者也。故变风发乎情,止乎礼义。发乎情,民之性也；止乎礼义,先王之泽也。是以一国之事,系一人之本,谓之风；言天下之事,形四方之风,谓之雅。雅者,正也,言王政之所由兴废也。政有小、大,故有小雅焉,有大雅焉。颂者,美盛德之形容,以其成功告于神明者也。是谓四始,诗之至也。然则《关雎》《麟趾》之化,王者之风,故系之周公。南,言化自北而南也。《鹊

巢》《驺虞》之德,诸侯之风也,先王之所以教,故系之召公。《周南》《召南》,正始之道,王化之基,是以《关雎》乐得淑女,以配君子,忧在进贤,不淫其色,哀窈窕,思贤才,而无伤善之心焉,是《关雎》之义也。

阮元既以声律排偶,始于《文言》,次引子夏《诗序》为证,其《文韵说》谓古之韵不专在句末,即句中亦有韵,四六之有平仄是也。其言曰:"卜子夏《诗大序》序曰'情发于声,声成文,谓之音',又曰'主文而谲谏',又曰'长言之不足,则嗟叹之'。郑康成曰:'声谓宫、商、角、徵、羽也。声成文者,宫、商上下相应。主文,主与乐之宫、商相应也。'此子夏直指诗之声音而谓之文也,不指翰藻也。然则孔子《文言》之义益明矣,盖孔子《文言》《系辞》,亦皆奇偶相生,有声音嗟叹以成文者也。声音即韵也。《诗·关雎》'鸠''洲''逑',押脚有韵,而'女'字不韵;'得''服''侧'押脚有韵,而'哉'字不韵。此正子夏所谓'声成文'之宫羽也,此岂诗人暗于韵合,匪由思至哉?子夏此序,《文选》选之,亦因其中有抑扬咏叹之声音,且多偶句也。"

又《文言说》曰:"子夏《诗序》,情文声音一节,乃千古声韵、性情、排偶之祖。吾固曰:韵者,即声音也,声音即文也。然则今人所便单行之文,极其奥折奔放者,乃古之笔,非古之文也。后人指排偶之文为八代之衰体,孔子、子夏之文体,岂亦衰乎!"

韩非子言八儒有颜氏,孔门弟子颜氏有八,未必即是子渊。八儒有子思氏,列《汉志》儒家,今亡。沈约谓《礼记·中庸》《表记》《坊记》《缁衣》,皆取子思子,以《乐记》取公孙尼子。刘瓛以《缁衣》为公孙尼子作,岂即八儒之公孙氏与?《曾子》十八篇,《汉志》在儒家,今《大戴礼》中存其十篇。而《汉志》又有《宓子》十六篇,即宓子贱;《漆雕子》十三篇,孔子弟子漆雕开后;《景子》三篇,说宓子语,似其弟子;《世子》二十一篇,名硕,陈人,七十子之弟子。此孔子以后,诸弟子传业之大略也。

孔子弟子,既治六艺,亦先精小学。《尔雅·释诂》,周公所作。扬子云谓《尔雅》孔子门徒所记,以解释六艺者也。郑康成《驳五经异义》曰:"某闻之也,《尔雅》者,孔子门人所作,以释六艺之旨,盖不误也。"又郑志答张逸曰:"《尔雅》之文杂,非一家之著。"则孔子门人所作,亦非一人。盖孔子正名,尝教人习《尔雅》,门人又补周公《释诂》以下而为书也。

又与经并行者有纬书。《隋·经籍志》曰:"河图九篇,洛书六篇,云自黄帝至周文王所受本文;又三十篇,云九圣之所增演;又七经纬三十六篇,并云孔氏所作,合为八十一篇。"历世诸儒,多辨其伪。然《太史公自序》引孔子曰:"我欲载之空言,不如见之行事之深切著明者也。"又《秦本纪》引"亡秦者胡"之谶,其所由来久矣。哀、平之间,颂莽功德,伪附者始众。光武好谶,踵作益繁,故桓谭、张衡,屡欲黜纬。然荀悦《申鉴》辨纬书为伪,或曰燔之,曰:"仲尼之作则否,有取焉则可,曷其燔?"是纬书固亦自有真者,不尽伪也。郑玄大儒,每引纬书,且为《易纬》作注,则纬书之起,意当自上世。或多出七十子之徒所记,汉以来有所增益妄作耳。清世自《永乐大典》中辑出《易纬》八种,其余纬书,自明孙瑴《古微书》,尝加搜集。近者学者掇拾益备,其异辞腴义,亦有助于文章也。

第六章　春秋时杂文体

　　文学之源,群经以外,则在诸子。春秋时先于孔子著书,其遗文犹可见者,有管子,并世有老子、晏子,兵家有司马穰苴、孙子,名家有邓析。管、晏书或为后人附益,多自载其行事问答。惟老子为自著。道家虽自伊尹、鬻熊,大抵皆后人记其言耳。故《道德》五千言,是论撰之先规乎。《文心雕龙》曰:"伯阳识礼,而仲尼访问,爰序《道德》,以冠百氏。"至是《道德经》独为道家之宗。若夫《管子》则法令政治之书,《晏子》开奏疏谏议之体。其他传记所载,春秋时文章众矣,今析论于下。

　　赋　《汉志》称赋,爰首屈宋。然赋本古诗之流,列于六义之一。师箴、瞍赋,由来既久,故曰登高能赋,可为大夫。《文心雕龙》曰:"郑庄之赋《大隧》,士蒍之赋《狐裘》,结言短韵,词自己作,虽合赋体,明而未融。"盖春秋时蚤有赋体矣。《左传》郑庄公感颍考叔之言,与武姜隧而相见。公人而赋:"大隧之中,其乐也融融。"姜出而赋:"大隧之外,其乐也泄泄。"此二语即是赋词。又晋献公使士蒍为夷吾城屈,不慎置薪焉。让之,退而赋曰:"狐裘尨茸,一国三公,吾谁适从?"《雕龙》所引,即谓是也。

　　诵　诵者,直言不咏,短词以讽。其美盛德之形容,则谓之颂。然诵亦有时谓之颂。虽美刺殊情,皆以形容人事,其义一也。《国语·晋语》:"惠公即位,出共世子而改葬之,臭达于国外。国人诵之曰:贞之无报也,孰是人斯,而有是臭也?贞为不听,信为不诚。国斯无刑,偷居幸生。不更厥贞,大命其倾。威兮怀兮,各聚尔有,以待所归兮。猗兮违兮,心之哀兮。岁之二七,其靡有微兮。若翟公子,吾是之依兮。镇抚国家,为王妃兮。"

　　《左传》:"晋侯听舆人之颂曰:原田每每,舍其旧而新是谋。"

　　《孔丛子》:"子顺曰:'先君初相鲁,鲁人谤颂之曰:麛裘而韠,投之无戾。韠而麛裘,投之无邮。'"(《吕氏春秋》引同,"韠"作"鞸"。)

　　祷辞　祈祷之词,太祝所掌。至于春秋,厥体微异。《檀弓》记张老成室

之语,已是祷词,《左传》卫太子祷词,尤为具体,其文曰:

> 曾孙蒯聩,敢昭告皇祖文王、烈祖康叔、文祖襄公:郑胜乱从,晋午在难,不能治乱,使鞅讨之。蒯聩不敢自佚,备持矛焉。敢告:无绝筋,无折骨,无面伤,以集大事,无作三祖羞。大命不敢请,佩玉不敢爱。

盟书 在昔三王,诅盟不及,时有要誓,结言而退。周衰屡盟,以及要契,五霸启之矣。《榖梁传》称齐桓公葵丘之盟,陈牲而不杀,读书加于牲上曰:

> 毋雍泉,毋讫籴,毋易树子,毋以妾为妻,毋使妇人与国事。

诔 《黄鸟》之诗,为哀吊之始,其体变而为诔。《记》有鲁哀公诔孔子,《左传》亦载其文。然《柳下惠诔》,其妻所作,在《孔子诔》前。《说苑》曰:"柳下惠死,门人将诔之。妻曰:'将诔夫子之德耶?则二三子不知,妾知之也'。乃诔曰:'夫子之不伐兮,夫子之不竭兮,夫子之信成而与成无害兮。柔屈从俗,不强察兮。蒙耻救民,德弥大兮。虽遇三黜,终不弊兮。岂弟君子,永能厉兮。嗟乎惜哉!乃下世兮。庶几遐年,今遂逝兮。呜呼哀哉!神魂泄兮。夫子之谥,宜为惠兮。'"

子弟戒 古之为戒,盖以自警。管子《弟子职》,晏子《楹语》,则以戒子弟。管书近于礼,《楹语》则戒子书之流也。

> 《晏子春秋》:"晏子病将死,凿楹纳书焉,谓其妻曰:'楹语也,子壮而示之。'及壮,发书之言曰:'布帛不可穷,穷不可饰;牛马不可穷,穷不可服;士不可穷,穷不可任;国不可穷,穷不可不穷也。'"

书记 刘勰曰:"三代政暇,文翰颇疏。春秋聘繁,书介弥盛。绕朝赠士会以策,子家与赵宣以书,巫臣之遗子反,子产之谏范宣,详观四书,辞若对

面。又子服、敬叔,进吊书于滕君。固知行人挈辞,多被翰墨矣。"而叔向与子产书,其言尤纯,录以见体:

始吾有虞于子,今则已矣。昔先王议事以制,不为刑辟,惧民之有争心也,犹不可禁御。是故闲之以义,纠之以政,行之以礼,守之以信,奉之以仁。制为禄位,以劝其从;严断刑罚,以威其淫。惧其未也,故诲之以忠,耸之以行,教之以务,使之以和,临之以敬,莅之以强,断之以刚。犹求圣哲之上,明察之官,忠信之长,慈惠之师,民于是乎可任使也,而不生祸乱。民知有辟,则不忌于上。并有争心,以征于书,而徼幸以成之,弗可为矣。夏有乱政而作《禹刑》,商有乱政而作《汤刑》,周有乱政而作《九刑》,三辟之兴,皆叔世也。今吾子相郑国,作封洫,立谤政,制参辟,铸刑书,将以靖民,不亦难乎?《诗》曰:"仪式刑文王之德,日靖四方。"又曰:"仪刑文王,万邦作孚。"如是,何辟之有?民知争端矣,将弃礼而征于书,锥刀之末,将尽争之,乱狱滋丰,贿赂并行。终子之世,郑其败乎!肸闻之:"国将亡,必多制。"其此之谓乎!

檄移　昔帝世戒兵,三王誓师,宣训我众,不及敌人。春秋征伐,自诸侯出,惧敌弗服,故兵出须名。刘献公所谓"告之以文辞,董之以武师"者也。于是齐桓征楚,诘苞茅之阙;晋厉伐秦,责箕郜之焚。管仲、吕相,奉辞先路。管仲之辞简,吕相之文繁,并后世檄文之源矣。《左传》:齐侯以诸侯之师伐楚,管仲曰:

尔贡苞茅不入,王祭不供,无以缩酒,寡人是征。

谐讔　谐讔者,以滑稽之词为刺。谐不言皆也,辞浅会俗,皆悦笑也(本《文心雕龙》)。《诗》曰:"善戏谑兮,不为虐兮。"此之谓矣。故华元弃甲,城者发睅目之讴;臧纥丧师,国人造侏儒之歌。并嗤戏形貌,内怨为俳,后世滑稽者流之所昉也。此类甚多,不能具引,列其一例。

《左传》:宋华元获于郑,宋以兵车、文马赎之。城者讴曰:

> 睅其目,皤其腹,弃甲而复。于思于思,弃甲复来。

童谣 谣谚兴于上古,然有事类先谶,可期后验。虽幽王有箕服之谣,宗周遂陨。而春秋之世,此类尤多。盖与谐谑并为舆诵之流,一则取义于俳笑,一则有明于来物也。《左传》:晋侯围上阳,童谣曰:

> 丙之晨,龙尾伏辰,均服振振,取虢之旗。鹑之贲贲,天策焞焞,火中成军,虢公其奔。

新曲 周室既东,王泽殄竭,风人辍采。春秋酬酢,多讽诵旧章,以观志而已。然声诗之流,被于歌曲者,非尽绝息也。诸书所记,如接舆之伦,矢口成歌,其类多有。至于优孟抵掌,发叔孙之咏,又剧曲之滥觞矣。且当时季札、师旷,多为明乐之人。《拾遗记》曰:"师涓出于卫灵公之世,写列代之乐,造新曲以代古乐,故有四时之乐:春有《离鸿》《去雁》《应蘋》之歌,夏有《明晨》《焦泉》《朱华》《流金》之调,秋有《商风》《白露》《落叶》《吹蓬》之曲,冬有《凝河》《流阴》《沉云》之操。以此四时之声,奏于灵公。灵公情滔心惑,忘于政事。蘧伯玉趋阶而谏曰:'此虽以发扬气律,终为沉湎淫漫之音,无合于风雅,非下臣宜荐于君也。'灵公乃去其声而亲政务,故卫人美其化焉。师涓悔其乖于雅颂,失为臣之道,乃退而隐迹。蘧伯玉焚其乐器于九达之衢,恐后世传造焉。"《拾遗记》虽不可信,然此或有据。师涓亦号精习乐律,固宜有新声之作矣。

译诗 杨慎以《穆天子传》《西王母诗》是当时文人所作,然不著其原词。《说苑》《越鄂君歌》,独并列楚、越之音,且明著楚译,是当为译诗之始也。

越人歌词原文(不可句读):

滥兮抃草滥予昌擅泽予昌州州𩢵州焉乎秦胥胥缦予乎昭澶秦逾渗堤随河湖

楚译：

今夕何夕兮，搴中洲流。今日何日兮，得与王子同舟。蒙羞被好兮，不訾诟耻。心几顽而不绝兮，知得王子。山有木兮木有枝，心说君兮君不知。

第七章　战国文学

第一节　总论

战国为文章最盛之世。盖自春秋以来,诸子各逞其智辨。道家之传为儒家,儒家之流为墨家,于是儒分为八,墨分为三。墨之经辨,枝为"坚白""离析"之说。天下之言,不主于此,则主于彼,纷纷竞起。而纵横长短之术,始驰骋腾跃其间。故战国之文章,最为可观也。先是六国之初,魏文侯最好士,亲以卜子夏为师。于是段干木、田子方、李克之徒皆集,其余多子夏门人,而曾闻儒家之绪论者也。自是以来,魏独有博士。及惠王之世,孟子尝客于魏,盖惠施为相,白圭、匡章,并从容其间,皆一时才士者也。齐威王、宣王亦好士。《史记》曰:"宣王喜文学游说之士。自如邹衍、淳于髡、田骈、接子、慎到、环渊之徒七十六人,皆赐列第,为上大夫。……是以齐稷下学士复盛,且数百千人。"盖有三邹子,衍之外有邹忌、邹奭;又有尹文、田巴诸知名者,不可胜数。孟子实自魏如齐,其后孟子既没,而荀卿为稷下祭酒。荀卿去适楚,则楚之文学又盛。而屈原、宋玉,竞美于风骚矣。是时楚与秦最为强国。纵横之家,尝使秦、楚相敌,往来献说。楚之将绌,吕不韦为秦致游客,珠履者三千人。虽荀卿之门人,亦多至秦。盖战国文学,始发于魏,中盛于齐、楚,终集于秦,此其大略也。《文心雕龙》以战国时唯齐、楚两国颇有文学,殆指极盛而言之云。

以上既论战国文学之盛,不越于诸邦矣。然其余诸国,又并有文学。其操术持义,皆承春秋以来哲人巨子之说,大抵分为四派:一邹鲁派,二陈宋派,三郑卫派,四燕齐派。邹鲁道仁义,出于孔子,而孟子为巨子。陈宋之学出于老子,荆楚之士化之,而墨翟、庄周为巨子;宋又有宋牼、陈相、陈辛,楚有许行。郑卫尚法术,三晋之士化之,郑之邓析、申不害,卫之公孙鞅,赵之慎到,韩之韩非为巨子;赵之公孙龙,魏之惠施、魏牟,皆其流也。燕齐务迂怪议论,齐之邹衍、邹奭、田骈、接子为之巨子。《尸子》曰："墨子贵兼,孔子贵公,皇子贵衷,田子贵均,列子贵虚,料子贵别囿,其学之相非也数世矣。"《吕氏春秋》曰："老聃贵柔,孔子贵仁,墨翟贵兼,关尹贵清,子列子贵虚,陈骈贵齐,阳生贵己,孙膑贵势,王廖贵先,儿良贵后。"荀卿曰："墨子蔽于用而不知文,宋子蔽于欲而不知得,慎子蔽于法而不知贤,申子蔽于势而不知智,惠子蔽于辞而不知实,庄子蔽于天而不知人。"盖惟其相非也,此辨说之所以盛也。盖自人君多好游士,而齐有孟尝君,赵有平原君,魏有信陵君,楚有春申君,并养宾客,吕不韦最后,亦招致文学,撰《吕氏春秋》,于是当世之士,莫不慕游谈广交以致禄位者矣。

章学诚《文史通义》谓至战国而文章之变尽,而战国之文源于六艺,又多出于诗教。其言曰:

> 战国之文,其源皆出于六艺。何谓也? 曰:道体无所不该,六艺足以尽之。诸子之为书,其持之有故,而言之成理者,必有得于道体之一端,而后乃能恣肆其说,以成一家之言也。所谓一端者,无非六艺之所该,故推之而皆得其所本。非谓诸子果能服六艺之教,而出辞必衷于是也。《老子》说本阴阳,《庄》《列》寓言假象,《易》教也。邹衍侈言天地,关尹推衍五行,《书》教也。管、商法制,义存政典,《礼》教也。申、韩刑名,旨归赏罚,《春秋》也。其他杨、墨、尹文之言,苏、张、孙、吴之术,辨其源委,挹其旨趣,九流之所分部,《七录》之所叙论,皆于物曲人官,得其一致,而不自知为六典之遗也。

> 战国之文,既源于六艺,又谓多出于诗教。何谓也? 曰:战国者,纵横之世也。纵横之学,本于古者行人之官。观春秋之辞命,列国大夫聘问诸侯,出使专对,盖欲文其言以达旨而已。至战国而抵掌揣摩,腾说以取富贵,其辞敷张而扬厉,变其本而加恢奇焉,不可谓非行人辞命之极也。孔子曰:"诵《诗》三百,授之以政,不达;使于四方,不能专对,虽多奚为?"是则比兴之旨,讽谕之义,固行人之所肆也。纵横者流,推而衍

之,是以能委折而入情,微婉而善讽也。九流之学,承官曲于六典,虽或原于《书》《易》《春秋》,其质多本于礼教,为其体之有所该也。及其出而用世,必兼纵横,所以文其质也。古之文质合于一,至战国而各具之质。当其用也,必兼纵横之辞以文之,周衰文弊之效也。故曰:战国者,纵横之世也。

后世之文,其体皆备于战国。何谓也?曰:今即《文选》诸体,以征战国之赅备。(挚虞《流别》,孔逭《文苑》,今俱不传,故据《文选》。)京都诸赋,苏、张纵横六国,侈陈形势之遗也。《上林》《羽猎》,安陵之从田,龙阳之同钓也。《客难》《解嘲》,屈原之《渔父》《卜居》,庄周之惠施问难也。韩非《储说》,比事征偶,连珠之所肈也。(前人已有言及之者)而或以为始于傅毅之徒(傅玄之言),非其质矣。孟子问齐王之大欲,历举轻暖肥甘、声音采色,《七林》之所启也;而或以为创之枚乘,忘其祖矣。邹阳辨谤于梁王,江淹陈辞于建平,苏秦之自解忠信而获罪也。《过秦》《王命》《六代》《辨亡》诸论,抑扬往复,诗人讽谕之旨,孟、荀所以称述先王儆时君也。(屈原上称帝喾,中述汤武,下道齐桓,亦是。)淮南宾客,梁苑辞人,原、尝、申、陵之盛举也。东方、司马,侍从于西京,徐、陈、应、刘,征逐于邺下,谈天雕龙之奇观也。遇有升沉,时有得失,畸才汇于末世,利禄萃其性灵。廊庙山林,江湖魏阙,旷世而相感,不知悲喜之何从,文人情深于《诗》《骚》,古今一也。

第二节 杨墨

春秋之世,儒与道互相绌。邹鲁多儒,而宋楚之间,颇传老子之术。然孔子实尝问礼于老子,后其徒乃相非耳。列子数称杨朱,庄子所记阳子居,即杨朱也,皆云尝见老子。其持说乃若与老子异。古杨、墨并称,其学尤较然不同。《庄子·骈拇》篇曰:"骈于辩者,累瓦结绳,窜句游心于坚白异同之间,而敝跬誉无用之言非乎?而杨、墨是已。"然则杨、墨均好辩,所殊者其辩之迹。至于为学之大原,一主利己,一主利人;以言夫利,则未始不问也。墨子居于宋，习闻老氏之风，又学儒者之业，受孔子之术（《淮南子》），乃综合儒道，自为巨子。儒者绌道家，墨者之徒亦绌儒家。惟其同出，兹相绌弥甚，无足异矣。禽滑釐先受业子夏，又与杨朱问答，卒事墨子。杨朱之说，传于今者少，然大抵道家之余绪也。季梁疾，其子请医，杨朱歌以晓之曰：

> 天其弗识，人弗能觉。匪祐自天，弗孼由人。汝乎？我乎？其弗知乎？医乎？巫乎？其知之乎？

墨子之学，视杨朱尤显。墨子盖生于春秋之季，卒于战国。故战国之初，墨学方盛。自禽滑釐外，有相里氏之墨，相夫氏之墨，邓陵氏之墨，此韩非之说也。陶潜《圣贤群辅录》记三墨与此异，曰："不累于俗，不饰于物，不尊于名，不忮于众，此宋铏、尹文之墨；裘褐为衣，跂屩为服，日夜不休，以自苦为极者，相里勤、五侯子之墨；俱诵《墨经》，而背谲不同，相为别墨以坚白，此苦获、己齿、邓陵子之墨。"此则略本于《庄子·天下》篇者也。

《庄子》曰："南方之墨者，苦获、己齿、邓陵子之属，俱诵《墨经》，而倍谲不同，相谓别墨，以'坚白''同异'之辩相訾，以觭偶不忤之辞相应；以巨子为圣人，皆愿为之尸。冀得为其后世，至今不决。"盖墨子之学，尤在于正名。尹文、惠施、公孙龙之徒，皆承墨子之风。《墨经》四篇，及《大取》《小取》，并名家之专书；"坚白""无厚"之论，实发于墨子。战国文辩所以极盛者，由名学大明也。近世校《墨经》者颇有，惜多错脱不可治，论者或谓吾国文学，夙谙推理之术，则殆未知《墨经》矣。

晋鲁胜《墨辩注序》曰："墨子著书，作《辩经》以立名本，惠施、公孙龙祖述其学，以正刑名显于世。孟子非墨子，其辩言正辞，则与墨同。荀卿、庄周等皆非毁名家，而不能易其论也。名必有形，察形莫如别色，故有坚白之辩。名必有分明，分明莫如有无，故有无序之辩。是有不是，可有不可，是名两可；同而有异，异而有同，是之谓辩同异；至同无不同，至异无不异，是谓辩同辩异。同异生是非，是非生吉凶。取辩于一物而原极天下之污隆，名之至也。

自邓析至秦时名家者,世有篇籍,率颇难知,后学莫复传习,于今五百余岁,遂亡绝。《墨辩》有上、下经,经各有说,凡四篇,与其书众篇连第,故独存。"由斯以谈,墨子《辩经》,其关于文学甚大,战国文采华辩,实墨家启之与?

《墨经》之例,残脱不可推。公孙龙子"白马非马"论,与庄子载"惠施多方"之说,皆极有巧辩,其诸墨学末流,而倍谲之至者与?《墨子·非命》篇曰:"言必立仪。言而无仪,譬犹运钧之上,而立朝夕者也。是非利害之辨,不可得而明知也。故言必有三表:一、有本之者……上本之于古者圣王之事。二、有原之者……下原察百姓耳目之实。三、有用之者……发以为刑政,观其中国家人民之利。"

三表殆仅指论政事之术,其余辩说通例,则在于《经》。惜古注不传,莫能证其条理也。

第三节　孟荀

《史记》称孟子受业子思之门人。赵岐《孟子章指》题词,则谓孟子通五经之学,尤长于《诗》《书》。道既通,游事齐宣王。宣王不能用,适梁。梁惠王不果所言,则见以为迂阔而远于事情。天下方务于合纵连横,以攻伐为贤,而孟轲乃述唐虞三代之德,是以所如者不合。退而与万章之徒,序《诗》《书》,述仲尼之意,作《孟子》七篇。当战国之时,明儒者之术者,孟子、荀卿而已。故太史公以孟、荀合在一传。

虞集曰:"六经之文尚矣。孟子在战国时,以浩然之气,发仁义之言,无心于文,而开辟抑扬,曲尽其妙。"

吴讷《文章辨体》曰:"昔孟子答公孙丑问好辩,曰:'予岂好辩哉?予不得已也。'中间历叙古今治乱相寻之故,凡八节,所以深明圣人与己不能自已之意。终而又曰:'予岂好辩哉?予不得已也。'盖非独理明义精,而字法、句法、章法,亦足为作文楷式。迨唐韩昌黎作《讳辩》,柳子厚辩'桐叶封弟',识者谓其文敦孟子,信矣!大抵辩须有不得已而辩之意,苟非有关世教,有益后学,虽工亦奚以为?"

宋吴氏《林下偶谈》曰："《孟子》七篇,不特推言义理广大而精微,其文法极可观。如齐人乞墦一段尤妙。唐人杂说之类,盖仿于此也。"今录之如下:

　　齐人有一妻一妾而处室者。其良人出,则必餍酒肉而后反。其妻问所与饮食者,尽富贵也。其妻告其妾曰:"良人出,则必餍酒肉而后反。问其与饮食者,尽富贵也。而未尝有显者来。吾将瞷良人之所之也。"蚤起,施从良人之所之。遍国中,无与立谈者。卒之东郭墦间之祭者,乞其余。不足,又顾而之他。此其为餍足之道也。其妻归,告其妾曰:"良人者,所仰望而终身也,今若此。"与其妾讪其良人,而相泣于中庭。而良人未之知也,施施从外来,骄其妻妾。由君子观之,则人之所以求富贵利达者,其妻妾不羞也而不相泣者,几希矣。

战国之初,杨、墨之学大行。及孟子出,辞而辟之,于是儒术复盛。荀卿在孟子后,亦治儒术。顾非孟子、子思,后之显学,率好攻先我者而绌之,无足怪也。

《史记》:"荀卿,赵人。年五十始来游学于齐。邹衍之术,迂大而闳辩;奭也文具难施;淳于髡久与处,时有得善言。故齐人颂曰:'谈天衍,雕龙奭,炙毂过髡。'田骈之属皆已死,齐襄王时,而荀卿最为老师。齐尚修列大夫之缺,而荀卿三为祭酒焉。齐人或谗荀卿,荀卿乃适楚,而春申君以为兰陵令。春申君死,而荀卿废,因家兰陵。李斯尝为弟子,已而相秦。荀卿嫉浊世之政,亡国乱君相属,不遂大道,而营于巫祝,信机祥;鄙儒小拘如庄周等,又猾稽乱俗,于是推儒、墨、道德之行事兴坏,序列著数万言。"《汉志》儒家《孙卿子》三十三篇。据汪中《荀子通论》,以《毛诗》《鲁诗》《韩诗》,并出荀卿;又传《礼》与《左氏春秋》,其书兼有《公羊》《穀梁》义。刘向称荀卿善《易》。而《荀子》首《劝学》,终《尧问》,盖仿《论语》。其学之源,当受自子夏、仲弓云。盖孟子、荀子皆通五经,荀子之学,自秦、汉以来,授受之迹,犹有可考见者也。

非十二子　荀子

假今之世，饰邪说，文奸言，以枭乱天下，欺惑愚众，矞宇嵬琐，使天下混然不知是非治乱之所存者有人矣。纵情性，安恣睢，禽兽之行，不足以合文通治，然而其持之有故，其言之成理，足以欺惑愚众，是它嚣、魏牟也。忍情性，綦谿利跂，苟以分异人为高，不足以合大众，明大分，然而其持之有故，其言之成理，足以欺惑愚众，是陈仲、史鰌也。不知壹天下，建国家之权称，上功用，大俭约，而僈差等，曾不足以容辨异，县君臣，然而其持之有故，其言之成理，足以欺惑愚众，是墨翟、宋钘也。尚法而无法，下修而好作，上则取听于上，下则取从于俗，终日言成文典，及细察之，则倜然无所归宿，不可以经国定分，然而其持之有故，其言之成理，足以欺惑愚众，是慎到、田骈也。不法先王，不是礼义，而好治怪说，玩琦辩，甚察而不惠，辩而无用，多事而寡功，不可以为治纲纪，然而其持之有故，其言之成理，足以欺惑愚众，是惠施、邓析也。略法先王而不知其统，犹然而材剧志大，闻见杂博，案往旧造说，谓之五行，甚僻违而无类，幽隐而无说，闭约而无解，案饰其说而祗敬之曰："此真先君子之言也。"子思唱之，孟轲和之，世俗之沟犹瞀儒，嚾嚾然不知其所非也，遂受而传之，以为仲尼、子游为兹厚于后世，是则子思、孟轲之罪也。（下略）

第四节　庄周

为老氏之学者，春秋以来，则有列御寇，庄周数称之。刘向《别录》曰："列子，郑人也。与郑缪公同时。"《汉志》《列子》八篇。

《史记》："庄子，蒙人也，名周。周尝为蒙漆园吏，与梁惠王、齐宣王同时。其学无所不窥。然其要本归于老子之言，故其著书十余万言，大抵率皆寓言也。作《渔父》《盗跖》《胠箧》，以诋訾孔子之徒，以明老子之术。《畏累虚》《亢桑子》之属，皆空言无事实。然善属书离辞，指事类情，用剽剥儒墨，虽当世宿学，不能自解免也。其言洸洋自恣以适己，故自王公大人，不能器之。"《汉志》《庄子》五十二篇，名周，宋人。

养生主

吾生也有涯，而知也无涯，以有涯随无涯，殆矣！已而为知者，殆而已矣。为善无近名，为恶无近刑，缘督以为经，可以保身，可以全生，可以养亲，可以尽年。庖丁为文惠君解牛，手之所触，肩之所倚，足之所履，膝之所踦，砉然响然，奏刀騞然，莫不中音，合于桑林之舞，乃中经首之会。文惠君曰："嘻！善哉！技盖至此乎？"庖丁释刀对曰："臣之所好者道也，进乎技矣。始臣之解牛之时，所见无非牛者；三年之后，未尝见全牛也。方今之时，臣以神遇而不以目视，官知止而神欲行。依乎天理，批大郤，导大窾，因其固然，技经肯綮之未尝，而况大軱乎！良庖岁更刀，割也；族庖月更刀，折也。今臣之刀，十九年矣，所解数千牛矣，而刀刃若新发于硎。彼节者有间，而刀刃者无厚；以无厚入有间，恢恢乎其于游刃必有余地矣！是以十九年而刀刃若新发于硎。虽然，每至于族，吾见其难为，怵然为戒，视为止，行为迟，动刀甚微。謋然已解，如土委地，提刀而立，为之四顾，为之踌躇满志，善刀而藏之。"文惠君曰："善哉！吾闻庖丁之言，得养生焉。"公文轩见右师而惊曰："是何人也？恶乎介也？天与其人与？"曰："天也，非人也。天之生是使独也，人之貌有与也。以是知其天也，非人也。"泽雉十步一啄，百步一饮，不蕲畜乎樊中。神虽王，不善也。老聃死，秦失吊之，三号而出。弟子曰："非夫子之友耶？"曰："然。""然则吊焉若此，可乎？"曰："然。始也，吾以为其人也，而今非也。向吾入而吊焉，有老者哭之，如哭其子；少者哭之，如哭其母。彼所以会之，必有不蕲言而言，不蕲哭而哭者。是遁天倍情，忘其所受，古者谓之遁天之刑。适来，夫子时也；适去，夫子顺也。安时而处顺，哀乐不能入也。古者谓是帝之悬解。"指穷于为薪，火传也，不知其尽也。

陈后山云："庄、荀皆文士而有学者，其《说剑》《成相》篇，与屈骚何异？扬子云文好奇而卒不能奇也，故思苦而词艰。善为文者，因事以出奇。江河之行,顺下而已,至其触山赴谷,风挟物激,然后尽天下之变。子云惟好奇,故不能奇也。"

罗大经曰:"庄子之文,以无为有;战国之文,以曲作直。"

赵秉忠曰:"周季文靡贞元漓而道统裂,诸子百家言日著,而庄周、列御寇尤著。夫庄、列诚虚无放诞,乃其胸宇宏豁,识趣灵峻,超六合而尘万象,无所方拟,未可磷缁。其于大道,洪蒙无始,实有洞解弗易及者。是故摛而为文,穷造化之姿态,极生灵之辽广,剖神圣之渺幽,探有无之隐赜。呜呼!天籁之鸣,风水之运,吾靡得覃其奇已。"

杨士奇曰:"《南华经》还是一等战国文字,为气习所使,纵横跌宕,奇气逼人,却非是他自立一等主意。如公孙龙、惠子之说,读者但见其恣口横说,以为混瀚无当,却不知一字一义,祖述道德,正如公孙大娘舞剑,左右挥霍,皆合草书。熟于道德者,始可以读《南华》。"

第五节　纵横家及滑稽派

《淮南子》曰:"晚世之时,六国诸侯,溪异谷别,水绝山隔,各自治其境内,守其分地,握其权柄,擅其政令,下无方伯,上无天子,力征争权,胜者为右。恃连与国,约重致剖信符,结远援,以守其国家,持其社稷,故纵横修短生焉。"

《风俗通》:"鬼谷子,六国时纵横家。"《史记》苏秦、张仪,俱事鬼谷先生。故纵横之学,始于鬼谷,盛于苏秦、张仪也。《汉志》有《苏秦》三十一篇,《张仪》十篇,无鬼谷子书。今秦、仪书并不传,而鬼谷子有《捭阖》《飞箝》《揣摩》《权谋》之篇,或亦当时之遗说与?于是持说干诸侯取显贵者,又有犀首、陈轸之徒,其余不可胜数,并著于《战国策》。至是伐国让敌,由书而为檄,由盟而为诅。张仪檄楚,及秦有诅楚文是也。苏秦为合纵,张仪为连横;横则秦帝,纵则楚王。游谈之士,腾说其间,多驰骋可观矣。

苏秦说韩宣惠王

苏秦为楚合从,说韩王曰:"韩北有巩、洛、成皋之固,西有宜阳、商阪之塞,东有宛、穰、洧水,南有陉山,地方千里,带甲数十万,天下之强弓劲弩,皆自韩出。谿子、少府时力、距黍,皆射六百步之外。韩卒超足而射,百发不暇止,远者达胸,近者掩心。韩卒之剑戟,皆出于冥山、棠谿、墨阳、合伯、邓师、宛冯、龙渊、太阿,皆陆断马牛,水击鹄雁,当敌即斩坚,甲、盾、鞮、鍪、铁幕、革抉、呋芮,无不毕具。以韩卒之勇,被坚甲,跖劲弩,带利剑,一人当百,不足言也。夫以韩之劲,与大王之贤,乃欲西面事秦,称东藩,筑帝宫,受冠带,祠春秋,交臂而服焉,夫羞社稷而为天下笑,无过此者矣。是故愿大王之熟计之也。大王事秦,秦必求宜阳、成皋。今兹效之,明年又益求割地。与之,即无地以给之;不与,则弃前功而后更受其祸。且夫大王之地有尽,而秦之求无已。夫以有尽之地,而逆无已之求,此所为市怨而买祸者也,不战而地已削矣。臣闻鄙语曰:'宁为鸡口,无为牛后。'今大王西面交臂而臣事秦,何以异于牛后乎?夫以大王之贤,挟强韩之兵,而有牛后之名,臣窃为大王羞之。"韩王忿然作色,攘臂按剑,仰天太息曰:"寡人虽死,必不能事秦。今主君以赵王之教诏之,敬奉社稷以从。"

秦、仪之书,至汉犹存。则《战国策》《史记》所录辨说之辞,当即其书中语耳。《汉志》曰:"纵横家者流,盖出于行人之官。《孔子》曰:'诵《诗》三百,使于四方,不能颛对,虽多亦奚以为?'又曰:'使乎!使乎!'言其当权制事宜,受命而不受辞,此其所长也。及邪人为之,则上诈谖而弃其信。"

滑稽者流,亦出于《诗》之谲谏。太史公既称庄生为滑稽,又别为《滑稽列传》,以载淳于髡之徒。《文心雕龙·谐讔》曰:"昔齐威酣乐,而淳于说甘酒;楚襄宴集,而宋玉赋《好色》。意在微讽,有足观者。及优旃之讽漆城,优孟之谏葬马,并谲辞饰说,抑止昏暴。是以子长编史,列传滑稽,以其辞虽倾回,意归义正也。"

淳于髡讽齐威王

威王八年,楚大发兵加齐,齐王使淳于髡之赵请救兵,赍金百斤,车马十驷。淳于髡仰天大笑,冠缨索绝。王曰:"先生少之乎?"髡曰:"何敢?"王曰:"笑岂有说乎?"髡曰:"今者臣从东方来,见道旁有禳田者,操一豚蹄,酒一盂,祝曰:'瓯窭满篝,污邪满车,五谷蕃熟,穰穰满家。'臣见其所持者狭,而所欲者奢,故笑之。"于是齐威王乃益赍黄金千镒,白璧十双,车马百驷。髡辞而行,至赵,赵王与之精兵十万,革车千乘。楚闻之,夜引兵而去。

第六节 韩非

法家者宜出于道家,故司马迁以老子与韩非同传,而曰:"申子卑卑,施之于名实。韩子引绳墨,切事情,明是非。"其极惨礉少恩,皆原于《道德》之意。管子亦列道家,实始为言法令之书。其后有李悝,相魏文侯,富国强兵。公孙鞅佐秦孝公变法,传《商君书》二十九篇。稷下学士有慎到,先申、韩,申、韩称之。先是,申不害相韩,而韩非者,韩之诸公子也,亦喜刑名法术之学,与李斯俱事荀卿,斯自以为弗如。为人口吃,不能道说,而善著书,其书有《解老》《喻老》。盖服膺道家之说,虽事荀卿,而不名儒术。以为商君言法,申不害言术,非始兼明之。盖博观于儒、道、法、术之要,卓然自为一家。作《孤愤》《五蠹》、内外《储说》、《说林》、《说难》,十余万言。司马迁曰:"韩非知说之难,为《说难》甚具。终死于秦,不能自脱。"《汉志》法家《韩子》五十五篇。韩子最恶文学之士,其言曰:"今修文学,习言谈,则无耕之劳而有富之实,无战之危而有贵之尊。"然其著书,则文理整赡,而深切事情。如内外《储说》,古以为即连珠之体所肇。《淮南·说山》,实首模效之,扬雄、班固,乃约其体而号为连珠矣。故韩非书不惟益人智慧,抑且有助于文章也。

《说难》《孤愤》等文繁不载,独节取《储说》于下:

内储上七术

主之所用也七术,所策也六微。七术:一曰众端参观,二曰必罚明威,三曰信赏尽能,四曰一听责下,五曰疑诏诡使,六曰挟知而问,七曰倒言反事。此七者主之所用也。

观听不参则诚不闻,听有门户则臣壅塞。其说在侏儒之梦见灶,哀公之称"莫众而迷"。故齐人见河伯,与惠子之言"亡其半"也。其患在竖牛之饿叔孙,而江乞之说荆俗也。嗣公欲治不知,故使有敌。是以明主推积铁之类,而察一市之患。(参观一)

爱多者则法不立,威寡者则下侵上。是以刑罚不必则禁令不行。其说在董子之行石邑,与子产之教游吉也。故仲尼说陨霜,而殷法刑弃灰;将行去乐池,而公孙鞅重轻罪。是以丽水之金不守,而积泽之火不救。成欢以太仁弱齐国,卜皮以慈惠亡魏王。管仲知之,故断死人;嗣公知之,故买胥靡。(必罚二)

赏誉薄而谩者下不用,赏誉厚而信者下轻死。其说在文子称"若兽鹿"。故越王焚宫室而吴起倚车辕,李悝断讼以射,宋崇门以毁死。勾践知之,故式怒蛙;昭侯知之,故藏弊裤。厚赏之,使人为贲、诸也。妇人之拾蚕,渔者之握鳣,是以效之。(赏誉三)

一听则愚智不分,责下则人臣不参。其说在"索郑"与"吹竽"。其患在申子之以赵绍、韩沓为尝试。故公子氾议割河东,而应侯谋弛上党。(一听四)

数见久待而不任,奸则鹿散。使人问他则不鬻私。是以庞敬还公大夫,而戴欢诏视辒车;周主亡玉簪,商太宰论牛矢。(诡使五)

挟智而问,则不智者至;深智一物,众隐皆变。其说在昭侯之握一爪也。故必审南门而三乡得,周主索曲杖而群臣惧,卜皮事庶子,西门豹详遗辖。(挟智六)

倒言反事以尝所疑,则奸情得。故阳山谩樛竖,淖齿为秦使,齐人欲为乱,子之以白马,子产离讼者,嗣公过关市。(倒言七)(上经)

第七节　骚赋之兴起

《文心雕龙》曰："自风雅寝声,莫或抽绪,奇文郁起,其《离骚》哉! 固已轩翥诗人之后,奋飞辞家之前,岂去圣之未远,而楚人之多才乎! 昔汉武爱《骚》,而淮南作传,以为'国风好色而不淫,小雅怨诽而不乱,若《离骚》者,可谓兼之;蝉蜕秽浊之中,爝然涅而不缁,虽与日月争光可也'。班固以为:露才扬己,忿怼沉江,羿、浇、二姚,与左氏不合,昆仑、悬圃,非经义所载;然其文辞丽雅,为词赋之宗,虽非明哲,可谓妙才。"盖春秋以来,诗人不作;楚承南音,继兴骚、赋。屈原始创,而宋玉、景差、唐勒之徒,扇其余风。荀卿居楚,亦有赋篇,其《成相杂辞》,则骚之流也。故骚赋起于战国之季,皆萃于楚邦矣。

屈原,名平,楚之同姓也,为楚怀王左徒。博闻强志,明于治乱,娴于辞令,入则与王图议国事,以出号令,出则接遇宾客,应对诸侯,王甚任之。上官大夫与之同列争宠,而心害其能。怀王使屈原造为宪令,屈平属草稿未定,上官大夫见而欲夺之,屈平不与。上官大夫因谗于王,王怒而疏屈平。屈平疾夫邪曲之害公,而方正之不容也,忧愁幽思,作为《离骚》。离骚者,犹离忧也。或曰,屈平被放,行吟泽畔,终作《怀沙》之赋,怀石自投汨罗以死,后人多感其事而吊之。屈平所作,又有《九章》《九歌》《天问》之属,《汉志》屈原赋二十五篇。

《史通·序传》曰："盖作者自叙,其流出于中古乎。"案屈原《离骚经》,其首章上陈氏族,下列祖考,先述厥生,次显名字,自叙发迹,实基于此。

宋吴氏《林下偶谈》曰："太史公言,离骚者,遭忧也,'离'训'遭','骚'训'忧',屈原以此命名,其文则赋也,故班固《艺文志》有屈原赋二十五篇。梁昭明集《文选》不并归赋门,而别名之曰'骚',后人沿袭,皆以'骚'称,可谓无义。篇题名义且不知,而况文乎?"

徐师曾《文体明辨》曰："按楚辞《卜居》《渔父》二篇,已肇文体。而

《子虚》《上林》《两都》等作,则首尾是文。后人仿之,纯用此体。盖议论有韵之文也。"又论俳赋曰:"自《楚辞》有'制芰荷以为衣,集芙蓉以为裳'等句,已类俳语,然犹一句中自作对耳。及相如'左乌号之雕弓,右夏复之劲箭'等句,始分两句作对,而俳遂甚焉。后人仿之,遂成此体。"

思美人　九章之一

思美人兮,揽涕而伫眙。媒绝路阻兮,言不可结而诒。蹇蹇之烦冤兮,陷滞而不发。申旦以舒中情兮,志沉菀而莫达。愿寄言于浮云兮,遇丰隆而不将。因归鸟而致辞兮,羌迅高而难当。高辛之灵盛兮,遭玄鸟而致诒。欲变节以从俗兮,愧易初而屈志。独历年而离愍兮,羌冯心犹未化。宁隐闵而寿考兮,何变易之可为? 知前辙之不遂兮,未改此度。车既覆而马颠兮,蹇独怀此异路。勒骐骥而更驾兮,造父为我操之。迁逡次而勿驱兮,聊假日以须时。指嶓冢之西隈兮,与曛黄以为期。开春发岁兮,白日出之悠悠。吾将荡志而愉乐兮,遵江夏以娱忧。揽大薄之芳茝兮,搴长洲之宿莽。惜吾不及古人兮,吾谁与玩此芳草? 解萹薄与杂菜兮,备以为交佩。佩缤纷以缭转兮,遂萎绝而离异。吾且儃回以娱忧兮,观南人之变态。窃快在中心兮,扬厥冯而不俟。芳与泽其杂糅兮,羌芳华自中出。纷郁郁其远蒸兮,满内而外扬。情与质信可保兮,羌居蔽而闻章。令薛荔以为理兮,惮举趾而缘木。因芙蓉而为媒兮,惮褰裳而濡足。登高吾不说兮,入下吾不能。固朕形之不服兮,然容与而狐疑。广遂前画兮,未改此度也。命则处幽吾将罢兮,愿及白日之未莫也。独茕茕而南行兮,思彭咸之故也。

《史记》曰:"屈原既死之后,楚有宋玉、景差、唐勒之徒者,皆好辞而以赋见称。然皆祖屈原之从容辞令,莫敢直谏。其后楚日以削,数十年竟为秦所灭。"《汉志》宋玉赋十六篇,唐勒赋四篇。

按《汉志》虽有屈原赋,今观原所作,但是骚词。《文心雕龙·诠赋》曰:"班固称'古诗之流也'。至如郑庄之赋'大隧',士芳之赋'狐裘',结言短韵,词自己作,虽合赋体,明而未融。及灵均唱《骚》,始广声貌。然'赋'也者,受命于诗人,拓宇于《楚辞》也。于是荀况《礼》《智》,宋玉《风》《钓》,爰锡名号,与'诗'画境。六义附庸,蔚成大国。遂客主以首引,极声貌以穷文。斯盖别'诗'之原始,命'赋'之厥初也。"然则赋之体制,实成于荀、宋矣。

《闻见后录》曰:"宋玉《招魂》,以东南西北四方之外,其恶俱不可以记,欲屈大夫近入修门耳。时大夫尚无恙也。"又曰:"楚辞文章,屈原一人耳。宋玉亲见之,尚不得其仿佛,况其下者乎?"

宋玉之作,今惟传《九辩》《招魂》《高唐》《神女》《登徒子好色》及《风》《钓》《笛》《舞》诸赋。又《大言》《小言》赋等,则与景差诸人同作。又有《对楚王问》一首。《文心雕龙》曰:"智术之子,博雅之人,藻溢于辞,辞盈乎气,苑囿文情,故日新殊致。宋玉含才,颇亦负俗,始造对问,以申其志,放怀寥廓,气实使之。"盖问对亦词赋之余,故《雕龙》以与《七发》同列,并谓之杂文也。《文选》亦载此篇。

对楚王问(据《新序》录)

楚威王问于宋玉曰:"先生其有遗行邪?何士民众庶不誉之甚也?"宋玉对曰:"唯,然,有之。愿大王宽其罪,使得毕其辞。客有歌于郢中者,其始曰下里、巴人,国中属而和者数千人;其为阳陵、采薇,国中属而和者数百人;其为阳春、白雪,国中属而和者数十人而已矣;引商刻角,杂以流徵,国中属而和者不过数人。是其曲弥高者,其和弥寡。故鸟有凤而鱼有鲸。凤凰上击于九千里,绝浮云,负苍天,翱翔乎窈冥之上。夫粪田之鹖,岂能与之断天地之高哉?鲸鱼朝发昆仑之墟,暴鬐于碣石,暮宿于孟诸。夫尺泽之鲵,岂能与之量江海之大哉?故非独鸟有凤而鱼有鲸也,士亦有之。夫圣人瑰意奇行,超然独处。世俗之民,又安知臣之所为哉?"(《文选》"威王"作"襄王","阳陵、采薇"作"阳阿、薤露","刻角"作"刻羽","鲸"作"鲲","粪田之鹘"作"藩篱之鹘"。)

战国时惟孟子、荀卿,明儒者之术。而孟子不传词赋,荀卿书独有赋篇,岂楚人之化与?《汉志》荀卿赋十篇。屈、宋之赋长于情,荀卿之赋长于理;一以辞胜,一以质胜。

知赋　荀卿

皇天隆物,以示下民。或厚或薄,帝不齐均。桀纣之乱,汤武以贤。涽涽淑淑,皇皇穆穆。周流四海,曾不崇日。君子以修,跖以穿室。大参乎天,精微而无形,行义以正,事业以成,可以禁暴足穷,百姓待之而后宁泰。臣愚而不识,愿问其名。曰此夫安宽平而危险隘者邪?修洁之为亲,而杂污之为狄者邪?甚深藏而外胜敌者邪?法禹舜而不能掸迹者邪?行为动静,待之而后适者邪?血气之精也,志意之荣也,百姓待之而后宁也,天下待之而后平也,明达纯粹而无疵也,夫是之谓君子之知。

第八章　秦文学

秦并天下,虽召文学,置博士,然焚烧诗书,蔑弃古典。丞相李斯与韩非同事荀卿,不师儒者之道,而以法术为治。六国之时,文字异形,至是乃罢其不与秦文合者,同文书,学法令,以吏为师,民间所存,医药、卜筮、种树之书而已。李斯颇有文采,所为碑奏,至今传诵;又变大篆为小篆,作《仓颉》七章。车府令赵高作《爰历》六章。太史令胡毋敬作《博学》七章。《汉书·艺文志》曰:"《仓颉》《爰历》《博学》,文字多取《史籀篇》,而篆体复颇异,所谓秦篆者也。是时始造隶书矣,起于官狱多事,苟趋省易,施之于徒隶也。汉兴,闾里师合《仓颉》《爰历》《博学》三篇,断六十字以为一章,凡五十五章,并为《仓颉篇》。"此秦时考正文字之大略也。

秦得祚至浅,文章罕得而言,惟始以诏命为制。古者君臣同书,至是臣下对上称"奏"。《文心雕龙》曰:"秦始立奏,而法家少文。观王绾之奏勋德,辞质而义近;李斯之奏《骊山》,事略而意径。政无膏润,形于篇章。"至于金石刻文,流传者颇有。《雕龙》又曰:"秦皇铭岱,文自李斯,法家辞气,体乏弘润,然疏而能壮,亦彼时之绝采也。"

泰山刻石文

皇帝临位,作制明法,臣下修饬,二十有六年,初并天下,罔不宾服。亲巡远方黎民,登兹泰山,周览东极。从臣思迹,本原事业,祇诵功德。治道运行,诸产得宜,皆有法式。大义休明,垂于后世,顺承勿革。皇帝躬圣,既平天下,不懈于治。夙兴夜寐,建设长利,专隆教诲。训经宣达,远近毕理,咸承圣志。贵贱分明,男女礼顺,慎遵职事。昭隔内外,靡不清净,施于后嗣。化及无穷,遵奉遗诏,永承重戒。

上文以三句取韵,之罘、碣石、会稽诸刻石皆然,惟《琅琊台刻石》是二句取韵耳。大抵李斯撰文,而自书之。斯他文不可见,今所传书奏皆壮玮。秦之文章,则斯一人而已。

《史记》:秦三十六年,"始皇不乐,使博士为《仙真人诗》,及行所游天下,传令乐人歌弦之"。今其文虽不存,然是游仙诗之祖也。

第三编 中古文学史

第一章　汉高创业与楚声之文学

周末文敝,秦以武力胜,摧诗书,灭儒士,耗矣。高祖兴自草泽,尤屑屑不喜儒。方其连横以争天下,诸客冠儒冠来者,辄解其冠溺其中,与人言常大骂竖儒。至于即位之后,乃过鲁以太牢祠孔子。盖晚节末路,稍向文治,抑叔孙、陆贾之化也。夫秦取六国,暴虐其众,四方怨恨,而楚尤发愤,欲得当以报。语曰:"楚虽三户,亡秦必楚。"其气亦何盛也!秦皇患之,遂为东游,冀有所厌塞。于是江湖激昂之士,多好楚声。高祖起于丰、沛之间,其地亦故楚也。天下已定,因征黥布,还过沛,留置酒沛宫。召故人父老子弟佐酒,自击筑楚歌曰:"大风起兮云飞扬,威加海内兮归故乡,安得壮士兮守四方。"发沛中儿百二十人教之歌,群儿皆和习之。孝惠之时,以沛宫为原庙,仍令歌儿吹习此歌,遂用百二十人为常员。文景相嗣,礼官肄之。(按项羽败于垓下,自为歌诗曰:"力拔山兮气盖世,时不利兮骓不逝,骓不逝兮可奈何?虞兮,虞兮,奈若何?"其音调与高祖《大风歌》若合符节,亦楚声也。)《汉志》有高祖歌诗二篇。当时又有《房中祠乐》,高祖唐山夫人所作也。《汉书·礼乐志》曰:"凡乐,乐其所生,礼不忘本。高祖乐楚声,故《房中乐》,楚声也。孝惠二年,使乐府令夏侯宽备其箫管,更名曰《安世乐》,共十七章。"今录数首如下:

大孝备矣,休德昭清。高张四县,乐充宫廷。芬树羽林,云景杳冥。金支秀华,庶旄翠旌。

《七始华始》,肃倡和声。神来宴娭,庶几是听。粤粤音送,细齐人情。忽乘青玄,熙事备成。清思眈眈,经纬冥冥。

大海荡荡水所归,高贤愉愉民所怀。大山崔,百卉殖,民何贵?贵有德。

薛荔遂芳,窢窢桂华。孝奏天仪,若日月光。乘玄四龙,回驰北行。羽旄殷盛,芬哉芒芒。孝道随世,我署文章。

夫汉之灭秦,凭故楚之壮气。文学所肇,则亦楚音是先。《大风》之歌,《安世》之乐,不可谓非汉代兴国文学之根本也。当时虽有制氏雅乐,莫之能用,至于武帝,更以新声变曲立乐府矣。

《古文苑》有高祖与太子手敕,殆《艺文志》所称高祖传中语也,其文质直。

第二章　博士派之文学

第一节　秦博士之余势

自六国时已立博士,秦因而不改。《汉书·百官公卿表》曰:"博士,秦官,掌通古今。"盖能诵古今之言,博闻强记,以属辞议论,皆可称博士之选。其后博士始必名儒术。始皇之时,博士七十人,及将坑诸生咸阳,而长子扶苏谏曰:"诸生皆诵法孔子,然则博士所论,尤在孔氏之遗文大义矣。"既不胜秦之虐,于是伏匿民间以守其学者,往往而有。陈涉之王也,鲁诸儒持孔氏之礼器归之。孔甲为陈涉博士,与俱败死。太史公曰:"陈涉起匹夫,驱瓦合适戍,旬月以王楚,不满半岁竟灭亡。其事至微浅,然而缙绅先生之徒,负孔子礼器,往委质为臣者,何也?以秦焚其业,积怨而发愤于陈王也。"汉兴,叔孙通故亦秦博士,为汉制礼仪,其弟子往往为博士待诏,皆讽诵六艺。而张苍亦秦博士。民间修学者,有济南伏生传《尚书》,晁错常从而受焉;鲁则申培公言《诗》,高堂生言《礼》;菑川则田何言《易》;齐则胡毋生言《春秋》:大抵咸宗博士之遗业。高祖虽崇叔孙通,为稷嗣君,干戈初定,固未遑庠序之事。《儒林传》曰:"孝惠高后时,公卿皆武力功臣。孝文本好刑名之言,及至孝景不任儒,窦太后又好黄老术,故诸博士具官待问,未有进者。"由斯以谈,汉初博士之学所以不废,非尽由上之所奖,抑民间自然相传习之力矣。博士起于六国,染稷下之风,好以议论指切当世,本不仅名经术。而后世言经术者,亦主致用,殆博士之余习与?汉兴,惟陆贾佐高祖,每称说《诗》《书》。《汉书》以郦食其、陆贾、朱建、刘敬、叔孙通列传合在一篇。盖高祖之兴,其佐多刀笔之吏,惟此数子,有文雅之美,殆皆博士派之余绪乎。郦生固自命儒,叔孙通不著书,朱建《平原老》七篇(建又有赋二篇),刘敬书三篇,并列于《艺文志》儒家。儒家又有陆贾二十三篇,史称高帝命贾著书言秦所以失天下及古今成败。每奏一篇,帝未尝不称善,称其书曰《新语》。《论衡》尝引陆贾论性,亦近儒家。贾又著《楚汉春秋》九篇,记楚汉之事,为太史公所本。有赋三篇,不传。

第二节 贾谊

贾谊从张苍授《左氏》。苍本秦博士,故谊之学亦出于博士派。《汉书》曰:贾谊,雒阳人也,年十八以能诵诗书、属文称于郡中。河南守吴公闻其秀材,召置门下。文帝初立,闻河南守吴公治平为天下第一,故与李斯同邑而尝学事焉,征以为廷尉。廷尉乃言谊年少颇通诸家之书,文帝召以为博士。是时贾生年二十余,最为少。每诏令议下,诸老先生未能言,贾生尽为之对,人人各如其意所出,诸生于是乃以贾生为能,孝文帝说之。一岁之中,超迁至大中大夫……于是天子议以谊任公卿之位。绛、灌、东阳侯、冯敬之属尽害之,乃毁谊曰:"雒阳之人年少初学,专欲擅权,纷乱诸事。"于是天子后亦疏之,不用其议,以谊为长沙王太傅。谊既以适去,意不自得,及渡湘水,为赋以吊屈原。屈原,楚贤臣也,被谗放逐,作《离骚赋》,其终篇曰:"已矣,国亡人,莫我知也。"遂自投江而死。谊追伤之,因以自谕。其辞曰:

恭承嘉惠兮,俟罪长沙。仄闻屈原兮,自湛汨罗。造托湘流兮,敬吊先生。遭此罔极兮,乃陨厥身。呜呼哀哉兮,逢时不祥。鸾凤伏窜兮,鸱枭翱翔。闒茸尊显兮,谗谀得志。贤圣逆曳兮,方正倒植。谓随夷溷兮,谓跖蹻廉。莫邪为钝兮,铅刀为铦。于嗟默默,生之亡故兮,斡弃周鼎。宝康瓠兮,腾驾罢牛。骖蹇驴兮,骥垂两耳。服盐车兮,章父荐履。渐不可久兮,嗟若先生。独离此咎兮,讯曰"已矣"。国其莫吾知兮,子独壹郁其谁语?凤缥缥其高逝兮,夫固自引而远去。袭九渊之神龙兮,沕渊潜以自珍。偭蟂獭以隐处兮,夫岂从虾与蛭蟥?所贵圣之神德兮,远浊世而自臧。使麒麟可系而羁兮,岂云异夫犬羊?般纷纷其离此邮兮,亦夫子之故也。历九州而相其君兮,何必怀此都也。凤凰翔于千仞兮,览德辉而下之。见细德之险微兮,遥增击而去之。彼寻常之污渎兮,岂容吞舟之鱼？横江湖之鱣鲸兮，固将制于蝼蚁。

谊为长沙傅三年，有鵩飞入谊舍，止于坐隅。鵩似鸮，不祥鸟也。谊既已适居长沙，长沙卑湿，谊自伤悼，以为寿不得长，乃为赋以自广……后岁余，征入见。因感问鬼神之事。至夜半，文帝前席既罢，曰："吾久不见贾生，自以为过之，今不及也。"然终莫能用，拜为梁怀王太傅。后怀王堕马死，贾生自伤为傅无状，哭泣岁余亦死，年三十三。先是，贾生以汉兴至文帝二十余年，当改正朔，易服色，制法度，定官名，兴礼乐，乃悉草具其事。诸律令所更定，及列侯就国，其说皆自贾生发之。《汉书》载其《陈政事疏》，及今所传《新书》，颇具其条理。《汉志》儒家有贾谊五十八篇，太史公引贾生《过秦论》，即在今《新书》首篇也。贾生之学，本出于博士，故其文采议论，最可观矣。词赋之流，是其余艺。太史公以之与屈原同传，盖伤其不遇，兼以自喻耶？

第三节　晁错、贾山

晁错，颍川人也，学申、商刑名于轵张恢生所，与雒阳宋孟及刘带同师，以文学为太常掌故。错为人峭直刻深。孝文时，天下亡治《尚书》者，独闻齐有伏生，故秦博士，治《尚书》，年九十余者，不可征。乃诏太常使人受之。太常遣错受《尚书》伏生所，还，因《尚书》称说，诏以为太子舍人、门大夫，迁博士，旋拜太子家令。以其辩得幸太子，太子家号曰"智囊"。是时匈奴强，数寇边，上发兵以御之。错上书言兵事，后议侵削诸侯。七国反，指错为名。文帝遂斩错。《汉书·艺文志》法家有晁错三十一篇。太史公亦言贾生、晁错明申、商。然贾生自近儒术，错尝受《尚书》，其文体疏直激切，有类贾生。要皆博士议论之遗法也。

任昉《文章缘起》曰："对贤良策，始于汉太史家令晁错。《文中子》曰：'洋洋乎晁、贾、公孙之对。'古言曰：'策莫盛于汉，汉策莫过于晁大夫。'晁策就事为文，文简径明，畅事皆凿凿可行，贾太傅不及也。"

论募民徙塞下书

　　陛下幸募民相徙,以实塞下,使屯戍之事益省,输将之费益寡,甚大惠也。下吏诚能称厚惠,奉明法,存恤所徙之老弱,善遇其壮士,和辑其心而勿侵刻,使先至者安乐而不思故乡,则贫民相慕而劝往矣。臣闻古之徙远方以实广虚也,相其阴阳之和,尝其水泉之味,审其土地之宜,观其草木之饶,然后营邑立城,制里割宅,通田作之道,正阡陌之界,先为筑室,家有一堂二内,门户之闭,置器物焉,民至有所居,作有所用,此民所以轻去故乡,而劝之新邑也。为置医巫以救疾病,以修祭祀,男女有昏,生死相恤,坟墓相从,种树畜长,室屋完安,此所以使民乐其处,而有长居之心也。臣又闻古之制边县以备敌也,使五家为伍,伍有长;十长一里,里有假士;四里一连,连有假五百;十连一邑,邑有假候:皆择其邑之贤才,有谙习地形知民心者,居则习民于射法,出则教民于应敌。故卒伍成于内,则军政定于外。服习以成,勿令迁徙,幼则同游,长则共事。夜战声相知,则足以相救;昼战目相见,则足以相识;欢爱之心,足以相死。如此而劝以厚赏,威以重罚,则前死不还踵矣。所徙之民,非壮有材力,但费衣粮,不可用也;虽有才力,不得良吏,犹亡功也。陛下绝匈奴,不与和亲,臣窃意其冬来南也,壹大治,则终身创矣。欲立威者,始于折胶,来而不能困,使得气去,后未易服也。愚臣亡识,惟陛下财察。

　　贾山,颍川人也。祖父袪,故魏王时博士弟子也(师古以为六国时魏)。山受学袪,所言涉猎书记,不能为醇儒,尝给事颍阴侯为骑。孝文时,言治乱之道,借秦为谕,名曰《至言》。其后每上书,言多激切,善指事意。《汉志》有贾山八篇,在儒家。

第三章　贵族之倡导

第一节　楚元王

　　高祖虽不好儒,而有少弟交,实受业于孙卿之门人,能治诗,即楚元王也。故汉初之博士派,叔孙之徒显于朝。而诸侯之好经术、礼儒士者,莫若楚。当时战国游说之风未革,于是蒯通、邹阳、羊胜、公孙诡、伍被等,各挟长短纵横之术,以干国君,列为上客。而词赋文章之盛,亦在于是时。自枚乘、庄忌、司马相如皆曳裾裋服,从容其间。高祖时则齐悼惠王、吴王濞招纵横之士。自后梁孝王、淮南王安亦好客。故四方彬彬有文雅之化,惟楚儒术尤盛。高祖以来,文景或好刑名、黄老之言,赖诸王之倡导,文学之士犹有所归。至于武帝,文学遂称极盛,亦其所渊源者远矣。

　　楚元王交,字游,高祖同父少弟也,好书,多才艺。少时尝与鲁穆生、白生、申公俱受《诗》于浮丘伯。伯者,孙卿门人也。及秦焚书,各别去。汉兴,交立为楚王。元王既至楚,以穆生、白生、申公为中大夫。高后时,浮丘伯在长安,元王遣子郢客与申公俱卒业。文帝时,闻申公为《诗》最精,以为博士。元王好《诗》,诸生皆读《诗》,申公始为《诗》传,号《鲁诗》。元王亦次之《诗》传,号曰《元王诗》,世或有之。汉初习《诗》者,《鲁诗》最先盛,其老师故皆居楚。自申公、白公等外,又有韦孟,为元王傅,傅子夷王,及孙王戊。戊荒淫不遵道,而孟尝为诗讽谏,其体制有风雅之遗韵,后之为四言诗者所取法也。后遂去位,徙家于邹,又作一篇。其谏诗曰:

　　肃肃我祖,国自豕韦。黼衣朱绂,四牡龙旗。彤弓斯征,抚宁遐荒。总齐群邦,以翼大商。迭彼大彭,勋绩惟光。至于有周,历世会同。王赧听谮,实绝我邦。我邦既绝,厥政斯逸。赏罚之行,非繇王室。庶尹群后,靡扶靡卫。五服崩离,宗周以队。我祖斯微,迁于彭城。在予小子,勤误厥生。阮此嫚秦，未粗以耕。悠悠嫚秦，上天不宁。乃眷南顾，授汉于京。于赫有汉，四方是征。靡适不怀，万国逌平。乃命厥弟，建侯于楚。俾我小臣，惟傅是辅。兢兢元王，恭俭净壹。惠此黎民，纳彼辅弼。飨国渐世，垂烈于后。乃及夷王，克奉厥绪。咨命不永，惟王统祀。左右陪臣，此惟皇士。如何我王，不思永保。不惟履冰，以继祖考。邦是废事，逸游是娱。犬马繇繇，是放是驱。务彼鸟兽，忽此稼苗。烝民以匮，我王以媮。所弘非德，所亲非俊。惟囿是恢，惟谀是信。瞻瞻谄夫，咢咢黄发。如何我王，曾不是察？既藐下臣，追欲从逸。嫚彼显祖，轻兹削黜。嗟嗟我王，汉之睦亲。曾不夙夜，以休令闻。穆穆天子，临尔下土。明明群司，执宪靡顾。正遐繇近，殆其怙兹。嗟嗟我王，曷不此思？非思非鉴，嗣其罔则。致冰匪霜，致队靡嫚。瞻惟我王，昔靡不练。兴国救颠，孰违悔过。追思黄发，秦缪以霸。岁月其徂，年其逮耈。于昔君子，庶显于后。我王如何，曾不斯览。黄发不近，胡不时监？

孟后五世至贤，贤子玄成，并为汉显儒。汉初贵族中倡导文学尤至者，莫如楚元王。《鲁诗》虽不传，世犹有次集之者，录韦孟诗一首，亦可略窥见当时之文采所尚矣。

任昉《文章缘起》以四言诗起于前汉楚王傅韦孟谏楚夷王戊诗，严沧浪《诗话》因之。谢榛《诗家直说》曰："四言体起于《康衢歌》。沧浪谓起于韦孟，误矣。"冯惟讷《诗纪》则以四言诗三百五篇在前，而严云起于韦孟，误矣。（按严说本自昉，昉所作《缘起》但取秦汉以来，本不及六经，《诗纪》未考也。）盖其叙事布词，自为一体。汉、魏以来，递相师法，故云始于韦孟也。刘勰曰："四言近体，渊雅为本，孟之作可为渊雅矣。"李白曰："寄兴深微，五言不如四言。"王世贞曰："四言须本风雅，间及韦、曹，然勿相杂也。"

第二节　吴王濞

吴王濞，高帝兄仲之子也。孝文时，吴太子入见，与皇太子争博道，皇太子引博局提杀之,吴王由是怨望。先是吴地富铜盐,吴王岁时存问茂材,尝赐闾里。它郡国吏,欲来捕亡人者,恒共禁不与。如此三十余年。以故能使其众,然所用大抵纵横游说之士,邹阳、严忌、枚乘之徒,虽娴于词赋,纵横家亦列邹阳七篇。章学诚《文史通义》谓骚赋《七发》设问之体,皆出于战国,盖其驰骋开阖,体势相近也(见《诗教》篇)。故吴之游士,既承纵横派之绪,而亦为词赋之宗。吴既败,吴客皆游梁。详见后节。(汉初纵横之习未除,袁盎善口辩,故为吴相。而吴反时。遣中大夫应高游说诸侯,其词令亦近纵横派。)

第三节　梁孝王武

梁孝王者,文帝窦皇后少子也,名武。七国之叛,梁距吴、楚有功,又最为大国,出入旌旗,拟于天子,招延四方豪杰,自山东游士莫不至。吴王濞之败也,则吴客如邹阳、枚乘、严忌之徒,皆归于梁,而司马相如亦游梁,又有羊胜、公孙诡、韩安国各有辩智,丁将军传《易经》。天下文学之盛,当时未有如梁者矣。于是梁之文学有三派。

(甲)经术派

《儒林传》曰:"丁宽,字子襄,梁人也。初梁项生从田何受《易》,时宽为项生从者,读《易》精敏,材过项生,遂事何。学成,何谢宽。宽东归,何谓门人曰:'《易》以东矣。'宽至雒阳,复从周王孙受古义,号《周氏传》。景帝时,宽为梁孝王将军,距吴、楚,号丁将军,作《易说》三万言,训故举大谊而已,今《小章句》是也(按《艺文志》有《丁氏易》八篇)。宽授田王孙,王孙授施仇、孟喜、梁丘贺。繇是《易》有施、孟、梁丘之学。"然则当时《易》之传,盖首在于梁云。

(乙)纵横派

《汉志》纵横家有邹阳七篇,而不录其词赋(今《西京杂记》有邹阳《几赋》一篇)。《汉书》曰:"邹阳,齐人也。汉兴,诸侯王皆自治民聘贤,吴王濞招致四方游士。阳与吴严忌、枚乘等俱仕吴,皆以文辩著名。久之,吴王以太子事怨望,称疾不朝,阴有邪谋。阳奏书谏,为其事尚隐,恶指斥言,故先引秦为谕,因道胡、越、齐、赵、淮南之难,然后乃致其意。……书奏,吴王不内其言。是时景帝少弟梁孝王贵盛,亦待士,于是邹阳、枚乘、严忌知吴不可说,皆去之梁,从孝王游。阳为人有智略,慷慨不苟合,介于羊胜、公孙诡之间。胜等疾阳,恶之孝王。孝王怒,下阳吏,将杀之,阳客游以谗见禽,恐死而负累,狱中上书曰:

  臣闻忠无不报,信不见疑,臣常以为然,徒虚语耳。昔荆轲慕燕丹之义,白虹贯日,太子畏之。卫先生为秦画长平之事,太白食昴,昭王疑之。夫精变天地,而信不谕两主,岂不哀哉!今臣尽忠竭诚,毕议愿知,左右不明,卒从吏讯,为世所疑,是使荆轲、卫先生复起,而燕、秦不寤也。愿大王熟察之。昔玉人献宝,楚王诛之;李斯尽忠,胡亥极刑。是以箕子佯狂,接舆避世,恐遭此患也。愿大王察玉人、李斯之意,而后楚王、胡亥之听,毋使臣为箕子、接舆所笑。臣闻比干剖心,子胥鸱夷,臣始不信,乃今知之。愿大王熟察,少加怜焉。语曰:"有白头如新,倾盖如故。"何则?知与不知也。故樊於期逃秦之燕,借荆轲首以奉丹事;王奢去齐之魏,临城自刭以却齐而存魏。夫王奢、樊於期,非新于齐、秦而故于燕、魏也,所以去二国、死两君者,行合于志,慕义无穷也。是以苏秦不信于天下,为燕尾生;白圭战亡六城,为魏取中山。何则?诚有以相知也。苏秦相燕,人恶之燕王,燕王按剑而怒,食以駃騠;白圭显于中山,人恶之于魏文侯,文侯赐以夜光之璧。何则?两主二臣,剖心析肝相信,岂移于浮辞哉?故女无美恶,入宫见妒;士无贤不肖,入朝见嫉。昔司马喜膑脚于宋,卒相中山;范雎拉胁折齿于魏,卒为应侯。此二人者,皆信必然之画,捐朋党之私,挟孤独之交,故不能自免于嫉妒之人也。是以申徒狄蹈雍之河,徐衍负石入海。不容于世,义不苟取比周于朝,以移主上之心。故百里奚乞食于道路,缪公委之以政;宁戚饭牛车下,桓公任之以国。此二人者,岂素宦于朝,借誉于左右,然后二主用之哉?感于心,合于行,坚如胶漆,昆弟不能离,岂惑于众口哉?故偏听生奸,独任成乱。昔鲁听季孙之说,逐孔子;宋任子冉之计,囚墨翟。夫以孔、墨之辩,不能自免于谗谀,而二国以危,何则?众口铄金,积毁销骨也。秦用戎人由余,而伯中国;齐用越人子臧,而强威宣。此二国岂系于俗,牵于世,系奇偏之浮辞哉?公听并观,垂明当世。故意合则胡越为兄弟,由余、子臧是矣;不合则骨肉为仇敌,朱、象、管、蔡是矣。今人主诚能用齐、秦之明,后宋、鲁之听,则五伯不足侔,而三王易比也。是以圣王觉寤,捐子之之心,而不说田常之贤,封比干之后,修孕妇之墓,故功业覆于天下。何则?欲善亡厌也。夫晋文亲其仇,强伯诸侯;齐桓用其仇,而一匡天下。何则?慈仁殷勤,诚加于心,不可以虚辞借也。至夫秦用商鞅之法,东弱韩、魏,立强天下,卒车裂之。越用大夫种之谋,禽劲吴而伯中国,遂诛其身。是以孙叔敖三去相而不悔,於陵子仲辞三公为人灌园。今人主诚能去骄傲之心,怀可报之意,披心腹,见情素,堕肝胆,施德厚,终与之穷达,无爱于士,则桀之犬可使吠尧,跖之客可使刺由,何况因万乘之权,假圣王之资乎?然则荆轲湛七族,要离燔妻子,岂足为大王道哉?臣闻明月之珠,夜光之璧,以暗投人于道,众莫不按剑相眄者。何则?无因而至前也。蟠木根柢,轮囷离奇,而为万乘器者,以左右先为之容也。故无因而至前,虽至隋珠和璧,只怨结而不见德;有人先游,则枯木朽株,树功而不忘。今夫天下布衣穷居之士,身在贫羸,虽蒙尧、舜之术,挟伊、管之辩,怀龙逢、比干之意,而素无根柢之容,虽竭精神,欲开忠于当世之君,则人主必袭按剑相眄之迹矣。是使布衣之士,不得为枯木朽株之资也。是以圣王制世御俗,独化于陶钧之上,而不牵乎卑辞之语,不夺乎众多之口。故秦皇帝任中庶子蒙嘉之言,以信荆轲,而匕首窃发;周文王猎泾渭,载吕尚归,以王天下。秦信左右而亡,周用乌集而王。何则?以其能越挛拘之语,驰域外之议,独观乎昭旷之道也。今人主沉谄谀之辞,牵帷廧之制,使不羁之士,与牛骥同皂,此鲍焦所以愤于世也。臣闻盛饰入朝者,不以私污义;砥厉名号者,不以利伤行。故里名胜母,曾子不入;邑号朝歌,墨子回车。今欲使天下寥廓之士,笼于威重之权,胁于位势之贵,回面污行,以事谄谀之人,而求亲近于左右,则士有伏死堀穴岩薮之中耳,安有尽忠信而趋阙下者哉?

书奏,孝王出邹阳为上客。《西京杂记》曰:"梁孝王游于忘忧之馆,集诸游士,各使为赋。枚乘《柳赋》,路乔如《鹤赋》,公孙诡《文鹿赋》,邹阳《酒赋》,公孙乘《月赋》,羊胜《屏风赋》。韩安国作《几赋》不成,邹阳代作。邹阳、安国罚酒三升,赐枚乘、路乔如绢,人五匹。"或云其赋盖后人之所伪托,莫能详也。

(丙)词赋派

严忌姓庄,避明帝讳称严,会稽吴人也,好词赋。哀屈原忠贞不遇,作词曰《哀时命》。遭景帝不好词赋,无所得志。初游事吴王濞。吴败,闻梁孝王右文通宾客,乃徒步入梁,受知孝王,与邹阳、枚乘俱见尊重,而忌名尤盛,世称庄夫子。《汉志》有庄夫子赋廿四篇。

枚乘字叔,淮阴人也,为吴王濞郎中。吴王之初怨望,谋为逆也,乘奏书谏,而吴王不用乘策,卒见禽灭。汉既平七国,乘由是知名。景帝召拜乘为弘农都尉,乘久为大国上宾,与英俊并游,得其所好。不乐郡吏,以病去官,复游梁。梁客皆善属辞赋,乘尤高。孝王薨,乘归淮阴。武帝自为太子,闻乘名,及即位,乘年老,乃以安车蒲轮征乘,道死。《汉志》有枚乘赋九篇。盖自乘作《七发》,始创七体。《古诗十九首》为五言之祖,而《玉台新咏》以其八首为乘所作。乘于词赋之绩,岂不伟哉!

杂诗

西北有高楼,上与浮云齐。交疏结绮窗,阿阁三重阶。上有弦歌声,音响一何悲。谁能为此曲,无乃杞梁妻。清商随风发,中曲正徘徊。一弹再三叹,慷慨有余哀。不惜歌者苦,但伤知音稀。愿为双鸿鹄,奋翅起高飞。

东城高且长,逶迤自相属。回风动地起,秋草萋以绿。四时更变化,岁暮一何速。晨风怀苦心,蟋蟀伤局促。荡涤放情志,何为自结束。

燕赵多佳人,美者颜如玉。被服罗裳衣,当户理清曲。音响一何悲,弦急知柱促。驰情整巾带,沉吟聊踯躅。思为双飞燕,衔泥巢君屋。

迢迢牵牛星,皎皎河汉女。纤纤擢素手,札札弄机杼。终日不成章,泣涕零如雨。河汉清且浅,相去复几许。盈盈一水间,脉脉不得语。

《渔洋诗话》:"或问:'《古诗十九首》乃五古之原。按其音节风神,似与《楚骚》同时,而论者指为枚乘等作。枚之文甚著,其诗不多见,且秦、汉风调自殊,何所据而指为枚作耶?又苏、李《河梁》亦有《十九首》风味,岂汉人之诗,其妙皆如此耶?求明示其旨。'答曰:'风、雅后有楚词,楚词后有《十九首》。风会变迁,非缘人力,然其源流,则一而已矣。《古诗》中《迢迢牵牛星》《庭中有奇树》《西北有高楼》《青青河畔草》等五六篇,《玉台新咏》以为枚乘作。《冉冉孤生竹》一篇,《文心雕龙》以为傅毅之辞。二书出于六朝,其说必有据依。要之为西京无疑。《河梁》之作,与《十九首》同一风味,皆所谓惊心动魄、一字千金者也。嬴秦之世,但有碑铭,无关风、雅。'"

挚虞《文章流别论》曰:"《七发》造于枚乘,借吴楚以为客主,先言出舆入辇、蹶痿之损,深宫洞房,寒暑之疾,靡曼美色,宴安之毒、厚味暖服,淫曜之害,宜听世之君子要言妙道,以疏神导体,蠲淹滞之累。既设此辞,以显明去就之路,而后说以声色逸游之乐,其说不入,乃陈圣人辩士讲论之娱,而霍然疾瘳。此因膏粱之常疾以为匡劝,虽有甚泰之辞,而不没其讽谕之义也。其流遂广,其义遂变,率有辞人淫丽之尤矣。崔骃既作《七依》,而假非有先生之言曰:呜呼!扬雄有言'童子雕虫篆刻',俄而曰'壮夫不为也'。孔子疾'小言破道',斯文之族,岂不谓义不足而辩有余者乎!赋者将以讽,吾恐其不免于劝也。"

自乘创七体,后之文士,继作者甚众。晋傅玄《七谟序》曰:"昔枚乘作《七发》,而属文之士若傅毅、刘广、崔骃、李尤、桓麟、崔琦、刘梁、桓彬之徒,承其流而作之者纷焉,《七激》《七兴》《七依》《七说》《七蠲》《七举》之篇,于通儒大才——马季长、张平子,亦引其源而广之,马作《七广》,张造《七辩》。或以恢大道而导幽滞,或以黜瑰奓而托讽咏,扬晖播烈,垂于后世者,凡十有余篇。自大魏英贤迭作,有陈王《七启》、王氏《七释》、杨氏《七训》、刘氏《七华》、从父侍中《七诲》,并陵前而邈后,扬清风于儒林,亦数篇焉。世之贤明,多称《七激》为工,余以为未尽善也。《七辩》似也,非张氏至思,比之《七激》,未为劣也。《七释》佥曰妙哉,吾无间矣。若《七依》之卓轹一致,《七辩》之缠绵精巧,《七启》之奔逸壮丽,《七释》之精密闲理,亦近代之所希也。"

徐师曾《文体明辨》曰:"按七者,文章之一体也。词虽八首,而问对凡七,故谓之七。则七者,问对之别名,而《楚辞·七谏》之流也。盖自枚乘初撰《七发》,而傅毅《七激》、张衡《七辩》、崔骃《七依》、崔瑗《七苏》、马融《七广》、曹植《七启》、王粲《七释》、张协《七命》、陆机《七征》、桓麟《七说》、左思《七讽》,相继有作。然考《文选》所载,唯《七发》《七启》《七命》三篇,余皆略而勿录。"

第四节　淮南王安

汉高帝子淮南厉王长,坐反徙严道死,文帝析其地封厉王子,而安为淮南王。《汉书》本传曰:"淮南王安为人好书,鼓琴,不喜弋猎狗马驰骋,亦欲以行阴德,拊循百姓,流名誉。招致宾客方术之士数千人,作为《内书》二十一篇,《外书》甚众。又有《中篇》八卷,言神仙黄白之术,亦二十余万言。时武帝方好艺文,以安属为诸父,辩博善为文辞,甚尊重之,每为报书及赐,常召司马相如等视草乃遣。初,安入朝,献所作《内篇》,新出,上爱秘之。使为《离骚传》,且受诏,日食时上。又献《颂德》及《长安都国颂》。每宴见,谈说得失及方技赋颂,昏莫然后罢。"案《汉志》杂家《淮南》内二十一篇,外三十三篇。师古曰:"《内篇》论道,《外篇》杂说,其书盖与诸游士讲论掇拾旧文而成,今所传仅二十一篇,亦曰《鸿烈》。诸游士著者,为苏飞、李尚、左吴、田由、雷被、毛技、伍被、晋昌等八人,是曰八公。又有诸儒大山、小山之徒。"《伍被传》曰:"伍被,楚人也……以材能称,为淮南中郎。是时淮南王安好术学,折节下士，招致英隽以百数，被为冠首。"淮南王阴有邪谋，被数谏，后复为淮南王画反计，事发自告，张汤力主诛之。被所言多雅辞，殆亦纵横家之流，故《汉书》《列传》与蒯通合在一篇。又《汉志》《易》有《淮南道训》二篇，以为淮南王安聘明《易》者九人所作，号九师说。或曰今《淮南子·原道训》，即《九师易》之遗说也。又有淮南王赋八十二篇，淮南王群臣赋四十四篇，可谓多矣。今传小山所作《招隐士》一篇，亦骚之遗也。

陆时雍曰："汉武帝好文学之士，淮南王安以诸父之尊，辩博善文辞，甚为礼重。至报书及赐，名重天下。而内外诸书，爱慕者不得见，见则如获拱璧，遂以千金敌字焉。即往者箕子陈《范》，仲尼聆《韶》，初不闻倾动人世之若此也。"

第四章 武帝时代文学之全盛

第一节 武帝之文翰

柳子厚曰:"殷、周之前,其文简而野,魏、晋以降则荡而靡,得其中者汉氏,汉氏之东则既衰矣。当文帝时始得贾生明儒术,武帝尤好焉,而公孙弘、董仲舒、司马迁、相如之徒作,风雅益盛,敷施天下,自天子至公卿、大夫、士、庶人咸通焉。于是宣于诏策,达于奏议,讽于辞赋,传于歌谣。由高帝迄于哀、平、王莽之诛,四方之文章盖烂然矣。"然则西京文学,固当以武帝时为极盛。武帝蚤慕辞赋,即位之后,卫绾为丞相,即请罢奏郡国所举贤良治申、商、韩非、苏秦、张仪之言者,浸浸向儒术矣。遂以安车蒲轮,征申公、枚乘等,议立明堂,置五经博士。元光间亲策贤良,则董仲舒、公孙弘等出焉。然武帝本负雄才大略,故所选士,亦不执于一方,虽称黜黄老刑名之言,而主父、严安、徐乐之伦以纵横进,左右近臣,往往用滑稽诙嘲取容者众矣。又作新声变曲,雅乐或摈焉。于是一切小说、志怪、乐府及五、七言诗歌之体纷纷并作,不可胜记。有汉文学之极盛,未有加于此时者矣。

汉高祖好楚声,当世多化之,武尤喜《楚辞》,使淮南王为《离骚》作传。至立乐府,遂启新声,亦不过楚声之变而已。武帝词翰美丽,犹《楚辞》之遗音,今录其一篇,以见其体。《汉志》有上所自造赋二篇,《隋志》有武帝集一卷。武帝时代文学之盛,盖由人主之好尚有以启之与?

悼李夫人赋

美连娟以修嫭兮,命樔绝而不长。饰新宫以延贮兮,泯不归乎故乡。惨郁郁其芜秽兮,隐处幽而怀伤。释舆马于山椒兮,奄修夜之不阳。秋气僭以凄泪兮,桂枝落而销亡。神茕茕以遥思兮,精浮游而出畺。托沉阴以圹久兮,惜蕃华之未央。念穷极之不还兮,惟幼眇之相羊。函菱荴以俟风兮,芳杂袭以弥章。的容与以猗靡兮,缥飘姚虖愈庄。燕淫衍而抚盈兮,连流视而娥扬。既激感而心逐兮,色红颜而弗明。欢接狎以离别兮,宵寤梦之茫茫。忽迁化而不反兮,魄放逸以飞扬。何灵魄之纷纷兮,哀悲回以踌躇。执路日以远兮,遂荒忽而辞去。超兮西征,屑兮不见。寖淫敞荒,寂兮无音。思若流波,怛兮在心。乱曰:佳侠函光,陨朱荣兮。嫉妒阘茸,将安程兮。方时隆盛,年夭伤兮。弟子增欷,洿沫怅兮。悲愁于邑,喧不可止兮。响不虚应,亦云已兮。嬺妍太息,叹稚子兮。懰栗不言,倚所恃兮。仁者不誓,岂约亲兮?既往不来,申以信兮。去彼昭昭,就冥冥兮。既下新宫,不复故庭兮。呜呼哀哉,想魂灵兮!

景帝诸王,多致意于文学,皆与武帝兄弟也,而河间献王尤崇儒术云。河间献王名德,以孝景前二年立,修学好古,实事求是。从民得善书,必为好写,与之留其真,加金帛赐以招之。由是四方道术之人,不远千里,或有先祖旧书,多奉以献王者,故得书多与汉朝等。是时淮南王安称好书,所招致率多浮辩。献王所得书,皆古文先秦旧书:《周官》《尚书》《礼记》《孟子》《老子》之属,皆经传说,记七十子之徒所论。其学举六艺,立《毛氏诗》《左氏春秋》博士,修礼乐,被服、儒术,造次必于儒者。山东诸儒,多从而游。武帝时献王来朝,献雅乐,对三雍宫及诏策所问三十余事。其对推道术而言,得事之中,文约指明。《艺文志》以献王所对《上下三雍宫》三篇,列在儒家是也。《毛诗》出自赵人毛公,以授贯长卿,长卿父贯公,与毛公同为献王博士,实受《春秋左氏传》训故,其传自梁太傅贾谊云。

鲁恭王余,以孝景前三年立。好治宫室,坏孔子旧宅以广其宫,闻钟磬琴瑟之声,遂不敢复坏,于其壁中得古文经传,所谓壁中书也,孔氏古文由此行。

中山靖王胜,以孝景前三年立。武帝初即位,惩吴楚七国行事,欲侵削诸侯。建元三年,胜等入朝,闻乐而泣。问其故,胜为对词甚美,《汉书》载之。又《西京杂记》:"鲁恭王得文木一枚,伐以为器,意甚玩之。中山王为赋……恭王大悦,顾盼而笑,赐骏马二匹。"

长沙定王发,孝景前二年立。《艺文志》有长沙王群臣赋三篇。

广川惠王越,孝景中二年立。《艺文志》有惠王越赋五篇。

第二节　经术派

武帝即位,文景时博士,多有存者,又特征申公于朝。其时窦太后尚存,莫能用也。至于建元五年,立五经博士,而辕固、韩婴皆在京师,已具齐、韩、鲁之诗。时河间献王又好毛氏,则四家诗之说,于是备矣。后世治《诗》者惟传毛氏。其余三家诗,清世颇有次集之者。独韩太傅婴《外传》,至于今未阙。考其文议,一何醇乎！于是《易》有数家之传。孔氏有《古文尚书》,孔安国以今文读之,得《逸书》十余篇,因以起其家,盖司马迁、倪宽尝从而问焉。董仲舒、公孙弘皆治《公羊春秋》,最有显名。《穀梁》虽有江公传之,然义不如董生。《礼》则孝文时有徐生善为颂,至是其弟子皆为礼官。他因经术传业造论者,不可胜纪。

《儒林传》曰:"公孙弘为丞相封侯,天下学士,靡然乡风矣。弘为学官,悼道之郁滞,乃请白丞相、御史言:'制曰……为博士官置弟子五十人,复其身。太常择民年十八以上,仪状端正者,补博士弟子。郡国县官有好文学、敬长上、肃政教、顺乡里、出入不悖,所闻,令、相、长、丞上属所二千石。二千石谨察可者,常与计偕,诣太常,得受业如弟子。一岁皆辄课,能通一艺以上,补文学掌故缺;其高第可以为郎中、太常籍奏。即有秀才异等,辄以名闻。其不事学若下材,及不能通一艺,辄罢之,而请诸能称者。臣谨案诏书律令下者,明天人分际,通古今之谊,文章尔雅,训辞深厚,恩施甚美。小吏浅闻,弗能究宣,亡以明布谕下。以治礼掌故,以文学礼义为官,迁留滞。请选择其秩比二百石以上,及吏百石通一艺以上,补左右内史、大行卒史,比百石以下补郡太守、卒史,皆各二人,边郡一人。先用诵多者,不足,择掌故以补中二千石属,文学掌故补郡属,备员。请著功令,它如律令。'制曰:'可。'自此以来,公卿大夫士吏,彬彬多文学之士矣。"呜呼！此岂利禄之路然哉？要之察用经术之士,自武帝始矣。

董仲舒在景帝时已为博士。元光元年,以贤良对策,天子异焉。至于三册之,以为江都相,复相胶西王。及去位归居,终不问家产业,以修学著书为事。仲舒在家,朝廷如有大议,使使者及廷尉张汤就其家问之,其对皆有明法。自武帝初立,魏其、武安侯为相而隆儒矣。及仲舒对册,推颂孔氏,抑黜百家,立学校之官,州郡举茂材孝廉,皆自仲舒发之。仲舒所著,皆明经术之意,及上疏条教,凡百二十三篇;而说《春秋》事得失,《闻举》《玉杯》《蕃露》《清明》《竹林》之属,复数十篇(今所传《春秋繁露》即是),十余万言。盖博士派至仲舒,而其言始纯于儒术。《汉志》春秋有《公羊董仲舒治狱》十六篇。《隋志》有《汉胶西相董仲舒集》一卷。当时公孙弘与仲舒同学,而倪宽亦从博士受《尚书》,并有文采云。

士不遇赋　董仲舒

呜呼嗟乎！遐哉邈矣。时来曷迟,去之速矣。屈意从人,非吾徒矣。正身俟时,将就木矣。悠悠偕时,岂能觉矣?心之忧欤,不期禄矣。皇皇匪宁,只增辱矣。努力触藩,徒摧角矣。不出户庭,庶无过矣。重曰:生不丁三代之盛隆兮,而丁三季之末俗。以辩诈而期通兮,贞士耿介而自束。虽曰省于吾身兮,繇怀进退之维谷。彼实繁之有徒兮,指其白而为黑。目信嫮而视眇兮,口信辩而言讷。鬼神不能正人事之变戾兮,圣贤亦不能开愚夫之违惑。出门则不可以偕往兮,藏器又蚩其不容。退洗心而内讼兮,亦未知其所从。观上古之清浊兮,廉士亦茕茕而靡归。殷汤有卞随与务光兮,周武有伯夷与叔齐。卞随、务光遁迹于深渊兮,伯夷、叔齐登山而采薇。使彼圣人其繇周遑兮,矧举世而同迷。若伍员与屈原兮,固亦无所复顾。亦不能同彼数子兮,将远游而终慕。于吾侪之云远兮,疑荒涂而难践。惮君子之于行兮,诫三日而不饭。嗟天下之偕违兮,怅无与之偕返。孰若返身于素业兮,莫随世而轮转。虽矫情而获百利兮,复不如正心而归一善。纷既迫而后动兮,岂云禀性之惟褊。昭同人而大有兮,明谦光而务展。遵幽昧于默足兮,岂舒采而蕲显?苟肝胆之可同兮,奚须发之足辨也?

王十朋曰:"汉贾谊伤于激切,司马迁过于驰骋,相如淫于靡丽,班氏父子极于广侈,扬子云恣于僭妄,王子渊涉于浮夸,东方朔入于诙谐,蔡邕流为萎薾,所取者惟董仲舒之发明王道耳。"

第三节　历史派

《汉志》录史书,附于《春秋》。《春秋》,史之祖也。然推史之职掌,固渊源于道家。老子,周室之守藏史也,故曰:"道家者流,盖出于史官。"历记成败存亡祸福古今之道,然后知秉要执本,清虚以自守,卑弱以自持,亦其职掌然矣。自孔子修《春秋》,而后以大义为褒贬,谓黄帝、颛顼之事,传说不经,则录书自唐、虞以下,老氏之徒,固不善斯旨。(庄子称老子听孔子说《春秋》,盖当时老子未以孔子之法为是也。)汉兴,陆贾作《楚汉春秋》,其是非大抵本于儒者。(如《汉志》《高祖传》《孝文传》皆列儒家。)及司马谈为太史公,推念先世为周室太史,则复宗道家。观谈所论六家旨要,信矣。迁承其业,自称继《春秋》发愤,然卒始于黄帝,以寓其微志。迁虽缪于孔氏之法,原夫史之出自道家,亦无讥焉尔。是以其议论,往往与春秋儒者之术抵牾,要之能远绍史官之所掌。班固之徒,纷然起而议之,岂非不知类哉? 古之为史者,或以断代为书,记一时之事。迁贯穿经术,驰骋古今,上下数千年间,文约而义丰,可谓博雅矣。刘向、扬雄,皆称迁有良史之材,服其善序事理,辩而不华,质而不俚,其文直,其事核,不虚美,不隐善,谓之实录。故后世言史者,必祖司马迁云。

先是,司马谈为太史公。迁之为太史,缵其父业也。其《自序》至有文采,今节录之。迁《自序》曰:

太史公既掌天官,不治民,有子曰迁。迁生龙门,耕牧河山之阳。年十岁则诵古文,二十而南游江、淮,上会稽,探禹穴,窥九疑,浮沅湘,北涉汶、泗,讲业齐、鲁之都,观夫子遗风,乡射邹、峄,阸困蕃、薛、彭城,过梁、楚以归。于是迁仕为郎中，奉使西征巴蜀以南，略邛、笮、昆明，还报命。是岁天子始建汉家之封，而太史公留滞周南，不得与从事，发愤且卒。而子迁适反，见父于河雒之间。太史公执迁手而泣曰："予先周室之太史也，自上世尝显功名，虞夏典天官事。后世中衰，绝于予乎？女复为太史，则续吾祖矣。今天子接千岁之统，封泰山，而予不得从行，是命也夫！命也夫！予死，尔必为太史。为太史，毋忘吾所欲论著矣。且夫孝始于事亲，中于事君，终于立身。扬名于后世，以显父母，此孝之大也。夫天下称周公，言其能论歌文武之德，宣周、召之风，达大王、王季思虑，爰及公刘，以尊后稷也。幽厉之后，王道缺，礼乐衰，孔子修旧起废，论《诗》《书》，作《春秋》，则学者至今则之。自获麟以来四百有余岁，而诸侯相兼，史记放绝。今汉兴，海内一统，明主、贤君、忠臣、义士，予为太史而不论载。废天下之文，予甚惧焉，尔其念哉！"迁俯首流涕曰："小子不敏，请悉论先人所次旧闻，不敢阙。"卒三岁而迁为太史令，䌷史记石室金柜之书。五年而当太初元年，十一月甲子朔旦冬至，天历始改，建于明堂，诸神受记。太史公曰："先人有言：'自周公卒五百岁而有孔子。孔子至于今五百岁，有能绍而明之，正《易》传，继《春秋》，本《诗》《书》《礼》《乐》之际。'意在斯乎！意在斯乎！小子何敢攘焉。"上大夫壶遂曰："昔孔子为何作《春秋》哉？"太史公曰："余闻之董生：'周道废，孔子为鲁司寇，诸侯害之，大夫雍之，孔子知时之不用，道之不行也。是非二百四十二年之中，以为天下仪表，贬诸侯，讨大夫，以达王事而已矣。'子曰：我欲载之空言，不如见之于行事之深切著明也，《春秋》，上明三王之道，下辨人事之经纪，别嫌疑，明是非，定犹与，善善恶恶，贤贤贱不肖，存亡国，继绝世，补敝起废，王道之大者也。《易》著天地、阴阳、四时、五行，故长于变；《礼》纲纪人伦，故长于行；《书》记先王之事，故长于政；《诗》记山川、溪谷、禽兽、草木、牝牡、雌雄，故长于风乐；《乐》所以立，故长于和；《春秋》辨是非，故长于治人。是故《礼》以节人，《乐》以发和，《书》以道事，《诗》以达意，《易》以道化，《春秋》以道义。拨乱世，反之正，莫近于《春秋》。《春秋》文成数万,其指数千。万物之散聚皆在春秋。……"

迁之述此,盖谓其著书以继《春秋》也。卒述陶唐以来至于麟止,自黄帝始,共百三十篇。迁后以李陵事被刑,后复为中书令,其《报任少卿书》有曰:

所以隐忍苟活,函粪土之中而不辞者,恨私心有所不尽,鄙没世而文采不表于后也。古者富贵而名摩灭,不可胜记,惟俶傥非常之人称焉。盖西伯拘而演《周易》;仲尼厄而作《春秋》;屈原放逐,乃赋《离骚》;左丘失明,厥有《国语》;孙子髌脚,《兵法》修列;不韦迁蜀,世传《吕览》;韩非囚秦,《说难》《孤愤》;《诗》三百篇,大抵贤圣发愤之所为作也。此人皆意有所郁结,不得通其道,故述往事,思来者,及如左丘明无目,孙子断足,终不可用,退论书策,以舒其愤,思垂空文以自见。仆窃不逊,近自托于无能之辞,网罗天下,放失旧闻,考之行事,综其终始稽其成败兴坏之理……凡百三十篇。亦欲以究天人之际,通古今之变,成一家之言。草创未就,适会此祸,惜其不成,是以就极刑而无愠色。仆诚已著此书,藏之名山,传之其人。通邑大都,则仆偿前辱之责,虽万被戮,岂有悔哉!然此可为智者道,难为俗人言也。

观此则迁终身之志,惟在《史记》一书矣。迁既死后,其书稍出。宣帝时,迁外孙平通侯杨恽祖述其书,遂宣布焉。至王莽时求封迁后为史通子。《汉志》《史记》百三十篇,又司马迁赋八篇。

《史通》曰:"《史记》家者,其先出于司马迁。自五经间行,百家竞列,事迹错糅,前后乖舛,至迁乃鸠集国史,采访家人,上起黄帝,下穷汉武,纪传以统君臣,书表以谱年爵,合百三十卷,因鲁史旧名,目之曰《史记》。自是汉世史官所续,皆以'史记'为名。迄乎东京,著书犹称《汉记》。至梁武帝,又敕其群臣,上自太初,下终齐室,撰成《通史》六百二十卷。其书自秦以上,皆以《史记》为本,而别采他说以广异闻;至两汉已还,则全录当时纪传;而上下通达,臭味相依。又吴、蜀二主,皆入世家;五胡及拓跋氏,列于《夷狄传》。大抵其体皆如《史记》,其所为异者,惟无表而已。其后元魏济阴王晖业,又著《科录》二百七十卷,其断限亦起自上古,而终于宋年。其编次多依仿《通史》,而取其行事尤相似者,共为一科,故以'科录'为号。皇家显庆中符玺郎陇西李延寿,抄撮近代诸史,南起自宋,终于陈,北始自魏,卒于隋,合一百八十篇,号曰《南北史》。其君臣流例,纪、传群分,皆以类相从,各附于本国。凡此诸作,皆《史记》之流也。寻《史记》疆宇辽阔,年月遐长,而分以纪、传,散以书、表;每论家国一政,而胡越相悬;叙君臣一时,而参商是隔。此其为体之失者也。兼其所载,多聚旧记,时采杂言,故使览之者事罕异闻,而语饶重出,此撰录之烦者也。况《通史》以降,芜累尤深,遂使学者宁习本书,而怠规新录。且撰次无几,而残缺逾多,可谓劳而无功,述者所宜深诫也。"

吕祖谦曰:"太史公之书法,岂拘儒曲士所能通其说乎?其指意之深远,寄兴之悠长,微而显,绝而续,正而变,文见乎此,而起意在彼,若有鱼龙之变化,不可得而踪迹者矣。"

茅坤曰:"今人读《游侠传》即欲轻生,读《屈原贾谊传》即欲流涕,读《庄周鲁仲连传》即欲遗世,读《李广传》即欲立斗,读《石建传》即欲俯躬,读《信陵平原君传》即欲养士。若此者何哉?盖其物之情而肆于心故也,非区区句字之激射也。"又曰:"屈、宋以来,浑浑噩噩。如长川大谷,探之不穷,揽之不竭,而蕴藉百家,包括万代者,司马子长之文也。"

李涂曰:"子长文字一二百言作一句下,更点不断。惟长句中转得意出,所以为好。文字若只说得一句,事则见矣。"

王维桢曰:"史迁之文,或由本以之末,或操末以续颠,或繁条而约言,或一传而数事,或从中变,或自旁入,意到笔随,思余语止,若此类不可毛举,竟不得其要领。"又曰:"《史记》文体议论叙事,各不相淆。然有不可歧而别者。如老子、伯夷、屈原、管仲、公孙弘、郑庄等《传》,及《儒林传》等序,此皆既述其事,又发其义。观词之辨者,以为议论可也;观实之具者,以为叙事可也。变化离合,不可名物,龙腾凤跃,不可缰锁。文至是,虽史迁不知其然,昔人刘魏论之详矣。条中有镕裁者,正谓此耳。夫金锡不和不成器,事词不会不成文,其致一也。"

第四节　词赋派

　　文人类病不通经术。然古之善词赋者,犹必以经术缘饰。司马相如尝从胡安受经,其晚年出《封禅书》。秦宓曰:"汉诸儒不识封禅之礼,惟相如发之矣。"严助、朱买臣、吾丘寿王、终军之徒,本词赋之材,或受业博士,或通经善论义理,并为武帝亲信,常在左右。要其文采闳丽,未若相如之绝伦也。故《汉书》以西蜀自相如游宦京师,而文章冠天下,此岂虚言哉!盖汉兴好楚声,如朱买臣等,多以能为楚辞进。相如独变其体,益为恢诡广博无涯涘。武帝读《大人赋》,而飘飘然有凌云之致。考其体制,信与当时作者异也。然至武帝时,则上下竞为词赋,滋多于前代矣。

　　司马相如,字长卿,蜀郡成都人也。少时好读书,学击剑,名犬子,相如既学,慕蔺相如之为人,更名相如,以赀为郎。事孝景帝为武骑常侍,非其好也,会景帝不好辞赋。是时梁孝王来朝,从游说之士齐人邹阳、淮阴枚乘、吴严忌夫子之徒,相如见而说之。因病免,客游梁,得与诸侯游士居。数岁,乃著《子虚》之赋。蜀人杨得意为狗监侍上,上读《子虚赋》而善之,曰:"朕独不得与此人同时哉。"得意曰:"臣邑人司马相如,自言为此赋。"上惊,乃召问相如。相如曰:"有是。然此乃诸侯之事,未足观。请为天子游猎之赋。"上令尚书给笔札。相如以子虚虚言也;为楚称乌有先生者,乌有此事也;为齐难亡是公者,亡是人也。欲明天子之义,故虚借此三人为辞,以推天子诸侯之苑囿。其卒章归之于节俭,因以讽谏。奏之,天子大说,赋奏,天子以为郎。亡是公言上林广大山谷水泉万物,及子虚言云梦所有甚众,侈靡多过其实。既,相如拜为孝文园令。上既美《子虚》之事,相如见上好仙,因曰:"《上林》之事,未足美也,尚有靡者。臣尝为《大人赋》,未就。请具而奏之。"相如以为列仙之儒,居山泽间,形容甚臞,此非帝王之仙意也,乃遂奏《大人赋》。相如既奏《大人赋》,天子大说,飘飘有凌云气游天地之间意。相如既病免,家居茂陵,天子曰:"司马相如病甚,可往从悉取其书,若后之矣。"使所忠往,而相如已死,家无遗书。问其妻,对曰:"长卿未尝有书也。时时著书,人又取去。长卿未死时,为一卷书,曰:'有使来求书,奏之。'"其遗札书言封禅事。所忠奏焉,天子异之。相如诸赋,文繁不可悉载。独载《哀二世赋》。其辞曰:

  登陂陁之长坂兮,坌入曾宫之嵯峨。临曲江之隑州兮,望南山之参差。岩岩深山之谾谾兮,通谷豁兮谽谺。汩淢噏习以永逝兮,注平皋之广衍。观众树之蓊薆兮,览竹林之榛榛。东驰土山兮,北揭石濑。弥节容与兮,历吊二世。持身不谨兮,亡国失势。信谗不寤兮,宗庙灭绝。呜呼哀哉!操行之不得兮,坟墓芜秽而不修兮,魂亡归而不食。夐邈绝而不齐兮,弥久远而愈佅。精罔阆而飞扬兮,拾九天而永逝。呜呼哀哉!

《汉书》:"赞曰:司马迁称:'《春秋》推见至隐;《易》本隐以之显;《大雅》言王公大人,而德逮黎庶;《小雅》讥小己之得失,其流及上。所言虽殊,其合德一也。相如虽多虚辞滥说,然要其归,引之于节俭,此亦《诗》之讽谏何异?'扬雄以为靡丽之赋,劝百而讽一,犹骋郑卫之声,曲终而奏雅。不已戏乎!"《汉志》杂家有《荆轲论》五篇,为司马相如等所作。又有相如赋二十九篇。

《西京杂记》:"司马相如为《上林》《子虚赋》,意思萧散,不复与外事相关。控引天地,错综古今,忽然如睡,焕然而兴,几百日而后成。其友人盛览字长通,牂牁名士,尝问以作赋。相如曰:'合綦组以成文,列锦绣而为质。一经一纬,一宫一商。此赋之迹也。赋家之心,苞括宇宙,总览人物,斯乃得之于内,不可得而传。'览乃作《合组歌》《列锦赋》而退,终身不复敢言作赋之心矣。"又曰:"长安有庆虬之,亦善为赋,尝为《清思赋》。时人不之贵也,乃托以相如所作,遂大见重于世。相如将献赋,未知所为,梦一黄衣翁谓之曰:'可为《大人赋》。'遂作《大人赋》言神仙之事,以献之,赐锦四匹。"

王楙《野客丛书》曰:"作文受谢,非起于晋、宋。观陈皇后失宠于汉武帝,别在长门宫。闻司马相如天下工为文,奉黄金百斤为文君取酒,相如因为文以悟主上,皇后复得幸。此风西汉已然。"

《荆轲论》,《文章缘起》作《荆轲赞》,以为相如作,是赞体之始。后班固《汉书》有赞,仿相如也。

严助,会稽吴人,严夫子子也,或言族家子也。郡举贤良封策百余人,武帝善助对,繇是独擢助为中大夫。后得朱买臣、吾丘寿王、司马相如、主父偃、徐乐、严安、东方朔、枚皋、胶仓、终军、严葱奇等,并在左右。是时征伐四夷,开置边郡,军旅数发,内改制度,朝廷多事,屡举贤良文学之士。公孙弘起徒步,数年至丞相,开东阁,延贤人,与谋议,朝觐奏事,因言国家便宜。上令助等与大臣辩论,相应以义理之文,大臣数诎。其尤亲幸者,东方朔、枚皋、严助、吾丘寿王、司马相如。相如常称疾避事,朔、皋不根持论,上颇俳优畜之。惟助与寿王见任用,而助最先进,因留侍中,有奇异辄使为文,及作赋、颂数十篇。《汉志》儒家有《庄助》四篇,又《严助赋》三十五篇。

朱买臣,字翁子,吴人也。家贫好读书,不治产业,会邑子严助贵幸,荐买臣召见。说《春秋》,言楚词,帝甚悦之,拜买臣为中大夫,与严助俱侍中。《汉志》有朱买臣赋三篇。

吾丘寿王,字子赣,赵人也。年少以善格五召待诏,诏使从中大夫董仲舒受《春秋》,高材通明,迁侍中中郎。《汉志》儒家有吾丘寿王六篇,又有吾丘寿王赋十五篇。

终军字子云,济南人也。少好学,以辩博能属文闻于郡中。年十八选为博士弟子,至长安上书言事。武帝异其文,拜军为谒者给事中。从上幸雍祠五畤,获白麟一角而五蹄;时又得奇木,其枝旁出,辄复合于木上。上异此二物,博谋群臣,军上对甚有文采。《汉志》儒家有终军八篇。

严葱奇者,或言严夫子子,或言族家子,严助昆弟也。从武帝行至茂陵,诏造赋。《汉志》有严葱奇赋十一篇。

第五节　纵横派

武帝虽好儒术,其后亦慕纵横之说。主父偃者,齐国临菑人也,学长短纵横术,晚乃学《易》《春秋》百家之言,游齐诸子间,诸儒生相与排傧,不容于齐。家贫,假贷无所得,北游燕、赵、中山,皆莫能厚。客甚困,乃上书阙下,朝奏,暮召入见。所言九事,其八事为律令,一事谏伐匈奴,是时徐乐、严安亦俱上书言时务。书奏,上召见三人,谓曰:"公皆安在?何相见之晚也!"乃拜偃、乐、安皆为郎中。徐乐,燕郡无终人,严安,临菑人。又有胶仓亦以上书待诏,或作聊苍。《汉志》纵横家有主父偃二十八篇,徐乐一篇,庄安(即严安)一篇,待诏金马聊苍三篇。

谏伐匈奴　主父偃

臣闻明主不恶切谏以博观,忠臣不避重诛以直谏,是故事无遗策而功流万世。今臣不敢隐忠避死以效愚计,愿陛下幸赦而少察之。司马法曰:"国虽大,好战必亡,天下虽平,忘战必危。"天下既平,天子大恺,春蒐秋狝,诸侯春振旅,秋治兵,所以不忘战也。且怒者逆德也,兵者凶器也,争者末节也。古之人君一怒,必伏尸流血,故圣王重行之。夫务战胜,穷武事,未有不悔者也。昔秦皇帝任战胜之威,蚕食天下,并吞战国,海内为一,功齐三代,务胜不休,欲攻匈奴。李斯谏曰:"不可。夫匈奴无城郭之居,委积之守,迁徙鸟举,难得而制。轻兵深入,粮食必绝;运粮以行,重不及事。得其地不足以为利,得其民不可调而守也,胜必弃之。非民父母,靡敝中国,甘心匈奴,非完计也。"秦皇帝不听,遂使蒙恬将兵而攻胡。辟地千里,以河为境,地固泽卤,不生五谷。然后发天下丁男以守北河,暴兵露师,十有余年,死者不可胜数,终不能逾河而北。是岂人众之不足,兵革之不备哉?其势不可也。又使天下飞刍挽粟,起于黄腄、琅琊负海之郡,转输北河,率三十钟而致一石。男子疾耕,不足于粮饷;女子纺绩,不足于帷幕。百姓靡敝,孤寡老弱不能相养,道死者相望,盖天下始叛也。及至高皇帝,定天下,略地于边,闻匈奴聚代谷之外而欲击之。御史成谏曰:"不可。夫匈奴兽聚而鸟散,从之如搏景。今以陛下盛德攻匈奴,臣窃危之。"高帝不听,遂至代谷,果有平城之围。高帝悔之,乃使刘敬往结和亲,然后天下亡干戈之事。故兵法曰:"兴师十万,日费千金。"秦帝积众数十万人,虽有覆军杀将,系虏单于,适足以结怨深仇,不足以偿天下之费。夫匈奴行盗侵驱,所以为业,天性固然。上自虞、夏、殷、周,固不程督,禽兽畜之,不比为人。夫不上观虞、夏、殷、周之统,而下循近世之失,此臣之所以大恐,百姓所疾苦也。且夫兵久则变生,事苦则虑易。使边境之民,靡敝愁苦,将吏相疑而外市,故尉佗、章邯得成其私,而秦政不行,权分二子,此得失之效也。故《周书》曰:"安危在出令,存亡在所用。"愿陛下孰计之而加察焉。

第六节　滑稽派及小说

班固称武帝之世,滑稽则东方朔、枚皋。盖滑稽之徒,长于讽喻,谈言微中,亦可以解纷,时有胜于正论大道者矣,故其人往往皆负卓越之才,含辞章之美。设小以观大,而足以动人之情焉。凡小说、志怪之流,皆滑稽派之旁支也。武帝之时,文学之盛极矣,于是变而益奇,万趣杂露,不可方物。虞初之书,虽不可见,然其奇丽,可推知矣。

东方朔,字曼倩,平原厌次人也。武帝初即位,征天下举方正贤良文学才力之士,待以不次之位。四方士多上书言得失,自炫鬻者以千数,其不足采者,辄报闻罢。朔初来上书曰:"臣朔少失父母,长养兄嫂。年十二学书,三冬文史足用;十五学击剑;十六学书诗,诵二十二万言;十九学孙吴兵法,战阵之具,钲鼓之教,亦诵二十二万言。凡臣朔固已诵四十四万言,又常服子路之言。臣朔年二十二,长九尺三寸,目若悬珠,齿若编贝,勇若孟贲,捷若庆忌,廉若鲍叔,信若尾生,若此可以为天子大臣矣。臣朔昧死再拜以闻。"朔文辞不逊,高自称誉,上伟之,令待诏公车,久之得为常侍郎,稍见亲近。是时,朝廷多贤才,上复问朔:"方今公孙丞相、倪大夫、董仲舒、夏侯始昌、司马相如、吾丘寿王、主父偃、朱买臣、严助、汲黯、胶仓、终军、严安、徐乐、司马迁之伦，皆辩知闳达，溢于文辞，先生自视何与比哉？"朔对曰："臣观其舀齿牙，树颊胲，吐唇吻，擢项颐，结股脚，连臀尻，遗蛇其迹，行步偶旅。臣朔虽不肖，尚兼此数子者。"朔之进对澹辞皆此类也。武帝既招英俊，程其器能，用之如不及。时方外事胡、越，内兴制度，国家多事，自公孙弘以下至司马迁，皆奉使方外，或为郡国守相至公卿，而朔尝至太中大夫，与枚皋、郭舍人俱在左右，诙啁而已。因自讼独不得大官，欲求试用。其言专商鞅、韩非之语也，指意放荡，颇复诙谐，辞数万言，终不见用。朔因著论，设客难己，用位卑以自慰谕。其辞曰：

客难东方朔曰："苏秦、张仪，一当万乘之主，而都卿相之位，泽及后世。今子大夫修先王之术，慕圣人之义，讽诵《诗》《书》百家之言，不可胜数，著于竹帛，唇腐齿落，服膺而不释，好学乐道之效，明白甚矣。自以智能海内无双，则可谓博闻辩智矣。然悉力尽忠以事圣帝，旷日持久，积数十年，官不过侍郎，位不过执戟，意者尚有遗行邪？同胞之徒，无所容居，其故何也？"东方先生喟然长息，仰而应之曰："是固非子之所能备也。彼一时也，此一时也，岂可同哉？夫苏秦、张仪之时，周室大坏，诸侯不朝，力政争权，相禽以兵，并为十二国，未有雌雄，得士者强，失士者亡，故谈说行焉。身处尊位，珍宝充内，外有廪仓，泽及后世，子孙长享。今则不然。圣帝流德，天下震慑，诸侯宾服，连四海之外所为带，安于覆盂，天下平均，合为一家，动发举事，犹运之掌，贤不肖何以异哉？遵天之道，顺地之理，物无不得其所。故绥之则安，动之则苦；尊之则为将，卑之则为虏，抗之则在青云之上，抑之则在深泉之下；用之则为虎，不用则为鼠；虽欲尽节效情，安知前后？夫天地之大，士民之众，竭精谈说，并进辐辏者，不可胜数。悉力慕之，困于衣食，或失门户，使苏秦、张仪与仆并生于今之世，曾不得掌故，安敢望常侍郎乎？……故曰时异事异。虽然，安可以不务修身乎哉？《诗》云：'鼓钟于宫，声闻于外。''鹤鸣于九皋，声闻于天，苟能修身，何患不荣！太公体行仁义，七十有二，乃谓用于文、武，得信厥说，封于齐，七百岁而不绝。此士所以日夜孳孳，修学敏行而不敢怠也。譬若鹖鸰，飞且鸣矣。《传》曰：'天不为人之恶寒而辍其冬，地不为人之恶险而辍其广，君子不为小人之匈匈而易其行。''天有常度，地有常形，君子有常行；君子道其常，小人计其功。'《诗》云：'礼义之不愆，何恤人之言？'故曰：水至清则无鱼，人至察则无徒。冕而前旒，所以蔽明；黈纩充耳，所以塞聪。明有所不见，聪有所不闻，举大德，赦小过，无求备于一人之义也。枉而直之，使自得之；优而柔之，使自求之；揆而度之，使自索之。盖圣人之教化如此，欲自得之，自得之则敏且广矣。今世之处士，时虽不用，魁然无徒，廓然独居，上观许由，下察接舆，计同范蠡，忠合子胥，天下和平，与义相扶，寡耦少徒，固其宜也，子何疑于我哉？若夫燕之用乐毅，秦之任李斯，郦食其之下齐，说行如流，曲从如环，所欲必得，功若丘山，海内定，国家安，是遇其时也，子又何怪之邪？语曰：'以管窥天，以蠡测海，以莛撞钟。'岂能通其条贯，考其文理，发其音声哉？繇是观之，譬犹鼩鼱之袭狗，孤豚之咋虎，至则靡耳，何功之有？今以下愚而非处士，虽欲勿困，固不得已，此适足以明其不知权变而终惑于大道也。"

又设非有先生之论。朔之文辞，此二篇最善。其余有《封泰山》《责和氏璧》，及《皇太子生禖》《屏风》《殿上柏柱》《平乐观赋猎》，八言、七言上下，《从公孙弘借车》，凡刘向所录朔书具是矣。《汉书》："赞曰：刘向言少时数问长老贤人通于事及朔时者，皆曰朔口谐倡辩，不能持论，喜为庸人诵说，故今后世多传闻者。而扬雄亦以为朔言不纯师，行不纯德，其流风遗书蔑如也。然朔名过实者，以其诙达多端，不名一行，应谐似优，不穷似智，正谏似直，秽德似隐。非夷、齐而是柳下惠，戒其子以上容：'首阳为拙，柱下为工；饱食安步，以仕易农；依隐玩世，诡时不逢。'其滑稽之雄乎！朔之诙谐，逢占射覆，其事浮浅，行于众庶，儿童牧竖，莫不眩耀。而后世好事者因取奇言怪语附著之朔。"《汉志》杂家有东方朔二十篇。

武帝既征枚乘,道死。诏问乘子,无能为文者,后乃得其孽子皋。皋字少孺,乘在梁时取皋母为小妻。乘之东归也,皋母不肯随乘,乘怒,分皋数千钱,留与母居。年十七,上书梁共王,得召为郎。三年,为王使,与冗从争,见谗恶,遇罪,家室没入官,皋亡至长安。会赦,上书北阙,自陈枚乘之子,上得之大喜,召入见待诏,皋因赋殿中。诏使赋平乐馆,善之,拜为郎,使匈奴。皋不通经术,诙笑类俳倡,为赋颂,好嫚戏,以故得媟黩贵幸,比东方朔、郭舍人等,而不得比严助等得尊官。武帝春秋二十九,乃得皇子,群臣喜,故皋与东方朔作《皇太子生赋》及《立皇子禖祝》,受诏所为,皆不从故事,重皇子也。初,卫皇后立,皋奏赋以戒终。皋为赋善于朔也。从行至甘泉、雍、河东,东巡狩,封泰山,塞决河宣房,游观三辅离宫馆,临山泽,弋猎射,驭狗马,蹴鞠刻镂,上有所感,辄使赋之。为文疾,受诏辄成,故所赋者多。司马相如善为文而迟,故所作少而善于皋。皋赋辞中自言为赋不如相如,又言为赋乃俳,见视如倡,自悔类倡也。故其赋有诋娸东方朔,又自诋娸。其文骫骳,曲随其事,皆得其意,颇诙笑,不甚闲靡。凡可读者百二十篇(《汉志》所录即此),其尤嫚戏不可读者尚数十篇。

武帝既好滑稽无实之说,故当时小说大盛。《汉志》小说家,有虞初《周说》九百四十三篇。虞初,河南人,武帝时以方士侍郎,号黄车使者。应劭曰:"其说以《周书》为本。"师古曰:"《史记》云:虞初,洛阳人。即张衡《西京赋》小说九百,本自虞初者也。"又有待诏臣《饶心术》二十五篇,《封禅方说》十八篇,皆在武帝时。而今所传东方朔《十洲记》及《神异经》,为志怪所祖,而《汉志》不载,岂刘向以为庸人所附,遂删削之与?

第七节　小学派

《汉书·艺文志》曰:"汉兴,萧何草律,亦著其法曰:'太史试学童,能讽书九千字以上,乃得为史。又以六体试之,课最者以为尚书御史史书令史。吏民上书,字或不正,辄举劾。'六体者,古文、奇字、篆书、隶书、缪篆、虫书,皆所以通知古今文字,摹印章,书幡信也。"

许慎《说文解字叙》曰:"秦书有八体:一曰大篆,二曰小篆,三曰刻符,四曰虫书,五曰摹印,六曰署书,七曰殳书,八曰隶书。汉兴,萧何草尉律,学僮十七以上始试讽籀书九千字,乃得为史。又以八体试之,郡移大史,并课取者,以为尚书。史官或不正,辄举劾之。"

然汉兴小学,至武帝时益盛,今可证者三事:

(一)壁中古文　鲁恭王坏孔子宫所得,颇有异体。

(二)《凡将篇》　司马相如所作,其字颇有出于《仓颉篇》以外者,然无有复字。

(三)犍为文学尔雅注　《尔雅》为训诂所祖,《七录》武帝时有犍为文学注《尔雅》三卷,或以为郭舍人也。

陆德明《释文叙录》曰:"犍为郡文学,卒史臣舍人,汉武帝时待诏。阙中卷。"

朱彝尊《经义考》曰:"犍为舍人,注《尔雅》。贾氏《齐民要术》引有二条,其一'虭蟧谓之定',注云:'虭蟧,蛆也,一名定。'其一'薪蓂,大荠',注云:'荠有小,故言大荠。'而今本《尔雅》注疏俱无之。"

又曰:"按舍人待诏在汉武时,此释经之最古者。其书虽不传,间采于邢氏之疏,及陆氏《释文》。"

第八节　新声乐府

汉兴,乐好楚声。至武帝时,河间献王聘求幽隐,修兴雅乐,而帝莫能用,始立乐府,集赵、代、秦、楚之讴,以李延年为协律都尉,多举司马相如等数十人,造为诗赋,于是作十九章之歌。《汉书·礼乐志》曰:"以正月上辛用事甘泉圜丘,使童男女七十人俱歌,昏祠至明。夜常有神光如流星,止集于祠坛。天子自竹宫而望拜,百官侍祠者数百人,皆肃然动心焉。"盖自负作乐之事而称其祥征也。顾上林乐府,所施皆郑声,儒者或病之。虽然,亦文学上之巨变矣。

《李延年传》曰:"李延年,中山人,身及父母兄弟,皆故倡也。延年坐法腐刑,给事狗监中。女弟得幸于上,号李夫人。延年善歌,为新变声。是时方兴天地诸祠,欲造乐,令司马相如等作诗颂,延年辄承意弦歌所造诗,为之新声曲。"

《外戚传》曰:"孝武李夫人,本以倡进。初,夫人兄延年,性知音,善歌舞,武帝爱之。每为新声变曲,闻者莫不感动。延年侍上,起舞歌曰:'北方有佳人,绝世而独立,一顾倾人城,再顾倾人国。宁不知倾城与倾国?佳人难再得!'上叹息曰:'善!世岂有此人乎?'平阳主因言延年有女弟,上乃召见之,实妙丽善舞。由是得幸,生一男,是为昌邑哀王。蚤卒,上思念李夫人不已,方士齐人少翁,言能致其神。乃夜张灯烛,设帐帷,陈酒肉,而令上居他帐,遥望见好女,如李夫人之貌,还幄坐而步。又不得就视,上愈益相思悲感,为作诗曰:'是耶?非耶?立而望之,偏何姗姗其来迟!'令乐府诸音家弦歌之。"按李延年歌及武帝此诗,盖即所谓新声变曲者也。《汉志》有李夫人及幸贵人歌诗三篇,殆亦新声之流与?

《郊祀歌》十九章,即李延年、司马相如等所造。而有署名邹子乐者四篇,录一篇,以见其体:

天马(《汉书》:"元狩三年,马生渥洼水中,作《天马之歌》,太初四年春,贰师将军李广利斩大宛王首,获汗血马,作《西极天马之歌》。")

太一况(同贶),天马下,沾赤汗,沫流赭,志俶傥,精权奇,籋浮云,晻上驰。体容与,迣万里,今安匹?龙为友。

天马徕,从西极,涉流沙,九夷服。天马徕,出泉水,虎脊两,化若鬼。天马徕,历无草,经千里,循东道。

天马徕,执徐时,将摇举,谁与期?天马徕,开远门,竦予身,逝昆仑。天马徕,龙之媒,游阊阖,观玉台。

《渔洋诗话》曰:"乐府之名,其来尚矣。世谓始于汉武,非也。按《史记》

高祖过沛诗《三侯之章》，又令唐山夫人为《房中之歌》，《西京杂记》又谓戚夫人善歌《出塞》《入塞》《望归曲》，则乐府始于汉初。武帝时，增《天马》《赤蛟》《白麟》等十九章，以李延年为协律都尉，集五经之士，相与次第其声，通知其意，而乐府始盛。其云始武帝者，托始焉尔。"

第九节　诗歌

武帝既为新声，而当时始盛有五言、七言之体。先是，枚乘已作五言诗，然自来皆言五言始于苏、李，以《古诗十九首》中，有枚乘作者，特据《玉台新咏》耳。《十九首》果出苏、李前与否，未可知也。而七言及联句之体，并出于是时。今略论之。

（一）五言　《汉志》不录苏、李诗，隋始有汉骑都尉《李陵集》二卷。然河梁赠答，自古所传，任昉曰："五言始自汉骑都尉李陵与苏武诗。"其来固已久矣。

与苏武诗　李陵

携手上河梁，游子暮何之。徘徊蹊路侧，悢（音亮）悢不能辞。行人难久留，各言长相思。安知非日月，弦望自有时。努力崇明德，皓首以为期。

别诗　苏武

骨肉缘枝叶，结交亦相因。四海皆兄弟，谁为行路人。况我连枝树，与子同一身。昔为鸳与鸯，今为参与辰。昔者长相近，邈若胡与秦。惟念当乖离，恩情日以新。鹿鸣思野草，可以喻嘉宾。我有一樽酒，欲以赠远人。愿子留斟酌，叙此平生亲。

元稹《杜甫墓志》曰："苏子卿、李少卿之徒，工为五言。虽文律各异，雅郑之音亦杂，而词意简远，指事言情，自非有为而为，则文不妄作。"

秦少游云："苏、李之诗，长于高妙。"

(二)七言 《东方朔传》已有所作七言,今不可见矣。惟武帝《柏梁诗》相传为七言及联句之始。

柏梁诗(元封三年,作柏梁台,诏群臣二千石有能为七言诗,乃得上坐。)

日月星辰和四时(帝),骖驾驷马从梁来(梁孝武王)。郡国士马羽林材(大司马),总领天下诚难治(丞相石庆)。和抚四夷不易哉(大将军卫青),刀笔之吏臣执之(御史大夫倪宽)。撞钟伐鼓声中诗(太常周建德),宗室广大日益滋(宗正刘安国)。周卫交戟禁不时(卫尉路博德),总领从官柏梁台(光禄勋徐自为)。平理请谳决嫌疑(廷尉杜周),修饰舆马待驾来(太仆公孙贺)。郡国吏功差次之(大鸿胪壶充国),乘舆御物主治之(少府王温舒)。陈粟万石扬以箕(大司农张成),徼道宫下随讨治(执金吾中尉豹)。三辅盗贼天下危(左冯翊盛宣),盗阻南山为民灾(右扶风李成信)。外家公主不可治(京兆尹),椒房率更领其材(詹事陈掌)。蛮夷朝贺常舍其(典属国),柱枅欂栌相枝持(大匠)。枇杷橘栗桃李梅(太官令),走狗逐兔张罘罳(上林令)。啮妃女唇甘如饴(郭舍人),迫窘诘屈几穷哉(东方朔)。

按《周颂》"学有缉熙于光明",七言之属也。七言自《诗》《骚》外,《柏梁》以前,有《宁封》《皇娥》《白帝子》《击壤》《箕山》《大道》《狄水》《获麟》《南山》《采葛妇》《成人》《易水》诸歌,俱七言。或曰始于《击壤》,或曰已肇《南山》,或曰起自《垓下》。然"兮""哉"类于助语,句体非全。惟《宁封》《皇娥》《白帝》诸歌及句践时《河梁歌》,略为具体,然悉见于后人之书,疑是模拟之作。故自汉魏六朝,下及唐宋以来,迭相师法者,实祖《柏梁》也。

又六言始董仲舒《琴歌》,亦在武帝时。任昉《文章缘起》以为大司农谷永作者,非也。

第五章　昭宣以后之文学

第一节　《盐铁论》

昭帝以幼冲嗣位,而先朝托孤重臣,乃惟一"不学无术"之霍光,故当时文学中衰。然国家少事;百姓稍益充实。始元六年,诏郡国举贤良文学士,问以民所疾苦,于是盐铁之议起焉。而桓宽撰次之,为《盐铁论》六十篇,《汉志》列于儒家。宽字次公,汝南人。其书虽后出,顾所次尽孝、昭时文学大夫议论,往复立难,归于儒道,以折贵近之臣,当是案其时原文,损削成篇。昭帝时文学,惟此而已。

至于宣帝,颇承武帝遗风,而魏相以治《易》至丞相(《隋志》梁有汉丞相《魏相集》二卷)。当时如王吉路、温舒、赵充国、张敞等上书,皆深厚驯雅,本于经术;而王褒、杨恽,以文史显誉。然帝实好申、韩之学,信赏必罚,总核名实,未遑奖励儒术也。元帝即位,乃专任德教,增置博士员千人,于是韦玄成、匡衡等相继为相,萧望之、周堪、刘向之徒,盛倡儒学。观匡衡、贡禹之疏奏,其言一何醇也!降及成帝,外戚擅权,张禹、孔光,以一时大儒趋附王氏,天下靡然从风。然其间颇挺文学之彦:谷永、杜钦,长于笔札;刘歆承其父学,振校雠、集录之风。皆一世之显学,可得而述者也。

杂论第六十　盐铁论

客曰:余睹盐、铁之义,观乎公卿、文学、贤良之论,意指殊路,各有所出,或上(通作"尚")仁义,或务权利。异哉吾所闻。周、秦粲然,皆有天下而南面焉,然安危长久殊世。始汝南朱子伯为予言,当此之时,豪俊并进,四方辐辏。贤良茂陵唐生、文学鲁万生之伦,六十余人,咸聚阙庭,舒六艺之讽,论太平之原。知者赞其虑,仁者明其施,勇者见其断,辩者陈其词,闇闇焉,侃侃焉,虽未能详备,斯可略观矣。然蔽于云雾,终废而不行,悲夫!公卿知任武可以辟地,而不知德广可以附远;知权利可以广用,而不知稼穑可以富国也。近者亲附,远者说德,则何为而不成,何求而不得?不出于斯路,而务畜利长威,岂不谬哉!中山刘子雍言王道矫当世,复诸正,务在乎反本,直而不徼(音浇),切而不燥,斌斌然斯可谓宏博君子矣。九江祝生奋由路之意,推史鱼之节,发愤懑(音闷),刺讥公卿,介然直而不挠,可谓不畏强御矣。桑大夫据当世,合时变,推道术,尚权利,辟略小辩,虽非正法,然巨儒宿学恧然,大能自解,可谓博物通士矣。然摄卿相之位,不引准绳,以道化下,放于利末,不师始古。《易》曰:"焚如弃如。"处非其位,行非其道,果陨其姓,以及厥宗。车丞相即周鲁之列,当轴处中,括囊不言,容身而去,彼哉!彼哉!若夫群丞相、御史,不能正议,以辅宰相,成同类,长同行,阿意苟念,以说其上,斗筲之人,道谀之徒,何足选哉!

第二节 王褒

王褒,字子渊,蜀人也。宣帝时修武帝故事,讲论六艺群书,博尽奇异之好,征能为《楚辞》九江被公,召见诵读。益召高材刘向、张子侨、华龙、柳褒等,待诏金马门。神爵、五凤之间,天下殷富,数有嘉应。上颇作歌诗,欲兴协律之事,丞相魏相奏言知音善鼓雅琴者,勃海赵定、梁国龚德,皆召见待诏。于是益州刺史王襄,欲宣风化于众庶,闻王褒有俊材,请与相见,使褒作《中和》《乐职》《宣布》诗,选好事者令依《鹿鸣》之声,习而歌之。时氾乡侯何武,为僮子,选在歌中。久之,武等学长安,歌太学下,转而上闻。宣帝召见武等观之,皆赐帛,谓曰:"此盛德之事,吾何足以当之!"褒既为刺史作颂,又作其传,益州刺史因奏褒有轶材。上乃征褒。既至,诏褒为圣主得贤臣颂其意,褒对曰:

夫荷旃被毳者,难与道纯绵之丽密;羹藜含糗者,不足与论太牢之滋味。今臣辟在西蜀,生于穷巷之中,长于蓬茨之下,无有游观广览之知,顾有至愚极陋之累，不足以塞厚望，应明指。虽然，敢不略陈愚而抒情素！记曰：共惟《春秋》五始之要，在乎审己正统而已。夫贤者，国家之器用也。所任贤，则趋舍省而功施普；器用利，则用力少而就效众。故工人之用钝器也，劳筋苦骨，终日矻矻。及至巧冶铸干将之朴，清水焠其锋，越砥敛其咢，水断蛟龙，陆剸犀革，忽若彗泛画涂。如此，则使离娄督绳，公输削墨，虽崇台五增，延袤百丈而不溷者，工用相得也。庸人之御駑马，亦伤吻敝策而不进于行，䎷喘肤汗，人极马倦。及至驾啮膝，骖乘旦，王良执靶，韩哀附舆，纵驰骋骛，忽如景靡，过都越国，蹶如历块；追奔电，逐遗风，周流八极，万里一息，何其辽哉！人马相得也。故服絺绤之凉者，不苦盛暑之郁燠；袭貂狐之暖者，不忧至寒之凄怆。何则？有其具者易其备。贤人君子，亦圣王之所以易海内也。是以呕喻受之，开宽裕之路，以延天下之英俊也。夫竭知附贤者，必建仁策；索人求士者，必树伯迹。昔周公躬吐握之劳，故有圄空之隆；齐桓设庭燎之礼，故有匡合之功。由此观之，君人者勤于求贤，而逸于得人。人臣亦然。昔贤者之未遭遇也，图事揆策，则君不用其谋；陈见悃诚，则上不然其信；进仕不得施效，斥逐又非其愆。是故伊尹勤于鼎俎，太公困于鼓刀，百里自鬻，宁子饭牛，离此患也。及其遇明君遭圣主也，运筹合上意，谏诤即见听，进退得关其忠，任职得行其术，去卑辱奥渫而升本朝，离疏释蹻而享膏粱，剖符锡壤而光祖考，传之子孙，以资说士。故世必有圣知之君，而后有贤明之臣。故虎啸而风冽，龙兴而致云，蟋蟀俟秋吟，蜉蝣出以阴。《易》曰："飞龙在天，利见大人。"《诗》曰："思皇多士，生此王国。"故世平主圣，俊艾将自至，若尧、舜、禹、汤、文、武之君，获稷、契、皋陶、伊尹、吕望，明明在朝，穆穆列布，聚精会神，相得益章。虽伯牙操递钟，逢门子弯乌号，犹未足以喻其意也。故圣主必待贤臣而弘功业，俊士亦俟明主以显其德。上下俱欲，欢然交欣，千载一合，论说无疑，翼乎如鸿毛遇顺风，沛乎如巨鱼纵大壑。其得意若此，则胡禁不止？曷令不行？化溢四表，横被无穷，遐夷贡献，万祥毕溱。是以圣主不遍窥望而视已明，不单顷耳而听已聪。

恩从祥风翱,德与和气游,太平之责塞,优游之望得;遵游自然之势,恬淡无为之场,休征自至,寿考无疆,雍容垂拱,永永万年。何必偓佺诎信若彭祖,呴嘘呼吸如侨、松,眇然绝俗离世哉。《诗》云:"济济多士,文王以宁。"盖信乎其以宁也!

是时上颇好神仙,故褒对及之。上令褒与张子侨等并待诏,数从褒等放猎,所幸宫馆,辄为歌颂,第其高下,以差赐帛。议者多以为淫靡不急,上曰:"'不有博弈者乎,为之犹贤乎已!'辞赋大者与古诗同义,小者辩丽可喜。辟如女工有绮縠,音乐有郑卫,今世俗皆以此娱说耳目,辞赋比之,尚有仁义风谕,鸟兽草木多闻之观,贤于倡优博弈远矣。"顷之,擢褒为谏大夫。其后太子体不安,苦忽忽善忘,不乐。诏使褒等皆之太子宫虞侍太子,朝夕诵读奇文,及所自造作。疾平复,乃归。太子喜褒所为《甘泉》及《洞箫颂》,令后宫贵人左右皆诵读之。后方士言益州有金马碧鸡之宝,可祭祀致也,宣帝使褒往祀焉。褒于道病死,上闵惜之。《汉志》有王褒赋十六篇,及褒同时张子侨赋三篇。

第三节 匡衡

匡衡,字稚圭,东海承人也,治《齐诗》,与翼奉、萧望之同师。三人经术皆明,而衡年最少,尤精力过绝人。诸儒为之语曰:"无说《诗》,匡鼎来。匡说《诗》,解人颐。"元帝即位,以为郎中,迁博士给事中。是时有日蚀、地震之变,上问以政治得失,衡因上疏,帝悦其言,迁衡光禄大夫、太子少傅,后至丞相。

上政治得失疏　匡衡

臣闻五帝不同礼,三王各异教,民俗殊务,所遇之时异也。陛下躬圣德,开太平之路,闵愚吏民触法抵禁,比年大赦,使百姓得改行自新,天下幸甚。臣窃见大赦之后,奸邪不为衰止,今日大赦,明日犯法,相随入狱,此殆导之未得其务也。盖保民者,"陈之以德义","示之以好恶",观其失而制其宜,冀动之而和,绥之而安。今天下俗,贪财贱义,好声色,上侈靡,廉耻之节薄,淫辟之意纵,纲纪失序,疏者逾内,亲戚之恩薄,婚姻之党隆,苟合徼幸,以身设利。不改其原,虽岁赦之,刑犹难使错而不用也。臣愚以为宜壹广然大变其俗。孔子曰:"能以礼让为国乎,何有?"朝廷者,天下之桢干也。公卿大夫,相与循礼恭让,则民不争;好仁乐施,则下不暴;上义高节,则民兴行;宽柔和惠,则众相爱。四者,明王之所以不严而成化也。何者?朝有变色之言,则下有争斗之患;上有自专之士,则下有不让之人;上有克胜之佐,则下有伤害之心;上有好利之臣,则下有盗窃之民。此其本也。今俗吏之治,皆不本礼让,而上克暴,或忮害好陷人于罪,贪财而慕势,故犯法者众,奸邪不止,虽严刑峻法,犹不为变,此非其天性,有由然也。臣窃考《国风》之诗,《周南》《召南》被贤圣之化深,故笃于行而廉于色;郑伯好勇,而国人暴虎;秦穆贵信,而士多从死;陈夫人好巫,而民淫祀;晋侯好俭,而民畜聚;太王躬仁,邠国贵恕。由此观之,治天下者,审所上而已。今之伪薄忮害,不让极矣。臣闻教化之流,非家至而人说之也。贤者在位,能者布职,朝廷崇礼,百僚敬谦,道德之行,由内及外,自近者始,然后民知所法,迁善日进而不自知。是以百姓安,阴阳和,神灵应而嘉祥见。《诗》曰:"商邑翼翼,四方之极;寿考且宁,以保我后生。"此成汤所以建至治,保子孙,化异俗而怀鬼方也。今长安天子之都,亲承圣化,然其习俗无以异于远方,郡国来者无所法则,或见侈靡而放效之。此教化之原本,风俗之枢机,宜先正者也。

臣闻天人之际,精祲有以相荡,善恶有以相推,事作乎下者象动乎上,阴阳之理,各应其感,阴变则静者动,阳蔽则明者暗,水旱之灾,随类而至。今关东连年饥馑,百姓乏困,或至相食,此皆生于赋敛多,民所共者大,而吏安集之不称之效也。陛下祇畏天戒,哀闵元元,大自减损,省甘泉、建章宫卫,罢珠崖,偃武行文,将欲度唐虞之隆,绝殷周之衰也。诸见罢珠崖诏书者,莫不欣欣,人自以将见太平也。宜遂减宫室之度,省靡丽之饰,考制度,修外内,近忠正,远巧佞,放郑卫,进《雅》《颂》,举异材,开直言,任温良之人,退刻薄之吏,显洁白之士,昭无欲之路,览六艺之意,察上世之务,明自然之道,博和睦之化,以崇至仁,匡失俗,易民视,令海内昭然,咸见本朝之所贵,道德宏于京师,淑问扬乎疆外,然后大化可成,礼让可兴也。

第四节　谷永

谷永字子云,长安人也。少为长安小史,后博学经书,为太常丞。数上疏言得失,笔札甚美,当时称"谷子云笔札"。成帝时有日食、地震之变,永与杜钦对策,俱为上第焉。会黑龙见东莱,上使尚书问永受所欲言,永对甚美,其后多所陈谏。永于经书,泛为疏达,与杜钦、杜邺略等,不能浃洽如刘向父子及扬雄也。《论衡》亦称唐林、谷永之章。当时又有张敞、孙竦,亦善笔札。时人语曰:"张伯松,巧为奏。"《汉书·王莽传》有张竦《颂功德书》。

任昉《文章缘起》曰:"六言诗,汉大司农谷永作。"按《国风》"我姑酌彼金罍",六言之属也。《文选》注引董仲舒《琴歌》二句,乐府《满歌行》尾亦六言。

讼陈汤疏　谷永

臣闻楚有子玉、得臣,文公为之仄席而坐;赵有廉颇、马服,强秦不敢窥兵井陉;近汉有郅都、魏尚,匈奴不敢南乡沙幕。由是言之,战克之将,国之爪牙,不可不重也。盖君子闻鼓鼙之声,则思将率之臣。窃见关内侯陈汤,前使副西域都护,忿郅支之无道,闵王诛之不加,策虑愊忆,义勇奋发,卒兴师奔逝,横厉乌孙,逾集都赖,屠三重城,斩郅支首,报十年之逋诛,雪边吏之宿耻,威震百蛮,武畅西海。汉元以来,征伐方外之将,未尝有也。今汤坐言事非是,幽囚久系,历时不决,执宪之吏,欲致之大辟。昔白起为秦将,南拔郢都,北坑赵括,以纤介之过,赐死杜邮,秦民怜之,莫不陨涕。今汤亲秉钺,席卷喋血万里之外,荐功祖庙,告类上帝,介胄之士,靡不慕义。以言事为罪,无赫赫之恶。《周书》曰:"记人之功,忘人之过,宜为君者也。"夫犬马有劳于人,尚加帷盖之报,况国之功臣者哉!窃恐陛下忽于鼓鼙之声,不察《周书》之意,而忘帷盖之施,庸臣遇汤,卒从吏议,使百姓介然有秦民之恨,非所以厉死难之臣也。

第五节 刘向父子

刘向,字子政,本名更生。宣帝时,循武帝故事,招选名儒俊材置左右,更生以通达能属文辞,与王褒、张子侨等并进对,献赋颂凡数十篇。上复兴神仙方术之事,而淮南有枕中《鸿宝》《苑秘书》。书言神仙使鬼物为金之术,及邹衍重道延命方,世人莫见,而更生父德治淮南狱,得其书。更生幼诵读以为奇,因献之,言黄金可成。上令典尚方铸作,不验下狱,后得减死。会初立《穀梁春秋》,更生受《穀梁》,讲论五经于石渠。元帝时石显等用事,数上书言事。周堪、张猛之死,更生伤之,乃著《疾谗》《摘要》《救危》及《世颂》,凡八篇,依兴故事,悼己及同类也。成帝即位,显等伏辜,更生乃复进用。更名向,感外戚贵盛,颇有所讽谏。又以为王教由内及外,自近者始,故采取《诗》《书》所载贤妃贞妇可为法则者,序次为《列女传》八篇,以戒天子。及采传记行事,著《新序》《说苑》,凡五十篇。《汉志》儒家有刘向所序六十七篇,又有刘向赋三十三篇。

上《战国策》叙 刘向

周室自文武始兴,崇道德,隆礼义,设辟雍泮宫庠序之教,陈礼乐弦歌移风之化,叙人伦,正夫妇,天下莫不晓然。论孝悌之义,惇笃之行,故仁义之道满乎天下,卒致之刑措四十余年,远方慕义,莫不宾服,《雅》《颂》歌咏,以思其德。下及康、昭之后,虽有衰德,其纲纪尚明,及春秋时,已四五百载矣,然其余业遗烈,流而未灭。五伯之起,尊事周室,五伯之后,时君虽无德,人臣辅其君者,若郑之子产、晋之叔向、齐之晏婴,挟君辅政,以并立于中国,犹以义相支持,歌咏以相感,聘觐以相交,期会以相一,盟誓以相救。

天子之命,犹有所行,会享之国,犹有所耻,小国得有所依,百姓得有所息。故孔子曰:"能以礼让为国乎,何有?"周之流化,岂不大哉!

及春秋之后,众贤辅国者既没,而礼义衰矣,孔子虽论《诗》《书》,定礼乐,王道粲然分明,以匹夫无势,化之者七十二人而已,皆天下之俊也,时君莫尚之。是以王道遂用不兴,故曰:"非威不立,非势不行。"

仲尼既没之后,田氏取齐,六卿分晋,道德大废,上下失序。至秦孝公,捐礼让而贵战争,弃仁义而用诈谲,苟以取强而已矣。

夫篡盗之人,列为侯王,诈谲之国,兴立为强。是以转相放效,后生师之,遂相吞灭,并大兼小,暴师经岁,血流满野。父子不相亲,兄弟不相安,夫妇离散,莫保其命,湣然道德绝矣。晚世益甚,万乘之国七,千乘之国五,敌侔争权,尽为战国,贪饕无耻,竞进无厌;国异政教,各自制断。上无天子,下无方伯,力功争强,胜者为右,兵革不休,诈伪并起。当此之时,虽有道德,不得设施;有谋之强,负阻而恃固;连与交质,车约结誓,以守其国,故孟子、孙卿儒术之士,弃捐于世,而游说权谋之徒,见贵于俗。是以苏秦、张仪、公孙衍、陈轸、代、厉之属,生从横长短之说,左右倾侧。苏秦为从,张仪为横,横则秦帝,从则楚王,所在国重,所去国轻。

然当此之时,秦国最雄,诸侯方弱,苏秦结之,合六国为一,以傧背秦。秦人恐惧,不敢窥兵于关中,天下不交兵者,二十有九年。然秦国势便形利,权谋之士,咸先驰之。苏秦始欲横,秦弗用,故东合从。及苏秦死后,张仪连横,诸侯听之,西向事秦。是故始皇因四塞之国,据崤函之阻,跨陇蜀之饶,听众人之策,乘六世之烈,以蚕食六国,兼诸侯,并有天下。仗于诈谋之积,终无信笃之诚,无道德之教、仁义之化以缀天下之心,任刑罚以为治,信小术以为道。遂燔烧诗书,坑杀儒士,上小尧舜,下邈三王。二世愈甚,惠不下施,情不上达,君臣相疑,骨肉相疏,化道浅薄,纲纪败坏,民不见义,而悬于不宁,抚天下十四岁,天下大溃,诈伪之弊也。其比王德,岂不远哉!孔子曰:"导之以政,齐之以刑,民免而无耻；导之以德，齐之以礼，有耻且格。"夫使天下有所耻，故化可致也。苟以诈伪偷活取容，自上为之，何以率下？秦之败也，不亦宜乎？战国之时，君德浅薄，为之谋策者，不得不因势而为资，据时而为画，故其谋扶急持倾，为一切之权。虽不可以临国教化，兵革救急之势也。皆高才秀士，度时君之所能行，出奇策异智，转危为安，易亡为存，亦可喜，皆可观。

向子歆，字子骏，少以通诗书能属文召见。成帝时待诏宦者署，为黄门郎。河平中，受诏与父向领校秘书，讲六艺、传记、诸子、诗赋、数术、方技，无所不究。向死后，歆复为中垒校尉。哀帝初即位，大司马王莽举歆宗室有材行，为侍中太中大夫，迁骑都尉、奉车光禄大夫。贵幸，复领五经，卒父前业。歆乃集六艺群书，种别为《七略》。歆及向始皆治《易》，宣帝时诏向受《穀梁春秋》，十余年，大明习。及歆校秘书，见古文《春秋左氏传》，歆大好之。时丞相史尹咸，以能治《左氏》与歆共校经传，歆略从咸及丞相翟方进受，质问大义。初《左氏传》多古字、古言，学者传训故而已，及歆治《左氏》，引传文以解经，转相发明，由是章句义理备焉。歆亦湛靖有谋，父子俱好古，博见强志，过绝于人。歆以为左丘明好恶与圣人同，亲见夫子，而《公羊》《穀梁》在七十子后传，闻之与亲见之，其详略不同。歆数以难向，向不能非间也，然犹自持其《穀梁》义。及歆亲近，欲建立《左氏春秋》，及《毛诗》《逸礼》《古文尚书》皆列于学官。哀帝令歆与五经博士讲论其义，诸博士或不肯置对，歆因移书太常博士责让之。后改名秀，字颖叔，王莽篡位，为国师。先是，成帝时以书颇散亡，使谒者陈农求遗书于天下。因诏歆父向校经传、诸子、诗赋，步兵校尉任宏校兵书，太史令尹咸校术数，侍医李柱国校方技。每一书已，向辄条其篇目，撮其旨意，录而奏之。会向卒，哀帝使歆卒父业，歆于是总群书而奏其《七略》，故有《辑略》，有《六艺略》，有《诸子略》，有《诗赋略》，有《兵书略》，有《术数略》，有《方技略》。今《汉书·艺文志》即据刘氏《七略》原文，删要而成之者也。

移让太常博士书　刘歆

昔唐虞既衰,而三代迭兴,圣帝明王,累起相袭,其道甚著。周室既微,而礼乐不正,道之难全也如是。故孔子忧道之不行,历国应聘,自卫反鲁,然后乐正,《雅》《颂》乃得其所;修《易》序《书》,制作《春秋》,以纪帝王之道。及夫子殁而微言绝,七十子终而大义乖;重遭战国,弃笾豆之礼,理军旅之陈,孔氏之道抑,而孙、吴之术兴。陵夷至于暴秦,燔经书,杀儒士,设挟书之法,行是古之罪,道术由是遂灭。汉兴,去圣帝明王遐远,仲尼之道又绝,法度无所因袭。时独有一叔孙通,略定礼仪。天下惟有易卜,未有它书。至孝惠之世,乃除挟书之律,然公卿大臣绛灌之属,咸介胄武夫,莫以为意。至孝文皇帝,始使掌故晁错,从伏生受《尚书》。《尚书》初出于屋壁,朽折散绝,今其书见在,时师传读而已。《诗》始萌芽,天下众书,往往颇出,皆诸子传说,犹广立于学官,为置博士。在汉朝之儒,惟贾生而已。至孝武皇帝,然后邹鲁梁赵,颇有《诗》《礼》《春秋》,先师皆起于建元之间。当此之时,一人不能独尽其经,或为《雅》,或为《颂》,相合而成。《泰誓》后得,博士集而读之。故诏书称曰:"礼坏乐崩,书缺简脱,朕甚闵焉。"时汉兴已七八十年,离于全经,固已远矣。及鲁恭王坏孔子宅,欲以为宫,而得古文于坏壁之中,《逸礼》有三十九,《书》十六篇,天汉之后,孔安国献之,遭巫蛊仓卒之难,未及施行。及《春秋》左氏丘明所修,皆古文旧书,多者二十余通,藏于秘府,伏而未发。孝成皇帝,闵学残文缺,稍离其真,乃陈发秘藏,校理旧文,得此三事,以考学官所传,经或脱简,传或间编。传问民间,则有鲁国桓公、赵国贯公、胶东庸生之遗,学与此同,抑而未施。此乃有识者之所惜闵,士君子之所嗟痛也。往者缀学之士,不思废绝之阙,苟因陋就寡,分文析字,烦言碎辞,学者罢老,且不能究其一艺,信口说而背传记,是末师而非往古。至于国家,将有大事,若立辟雍、封禅、巡狩之仪,则幽冥而莫知其源。犹欲保残守缺,挟恐见破之私意,而无从善服义之公心。或怀妒嫉,不考情实,雷同相从,随声是非,抑此三学,以《尚书》为备,谓左氏为不传《春秋》,岂不哀哉!今圣上德通神明,继统扬业,亦闵文学错乱,学士若兹,虽昭其情,犹依违谦让,乐与士君子同之。故下明诏,试左氏可立不,遣近臣奉指衔命,将以辅弱扶微,与二三君子比意同力,冀得废遗。今则不然,深闭固距而不肯试,猥以不诵绝之,欲以杜塞余道,绝灭微学。夫可与乐成,难与虑始,此乃众庶之所为耳,非所望士君子也。且此数家之事,皆先帝所亲论,今上所考视,其古文旧书,皆有征验,外内相应,岂苟而已哉!夫礼失求之于野,古文不犹愈于野乎?往者博士,《书》有欧阳,《春秋》公羊,《易》则施、孟,然孝宣皇帝,犹复广立穀梁《春秋》,梁丘《易》,大、小夏侯《尚书》,义虽相反,犹并置之。何则?与其过而废之也,宁过而立之。《传》曰:"文武之道,未坠于地,在人,贤者志其大者,不贤者志其小者。"今此数家之言,所以兼包大小之义,岂可偏绝哉?必专己守残,若党同门,妒道真,违明诏,失圣意,以陷于文吏之议,甚为二三君子不取也。

第六节　扬雄

扬雄,字子云,蜀郡成都人也。少而好学,不为章句,训诂通而已,博览无所不见。为人简易佚荡,口吃不能剧谈,默而好深湛之思,清静无为,少耆欲,不汲汲于富贵,不戚戚于贫贱,不修廉隅以徼名当世。家产不过十金,乏无儋石之储,晏如也。自有大度,非圣哲之书不好也,非其意,虽富贵不事也。顾尝好辞赋,先是时,蜀有司马相如作赋甚宏丽温雅,雄心壮之,每作赋,常拟之以为式。又怪屈原文过相如,至不容,作《离骚》,自投江而死,悲其文,读之未尝不流涕也。以为君子得时则大行,不得时则龙蛇,遇不遇,命也,何必湛身哉?乃作书,往往摭《离骚》文而反之,自岷山投诸江流以吊屈原,名曰《反离骚》;又旁《离骚》作重一篇,名曰《广骚》;又旁《惜诵》以下至《怀沙》一卷,名曰《畔牢愁》。孝成帝时,客有荐雄文似相如者,上方郊祠甘泉泰畤、汾阴后土,以求继嗣,召雄待诏承明之庭,正月,从上甘泉,还奏《甘泉赋》以风。

又是时赵昭仪方大幸,每上幸甘泉,常从在属车间豹尾中。故雄聊盛言车骑之众,参丽之驾,非所以感动天地,逆釐三神,又言屏玉女、却虙妃,以微戒斋肃之事,赋成奏之,天子异焉。其三月将祭后土,上乃帅群臣,既祭行,迹殷周之虚,眇然以思唐虞之风,还,上《河东赋》以劝。其十二月羽猎,雄从,因《校猎赋》以风。明年,上将大夸胡人以多禽兽,秋命右扶风发民入南山。西自褒斜,东自弘农,南驱汉中,张罗网罝罦捕熊罴、豪猪、虎豹、狖玃、狐兔、麋鹿,载以槛车,输长杨射熊馆,以罔为周阹,纵禽兽其中,令胡人手搏之,自取其获,上亲临观焉,是时农民不得收敛。雄从至射熊馆,还上《长杨赋》,聊因笔墨成文章,故借翰林以为主人、子墨为客卿以风。哀帝时丁傅、董贤用事,诸附离之者或起家至二千石,时雄方草《太玄》,有以自守,泊如也。或嘲雄以玄尚白,而雄解之,号曰《解嘲》。雄以为赋者将以风之,必推类而言,极丽靡之辞,闳侈巨衍,竞于使人不能加也,既乃归之于正,然览者已过矣。往时武帝好神仙,相如上《大人赋》,欲以风,帝反缥缥有陵云之志。繇是言之,赋劝而不止,明矣。又颇似俳优淳于髡、优孟之徒,非法度所存,贤人君子诗赋之正也,于是辍不复为。雄见诸子各以其知舛驰,大氐诋訾圣人,即为怪迂,析辩诡辞,以挠世事,虽小辩,终破大道而惑众,使溺于所闻而不自知其非也。及太史公记六国,历楚、汉,讫麟止,不与圣人同,是非颇谬于经。故人时有问雄者,常用法应之,撰以为十三卷,象《论语》,号曰《法言》。

《汉书》赞曰:"雄年四十余,自蜀来至游京师,大司马车骑将军王音奇其文雅,召以为门下吏,荐雄待诏。岁余,奏《羽猎赋》,除为郎,给事黄门,与王莽、刘歆并。哀帝之初,又与董贤同官。当成、哀、平间,莽、贤皆为三公,权倾人主,所荐莫不拔擢,而雄三世不徙官。及莽篡位,谈说之士用符命称功德获封爵者甚众,雄复不侯,以耆老久次转为大夫,恬于执利乃如是。实好古而乐道,其意欲求文章成名于后世,以为经莫大于《易》,故作《太玄》;传莫大于《论语》,作《法言》;史篇莫善于《仓颉》,作《训纂》;箴莫善于《虞箴》,作《州箴》;赋莫深于《离骚》,反而广之;辞莫丽于相如,作四赋:皆斟酌其本,相与放依而驰骋云。用心于内,不求于外,于时人皆忽之;唯刘歆及范逡敬焉,而桓谭以为绝伦。"王莽时,刘歆、甄丰皆为上公,莽既以符命自立,即位之后,欲绝其原，以神前事，而丰子寻、歆子棻复献之。莽诛丰父子，投棻四裔，辞所连及，便收不请。时雄校书天禄阁上，治狱使者来，欲收雄，雄恐不能自免，乃从阁上自投下，几死。莽闻之曰："雄素不与事，何故在此？"间请问其故，乃刘棻尝从雄学作奇字，雄不知情。有诏勿问。然京师为之语曰："惟寂寞，自投阁；爰清静，作符命。"雄以病免，复召为大夫。家素贫，嗜酒，人希至其门。时有好事者载酒肴从游学，而巨鹿侯芭常从雄居，受其《太玄》《法言》焉。刘歆亦尝观之，谓雄曰："空自苦！今学者有禄利，然尚不能明《易》，又如《玄》何？吾恐后人用覆酱瓿也。"雄笑而不应。年七十一，天凤五年卒，侯芭为起坟，丧之三年。时，大司空王邑、纳言严尤闻雄死，谓桓谭曰："子常称扬雄书，岂能传于后世乎？"谭曰："必传。顾君与谭不及见也。凡人贱近而贵远，亲见扬子云禄位容貌不能动人，故轻其书。昔老聃著虚无之言两篇，薄仁义，非礼学，然后世好之者，尚以为过于五经，自汉文、景之君及司马迁，皆有是言。今扬子之书，文义至深，而论不诡于圣人，若使遭遇时君，更阅贤知，为所称善，则必度越诸子矣。"诸儒或讥以为雄非圣人而作经，犹春秋吴楚之君僭号称王，盖诛绝之罪也。自雄之没至今四十余年，其《法言》大行，而《玄》终不显，然篇籍具存。《汉志》儒家有扬雄所序三十八篇，又有扬雄赋十二篇，扬雄《训纂》一篇，扬雄《仓颉训纂》一篇。

《汉书·艺文志》曰："元始中，征天下通小学者以百数，各令记字于庭中，扬雄取其有用者以作《训纂篇》，顺续《仓颉》，又易《仓颉》中重复之字，凡八十九章。"

又曰："《仓颉》，多古字，俗师失其读，宣帝时征齐人能正读者。张敞从受之，传至外孙之子杜林，为作训故。"《汉志》有杜林《仓颉训纂》一篇，杜林《仓颉故》一篇。《杜邺传》曰："初，邺从张吉学，吉子竦又幼孤，从邺学问，亦著于世，尤长小学。邺子林，清静好古，亦有雅材，其正文字，过于邺、竦，故世称小学者由杜公。"

任昉《文章缘起》曰："连珠，杨雄作。《北史·李先传》：'魏帝召先读韩子《连珠》二十二篇。"韩非子书中有连语，先列其目，而后著其解，谓之连珠。

其体丽而言约，必假喻以达其谊，辞历历如贯珠，易睹而可说，故谓之连珠。然后世言连珠者，多拟子云矣。

《文心雕龙》："扬雄覃思文阁，碎文琐语，笔为连珠。"

沈约上《连珠表》曰："窃寻连珠之作，始自子云，放易象论，动模经诰，班固谓之命世，桓谭以为绝伦。连珠者，盖谓辞句连续，互相发明，若珠之结琲也。虽复金镳互骋，玉轶并驱，妍媸优劣，参差相间，翔禽伏兽，易以心感，守株胶瑟，难与适变，水镜芝兰，随其所遇，明珠燕石，贵贱相悬。"

《西京杂记》："或问扬雄为赋。雄曰：'读千首赋，乃能为之。'""司马长卿赋，时人皆称典而丽，虽诗人之作，不能加也。扬子云曰：'长卿赋不似从人间来，其神化所至耶。'子云学相如为赋而勿逮，故雅服焉。"

又曰汉扬雄《答桓谭书》："长卿赋不似从人间来，其神化所至耶。大抵能读千赋则能为之，谚云：'伏习众神，巧者不过习者之门。'"

河东赋　扬雄

伊年暮春，将瘗后土，礼灵祇，谒汾阴于东郊，因兹以勒崇垂鸿，发祥隤祉，钦若神明者，盛哉铄乎，越不可载已！于是命群臣，齐法服，整灵舆，乃抚翠凤之驾，六先景之乘，掉奔星之流斿，矗天狼之威弧。张燿日之玄旄，扬左纛，被云梢，奋电鞭，骖雷辎，鸣洪钟，建五旗。羲和司日，颜伦奉舆，风发飙拂，神腾鬼越；千乘霆乱，万骑屈挢，嘻嘻旭旭，天地稠㵯，簸丘跳峦，涌渭跃泾。秦神下詟，跖魂负沴；河灵矍踢，爪华蹈裹。遂臻阴宫，穆穆肃肃，蹲蹲如也。灵祇既乡，五位时叙，絪缊玄黄，将绍厥后。于是灵舆安步，周流容与，以览乎介山。嗟文公而愍推兮，勤大禹于龙门。洒沈灾于豁渎兮，播九河于东濒。登历观而遥望兮，聊浮游以经营。乐往昔之遗风兮，喜虞氏之所耕。瞰帝唐之崇高兮，脉隆周之大宁。汨低徊而不能去兮，行睨垓下与彭城。濊南巢之坎坷兮，易幽岐之夷平。乘翠龙而超河兮，陟西岳之峣崝。云霏霏而来迎兮，泽渗漓而下降。郁萧条其幽蔼兮，滃泛沛以丰隆。叱风伯于南北兮，呵雨师于西东。参天地而独立兮,廓荡荡其无双。遵逝乎归来以函夏之大汉兮,彼曾何足与比功?建乾坤之贞兆兮,将来总之以群龙。丽钩芒与骖蓐收兮,服玄冥及祝融。敦众神使式道兮,奋六经以摅颂。隃于穆之缉熙兮,过《清庙》之雍雍。轶五帝之遐迹兮,蹑三皇之高踪。既发轫于平盈兮,谁谓路远而不能从?

第六章　经术变迁与文学之影响

第一节　古学派之兴

东汉经术,古学为盛。盖自西京贾太傅、孔安国、河间献王,并好古学,于是有《左氏春秋》《古文尚书》《毛诗》之传,《周官》最晚出,至是亦颇有习之者。刘歆以古学炫于新室,桓谭、杜林,渊源相近,后进转相研考,古学遂行,尤以诂训为主。杜林夙擅小学,及许叔重受学贾侍中,博稽通人,作《说文解字》,则训诂之书,集其大成,实古文派经学之绪也。马、郑本亦出自古学,郑君乃杂用今古文,经术变迁,其势之被于文学为巨。

桓谭,字君山,沛国相人也,父成帝时为太乐令,谭以父任为郎。因好音律,善鼓琴,博学多通,遍习五经,皆训诂大义,不为章句,能文章,尤好古学,数从刘歆、扬雄辩析疑异。性嗜倡乐,简易不修威仪,而熹非毁俗儒,由是多见排抵。光武时,尝上书请屏图谶,帝省奏不悦。其后有诏会议灵台所处,帝谓谭曰:"吾欲谶决之,何如?"谭默然良久曰:"臣不读谶。"帝问其故,谭复极言谶之非经。帝大怒曰:"桓谭非圣无法。"将下斩之。谭叩头流血,良久乃得解。出为六安郡丞,意忽忽不乐,道病卒,时年七十余。初谭著书言当世行事二十九篇,号曰《新论》,上书献之,世祖善焉,《琴道》一篇未成,肃宗使班固续成之,所著赋、诔、书、奏凡二十六篇。《文心雕龙》论诗曰:"贾谊、枚乘,四韵辄易;刘歆、桓谭,百韵不迁。"是谭于经术以外,又有百韵不迁之诗,《日知录》谓:"三百篇无不转韵,惟韩昌黎七古始一韵到底。"然则谭与刘歆,实又为之先矣。

杜林,字伯山,扶风茂陵人也,父邺成、哀间为凉州刺史。林少好学沉深,家既多书,又外氏张竦父子喜文采,林从竦受学,博洽多闻,时称通儒。河南郑兴、东海卫宏等,皆长于古学。兴尝师事刘歆,林既遇之,欣然言曰:"林得兴等固谐矣,使宏得林,且有以益之。"及宏见林,暗然而服。济南徐巡始师事宏，后皆更受林学。林前于西州得漆书《古文尚书》一卷，常宝爱之，虽遭艰困，握持不离身，出以示宏等曰："林流离兵乱，常恐斯经将绝，何意东海卫子、济南徐生，复能传之，是道竟不堕于地也。古文虽不合时务，然愿诸生无悔所学。"宏、巡益重之，于是古文遂行。济南徐生，指徐巡也。

郑兴，字少赣，河南开封人也。少学《公羊春秋》，晚善《左氏传》，遂积精深思，通达其旨，同学者皆师之。天凤中，将门人从刘歆讲正大义，歆美兴才，使撰条例、章句、训诂及校《三统历》，以不善谶，不为帝所任。后坐事左迁莲勺令。兴好古学，尤明《左氏》《周官》，长于历数，自杜林、桓谭、卫宏之属，无不斟酌焉。世言《左氏》者多祖兴，而贾逵自传其父业，故有郑贾之学。兴子众亦善《左氏春秋》。兴同时又有苍梧陈元，承父钦之学，为《左氏》训诂，与兴及桓谭、杜林，俱为学者所宗。古文虽兴于刘歆、杜林诸人，而实成于贾逵、许慎。逵，字景伯，扶风平陵人也。九世祖谊，文帝时为梁王太傅。曾祖父光为常山太守，宣帝时以吏二千石，自洛阳徙焉。父徽从刘歆受《左氏春秋》，兼习《国语》《周官》，又受《古文尚书》于涂恽，学《毛诗》于谢曼卿，作《左氏条例》二十一篇。逵悉传父业，弱冠能诵《左氏传》及五经本文，以大夏侯《尚书》教授，虽为古学，兼通五家《穀梁》之说。自为儿童，常在太学，不通人间事，尤明《左氏传》《国语》，为之《解诂》五十一篇。永平中，上疏献之，显宗重其书，写藏秘馆。时有神雀集宫殿，因作《神雀颂》，拜为郎，与班固并校秘书。肃宗时，逵数言《古文尚书》与经传、《尔雅》训诂相应，诏令撰欧阳、大小夏侯《尚书》、古文同异，逵集为三卷，帝善之。复令撰齐、鲁、韩《诗》与毛氏异同，并作《周官解故》，迁逵为卫士令。建初八年，乃诏诸儒各选高才生受《左氏》《穀梁春秋》《古文尚书》《毛诗》，由是四经遂行于世。逵所著《经传义诂》，及《论难》百余万言，又作诗、颂、诔、书、连珠、酒令，凡九篇，学者宗之，后世称为通儒。

许慎，字叔重，汝南召陵人也。性淳笃，少博学经籍，马融常推敬之，时人为之语曰："五经无双许叔重。"为郡功曹，举孝廉，再迁除洨长，卒于家。初慎以五经传说臧否不同，于是撰为《五经异义》，又作《说文解字》十四篇，皆传于世。

顾炎武《日知录》曰："自隶书以来，其能发明六书之指，使三代之文尚存于今日，而得以识古人制作之本者，许叔重《说文》之功为大。后之学者，一点一画，莫不奉之为规矩。而愚以为亦有不尽然者。且以六经之文，左氏、公羊、榖梁之传，毛苌、孔安国、郑众、马融诸儒之训，而未必尽合；况叔重生于东京之中世，所本者不过刘歆、贾逵、杜林、徐巡等十余人之说（杨慎《六书索引序》曰：'《说文》有孔子说、楚庄王说、左氏说、韩非说、淮南子说、司马相如说、董仲舒说、京房说、卫宏说、扬雄说、刘歆说、桑钦说、杜林说、贾逵说、傅毅说、官浦说、谭长说、王育说、尹彤说、张林说、黄颢说、周盛说、逯安说、欧阳侨说、宁严说、爰礼说、徐巡说、庄都说、张彻说。'），而以为尽得古人之意，然与？否与？一也。五经未遇蔡邕等正定之先，传写人人各异，今其书所收率多异字，而以今经校之，则《说文》为矩。又一书之中有两引而其文各异者（如'汜'下引《诗》：'江有汜。''沱'下引《诗》：'江有沱。''迹'下引《书》：'旁迹僝功。''僝'下引《书》：'旁救僝功。''鸢'下引《诗》：'赤鸟已已。''鹥'下引《诗》：'赤鸟鹥鹥。'），后之读者，将何所从？二也。（郑玄常驳许慎《五经异义》，《颜氏家训》亦云：'《说文》中有援引经传与今乖者，未之敢从。'）流传既久，岂无脱漏？即徐铉亦谓篆书堙替日久，错乱遗脱，不可悉究。今谓此书所阙者，必古人所无，别指一字以当之（如《说文》无'刘'字，后人以'镏'字当之；无'由'字，以'粤'字当之；无'免'字，以'挽'字当之。），改经典而就《说文》，支离回互，三也。"，顾氏虽有此说，然古学派训诂之书，至《说文》集其大成矣。

《说文系传·氏部》"𡰠"下云："家本无注。臣锴按：一本云：'许氏无此字。'此云'家本无注'，疑许慎子许冲所言也。"按此字大徐本止云阙，而小徐本乃有此说。可知许冲于《说文》亦颇有考订，非止表上其书也。

第二节　今古学派之争及其混合

中兴以后，言经术者，用今学古学，各立门户。先有陈元与范升相难，嗣有李育与贾逵互辩，最后何休治《公羊》，尤为显学，则与郑君相非折矣。何休,字邵公,任城樊人也。精研六经,不仕州郡,进退必以礼,坐党锢。作《春秋公羊解诂》,覃思不窥门十有七年。又注训《孝经》《论语》,风角,七分,皆经纬典谟,不与守文同说。又以《春秋》驳汉事六百余条,妙得《公羊》本意。休善历算,与其师博士羊弼,追述李育意以难二传,作《公羊墨守》《左氏膏肓》《穀梁废疾》。光和五年卒。

今古文混合,成于郑玄,而郑氏之学,出于马融。融虽初治古学,然亦博采诸家,至玄即兼用今古文矣。融字季长,扶风茂陵人也,将作大匠严之子。尝从京兆挚恂游学,才高博洽,为世通儒,教养诸生,常有千数,涿郡卢植、北海郑玄,皆其徒也。善鼓琴,好吹笛,达生任性,不拘儒者之节,居宇器服,多存侈饰,常坐高堂,施绛纱帐,前授生徒,后列女乐,弟子以次相传,鲜有入其室者。尝欲训《左氏春秋》,及见贾逵、郑众注,乃曰:"贾君精而不博,郑君博而不精,既精既博,吾何加焉?"但著《三传异同说》,注《孝经》《论语》《诗》《易》《三礼》《尚书》《列女传》《老子》《淮南子》《离骚》,所著赋、颂、碑、诔、书、记、表、奏、七言、琴歌、对策、遗令,凡二十一篇。

郑玄,字康成,北海高密人也。先在太学受《京氏易》《公羊春秋》《三统历》《九章算术》,又从东郡张恭祖受《周官》《礼记》《左氏春秋》《韩诗》《古文尚书》。以山东无足问者,乃西入关,因涿郡卢植,事扶风马融,学成辞归,融喟然谓门人曰:"郑生今去,吾道东矣。"时任城何休好公羊学,遂著《公羊墨守》《左氏膏肓》《穀梁废疾》,玄乃发《墨守》,针《膏肓》,起《废疾》。休见而叹曰:"康成入吾室操吾矛以伐我乎!"初,中兴之后,范升、陈元、李育、贾逵之徒,争论古今学,后马融答北地太守刘瑰,及玄答何休,义据通深,由是古学遂明。玄所注《周易》《尚书》《毛诗》《仪礼》《礼记》《论语》《孝经》《尚书大传》《中候》《乾象历》,又著《天文七政论》《鲁礼禘祫论义》《六艺论》《毛诗谱》《驳许慎五经异义》《答临孝存周礼难》,凡百余万言。

范晔《后汉书》论曰:"自秦焚六经,圣文埃灭。汉兴,诸儒颇修艺文。及东京学者,亦各名家,而守文之徒,滞固所禀,异端纷纭,互相诡激。遂令经有数家,家有数说,章句多者,或乃百余万言,学徒劳而少功,后生疑而莫正。郑玄囊括大典,网罗众家,删裁繁芜,刊改漏失。自是学者略知所归。王父豫章君,每考先儒经训,而长于玄,常以为仲尼之门,不能过也,及传授生徒,并专以郑氏家法云。"

第七章　二班与史学派

第一节　班氏父子

班彪,字叔皮,扶风安陵人也。祖况,成帝时为越骑校尉,父稚,哀帝时为广平太守。彪性沉重好古。年二十余,更始败,三辅大乱,彪避难,依隗嚣于天水,伤时方艰,乃著《王命论》,以为汉德承尧,有灵命之符,王者兴祚,非诈力所致,欲以感之,而嚣终不寤。遂避地河西,河西大将军窦融以为从事,深敬待之,接以师友之道。彪乃为融画策事汉,总河西以拒隗嚣。及融征还京师,光武问曰:"所上章奏,谁与参之?"融对曰:"皆从事班彪所为。"帝雅闻彪材,因召入见,彪既才高而好述作,遂专心史籍之间。武帝时司马迁著《史记》,自太初以后,阙而不录,后好事者,颇或缀集时事,然多鄙俗不足以踵继其书。彪乃继采前史遗事,傍贯异闻,作《后传》数十篇,因斟酌前史,而讥正得失,其《略论》曰:

唐虞三代,诗书所及,世有史官,以司典籍。暨于诸侯,国自有史,故孟子曰:"楚之《梼杌》,晋之《乘》,鲁之《春秋》,其事一也。"鲁君子左丘明,论集其文,作《左氏传》三十篇;又撰异同,号曰《国语》二十篇。由是《乘》《梼杌》之事遂暗,而《左氏》《国语》独章。又有记录黄帝以来,至春秋时帝王、公侯、卿、大夫,号曰《世本》一十五篇。春秋之后,七国并争,秦并诸侯,则有《战国策》三十三篇。汉兴定天下,太中大夫陆贾记录时功,作《楚汉春秋》九篇。孝武之世,太史令司马迁采《左氏》《国语》,删《世本》《战国策》,据楚汉列国时事,上自黄帝,下讫获麟,作本纪、世家、列传、书、表凡百三十篇,而十篇缺焉。迁之所记,从汉元至武以绝,则其功也。至于采经摭传分散百家之事,甚多疏略,不如其本,务欲以多闻广载为功,论议浅而不笃。其论术学,则崇黄老而薄五经;序货殖,则轻仁义而羞贫穷;道游侠,则贱守节而贵俗功。此其大敝伤道,所以遇极刑之咎也。然善述序事理,辩而不华,质而不俚,文质相称,盖良史之才也。诚令迁依五经之法言,同圣人之是非,意亦庶几矣。夫百家之书,犹可法也,若《左氏》《国语》《世本》《战国策》《楚汉春秋》《太史公书》,今之所以知古,后之所由观前,圣人之耳目也。司马迁序帝王则曰"本纪",公侯传国则曰"世家",卿士特起则曰"列传"。又进项羽、陈涉而黜淮南、衡山,细意委曲,条例不经。若迁之著作,采获古今,贯穿经传,至广博也。一人之精,文重思烦,故其书刊落不尽,尚有盈辞,多不齐一。若序司马相如举郡县,著其字,至萧、曹、陈平之属,及董仲舒并时之人,不记其字,或县而不郡者,盖不暇也。今此后篇慎核其事,整齐其文,不为世家,唯纪、传而已。传曰:"杀史见极,平易正直,《春秋》之义也。"

其后彪子固修《汉书》,多本诸彪。建武三十年,年五十二卒,所著赋、论、书、记、奏、事,合九篇。

固字孟坚,彪之子也。年九岁能属文,遂博贯载籍,九流百家之言,无不穷究,所学无常师,不为章句,举大义而已。父彪卒,固居乡里,以彪所续前史未详,乃潜精研思,欲就其业。既而有人告固私改作国史者,有诏下郡收固系京兆狱。固弟超恐固为郡所核考,不能自明,乃诣阙上书,得召见,具言固所著述意。显宗甚奇之,召诣校书部除兰台令史,与前睢阳令陈宗、长陵令尹敏、司隶从事孟异,共成《世祖本纪》。迁为郎,典校秘书。固又撰功臣、平林、新市、公孙述事,作列传、载记二十八篇奏之,帝乃复使终成前所著书。固以为汉绍尧运,以建帝业,至于六世,史臣乃追述功德,私作本纪,编于百王之末,厕于秦、项之列,太初以后,阙而不录,故探撰前记,缀集所闻,以为《汉书》,起元高祖,终于孝平、王莽之诛,十有二世,二百三十年,总其行事,傍贯五经,上下洽通,为《春秋》考纪、表、志、传,凡百篇。固自永平中始受诏,潜精积思二十余年,至建初中乃成。当世甚重其书,学者莫不讽诵焉。自为郎后,遂见亲近,时京师修起宫室,浚缮城隍,而关中耆老,犹望朝廷西顾。固感前世相如、寿王、东方之徒,造构文辞,终以讽劝,乃上《两都赋》,盛称洛邑制度之美,以折西宾淫侈之论。固又作《典引篇》,述叙汉德,以为相如封禅,靡而不典,扬雄美新,典而不实,盖自谓得其致焉。固自《汉书》以外,其他词赋多可观。

第二节　蔡邕

蔡邕,字伯喈,陈留圉人也。少博学,师事太傅胡广,好辞章、数术、天文,妙操音律。桓帝时中常侍徐璜、左悺等五侯擅恣,闻邕善鼓琴,遂白天子,敕陈留太守督促发遣。邕不得已,行到偃师,称疾而归,闲居玩古,不交当世。感东方朔《客难》,及扬雄、班固、崔骃之徒,设疑以自通,乃斟酌群言,韪其是而矫其非,作《释诲》以戒厉云。邕以经籍去圣久远,文字多谬,俗儒穿凿,疑误后学,熹平四年,乃与五官中郎将堂溪典,光禄大夫杨赐,谏议大夫马日䃅,议郎张驯、韩说,太史令单飏等奏,求正定六经文字,灵帝许之。邕乃自书册于碑,使工镌刻,立于太学门外,于是后儒晚学,咸取正焉。及碑始立,其观视及摹写者,车乘日千余辆,填塞街陌。邕前在东观与卢植、韩说等撰补《后汉记》,会遭事流离,不及得成,因上书自陈奏其所著十意,分别首目,连置章左。帝嘉其才高,会明年大赦,乃宥邕还本郡,邕自徙及归,凡九月焉。先是,董卓当国,颇礼敬邕。及卓被诛,邕在司徒王允坐,殊不意,言之而叹,有动于色,允勃然叱之曰:"董卓,国之大贼,几倾汉室,君为王臣,所宜同忿。而怀其私遇,以忘大节,今天诛有罪,而反相伤痛,岂不共为逆哉?"即收付廷尉治罪。邕辞谢,乞黥首刖足,继成汉史。士大夫多矜救之,不能得。太尉马日䃅驰往谓允曰:"伯喈旷世逸才,多识汉事,当续成后史,为一代大典,且忠孝素著,而所坐无名,诛之,无乃失人望乎?"允曰:"昔武帝不杀司马迁,使作谤书,流于后世。方今国祚中衰,神器不固,不可令佞臣执笔在幼主左右,既无益圣德,复使吾党蒙其讪议。"日䃅退而告人曰:"王公其不长世乎?善人,国之纪也;制作,国之典也。灭纪废典,其能久乎?"邕遂死狱中,允悔,欲止而不及。时年六十一,搢绅诸儒莫不流涕。北海郑玄闻而叹曰:"汉世之事,谁与正之?"

兖州、陈留闻皆画像而颂焉。其撰集汉事,未见录以继后史。适作《灵纪》及十意,又补诸列传四十二篇,因李傕之乱湮没,多不存。所著诗、赋、碑、诔、铭、赞、连珠、箴、吊、议论、《独断》《劝学》《释诲》《叙乐》《女训》《篆执》、祝文、章、表、书记,凡百四篇,传于世。

郭有道碑　蔡邕

先生讳泰,字林宗,太原界休人也。其先出自有周王季之穆,有虢叔者,实有懿德,文王咨焉。建国命氏,或谓之郭,即其后也。先生诞应天衷,聪睿明哲,孝友温恭,仁笃慈惠。夫其器量宏深,姿度广大,浩浩焉,汪汪焉,奥乎不可测已。若乃砥节厉行,直道正辞,贞固足以干事,隐括足以矫时。遂考览六经,探综图纬。周流华夏,游集帝学。收文武之将坠,拯微言之未绝。于是缨緌之徒,绅佩之士,望形表而景附,聆嘉声而响和者,犹百川之归巨海,麟介之宗龟龙也。尔乃潜隐衡门,收朋勤诲,童蒙赖焉,用袪其蔽。州郡闻德,虚己备礼,莫之能致。群公休之,遂辟司徒掾,又举有道,皆以疾辞。将蹈洪崖之遐迹,绍巢由之绝轨,翔区外以舒翼,超天衢以高峙。禀命不融,享年四十有三,以建宁二年正月乙亥卒。凡我四方同好之人,永怀哀悼,靡所置念,乃相与推先生之德,以图不朽之事。佥以为先民既没,而德音犹存者,亦赖之于纪述也。今其如何而阙斯礼!于是树碑表墓,昭铭景行,俾芳烈奋乎百世,令闻显于无穷。其词曰:于休先生,明德通玄。纯懿淑灵,受之自天。崇壮幽浚,如山如渊。礼乐是悦,诗书是敦。匪惟摭华,乃寻厥根。宫墙重仞,允得其门。懿乎其纯,确乎其操。洋洋缙绅,言观其高。栖迟泌丘,善诱能教。赫赫三事,几行其招。委辞召贡,保此清妙。降年不永,斯民悲悼。爰勒兹铭,摘其光耀。嗟尔来世,是则是效。

《蔡邕集》中,始多碑文。任昉《文章缘起》谓碑文始于汉惠帝《四皓碑》,今不传。挚虞《文章流别论》曰:"夫古之铭至约,今之铭至烦,亦有由也。质文时异,则既论之矣;且上古之铭,铭于宗庙之碑,蔡邕为杨公作碑,其文典正,末世之美者也。"《日知录》曰:"《蔡伯喈集》中为时贵碑、诔之作甚多,如胡广、陈宴各三碑,桥玄、杨赐、胡硕各二碑,至于袁满来年十五,胡根年七岁,皆为之作碑,自非利其润笔,不至为此。史传以其名重,隐而不言耳,文人受赇,岂独韩退之谀墓金哉!"

荀悦,字仲豫,俭之子也,俭早卒。悦年十二,能说《春秋》。家贫无书,每之人间,所见篇牍,一览多能诵记。性沉静,美姿容,尤好著述。灵帝时,阉官用权,士多退身穷处,悦乃托疾隐居,时人莫之识,从弟或特称敬焉。初,辟镇东将军曹操府,迁黄门侍郎。献帝颇好文学,悦与彧及少府孔融侍讲禁中,旦夕谈论。累迁秘书监、侍中。时政移曹氏,天子恭己而已。悦志在献替,而谋无所用,乃作《申鉴》五篇。其所论辩,通见政体,既成而奏之。其大略曰:"夫道之本,仁义而已矣。五典以经之,群籍以纬之,咏之歌之,弦之舞之,前监既明,后复申之。故古之圣王,其于仁义也,申重而已。"又著《崇德正论》,及诸论数十篇。年六十二,建安十四年卒。然悦所著文章最为世所重者,尤在《汉纪》。

汉纪序　　荀悦

昔在上圣,惟建皇极,经纬天地,观象立法,乃作书契,以通宇宙。夫立典有五志焉:一曰达道义,二曰章法式,三曰通古今,四曰著功勋,五曰表贤能。于是天人之际,事物之宜,粲然显著,罔不备矣。汉四百有六载,拨乱反正,统武兴文,永惟祖宗之洪业,思光启乎万嗣。圣上穆然,惟文之恤,瞻前顾后,是绍是继,阐崇大猷,命立国典。于是缀叙旧书,以述汉纪。

第八章　东京之词赋与诗体

第一节　冯衍

冯衍,字敬通,京兆杜陵人也。年九岁,能诵诗,至二十而博通群书。王莽时,多荐举之者,衍辞不肯仕。时天下兵起,莽遣更始将军廉丹讨伐山东,丹辟衍为掾,与俱至定陶。丹战死,衍乃亡命河东,尝为曲阳令,历官以罪免。光武时,衍不得志,退乃作《显志赋》,又自论曰:

冯子以为夫人之德,不碌碌如玉,落落如石。风兴云蒸,一龙一蛇,与道翱翔,与时变化,夫岂守一节哉?用之则行,舍之则藏,进退无主,屈伸无常。故曰:"有法无法,因时为业;有度无度,与物趣舍。"常务道德之实,而不求当世之名,阔略杪小之礼,荡佚人间之事。正身直行,恬然肆志。顾尝好俶傥之策,时莫能听用其谋,喟然长叹,自伤不遭。久栖迟于小官,不得舒其所怀。抑心折节,意凄情悲。夫伐冰之家,不利鸡豚之息;委积之臣,不操市井之利。况历位食禄二十余年,而财产益狭,居处益贫。惟夫君子之仕,行其道也。虑时务者不能兴其德,为身求者不能成其功。去而归家,复羁旅于州郡,身愈据职,家弥穷困,卒离饥寒之灾,有丧元子之祸。先将军葬渭陵,哀帝之崩也,营之以为园。于是以新丰之东,鸿门之上,寿安之中,地执高敞,四通广大,南望郦山,北属泾渭,东瞰河华,龙门之阳,三晋之路,西顾丰鄗,周秦之丘,宫观之墟,通视千里,览见旧都,遂定茔焉。退而幽居。盖忠臣过故墟而歔欷,孝子入旧室而哀叹。每念祖考,著盛德于前,垂鸿烈于后,遭时之祸,坟墓芜秽,春秋蒸尝,昭穆无列。年衰岁暮,悼无成功,将西田牧肥饶之野,殖生产,修孝道,营宗庙,广祭祀。然后闺门,讲习道德,观览乎孔老之论,庶几乎松乔之福。上陇阪,陟高冈,游精宇宙,流目八纮。历观九州山川之体,追览上古得失之风，愍道陵迟，伤德分崩。夫睹其终必原其始，故存其人而咏其道。疆理九野，经营五山，眇然有思陵云之意。乃作赋自厉，命其篇曰《显志》。显志者，言光明风化之情，昭章玄妙之思也。

显宗即位，又多短衍以文过其实，遂废于家。衍娶北地女任氏为妻，悍忌不得畜媵妾，儿女常自操井臼，老竟逐之，遂坎壈于时。衍素有大志，不戚戚于贫贱，居常慷慨叹曰："衍少事名贤，经历显位，怀金垂紫，揭节奉使，不求苟得，常有凌云之志。三公之贵，千金之富，不得其愿，不概于怀。贫而不衰，贱而不恨，年虽疲曳，犹庶几名贤之风。修道德于幽冥之路，以终身名，为后世法。"居贫年老，卒于家。所著赋、诔、铭、说、《问交》《德诰》《慎情》、书记说、自序、官录说、策五十篇。肃宗甚重其文，《隋志》有后汉司隶从事《冯衍集》五卷。光武时，又有崔篆、杜笃，亦善词赋。

崔篆，涿郡安平人也。王莽时为郡文学。篆自以宗门，受莽伪宠，惭愧汉朝，遂辞归不仕。客居荥阳，闭门潜思，著《周易林》六十四篇。用决吉凶，多所占验，临终作赋以自悼，名曰《慰志》，《后汉书》全录其文。及篆孙骃，尤以文学显。

杜笃，字季雅，京兆杜陵人也。少博学，不修小节，不为乡人所礼。居美阳，与美阳令游，数从请托，不谐，颇相恨。令怨，收笃送京师，会大司马吴汉薨，光武诏诸儒诔之，笃于狱中为诔，辞最高，帝美之，赐帛免刑。笃以关中表里山河，先帝旧京，不宜改营洛邑，乃上奏《论都赋》曰："臣闻知而复知，是谓重知。臣所言，陛下已知，故略其梗概，不敢具陈。昔盘庚去奢，行俭于亳；成周之隆，乃即中洛。遭时制都，不常厥邑。贤圣之虑，盖有优劣；霸王之姿，明知相绝。守国之执，同归异术：或弃去阻陇，务处平易；或据山带河，并吞六国；或富贵思归，不顾见袭；或掩空击虚，自蜀汉出；即日车驾，策由一卒；或知而不从，久都垅堁。臣不敢有所据。窃见司马相如、扬子云作辞赋以讽主上，臣诚慕之，伏作书一篇，名曰《论都》。"词多不录。所著赋、诔、吊、书、赞、七言、《女诫》及杂文，凡十八篇，又著《明世论》十五篇。

第二节　张衡

张衡,字平子,南阳西鄂人也。世为著姓。祖父堪,蜀郡太守。衡少善属文,游于三辅,因入京师观太学,遂通五经,贯六艺。虽才高于世,而无骄尚之情,常从容淡静,不好交接俗人。永元中,举孝廉不行,连辟公府不就。时天下承平日久,自王侯以下,莫不逾侈。衡乃拟班固《两都》,作《二京赋》,因以讽谏。精思傅会,十年乃成。顺帝初,再转,复为太史令。衡不慕当世,所居之官,辄积年不徙。自去史职,五载复还,乃设客问作《应间》,以见其志云:

有间余者曰:盖闻前哲首务,务于下学上达,佐国理民,有云为也。朝有所闻,则夕行之,立功立事,式昭德音。是故伊尹思使君为尧舜,而民处唐虞,彼岂虚言而已哉?必旌厥素尔。咎单、巫咸,实守王家,申伯、樊仲,实干周邦。服衮而朝,介圭作瑞,厥迹不朽,垂烈后昆,不亦丕欤!且学非以要利,而富贵萃之。贵以行令,富以施惠,惠施令行,故《易》称以"大业"。质以文美,实由华兴,器赖雕饰为好,人以舆服为荣。吾子性德体道,笃信安仁,约己博艺,无坚不钻,以思世路,斯何远矣!曩滞日官,今又原之。虽老氏曲全,进道若退,然行亦以需。必也学非所用,术有所仰,故临川将济而舟楫不存焉。徒经思天衢,内昭独智,固合理民之式也。故尝见谤于鄙儒。深厉浅揭,随时为义,曾何贪于支离,而习其孤技耶?参轮可使自转,木雕犹能独飞,已垂翅而还故栖,盍亦调其机而铦诸?昔有文王,自求多福。人生在勤,不索何获?曷若卑体屈己,美言以相克?鸣于乔木,乃金声而玉振之。用后勋,雪前吝,婞佷不柔,以意谁靳也。应之曰:是何观同而见异也?君子不患位之不尊,而患德之不崇;不耻禄之不夥,而耻智之不博。是故艺可学而行可力也。天爵高悬,得之在命,或不速而自怀,或羡旃而不臻,求之无益,故智者面而不思。阽身以徼幸,固贪夫之所为,未得而豫丧也。枉尺直寻,议者讥之,盈欲亏志,孰云非羞?于心有猜,则簋飱馔铺犹不屑餐,旌瞀以之。意之无疑,则兼金盈百而不嫌辞,孟轲以之。士或解袒褐而袭黼黻,或委畚筑而据文轩者,度德拜爵,量绩受禄也。输力致庸,受必有阶。浑元初基,灵轨未纪,吉凶分错,人用膧朦。黄帝为斯深惨,有风后者,是焉亮之,察三辰于上,迹祸福乎下,经纬历数,然后天步有常,则风后之为也。当少昊清阳之末,实或乱德,人神杂扰,不可方物,重黎又相颛顼而申理之,日月即次,则重黎之为也。人各有能,因艺受任,鸟师别名,四叔三正,官无二业,事不并济。昼长则宵短,日南则景北。天且不堪兼,况以人该之?夫玄龙迎夏,则陵云而奋麟,乐时也;涉冬则湎泥而潜蟠,避害也。公旦道行,故制典礼以尹天下,惧教诲之不从,有人之不理;仲尼不遇,故论六经以俟来辟,耻一物之不知,有事之无范。所考不齐,如何可一?夫战国交争,戎车竞驱,君若缀旒,人无所丽。烛武县绁,而秦伯退师;鲁仲系箭,而聊城弛柝。从往则合,横来则离,安危无常,要在说夫。咸以得人为枭,失士为尤。故樊哙披帷,入见高祖;高祖踞洗,以见郦生。当此之会,乃鼋鸣而鳖应也。故能同心戮力,勤恤人隐,奄受区夏,遂定帝位,皆谋臣之由也。故一介之策,各有攸建,子长谍之,烂然有第。夫女魃北而应龙翔,洪鼎声而军容息;溽暑至而鹖火栖,寒冰冱而鼋鼍蛰。今也皇泽宣洽,海外混同,万方亿丑,并质共剂,若修成之不暇,尚何功之可立!立事有三,言为下列;下列且不可庶矣,奚冀其二哉!于兹缙绅如云,儒士成林,及津者风摅,失涂者幽僻,遭遇难要,趋偶为幸。世易俗异,事执舛殊,不能通其变,而一度以揆之,斯契船而求剑,守株而伺兔也。冒愧逞愿,必无仁以继之,有道者所不履也。越王句践事此,故厥绪不永。捷径邪至,我不忍以投步;干进苟容,我不忍以歙肩。虽有犀舟劲楫,犹人涉卬否,有须者也。姑亦奉顺敦笃,守以忠信,得之不休,不获不吝。不见是而不惕,居下位而不忧,允上德之常服焉。方将师天老而友地典,与之乎高睨而大说,孔甲且不足慕,焉称殷彭及周聃!与世殊技,固孤是求。子忱朱泙曼之无所用,吾恨轮扁之无所教也。子睹木雕独飞,愍我垂翅故栖;吾感去鼋附鸥,悲尔先笑而后号也。斐豹以毙督燔书,礼至以掊国作铭;弦高以牛饩退敌,墨翟以萦带全城;贯高以端辞显义,苏武以秃节效贞;蒲且以飞矰逞巧,詹何以沉钩致精;弈秋以棋局取誉,王豹以清讴流声。仆进不能参名于二立,退又不能群彼数子。愁三坟之既颓,惜八索之不理。庶前训之可钻,聊朝隐乎柱史。且韫椟以待价,踵颜氏以行止。曾不慊夫晋楚,敢告诚于知己。

著《周官训诂》,崔瑗以为不能有异于诸儒也。又欲继孔子《易》说《彖》、《象》残缺者,竟不能就。所著诗、赋、铭、七言、《灵宪》、《应间》、《七辩》、《巡诰》、《悬图》,凡三十二篇。永初中,谒者仆射刘珍、校书郎刘騊駼等,著作东观,撰集《汉记》,因定汉家礼仪,上言请衡参论其事,会病卒,而衡常叹息,欲终成之。及为侍中,上疏请得专事东观,收检遗文,毕力补缀。又条上司马迁、班固所叙与典籍不合者十余事。又以为王莽本传,但应载篡事而已,至于编年月,纪灾祥,宜为元后本纪。又更始居位,人无异望,光武初为其将,然后即真,宜以更始之号建于光武之初。书数上,竟不听。及后之著述,多不详典,时人追恨之。

第三节　傅毅、李尤

傅毅,字武仲,扶风茂陵人也。少博学,永平中于平陵习章句,因作《迪志诗》曰:

咨尔庶士,迨时斯勖。日月逾迈,岂云旋复!哀我经营,旅力靡及。在兹弱冠,靡所庶立。于赫我祖,显于殷国。二迹阿衡,克光其则。武丁兴商,伊宗皇士。爰作股肱,万邦是纪。奕世载德,迄我显考。保膺淑懿,缵修其道。汉之中叶,俊乂式序。秩彼殷宗,光此勋绪。伊余小子,秽陋靡逮。惧我世烈,自兹以坠。谁能革浊,清我濯溉?谁能昭暗,启我童昧?先人有训,我讯我诰。训我嘉务,诲我博学。爰率朋友,寻此旧则。契阔夙夜,庶不懈忒。秩秩大猷,纪纲庶式。匪勤匪昭,匪壹匪测。

农夫不怠,越有黍稷。谁能云作,考之居息?二事败业,多疾我力。如彼遵衢,则罔所极。二志靡成,聿劳我心。如彼兼听,则涸于音。于戏君子,无恒自逸。徂年如流,鲜兹暇日。行迈屡税,胡能有迄?密勿朝夕,聿同始卒。

毅以显宗求贤不笃,士多隐处,故作《七激》以为讽。建初中,肃宗博召文学之士,以毅为兰台令史,拜郎中,与班固、贾逵共典校书。毅追美孝明皇帝功德最盛,而庙颂未立,乃依《清庙》作《显宗颂》十篇奏之,由是文雅显于朝廷。车骑将军马防,外戚尊重,请毅为军司马,待以师友之礼。及马氏败,免官归。永元元年,车骑将军窦宪复请毅为主记室,崔骃为主簿。及宪迁大将军,复以毅为司马,班固为中护军。宪府文章之盛,冠于当世。毅早卒,著诗、赋、诔、颂、祝文、《七激》、连珠,凡二十八篇。《典论》曰:"傅毅之与班固,伯仲之间耳。而固书讥武仲下笔不能自休,则文人相轻之习也。"

李尤,字伯仁,广汉雒人也,少以文章显。和帝时,侍中贾逵荐尤有相如、扬雄之风,召诣东观,受诏作赋,拜兰台令史。安帝时,为谏议大夫,受诏与谒者仆射刘珍等俱撰《汉记》。后帝废太子为济阴王,尤上书谏争。顺帝立,迁乐安相,年八十三卒。所著诗、赋、铭、诔、颂、《七叹》、《哀典》,凡二十八篇。尤同郡李胜亦有文才,为东观郎,著诗、诔、颂、论数十篇。挚虞《文章流别论》曰:"李尤为铭,自山河都邑,至于刀笔笮契,无不有铭,而文多秽病,讨论而润色,亦可采录。"

第四节　崔骃父子及其以后之词赋

崔骃者,篆之孙也。年十三能通《诗》《易》《春秋》,博学有伟才,尽通古今训诂,百家之言,善属文。少游太学,与班固、傅毅同时齐名。常以典籍为业,未遑仕进之事。时人或讥其太玄静,将以后名失实。骃拟扬雄《解嘲》作《达旨》以答焉。元和中,肃宗始修古礼,巡狩方岳。骃上《四巡颂》以称汉德,辞甚典美,文多,故不载。帝雅好文章,自见骃颂后,帝嗟叹之,谓窦宪曰:

"卿宁知崔骃乎?"对曰:"班固数为臣说之,然未见也。"帝曰:"公爱班固而忽崔骃,此叶公之好龙也,请试见之。"骃由此候宪。宪屣履迎门,笑谓骃曰:"亭伯,吾受诏交公,公何得薄哉?"遂揖入为上客。居无几何,帝幸宪第,时骃适在宪所,帝闻而欲召见之,宪谏,以为不宜与白衣会。帝悟曰:"吾能令骃朝夕在傍,何必于此!"适欲官之,会帝崩。骃以永元四年卒于家。所著诗、赋、铭、颂、书、记、表、《七依》《婚礼结言》《达旨》《酒警》,合二十一篇。

骃中子瑗,字子玉,早孤好学,尽能传其父业。年十八,至京师,从侍中贾逵质正大义,逵善待之。瑗因留游学,遂明天官、历数、京房《易传》、六日七分,诸儒宗之。与扶风马融、南阳张衡特相友好。瑗高于文辞,尤善为书、记、箴、铭,所著赋、碑、铭、箴、颂、《七苏》《南阳文学官志》《叹辞》《移社文》、《悔祈》《草书执》、七言,凡五十七篇。其《南阳文学官志》,称于后世,诸能为文者,皆自以弗及。瑗之宗有曰琦者,当梁冀恣权时,尝作《外戚箴》,后竟为冀所杀。著赋、颂、铭、诔、箴、吊、论、《九咨》,凡十五篇。《文章流别论》曰:"哀辞者,诔之流也。崔瑗、苏顺、马融等为之,率以施于童殇夭折,不以寿终者。建安中,文帝与临淄侯各失稚子,命徐幹、刘桢等为之哀辞。"哀辞之体,以哀痛为主,缘以叹息之辞,是哀辞始于崔瑗之徒矣。

崔氏父子以下,词赋之最著者诸家,略述于下。

王逸,字叔师,南郡宜城人也。元初中,举上计吏,为校书郎,顺帝时,为侍中。著《楚辞章句》行于世,其赋、诔、书、论及杂文,凡二十一篇,又作《汉诗》百二十三篇。子延寿,字文考,有俊才,少游鲁国,作《灵光殿赋》,后蔡邕亦造此赋,未成,及见延寿所为,甚奇之,遂辍翰而已。曾有异梦,意恶之,乃作《梦赋》以自厉。后溺水死,时年二十余。

赵壹,字元叔,汉阳西县人也。体貌魁梧,身长九尺,美须豪眉,望之甚伟。而恃才倨傲,为乡党所摈,乃作《解摈》。后屡抵罪,几至死,友人救得免。壹乃贻书谢恩曰:"昔原大夫赎桑下绝气,传称其仁;秦越人还虢太子结脉,世著其神。设曩之二人不遭仁遇神,则结绝之气竭矣。然而糒脯出乎车軨,针石运乎手爪。今所赖者,非直车軨之糒脯,手爪之针石也。乃收之于斗极,还之于司命,使干皮复含血,枯骨复被肉,允所谓遭仁遇神,真所宜传而著之。余畏禁,不敢班班显言,窃为《穷鸟赋》一篇,其辞曰:

有一穷鸟,戢翼原野。毕网加上,机阱在下。前见苍隼,后见驱者。缴弹张右,羿子彀左,飞丸激矢,交集于我。思飞不得,欲鸣不可,举头畏触,摇足恐堕。内独怖急,乍冰乍火。幸赖大贤,我矜我怜,昔济我南,今振我西。鸟也虽顽,犹识密恩,内以书心,外用告天。天乎祚贤,归贤永年,且公且侯,子子孙孙。

又作《刺世疾邪赋》以舒其怨愤,曰:

伊五帝之不同礼,三王亦又不同乐。数极自然,变化非是,故相反驳。德政不能救世溷乱,赏罚岂足惩时清浊?春秋祸败之始,战国愈复增其荼毒。秦汉无以相逾越,乃更加其怨酷。宁计生民之命?唯利己而自足。于兹迄今,情伪万方。佞谄日炽,刚克消亡。舐痔结驷,正色徒行。妪媮名执,抚拍豪强。偃蹇反俗,立致咎殃。捷慑逐物,日富月昌。浑然同惑,孰温孰凉?邪夫显进,直士幽藏。原斯瘼之攸兴,实执政之匪贤。女谒掩其视听兮,近习秉其威权。所好则钻皮出其毛羽,所恶则洗垢求其瘢痕。虽欲竭诚而尽忠,路绝险而靡缘。九重既不可启,又群吠之狺狺。安危亡于旦夕,肆嗜欲于目前。奚异涉海之失柂,积薪而待燃?荣纳由于闪榆,孰知辨其蚩妍?故法禁屈挠于执族,恩泽不逮于单门。宁饥寒于尧舜之荒岁兮,不饱暖于当今之丰年。乘理虽死而非亡,违义虽生而匪存。有秦客者乃为诗曰:"河清不可俟,人命不可延。顺风激靡草,富贵者称贤。文籍虽满腹,不如一囊钱。伊优北堂上,肮脏倚门边。"鲁生闻此系辞而作歌曰:"执家多所宜,咳唾自成珠。被褐怀金玉,蕙兰化为刍。贤者虽独悟,所困在群愚。且各守尔分,勿复空驰驱。哀哉复哀哉,此是命矣夫!"

赵壹赋体,是词赋之靡,与西京以来体制大异,故著一篇。

边让,字文礼,陈留浚仪人也。少辩博,能属文,作《章华赋》,虽多淫丽之辞,而终之以正,亦如相如之讽也。

郦炎,字文胜,范阳人,郦食其之后也。炎有文才,解音律,言论给捷,多服其能理。灵帝时,州郡辟命皆不就,有志气。作诗二篇,《后汉书》载之。炎后风病慌忽,性至孝,遭母忧,病甚发动。妻始产而惊死,妻家讼之,收系狱。炎病不能理对,熹平六年,遂死狱中,时年二十八。尚书卢植为之诔赞,以昭其懿德。

第五节　诗歌乐府之新体

东京以来,为五言者有班固、傅毅,又如徐淑、秦嘉之赠答,蔡琰之《幽愤诗》,皆其尤也。诗歌乐府,颇有新体,今传《焦仲卿诗》,云是建安中作,共千七百四十五字,为古今最长之诗。《齐东野语》:"欧阳公言:古七言诗自汉末,盖出于史篇之体。"至是五七言每多长篇,且有杂体,如梁鸿《五噫》、张衡《四愁》之类,皆体自己创者也。《焦仲卿诗》,或以为曹子建作,然无可征信,大抵建安时人所为尔。汉末乐府如《雁门太守行》之类,直叙事情,而辞不华藻,亦被于丝竹,大抵后世弹词所托始也,今具列诸篇于下。

五噫　梁鸿

陟彼北芒兮,噫!顾览帝京兮,噫!宫室崔嵬兮,噫!民之劬劳兮,噫!辽辽未央兮,噫!

四愁诗　张衡

张衡不乐久处机密,阳嘉中,出为河间相。时国王骄奢,不遵法度,又多豪右并兼之家。衡下车,治威严,能内察属县,奸猾行巧劫,皆密知名,下吏收捕,尽服擒。诸豪侠、游客悉惶惧逃出境,郡中大治,争讼息,狱无系囚。时天下渐弊,郁郁不得志,为《四愁诗》,效屈原以美人为君

子,以珍宝为仁义,以水深雪雰为小人,思以道术相报,贻于时君,而惧谗邪不得以通。其辞曰:

我所思兮在太山,欲往从之梁父艰。侧身东望涕沾翰。美人赠我金错刀,何以报之英琼瑶。路远莫致倚逍遥,何为怀忧心烦劳。

我所思兮在桂林,欲往从之湘水深。侧身南望涕沾襟。美人赠我金琅玕,何以报之双玉盘。路远莫致倚惆怅,何为怀忧心烦伤。

我所思兮在汉阳,欲往从之陇阪长。侧身西望涕沾裳。美人赠我貂襜褕,何以报之明月珠。路远莫致倚踟蹰,何为怀忧心烦纡。

我所思兮在雁门,欲往从之雪雰雰。侧身北望涕沾巾。美人赠我锦绣段,何以报之青玉案。路远莫致倚增叹,何为怀忧心烦惋。

雁门太守行

孝和帝在时,洛阳令王君,本自益州,广汉蜀民。少行宦,学通五经论。(一解)明知法令,历世衣冠。从温补洛阳令。治行致贤,拥护百姓,子养万民。(二解)外行猛政,内怀慈仁。文武备具,料民富贫。移恶子姓,篇著里端。(三解)伤杀人,比伍同罪,对门禁,鏊矛八尺,捕轻薄少年,加笞决罪,诣马市论。(四解)无妄发赋,念在理冤。敕吏正狱,不得苛烦。财用钱三十,买绳理竿。(五解)贤哉贤哉,我县王君。臣吏衣冠,奉事皇帝。功曹主簿,皆得其人。(六解)临部居职,不敢行恩。清身苦体,夙夜劳勤。治有能名,远近所闻。(七解)天年不遂,早就奄昏。为君作祠,安阳亭西。欲令后世,莫不称传。(八解)

古诗为焦仲卿妻作(汉末建安中,庐江府小吏焦仲卿妻刘氏,为仲卿母所遣,自誓不嫁,其家逼之,乃投水而死。仲卿闻之,亦自缢于庭树。时人伤之,为诗云尔。)

孔雀东南飞,五里一徘徊。"十三能织素,十四学裁衣,十五弹箜篌,十六诵诗书。十七为君妇,心中常苦悲。君既为府吏,守节情不移。贱妾留空房,相见常日稀。鸡鸣入机织,夜夜不得息。三日断五匹,大人故嫌迟。非为织作迟,君家妇难为!妾不堪驱使,徒留无所施。便可白公姥,及时相遣归。"府吏得闻之,堂上启阿母:"儿已薄禄相,幸复得此妇。结发同枕席,黄泉共为友。共事三二年,始尔未为久。女行无偏斜,何意致不厚?"阿母谓府吏:"何乃大区区!此妇无礼节,举动自专由。吾意久怀忿,汝岂得自由!东家有贤女,自名秦罗敷。可怜体无比,阿母为汝求。便可速遣之,遣去慎莫留!"府吏长跪告:"伏惟启阿母,今若遣此妇,终老不复取!"阿母得闻之,槌床便大怒:"小子无所畏,何敢助妇语!吾已失恩义,会不相从许!"府吏默无声,再拜还入户。举言谓新妇,哽咽不能语:"我自不驱卿,逼迫有阿母。卿但暂还家,吾今且报府。不久当归还,还必相迎取。以此下心意,慎勿违我语。"新妇谓府吏:"勿复重纷纭。往昔初阳岁,谢家来贵门。奉事循公姥,进止敢自专?昼夜勤作息,伶俜萦苦辛。谓言无罪过,供养卒大恩;仍更被驱遣,何言复来还!妾有绣腰襦,葳蕤自生光;红罗复斗帐,四角垂香囊;箱帘六七十,绿碧青丝绳:物物各自异,种种在其中。人贱物亦鄙,不足迎后人,留待作遗施,于今无会因。时时为安慰,久久莫相忘!"鸡鸣外欲曙,新妇起严妆。著我绣夹裙,事事四五通。足下蹑丝履,头上玳瑁光。腰若流纨素,耳著明月珰。指如削葱根,口如含珠丹。纤纤作细步,精妙世无双。上堂拜阿母,阿母怒不止。"昔作女儿时,生小出野里。本自无教训,兼愧贵家子。受母钱帛多,不堪母驱使。今日还家去,念母劳家里。"却与小姑别,泪落连珠子:"新妇初来时,小姑始扶床;今日被驱遣,小姑如我长。勤心养公姥,好自相扶将。初七及下九,嬉戏莫相忘。"出门登车去,涕落百余行。府吏马在前,新妇车在后。隐隐何甸甸,俱会大道口。下马入车中,低头共耳语:"誓不相隔卿,且暂还家去;吾今且赴府,不久当还归。誓天不相负!"新妇谓府吏:"感君区区怀!君既若见录,不久望君来。君当作磐石,妾当作蒲苇。蒲苇纫如丝,磐石无转移。我有亲父兄,性行暴如雷。恐不任我意,逆以煎我怀。"举手长劳劳,二情同依依。入门上家堂,进退无颜仪。阿母大拊掌:"不图子自归。十三教汝织,十四能裁衣,十五弹箜篌,十六知礼仪,十七遣汝嫁,谓言无誓违。汝今何罪过,不迎而自归?"兰芝惭阿母:"儿实无罪过。"阿母大悲摧。还家十余日,县令遣媒来。云有第三郎,窈窕世无双。年始十八九,便言多令才。阿母谓阿女:"汝可去应之。"阿女含泪答:"兰芝初还时,府吏见丁宁,结誓不别离。今日违情义,恐此事非奇。自可断来信,徐徐更谓之。"阿母白媒人:"贫贱有此女,始适还家门。不堪吏人妇,岂合令郎君?幸可广问讯,不得便相许。"媒人去数日,寻遣丞请还。说有兰家女,承籍有宦官。云有第五郎,娇逸未有婚。遣丞为媒人,主簿通语言。直说太守家,有此令郎君。既欲结大义,故遣来贵门。阿母谢媒人:"女子先有誓,老姥岂敢言!"阿兄得闻之,怅然心中烦。举言谓阿妹:"作计何不量!先嫁得府吏,后嫁得郎君。否泰如天地,足以荣汝身。不嫁义郎体,其往欲何云?"兰芝仰头答:"理实如兄言。谢家事夫婿,中道还兄门。处分适兄意,那得自任专!虽与府吏要,渠会永无缘。登即相许和,便可作婚姻。"媒人下床去,诺诺复尔尔。还部白府君:"下官奉使命,言谈大有缘。"府君得闻之,心中大欢喜。视历复开书,便利此月内,六合正相应。良吉三十日,今已二十七,卿可去成婚。交语速装束,络绎如浮云。青雀白鹄舫,四角龙子幡。婀娜随风转,金车玉作轮。踯躅青骢马,流苏金镂鞍。赍钱三百万,皆用青丝穿。杂彩三百匹,交广市鲑珍。从人四五百,郁郁登郡门。阿母谓阿女:"适得府君书,明日来迎汝。何不作衣裳?莫令事不举!"阿女默无声,手巾掩口啼,泪落便如泻。移我琉璃榻,出置前窗下。左手持刀尺,右手执绫罗。朝成绣夹裙,晚成单罗衫。晻晻日欲暝,愁思出门啼。府吏闻此变,因求假暂归。未至二三里,摧藏马悲哀。新妇识马声,蹑履相逢迎。怅然遥相望,知是故人来。举手拍马鞍,嗟叹使心伤:"自君别我后,人事不可量。果不如先愿,又非君所详。我有亲父母,逼迫兼弟兄。以我应他人,君还何所望!"府吏谓新妇:"贺卿得高迁!磐石方且厚,可以卒千年;蒲苇一时纫,便作旦夕间。卿当日胜贵,吾独向黄泉!"新妇谓府吏:"何意出此言!同是被逼迫,君尔妾亦然。黄泉下相见,勿违今日言!"执手分道去,各各还家门。生人作死别,恨恨那可论?

念与世间辞,千万不复全!府吏还家去,上堂拜阿母:"今日大风寒,寒风摧树木,严霜结庭兰。儿今日冥冥,令母在后单。故作不良计,勿复怨鬼神!命如南山石,四体康且直!"阿母得闻之,零泪应声落:"汝是大家子,仕宦于台阁。慎勿为妇死,贵贱情何薄!东家有贤女,窈窕艳城郭。阿母为汝求,便复在旦夕。"府吏再拜还,长叹空房中,作计乃尔立。转头向户里,渐见愁煎迫。其日牛马嘶,新妇入青庐。奄奄黄昏后,寂寂人定初。"我命绝今日,魂去尸长留!"揽裙脱丝履,举身赴清池。府吏闻此事,心知长别离。徘徊顾树下,自挂东南枝。两家求合葬,合葬华山傍。东西植松柏,左右种梧桐。枝枝相覆盖,叶叶相交通。中有双飞鸟,自名为鸳鸯。仰头相向鸣,夜夜达五更。行人驻足听,寡妇起彷徨。多谢后世人,戒之慎勿忘。

第九章　王充与评论派之文学

王充,字仲任,会稽上虞人也,其先自魏郡元城徙焉。充少孤,乡里称孝。后到京师,受业大学,师事扶风班彪。好博览而不守章句,家贫无书,常游洛阳市肆阅所卖书,一见辄能诵忆,遂博通众流百家之言。后归乡里,屏居教授,仕郡为功曹,以数谏争不合去。充好论说,始若诡异,终有理实,以为俗儒守文,多失其真。乃闭门潜思,绝庆吊之礼,户牖墙壁,各置刀笔,著《论衡》八十五篇,二十余万言,释物类同异,正时俗嫌疑。刺史董勤辟为从事,转治中,自免还家。友人同郡谢夷吾上书荐充才学,肃宗特诏公车征,病不行,年渐七十,志力衰耗,乃造《养性书》十六篇,今不传。

对作篇

汉家极笔墨之林,书论之造,汉家尤多。阳成子张作《乐》,扬子云造《玄》,二经发于台下,读于阙掖,卓绝惊耳。不述而作,材疑圣人,而汉朝不讥。况《论衡》细说微论,解释世俗之疑,辨照是非之理,使后进晓见然否之分,恐其废失,著之简牍,祖经章句之说、先师奇说之类也。其言伸绳,弹割俗传。俗传蔽惑,伪书放流,贤通之人,疾之无已。孔子曰:"诗人疾之不能默,丘疾之不能伏。"是以论也。玉乱于石,人不能别;或若楚之王尹,以玉为石,卒使卞和受刖足之诛。是反为非,虚转为实,安能不言?俗传既过,俗书又伪。若夫邹衍谓今天下为一州,四海之外,有若天下者九州;《淮南书》言共工与颛顼争天子不胜,怒而触不周之山,使天柱折、地维绝;尧时十日并出,尧上射九日;鲁阳战而日暮,援戈麾日,日为却还:世间书传,多若等类,浮妄虚伪,没夺正是。心溃涌,笔手扰,安能不论?论则考之以心,效之以事,浮虚之事,辄立证验。若太史公之书,据许由不隐,燕太子丹不使日再中,读见之者,莫不称善。《政务》为郡国守相、县邑令长陈通政事所当尚,务欲令全民立化,奉称国恩。《论衡》九虚、三增,所以使俗务实诚也;《论死》《订鬼》,所以使俗薄丧葬也。孔子径庭丽级,被棺敛者不省;刘子政上薄葬,奉送藏者不约;光武皇帝草车茅马,为明器者不奸。何世书俗言不载?信死之语,汶浊之也。今著《论死》及《死伪》之篇,明死无知,不能为鬼,冀观览者将一晓解约葬,更为节俭。斯盖《论衡》有益之验也。言苟有益,虽作何害?仓颉之书,世以纪事;奚仲之车,世以自载;伯余之衣,以避寒暑;桀之瓦屋,以辟风雨。夫不论其利害,而徒讥其造作,是则仓颉之徒有非,《世本》十五家皆受责也。故夫有益也,虽作无害也。虽无害,何补?古有命使采爵,欲观风俗,知下情也。诗作民间,圣王可云"汝民也,何发作",囚罪其身,殁灭其诗乎?今已不然,故《诗》传亚今。《论衡》《政务》,其犹《诗》也,冀望见采,而云有过。斯盖《论衡》之书所以兴也。且凡造作之过,意其言妄而谤诽也。《论衡》实事疾妄,《齐世》《宣汉》《恢国》《验符》《盛褒》《须颂》之言,无诽谤之辞。造作如此,可以免于罪矣。

阎光表曰:"《论衡》上而天文,下而地理,中而人类,旁至动植,幽至鬼神,莫不穷纤极微,抉奥剔隐。笔泷漉而言溶溶,如千叶宝莲,层层开敷,而各有妙趣;如万叠鲸浪,滚滚翻涌,而递擅奇形。有子长之纵横,而去其诪;有晋人之娟倩,而绌其虚;有唐人之华整,而芟其排;有宋人之名理,而削其腐。"

《后汉书》以王充、王符、仲长统三人合在一传,以三人并长于辩论,是评议之宗也。韩退之至为作《后汉三贤赞》焉。《后汉书》曰:"王符字节信,安定临泾人也。少好学,有志操,与马融、窦章、张衡、崔瑗等友善。安定俗鄙庶孽,而符无外家,为乡人所贱。自和、安之后,世务游宦,当途者更相引荐,而符独耿介不同于俗,以此遂不得升进。志意蕴愤,乃隐居著书三十余篇,以讥当时得失,不欲章显其名,故号曰《潜夫论》。其指讦时短,讨谪物情,足以观见当世风政。"今《潜夫论》见存。

仲长统,字公理,山阳高平人也。少好学,博涉书记,赡于文辞。年二十余,游学青、徐、并、冀之间,与交友者多异之。统性俶傥,敢直言,不矜小节,默语无常,时人或谓之狂生。每州郡命召,辄称疾不就。常以为凡游帝王者,欲以立身扬名耳,而名不常存,人生易灭,优游偃仰,可以自娱,欲卜居清旷,以乐其志。论之曰:"使居有良田广宅,背山临流,沟池环匝,竹木周布,场圃筑前,果园树后。舟车足以代步涉之难,使令足以息四体之役。养亲有兼珍之膳,妻孥无苦身之劳。良朋萃止,则陈酒肴以娱之;嘉时吉日,则烹羔豚以奉之。蹰躇畦苑,游戏平林,濯清水,追凉风,钓游鲤,弋高鸿。讽于舞雩之下,咏归高堂之上。安神闺房,思老氏之玄虚;呼吸精和,求至人之仿佛。与达者数子,论道讲书,俯仰二仪,错综人物。弹《南风》之雅操,发清商之妙曲。消摇一世之上,睥睨天地之间。不受当时之责,永保性命之期。如是,则可以凌霄汉出宇宙之外矣。岂羡夫人帝王之门哉!"又作诗二篇,以见其志,辞曰:"飞鸟遗迹,蝉蜕亡壳。腾蛇弃鳞,神龙丧角。至人能变,达士拔俗。乘云无辔,骋风无足。垂露成帏,张霄成幄。沆瀁当餐,九阳代烛。恒星艳珠,朝霞润玉。六合之内,恣心所欲。人事可遗,何为局促?大道虽夷,见几者寡。任意无非,适物无可。古来绕绕,委曲如琐。百虑何为?至要在我。寄愁天上,埋忧地下。叛散五经,灭弃风雅。百家杂碎,请用从火。抗志山西,游心海左。元气为舟,微风为柂。敖翔太清,纵意容冶。"尚书令荀彧闻统名,奇之,举为尚书郎。后参丞相曹操军事。每论说古今,及时俗行事,恒发愤叹息。因著论名曰《昌言》,凡三十四篇,十余万言。献帝逊位之岁,统卒,时年四十一。友人东海缪袭常称统才章足继西京董、贾、刘、扬云。《后汉书》载统《昌言》三篇。

第十章　佛教之输入

第一节　牟融《理惑论》

明帝永平中,梦神人金身丈六,项有日光。寤问傅毅,云有佛出于天竺,乃遣使往求。备获经像,及僧二人,于是乃立佛寺,始译《四十二章经》等。此佛教输入中国之始也。然荐绅先生未尝好之。今独传《理惑论》,是牟融作,然《后汉书》本传不言融好佛,莫能详也。后汉译经,如严佛调诸人,词旨并浅儜,少可观者,今载《理惑论序》一篇于下。

理惑论(三十七篇,一云苍梧太守牟子博传。)　汉·牟融

牟子既修经传诸子,书无大小,靡不好之。虽不乐兵法,然犹读焉。虽读神仙不死之书,抑而不信,以为虚诞。是时灵帝崩后,天下扰乱,独交州差安,北方异人,咸来在焉。多为神仙辟谷长生之术。时人多有学者。牟子常以五经难之,道家术士,莫敢对焉,比之于孟轲距杨朱、墨翟。先是时,牟子将母避世交趾。年二十六,归苍梧娶妻。太守闻其守学,谒请署吏。时年方盛,志精于学,又见世乱,无仕宦意,竟遂不就。是时诸州郡相疑,隔塞不通。太守以其博学多识,使致敬荆州。牟子以为荣爵易让,使命难辞,遂严当行。会被州牧优文处士辟之,复称疾不起。牧弟为豫章太守,为中郎将笮融所杀,时牧遣骑都尉刘彦将兵赴之,恐外界相疑,兵不得进。牧乃请牟子曰:"弟为逆贼所害,骨肉之痛,愤发肝心。当遣刘都尉行,恐外界疑难,行人不通。君文武兼备,有专对才,今欲相屈之零陵、桂阳,假途于通路,何如?"牟子曰:"被秩伏枥,见遇日久,烈士忘身,期必骋效。"遂严当发。会其母卒亡,遂不果行。久之退念以辩达之故,辄见使命,方世扰攘,非显己之秋也。乃叹曰:"老子绝圣弃智,修身保真,万物不干其志,天下不易其乐,天子不得臣,诸侯不得友,故可贵

也。"于是锐志于佛道，兼研《老子》五千文，含玄妙为酒浆，玩五经为琴簧。世俗之徒，多非之者，以为背五经而向异道。欲争则非道，欲默则不能，遂以笔墨之间，略引圣贤之言证解之，名曰《牟子理惑》云。

第二节　反切之始

《隋书·经籍志》载，后汉时有《婆罗门书》，能以十四字贯一切音，是即梵书入中国之始。其时士流濡染，遂有反语，始于孙叔然。叔然，名炎，乐安人，郑康成弟子，为汉末大儒。其学至魏世大行，高贵乡公不识反语，则群以为怪事，如陈思王植，亦好梵音，见《法苑珠林》。叔然反语，虽未必悉出梵书之化，然梵书当时颇有，故不能不疑其曾有所取尔。后世别有一孙炎，作《尔雅正义》，与叔然说颇相混。近世吴骞尝释孙炎《尔雅正义》，辨其非叔然说，今录其序于后，可以考焉。

《魏志·王肃传》曰："初，肃善贾、马之学，而不好郑氏，采会同异，为《尚书》《诗》《论语》《三礼》《左氏》解。时乐安孙叔然授学郑玄之门，人，称东州大儒。征为秘书监，不就。肃集《圣证论》以讥短玄，叔然驳而释之。"

吴骞释孙炎《尔雅正义序》曰："归安丁小雅学博，尝为予述东原戴氏之说，以为注《尔雅》之孙炎有二：一为魏征士，乐安人，字叔然；其一盖唐五代时人，惜字与爵里不可考。邢昺《尔雅注疏序》云：'其为义疏者，俗间有孙炎、高琏，浅近俗儒，不经师匠，此其非孙叔然可知。'又云：'某按陆氏《埤雅》所引孙炎注，俗间孙炎也。'骞以《埤雅》观之，始信其言为不诬。陆氏每引其说，必曰孙炎《正义》，或曰孙炎《尔雅正义》。若孙叔然释文及隋唐各志所载，但有《尔雅注》及《音义》，而未尝有《尔雅正义》，且'正义'之名起于隋、唐间，前此未有也。邢氏既斥之为浅近俗儒，宜俗间孙炎、高琏之说，皆在所屏。而世或反疑邢氏既斥其浅近，疏复屡引孙说，又谓引炎说颇多，而高琏不存片语为不可解，皆未闻前说者也。暇日，因从陆氏书中摘录所谓《正义》之文于左，以资参考。"

第十一章　建安体与三国文学

第一节　曹氏父子之文学及建安七子

建安文学者,总两汉之菁英,导六朝之先路。盖献帝末年,曹操柄国,子桓兄弟,并有文采,群彦蔚集,一时称盛。而七子之目,实自子桓《典论》。其词曰:

> 今之文人,鲁国孔融文举、广陵陈琳孔璋、山阳王粲仲宣、北海徐幹伟长、陈留阮瑀元瑜、汝南应场德琏、东平刘桢公幹,斯七子者,于学无所遗,于辞无所假,咸以自骋骥騄于千里,仰齐足而并驰。以此相服,亦良难矣! 盖君子审己以度人,故能免于斯累,而作论文。王粲长于辞赋,徐幹时有奇气,然粲之匹也。如粲之《初征》《登楼》《槐赋》《征思》,幹之《玄猿》《漏卮》《圆扇》《橘赋》,虽张、蔡不过也;然于他文,未能称是。琳、瑀之章、表、书、记,今之俊也。应场和而不壮。刘桢壮而不密。孔融体气高妙,有过人者,然不能持论,理不胜辞;至于杂以嘲戏,及其所善,扬、班俦也。

七人之中,孔融早被祸难。《三国志》以徐幹、陈琳、应场、刘桢、阮瑀附见《王粲传》。又云:"自颍川邯郸淳、繁钦,陈留路粹,沛国丁仪、丁廙,宏农杨修,河内荀纬等,亦有文采,而不在七人之列。"今述诸人传略于下。

孔融,字文举,鲁国人,孔子二十世孙。少为李膺所重,及长与陈留边让齐声。曹操柄国,融与书多侮慢,数发辞偏宕,以致乖忤。操惮融名重天下,时建正议,虑鲠大业,山阳郗虑,承望风旨,以微法奏免融官。操遂构成其罪,令路粹枉状,奏融前与白衣祢衡跌荡放言,更相赞扬。衡谓融曰:"仲尼不死。"融答曰:"颜回复生。"竟坐弃市。魏文即位,募天下有上融文章者,辄赏以金帛。所著诗、颂、碑文、论议、六言、策文、表、檄、教令、书记,凡二十五篇。祢衡,字正平,任才慢物,惟善融与杨修。常称曰:"大儿孔文举,小儿杨德祖,余子碌碌,莫足数也。"善为奏章,后依黄祖,即席作《鹦鹉赋》,文无加点,辞采甚丽。卒以忤祖,为所杀,年二十六云。刘勰曰:"孔融气盛于为笔,祢衡思锐于为文,有偏美焉。"

王粲,字仲宣,山阳高平人也。祖、父皆为汉三公。少在长安,左中郎将蔡邕见而奇之。时邕才学显著,贵重朝廷,常车骑填巷,宾客盈坐,闻粲在门,倒屣迎之,粲至,年既幼弱,容状短小,一坐尽惊。邕曰:"此王公孙也。有异才,吾不如也。吾家书籍文章,尽当与之。"魏国既建,拜侍中,博物多识,问无不对。时旧仪废弛,兴造制度,粲恒典之。与人共行,读道边碑,一过便背诵之不失;观人围棋,局坏,粲为覆之,棋者不信,以帊盖局,使更以他局为之,用相比校,不误一道:其强记默识如此。属文举笔便成,无所改定,时人常以为宿构,然正复精意覃思,亦不能加也。著诗、赋、论议垂六十篇。建安二十一年,从征吴,二十二年春道病卒,时年四十一。

《三国志·王粲传》曰:"始文帝为五官将,及平原侯植,皆好文学。粲与北海徐干字伟长、广陵陈琳字孔璋、陈留阮瑀字元瑜、汝南应玚字德琏、东平刘桢字公干,并见友善。干为司空军谋祭酒掾属,五官将文学。琳前为何进主簿避难冀州,袁绍使典文章。袁氏败,琳归太祖。太祖谓曰:'卿昔为本初移书,但可罪状孤而已,恶恶止其身,何乃上及父祖邪?'琳谢罪,太祖爱其才而不咎。瑀少受学于蔡邕。建安中,都护曹洪欲使掌书记,瑀终不为屈。太祖并以琳、瑀为司空军谋祭酒,管记室,军国书檄,多琳、瑀所作也。琳徙门下督,瑀为仓曹掾属。玚、桢各被太祖辟为丞相掾属。玚转为平原侯庶子,后为五官将文学。……咸著文、赋数十篇。瑀以十七年卒,干、琳、玚、桢二十二年卒。文帝书与元城令吴质曰:'昔年疾疫,亲故多离其灾,徐、陈、应、刘,一时俱逝。观古今文人,类不护细行,鲜能以名节自立。而伟长独怀文抱质,恬淡寡欲,有箕山之志,可谓彬彬君子矣。著《中论》二十余篇,辞义典雅,足传于后。德琏常斐然有述作意,其才学足以著书,美志不遂,良可痛惜。孔璋章表殊健,微为繁富。公幹有逸气,但未遒耳。元瑜书记翩翩,致足乐也。仲宣独自善于辞赋,惜其体弱,不足起其文;至于所善,古人无以远过也。昔伯牙绝弦于钟期,仲尼覆醢于子路,痛知音之难遇,伤门人之莫逮也。诸子但为未及古人,自一时之俊也。'"

钟嵘《诗评》曰:"降及建安,曹公父子,笃好斯文;平原兄弟,郁为文栋。刘桢、王粲,为其羽翼。次有攀龙托凤,自致于属车者,盖将百计。彬彬之盛,大备于时矣。"曹氏父子之中,陈思王植尤为后人所推。《诗评》列陈思于上品,列子桓中品,而孟德独在下品。其评陈思曰:"其源出于国风,骨气奇高,词彩华茂,情兼雅怨,体被文质,粲溢今古,卓尔不群,嗟乎!陈思之于文章也,譬人伦之有周、孔,鳞羽之有龙凤,音乐之有琴笙,女工之有黼黻。俾尔怀铅吮墨者,抱篇章而景慕,映余晖以自烛。故孔氏之门如用诗,则公幹升堂,思王入室,景阳潘、陆,自可坐于廊庑之间矣。"刘桢、王粲,虽同在上品,而于桢则曰:"自陈思以下,桢称独步。"于粲则曰:"方陈思不足,比魏文有余。"至于孟德,则称其"甚有悲凉之句",兼独许子桓《西北有浮云》十余首而已。

《文心雕龙》曰:"自献帝播迁,文学蓬转,建安之末,区宇方辑。魏武以相王之尊,雅爱诗章;文帝以副君之重,妙善词赋;陈思以公子之豪,下笔琳琅;并体貌英逸,故俊才云蒸。仲宣委质于汉南,孔璋归命于河北,伟长从宦于清土,公幹徇质于海隅;德琏综其斐然之思,元瑜展其翩翩之乐;文蔚、休伯之俦,于叔、德祖之侣,傲雅觞豆之前,雍容衽席之上,洒笔以成酣歌,和墨以借谈笑。观其时文,雅好慷慨,良由世积乱离,风衰俗怨,并志深而笔长,故梗概而多气也。"又曰:"魏文之才,洋洋清绮。旧谈抑之,谓去植千里。然子建思捷而才俊,诗丽而表逸;子桓虑详而力缓,故不竞于先鸣。而乐府清越,《典论》辩要,迭用短长,亦无懵焉。但俗情抑扬,雷同一响,遂令文帝以位尊减才,思王以势窘益价,未为笃论也。仲宣溢才,捷而能密,文多兼善,辞少瑕累,摘其诗赋,则七子之冠冕乎!琳、瑀以符檄擅声,徐幹以赋论标美。刘桢情高以会采,应玚学优以得文。路粹、杨修,颇怀笔记之工;丁仪、邯郸,亦含论述之美,有足算焉。"

杂诗　孔融

远送新行客,岁暮乃来归。入门望爱子,妻妾向人悲。闻子不可见,日已潜光辉。孤坟在西北,常念君来迟。褰裳上墟丘,但见蒿与薇。白骨归黄泉,肌体乘尘飞。生时不识父,死后知我谁?孤魂游穷暮,飘摇安所依?人生图嗣(古"嗣"字)息,尔死我念追。俯仰内伤心,不觉泪沾衣。人生自有命,但恨生日希。

杂诗　魏文帝

西北有浮云,亭亭如车盖。惜哉时不遇,适与飘风会。吹我东南行,行行至吴会。吴会非我乡,安得久留滞?弃置勿复陈,客子常畏人。

燕歌行　同上

秋风萧瑟天气凉,草木摇落露为霜。群燕辞归鹄南翔,念君客游思断肠。慊慊思归恋故乡,君何淹留寄他方?贱妾茕茕守空房,忧来思君不敢忘,不觉泪下沾衣裳。援琴鸣弦发清商,短歌微吟不能长。明月皎皎照我床,星汉西流夜未央。牵牛织女遥相望,尔独何辜限河梁?

七哀诗(《韵语阳秋》:"痛而哀,义而哀,感而哀,怨而哀,耳目闻见而哀,口叹而哀,鼻酸而哀,谓之七哀。")　曹植

明月照高楼,流光正徘徊。上有愁思妇,悲叹有余哀。借问叹者谁?言是荡子妻。君行逾十年,孤妾常独栖。君若清路尘,妾若浊水泥。浮沉各异势,会合何时谐?愿为西南风,长逝入君怀。君怀良不开,贱妾当何依?

赠蔡子笃诗(蔡睦字子笃,为尚书。仲宣与之同避难荆州,子笃还,仲宣作此赠之。)　王粲

翼翼飞鸾,载飞载东。我友云徂,言戾旧邦。舫舟翩翩,以溯大江。蔚矣荒涂,时行靡通。慨我怀慕,君子所同。悠悠世路,乱离多阻。济岱江行,邈焉异处。风流云散,一别如雨。人生实难,愿其弗与。瞻望遐路,允企伊伫。烈烈冬日,肃肃凄风。潜鳞在渊,归雁在轩。苟非鸿雕,

孰能飞翻？虽则追慕，予思罔宣。瞻望东路，惨怆增叹。率彼江流，爰逝靡期。君子信誓，不迁于时。及子同寮，生死固之。何以赠行？言授斯诗。中心孔悼，涕泪涟洏。嗟尔君子，如何勿思？

赠从弟三首　刘桢

泛泛东流水，磷磷水中石。苹藻生其涯，华叶纷扰溺。采之荐宗庙，可以羞嘉客。岂无园中葵？懿此出深泽。

亭亭山上松，瑟瑟谷中风。风声一何盛，松枝一何劲！冰霜正惨凄，终岁常端正。岂不罹凝寒？松柏有本性。

凤凰集南岳，徘徊孤竹根。于心有不厌，奋翅凌紫氛。岂不常勤苦，羞与黄雀群。何时当来仪？将须圣明君。

第二节　吴蜀文学

三国文学，皆萃魏都，吴蜀僻在方隅，流风余韵蔑如也。吴之经述有虞翻、陆绩，文辞有韦昭、华核、薛综；蜀惟诸葛亮奏事教令，质而近雅。余如樵周、秦宓、郤正之论，亦华实兼茂，郤正《释讥》，则崔骃《达旨》之类也。然吴蜀间罕以诗赋擅称者，故不逮邺下之盛矣。诸葛亮《上后主表》，尤为后人所称。刘勰曰："孔明之辞后主，志尽文畅，表之英也。"苏子瞻曰："孔明《出师》二表，简而且尽，直而不肆，大哉言乎，非秦汉而下以事君为悦者所能至。"《亮集》至晋初陈寿为之集录，共二十四篇，今大半亡佚。寿叙其目录上之曰："论者或怪亮文彩不艳，而过于丁宁周至。臣愚以为咎繇大贤也，周公圣人也，考之《尚书》，咎繇之谟略而雅，周公之诰烦而悉。何则？咎繇与舜、禹共谈，周公与群下矢誓故也。亮所与言，尽众人凡士，故其文指不得及远也。然其声教遗言，皆经事综物，公诚之心，形于文墨，足以知其人之意理，而有补当世。"然三国词采之丽，无逾魏都。至于文奏忠挚深切，有典诰之遗，则惟蜀之诸葛亮而已。

上后主出师表　诸葛亮

臣亮言：先帝创业未半而中道崩殂，今天下三分，益州疲弊，此诚危急存亡之秋也。然侍卫之臣不懈于内，忠志之士忘身于外者，盖追先帝之殊遇，欲报之于陛下也。诚宜开张圣听，以光先帝遗德，恢宏志士之气；不宜妄自菲薄，引喻失义，以塞忠谏之路也。宫中府中，俱为一体，陟罚臧否，不宜异同。若有作奸犯科及为忠善者，宜付有司论其刑赏，以昭陛下平明之治，不宜偏私，使内外异法也。侍中、侍郎郭攸之、费祎、董允等，此皆良实，志虑忠纯，是以先帝简拔以遗陛下。愚以为宫中之事，事无大小，悉以咨之，然后施行，必能裨补阙漏，有所广益。将军向宠，性行淑均，晓畅军事，试用于昔日，先帝称之曰能，是以众议举宠为督。愚以为营中之事，事无大小，悉以咨之，必能使行阵和睦，优劣得所也。亲贤臣，远小人，此先汉所以兴隆也；亲小人，远贤臣，此后汉所以倾颓也。先帝在时，每与臣论此事，未尝不叹息痛恨于桓、灵也。侍中、尚书、长史、参军，此悉忠贞死节之臣也，愿陛下亲之信之，则汉室之隆，可计日而待也。

臣本布衣，躬耕于南阳，苟全性命于乱世，不求闻达于诸侯。先帝不以臣卑鄙，猥自枉屈，三顾臣于草庐之中，咨臣以当世之事，由是感激，遂许先帝以驰驱。后值倾覆，受任于败军之际，奉命于危难之间，尔来二十有一年矣。先帝知臣谨慎，故临崩寄臣以大事也。受命以来，夙夜忧叹，恐托付不效，以伤先帝以明，故五月渡泸，深入不毛。今南方已定，兵甲已足，当奖率三军，北定中原，庶竭驽钝，攘除奸凶，兴复汉室，还于旧都。此臣所以报先帝而忠陛下之职分也。愿陛下托臣以讨贼兴复之效，不效，则治臣之罪，以告先帝之灵。至于斟酌损益，进尽忠言，则攸之、祎、允之任也。若无兴德之言，则责攸之、祎、允之咎，以彰其慢；陛下亦宜自谋，以咨诹善道，察纳雅言，深追先帝遗诏，臣不胜受恩感激。今当远离，临表涕泣，不知所云。

第十二章　魏晋老庄学派及名理之影响

第一节　正始文学

　　昔在汉西京，黄老、纵横、刑名之学，与儒术并行。光武中兴以后，世主专尚儒术，百家之学几黜焉。及其衰季，天下名流，与于党锢之祸者，则有"三君""八俊""八顾""八及"等号。其人率大学诸生所推戴，而被服于儒术者也。当时郭泰、李膺、陈蕃之伦，为之领袖，进退必守经义，本于礼教。故道德学术之一而不杂，必以东汉为最焉。虽其时佛教已入中国，信者实罕。即处士逸民如周党、严光、井丹、梁鸿、高凤，特立独行之士如李业、刘茂、范式、张武、陈重、雷义等，往往尝受业大学，颠沛困顿，不易其操。盖秉儒者之教，著于行事，终东汉之世，异端之学，不能与儒术抗。

　　建安之际，曹氏父子，始集文辨之士。魏室既建，经籍道息，正始间，王弼、何晏，遂唱老庄之学。当世竞慕其风，有四聪八达之目。晏等虽及于祸，遗说延及晋世，浸淫未已。斯固风气之变，而其余韵著于文学，可得而略论也。

　　《魏志·曹爽传》曰："南阳何晏、邓飏、李胜，沛国丁谧，东平毕轨，咸有声名，进趣于时，明帝以其浮华，皆抑黜之；及爽秉政，乃复进叙，任为腹心。"又曰："晏，何进孙也。母尹氏，为太祖夫人。晏长于宫省，又尚公主，少以才秀知名，好老庄言，作《道德论》及诸文、赋、著述，凡数十篇。"注引《魏氏春秋》曰："初夏侯玄、何晏等，名盛于时，司马景王亦预焉。晏尝曰：'唯深也，故能通天下之志，夏侯泰初是也；唯几也，故能成天下之务，司马子元是也；惟神也，不疾而速，不行而至，吾闻其语，未见其人。'盖欲以神况诸己也。"

　　何劭《王弼传》曰："弼与钟会善，会论议以校练为家，每服弼之高致。何晏以为圣人无喜怒哀乐，其论甚精，钟会等述之。弼与不同，以为圣人茂于人者神明也，同于人者五情也。神明茂故能体冲和以通无，五情同故不能无哀乐以应物,然则圣人之情,应物而无累于物者也。今以其无累,便为不复应物,失之多矣。"弼,字辅嗣,注《老子》《周易》,往往有高丽之言,年二十四早卒。

先是,王弼先为傅嘏所知,嘏有清理识要,好论才性,原本精微,鲜能及之。司隶校尉钟会年甚少,嘏以明智交会。初,会弱冠,与弼并知名,尝论《易》无互体,才性同异。及会死后,于会家得书二十篇,名曰《道论》,而实刑名家也,其文似会。会又有《四本论》,大抵亦名家。四本者,言才性同,才性异,才性合,才性离也。尚书傅嘏论同,中书令李丰论异,会论合,屯骑校尉王广论离。会初撰《四本论》毕,欲示嵇叔夜,置怀中既定,畏其难不敢出,于户外遥掷便回走。殷仲堪精核玄论,人谓莫不研究,殷乃叹曰:"使我解四本,谈不翅尔。"盖晋以来多重之也。

傅子曰:"是时何晏以才辩显于贵戚之间;邓飏好变通,合徒党,鬻声名于闾阎;而夏侯玄以贵臣子,少有重名,为之宗主。求交于嘏,而不纳也。嘏友人荀粲有清识远心,然犹怪之,谓嘏曰:'夏侯泰初一时之杰,虚心交子,合则好成,不合则怨至。二贤不睦,非国之利,此蔺相如所以下廉颇也。'嘏答之曰:'泰初志大其量,能合虚声而无实才。何平叔言远而情近,好辩而无诚,所谓利口覆邦国之人也。邓玄茂有为而无终,外要名利,内无关钥,贵同恶异,多言而妒前;多言多衅,妒前无亲。以吾观此三人者,皆败德也。远之犹恐祸及,况昵之乎?'"裴松之尝訾嘏拒夏侯泰初、何平叔,而交钟会,然就其学考之,嘏虽与泰初、平叔并好老庄,而嘏实近于名家,钟会兼善刑名,故嘏交之与。

是时陈留阮武,亦论才性,尝谓杜恕曰:"相观才性可以由公道而持之不厉,器能可以处大官而求之不顺,才学可以述古今而志之不一,此所谓有其才而无其用。今向闲暇,可试潜思,成一家言。"武遂著《体论》八篇,又著《兴性论》一篇。盖兴于为己也。刘劭《人物志》,亦是名家。劭雅有文藻,所著《赵都赋》,见称于时。今《四本论》等皆不传,惟劭书见存耳。

陈寿《魏志》评魏武帝曰:"揽申商之法术,该韩白之奇策。"盖魏武夙好申、韩,及其末流,则刑名、黄老之说生焉。及嵇康、阮籍等,号竹林七贤,竞慕老庄,尤有文采,此风遂盛于晋世,当于后节论之。然说者每以清谈之祸,归狱于王、何。范宁尝以二人之罪浮于桀纣,其论曰:

或曰:黄唐缅邈,至道论翳,濠濮辍咏,风流靡托,争夺兆于仁义,是非成于儒墨。平叔神怀超绝,辅嗣妙思通微,振千载之颓纲,落周孔之尘网,斯盖轩冕之龙门,濠梁之宗匠。尝闻夫子之论,以为罪过桀纣,何哉?答曰:子信有圣人之言乎?夫圣人者,德侔二仪,道冠三才,虽帝皇殊号,质文异制,而统天成务,旷代齐趣。王何蔑弃典文,不遵礼度,游辞浮说,波荡后生,饰华言以翳实,骋繁文以惑世。搢绅之徒,翻然改辙,洙泗之风,缅焉将坠。遂令仁义幽沦,儒雅蒙尘,礼坏乐崩,中原倾覆。古之所谓言伪而辩,行僻而坚者,其斯人之徒欤?昔夫子斩少正于鲁,太公戮华士于齐,岂非旷世而同诛乎?桀纣暴虐,正足以灭身覆国,为后世鉴戒耳,岂能回百姓之视听哉!王何叨海内之浮誉,资膏粱之傲诞,画螭魅以为巧,扇无检以为俗,郑声之乱乐,利口之覆邦,信矣哉!吾固以为一世之祸轻,历代之罪重,自丧之衅小,迷众之愆大也。

第二节 竹林七贤

正始玄风,虽导于王、何,至七贤互相标题,其流始广。大抵陋儒崇老,蔑弃礼法。七贤者,山涛、阮籍、嵇康、向秀、刘伶、阮咸、王戎七人也,而嵇、阮文章,尤显于世云。

《三国志注》引《魏氏春秋》曰:"嵇康寓居河南之山阳县,与之游者,未尝见其喜愠之色,与陈留阮籍、河内山涛、河南向秀、籍兄子咸、琅琊王戎、沛人刘伶相与友善,游于竹林,号为七贤。"

康字叔夜,谯国铚人。晋扬州刺史、宗正喜为康传曰:"家世儒学,少有俊才,旷达不群,高亮任性,不修名誉,宽简有大量,学不师授,博洽多闻,长而好老庄之业,恬静无欲,性好服食,常采御上药。善属文论,弹琴咏诗,自足于怀抱之中。以为神仙者,禀之自然,非积学所致,至于导养得理,以尽性命,若安期、彭祖之伦,可以善求而得也。著《养生篇》,知自厚者所以丧其所生,其求益者必失其性,超然独达,遂放世事,纵意于尘埃之表。撰录上古以来圣贤、隐逸、遁心、遗名者,集为传赞,自混沌至于管宁,凡百一十有九人,盖求之于宇宙之内,而发之乎千载之外者矣,故世人莫得而名焉。"虞预《晋书》曰:"康家本姓奚,会稽人。先自会稽迁于谯之铚县,改为嵇氏,取'稽'字之上山以为姓,盖以志其本也。一曰铚有嵇山,家于其侧,遂氏焉。"

《晋书》曰:阮籍,字嗣宗,陈留尉氏人。博览群籍,尤好庄、老。嗜酒能啸,善弹琴,当其得意,忽忘形骸。籍能属文,初不留思,作《咏怀》诗八十余篇,为世所重。著《达庄论》,叙无为之贵。籍尝于苏门山遇孙登,与商略终古,及栖神导气之术,登皆不应,籍因长啸而退。至半岭,闻有声若鸾凤之音,响乎岩谷,乃登之啸也,遂归著《大人先生传》。其略曰:

世之所谓君子,惟法是修,惟礼是克。手执圭璧,足履绳墨。行欲为目前检,言欲为无穷则。少称乡党,长闻邻国。上欲图三公,下不失九州牧。独不见群虱之处裈中,逃乎深缝,匿乎坏絮,自以为吉宅也。行不敢离缝际,动不敢出裈裆,自以为得绳墨也。然炎丘火流,焦邑灭都,群虱处于裈中而不能出也。君子之处域内,何异夫虱之处裈中乎?

向秀,字子期,河内怀人也。清悟有远识,少为山涛所知,雅好老庄之学。庄周著内外数十篇,历世方士,虽有观者,莫适论其旨统也,秀乃为之隐解,发明奇趣,振起玄风,读之者超然心悟,莫不自足一时也。惠帝之世,郭象又述而广之,儒墨之迹见鄙道家,几悉取秀书,仅《秋水》《至乐》二篇,是象自注,今所传《庄子注》是也,于是儒墨之迹见鄙,道家之言遂盛焉。始,秀欲注,嵇康曰:"此书讵复须注?正是妨人作乐耳。"及成,示康曰:"殊复胜不?"又与康论养生,辞难往复,盖欲发康高致也。康善锻,秀为之佐,相对欣然,傍若无人。又共吕安灌园于山阳。康既被诛,秀应本郡计入洛。文帝问曰:"闻有箕山之志,何以在此?"秀曰:"以为巢、许狷介之士,未达尧心,岂足多慕。"帝甚悦。

思旧赋　向秀

余与嵇康、吕安,居止接近,其人并有不羁之才。嵇意远而疏,吕心旷而放,其后并以事见法。嵇博综伎艺,于丝竹特妙。临当就命,顾视日影,索琴而弹之。逝将西迈,经其旧庐。于时日薄虞泉,寒冰凄然。邻人有吹笛者,发声寥亮。追想曩昔游宴之好,感音而叹,故作赋曰:将命适于远京兮,遂旋反以北徂。济黄河以泛舟兮,经山阳之旧居。瞻旷野之萧条兮,息余驾乎城隅。践二子之遗迹兮,历穷巷之空庐。叹《黍离》之愍周兮,悲《麦秀》于殷墟。追昔以怀今兮,心徘徊以踌躇。栋宇在而弗毁兮,形神逝其焉如?昔李斯之受罪兮,叹黄犬而长吟;悼嵇生之永辞兮,顾日影而弹琴。托运遇于领会兮,寄余命于寸阴。听鸣笛之慷慨兮,妙声绝而复寻。伫驾言其将迈兮,故援翰以写心。

山涛,字巨源;刘伶,字伯伦;王戎,字濬冲;阮咸,字仲容。巨源惟以启事著称;伯伦《酒德颂》,载于《晋书》;王戎、阮咸,罕传篇什。虽其玄谈肆志,结契同符,而文章之美,自推叔夜、嗣宗矣。刘勰曰:"正始明道,诗杂仙心,何晏之徒,率多浮浅,唯嵇志清峻,阮旨遥深。"又曰:"嵇康师心以遣论,阮籍使气以命诗。"钟嵘《诗评》,有嵇、阮二贤,而嗣宗独在上品,叔夜在中品,此以见当时之月旦也。钟评嗣宗曰:"其源出于小雅,无雕虫之功。而《咏怀》之作,可以陶性灵、发幽思,言在耳目之外,情寄八荒之表。洋洋乎会于风、雅,使人忘其鄙近,自致远大。颇多感慨之词,厥旨渊放,归趣难求。颜延年注解,约言其志。"评叔夜曰:"颇似魏文,过为峻切,讦直露才,伤渊雅之致。然托喻清远,良有鉴裁,亦末俗高流矣。"

杂诗　嵇康

微风清扇,云气四除。皎皎亮月,丽于高隅。兴命公子,携手同车。龙骥翼翼,扬镳踟蹰。肃肃宵征,造我友庐。光灯吐辉,华幔长舒。鸾觞酌醴,神鼎烹鱼。弦超子野,叹过绵驹。流咏太素,俯赞系虚。孰克英贤,与尔剖符。

咏怀　阮籍

夜中不能寐,起坐弹鸣琴。薄帷鉴明月,清风吹我襟。孤鸿号外野,翔鸟鸣北林。徘徊将何见?忧思独伤心。

二妃游江滨,逍遥顺风翔。交甫怀环珮,婉娈有芬芳。猗靡情欢爱,千载不相忘。倾城迷下蔡,容好结中肠。感激生忧思,萱草树兰房。膏沐为谁施?其雨怨朝阳。如何金石交,一旦更离伤。

嘉树下成蹊,东园桃与李。秋风吹飞藿,零落从此始。繁华有憔悴,堂上生荆杞。驱马舍之去,去上西山趾。一身不自保,何况恋妻子?凝霜被野草,岁暮亦云已。

平生少年时,轻薄好弦歌。西游咸阳中,赵李相经过。娱乐未终极,白日忽蹉跎。驱马复来归,反顾望三河。黄金百镒尽,资用常苦多。北临太行道,失路将如何?

昔闻东陵瓜,近在青门外。连畛距阡陌,子母相钩带。五色耀朝日,嘉宾四面会。膏火自煎熬,多财为患害。布衣可终身,宠禄岂足赖?

灼灼西颓日,余光照我衣。回风吹四壁,寒鸟相因依。周周尚衔羽,蛩蛩亦念饥。如何当路子,磬折忘所归。岂为夸誉名?憔悴使心悲。宁为燕雀翔,不随黄鹄飞。黄鹄游四海,中路将安归?

籍为元瑜之子,承建安之风格,含《易》《老》之玄味,故其诗超然深远。至是清谈,遂成风俗。戎从弟衍,尤有重名,与南阳乐广,并称"王乐"。衍总角尝造山涛,涛嗟叹良久,既去,目送之曰:"何物老妪,生此宁馨儿?然误天下苍生者,亦未必非此人也。"卫瓘逮与魏正始中诸名士谈论,见乐广,奇之曰:"昔诸贤既没,常恐微言将绝,而今乃复闻斯言于君矣。"然此后竟以析理为务,文采顿减。《晋书》曰:"乐广善清言而不长于笔,将让尹,请潘岳为表。岳曰:'当得君意。'广乃作二百句语,述己之志。岳因取次比,便成名笔。时人咸云:'若广不假岳之笔,岳不取广之旨,无以成斯美也!'"

第十三章 太康文学

第一节 总论

晋初文章,极盛于太康之际。钟嵘《诗评》曰:"晋太康中,三张、二陆、两潘、一左,勃尔复兴,踵武前王,风流未沫,亦文章之中兴也。"《文心雕龙·明诗》曰:"晋世群才,稍入轻绮。张、潘、左、陆,比肩诗衢,采缛于正始,力柔于建安。或析文以为妙,或流靡以自妍,此其大略也。"

又《雕龙·时序》篇曰:"晋宣始基,景文克构,并迹沉儒雅,务深方术。至武帝惟新,承平受命,而胶序篇章,弗简皇虑。降及怀、愍,缀旒而已。然晋虽不文,人才实盛:茂先摇笔而散珠,太冲动墨而横锦,岳、湛曜联璧之华,机、云标二俊之采,应、傅、三张之徒,孙、挚、成公之属,并结藻清英,流韵绮靡。前史以为运涉季世,人未尽才,诚哉斯谈,可为叹息。"

又《才略》篇曰:"张华短章,奕奕清畅,其《鹪鹩》寓意,即韩非之《说难》也。左思奇才,业深覃思,尽锐于《三都》,拔萃于《咏史》,无遗力矣。潘岳敏给,辞自和畅,钟美于《西征》,贾余于哀诔,非自外也。陆机才欲窥深,辞务索广,故思能入巧,而不制繁。士龙朗练,以识检乱,故能布采鲜净,敏于短篇。孙楚缀思,每直置以疏通;挚虞述怀,必循规以温雅,其品藻《流别》,有条理焉。傅玄篇章,义多规镜;长虞笔奏,世执刚中,并桢干之实才,非群华之韡萼也。成公子安,选赋而时美;夏侯孝若,具体而皆微。曹摅清靡于长篇,季鹰辨切于短韵,各其善也。孟阳、景阳,才绮而相埒,可谓鲁卫之政,兄弟之文也。"

晋至武帝,吴蜀底定,区宇始一,太康之中,文彦云会。《雕龙》所叙,虽时次未晰,然略已备矣。先是,应贞为魏侍中璩之子,华林宴射,赋诗最美。成公绥为《天地赋》,有汉京之遗藻。二子实晋室词人之先导,然并卒于泰始中,未及太康之极盛也。张华为《鹪鹩赋》,阮籍见之,许为王佐之才,其犹有庄氏寥郭之意矣。至束皙、皇甫谧,乃博综经术,振其孤标,若皙之《补亡》,谧之《释劝》,可谓文质彬彬者也。皇甫著述,多在史传,博闻高蹈,士流所归,故左思借誉,挚虞受学。张华雍容朝列,雅与二陆诸人周旋,提奖尤众,并是一时风雅之宗矣。当时傅玄父子,亦极思藻翰,长虞《七经诗》,为后世集句之祖。乃至陈寿之史笔、孙楚之书记、裴頠《崇有》之论、夏侯《抵疑》之篇,及挚虞辨集文章流别,继乎《典论》,而详于《文赋》,皆与潘、陆、张、左相先后,而挺誉文囿者焉。

第二节　二陆三张两潘一左

太康诸贤,钟记室独称二陆、三张、两潘、一左,非仅以其篇什之美,即其余制,亦足冠冕当时矣。约而言之,则二陆之中,机胜于云;两潘之中,尼不如岳;三张景阳为伯;一左独当差肩于机、岳之间。诸子虽自齐声,要其优劣,亦可得而言矣。

陆机,字士衡,吴郡人,吴大司马抗之子也。少有异才。伏膺儒术,非礼不动,为文天才秀逸,辞藻宏丽。张华尝谓之曰:"人之为文,常恨才少,而子更患其多。"后葛洪著书称:"机文犹玄圃之积玉,无非夜光焉;五河之吐流,泉源如一焉。其弘丽妍赡,亦一代之绝乎!"所著文章二百余篇。机祖父世为将相,有大功于江表,故论吴之兴亡,及述先世为业,作《辨亡论》二篇,《晋书》载之。所为连珠五十首尤美,《文选》于前代连珠无所取,独录机作。弟云,字士龙,少与机齐名。虽文章不及机,而持论过之,号曰"二陆"。钟嵘评机诗曰:"其源出于陈思,才高辞赡,举体华美,气少于公幹,文劣于仲宣,尚规矩不贵绮错,有伤直致之奇。然其咀嚼英华,厌饫膏泽,文章之渊泉也。张公叹其大才,信矣!"又评云曰:"清河之方平原,殆如陈思之匹白马,于其哲昆,故称二陆。"又机尝作《文赋》,亦一时之绝作也。

文赋　陆机

余每观才士之所作,窃有以得其用心。夫放言遣辞,良多变矣,妍蚩好恶,可得而言,每自属文,尤见其情,恒患意不称物,文不逮意,盖非知之难,能之难也。故作《文赋》,以述先士之盛藻,因论作文之利害所由,他日殆可谓曲尽其妙。至于操斧伐柯,虽取则不远,若夫随手之变,良难以辞逮,盖所能言者,具于此云。

伫中区以玄览,颐情志于典坟。遵四时以叹逝,瞻万物而思纷。悲落叶于劲秋,喜柔条于芳春。心懔懔以怀霜,志眇眇而临云。咏世德之骏烈,诵先人之清芬。游文章之林府,嘉丽藻之彬彬。慨投篇而援笔,聊宣之乎斯文。其始也,皆收视反听,耽思傍讯,精骛八极,心游万仞。其致也,情曈昽而弥鲜,物昭晰而互进。倾群言之沥液,漱六艺之芳润。浮天渊以安流,濯下泉而潜浸。于是沉辞怫悦,若游鱼衔钩而出重渊之深;浮藻联翩,若翰鸟缨缴而坠曾云之峻。收百世之阙文,采千载之遗韵。谢朝华于已披,启夕秀于未振,观古今之须臾,抚四海于一瞬。然后选义按部,考辞就班。抱景者咸叩,怀响者毕弹。或因枝以振叶,或沿波而讨源。或本隐以之显,或求易而得难。或虎变而兽扰,或龙见而鸟澜。或妥帖而易施,或岨峿而不安。罄澄心以凝思,眇众虑而为言。笼天地于形内,挫万物于笔端。始踟蹰于燥吻,终流离于濡翰。理扶质以立干,文垂条而结繁。信情貌之不差,故每变而在颜。思涉乐其必笑,方言哀而已叹。或操觚以率尔,或含毫而邈然。伊兹事之可乐,固圣贤之所钦。课虚无以责有,叩寂寞而求音。函绵邈于尺素,吐滂沛乎寸心。言恢之而弥广,思按之而逾深。播芳蕤之馥馥,发青条之森森。粲风飞而猋竖,郁云起乎翰林。体有万殊,物无一量。纷纭挥霍,形难为状。辞程才以效伎,意司契而为匠。在有无而僶俛,当浅深而不让。虽离方而遁圆,斯穷形而尽相。故夫夸目者尚奢,惬心者贵当;言穷者无隘,论达者唯旷。诗缘情而绮靡,赋体物而浏亮,碑披文以相质,诔缠绵而凄怆,铭博约而温润,箴顿挫而清壮,颂优游以彬蔚,论精微而朗畅,奏平彻以闲雅,说炜晔而谲诳。虽区分之在兹,亦禁邪而制放。要辞达而理举,故无取乎冗长。其为物也多姿,其为体也屡迁。其会意也尚巧,其遣言也贵妍。暨音声之迭代,若五色之相宣。虽逝止之无常,固崎锜而难便。苟达变而识次,犹开流以纳泉。如失机而后会,恒操末以续巅。谬元黄之秩叙,故淟涊而不鲜。或仰逼于先条,或俯侵于后章。或辞害而理比,言顺而义妨。离之则双美,合之则两伤。考殿最于锱铢,定去留于毫芒。苟铨衡之所裁,固应绳其必当。或文繁理富,而意不指适。极无两致,尽不可益。立片言而居要,乃一篇之警策。虽众辞之有条,必待至而效绩。亮功多而累寡,故取足而不易。或藻思绮合,清丽芊眠。炳若缛绣,凄若繁弦。必所拟之不殊,乃暗合乎曩篇。虽杼轴于予怀,怵他人之我先。苟伤廉而愆义,亦虽爱而必捐。或苕发颖竖,离众绝致。形不可逐,响难为系。块孤立而特峙,非常音之所纬。心牢落而无与偶,意徘徊而不能揥。石韫玉而山辉,水怀珠而川媚。彼榛楛之勿剪,亦蒙荣于集翠。缀《下里》于《白雪》,吾亦济夫所伟。或托言于短韵,对穷迹而孤兴。俯寂寞而无友,仰寥廓而莫承。譬偏弦之独张,含清唱而靡应。或寄辞于瘁音,言徒靡而弗华。混妍蚩而成体,累良质而为瑕。象下管之偏疾,故虽应而不和。或遗理以存异,徒寻虚而逐微。言寡情而鲜爱,辞浮漂而不归。犹弦幺而徽急,故虽和而不悲。或奔放以谐合,务嘈囋而妖冶。徒悦目而偶俗,固声高而曲下。寤《防露》与桑间,又虽悲而不雅。或清虚以婉约,每除烦而去滥。阙大羹之遗味,同朱弦之清汜。虽一唱而三叹,固既雅而不艳。若夫丰约之裁,俯仰之形,因宜适变,曲有微情。或言拙而喻巧,或理朴而词轻。或袭故而弥新,或沿浊而更清。或览之而必察,或研之而后精。譬犹舞者赴节以投袂,歌者应弦而遣声。是盖轮扁所不得言,故亦非华说之所能精。普辞条与文律,良余膺之所服。练世情之常尤,识前修之所淑。虽浚发于巧心,或受嗤于拙目。彼琼敷与玉藻,若中原之有菽。同橐籥之罔穷,与天地乎并育。虽纷蔼于此世,嗟不盈于予掬。患挈瓶之屡空,病昌言之难属。故踸踔于短垣,放庸音以足曲。恒遗恨以终篇,岂怀盈而自足?惧蒙尘于叩缶,顾取笑乎鸣玉。若夫感应之会,通塞之纪,来不可遏,去不可止,藏若景灭,行犹响起。方天机之骏利,夫何纷而不理?思风发于胸臆,言泉流于唇齿。纷葳蕤以驳遝,唯豪素之所拟。文徽徽以溢目,音泠泠以盈耳。及其六情底滞,志往神留。兀若枯木,豁若涸流。揽营魂以探赜,顿精爽而自求。理翳翳而愈伏,思乙乙其若抽。是以或竭情而多悔,或率意而寡尤。虽兹物之在我,非余力之所戮。故时抚空怀而自惋,吾未识夫开塞之所由。伊兹文之为用,固众理之所因。恢万里而无阂,通亿载而为津。俯贻则于来叶,仰观象乎古人。济文武于将坠,宣风声于不泯。涂无远而不弥,理无微而弗纶。配沾润于云雨,象变化乎鬼神。被金石而德广,流管弦而日新。

张载,字孟阳,安平人。与弟协字景阳、亢字季阳,并号"三张"。载有《剑阁铭》,为时所称。协文采尤茂,作《七命》《杂诗》等,或谓才过于兄。《诗评》亦以孟阳诗远惭厥弟,而近超两傅,盖列景阳于上品,而为评曰:"其源出于王粲,文体华净少病累,又巧构形似之言。雄于潘岳,靡于太冲,风流调达,实旷代之高手。词彩葱蓓,音韵铿锵,使人味之,亹亹不倦。三张之中,孟阳、景阳,俱有重名,亢微不逮云。"

杂诗　张协

秋夜凉风起,清气荡暄浊。蜻蚓吟阶下,飞蛾拂明烛。君子从远役,佳人守茕独。离居几何时,钻燧忽改木。房栊无行迹,庭草萋以绿。青苔依空墙,蜘蛛网四屋。感物多所怀,沉忧结心曲。

朝霞迎白日,丹气临旸谷。翳翳结繁云,森森散雨足。轻风摧劲草,凝霜竦高木。密叶日夜疏,丛林森如束。畴昔叹时迟,晚节悲年促。岁莫怀百忧,将从季主卜。

潘岳,字安仁,荥阳中牟人也。少有才颖,时人以为终贾之流也。与夏侯湛友善,并美容观,每行止同舆接茵,京师谓之连璧。岳尝挟弹出洛阳道,妇人遇之者,连手萦绕,投之以果,遂满车而归。时张载甚丑,每行,小儿以瓦石掷之,委顿而反。岳所作《藉田》《闲居》等赋,极有丽词,尤善为哀诔之文。从子尼,字正叔,文辞温雅,初应州辟,后以父老归供养。居家十余年,父终,晚乃出仕。尼尝赠陆机诗,机答之,其四句曰:"猗欤潘生,世笃其藻,仰仪前文,丕隆祖考。"盖尼祖勖,在汉魏之际,甚有文誉也。《诗评》曰:"晋黄门郎潘岳,其源出于仲宣。《翰林》叹其翩翩然如翔禽之有羽毛,衣服之有绡縠。犹浅于陆机。谢混云:'潘诗烂若舒锦,无处不佳,陆文如披沙简金,往往见宝。'嵘谓益寿轻华,故以潘胜;《翰林》笃论,故叹陆为深。余常言陆才如海,潘才如江。"又评尼曰:"正叔缘繁之良,虽不具美,而文彩高丽,并得虬龙片甲,凤凰一毛,事同驳圣,宜居中品。"(按:谢混是述孙兴公之说,见《世说新语》。)

悼亡诗　潘岳

荏苒冬春谢,寒暑忽流易。之子归穷泉,重壤永幽隔。私怀谁克从?淹留亦何益?黾勉恭朝命,回心反初役。望庐思其人,入室想所历。帏屏无仿佛,翰墨有余迹。流芳未及歇,遗挂犹在壁。怅恍如或存,回遑忡惊惕。如彼翰林鸟,双栖一朝只。如彼游川鱼,比目中路析。春风缘隙来,晨溜承檐滴。寝息何时忘?沉忧日盈积。庶几有时衰,庄缶犹可击。

皎皎窗中月,照我室南端。清商应秋至,溽暑随节阑。凛凛凉风升,始觉夏衾单。岂曰无重纩?谁与同岁寒。岁寒无与同,明月何胧胧。辗转眄枕席,长簟竟床空。床空委清尘,室虚来悲风。独无李氏灵,仿佛睹尔容。抚衿长叹息,不觉泪沾胸。沾胸安能已?悲怀从中起。寝兴目存形,遗音犹在耳。上惭东门吴,下愧蒙庄子。赋诗欲言志,此志难具纪。命也可奈何?长戚自令鄙。

左思,字太冲,齐国临淄人也。貌寝口讷,而辞藻壮丽,不好交游,惟以闲居为事。造《齐都赋》,一年乃成。复欲赋三都,会妹芬入宫,移家京师,乃诣著作郎张载,访岷、邛之事。遂构思十年,门庭藩溷,皆著笔纸,遇得一句,即便疏之。自以所见不博,求为秘书郎,及赋成,时人未之重。安定皇甫谧有高誉，思造而示之。谧称善，为其赋序。张载为注《魏都》；刘逵注《吴》《蜀》；陈留卫瓘，又作略解。自是之后，盛重于时。司空张华见而叹曰："班、张之流也，使读之者尽而有余，久而更新。"于是豪富之家，竞相传写，洛阳为之纸贵。初，陆机入洛，欲为此赋，闻思作之，抚掌而笑，与弟云书曰："此间有伧父欲作《三都赋》，须其成，当以覆酒瓮耳。"及思赋出，机绝叹伏，以为不能加也，遂辍笔焉。《诗评》曰："晋记室左思，其源出于公幹。文典以怨，颇为精切，得讽谕之致。虽野于陆机，而深于潘岳。谢康乐常言：'左太冲诗，潘安仁诗，古今难比。'"

咏史　左思

济济京城内，赫赫王侯居。冠盖荫四术，朱轮竟长衢。朝集金张馆，暮宿许史庐。南邻击钟磬，北里吹笙竽。寂寂扬子宅，门无卿相舆。寥寥空宇中，所讲在玄虚。言论准宣尼，辞赋拟相如。悠悠百世后，英名擅八区。

皓天舒白日，灵景耀神州。列宅紫宫里，飞宇若云浮。峨峨高门内，蔼蔼皆王侯。自非攀龙客，何为欻来游？被褐出阊阖，高步追许由。振衣千仞冈，濯足万里流。

第十四章　晋之历史家与小说家

　　有晋一代,颇多史才,惟陈寿之《三国志》,最为绝伦。《文心雕龙》曰:"魏代三雄,记传互出,《阳秋》《魏略》之属,《江表》《吴录》之类,或激抗难征,或疏阔寡要。唯陈寿《三国志》,文质辨洽,荀、张比之于迁、固,非妄誉也。"寿,字承祚,巴西安汉人。少好学,师事同郡谯周。入晋除著作郎,撰魏、吴、蜀《三国志》,凡六十五篇。时人称其善叙事,有良史之才。夏侯湛时著《魏书》,见寿所作,便坏己书。张华深善之,谓寿曰:"当以《晋书》相付耳。"其为时所重如此。或云丁仪、丁廙有盛名于魏,寿谓其子曰:"可觅千斛米,当为尊公作佳传。"丁不与之,竟不为立传。寿父事蜀坐髡,诸葛瞻又轻寿;寿为亮立传,谓"亮将略非所长",言"瞻惟工书,名过其实",议者以此少之。寿又撰《古国志》五十篇,《益都耆旧传》十篇,今并不传。

　　陈寿以外,如华峤、司马彪、孙盛、习凿齿、干宝、谢沈、袁宏之流,并好史传。或纪述前代,或奋笔当时,而《后汉书》尤多作者。《文心雕龙》曰:"后汉纪传,发源东观。袁张所制,偏驳不伦;薛谢之作,疏谬少信。若司马彪之详实,华峤之准当,则其冠也。"又曰:"晋代之书,繁乎著作。陆机肇始而未备,王韶续末而不终;干宝述《纪》,以审正得序;孙盛《阳秋》,以约举为能。按《春秋》经传,举例发凡,自《史》《汉》以下,莫有准的。……又摆落汉、魏,宪章殷、周,虽湘川曲学,亦有心典谟。及安国立例,乃邓氏之规焉。"今诸家书自袁宏《后汉纪》外,并不传。其余言汉魏间事者,犹时见裴松之《三国志注》及他书所引而已。

　　《晋书》以陈寿、王长文、虞溥、王隐、虞预、孙盛、干宝、谢沈、习凿齿、徐广诸人列传合在一卷。史臣论曰:"丘明既没,班、马迭兴,奋鸿笔于西京,骋直词于东观。自斯已降,分明竞爽,可以继明先典者,陈寿得之乎!江汉英灵,信有之矣。允源将率之子,笃志典坟;绍统咸藩之胤,研机载籍;咸能综缉遗文,垂诸不朽,岂必克传门业,方擅箕裘者哉!处叔区区,厉精著述,混淆芜舛,良不足观。叔宁寡闻,穿窬王氏,虽勒成一家,未足多尚。令升、安国,有良史之才,而所著之事,惜非正典。悠悠晋室,斯文将堕。邓粲、谢沈,祖述前史,葺宇重轩之下,施床连榻之上,奇词异义,罕见称焉。习氏、徐公,俱云笔削,彰善瘅恶,以为惩劝。夫蹈忠履正,贞士之心;背义图荣,君子不取。而彦威迹沦寇壤,逡巡于伪国;野民运遭革命,流连于旧朝。行不违言,广得之矣。"

小说家虽好集异闻,难于征信,然以纪载为职,则亦史之流也。干宝著《晋纪》,直而能婉,当世咸称良史。乃又撰《搜神记》,后之志怪者取焉。先是,宝父先有所宠侍婢,母甚妒忌,及父亡,母厌生推婢于墓中。宝兄弟年小,不之审也。后十余年,母丧,开墓,而婢伏棺如生,载还,经日乃苏,言其父常取饮食与之,恩情如生。在家中吉凶辄语之,考校悉验,地中亦不觉为恶。既而嫁之,生子。又宝兄尝病气绝,积日不冷,后遂寤,云见天地间鬼神事,如梦觉,不自知死。宝以此遂撰集古今神祇灵异人物变化,名为《搜神记》,凡二十卷。以示刘惔,惔曰:"卿可谓鬼之董狐。"宝既博采异同,遂混虚实。因作《序》以陈其志曰:

虽考先志于载籍,收遗逸于当时,盖非一耳一目之所亲闻睹也,亦安敢谓无失实者哉!卫朔失国,二传互其所闻;吕望事周,子长存其两说。若此比类,往往有焉。从此观之,闻见之难,由来尚矣。夫书赴告之定辞,据国史之方策,犹尚若兹,况仰述千载之前,记殊俗之表,缀片言于残缺,访行事于古老?将使事不二迹,言无异途,然后为信者,固亦前史之所病。然而国家不废注记之官,学士不绝诵览之业,岂不以其所失者小,所存者大乎?今之所集,设有承于前载者,则非余之罪也。若使采访近世之事,苟有虚错,愿与先贤前儒,分其讥谤。及其著述,亦足以明神道之不诬也。群言百家,不可胜览;耳目所受,不可胜载。今粗取足以演八略之旨,成其微说而已。幸将来好事之士,录其根体,有以游心寓目而无尤焉。

其后,陶潜又撰《搜神后记》,余如王嘉之《拾遗记》,附会古事,亦近小说。曹毗之续杜兰香歌诗,则后世神仙感遇传之流。又祖台之《志怪》,今已不传。其人无他行事可纪,而《晋书》独为立传,抑将以存其一家之书焉。

第十五章　永嘉以后之文学

第一节　刘琨、郭璞与江左之风尚

钟嵘曰："永嘉，贵黄老，稍尚虚谈，于是篇什，理过其辞，淡乎寡味。爰及江表，微波尚传，孙绰、许询、桓、庾诸公，诗皆平典似《道德论》，建安风力尽矣。先是，郭景纯用俊上之才，创变其体；刘越石仗清刚之气，赞成厥美。然彼众我寡，未能动俗。"

永嘉以来，王、乐清谈之风方盛。士以嗜酒任诞为贤，拘谨守礼为耻，如裴楷、阮修、谢鲲、毕卓之流，并有名誉；王澄、胡毋辅之、庾敱、王敦四人，并为王衍所昵，号曰四友。后敦复私挟非望，卒致夷狄交侵，神州陆沉。中兴名士，陈留阮放为宏伯，高平郗鉴为方伯，泰山胡毋辅之为达伯，济阴卞壶为裁伯，陈留蔡谟为朗伯，阮孚为诞伯，一切浮慕老、庄为高，文采至是耗矣。刘越石尝与陆机诸人豫在贾谧二十四友之列，既更丧乱，文体弥峻，其《答卢谌书》及诗，颇极悲怆之致。当时郭景纯《游仙》尤为挺拔。故中兴之杰，必推越石与景纯也。

刘琨，字越石，中山魏昌人。少得俊朗之目，以文赋游于石崇、贾谧之间。永嘉元年，为并州刺史。愍帝即位，加大将军，都督并州诸军事。与祖逖善，俱有澄清中原之志。琨后为段匹䃅所害。

郭璞，字景纯，河东人。好经术，博学有高才，而讷于言论，词赋为中兴之冠，好古文奇字，妙于阴阳卜筮之术。所注《尔雅》《方言》《穆天子传》《山海经》等书，多传于世。后为王敦所害。

游仙诗　郭璞

　　京华游侠窟，山林隐遁栖。朱门何足荣？未若托蓬莱。临源挹清波，陵冈掇丹荑。灵溪可潜盘，安事登云梯。漆园有傲吏，莱氏有逸妻。

进则保龙见,退则触藩羝。高蹈风尘外,长揖谢夷齐。

青溪千余仞,中有一道士。云生梁栋间,风出窗户里。借问此何谁?云是鬼谷子。翘迹企颖阳,临河思洗耳。阊阖西南来,潜波涣鳞起。灵妃顾我笑,粲然启玉齿。蹇修时不存,要之将谁使?

翡翠戏兰苕,容色更相鲜。绿萝结高林,蒙笼盖一山。中有冥寂士,静啸抚清弦。放情凌霄外,嚼蕊挹飞泉。赤松临上游,驾鸿乘紫烟。左挹浮丘袖,右拍洪崖肩。借问蜉蝣辈,宁知龟鹤年?

钟嵘《诗评》曰:"晋太尉刘琨,其源出于王粲。善为凄戾之词,自有清拔之气。琨既体良才,又罹厄运,故善叙丧乱,多感恨之词。"又曰:"晋弘农太守郭璞,宪章潘岳,文体相辉,彪炳可玩。始变永嘉平淡之体,故称中兴第一,《翰林》以为诗首。但《游仙》之作,辞多慷慨,乖远玄宗。而云'奈何虎豹姿',又云'戢翼栖榛梗',乃是坎壈咏怀,非列仙之趣也。"

然《文心雕龙》论永嘉以后文学尤详,《时序》篇曰:"元皇中兴,披文建学。刘、刁礼吏而宠荣,景纯文敏而优擢。逮明帝秉哲,雅好文会,升储御极,孳孳讲艺,练情于诰策,振采于辞赋。庾以笔才逾亲,温以文思益厚,揄扬风流,亦彼时之汉武也。及成、康促龄,穆、哀短祚,简文勃兴,渊乎清峻,微言精理,函满玄席,澹思浓采,时洒文囿。至孝武不嗣,安、恭已矣,其文史则有袁、殷之曹,孙、干之辈,虽才或浅深,珪璋足用。自中朝贵玄,江左称盛;因谈余习,流成文体。是以世极迍邅,而词意夷泰;诗必柱下之旨归,赋乃漆园之义疏。故知文变染乎世情,兴废系乎时序;原始以要终,虽百世可知也。"又《才略》篇曰:"刘琨雅壮而多风,卢谌情发而理昭,亦遇之于时势也。景纯艳逸,足冠中兴,《郊赋》既穆穆以大观,《仙诗》亦飘飘而凌云矣。庾元规之表奏,靡密以闲畅;温太真之笔记,循理而清通:亦笔端之良工也。孙盛、干宝,文胜为史,准的所拟,志乎典训,户牖虽异,而笔彩略同。袁宏发轸以高骧,故卓出而多偏;孙绰规旋以矩步,故伦序而寡状。殷仲文之孤兴,谢叔源之闲情,并解散辞体,缥缈浮音。虽滔滔风流,而大浇文意。"

越石、景纯以外,《晋书》惟推曹毗、庾阐,为中兴之时秀。由今世观之,则孙绰、葛洪,抑其次也。

孙绰,字兴公,楚之孙也。博学善属文,少与高阳许询俱有高尚之志。居于会稽,游放山水,十有余年,乃作《遂初赋》以致其意。询行己高迈,沙门支遁试问绰:"君何如许?"答曰:"高情远致,弟子早已服膺;然一咏一吟,许将北面矣。"绝重张衡、左思之赋,每云《三都》《二京》,五经之鼓吹也。尝作《天台山赋》,辞致甚工。初成,以示友人范荣期云:"卿试掷地,作金石声。"荣期曰:"恐此金石,非中宫商。"然每至佳句,辄云:"应是我辈语。"素善名理。时谢万工言论,善属文,叙渔父、屈原、季主、贾谊、楚老、龚胜、孙登、嵇康,四隐四显,为《八贤论》,其旨以处者为优,出者为劣,以示绰。绰与往返,以体公识远者则出处同归。又善为碑志之文,时以为可继蔡邕之后云。

葛洪,字稚川,丹阳人。著《抱朴子》内外篇,见存。其自序曰:"世儒徒知服膺周、孔,莫信神仙之书,不但大而笑之,又将谤毁真正。故予所著《子》,言黄白之事,名曰《内篇》,其余驳难通释,名曰《外篇》。大凡内外一百一十六篇。虽不足藏诸名山,且欲缄之金匮,以示识者。"自号"抱朴子",因以名书。《晋书》称洪所著碑、诔、诗、赋百卷,移、檄、章、表三十卷。博闻深洽,江左绝伦,著述篇章,富于班、马。又精辩玄赜,析理入微。盖江左篇制,溺乎玄风,故刘勰又谓袁、孙各有雕采(袁宏咏史诗之属颇有玄味),辞趣一揆,莫与争雄。而稚川著书,又以周、孔为外篇也。及义熙中谢叔源、陶渊明出,风气始变,晋祚旋移矣。

第二节　陶潜

《诗评》谓"义熙中谢益寿斐然继作",沈约亦谓"叔源始变太玄之气"。《南齐书》曰:"仲文玄气,犹不尽除。谢混情新,得名未盛。"然叔源委蛇宋世,卒婴刑祸,篇什流传绝鲜,故当推渊明是晋末之英矣。

陶潜,字渊明,或云字深明,名元亮,浔阳柴桑人,晋大司马侃之曾孙也。少有高趣,尝著《五柳先生传》以自况曰:"先生不知何许人,不详姓氏,宅边有五柳树,因以为号也。闲静少言,不慕荣利。好读书,不求甚解;每有会意,欣然忘食。性嗜酒,而家贫不能恒得。亲旧知其如此,或置酒招之,造饮必尽,期在必醉。既醉而退,曾不吝情去留。环堵萧然,不蔽风日;短褐穿结,箪瓢屡空,晏如也。常著文章自娱,颇示己志。忘怀得失,以此自终。"其自序如此,时人谓之实录。尝为彭泽令。郡遣督邮至县,吏白应束带见之,潜叹曰:"我不能为五斗米,折腰向乡里小儿!"即日解印绶去,时义熙二年也。赋《归去来》以见其志。潜自以先世晋代宰辅,耻屈身宋朝,所著文章,义熙以前,明书晋氏年号,自永初以来,唯云甲子而已。宋元嘉初卒,世称之曰"靖节先生"。潜之没,颜延年为作诔。及梁昭明太子,尤好其文,为其集作《序》曰:"有疑陶渊明诗,篇篇有酒,吾观其意不在酒,亦寄酒为迹者也。其文章不群,辞彩精拔,跌宕昭彰,独超众类,抑扬爽朗,莫与之京。横素波而傍流,干青云而直上。语时事则指而可想,论怀抱则旷而且真。加以贞志不休,安道苦节,不以躬耕为耻,不以无财为病,自非大贤笃志,与道污隆,孰能如此乎!余素爱其文,不能释手,尚想其德,恨不同时,故加披校,粗为区目。白璧微瑕,惟在《闲情》一赋,扬雄所谓'劝百而讽一'者乎?卒无讽谏,何必摇其笔端?惜哉!亡是可也。"

《诗评》曰:"宋征士陶潜,其源出于应璩,又协左思风力。文体省静,殆无长语。笃意真古,辞兴婉惬。每观其文,想其人德,世叹其质直。至如'欢言酌春酒''日暮天无云',风华清靡,岂直为田家语耶!古今隐逸诗人之宗也。"

渊明诗,自唐韦应物、柳宗元、白居易,宋王安石、苏轼、苏辙等,皆常慕而拟之。然应物失之平易,宗元失之深刻,轼、辙所规,益为皮相而已。

饮酒　陶潜

结庐在人境,而无车马喧。问君何能尔,心远地自偏。采菊东篱下,悠然见南山。山气日夕佳,飞鸟相与还。此中有真意,欲辨已忘言。

拟古　同上

日暮天无云,春风扇微和。佳人美清夜,达曙酣且歌。歌竟长叹息,持此感人多。皎皎云间月,灼灼叶中华。岂无一时好,不久当如何?

游西池　谢混

悟彼蟋蟀唱,信此劳者歌。有来岂不疾,良游常蹉跎。逍遥越城肆,愿言屡经过。回阡被陵关,高台眺飞霞。惠风荡繁囿,白云屯曾阿。景仄鸣禽集,水木湛清华。褰裳顺兰沚,徙倚引芳柯。美人愆岁月,迟暮独如何?无为牵所思,南荣戒其多。

第十六章　南北朝佛教之势力及文笔之分途

第一节　儒道与佛教之争

晋初承七贤之风流,竞尚玄理,惟束皙、杜预雅好经术。文士之中,陆机亦服膺儒业,然以王、乐势盛,波靡海内,终致祸乱。晋元中兴,应詹上书曰:"训导之风,宜慎所好,魏正始之间,蔚为文林。元康以来,贱经尚道,以玄虚宏放为夷达,以儒术清俭为鄙俗。永嘉之弊,未必不由此也。"元帝深嘉其言。顾被服成习,积世莫返。成帝从袁瑰之奏,聿兴国学,庠序之礼虽修,柱下之谈未辍,已于前章具论之矣。于是李充《学箴》、王坦之《废庄论》,并本其刑名之学,以抑老氏,殆裴頠《崇有》之流乎?至范宁作论,以王、何之罪,浮于桀、纣,乃玄风靡息。而天竺佛图之教,亦于是时,相乘迭盛。始则空、无旨近,玄、释合流,道安弥天,艺林接席。林公盛德,善谈庄、老。及夫罗什授译,义正胡夏之违;远公阐宗,辨集东南之彦。然后名言失步,义学代兴,顿易漆园之慕,辐辏莲社之下矣。颜何始标姬释之争,魏收爱造释、老之志。自兹以降,攻守纷纭,顾欢崇老绌释,则申夷夏之文。齐梁以来,又有三教齐同之说,经籍道息,南北一揆。自谢灵运、颜延年、张融、沈约、徐陵、庾信之伦,无不耽好内典,著于篇章。梁世诸主,尤为皈依所在,其辞翰寄托,见于群书者,不可胜记也。佛经后汉而下,代有踵译。姚秦时鸠摩罗什与诸沙门八百余人,续出诸经并诸论三百余卷。隋时又立翻经博士,译文益众,具见费长房之《历代三宝纪》(长房,隋翻经博士。)。梁元帝始辑内典《碑林集》,今不传。僧祐纂《弘明集》(唐释道宣有《广弘明集》),时人与释氏辨理之文,多载之矣,今掇录一二,以见其流。

咏怀诗　支遁

端坐邻孤影,眇罔玄思劬。偓佺收神辔,领略综名书。涉老哈(一作怡)双玄,披庄玩太初。咏发清风集,触思皆恬愉。俯欣质文蔚,仰悲二匠徂。萧萧柱下回,寂寂蒙邑虚。廓矣千载事,消液归空无。无矣复何伤?万殊归一途。道会贵冥想,罔象掇玄珠。怅怏浊水际,几忘映清渠。反鉴归澄漠,容与含道符。心与理理密,形与物物疏。萧索人事去,独与神明居。

坤基葩简秀,乾光流易颖。神理远不疾,道会无陵骋。超超分(一作介)石人,握玄揽机领。余生一何散,分不咨天挺。沈无冥到韵,变不扬蔚炳。冉冉年往逴,悠悠化期永。翘首希玄津,想登故未正。生途虽十三,日已造死境。愿得无身道(一作理),高栖冲默靖。

达性论　何承天

夫两仪既位,帝王参之,宇中莫遵焉。天以阴阳分,地以刚柔用,人以仁义立。人非天地不生,天地非人不灵,三才同体,相须而成者也。故能禀气清和,神明特达,情综古今,智周万物,妙思穷幽赜,制作侔造化。仁归与能,是为君长,抚养黎元,助天宣德;日月淑清,四灵来格,祥风协律,玉烛扬辉;九谷乌蒌,陆产水育,酸咸百品,备其膳羞;栋宇舟车,销金谷土,丝纻玄黄,供其器服;文以礼度,娱以八音,庶物殖生,罔不备设。夫民用俭则易足,易足则力有余,力有余则志情泰,乐治之心,于是生焉。事简则不扰,不扰则神明灵,神明灵则谋虑审,济治之务,于是成焉。故天地以俭素训民,乾坤以易简示人,所以训示殷勤,若此之笃也。安得与夫飞沉蠉蠕,并为众生哉?若夫众生者,取之有时,用之有道,行火俟风暴,畋渔候豺獭,所以顺天时也。大夫不麛卵,庶人不数罟,行苇作歌,霄鱼垂化,所以爱人用也。庖厨不迩,五犯是翼,殷后改祝,孔钓不纲,所以明仁道也。至于生必有死,形毙神散,犹春荣秋落,四时代换,奚有于更受形哉?《诗》云:"恺悌君子,求福不回。"言弘道之在己也。"三后在天",言精灵之升退也。若乃内怀嗜欲,外惮权教,虑深方生,施而望报,在昔先师,未之或言。余固不敏,罔知请事焉矣。

释达性论　颜延之

前得所论,深见弘虑。崇致人道,默远生类,物有明征,事不愆义。维情辅教,足使异门扫轨,况在蕲同,岂忘所附？徒恐琴瑟专一,更失阐谐,故略广数条,取尽后报。足下云:同体二仪,共成三才者,是必合德之称,非遭人之目。然总庶类,同号众生,亦含识之名,岂上哲之谥？然则议三才者,无取于氓隶;言众生者,亦何滥于圣智？虽情在序别,自不患乱伦,若能两籍方教,俱举达义,节彼离文,采此共实,则可使倍害自和,柝符复合。何讵怏怏,执吕以毁律？且大德曰生,有万之所同,同于所方万,岂得生之可异！不异之生,宜其为众。但众品之中,愚慧群差。人则役物以为养,物则见役以养人,虽始或因顺,终至裁残。庶端萌起,情嗜不禁,生害繁惨,天理郁灭。皇圣哀其若此,而不能顿夺所滞,故设候物之教,谨顺时之经,将以开仁育识,反渐息泰耳。与道为心者,或不剂此而止。又知大制生死,同之荣落,类诸区有,诚亦宜然。然神理存没,倘异于枯荄变谢,就同草木,便当烟尽。而复云三后升遐,精灵在天,若精灵必在,果异于草木,则受形之论,无乃更贵来说？将由三后粹善,报在生天邪？欲毁后生,反立升遐,当毁更立,固知非力所除。若徒有精灵,尚无体状,未知在天,当何凭以立？吾怯于庭断,故务求依仿,而进退思索,未获所安。

凡气数之内,无不感对,施报之道,必然之符,言其必符,何猜有望。故遗惠者无要,在功者有期。期存未善,去惠乃至。人有贤否,则意有公私。不可见物或期报,因谓树德皆要。且经世恒谈,贵施者勿忆,士子服义,犹惠而弗有,况在闻道要,更不得虚心而动,心怀嗜,事尽惮权邪？曾不能引之上济,每驱之下沦。虽深诮校责,亦已原言不代,足下婴城素坚,难为飞书;而吾自居忧患,情理无托。近辱褒告,欲其布意,裁往释,虑不或值,颜延之白。

第二节 南北朝文笔之分

晋以下文笔之分始明，故有长于文、长于笔之称，如颜延之云"竣得臣笔，测得臣文"是也。古以记事之文为笔札，如《汉书·楼护传》谓"谷子云笔札"。要至齐梁之际，文笔尤粲然分途。唐时古文兴，以后遂不立此别。阮元《揅经室集》有《学海堂文笔对》，历引诸史为证，今节录之。

（甲）文笔对举

《晋书·蔡谟传》："文笔议论，有集行于世。"

《宋书·傅亮传》："高祖登庸之始，文笔皆是记室参军滕演，北征广固，悉委长史王诞。自此后至于受命，表、策、文诰，皆亮辞也。"

《南史·颜延之传》："宋文帝问延之诸子才能，延之曰：'竣得臣笔，测得臣文。'"

《北史·魏高祖纪》："帝好为文章、诗赋、铭颂，有大文笔，马上口授，及其成也，不改一字。"

《魏书·温子昇传》："台中文笔，皆子昇为之。"

《北史·温子昇传》："张皋写子昇文笔，传于江外。"

《北齐书·李广传》："广曾荐毕义云于崔暹，广卒后，义云集其文笔十卷，托魏收为之叙。"

《陈书·陆琰传》："其所制文笔，多不存本，后主求其遗文，撰成二卷。"

《刘师知传》："师知好学，有当世才，博涉书传，工文笔。"

《徐伯阳传》："伯阳年十五，以文笔称。"

至于文笔之分称，此最显然有别。梁元帝《金楼子》与刘勰《文心雕龙》论之尤详。

梁元帝《金楼子·立言篇》云："古人之学者有二，今人之学者有四。夫子门徒，转相师受，通圣人之经者，谓之'儒'。屈原、宋玉、枚乘、长卿之徒，止于辞赋，则谓之'文'。今之儒，博穷子史，但能识其事，不能通其理者，谓之'学'。至如不便为诗如阎纂，善为章奏如伯松，若此之流，泛谓之'笔'。

吟咏风谣,流连哀思者,谓之'文'。而学者率多不便属辞,守其章句,迟于通变,质于心用。学者不能定礼乐之是非,辩经教之宗旨,徒能扬榷前言,抵掌多识,然而挹源知流,亦足可贵。笔退则非谓成篇,进则不云取义,神其巧惠,笔端而已。至如文者,惟须绮縠纷披,宫徵靡曼,唇吻遒会,情灵摇荡。而古之文笔,今之文笔,其源又异。至如象、系、风、雅、名、墨、农、刑,虎炳豹郁,彬彬君子,卜谈四始,李言《七略》,源流已详,今亦置而勿辨。潘安仁清绮若是,而评者止称清切,故知为文之难也。曹子建、陆士衡,皆文士也,观其辞致侧密,事语坚明,意匠有序,遗言无失,虽不以儒者命家,此亦悉通其义也。遍观文士,略尽知之。至于谢元晖始见贫小,然而天才命世,过足以补尤。任彦升甲部阙如,才长笔翰,善缉流略,遂有龙门之名,斯亦一时之盛。夫今之俗,缙绅稚齿,闾巷小生,学以浮动为贵。用百家则多尚轻侧,经记则不通大旨。苟取成章,贵在悦目;龙首豕足,随时之义;牛头马髀,强相附会。等张君之弧,徒观外泽;亦如南阳之里,难就穷检矣。"

刘勰《文心雕龙·总术》篇:"今之常言,有文有笔,以为无韵者笔也,有韵者文也。"

总而言之,当时之义,以为太者取乎沉思翰藻,吟咏哀思,故以有情辞声韵者为文。笔从"聿",述也,故直言无文采者为笔。《史记》:"《春秋》笔则笔。"是笔为据事而书之证。

(乙)辞笔对举

《南史·孔珪传》:"高帝取为记室参军,与江淹对掌辞笔。"

《陈书·岑之敬传》:"之敬始以经业进,而博涉文史,雅有辞笔。"

按辞亦文类,《周易·系辞》,汉儒皆谓系辞为卦爻辞,至今从之。《系辞》上下篇云:"圣人设卦观象,系辞焉以明吉凶。"又云:"圣人有以见天下之动,而观其会通,以行其典礼,系辞焉以断其吉凶,是以谓之爻。"又云:"系辞焉而命之,动在其中矣。"又云:"系辞焉以尽其言。"据此诸文,则明指卦爻辞谓之系辞。孔子之上下二篇,乃《系辞》之传,不得直谓之系辞也。(今本无"传"字,《释文》王肃原本有"传"字。)其谓之系辞者,系,属也,系辞即属辞,犹世所称属文焉尔。然则辞与文同乎？曰：否。《孟子》曰："说《诗》者，不以文害辞。"赵岐注云："文，《诗》之文章，所引以兴事也；辞，诗人所歌咏之辞。"是"文"者，音韵铿锵，藻采振发之称；"辞"，特其句之近于文，而异乎直言者耳。又按"辞"本是"词"字。《说文》："词，意内而言外也。从言，从司。"《释名》曰："词，嗣也，令撰善言相续嗣也。"然则词之从司，即有系续之意。"词"为本字，"辞"乃假借也。（唐以前每称善属文，此古义也，宋后此称少矣。）孔子"十翼"《系辞传》《文言》，皆多用偶语，而《文言》几于句句用韵，《系辞》虽是传体，而韵亦非少，（《系辞传》上下篇用偶者三百二十六，用韵者一百一十。）此文与辞区别之证，亦文辞与言语区别之证也。楚国之辞，称《楚辞》，皆有韵，《楚辞》乃《诗》之流。《诗》三百篇，乃言语有文辞之至者也。

（丙）笔之专称

《梁书·任昉传》："昉尤长载笔，才思无穷。"《南史》本传作"尤长为笔"。《沈约传》云："彦升工于笔。"

《陈书·徐陵传》："世祖高宗之世，国家有大手笔，必命陵草之。"

《陆琼传》："琼素有令名，深为世祖所赏；及讨周迪、陈宝应等，都官符及诸大手笔，并敕付琼。"

记称史载笔，《论衡》以《尚书》为孔子鸿笔。记事名笔，由来旧矣。任昉、徐陵之笔，并是谓诏制碑板文字，故唐张说善碑志，称"燕许大手笔"。

（丁）诗笔对举

《梁书·刘潜传》："潜，字孝仪，秘书监孝绰弟也。幼孤，兄弟相励勤学，并工属文。孝绰常曰：'三笔六诗。''三'即孝仪，'六'孝威也。"

按诗亦有韵者，故与笔对举，明笔为无韵者也。上曰工属文，下曰笔、曰诗，盖诗即有韵之文，与散体称笔有别。

《南齐书·晋安王子懋传》："文章诗笔，乃是佳事。"

按此"文章"是有辞有韵之文，"诗"又有韵之文之一体，故以文章诗笔并举。

《梁书·庾肩吾传》："简文与湘东王论文曰：'《阳春》高而不和，妙声绝而不寻,竟不精讨锱铢,核量文质,有异巧心,终愧妍手。是以握瑜怀玉之士,瞻郑邦而知退;章甫翠履之人,望闽乡而叹息。诗既若此,笔又如之。'"

《北史·萧圆肃传》:"圆肃撰时人诗笔,为《文海》四十卷。"

诗笔对举,唐时犹偶有之。刘禹锡《中山集·祭韩侍郎文》:"子长在笔,予长在论,持矛举楯,卒不能困。"赵璘《因话录》:"韩文公与孟东野友善,韩文公文至高,孟长于五言,时号'孟诗韩笔'。"杜甫《寄贾司马严使君诗》亦有"贾笔论孤愤,严诗赋几篇"之句。

晋陆机《文赋》曰:"诗缘情而绮靡,赋体物而浏亮,碑披文以相质,诔缠绵而凄怆,铭博约而温润,箴顿挫而清壮,颂优游以彬蔚,论精微而朗畅,奏平彻以闲雅,说炜晔而谲诳。"此赋十体之文,不及传志。昭明太子《文选序》亦谓子史事异篇章。盖文是总名,析而言之,则有文有笔,是以状文之情,分文之派,晋承建安,已开其先,昭明、金楼,实守其法也。

第十七章　元嘉文学

第一节　颜谢

钟嵘《诗评》①曰："元嘉中，有谢灵运，才高词盛，富艳难踪，固已含跨刘、郭，陵轹潘、左。故知陈思为建安之杰，公幹、仲宣为辅。陆机为太康之英，安仁、景阳为辅；谢客为元嘉之雄，颜延年为辅。斯皆五言之冠冕，文词之命世也。"

盖宋之文学，莫盛于元嘉之时，元嘉以后，渐陵替矣。谢灵运、颜延年故自一时之杰，而鲍照可以差肩于其间，其余谢氏诸昆，又其羽翼也。汤惠休尝评颜、谢二家诗曰："谢诗如出水芙蓉，颜诗似镂金错彩。"延之尝问鲍照，已与灵运优劣。照曰："谢五言如初发芙蓉，自然可爱；君诗若铺锦列绣，亦雕缋满眼。"延年终身病之。

谢灵运，陈郡阳夏人，晋车骑将军玄之孙也。文章之美，江左莫逮。从叔混特知爱之。袭封康乐公，宋祖登祚，自以才能，宜参机要，愤不见知。少帝时出为永嘉太守，文帝嗣位，征为秘书监。使范泰贻书敦奖之，乃出就职。撰《晋书》，粗立条流，竟不就。见帝唯以文义相接，旋乞疾东还，与族弟惠连、东海何长瑜、颍川荀雍、太山羊璿之，以文章赏会，为山泽之游，时人谓之"四友"。尝自始宁南山，伐木开径，直至临海，从者数百人。临海太守王琇惊骇，谓为山贼，徐知是灵运乃安。先是，灵运尝作《山居赋》，并自注以言其事，是为自注之始。刘勰谓宋初文咏，"庄老告退，而山水方滋。俪采百字之偶，争价一句之奇，情必极貌以写物，辞必穷力而追新"，此自灵运倡之矣。灵运游山诗最工，然亦以游山之故，致罹罪网，元嘉十年被刑。《诗评》列灵运上品，论之曰："其源出于陈思，杂有景阳之体。故尚巧似，而逸荡过之。颇以繁芜

---

① 注：即《诗品》。——编者

为累。嵘谓：若人兴多，才高博，寓目辄书，内无乏思，外无遗物，其繁富，宜哉！然名章迥句，处处间起；丽典新声，络绎奔会。譬犹青松之拔灌木，白玉之映尘沙，未足贬其高洁也。"灵运族弟瞻及惠连，并有文誉，灵运见惠连新文，每曰"张华重生，不能易"。尝云"每有篇章，对惠连辄得佳句"，尝于永嘉西堂思诗，竟日不就，忽梦惠连，即得"池塘生春草"句，大以为工，以为"此有神功，非吾语也"。

登池上楼（在永嘉郡）　谢灵运

潜虬媚幽姿，飞鸿响远音。薄霄愧云浮，栖川怍渊沉。进德智所拙，退耕力不任。徇禄及穷海，卧疴对空林。衾枕昧节候，褰开暂窥临。倾耳聆波澜，举目眺岖嵚。初景革绪风，新阳改故阴。池塘生春草，园柳变鸣禽。祁祁伤《豳歌》，萋萋感楚吟。索居易永久，离群难处心。持操岂独古，无闷征在今。

捣衣　谢惠连

衡纪无淹度，晷运倏如催。白露滋园菊，秋风落庭槐。肃肃莎鸡羽，烈烈寒螀啼。夕阴结空幕，宵月皓中闺。美人戒裳服，端节相招携。簪玉出北房，鸣金步南阶。檐高砧响发，楹长杵声哀。微芳起两袖，轻汗染双题。纨素既已成，君子行未归。裁用笥中刀，缝为万里衣。盈箧自予手，幽缄俟君开。腰带准畴昔，不知今是非。

颜延之，字延年，琅琊临沂人。少孤贫，好读书，无所不览。晋义熙十二年，高祖北伐，有宋公之授，延之亦奉使至洛阳，道中作诗二首，文辞藻丽，为谢晦、傅亮所赏。宋既受命，恒参朝列，好酒疏诞，不能斟酌当世。元嘉中，为刘湛所构，出为永嘉太守。延之不平，乃作《五君咏》，以述竹林七贤，语多以自况。湛诛，复见任用。《宋书》曰："延之与陈郡谢灵运齐名，自潘岳、陆机之后，文士莫及也。江左称'颜谢'焉。"然二人文辞迟速悬绝，文帝尝各敕拟乐府《北上篇》，延之受诏便成，灵运久之乃就。每薄汤惠休诗，谓人曰："惠休制作，委巷中歌谣耳。"延年尤自负其哀诔之文，以为可嗣潘岳云。

《诗评》曰："宋光禄大夫颜延之，其源出于陆机。尚巧似，体裁绮密，情喻渊深，动无虚散，一句一字，皆致意焉。又喜用古事，弥见拘束。虽乖秀逸，是经纶文雅才。雅才减若人，则蹈于困踬矣。"

北使洛　颜延年

改服饬徒旅，首路跼险艰。振楫发吴洲，秣马陵楚山。途出梁宋郊，道由周郑间。前登阳城路，日夕望三川。在昔辍期运，经始阔圣贤。伊瀍绝津济，台馆无尺椽。宫陛多巢穴，城阙生云烟。王猷升八表，嗟行方暮年。阴风振凉野，飞云瞀穷天。临途未及引，置酒惨无言。隐闵徒御悲，威迟良马烦。游役去芳时，归来屡徂愆。蓬心既已矣，飞薄殊亦然。

鲍照，字明远，文辞赡逸，尝为古乐府，甚遒丽，殆可拟迹颜、谢之间，而名位不显。《宋书》曰："临川王义庆，招聚文学之士，近远毕至。太尉袁淑，文冠当时，义庆在江州，请为卫军咨议参军；其余吴郡陆展、东海何长瑜、鲍照等，并为辞章之美。"元嘉中，河、济俱清，当时以为美瑞，照撰《河清颂》，甚工。《诗评》曰："宋参军鲍照，其源出于二张，善制形状写物之词，得景阳之俶诡，含茂先之靡嫚，骨节强于谢混，驱迈疾于颜延。总四家而擅美，跨两代而孤出。嗟其才秀人微，故致湮当代。然贵尚巧似，不避危仄，颇伤清雅之调。故言险俗者多以附照。"杜甫以照与庾信并称，曰"清新庾开府，俊逸鲍参军"云。

代白头吟　鲍照

直如朱丝绳，清如玉壶冰。何惭宿昔意，猜恨坐相仍。人情贱恩旧，世议逐衰兴。毫发一为瑕，丘山不可胜。食苗实硕鼠，点白信苍蝇。凫鹄远成美，薪刍前见陵。申黜褒女进，班去赵姬升。周王日沦惑，汉帝益嗟称。心赏犹难恃，貌恭岂易凭？古来共如此，非君独抚膺。

此外如袁淑、谢庄,亦有称于时。庄为灵运族子,袁淑见谢庄赋,叹曰:"江东无我,卿当独步。我若无卿,亦一时之杰也。"庄善赋、诔,所为《月赋》等尤工,萧子显谓谢庄之诔起安仁之尘。至若王微、王僧达等,抑又其次也。

第二节　范晔与史学

元嘉初,范晔左迁宣城太守,不得志,乃删众家《后汉书》为一家之作。自范书行,而诸家之书并废矣。当时裴松之父子亦好史学,然其所作,乃是补注。惟晔《后汉书》,可当史笔耳,其犹在孟坚、承祚之间乎。晔字蔚宗,顺阳人,车骑将军泰少子也。生平致力文章,颇见于其狱中与诸甥侄书,盖以自序也。其文曰:

> 吾狂衅覆灭,岂复可言,汝等皆当以罪人弃之。然平生行己任怀,犹应可寻。至于能不意中所解,汝等或不悉知。吾少懒学问,晚成人,年三十许,政始有向耳。自尔以来,转为心化,推老将至者,亦当未已也。往往有微解,言乃不能自尽。为性不寻注书,心气恶,小苦思便愦闷,口机又不调利,以此无谈功。至于所通解处,皆自得之于胸怀耳。文章转进,但才少思难,所以每于操笔,其所成篇殆无全称者。常耻作文士。文患其事尽于形,情急于藻,义牵其旨,韵移其意。虽时有能者,大较多不免此颣,政可类工巧图绩,竟无得也。常谓情志所托,故当以意为主,以文传意。以意为主,则其旨必见;以文传意,则其词不流。然后抽其芬芳,振其金石耳。此中情性旨趣,千条百品,屈曲有成理。自谓颇识其数,尝为人言,多不能赏,意或异故也。性别宫商,识清浊,斯自然也。观古今文人,多不全了此处,纵有会此者,不必从根本中来。言之皆有实证,非为空谈。年少中谢庄最有其分,手笔差易,文不拘韵故也。吾思乃无定方,特能济难适轻重,所禀之分,犹当未尽。但多公家之言,少于事外远致。以此为恨,亦由无意于文名故也。本未关史书,政恒觉其不可解耳。

既造《后汉》,转得统绪,详观古今著述及评论,殆少可意者。班氏最有高名,既任情无例,不可甲乙辨。后赞于理近无所得,唯志可推耳。博赡不可及之,整理未必愧也。吾杂传论,皆有精意深旨,既有裁味,故约其词句。至于《循吏》以下,及《六夷》诸序论,笔势纵放,实天下之奇作。其中合者,往往不减《过秦》篇。尝共比方班氏所作,非但不愧之而已。欲遍作诸志,《前汉》所有者悉令备。虽事不必多,且使见文得尽。又欲因事就卷内发论,以正一代得失,意复未果。赞自是吾文之杰思,殆无一字空设,奇变不穷,同含异体,乃自不知所以称之。此书行,故应有赏音者。纪传例为举其大略耳,诸细意甚多。自古体大而思精,未有此也。恐世人不能尽之,多贵古贱今,所以称情狂言耳。吾于音乐,听功不及自挥,但所精非雅声为可恨。然至于一绝处,亦复何异邪?其中体趣,言之不尽,弦外之意,虚响之音,不知所从而来。虽少许处,而旨态无极,亦尝以授人,士庶中未有一豪似者。此永不传矣,吾书虽小小有意,笔势不快,余竟不成就,每愧此名。

裴松之,字世期,河东闻喜人,博览坟籍。宋初受诏注陈寿《三国志》,松之鸠集传记,增广异闻,既成奏之,当时以为不朽之作。子骃著《史记集解》,亦传于世。是时临川王义庆,招延文学士,集后汉至东晋轶事,为《世说新书》。名曰"新书"者,以刘更生昔有此书,踵之而作,后人易称《新语》。其书文约趣永,文士多好玩之。梁刘孝标至为作注,与之并行。故宋时史学,颇具诸体矣。刘子玄《史通》,以松之《三国志注》、临川《世说》,并入《补注》,次而论之,区其条流,颇得源委,故存而录之。

《史通·补注》曰:"昔《诗》《书》既成,而毛、孔立传。传之时义,以训诂为主,亦犹《春秋》之传,配经而行也。降及中古,始名传曰注。盖传者转也,转授于无穷;注者流也,流通而靡绝。进此二名,其归一揆。如韩、戴、服、郑,钻仰六经;裴、李、应、晋,训解三史。开导后学,发明先义,古今传授,是曰儒宗。既而史传小书,人物杂纪,若挚虞之《三辅决录》、陈寿之《季汉辅臣》、周处之《阳羡风土》、常璩之《华阳士女》,文言美辞,列于章句;委曲叙事,存于细书。此之注释,异夫儒士者矣。次有好事之子,思广异闻,而才短力微,不能自达,庶凭骥尾,千里绝群,遂乃掇众史之异辞,补前书之所阙,若裴松之《三国志》,陆澄、刘昭《两汉书》,刘彤《晋纪》,刘孝标《世说》之类是也。亦有躬为史臣,手自刊补,虽志存该博,而才阙伦叙,除烦则意有所吝,毕载则言有所妨,遂乃定彼榛楛,列为子注,若萧大圜《淮海乱离志》、杨衒之《洛阳伽蓝记》、宋孝王《关东风俗传》、王劭《齐志》之类是也。权其得失,求其利害,世期集注《国志》,以广承祚所遗,而喜聚异同,不加刊定,恣其击难,坐长烦芜。观其书成表献,自比蜜蜂兼采,但甘苦不分,难以味同萍实者矣。陆澄所注《班史》,多引司马迁之书,若此缺一言,彼增半句,皆采摘成注,标为异说,有昏耳目,难为披览。窃惟范晔之删《后汉》也,简而且周,疏而不漏,盖云备矣。而刘昭采其所捐,以为补注,言尽非要,事皆不急。譬夫人有吐果之核、弃药之滓,而愚者乃重加捃拾,洁以登荐,持此为工,多见其无识也。孝标善于攻缪,博而且精,固以察及泉鱼,辨穷河豕。嗟乎! 以峻之才识,足堪远大,而不能采暵彪、峤,网罗班、马,方复留情于委巷小说,锐思于流俗短书,可谓劳而无功,费而无当者矣。"《史通》所刊诸书,今多不传,存之可以备考。又于补注之体,多所訾诋,亦各从其志也。惟推扬蔚宗,则无异词耳。

第十八章　永明文学

《文心雕龙》曰:"自宋武爱文,文帝彬雅,秉文之德,孝武多才,英采云构。自明帝以下,文理替矣。"盖元嘉以后,明帝雅好文学,每宴集赋诗,武人或买以应诏,虽多藻绩,而无胜韵。故钟嵘以为"大明、泰始中,文章殆同书抄"。及齐永明之际,而后文章复盛,可复嗣于元嘉之风流矣。

《南齐书·陆厥传》曰:"永明末,盛为文章。吴兴沈约、陈郡谢朓、琅琊王融,以气类相推毂,汝南周颙,善识声韵。约等文皆用宫商,以平上去入为四声,以此制韵,不可增减,世呼为'永明体'。"

《刘绘传》曰:"永明末,京邑人士,盛为文章谈义,皆凑竟陵王西邸,绘为后进领袖,机悟多能。时张融、周颙,并有言工,融音旨缓韵,颙辞致绮捷,绘之言吐,又顿挫有风气。时人为之语曰:'刘绘贴宅,别开一门,言在二家之中也。'"

盖永明文学,承元嘉之后,更研钻声律,于是四声八病之说始起,立骈文之鸿轨,启律诗之先路。当时竟陵王子良,实有提奖之功。竟陵王者,齐武帝第二子也,礼士好艺,天下词客,多集其门。而梁武帝与王融、谢朓、任昉、沈约、陆倕、范云、萧琛八人,尤见敬异,号曰"竟陵八友"。八人之中,谢朓长于诗,任昉、陆倕长于笔,沈约则文笔兼美云。

钟嵘《诗评》曰:"齐有王元长者,尝谓余云:'宫商与二仪俱生,自古词人不知之。唯颜宪子乃云律吕音调,而其实大谬。唯见范晔、谢庄,颇识之耳。'常欲进《知音论》,未就。王元长创其首,谢朓、沈约扬其波。三贤或贵公子孙,幼有文辨,于是士流景慕,务为精密,襞积细微,专相凌架,故使文多拘忌,伤其真美。"然则永明体宫商之论,实发于王融,成于谢朓、沈约也。王、谢既皆早世,而约独历齐入梁,位显誉隆,后世遂以声病之说,归之约矣。

王融,字元长,琅琊临沂人,僧达之孙也,少有文才,为太子舍人。以父官不通,弱年便欲绍兴家业,启武帝求自试,迁秘书丞。从叔俭初有仪同之授,融上诗及书,俭甚奇惮之。永明九年,武帝幸芳林园,禊宴朝臣,使融为《曲水诗序》,文藻富丽,当世称之。后加宁朔将军,与竟陵王特相友好,情好殊常。武帝疾笃,融谋立子良,深为郁林所嫉。即位十余日,收融付廷尉,旋赐死狱中,年才二十七。

谢朓,字玄晖,陈郡阳夏人,文章清丽,解褐豫章王太尉行参军,历随王镇西功曹,转文学。子隆在荆州,好辞赋,数集僚友,朓以文才,尤被赏爱,流连晤对,不舍日夕。高宗辅政,以朓为骠骑咨议,领记室,掌霸府文笔,旋出为宣城太守,复入为尚书吏部郎。长五言诗。沈约常云:"二百年来无此诗也。"敬皇后迁祔山陵,朓撰哀策文,齐世莫有及者。东昏侯废立之际,朓畏祸,反覆不决,遂被刑祸,死时年三十六。

《诗评》曰:"齐吏部谢朓,其源出于谢混。微伤细密,颇在不伦。一章之中,自有玉石。然奇章秀句,往往警遒,足使叔源失步,明远变色。善自发端,而末篇多踬,此意锐而才弱也。至为后进士子之所嗟慕。"李白尝谓"自从建安来,绮丽不足珍",而独心折谢朓,集中多追慕之作,是以王士禛《论诗绝句》谓李白"一生低首谢宣城"也。

萧咨议西上夜集　王融

徘徊将所爱,惜别在河梁。衿袖三春隔,江山千里长。寸心无远近,边地有风霜。勉哉勤岁暮,敬矣事容光。山中殊未怿,杜若空自芳。

晚登三山还望京邑　谢朓

灞涘望长安,河阳视京县。白日丽飞甍,参差皆可见。余霞散成绮,澄江静如练。喧鸟覆春洲,杂英满芳甸。去矣方滞淫,怀哉罢欢宴。佳期怅何许,泪下如流霰。有情知望乡,谁能鬒不变?

沈约,字休文,吴兴武康人也。幼孤贫,笃志好学,昼夜不倦,母恐其以劳生疾,常遣减油灭火。而昼之所读,夜辄诵之,遂博通群籍。宋末为郢州刺史蔡兴宗记室。兴宗尝谓诸子曰:"沈记室人伦师表,宜善事之。"齐初为征虏记室,带襄阳令,后兼著作郎,迁中书郎,甚为文惠太子所遇。时竟陵王亦招士,约与王融、谢朓等皆游焉。齐时官至吏部尚书,入梁为尚书仆射,封建昌县侯。约历仕三代,聚书至二万卷,所著《晋书》百一十卷,《宋书》百卷,《齐纪》二十卷,《高祖纪》十四卷,《迩言》十卷,《谥例》十卷,《宋文章志》三十卷,《文集》一百卷,又撰《四声谱》,以为在昔词人,累千载而不寤,而独得胸衿,穷其妙旨,自谓入神。高祖雅不好焉,帝问周舍曰:"何谓四声?"舍曰:"'天子圣哲'是也。"然帝竟不遵用。

早发定山　沈约

夙龄爱远壑,晚莅见奇山。标峰彩虹外,置岭白云间。倾壁忽斜竖,绝顶复孤圆。归海流漫漫,出浦水溅溅。野棠开未落,山樱发欲然。忘归属兰杜,怀禄寄芳荃。眷言采三秀,徘徊望九仙。

冬节后至丞相第诣世子车中作(《齐书》:"豫章王嶷薨,赠丞相扬州牧。长子廉为世子。")**同上**

廉公失权势,门馆有虚盈。贵贱犹如此,况乃曲池平。高车尘未灭,珠履故余声。宾阶绿钱满,客位紫苔生。谁当九原上,郁郁望佳城。

《诗评》曰:"观休文众制,五言最优。详其文体,详其余论,固知宪章鲍明远也。所以不闲于经纶,而长于清怨。永明相王爱文,王元长等皆宗附之。约于时谢朓未遒,江淹才尽,范云名级故微,故约称独步。虽文不至其工丽,亦一时之选也,见重闾里,重咏成音。嵘谓约所著既多,今剪除淫杂,收其精要,允为中品之第矣,故当词密于范,意浅于江也。"

《南齐书》曰:"陆厥字韩卿,吴郡吴人,扬州别驾闲子也。五言诗体甚新奇。永明九年,诏百官举士,同郡司徒左西掾顾暠之表荐焉。时为文方尚声律。沈约《宋书·谢灵运传》后又论宫商。厥与约书曰:'范詹事《自序》:"性别宫商,识清浊,特能适轻重,济艰难。古今文人,多不全了斯处,纵有会此者,不必从根本中来。"沈尚书亦云"自灵均以来,此秘未睹",或"暗与理合,匪由思至。张、蔡、曹、王,曾无先觉,潘、陆、颜、谢,去之弥远",大旨钧使"宫羽相变,低昂舛节,若前有浮声,则后须切响,一简之内,音韵尽殊,两句之中,轻重悉异"。辞既美矣,理又善焉。但观历代众贤,似不都暗此处,而云"此秘未睹",近于诬乎?案范云"不从根本中来",尚书云"匪由思至",斯可谓揣情谬于玄黄,摘句差其音律也。范又云"时有会此者",尚书云"或暗与理合",则美咏清讴,有辞章调韵者,虽有差谬,亦有会合,推此以往,可得而言。夫思有合离,前哲同所不免,文有开塞,即事不得无之。子建所以好人讥弹,士衡所以遗恨终篇。既曰遗恨,非尽美之作,理可诋诃。君子执其诋诃,便谓合理为暗。岂如指其合理,而寄诋诃为遗恨耶?自魏文属论,深以清浊为言,刘桢奏书,大明体势之致,岨峿妥怗之谈,操末续颠之说,兴玄黄于律吕,比五色之相宣。苟此秘未睹,兹论为何所指邪?故愚谓前英已早识宫徵,但未屈曲指的,若今论所申。至于掩瑕藏疾,合少谬多,则临淄所云"人之著述,不能无病"者也。非知之而不改,谓不改则不知,斯曹、陆又称"竭情多悔,不可力强"者也。今许以有病有悔为言,则必自知无悔无病之地,引其不了不合为暗,何独诬其一合一了之明乎?意者亦质文时异,古今好殊,将急在情物,而缓于章句。情物,文之所急,美恶犹且相半;章句,意之所缓,故合少而谬多。义兼于斯,必非不知明矣。《长门》《上林》,殆非一家之赋;《洛神》《池雁》,便成二体之作。孟坚精正,《咏史》无亏于东主;平子恢富,《羽猎》不累于凭虚。王粲《初征》,他文未能称是;杨修敏捷,《暑赋》弥日不献。率意寡尤,则事促乎一日;翳翳愈伏,而理赊于七步。一人之思,迟速天悬;一家之文,工拙壤隔。何独宫商律吕,必责其如一邪?论者乃可言未穷其致,不得言曾无先觉也。约答曰:宫商之声有五,文字之别累万,以累万之繁,配五声之约,高下低昂,非思力所举。又非止若斯而已也。十字之文,颠倒相配,字不过十,巧历已不能尽,何况复过于此者乎?灵均以来,未经用之于怀抱,固无从得其仿佛矣。若斯之妙,而圣人不尚邪?此盖曲折声韵之巧,无当于训义,非圣哲立言之所急也。是以子云譬之"雕虫篆刻",云"壮夫不为"。自古辞人,岂不知宫羽之殊、商徵之别?虽知五音之异,而其中参差变动,所昧实多,故鄙意所谓"此秘未睹"者也。以此而推,则知前世文士便未悟此处。若以文章之音韵,同弦管之声曲,则美恶妍媸,不得顿相乖反。譬由子野操曲,安得忽有阐缓失调之声?以《洛神》比陈思他赋,有似异手之作。故知天机启,则律吕自调;六情滞,则音律顿殊也。士衡虽云"炳若缛锦",宁有濯色江波,其中复有一片是卫文之服?此则陆生之言,即复不尽者矣。韵与不韵,复有精粗,轮扁不能言,老夫亦不尽辨。'"

《诗人玉屑》载沈约云"诗病"有八,如下:

一曰平头。第一、第二字不得与第六、第七字同声,如"今日良宴会,欢乐莫具陈","今""欢"皆平声。

二曰上尾。第五字不得与第十字同声,如"青青河畔草,郁郁园中柳","草""柳"皆上声。

三曰蜂腰。第二字不得与第五字同声,如"闻君爱我甘,窃欲自修饰","君""甘"皆平声,"欲""饰"皆入声。

四曰鹤膝。第五字不得与第十五字同声,如"客从远方来,遗我一书札。上言长相思,下言久离别","来""思"皆平声。

五曰大韵。如"声""鸣"为韵,上九字不得用"惊""倾""平""荣"字。

六曰小韵。除大一字外,九字中不得有两字同韵,如"遥""条"不同。

七曰旁纽,八曰正纽。十字内两字叠韵为正纽,若不共一纽而有双声为旁纽。如"流""久"为正纽,"流""柳"为旁纽。

八种惟上尾、鹤膝最忌,余病亦皆通。

《艺苑卮言》曰:"沈休文所载八病,如平头、上尾、蜂腰、鹤膝、大韵、小韵、旁纽、正纽,以上尾、鹤膝为最忌。休文之拘滞,正与古体相反,唯于近律差有关耳,然亦不免商君之酷。平头为第一字不得与第六字同平声,律诗如'风劲角弓鸣,将军猎渭城','风'之类'将',何损其美?上尾谓第五字不得与第十字同声,如古诗'西北有高楼,上与浮云齐'虽隔韵何害?律固无是矣,使同韵如前诗'鸣'之与'城',又何妨也?蜂腰谓第二字与第五字同上、去、入韵,如老杜'望尽似犹见'、江淹'远与君别者'之类,近体宜少避之亦无妨。鹤膝谓第五字不得与第十五字同,如老杜'水色含群动,朝光接太虚。年来频怅望'之类,八句俱如是,则不宜,一字犯亦无妨。五大韵,为重叠相犯,如'胡姬年十五,春日独当垆',又'端坐苦愁思,揽衣起西游','胡'与'垆'、'愁'与'游'犯。六小韵,上十字中自有韵,如'薄帷鉴明月,清风吹我襟','明'与'清'犯。七傍纽,十字中已有'田'字,不得著'寅''延'字。八正纽,十字中已有'壬'字,不得著'衽''任'。后四病尤无谓,不足道也。"

"竟陵八友"中,范云亦约等之亚。《诗评》称:"范诗清便宛转,如流风回雪。"《艺苑卮言》:"范、沈篇章,虽有多寡,要其裁造,亦昆季耳。"任昉亦有重名。昉字彦升,乐安人,尤长载笔,才思无穷,当世公王表奏,莫不请焉,昉起草即成,不加点窜,沈约一代词宗,深所推挹。梁时湘东王与庾肩吾书曰:"近世如谢朓、沈约之诗,任昉、陆倕之笔,斯实文章之冠冕,述作之楷模。"倕字佐公,吴郡吴人,梁时撰《新漏刻铭》及《石阙铭记》甚美,与任昉友善,为《感知己赋》赠之。永明诸子,自王融、谢朓外,并及梁朝,惟先于齐世有显名耳。

齐之文士,又有吴郡张融字思光、汝南周颙字彦伦、山阴孔稚珪字德璋、彭城刘绘字士章,皆词旨华赡,并卒于齐世云。

第十九章　梁文学

第一节　梁初文学及诸帝之词翰

梁初,齐之遗贤犹在。江淹历仕三世,亦入梁始卒。淹字文通,济阳考城人,晚节才思减退,故不与永明声气之中。然其诗文华茂闲美,故是齐梁之英也。《诗评》以"文通诗体总杂,善于摹拟,筋力于王微,成就于谢朓",今附之梁初云。

休上人怨别　江淹

西北秋风至,楚客心悠哉。日暮碧云合,佳人殊未来。露彩方泛艳,月华始徘徊。宝书为君掩,瑶琴讵能开?相思巫山渚,怅望阳云台。高圹绝沉燎,绮席生浮埃。桂水日千里,因之平生怀。

武帝本与沈约、任昉、范云诸人,同与"竟陵八友"之列。既受齐禅,诸贤并在辅佐,文宴侍从,有彬彬之风,虽建安邺下之盛,不是过也。宏文奖艺,兼隆儒释,所为诗、赋、诏、铭、赞、诔、笺、记,皆臻妙域。著经、子《讲疏》,凡二百余卷,文集百二十卷。虽称不达四声,而所作自合丽则矣。

简文帝为武帝第三子,武帝尝曰:"此吾家东阿王也。"幼而颖敏,既长,博综儒书,善言玄理,赋诗千言立就。然好为轻艳之词,当时号曰"宫体"。

元帝为武帝第七子,承父兄之风流,常与裴子野、萧子云为布衣之交,著述篇章,并行于世。然文帝、元帝,皆崇尚浮华,不及昭明太子之笃学也。太子讳统,武帝长子。尝建乐贤堂,招集才士,商榷古今篇籍。成《文选》三十卷,是总集传于今之最古者也。

河中之水歌　武帝

河中之水向东流,洛阳女儿名莫愁。莫愁十三能织绮,十四采桑南陌头。十五嫁为卢家妇,十六生儿字阿侯。卢家兰室桂为梁,中有郁金苏合香。头上金钗十二行,足下丝履五文章。珊瑚挂镜烂生光,平头奴子擎履箱。人生富贵何所望,恨不早嫁东家王。

折杨柳　简文帝

杨柳乱成丝,攀折上春时。叶密鸟飞碍,风轻花落迟。城高短箫发,林空画角悲。曲中无别意,并是为相思。

折杨柳　元帝

巫山巫峡长,垂柳复垂杨。同心且同折,故人怀故乡。山似莲花艳,流如明月光。寒夜猿声彻,游子泪沾裳。

第二节　永明体之余势

永明体盛行,而齐遂为梁,武帝躬与竟陵西邸,禅代之后,一时文士,攀援翔集,皆前世之名俊矣。沈约尤为当代文宗,诱纳后进,如王筠、张率、何逊、刘孝绰、吴均、刘勰之伦,并蒙推挽。故梁之文学,实缘永明体之余风,多出于沈约提奖之力矣。

当时沈约、江淹、任昉、陆倕、范云并存,而何逊为诗最精巧。沈约谓之曰:"读卿诗一日三复,犹不能已。"刘孝绰诗最雍容,王融谓"天下文章若无我,当归孝绰"。约又称"晚来名家,王筠独步"。武帝以张率兼相如之工、枚皋之速。周兴嗣《舞马赋》,压倒张率;《光宅寺碑》,凌驾陆倕。又有到溉、到洽、丘迟、王僧孺、刘峻、吴均、徐摛、庾肩吾,而刘勰、钟嵘,为讥评文史之宗,摛又孝穆之父,肩吾则子山之父也。然则六朝声律丽偶之体,盛于永明,梁陈相承益精,盖至孝穆、子山,而后其体大成,渊源尚可考矣。

何逊,字仲言,东海剡人,承天之曾孙也,八岁能赋诗,弱冠举秀才。与范云结忘年交,一文一咏,云辄嗟赏,谓所亲曰:"顷观文人,质则过儒,丽则伤俗。其能含清浊,中今古,见之何生矣。"逊文章与刘孝绰并重于世,世谓之"何刘"。元帝著论论之云:"诗多而能者沈约,少而能者谢朓、何逊。"

吴均,字叔庠,吴兴故鄣人也,家至寒贱,至均好学有俊才。沈约尝见均文,颇相称赏。天监初,柳恽为吴兴召补主簿,引与赋诗。均文体清拔有古气,好事者或敩之,谓为"吴均体"。

刘孝绰,彭城人,绘之子也,七岁能属文。舅齐中书郎王融深赏异之,常与同载适亲友,号曰"神童"。每曰:"天下文章无我,当归阿士（孝绰小字）。"父党沈约、任昉、范云等闻其名,并命驾先造焉,昉尤相赏好。

张率字士简,吴郡吴人,年十二能属文,常日限诗一篇,稍进作赋颂,至年十六,约二千许首。齐时与同郡陆倕相友狎。尝同载诣沈约,适值任昉在焉,约乃谓昉曰:"此二子后进才秀,皆南金也,卿可与定交。"由此与昉友善。梁初为秘书丞,时与到洽、周兴嗣同奉诏为赋,武帝以率及兴嗣为工。

王筠,字元礼,琅琊临沂人。沈约每见筠文,咨嗟吟咏,以为不逮,尝谓筠:"自谢朓诸贤零落已后,平生意好,殆将都绝,不谓疲暮,复逢于君。"约制《郊居赋》,构思积时,犹未都毕,乃要筠示其草,筠读至"雌霓（五激反）连蜷",约抚掌欣忭曰:"仆尝恐人呼为霓（五鸡反）。"次至"坠石碎星",及"冰悬坎而带坻",筠皆击节称赞。约曰:"知音者希,真赏殆绝,所以相要,政在此数句耳。"筠为文能押强韵,每公宴并作,辞必妍美。约常从容启高祖曰:"晚来名家,唯见王筠独步。"累迁太子洗马中舍人,并掌东宫管记。昭明太子爱文学士,常与筠及刘孝绰、陆倕、到洽、殷芸等游宴玄圃,太子独执筠袖,抚孝绰肩而言曰:"所谓左把浮丘袖,右拍洪崖肩。"其见重如此。

叶梦得《玉涧杂书》曰:"唐以前人和诗,初无用同韵者,直是先后相继作耳。顷看《类文》,见梁武同王筠和太子《忏悔诗》云:仍取筠韵,盖同用'改'字十韵也。诗人以来,始见有此体。筠后又取所余未用者十韵,别为一篇。所谓'圣智比三明,帝德光四表'者,比次颇新巧。古诗之工,初不在韵上,盖欲自出奇,后遂为格,乃知史于诸文士中,独言筠善押强韵以此。"

刘峻,字孝标,平原人。安成王秀好峻学,给书籍使抄录事类,名曰《类苑》,未及成,以疾去。游东阳紫岩山,筑室居焉,为《山栖志》,其文甚美。峻率性而动,不能随众浮沉,高祖颇嫌之,故不任用。乃著《辨命论》以寄其怀,论成,中山刘沼致书以难之,凡再反。会沼卒,不见峻后报者,峻为书追答之。

峻注宋临川王义庆《世说新语》，与之并行。

日夕望江山赠鱼司马　何逊

溢城带溢水，溢水萦如带。日夕望高城，耿耿青云外。城中多宴赏，丝竹常繁会。管声已流悦，弦声复凄切。歌黛惨如愁，舞腰凝欲绝。仲秋黄叶下，长风正骚屑。早雁出云归，故燕辞檐别。昼悲在异县，夜梦还洛汭。洛汭何悠悠，起望西南楼。的的帆向浦，团团月映洲。谁能一羽化？轻举逐飞浮。

古意　刘孝绰

燕赵多佳丽，白日照红妆。荡子十年别，罗衣双带长。春楼怨难守，玉阶空自伤。复此归飞燕，衔泥绕曲房。差池入绮幕，上下傍雕梁。故居犹可念，故人安可忘？相思昏望绝，宿昔梦容光。魂交忽在御，转侧定他乡。徒然顾枕席，谁与同衣裳？空使兰膏夜，炯炯对繁霜。

春咏　吴均

春从何处来？拂水复惊梅。云障青锁闼，风吹承露台。美人隔千里，罗帏闭不开。无由得共语，空对相思悲。

《梁书·庾肩吾传》曰："初，太宗在藩，雅好文章士，时肩吾与东海徐摛、吴郡陆杲、彭城刘遵、刘孝仪、仪弟孝威，同被赏接。及居东宫，又开文德省，置学士，肩吾子信、摛子陵、吴郡张长公、北地傅弘、东海鲍至等充其选。齐永明中，文士王融、谢朓、沈约，文章始用四声，以为新变，至是转拘声韵，弥尚丽靡，复逾于往时。时太子与湘东王书论之曰：'吾辈亦无所游赏，止事披阅，性既好文，时复短咏。虽是庸音，不能阁笔，有惭伎痒，更同故态。比见京师文体，懦钝殊常，竞学浮疏，争为阐缓，玄冬修夜，思所不得，既殊比兴，正背《风》《骚》。若夫六典三礼，所施则有地；吉凶嘉宾，用之则有所。未闻吟咏情性，反拟《内则》之篇；操笔写志，更摹《酒诰》之作。迟迟春日，翻学《归藏》；湛湛江水，遂同《大传》。吾既拙于为文，不敢轻有掎摭，但以当世之作，历方古之才人,远则杨、马、曹、王,近则潘、陆、颜、谢,而观其遣辞用心,了不相似。若以今文为是,则古文为非;若昔贤可称,则今体宜弃。俱为盍各,则未之敢许。又时有效谢康乐、裴鸿胪文者,亦颇有惑焉。何者?谢客吐言天拔,出于自然,时有不拘,是其糟粕;裴氏乃是良史之才,了无篇什之美。是为学谢则不屈其精华,但得其冗长;师裴则蔑绝其所长,惟得其所短。谢故巧不可阶,裴亦质不宜慕。故胸驰臆断之侣,好名忘实之类,方分肉于仁兽,逞郤克于邯郸,入鲍忘臭,效尤致祸。决羽谢生,岂三千之可及?伏膺裴氏,惧两唐之不传。故玉徽金铣,反为拙目所嗤;《巴人》《下里》,更合郢中之听。《阳春》高而不和,妙声绝而不寻,竟不精讨锱铢,核量文质,有异巧心,终愧妍手。是以握瑜怀玉之士,瞻郑邦而知退;章甫翠履之人,望闽乡而叹息。诗既若此,笔又如之。徒以烟墨不言,受其驱染;纸札无情,任其摇襞。甚矣哉,文之横流,一至于此!至如近世谢朓、沈约之诗,任昉、陆倕之笔,斯实文章之冠冕,述作之楷模。张士简之赋,周升逸之辩,亦成佳手,难可复遇。文章未坠,必有英绝领袖之者,非弟而谁?每欲论之,无可与语,思言子建,一共商榷,辩兹清浊,使如泾渭;论兹月旦,类彼汝南。朱丹既定,雌黄有别,使夫怀鼠知惭,滥竽自耻,譬斯袁绍,畏见子将;同彼盗牛,遥羞王烈。相思不见,我劳如何。'"

自永明体行,一世风靡,当时惟裴子野略持异论。子野,字几原,河东闻喜人,松之之曾孙也。承其先世史学,不尚丽靡之词。尝删沈约《宋书》为《宋略》二十卷,约见而叹曰:"吾弗逮也!"与沛国刘显、南阳刘之遴、陈郡殷芸、陈留阮孝绪等,深相赏好。为文速而典,其制作多法古,与今体异,当时或有诋诃者,及其末皆翕然重之。子野《雕虫论》,论宋以后文章之弊,虽未尝直诋当世,意实深讥永明以来文体也。子野官至鸿胪卿,武帝大通二年卒。

雕虫论　裴子野

宋明帝博好文章,才思朗捷,尝读书奏,号称七行俱下。每有祯祥,及幸宴集,辄陈诗展义,且以命朝臣。其戎士武夫,则请托不暇,困于课限,或买以应诏焉。于是天下向风,人自藻饰;雕虫之艺,盛于时矣。梁鸿胪卿裴子野论曰:古者四始六艺,总而为诗,既形四方之气,且彰君子之志,劝美惩恶,王化本焉。后之作者,思存枝叶,繁华蕴藻,用以自通。若俳恻芳芬,楚骚为之祖;靡漫容与,相如和其音。由是随声逐影之俦,弃指归而无执。赋诗歌颂,百轶五车,蔡应等之俳优,扬雄悔为童子。圣人不作,雅郑谁分?其五言为家,则苏、李自出,曹、刘伟其风力,潘、陆固其枝叶。爰及江左,称彼颜、谢,箴绣鞶帨,无取庙堂。宋初迄于元嘉,多为经史。大明之代,实好斯文,高才逸韵,颇谢前哲,波流相尚,滋有笃焉。自是闾阎年少,贵游总角,罔不摈落六艺,吟咏情性。学者以博依为急务,谓章句为颛鲁,淫文破典,斐尔为功。无被于管弦,非止乎礼义,深心主卉木,远致极风云,其兴浮,其志弱,巧而不要,隐而不深,讨其宗途,亦犹宋之风也。若季子聆音,则非兴国;鲤也趋室,必有不敢。荀卿有言:"乱代之征,文章匿而采。"斯岂近之乎!

第三节 《文选》与诗文评

自魏文帝始集陈、徐、应、刘之文,自是以后,渐有总集,传于今者,则《文选》最古矣。昭明太子筑文选楼,引刘孝威、庾肩吾等,讨论坟籍,谓之"高斋十学士",成《文选》三十卷。又简文雅好宫体,晚年悔之,敕徐陵撰《玉台集》以大厥体,今传《玉台新咏》是也,斯并总集之型模矣。

昭明太子既集《文选》,而自序其义类曰:

《诗序》云:"诗有六义焉:一曰风,二曰赋,三曰比,四曰兴,五曰雅,六曰颂。"至于今之作者,异乎古昔。古诗之体,今则全取赋名。荀、宋表之于前,贾、马继之于末。自兹以降,源流实繁。述邑居则有"凭虚""亡是"之作,戒畋游则有《长杨》《羽猎》之制。若其纪一事,咏一物,风云草木之兴,鱼虫禽兽之流,推而广之,不可胜载矣!又楚人屈原,含忠履洁,君匪从流,臣进逆耳,深思远虑,遂放湘南。耿介之意既伤,壹郁之怀靡憩。临渊有怀沙之志,吟泽有憔悴之容。骚人之文,自兹而作。诗者,盖志之所之也,情动于中而形于言。《关雎》《麟趾》,正始之道著;《桑间》《濮上》,亡国之音表。故风雅之道,粲然可观。自炎汉中叶,厥途渐异。退傅有"在邹"之作,降将著"河梁"之篇,四言五言,区以别矣。又少则三字,多则九言,各体互兴,分镳并驱。颂者,所以游扬德业,褒赞成功。吉甫有"穆若"之谈,季子有"至矣"之叹。舒布为诗,既言如彼;总成为颂,又亦若此。次则箴兴于补阙,戒出于弼匡;论则析理精微,铭则序事清润;美终则诔发,图像则赞兴。又诏诰教令之流,表奏笺记之列,书誓符檄之品,吊祭悲哀之作,答客指事之制,三言八字之文,篇词引序,碑碣志状,众制锋起,源流间出。譬陶匏异器,并为入耳之娱;黼黻不同,俱为悦目之玩。作者之致,盖云备矣!余监抚余闲,居多暇日。历观文囿,泛览辞林,未尝不心游目想,移晷忘倦。自姬汉以来,眇焉悠邈。时更七代,数逾千祀。词人才子,则名溢于缥囊;飞文染翰,则卷盈于缃帙。自非略其芜秽,集其菁英,盖欲兼功,大半难矣!若夫姬公之籍,孔父之书,与日月俱悬,鬼神争奥,孝敬之准式,人伦之师友,岂可重以芟夷,加之剪截?老庄之作,管孟之流,盖以立意为宗,不以能文为本。今之所撰,又以略诸。若贤人之美词,忠臣之抗直,谋夫之话,辨士之端,冰释泉涌,金相玉振。所谓坐狙丘,议稷下,仲连之却秦军,食其之下齐国,留侯之发八难,曲逆之吐六奇,盖乃事美一时,语流千载,概见坟籍,旁出子史。若斯之流,又亦繁博,虽传之简牍,而事异篇章,今之所集,亦所不取。至于纪事之史,系年之书,所以褒贬是非,纪别异同,方之篇翰,亦已不同。若其赞论之综辑辞采,序述之错比文华,事出于沉思,义归乎翰藻,故与夫篇什,杂而集之。

诗文评之书,莫先于魏文《典论》。盖出于人伦月旦之风,与词赋诙嘲之习,后汉竞尚标榜。建安之际,季绪好为诋诃而才不逮,《典论》既出,始黜陟得情。晋世清谈,此风尤隆,《流别》《翰林》之属,略有数家。齐梁之际,士习轻警,臧否黑白,颇见篇章,讥评之风,于时盛矣。如卞彬赋虱,钟岏议魟,皆巧给舞文,取俊当代。岏弟嵘以沈尚书不见知,退造《诗评》,于沈著其微词,然其考示源流,尚论利病,要是精审之作。同时刘勰,亦著《文心雕龙》,二书盖后世诗文评之宗也。

钟嵘,字仲伟,颍川长社人。齐永明中为国子生,明《周易》。卫军王俭领祭酒,颇赏接之。梁时为晋安王记室。尝品古今五言诗,论其优劣,分上、中、下三品,名曰《诗评》,其序曰:

气之动物,物之感人,故摇荡性情,形诸舞咏。欲以照烛三才,辉丽万有,灵祇待之以致飨,幽微借之以昭告。动天地,感鬼神,莫近于诗。昔《南风》之辞,《卿云》之颂,厥义夐矣。夏歌曰:"郁陶乎予心。"楚谣云:"名余曰正则。"虽诗体未全,然略是五言之滥觞也。逮汉李陵,始著五言之目。古诗眇邈,人代难详,推其文体,固是炎汉之制,非衰周之唱也。自王、扬、枚、马之徒,辞赋竞爽,而吟咏靡闻。从李都尉,讫班婕妤,将百年间,有妇人焉,一人而已。诗人之风,顿已缺丧。东京二百载中,唯有班固《咏史》,质木无文致。降及建安,曹公父子,笃好斯文;平原兄弟,郁为文栋;刘桢、王粲,为其羽翼。次有攀龙托凤,自致于属车者,盖将百计。彬彬之盛,大备于时矣!尔后陵迟衰微,讫于有晋。太康中,三张、二陆、两潘、一左,勃尔复兴,踵武前王,风流未沫,亦文章之中兴也。永嘉时,贵黄、老,尚虚谈,于是篇什,理过其辞,淡乎寡味。爰及江表,微波尚传,孙绰、许询、桓、庾诸公,皆平典似《道德论》,建安之风尽矣。先是郭景纯用俊上之才,创变其体;刘越石仗清刚之气,赞成厥美。然彼众我寡,未能动俗。逮义熙中,谢益寿斐然继作。元嘉初,有谢灵运,才高辞盛,富艳难踪,固已含跨刘、郭,凌铄潘、左。故知陈思为建安之杰,公幹、仲宣为辅;陆机为太康之英,安仁、景阳为辅;谢客为元嘉之雄,颜延年为辅。此皆五言之冠冕,文辞之命世。夫四言文约意广,取效《风》《骚》,便可多得,每苦文烦而意少,故世罕习焉。五言居文辞之要,是众作之有滋味者也,故云会于流俗。岂不以指事遣形,穷情写物,最为详切者邪!故《诗》有六义焉:一曰兴,二曰赋,三曰比。文已尽而意有余,兴也;因物喻志,比也;直书其事,寓言写物,赋也。弘斯三义,酌而用之,干之以风力,润之以丹采,使味之者无极,闻之者动心,是诗之至也。若专用比、兴,则患在意深,意深则辞踬。若但用赋体,则患在意浮,意浮则文散,嬉成流移,文无止泊,有芜漫之累矣。若夫春风春鸟,秋月秋蝉,夏云暑雨,冬月祁寒,斯四候之感诸诗者也。嘉会寄诗以亲,离群托诗以怨。至于楚臣去境,汉妾辞宫;或骨横朔野,或魂逐飞蓬;或负戈外戍,或杀气雄边;塞客衣单,霜闺泪尽。又士有解珮出朝,一去忘反;女有扬蛾入宠,再盼倾国。凡斯种种,感荡心灵,非陈诗何以展其义?非长歌何以释其情?故曰:"《诗》可以群,可以怨。"使穷贱易安,幽居靡闷,莫尚于诗矣。故辞人作者,罔不爱好。今之士俗,斯风炽矣。裁能胜衣,甫就小学,必甘心而驰骛焉。于是庸音杂体,各为家法。至于膏腴子弟,耻文不逮,终朝点缀,分夜呻吟。独观谓为警策,众视终沦平钝。次有轻荡之徒,笑曹、刘为古拙,谓鲍照羲皇上人,谢朓今古独步;而师鲍照,终不及"日中市朝满";学谢朓,劣得"黄鸟度青枝"。徒自弃于高听,无涉于文流矣。嵘观王公搢绅之士,每博论之余,何尝不以诗为口实,随其嗜欲,商榷不同。淄渑并泛,朱紫相夺,喧哗竞起,准的无依。近彭城刘士章,俊赏之士,疾其淆乱,欲为当世诗品,口陈标榜,其文未遂,嵘感而作焉。昔九品论人,《七略》裁士,校以宾实,诚多未值。至若诗之为技,较尔可知,以类推之,殆同博弈。方今皇帝,资生知之上才,体沉郁之幽思,文丽日月,学究天人。昔在贵游,已为称首。况八纮既掩,风靡云蒸,抱玉者连肩,握珠者踵武。固以眇汉、魏而弗顾,吞晋、宋于胸中。谅非农歌辕议,敢致流别。嵘之今录,庶周游于闾里,均之于谈笑耳。

又其《诗品中》序曰:

一品之中，略以世代为先后，不以优劣为铨次。又其人既往，其文克定；今所寓言，不录存者。夫属词比事，乃为通谈，若乃经国文符，应资博古，撰德驳奏，宜穷往烈。至乎吟咏情性，亦何贵于用事？"思君如流水"，既是即目；"高台多悲风"，亦惟所见；"清晨登陇首"，羌无故实；"明月照积雪"，讵出经史？观古今胜语，多非补假，皆由直寻。颜延、谢庄，尤为繁密，于时化之，故大明、泰始中，文章殆同书抄。近任昉、王元长等，辞不贵奇，竞须新事。尔来作者，寖以成俗。遂乃句无虚语，语无虚字，拘挛补衲，蠹文已甚。但自然英旨，罕值其人。词既失高，则宜加事义。虽谢天才，且表学问，亦一理乎！陆机《文赋》，通而无贬；李充《翰林》，疏而不切；王微《鸿宝》，密而无裁；颜延论文，精而难晓；挚虞《文志》，详而博赡，颇曰知言：观斯数家，皆就谈文体，而不显优劣。至于谢客集诗，逢诗辄取；张骘《文士》，逢文即书。诸英志录，并义在文，曾无品第。嵘今所录，止乎五言。虽然，网罗今古，词文殆集。轻欲辨彰清浊，掎摭利病，凡百二十人。预此宗流者，便称才子。至斯三品升降，差非定制，方申变裁，请寄知者尔。

叶梦得《石林诗话》曰："魏晋间人诗，大抵专工一体，如侍宴、从军之类。故后来相与祖习者，亦但因其所长取之耳。梁钟嵘作《诗品》，皆云某人诗出于某人，亦以此。"

刘勰，字彦和，东莞莒人。早孤，笃志好学，家贫不婚娶。依沙门僧祐，与之居处十余年。博通经论，昭明太子深爱接之。勰撰《文心雕龙》五十篇，论古今文体，引而次之。其序曰：

夫"文心"者，言为文之用心也。昔涓子《琴心》，王孙《巧心》，心哉美矣，夫故用之焉。古来文章，以雕缛成体，岂取驺奭群言"雕龙"也。夫宇宙绵邈，黎献纷杂，拔萃出类，智术而已。岁月飘忽，性灵不居，腾声飞实，制作而已。夫肖貌天地，禀性五才，拟耳目于日月，方声气乎风雷，其超出万物,亦已灵矣。形甚草木之脆,名逾金石之坚,是以君子处世,树德建言,岂好辩哉?不得已也!予齿在逾立,尝夜梦执丹漆之礼器,随仲尼而南行。旦而寤,乃怡然而喜,大哉,圣人之难见也,乃小子之垂梦欤!自生人以来,未有如夫子者也。敷赞圣旨,莫若注经,而马、郑诸儒,弘之已精,就有深解,未足立家。唯文章之用,实经典枝条,五礼资之以成,六典因之致用,君臣所以炳焕,军国所以昭明,详其本源,莫非经典。而去圣久远,文体解散,辞人爱奇,言贵浮诡,饰羽尚画,文绣鞶帨,离本弥甚,将遂讹滥。盖《周书》论辞,贵乎体要;尼父陈训,恶乎异端;辞训之异,宜体于要。于是搦笔和墨,乃始论文。详观近代之论文者多矣,至如魏文述典,陈思序书,应玚《文论》,陆机《文赋》,仲洽《流别》,弘范《翰林》,各照隅隙,鲜观衢路。或臧否当时之才,或铨品前修之文,或泛举雅俗之旨,或撮题篇章之意。魏典密而不周,陈书辩而无当,应论华而疏略,陆赋巧而碎乱,《流别》精而少功,《翰林》浅而寡要。又君山、公幹之徒,吉甫、士龙之辈,泛议文意,往往间出,并未能振叶以寻根,观澜而索源。不述先哲之诰,无益后生之虑。盖《文心》之作也,本乎道,师乎圣,体乎经,酌乎纬,变乎骚:文之枢纽,亦云极矣。若乃论文叙笔,则囿别区分,原始以表末,释名以章义,选文以定篇,敷理以举统:上篇以上,纲领明矣。至于剖情析表,笼圈条贯,摘神性,图风势,苞会通,阅声字,崇赞于《时序》,褒贬于《才略》,怊怅于《知音》,耿介于《程器》,长怀《序志》,以驭群篇:下篇以下,毛目显矣。位理定名,彰乎大易之数,其为文用,四十九篇而已。夫铨叙一文为易,弥遍群言为难。虽复轻采毛发,深极骨髓,或有曲意密源,似近而远,辞所不载,亦不胜数矣。及其品评成文,有同乎旧谈者,非雷同也,势自不可异也;有异乎前论者,非苟异也,理自不可同也。同之与异,不屑古今,擘肌分理,唯务折衷。案辔文雅之场,而环络藻绘之府,亦几乎备矣。但言不尽意,圣人所难;识在瓶管,何能矩矱。茫茫往代,既洗予闻;眇眇来世,倪尘彼观。

《雕龙》初成,未为时流所称,勰自重其文,欲取定于沈约。约时贵盛,无由自达,乃负其书,候约出,干之于车前,状若货鬻者,约便命取读,大重之,谓为深得文理,常陈诸几案。然勰为文长于佛理,京师寺塔及名僧碑志,必请勰制文。有敕与慧震沙门于定林寺撰经证功毕,遂启求出家,先燔鬓发以自誓,敕许之,乃于寺变服,改名慧地,未期而卒。

第二十章　陈文学

陈享国日浅,徐陵最为一代词宗。后主尤好文学,靡丽之风,有过前代。又以宫人有文学者袁大舍等为女学士,后主每引宾客对贵妃等游宴,则使诸贵人及女学士与狎客共赋新诗,互相赠答,采其尤艳丽者以为曲词,被以新声。选宫女有容色者以千百数,令习而歌之,分部迭进,持以相乐。其曲有《玉树后庭花》《临春乐》等,大指所归,皆美张贵妃、孔贵嫔之容色也。其略曰:"璧月夜夜满,琼树朝朝新。"此虽词曲之源,亦实亡国之音也。后主其他文笔,往往可观。方为太子时,悼陆瑜之逝,与江总书曰:

  管记陆瑜,奄然殂化,悲伤悼惜,此情何已。吾生平爱好,卿等所悉,自以学涉儒雅,不逮古人;钦贤慕士,是情尤笃。梁室乱离,天下糜沸,书史残缺,礼乐崩沦,晚生后学,匪无墙面,卓尔出群,斯人而已。吾识览虽局,未曾以言议假人,至于片善小才,特用嗟赏。况复洪识奇士,此故忘言之地。论其博综子史,谙究儒墨,经耳无遗,触目成诵,一褒一贬,一激一扬,语玄析理,披文摘句,未尝不闻者心伏,听者解颐,会意相得,自以为布衣之赏。吾监抚之暇,事隙之辰,颇用谭笑娱情,琴樽间作,雅篇艳什,迭互锋起。每清风朗月,美景良辰,对群山之参差,望巨波之混漾,或玩新花,时观落叶,既听春鸟,又聆秋雁,未尝不促膝举觞,连情发藻,且代琢磨,间以嘲谑,俱怡耳目,并留情致。自谓百年为速,朝露可伤,岂谓玉折兰摧,遽从短运,为悲为恨,当复何言。遗迹余文,触目增怅,绝弦投笔,恒有酸梗。以卿同志,聊复叙怀,涕之无从,言不写意。

陈时文人,自徐陵外,当推江总。余如阴铿、姚察、虞荔、虞寄、顾野王、周弘让、张正见之流,并一时之选也。

徐陵,字孝穆,东海郯人。梁简文为太子时,与父摛并在东宫,颇蒙礼遇。

历使魏朝,会齐受魏禅,被留甚久。有《致仆射杨遵彦》等书,词采哀丽。及还,未几梁亡,遂仕于陈。《陈书》曰:"陵少而崇信释教经论,多所精解。后主在东宫,令陵讲《大品经》,义学名僧,自远云集,每讲筵商较,四座莫能与抗。目有青睛,时人以为聪慧之相也。自有陈创业,文檄军书,及禅授诏策,皆陵所制。而《九锡》尤美。为一代文宗,亦不以此矜物,未尝诋诃作者。其于后进之徒,接引无倦。世祖、高宗之世,国家有大手笔,皆陵草之。其文颇变旧体,缉裁巧密,多有新意,每一文出手,好事者已传写成诵,遂被之华夷,家藏其本。后逢丧乱,多散失。存者三十卷。"今仅存文八十余篇,诗四十余首而已。

江总,字总持,济阳考城人也,晋散骑常侍统之十世孙。梁武帝撰《正言》始毕,制《述怀诗》,总预同此作。帝览总诗,深降嗟赏,仍转侍郎尚书仆射。范阳张缵,度支尚书琅琊王筠,都官尚书南阳刘之遴,并高才硕学,总时年少有名,缵等雅相推重,为忘年友。及魏国通好,敕以总及徐陵摄官报聘,总以疾不行。入陈,官至尚书,历隋始卒。《陈书》曰:"总笃行义,宽和温裕,好学,能属文,于五言、七言尤善;然伤于浮艳,故为后主所爱幸。多有侧篇,好事者相传讽玩,于今不绝。后主之世,总当权宰,不持政务,但日与后主游宴后庭,共陈暄、孔范、王瑳等十余人,当时谓之狎客。由是国政日颓,纲纪不立,有言之者,辄以罪斥之,君臣昏乱,以至于亡。"

姚察,字伯审,吴兴武康人,知名梁代。陈太建初,使周还补东宫学士。时济阳江总、吴国顾野王、陆琼从弟瑜、河南褚玠、北地傅综等,皆以才学之美,晨夕娱侍。察论制每为群贤所服。徐陵名高一代,见察制述,尤所推重,尝谓子俭曰:"姚学士德学无前,汝可师之也。"尚书令江总与察尤笃厚善,每有制作,必先以简察,然后施用。撰梁、陈二史未就,子思廉于隋唐之际受诏续之。

阴铿,字子坚,幼聪慧,五岁能诵诗赋,日千言,尤善五言诗,有名梁世。陈天嘉中,为始兴王府中录事参军。世祖尝宴群臣赋诗,徐陵因称铿,即日召预宴,使赋新成安乐宫,援笔便就,世祖甚嗟赏之。杜甫诗曰:"李侯有佳句,往往似阴铿。"李侯谓李白也。又曰："颇学阴何苦用心。"

张正见,字见颐,清河东武城人,幼有清才,梁简文在东宫,正见年十三,献颂,简文深赞赏之。陈时累迁尚书度支郎,通直散骑侍郎,其五言诗尤善,大行于世。

陈绎曾《诗谱》,列沈约、吴均、何逊、王筠、任昉、阴铿、徐陵、江总及隋时薛道衡诸家,以为"律诗之源而尤近古者,视唐律虽宽,而风度远矣"。

《艺苑卮言》曰:"张正见诗律法已严于'四杰',特作一二拗语为六朝耳。士衡、康乐,已于古调中出俳偶,总持、孝穆,不能于俳偶中出古思,所谓'今之诸侯,又五霸之罪人'也。"

出自蓟北门行　徐陵

蓟北聊长望,黄昏心独愁。燕山独古刹,代郡隐城楼。屡战桥恒断,长冰堑不流。天云如地阵,汉月带胡秋。渍土泥函谷,援绳缚凉州。平生燕颔相,会自得封侯。

闺怨篇　江总

寂寂青楼大道边,纷纷白雪绮窗前。池上鸳鸯不独自,帐中苏合还空然。屏风有意障明月,灯火无情照独眠。辽西水冻春应少,蓟北鸿来路几千。愿君关山及早度,照妾桃李片时妍。

开善寺　阴铿

鹫岭春光遍,王城野望通。登临情不极,萧散趣无穷。莺随入户树,花逐下山风。栋里归云白,窗外落晖红。古石何年卧,枯树几春空。淹留昔未及,幽桂在芳丛。

秋日别庾正员　张正见

征途愁转斾,连骑惨停镳。朔气凌疏木,江风送上潮。青雀离帆远,朱鸢别路遥。唯有当秋月,夜夜上河桥。

第二十一章　北朝文学

第一节　北魏文学

《北史·文苑传序》曰："自汉魏以来，迄乎晋、宋，其体屡变，前哲论之详矣。暨永明、天监之际，太和、天保之间，洛阳、江左，文雅尤盛。彼此好尚，雅有异同。江左宫商发越，贵于清绮；河朔词义贞刚，重乎气质。气质则理胜其词，清绮则文过其意。理深者便于时用，文华者宜于咏歌。此其南北词人得失之大较也。若能掇彼清音，简兹累句，各去所短，合其两长，则文质彬彬，尽美尽善矣。"又曰："有魏定鼎沙朔，南包河、淮，西吞关、陇。当时之士，有许谦、崔宏、宏子浩、高允、高闾、游雅等，先后之间，声实俱茂，词义典正，有永嘉之遗烈焉。及太和在运，锐情文学，固以颉颃汉彻，跨蹑曹丕，气韵高远，艳藻独构。衣冠仰止，咸慕新风，律调颇殊，曲度遂改。辞罕泉源，言多胸臆，润古雕今，有所未遇。是故雅言丽则之奇，绮合绣联之美，眇历岁年，未闻独得。既而陈郡袁翻、河南常景，晚拔畴类，稍革其风。及明皇御历，文雅大盛，学者如牛毛，成者如麟角。孔子曰'才难'，不其然也？于时陈郡袁翻、翻弟跃、河东裴敬宪、弟庄伯、庄伯族弟伯茂、范阳卢观、弟仲宣、顿丘李谐、渤海高肃、河间邢臧、赵国李骞，雕琢琼瑶，刻削杞梓，并为龙光，俱称鸿翼。乐安孙彦举、济阴温子昇，并自孤寒，郁然特起。咸能综采繁缛，兴属清华。比于建安之徐、陈、应、刘，元元之潘、张、左、束，各一时也。"

《魏书》序袁跃、裴敬宪、卢观、封肃、邢臧、裴伯茂、邢昕、温子昇为《文苑传》。然视子昇稍后起者，有邢邵、魏收，三人齐声于当世，非自余诸人所及。邵与收虽并仕齐，皆在魏已有重名，故魏世文章，温子昇、邢邵、魏收为最也。

温子昇，字鹏举，自云太原人，晋大将军峤之后也。世居江左，祖恭之避难归魏，家于济阴冤句。子昇尝作《侯山祠堂碑文》，常景见而善之，遂稍知名。梁使张皋，写子昇文笔，传于江外。梁武称之曰："曹植、陆机，复生于北土,恨我辞人,数穷百六。"阳夏守傅摽使吐谷浑,见其国主床头有书数卷,乃是子昇文也。济阴王晖业尝云:"江左文人,宋有颜延之、谢灵运,梁有沈约、任昉,我子昇足以陵颜轹谢,含任吐沈。"杨遵彦作《文德论》,以为古今辞人,皆负才遗行,浇薄险忌,唯邢子才、王元景、温子昇,彬彬有德素。史称所著《文笔》三十五卷。

邢邵,字子才,河间郑人。十岁便能属文,雅有才思,聪明强记,日诵万余言。族兄峦有人伦鉴,谓子弟曰:"宗室中有此儿,非常人也。"读《汉书》,五日略遍。年未二十,名动衣冠,既参朝列,屡掌文诰。每公卿会议,事关典故,邵援笔立成,证引该洽;帝命朝章,取定俄顷,词致宏远,独步当时。与济阴温子昇,为文士之冠,世论谓之"温邢"。巨鹿魏收,虽天才艳发,而年事在二人之后,故子昇死后,方称"邢魏"焉。历仕齐朝,有书甚多,而不甚雠校,见人校书,笑曰:"何愚之甚!天下书至死读不可遍,焉能始复校此?且误书思之,更是一适。"妻弟李季节,才学之士,谓子才曰:"世间人多不聪明,思误书何由能得?"子才曰:"若思不能得,便不劳读书。"

魏收字伯起,小字佛助,巨鹿下曲阳人。初,河间邢子才与收并以文章显,世称"大邢小魏",言尤俊也。收少子才十岁,子才每曰:"佛助,寮人之伟。"后收稍与子才争名。文宣贬子才曰:"尔才不及魏收。"收益得志,自序云:"先称温、邢,后曰邢、魏。"然收内陋邢,心不许也。魏时受诏修《魏书》,是非失实,众口喧然,号为"秽史"。杨愔尝谓收曰:"《魏书》论及诸家枝叶亲姻,过为繁碎,与旧史体例不同。"收曰:"往因中原丧乱,人士谱牒遗逸略尽,是以具书其枝派,望公观过知仁,以免尤责。"历魏入齐,文誉日盛。始收比温子昇、邢邵稍为后进。邵既被疏出,子昇以罪死,收遂大被任用,独步一时。议论更相訾毁,各有朋党,收每议陋邢文。邵又云:"江南任昉,文体本疏,魏收非直模拟,亦大偷窃。"收闻乃曰:"伊常于沈约集中作贼,何意道我偷任?"任、沈俱有重名,邢、魏各有所好。武平中,黄门郎颜之推以二公意问仆射祖珽,珽答曰:"见邢、魏之臧不,即是任、沈之优劣。"收以温子昇全不作赋,邢虽有一两首,又非所长,常云:"会须能作赋,始成大才士。唯以章表碑志自许,此外更同儿戏。"齐武平三年卒。

魏世江式著《古今文字》四十卷,今不传。《魏书》载其《文字源流表》,可见北朝甚尚小学也。太和中,崔光依宫商角徵羽本音,而为五韵诗,以赠李彪,彪为十二次诗以报光。光又为百三郡国诗以答之,国别为卷,为百三卷焉,此亦诗之别体也。光弟子鸿,弱便有著述志,见晋魏前史皆成一家,无所措意。以刘元海、石勒、慕容俊、苻健、慕容垂、姚苌、慕容德、赫连屈孑、张轨、李雄、吕光、乞伏国仁、秃发乌孤、李暠、沮渠蒙逊、冯跋等,并因世故,跨僭一方,各有国书,未有统一,鸿乃撰《十六国春秋》,勒成百卷,因其旧记,时有增损褒贬焉。又郦道元作《水经注》四十卷,虽叙山水,多征故实,文词典丽,为地志书之美文。全谢山称其先世所闻《水经》一书,注中有注,本以双行夹写,今皆作大字,是以混淆莫辨。于是赵一清诚夫用其说,辨别其注中之注,以大字小字分写之,成《水经注释》四十卷,刊误十二卷,号为善本。

第二节　北齐文学

齐受魏禅,邢、魏之徒,与在朝列,并前世文章之伯也。《齐书》述祖鸿勋、李广、樊逊、刘逖、荀士逊、颜之推为《文苑传》。其叙称齐朝文士甚众,其人或显于周、隋,或遗文不甚可见,不足悉论。之推虽至隋始卒,而其文章多著自齐代。祖鸿书辞婉丽,之推文史奥博,皆齐国词翰之宝焉。

祖鸿勋,涿郡范阳人也,弱冠为州主簿。仆射临淮王或表荐鸿勋有文学,宜试以一官,敕除奉朝请。人谓之曰:"临淮举卿,便以得调,竟不相谢,恐非其宜。"鸿勋曰:"为国举才,临淮之务,祖鸿勋无事从而谢之。"或闻而喜曰:"吾得其人矣。"后去官归乡里,与阳休之书曰:

阳生大弟:吾比以家贫亲老,时还故郡。在本县之西界,有雕山焉。其处闲远,水石清丽,高岩四匝,良田数顷。家先有野舍于斯,而遭乱荒废,今复经始。即石成基,凭林起栋。萝生映宇,泉流绕阶。月松风草,缘庭绮合;日华云实,傍沼星罗。檐下流烟,共霄气而舒卷;园中桃李,杂椿柏而葱蒨。时一褰裳涉涧，负杖登峰，心悠悠以孤上，身飘飘而将逝，杳然不复自知在天地间矣。若此者久之，乃还所住，孤坐危石，抚琴对水，独咏山阿，举酒望月，听风声以兴思，闻鹤唳以动怀。企庄生之逍遥，慕尚子之清旷。首戴萌蒲，身衣缊被，出艺粱稻，归奉慈亲，缓步当车，无事为贵，斯已适矣，岂必抚尘哉！而吾生既系名声之缰镳，就良工之剞劂。振佩紫台之上，鼓袖丹墀之下。采金匮之漏简，访玉山之遗文。散精神于丘坟，尽心力于河汉。摛藻期之鞶绣，发议必在芬香。兹自美耳，吾无取焉。尝试论之：夫昆峰积玉，光泽者前毁；瑶山丛桂，芳茂者先折。是以东都有挂冕之臣，南国见捐情之士。斯岂恶粱锦好蔬布哉？盖欲保其七尺，终其百年耳。今弟官位既达，声华已远，象由齿毙，膏用明煎，既览老氏谷神之谈，应体留侯止足之逸。若能翻然清尚，解佩捐簪，则吾于兹，山庄可办。一得把臂入林，挂巾垂枝，携酒登巘，舒席平山，道素志，论旧款，访丹法，语玄书，斯亦乐矣，何必富贵乎？去矣阳子，途乖趣别，缅寻此旨，杳若天汉。已矣哉，书不尽意。

颜之推，字介，琅琊临沂人也。九世祖含，从晋元东渡，官至侍中右光禄西平侯。世善《周官》、左氏学，之推早传家业，博览群书，无不该洽，词情典丽。自梁入齐，河清末，被举为赵州功曹参军，寻待诏文林馆，除司徒录事参军。之推聪颖机悟，博识有才辩，工尺牍，应对闲明，大为祖珽所重，令掌知馆事，判署文书。寻迁通直散骑常侍，俄领中书舍人。齐亡入周，大象末为御史上士。隋开皇中，太子召为学士，甚见礼重，寻以疾终。今传《家训》二十篇，曾撰《观我生赋》，文致清远，载在《齐书》本传。

颜氏家训·文章篇（节录）

夫文章者，原出五经：诏命策檄，生于《书》者也；序述论议，生于《易》者也；歌咏赋颂，生于《诗》者也；祭祀哀诔，生于《礼》者也；书奏箴铭，生于《春秋》者也。朝廷宪章，军旅誓诰，敷显仁义，发明功德，牧民建国，施用多途。至于陶冶性灵，从容讽谏，入其滋味，亦乐事也。行有余力，则可习之。然而自古文人，多陷轻薄：屈原露才扬己，显暴君过；宋玉体貌容冶，见遇俳优；东方曼倩，滑稽不雅；司马长卿，窃资无操；王褒过章《童约》；扬雄德败《美新》；李陵降辱夷虏；刘歆反覆莽世；傅毅党附权门；班固盗窃父史；赵元叔抗竦过度；冯敬通浮华摈压；马季长佞媚获诮；蔡伯喈同恶受诛；吴质诋诃乡里；曹植悖慢犯法；杜笃乞假无厌；路粹隘狭已甚；陈琳实号粗疏；繁钦性无检格；刘桢屈强输作；王粲率躁见嫌；孔融、祢衡，诞傲致殒；杨修、丁廙，扇动取毙；阮籍无礼败俗；嵇康凌物凶终；傅玄忿斗免官；孙楚矜夸凌上；陆机犯顺履险；潘岳干没取危；颜延年负气摧黜；谢灵运空疏乱纪；王元长凶贼自贻；谢元晖侮慢见及。凡此诸人，皆其翘秀者，不能悉纪，大较如此。至于帝王，亦或未免。自昔天子而有才华者，唯汉武、魏太祖、文帝、明帝、宋孝武帝，皆负世议，非懿德之君也。自子游、子夏、荀况、孟轲、枚乘、贾谊、苏武、张衡、左思之俦，有盛名而免过患者，时复闻之，但其损败居多耳。每尝思之，原其所积，文章之体，标举兴会，发引性灵，使人矜伐，故忽于持操，果于进取。今世文士，此患弥切，一事惬当，一句清巧，神厉九霄，志凌千载，自吟自赏，不觉更有傍人。加以砂砾所伤，惨于矛戟，讽刺之祸，速乎风尘。深宜防虑，以保元吉。

凡为文章，犹人乘骐骥，虽有逸气，当以衔勒制之，勿使流乱轨躅，放意填坑岸也。文章当以理致为心肾，气调为筋骨，事义为皮肤，华丽为冠冕。今世相承，趋末弃本，率多浮艳。辞与理竞，辞胜而理伏；事与才争，事繁而才损。放逸者流宕而忘归，穿凿者补缀而不足。时俗如此，安能独违？但务去泰去甚耳。必有盛才重誉、改革体裁者，实吾所希。古人之文，宏材逸气，体度风格，去今实远；但缉缀疏朴，未为密致耳。今世音律谐靡，章句偶对，讳避精详，贤于往昔多矣。宜以古之制裁为本，今之辞调为末，并须两存，不可偏弃也。

沈隐侯曰："文章当从三易：易见事，一也；易识字，二也；易读诵，三也。"邢子才常曰："沈侯文章，用事不使人觉，若胸臆语也。"深以此服之。祖孝征亦尝谓吾曰："沈诗云'崖倾护石髓'，此皆似用事耶？"邢子才、魏收，俱有重名，时俗准的，以为师匠。邢赏服沈约而轻任昉，魏爱慕任昉而毁沈约，每于谈宴，辞色以之。邺下纷纭，各有朋党。祖孝征尝谓吾曰："任、沈之是非，乃邢、魏之优劣也。"

兰陵萧悫，梁室上黄侯之子，工于篇什。尝有《秋诗》云："芙蓉露下落，杨柳月中疏。"时人未之赏也。吾爱其萧散，宛然在目。颍川荀仲举、琅琊诸葛汉，亦以为尔。而卢思道之徒，雅所不惬。

何逊诗实为清巧，多形似之言；扬都论者，恨其每病苦辛，饶贫寒气，不及刘孝绰之雍容也。虽然，刘甚忌之，平生诵何诗，云："蘧居响北阙，懂懂不道车。"又撰《诗苑》，止取何两篇，时人讥其不广。刘孝绰当时既有重名，无所与让，唯服谢朓，尝以谢诗置几案间，动静辄讽咏。简文爱陶渊明文，亦复如此。江南语曰："梁有三何，子朗最多。"三何者，逊及思澄、子朗也。子朗信饶清巧。思澄游庐山，每有佳篇，并为冠绝。

齐世亦隆讥刺之风，如宋孝王《关东风俗传》，颇讽朝士是也，惜其书不传。阳休之有文学，其弟俊之，当文襄时，多作六言歌辞，淫荡而拙，世俗流传，名为《阳五伴侣》，写而卖之，在市不绝。俊之尝过市，取而改之，言其字误。卖书者曰："阳五古之贤人，作此《伴侣》，君何所知？轻敢议论。"俊之大喜，后待诏文林馆，自言"有文集十卷，家兄亦不知吾是才士也"。所作六言，当是后世弹词盲曲之类欤？

第三节　北周文学

周文创业，颇欲有革于浮华，于是苏绰倡言古文。及后南士北来，如王褒、庾信，以轻艳为宗，当世复靡然效之。言古文者谓王、庾为今文，互相非诋。《周书·柳虬传》曰："时人论文体者有今古之异，虬以为时有古今，非文有古今，乃为《文质论》，盖欲和二派之争也。"

苏绰,字令绰,武功人,少好学,博览群书。周文与仆射周惠达论事,惠达不能对,乃出外议之,出与绰量定入告。周文称善曰:"谁与卿为此议?"惠达以绰对,因称其有王佐才。周文曰:"吾闻之久矣。"寻除著作佐郎。自有晋之季,文章竞为浮华,遂以成俗。周文欲革其弊,因魏帝祭庙,群臣毕至,乃命绰为《大诰》奏行之。其词曰:

惟中兴十有一年,仲夏,庶邦百辟,咸会于王庭。柱国泰洎群公列将罔不来朝。时乃大稽百宪,敷于庶邦,用绥我王度。皇帝若曰:"昔尧命羲和,允厘百工;舜命九官,庶绩咸熙;武丁命说,克号高宗。时休哉,朕其钦若。格尔有位,胥暨我太祖之庭,朕将丕命女以厥官。"六月丁巳,皇帝朝格于太庙,凡厥具僚,罔不在位。皇帝若曰:咨我元辅、群公、列将、百辟、卿士、庶尹、御事,朕惟寅敷祖宗之灵命,稽于先王之典训,以大诰乎尔在位。昔我太祖神皇,肇膺明命,以创我皇基。烈祖、景宗,廓开四表,底定武功。暨乎文祖,诞敷文德。袭惟孝武,不寊其旧。自时厥后,陵夷之弊,用兴大难于彼东土,则我黎庶,咸坠涂炭。惟台一人,缵戎下武,夙夜祇畏,若涉大川,罔识攸济。是用稽于帝典,揆于王度,拯我人瘼。惟彼哲王,示我通训,曰天生黎蒸,罔克自乂,上帝降鉴睿圣,植元后以乂之。时惟元后,弗克独乂,博求明德,命百辟群吏以佐之。肆天子命辟,辟之命官,惟以恤人,弗惟逸豫。辟惟元首,庶黎惟趾,股肱惟弼。上下一体,各勤攸司,兹用克臻于皇极。故皇其彝训曰:"后克艰厥后,臣克艰厥臣,政乃乂,今台一人,膺天之眷,既陟元后。股肱百辟,乂服我国家之命,罔不咸守厥职。嗟!后弗艰厥后,臣弗艰厥臣,政于何弗绎?呜呼艰哉!凡尔在位,其敬听命。"皇帝若曰:"柱国,惟四海之不造,载繇二纪。我大祖、列祖之命,用锡我以元辅。国家将坠,公惟栋梁。皇之弗极,公惟作相。百揆僣度,公惟大录。公其允文允武,克明克乂,迪七德,敷九功,龛暴除乱,下绥我苍生,傍施于九正,若伊之在商,周之有吕,说之相丁,用保我无疆之祚。"皇帝若曰:"群公、太宰、太尉、司徒、司空。

惟公作朕鼎足，以弼乎朕躬。宰惟天官，克谐六职。尉惟司武，武在止戈。徒惟司众，敬敷五教。空惟司土，利用厚生。惟时三事，若三阶之在天；惟兹四辅，若四时之成岁。天工人其代诸。"皇帝若曰："列将，汝惟鹰扬，作朕爪牙。寇贼奸宄，蛮夷猾夏，汝徂征。绥之以惠，董之以威，刑期无刑，万邦咸宁。俾八表之内，莫违朕命，时汝功。"皇帝若曰："庶邦列辟，汝惟守土，作人父母。人惟不胜其饥，故先王重农；不胜其寒，故先王贵女工。人之不率于孝慈，则骨肉之恩薄；弗惇于礼让，则争夺之萌生。惟兹六物，实为教本。呜呼！为上在宽，宽则人怠，齐之以礼，不刚不柔，稽极于道。"皇帝若曰："卿士、庶尹，凡百御事，王省惟岁，卿士惟月，庶尹惟日，御事惟时。岁月日时，罔易其度，百宪咸贞，庶绩其凝。呜呼！惟若王官，陶均万国，若天之有斗，斟元气，酌阴阳，弗失其和，苍生永赖；悖其序，万物以伤。时惟艰哉！"皇帝若曰："惟天地之道，一阴一阳；体俗之变，一文一质。爰自三五，以迄于兹，匪惟相革，惟其救弊；匪惟相袭，惟其可久。惟我有魏，承乎周之末流，接秦、汉遗弊，袭魏、晋之华诞，五代浇风，因而未革，将以穆俗兴化，庸可暨乎！嗟我公辅、庶僚、列辟，朕惟否德，其一朕心，力祗慎厥艰，克遵前王之丕显休烈，弗敢怠荒。咨尔在位，亦叶于朕心，惇德允元，惟厥艰是务。克捐厥华，即厥实，背厥伪，崇厥诚。勿怨勿忘，一乎三代之彝典，归于道德仁义，用保我祖宗之丕命。荷天之休，克绥我万方，永康我黎庶。戒之哉，朕言不再。"柱国泰洎庶僚百辟拜手稽首曰："亶聪明，作元后，元后作人父母。惟三五之王，率繇此道，用臻于刑措。自时厥后，历千载未闻。惟帝念功，将及叔世，遂致于雍熙，庸锡降丕命于我群臣。博哉，王言！非言之难，行之实难。臣闻'靡不有初，鲜克有终'。《商书》曰：'终始惟一，德乃日新。'惟帝敬厥始，慎厥终，以跻日新之德，则我群臣，敢不夙夜对扬休哉！惟兹大谊，未光于四表，以迈种德，俾九域幽遐，咸昭奉元后之明训，率迁于道，永膺无疆之休。"帝曰："钦哉。"

绰此文虽作于魏世,及宇文建国,绰参赞机密,文笔皆依此体。《周书》尝论之曰:"周氏创业,运属陵夷,纂遗变于既丧,聘奇士如勿及。是以苏亮、苏绰、卢柔、唐瑾、元伟、李昶之徒,咸奋鳞翼,自致青紫。然绰建言,务存质朴,遂糠粃魏晋,宪章虞夏。虽属词有师古之美,矫枉非适时之用,故莫能常行焉。"

王褒,字子渊,琅琊临沂人也。曾祖俭齐侍中,祖骞、父规并仕梁,有重名于江左。褒识量渊通,志怀沉静,美风仪,善谈笑,博览史传,尤工属文。梁国子祭酒萧子云,褒之姑夫也,特善草隶。褒少以姻戚去来其家,遂相模范,俄而名"亚子云"。周师征江陵,元帝授褒都督城西诸军事,军败,从元帝出降。先是,褒曾作《燕歌行》,妙尽关塞寒苦之状,元帝及诸文士并和之,而竟为凄切之词,至此方验焉。于是褒与王克、刘榖、宗懔、殷不害等数十人,俱至长安。太祖喜曰:"昔平吴之利,二陆而已;今定楚之功,群贤毕至,可谓过之。"世宗即位,笃好文学,时褒与庾信才名最高,特加亲待。帝每游宴,命褒等赋诗谈论,常在左右。寻加开府仪同三司。保定中,除内史中大夫。高祖作《象经》,令褒注之,引据该洽,甚见称赏。建德以后,颇参朝议,仍掌纶诰,后出为宣州刺史。初,褒与梁处士汝南周弘让相善,及弘让兄弘正自陈来聘,高祖许褒等通亲知音问,褒赠弘让诗并致书曰:

嗣宗穷途,杨朱歧路。征蓬长逝,流水不归。舒惨殊方,炎凉异节。木皮春厚,桂树冬荣。想摄卫惟宜,动静多豫。贤兄入关,敬承款曲。犹依杜陵之水,尚保池阳之田,铲迹幽蹊,销声穷谷。何期愉乐,幸甚!幸甚!弟昔因多疾,亟览九仙之方;晚涉世途,常怀五岳之举。同夫关令,物色异人;譬彼客卿,服膺高士。上经说道,屡听玄牝之谈;中药养神,每禀丹砂之说。顷年事遒尽,容发衰谢。芸其黄矣,零落无时。还念生涯,繁忧总集。视阴愒日,犹赵孟之徂年;负杖行吟,同刘琨之积惨。河阳北临,空思巩县;霸陵南望,还见长安。所冀书生之魂,来依旧壤;射声之鬼,无恨他乡。白云在天,长离别矣;会见之期,邈无日矣。援笔揽纸,龙钟横集。

庾信,字子山,南阳新野人,父肩吾,梁散骑常侍、中书令。信幼而俊迈,聪敏绝伦,博览群书,尤善《春秋左氏传》。时肩吾为梁太子中庶子掌管记,东海徐摛为左卫率,摛子陵及信并为抄撰学士。父子在东宫,出入禁闼,恩礼莫与比隆。既有盛才,文并绮艳,故世号为"徐庾体"焉。当时后进竞相模范,每有一文,京都莫不传诵。尝聘东魏,文章辞令,盛为邺下所称,还为东宫学士。台城陷后,信奔江陵,元帝时奉使于周,遂留长安。屡膺显秩,俄拜洛州刺史。陈、周通好,南北流寓之士,各许还其旧国。陈氏乃请王褒及信等十数人,高祖唯放王克、殷不害等,信及褒并留而不遣,寻征为司宗中大夫。周世宗、高祖,并好文学,信特蒙恩礼。至于赵、滕诸王,周旋款至,有若布衣之交。群公碑志,多相请托,唯王褒颇与信相埒,自余文人,莫有逮者。信虽位望通显,常有乡关之思,乃作《哀江南赋》以致其意。其序曰:

粤以戊辰之年,建亥之月,大盗移国,金陵瓦解。余乃窜身荒谷,公私涂炭。华阳奔命,有去无归,中兴道消,穷于甲戌,三日哭于都亭,三年囚于别馆。天道周星,物极不反。傅燮之但悲身世,无所求生;袁安之每念王室,自然流涕。昔桓君山之志事,杜元凯之生平,并有著书,咸能自序。潘岳之文采,始述家风;陆机之词赋,多陈世德。信年始二毛,即逢丧乱,藐是流离,至于暮齿。《燕歌》远别,悲不自胜;楚老相逢,泣将何及!畏南山之雨,忽践秦庭;让东海之滨,遂飡周粟。下亭漂泊,皋桥羁旅。楚歌非取乐之方,鲁酒无忘忧之用。追惟此赋,聊以记言。不无危苦之辞,唯以悲哀为主。日暮途远,人间何世!将军一去,大树飘零;壮士不还,寒风萧瑟。荆璧睨柱,受连城而见欺;载书横阶,捧珠盘而不定。钟仪君子,入就南冠之囚;季孙行人,留守西河之馆。申包胥之顿地,碎之以首;蔡威公之泪尽,加之以血。钓台移柳,非玉关之可望;华亭唳鹤,岂河桥之可闻?孙策以天下为三分,众裁一旅;项羽用江东之子弟,人唯八千。遂乃分裂山河,宰割天下。岂有百万义师,一朝卷甲,芟夷斩伐,如草木焉！江淮无涯岸之阻,亭壁无藩篱之固。头会箕敛者,合从缔交；锄耰棘矜者,因利乘便。将非江表王气,应终三百年乎？是知并吞六合,不免轵道之灾；混一车书,无救平阳之祸。呜呼！山岳崩颓,既履危亡之运；春秋迭代,必有去故之悲。天意人事,可以凄怆伤心者矣。况复舟楫路穷,星汉非乘槎可上；风飚道阻,蓬莱无可到之期。穷者欲达其言,劳者须歌其事。陆士衡闻而抚掌,是所甘心；张平子见而陋之,固其宜矣。

《周书》论曰："既而革车电迈,渚宫云撤。荆、衡杞梓,东南竹箭,备器用于庙堂者众矣。唯王褒、庾信,奇才秀出,牢笼于一代。是时,世宗雅词云委,滕、赵二王,雕章间发。咸筑宫虚馆,有如布衣之交。由是朝廷之人,闾阎之士,莫不忘味于遗韵,眩精于末光。犹丘陵之仰嵩、岱,川流之宗溟、渤也。然则子山之文,发源于宋末,盛行于梁季。其体以淫放为本,其词以轻险为宗。故能夸目侈于红紫,荡心逾于郑卫。昔杨子云有言：'诗人之赋丽以则,词人之赋丽以淫。'若以庾氏方之,斯又词赋之罪人也。"

《丹铅总录》曰："庾信之诗,为梁之冠绝,启唐之先鞭。史评其诗曰'绮艳',杜子美称之曰'清新',又曰'老成'。'绮艳''清新',人皆知之,而其'老成',独子美能发其妙。余尝合而衍之曰：绮多伤质,艳多无骨,清而不薄,新而不尖,所以为'老成'也。若元人之诗,非不绮艳,非不清新,而乏老成；宋人诗则强作老成态度,而绮艳清新,概未之有。若子山者,可谓兼之矣。不然,则子美何以服之如此？"

拟咏怀　庾信

横流遘屯慝,上惨结重氛。哭市闻妖兽,颓山起怪云。绿林多散卒,清波有败军。智士今安用？忠臣且未闻。惜无万金产,东求沧海君。

萧条亭障远,凄怆风尘多。关门临白狄,城影入黄河。秋风别苏武,寒水送荆轲。谁言气盖世,晨起帐中歌。

渡河北　王褒

　　秋风吹木叶,还似洞庭波。常山临代郡,亭障绕黄河。心悲异方乐,肠断陇头歌。薄暮临征马,失道北山阿。

第二十二章　隋之统一及文学

第一节　南北思潮之混合及文体变革之动机

《隋书·文苑传序》曰："梁自大同之后,雅道沦缺,渐乖典则,争驰新巧。简文、湘东,启其淫放;徐陵、庾信,分路扬镳。其意浅而繁,其文匿而彩,词尚轻险,情多哀思,格以延陵之听,盖亦亡国之音也。……隋文初统万机,每念斫雕为朴,发号施令,咸去浮华。然时俗词藻,犹多淫丽,故宪台执法,屡飞霜简。炀帝初习艺文,有非轻侧之论,暨乎即位,一变其风。《与越公书》《建东都诏》《冬至受朝诗》及《拟饮马长城窟》,并存雅体,归于典制,虽意在骄淫,而词无浮荡。故当时缀文之士,遂得依而取正焉。所谓能言者未必能行,盖亦君子不以人废言也。"

盖隋既代周平陈,南北始一,河洛之英,江左之彦,翩然俱会,盖北人多邃经术,南士长于咏歌。及陆法言、刘臻、颜之推、魏渊、卢思道、李若、萧该、辛德源、薛道衡九人,同定《切韵》,而后南北之音正焉。文帝既不好淫靡之文,一时文体几变,观李谔上书,可以见之。始炀帝诗笔亦雅有古风,当世慕化,如杨素《赠薛播州》七百字,清远有风骨,未几而卒,道衡以为"人之将死,其言也善"若是乎?是时王通讲学河汾之间,述作多依经典,其言纯于儒术。今所传《中说》,即以拟《论语》者也。文中子事,见于《唐书·王绩王勃传》。唐初王绩、杨炯、陈叔达诸人并有文称之,或谓房、杜诸贤,咸及其门,莫能详也。方举世溺于浮采,而通之作独希周、孔,视苏绰惟猎取字句者不同,真豪杰独立之士矣。

上文帝论文体轻薄书　李谔

臣闻古先哲王之化人也,必变其视听,防其嗜欲,塞其邪放之心,示以淳和之路。五教六行,为训人之本;《诗》《书》《礼》《易》,为道义之门。故能家复孝慈,人知礼让,正俗调风,莫大于此。其有上书献赋,制诔镌铭,皆以褒德序贤,明勋证理。苟非惩劝,义不徒然。降及后代,风教渐落。魏之三祖,更尚文词,忽君人之大道,好雕虫之小艺。下之从上,有同影响,竞骋文华,遂成风俗。江左齐、梁,其弊弥甚,贵贱贤愚,唯务吟咏。遂复遗理存异,寻虚逐微,竞一韵之奇,争一字之巧。连篇累牍,不出月露之形;积案盈箱,唯是风云之状。世俗以此相高,朝廷据兹擢士。禄利之路既开,爱尚之情愈笃,于是闾里童昏,贵游总卯,未窥六甲,先制五言。至如羲皇、舜、禹之典,伊、傅、周、孔之说,不复关心,何尝入耳?以傲诞为清虚,以缘情为勋绩,指儒素为古拙,用词赋为君子。故文笔日繁,其政日乱,良由弃大圣之轨模,构无用以为用也。捐本逐末,流遍华壤,递相师祖,久而愈扇。及大隋受命,圣道聿兴,屏黜浮词,遏止华伪,自非怀经抱质,志道依仁,不得引预搢绅,参厕缨冕。开皇四年,普诏天下,公私文翰,并宜实录。其年九月,泗州刺史司马幼之,文表华艳,付所司推罪。自是公卿大臣,咸知正道,莫不钻仰坟素,弃绝华绮,择先王之令典,行大道于兹世。然闻外州远县,仍踵弊风,选吏举人,未遵典则。宗党称孝,乡曲归仁,学必典谟,交不苟合,则摈落私门,不加收齿;其学不稽古,逐俗随时,作轻薄之篇章,结朋党而求誉,则选充吏职,举送大朝。盖由县令、刺史,未行风教,犹挟私情,不存公道。臣既忝宪司,职当纠察。若闻风即劾,恐挂网者多,请勒有司,普加搜访,有如此者,具状送台。

饮马长城窟行示从征群臣　炀帝

肃肃秋风起,悠悠行万里。万里何所行?横漠筑长城。岂台小子智,先圣之所营。树兹万世策,安此亿兆生。讵敢惮焦思?高枕于上京。北河秉武节,千里卷戎旌。山川互出没,原野穷超忽。纵金止行阵,鸣鼓兴士卒。千乘万骑动,饮马长城窟。秋昏塞外云,雾暗关山月。缘岩驿马上,乘空烽火发。借问长城候,单于入朝谒?浊气静天山,晨光照高阙。释兵仍振旅,要荒事方举。饮至告言旋,功归清庙前。

中说论文　王通

子谓荀悦:"史乎？史乎？"谓陆机:"文乎？文乎？"皆思过半矣。子谓:"文士之行可见:谢灵运小人哉？其文傲,君子则谨。沈休文小人哉？其文冶,君子则典。鲍照、江淹,古之狷者也,其文急以怨。吴均、孔珪,古之狂者也,其文怪以怒。谢庄、王融,古之纤人也,其文碎。徐陵、庾信,古之夸人也,其文诞。"或问孝绰兄弟,子曰:"鄙人也,其文淫。"或问湘东王兄弟,子曰:"贪人也,其文繁。谢朓,浅人也,其文捷。江总,诡人也,其文虚。皆古之不利人也。"子谓:"颜延之、王俭、任昉,有君子之心焉,其文约以则。"房玄龄问文,子曰:"古之文也约以达,今之文也繁以塞。"

第二节　新声及律体之复盛

炀帝践祚,骄暴日甚,东西游幸,穷极侈靡。所至流连声伎,其《清夜游曲》,犹陈后主之《后庭花》也。于是当时文士,复好丽词,雅制终废,然新声竞作,为后世戏曲之萌芽。律体大进,又有以导唐人之先路,今分别论之。

（甲）新声之盛

说者多谓戏曲源于汉世角抵杂技之属,即张衡《西京赋》所称是也。作伎之时,虽取象形,杂进俳歌,且所拟不仅鱼龙曼衍,亦兼状人事。江左以后,此风渐盛。《南齐书·乐志》以永明中,"太乐令郑义泰案孙兴公赋造天台山伎,作莓苔、石桥、道士扪翠屏之状",则像今世剧场布景者矣。纳兰成德《渌水亭杂志》,以"梁时大云之乐,作一老翁演述西域神仙之事,优伶实始于此"。要其迁变,不甚可考。隋时删定操弄古曲,为一百四曲,大抵以诗为本,参以古调。括齐、魏、周、陈子弟,悉配太常,其数益于前代。先是有七部乐,炀帝乃定《清乐》《西凉》《龟兹》《天竺》《康国》《疏勒》《安国》《高丽》《礼毕》,以为九部乐。器工依创造既成,大备于兹矣。炀帝不解音律,大制艳篇,辞极淫绮。令乐正白明达造新声,创《万岁乐》《藏钩乐》《七夕相逢乐》《投壶乐》《舞席同心髻》《玉女行觞》《神仙留客》《掷砖续命》《斗鸡子》《斗百草》《泛龙舟》《还旧宫》《长乐花》及《十二时》等曲，掩抑摧藏，哀音断绝，帝悦之无已，谓幸臣曰："多弹曲者，如人多读书，读书多则能撰书，弹曲多即能造曲，此理之然也。"每岁正月，万国来朝，留至十五日，于端门外、建国门内，绵亘八里，列为戏场。百官起棚夹路，从昏达旦，以纵观之，至晦而罢。伎人皆衣锦绣缯彩，其歌舞者，多为妇人。服鸣环佩饰以花毦者，殆三万人。初课京兆、河南制此衣服，而两京缯锦为虚。金石匏革之声，闻数十里外，弹弦撇管以上，一万八千人。大列炬火，光烛天地，百戏之盛，振古无比。自是每年以为常焉。此见于《隋书·乐志》。杂戏与歌舞并陈，亦即戏曲之源矣。

（乙）律体之进步

《隋书》叙刘臻、崔儦、王颊、诸葛颖、王贞、孙万寿、虞绰、王胄、庾自直、潘徽等为《文学传》，然文采之丽，当推薛道衡、虞世基、孙万寿、王胄等。盖近宗徐、庾，为下开沈、宋者也。律体始于沈约声病之论，而成于陈、隋之间，观于诸人之作，可以见矣。

薛道衡，字元卿，河东汾阴人。齐世有名，与范阳卢思道、安平李德林齐名。齐历仕周、隋。江东雅好篇什，道衡所作，南人无不吟诵。与杨素最善。所撰《老子碑》，文尤华赡，诗咏清美。

虞世基，字茂世，会稽余姚人，荔之子也。徐陵见之，以为今之潘、陆。仕陈至尚书左丞。陈主尝于莫府山校猎，令世基作《讲武赋》。入隋为通直郎直内史。每佣书养亲，尝为五言诗以见意，性理凄切，世以为工，作者无不吟咏。炀帝即位，顾遇弥隆。秘书监河东柳顾言，博学有才，罕所推谢。至是与世基相见，叹曰："海内当共推此一人，非吾侪所及也。"

孙万寿，字仙期，信都武强人也。年十四，就阜城熊安生受五经，略通大义，兼博涉子史，善属文。李德林见而奇之。高祖受禅，滕穆王引为文学。坐衣服不整，配防江南。行军总管宇文述召典军书，万寿本自书生，从容文雅，一旦从军，郁郁不得志。为五言诗赠京邑知友，盛为当世吟诵，天下好事者，多书壁而玩之。

王胄，字承基，琅琊临沂人，梁太子詹事筠之孙也。胄少有逸才，仕陈起家鄱阳王法曹参军,历太子舍人,东阳王文学。及陈灭,晋王秦引为学士。大业初为著作佐郎。以文词为炀帝所重,帝尝自东都还京师,赐天下大酺,因为五言诗,诏胄和之,帝览称善,因为侍臣曰:"气高致远,归之于胄;词清体润,其在世基;意密理新,推庾自直。过此者,未可以言诗也。"帝所有篇什,多令继和。与虞绰齐名,同志友善,于时后进之士,咸以二人为准的。

人日思归　薛道衡
入春才七日,离家已二年。人归落雁后,思发在花前。

入关　虞世基
陇云低不散,黄河咽复流。关山多道里,相接几重愁。

寄京邑知友　孙万寿
贾谊长沙国,屈平湘水滨。江南瘴疠地,从来多逐臣。粤余非巧宦,少小拙谋身。欲飞无假翼,思鸣不值晨。如何载笔士,翻作负戈人?飘飘如木偶,弃置同刍狗。失路乃西浮,非狂亦东走。晚岁出函关,方春度京口。石城临兽据,天津望牛斗。牛斗盛妖氛,枭獍已成群。郗超初入幕,王粲始从军。裹粮楚山际,被甲吴江溃。吴江一浩荡,楚山何纠纷。惊波上溅日,乔木下临云。系越恒资辩,喻蜀几飞文。鲁连唯救患,吾彦不争勋。羁游岁月久,归思常搔首。非关不树萱,岂为无杯酒。数载辞乡县,三秋别亲友。壮志后风云,衰鬓先蒲柳。心绪乱如丝,空怀畴昔时。昔时游帝里,弱岁逢知己。旅舍南馆中,飞盖西园里。河间本好书,东平唯爱士。莫辩接天人,清言洞名理。凤池时寓直,麟阁常游止。胜地盛宾僚,丽景相携招。舟泛昆明水,骑指渭津桥。祓除临灞岸,供帐出东郊。宜城酝始熟,阳翟曲新调。绕树乌啼夜,雊麦雉飞朝。细尘梁下落,长袖掌中娇。欢娱三乐至,怀抱百忧销。梦想犹如昨,寻思久寂寥。一朝牵世网,万里逐波潮。回轮常自转,悬斾不堪摇。登高视衿带,乡关白云外。回首望孤城,愁人益不平。华亭宵鹤唳,幽谷早莺鸣。断绝心难续,惝恍魂屡惊。群纪通家好,邹鲁故乡情。若值南飞雁,时能访死生。

大酺应诏　王胄

河洛称朝市,崤函实与区。周营曲阜作,汉建奉春谟。大君苞二代,皇居盛两都。招摇正东指,天驷乃西驱。展軨齐玉駃,式道耀金吾。千门驻汉罼,四达俨车徒。是节春之暮,神皋华实敷。皇情感时物,睿思属枌榆。诏问百年老,恩荣五日酺。小人荷镕铸,何由答大炉。

第四编　近古文学史

第一章　唐初文学与隋文学之余波

第一节　唐文学总论

《唐书·文艺传序》谓唐文章"三变"："盖以王、杨为一变，燕、许为一变，韩、柳为一变也。"《群书备考》承其说，曰："唐之文章，无虑三变。王、杨始霸，如丽服靓妆，燕歌赵舞，虽绮丽盈前，而殊乏风骨。燕、许继兴，波澜颇畅，而骈俪犹存。韩愈始以古文为学者倡，柳宗元翼之，豪健雄肆，相与主盟当世。下至孙樵、杜牧，峻峰激流，景出象外，而窘裂边幅；李翱、刘禹锡，刮垢见奇，清劲可爱，而体乏浑雄；皇甫湜、白居易，闲澹简质，每见回宫转角之音，随时间作，类之《韶》《夏》，皆淫哇而不可听者也。"

姚铉《唐文粹序》曰："唐三百年，用文治天下。陈子昂起于庸蜀，始振风雅，繇是沈、宋嗣兴，李、杜杰出。六义四始，一变至道。泊张燕公以辅相之才，专撰述之任，雄辞逸气，耸动群听，苏许公继以宏丽，丕变习俗；而后萧、李以二雅之辞本述作，常、杨以三盘之体演丝纶，郁郁之文，于是乎在。惟韩吏部超卓群流，独高邃古，以二帝三王为根本，以六经四教为宗师，凭陵轥轹，首唱古文，遏横流于昏垫，辟正道于夷坦。于是柳子厚、李元宾、李翱、皇甫湜又从而和之，则我先圣孔子之道，炳然悬诸日月。故论者以退之之文可继扬、孟，斯得之矣。至于贾常侍至、李补阙翰、元容州结、独孤常州及、吕衡州温、梁补阙肃、权文公德舆、刘宾客禹锡、白尚书居易、元江夏稹，皆文之雄杰者欤！世谓贞元、元和之间，辞人咳唾，皆成珠玉，岂诬也哉！"

然有唐一代，最盛者莫如诗，有"初、盛、中、晚"之分。大抵高祖武德元年以后百年间谓之"初唐"，玄宗开元元年以后五十年间谓之"盛唐"，代宗大历元年以后八十年间谓之"中唐"，宣宗大中元年以后至于唐亡谓之"晚唐"。严羽《沧浪诗话》曰："论诗如论禅，汉魏晋与盛唐之诗则第一义也；大历以还之诗则小乘禅也，已落第二义矣；晚唐之诗则声闻辟支果也。"夫既有"盛唐"

"晚唐"之名,则大历以还之诗即"中唐"矣。唐诗分"盛唐""中唐""晚唐",实始于此。有唐一代,享国既久,诗人又多,分而为三,未始无见。乃沧浪又有云:"盛唐人诗亦有一二滥觞晚唐者,晚唐人诗亦有一二可入盛唐者。"又曰:"大历之诗高者尚未失盛唐,下者渐入晚唐矣。"然则"盛唐""中唐""晚唐"亦止以大判而论,不能划然区分。至后世推求愈密,又于"盛唐"之上增出"初唐"名目,则自元杨士宏所选《唐音》始,其书分"始音""正音""遗响",而"始音"惟王、杨、卢、骆四家,"正音"则初唐、盛唐为一类,中唐、晚唐为一类,"遗响"亦备列诸家,而方外及女子附焉。是"初、盛、中、晚"分而不分矣,殆亦以其中固有不可分者乎?"始音"止王、杨、卢、骆四家,其理亦不可解。盖杨伯谦所谓"'始音''正音''遗响'者,论诗体不论时代也"。至明高棅《唐诗品汇》,分"正始、正宗、大家、名家、羽翼、接武、正变、余响、旁流"九格——以初唐为"正始",盛唐为"正宗"、为"大家"、为"名家"、为"羽翼",中唐为"接武",晚唐为"正变"、为"余响",方外异人等诗为"旁流"——则踵杨氏之说而衍之,"初、盛、中、晚"区以别矣。然品类愈歧,体例愈舛矣。

沈骐《诗体明辨序》曰:"唐以诗名一代,而统分为四大宗。王、魏诸人首开草昧之风,而陈子昂特以澹古雄健振一代之势,杜审言、刘希夷、沈佺期、宋之问、张说、张九龄亦各全浑厚之气于音节疏畅之中。盛唐稍著宏亮,储光羲、王维、孟浩然之清逸,王昌龄、高适之闲远,常建、岑参、李颀之秀拔,李白之朗卓,元结之奥曲,咸殊绝寡伦;而杜甫独以浑雄高古自成一家,可以为史,可以为疏,其言时事最为悚切,不愧古诗人之义,盖亦诗之仅有者也。中唐弥矜琢炼,刘长卿以古朴开宗;韦应物、钱起之隽迈,卢伦、顾况、刘禹锡之扬,及元白唱和之作,韩、柳古风之体,张籍、贾岛、孟郊之清刻,李贺之怪险,是其最也。晚唐体愈雕镂,杜牧高爽,欲追老杜;温、李西昆之体,婉丽自喜;皮、陆《鹿门》诸章,往往超胜。若夫诗余之体,肇于李白,盛于晚唐。然晚唐之诗,不及其词,亦各有其媺也。"

至于"初、盛、中、晚"之辨,高棅《唐诗品汇》论之尤详,其《序》曰:"有唐三百年,诗众体备矣。故有近体、往体、长短篇、五七言律、绝句等制,莫不兴于始,成于中,流于变,而陊之于终。至于声律兴象,文词理致,各有品格高下之不同。略而言之,则有初唐、盛唐、晚唐之殊。详而分之,贞观、永徽之时,虞、魏诸公,稍离旧习,王、杨、卢、骆,因加美丽,刘希夷有闺帷之作,上官仪有婉媚之体,此初唐之始制也。神龙以还,泊开元初,陈子昂古风雅正,李巨山文章宿老,沈、宋之新声,苏、张之大手笔,此初唐之渐盛也。开元、天宝间,则有李翰林之飘逸,杜工部之沉郁,孟襄阳之清雅,王右丞之精致,储光羲之真率,王昌龄之耸俊,高适、岑参之悲壮,李颀、常建之超凡,此盛唐之盛者也。大历、贞元中,则有韦苏州之雅澹,刘随州之闲旷,钱、郎之清赡,皇甫之冲秀,秦公绪之山林,李臣一之台阁,此中唐之再盛也。下暨元和之际,则有柳愚溪之超然复古,韩昌黎之博大奇怪,孟郊、贾岛之饥寒,此晚唐之变也。降而开成以后,则有杜牧之豪纵,温飞卿之绮靡,李义山之隐僻,许用晦之偶对,他若刘沧、马戴、李群玉、李频辈,尚能黾勉气格,埒迈时流,此晚唐变态之极,而遗风余韵犹有存者焉。是皆名家擅场,驰骋当世。或称才子,或推诗豪,或谓五言长城,或为律诗龟鉴,或号诗人冠冕,或尊海内文宗,靡不有精粗、邪正、长短、高下之不同。观者苟非穷精阐微,超神入化,玲珑透彻之悟,则莫能得其门而臻其壶奥也。"

至选次唐诗为集,在唐时已多有之,最著者如芮挺章之《国秀集》、元结之《箧中集》、窦常之《南薰集》、殷璠之《河岳英灵集》、高仲武之《中兴间气集》、李康成之《玉台后集》、令狐楚之《元和御览诗》、姚合之《极玄集》、韦庄之《又玄集》、顾陶之《唐诗类选》等。宋则王安石之《唐百家诗选》、赵蕃之《唐诗绝句》、洪迈之《唐人万首绝句》、周弼之《三体唐诗》等。金则元好问之《唐诗鼓吹》,明则高棅之《唐诗品汇》、李攀龙之《唐诗选》、钟惺之《唐诗归》等,其余不可胜记。至清康熙间敕编《全唐诗》,采辑二千二百余家,视宋计有功之《唐诗纪事》,多至千余家(计有功《纪事》录千一百五十家),可为集唐诗之大成矣。

诗文之体,皆至唐而大备。诗体既具上论,文体至韩、柳倡复古,而为后之言古文者所莫能外。其余如令狐楚之章奏,传之李义山,自三十六体行,始有"四六"之名,为俪文之极靡矣。小词号为诗余,发于李白诸人,盛于唐末,又诗之变也。

魏晋以来,儒教与道、释二家争为雄长,齐、梁间渐有调和三教之论,独至唐而三教并隆。高祖、太宗相继崇尚经术,屡幸国子监,登用名儒。及《五经正义》成,后世言经学者皆宗之。唐与老聃同姓,太宗特位老子于释氏之上。高宗遂尊老子为"太上玄元皇帝"。太宗遣玄奘如印度,及其还也,译经、论一千三百三十余卷,于是释氏诸宗渐备于此土。故儒释道三教俱盛唐世。乃至景教、回教,亦于唐时流入诸夏。则唐之文教,可谓极其广大者矣。

第二节 唐初之风尚与陈隋文人

唐兴,陈、隋遗彦,往往布在朝列。禅代之初,陈叔达与温大雅,同掌文诰。武德初,隐太子与秦王、齐王相倾,争致名臣以自助。于是太子有詹事李纲、窦轨,庶子裴矩、郑善果,友贺德仁,洗马魏徵,中舍人王珪,舍人徐师谟,率更令欧阳询,典膳监任璨直,典书坊唐临,陇西公府祭酒韦挺,记室参军事庾抱,左领大都督府长史唐宪,学士萧德言、陈子良。秦王有友于志宁,记室参军事房玄龄、虞世南、颜思鲁,咨议参军事窦伦、萧景,兵曹杜如晦,铠曹褚遂良,士曹戴胄、阎立德,参军事薛元敬、蔡允恭,主簿薛收、李道玄,典签苏干,文学姚思廉、褚亮,敦煌公府文学颜师古,右元帅府司马萧瑀,行军元帅府长史屈突通、司马窦诞,天策府长史唐俭、司马封伦,军咨祭酒苏世长,兵曹参军事杜淹,仓曹李守素,参军事颜相时。齐王有记室参军事荣九思,户曹武士逸,典签裴宣俨,文学袁朗。及太宗既即位,诸人多见礼异。所谓"十八学士"者,当于后论之,其余大抵振名于前代,骋翰于新朝。此外又有孔绍安,蚤与隋末诗人孙万寿齐名。谢偃之赋,李百药之诗,并号"谢李"。王绩为文中子之弟,与杜之松等,标隐逸之文。寒山、拾得,高方外之趣,并极一时之选矣。

后渚置酒　陈叔达

大渚初惊夜,中流沸鼓鼙。寒沙满曲渚,夕雾上邪溪。岸广凫飞急,云深雁度低。严关犹未遂,此夕待晨鸡。

秋夜独坐　袁朗

危弦断客心,虚弹落惊禽。新秋百虑净,独夜九愁深。枯蓬惟逐吹,坠叶不归林。如何悲此曲,坐作《白头吟》。

侍宴咏石榴　孔绍安

可惜庭中树,移根逐汉臣。只为来时晚,花开不及春。

古意　王绩

松生北岩下,由来人径绝。布叶梢云烟,插根拥岩穴。自言生得地,独负凌云洁。何时畏斤斧,几度经霜雪。风惊西北枝,电陨东南节。不知岁月久,稍觉枝干折。藤萝上下碎,枝干纵横裂。行当糜烂尽,坐共灰尘灭。宁关匠石顾,岂为王孙折。盛衰自有时,圣贤未尝屑。寄言悠悠者,无为嗟大耋。

少年行　李百药

少年飞翠盖,上路勒金镳。始酌文君酒,新吹弄玉箫。少年不欢乐,何以尽芳朝?千金笑里面,一搦掌中腰。挂缨岂惮宿,落珥不胜娇。寄语少年子,无辞归路遥。

杂诗(朱子以为诗人未易到此)　**寒山**

城中蛾眉女,珠佩何珊珊。鹦鹉花间弄,琵琶月下弹。长歌三日响,短舞万人看。未必长如此,芙蓉不耐寒。

第三节　太宗之文翰及十八学士

唐初文学,既承陈、隋之遗风。先是,太宗最好文学,初建秦邸,即开文学馆,召名儒十八人为学士。既即位,殿左置弘文馆,悉引学士,番宿更休。听朝之间,则与讨论典籍,杂以文咏。几日昃夜艾,未尝少息。诗笔草隶,卓越前古。唐三百年风雅之盛,帝实启之。

《大唐新语》："太宗谓侍臣曰：'朕戏作艳诗。'虞世南便谏曰：'圣作虽工，体制非雅。上之所好，下必随之。此文一行，恐致风靡。而今而后，请不奉诏。'太宗曰：'卿恳诚若此，朕用嘉之。群臣皆若世南，天下何忧不理！'乃赐绢五十匹。先是，梁简文帝为太子，好作艳诗，境内化之，浸以成俗，谓之'宫体'。晚年改作，追之不及，乃令徐陵撰《玉台集》，以大其体。永兴之谏，颇因故事。"盖太宗虽好文学，仍慕绮丽之风。上之所好，下必有甚。当时惟魏徵《述怀》犹有古意，而他篇什罕传。其余如李、谢之诗赋，长孙无忌之《新曲》，李义府之《堂堂词》，并是宫体之遗。上官以后，遂为沈、宋，其流益靡。虽有马、周之章、疏，颜、岑之笔札，然犹未能遽进于古也。

虽然，太宗奖励文雅，并隆玄释。老子与唐同姓，太宗尊之在佛之上。而玄奘之至西域，亦在此时。且有《五经正义》之纂集，故三教兼重，实自太宗。又集文士，编纂类书，如《文馆词林》《文苑英华》之类，为一时盛制焉。

帝京篇　唐太宗

秦川雄帝宅，函谷壮皇居。绮殿千寻起，离宫百雉余。连甍遥接汉，飞观迥凌虚。云日隐城阙，风烟出绮疏。

十八学士者，杜如晦、房玄龄、于志宁、苏世长、薛收、褚亮、姚思廉、陆德明、孔颖达、李道玄、李守素、虞世南、蔡允恭、颜相时、许敬宗、薛元敬、盖文达、苏勖。其中或以功业显于当世，或尤以文雅见重，且多为前代之遗贤。而入《唐书·儒学传》者有陆德明、颜相时、孔颖达、盖文达四人，入《文艺传》者仅蔡允恭一人而已。诸人率有著述，或传或不传。要之文章之美，当推虞世南、褚亮、许敬宗、蔡允恭等。至于姚思廉之史学，陆德明、孔颖达之经术，当于后别论之。

虞世南，越州余姚人，出继叔陈中书侍郎寄之后，故字伯施。性沉静寡欲，与兄世基同受学于吴顾野王。文章婉缛，慕仆射徐陵，陵自以类己，由是有名。太宗尝称世南有"五绝"：一曰德行，二曰忠直，三曰博学，四曰文辞，五曰书翰。然世南篇章仍沿声律之体。说部书载:"世南以犀如意爬痒,久之叹曰:'妨吾声律半工夫。'"太宗作宫体诗,而使世南和之,虽尝据以为谏,其体格故有相近也。及卒,太宗为诗一篇,追述往古兴亡之道,既而叹曰:"钟子期死,伯牙不复鼓琴。朕此诗将何以示?"令起居郎褚遂良诣其灵帐读讫焚之。其集三十卷,诏褚亮为之序。

褚亮,字希明,杭州钱唐人。博览,工属文,太宗为秦王时,以亮为王府文学。每从征伐,尝与密谋。子遂良亦有文采。

许敬宗,字延族,杭州新城人,善心子也。隋时官直谒者台,奏通事舍人事。入唐为著作郎,兼修国史。高宗时为右相卒。

蔡允恭,荆州江陵人。有风采,善缀文。仕隋,历著作佐郎、起居舍人。炀帝属词赋,多令讽诵之。入唐,为文学馆学士,贞观初,除太子洗马。

中妇织流黄　虞世南

寒闺织素锦,含怨敛双蛾。综新交缕涩,经脆断丝多。衣香逐举袖,钏动应鸣梭。还恐裁缝罢,无信达交河。

奉和秋日即目应制　许敬宗

玉露交珠网,金风度绮钱。昆明秋景淡,岐岫落霞然。辞燕归寒海,来鸿出远天。叶动罗帷扬,花映绣裳鲜。规空升暗魄,笼野散轻烟。鹊度林光起,凫没水文圆。无机络秋纬,如管奏寒蝉。乃眷情何极,宸襟豫有旃。

奉和望月应魏王教　褚亮

层轩登皎月,流照满中天。色共梁珠远,光随赵璧圆。落影临秋扇,虚轮入夜弦。所欣东馆里,预奉西园篇。

述怀　魏徵

中原初逐鹿,投笔事戎轩。纵横计不就,慷慨志犹存。杖策谒天子,驱马出关门。请缨系南粤,凭轼下东藩。郁纡陟高岫,出没望平原。古木鸣寒鸟,空山啼夜猿。既伤千里目,还惊九折魂。岂不惮艰险?深怀国士恩。季布无二诺,侯嬴重一言。人生感意气,功名谁复论。

新曲　长孙无忌

阿㑊家住朝歌下,早传名。结伴来游淇水上,旧长情。玉珮金钿随步远,云罗雾縠逐风轻。转目机心悬自许,何须更待听琴声。

第四节　经术之统一及小学

自汉末郑康成遍为诸经作注,兼采今古文,当时服虔、何休各有所说,经义至于汉季备矣。魏世王肃始与郑氏立异,而或谓伪《古文尚书》,即出于王肃、皇甫谧等。晋初清谈方盛,惟杜预治《左氏春秋》,颇为学者所尚。自后中原丧乱,经籍道息。国统分为南北,经术亦遂分途。《隋书·儒林传序》曰:"南北所治,章句好尚,互有不同。江左,《周易》则王辅嗣,《尚书》则孔安国,《左传》则杜元凯。河洛,《左传》则服子慎,《尚书》《周易》则郑康成。《诗》则并主于毛公,《礼》则同遵于郑氏。大抵南人约简,得其英华;北学深芜,穷其枝叶。考其终始,要其会归,其立身成名,殊方同致矣。"隋时南北之学渐合,而立国未久,莫臻厥盛。据《北史·儒林传》,谓开皇初"征辟儒生,远近毕至。使相与讲论得失于东都之下,纳言定其差次,一以闻奏焉。于时,旧儒多已凋亡,惟信都刘士元、河间刘光伯拔萃出类,学通南北,博极今古,后生钻仰。所制诸经义疏,缙绅咸师宗之"。盖经术自后汉有今、古学之分,及郑康成混而合之。晋以后又有南、北学之分,刘焯、刘炫混而合之。至于唐初撰《五经正义》,多采二刘。故经术至唐统一矣。

太宗以儒学多门,章句繁杂,诏国子祭酒孔颖达与诸儒撰定五经义疏,凡一百七十卷,名曰《五经正义》。颖达既卒,博士马嘉运驳其所定义疏之失,有诏更定,未就。永徽二年,诏诸臣复考证之,就加增损。永徽四年,颁孔颖达《五经正义》于天下,每年明经依此考试。自唐至宋,明经取士,皆遵此本。于是异说渐废。五经疏者,《易》主王弼,《书》孔安国,《左氏》杜预解;而郑康成所注之《易》《书》,服虔所注之《左氏》,皆置不讲。故说者谓五经疏多取南学,盖二刘以北人好南学,孔颖达等承之。至是经术定于一尊,南学行而北学微矣。

《唐书·孔颖达传》曰:"颖达与颜师古撰五经义训,凡百余篇,号《义赞》,诏改为《正义》。"则当时修五经疏,颖达实与颜师古同总其事。此外同修者,《周易》有马嘉运、赵乾叶,《尚书》有王德韶、李子云,《毛诗》有王德韶、齐威,《春秋》有谷那律、杨士勋,《礼记》有朱子奢、李善信、贾公彦、柳士宣、范义硕、张权。标题颖达一人之名者,以年辈在先,名位独重耳。颖达字仲达,冀州人,隋时博士。入唐已耄年,为十八学士之一。

《颜师古传》曰:"师古,字籀,其先琅琊人。太宗尝叹五经去圣远,传习寖讹,师古于秘书省考正,多所厘正。既成,悉诏诸儒议,于是各执所习,共非诘师古。师古辄引晋宋旧文,随方晓答,谊据该明,出其悟表,人人叹服。帝因颁所定书于天下,学者赖之。俄拜秘书少监,专事刊正古篇奇字,世所惑者,讨析申熟,必畅本源。又为太子承乾注班固《汉书》上之。时人谓杜征南、颜秘书为左丘明、班孟坚忠臣。师古为之推之孙,所著又有《匡谬正俗》,多考正文义,学者尚之。"

当时又有陆德明,亦在十八学士之列,所著《经典释文》传于学者。德明,名元朗,以字行,苏州吴人。受学周弘正,陈时已有名。唐既定五经义疏,然实以九经取士。《礼记》《左传》为大经,《毛诗》《周礼》《公羊》为中经,《周易》《尚书》《仪礼》《穀梁》为小经。盖以经文多少言之也。

自汉儒多训释群经,晋宋以后,则诸史杂书,亦有注解。隋唐之际,士尤精研小学。《唐书·曹宪传》曰:"宪,扬州江都人。仕隋为秘书学士,聚徒教授,凡数百人,公卿多从之游。于小学家尤邃。自汉杜林、卫宏以后,古文亡绝,至宪复兴,炀帝令与诸儒撰《桂苑珠丛》百卷,规正文字。又训注张揖所撰《博雅》,分为十卷,学者推其该博,藏于秘阁。贞观中,扬州长史李袭誉荐之。以弘文馆学士召,不至,即家拜朝散大夫,当世荣之。太宗尝读书,有奇难字,辄遣使者问宪,宪具为音注,援验详确,帝咨尚之。卒年百余岁。宪始以昭明太子《文选》授诸生,而同郡魏模、公孙罗、润州许淹、江夏李善,相继传授。于是其学大兴。《经籍志》载宪著《尔雅音义》二卷,《博雅》十卷,《文字指归》四卷。许淹撰有《文选音》十卷,公孙罗亦有《文选音义》,李善著书尤多。"

《李邕传》曰:"父善,有雅行,淹贯古今,不能属辞,故人号书簏。显庆中累擢崇贤馆直学士,兼沛王侍读,为《文选注》六十卷,敷析渊洽,表上之,赐赉颇渥。善后居汴、郑间讲授,诸生四远至,传其业,号文选学。又撰《汉书辨惑》三十卷。邕少知名,始善注《文选》,释事而忘意,书成以问邕,邕不敢对,善诘之。邕意欲有所更,善曰:'试为我补益之。'邕附事见义,善以其不可夺,故两书并行。"

宋王谠《唐语林》云:"李氏《文选》有初注成者,有覆注成者,有三注、四注者,当初旋被传写之误。其绝笔之本,兼释音训,义解甚多。"盖唐初经术统一,训诂之学盛行,学者多精究古书、奇字、义训。李善注《文选》主别名一学,其余以小学著书者尤不可胜纪矣。

第五节　诸史之纂集

高祖践祚于大乱之后,经籍亡散,秘书湮缺。令狐德棻始请帝重购求天下遗书,置吏称录,不数年图典略备。又建言:"近代无正史,梁、陈、齐文籍犹可据,至周、隋事多脱捐。今耳目尚相及,史有所凭,一易世,事皆汩暗,无所掇拾。陛下受禅于隋,隋承周二祖,业多在周。今不论次,各为一王史,则先烈世庸不光明,后无传焉。"帝谓然。于是诏中书令萧瑀、给事中王敬业、著作郎殷闻礼主魏,中书令封德彝、舍人颜师古主隋,大理卿崔善为、中书舍人孔绍安、太子洗马萧德言主梁,太子詹事裴矩、吏部郎中祖孝孙、秘书丞魏徵主齐,秘书监窦琎、给事中欧阳询、文学姚思廉主陈,侍中陈叔达、太史令庾俭、令狐德棻主周。整振论撰,多历年不能就,罢之。贞观三年复诏撰定,议者以魏有魏收、魏澹二家,书为已详,惟五家史当立。德棻更与秘书郎岑文本、殿中侍御史崔仁师次周史,中书舍人李百药次齐史,著作郎姚思廉次梁、陈二史,秘书监魏徵次隋史,左仆射房玄龄总监。修撰之原,自德棻发之也。德棻,宜州华原人。时又有邓世隆、顾引、李延寿、李仁宴,皆以史学称,惟延寿所撰《南北史》见行于世云。

岑文本,字景仁,邓州人。沉敏,有姿仪,博综经史,美谈论,善属文。贞观初,除秘书郎,上《籍田》《三元》二颂,辞甚工,擢中书舍人。所草诏诰或繁凑,即令书童六七人随口并写,须臾悉成。时中书侍郎颜师古以谴罢,太宗曰:"朕自举一人。"乃以授文本。先与令狐德棻撰周史,史论多出文本。郑亚《李德裕集序》曰:"高祖革隋,文物大备。在贞观中则颜公师古、岑公文本兴焉。"盖颜、岑并以文诰齐称当时也。

姚思廉,察之子也,少受《汉书》于察,尽传其业。寡嗜欲,惟一于学,未尝问家人生赀。历仕陈、隋。初,察在陈尝修梁、陈二史,未就死,以属思廉。唐初,思廉表父遗言,有诏听续。

李百药,字重规,定州安平人,隋内史令德林子。七岁能属文。父友陆义等共读徐陵文,有"刈琅琊之稻"之语,叹不得事。百药进曰:"《春秋》'鄅子借稻',杜预谓在琅琊。"客大惊,号奇童。百药名臣子,才行世显,为天下推重,诗尤其所长,樵厮皆能讽之,与谢偃赋并称"李诗谢赋"。所撰《齐史》行于时。

李延寿世居相州,贞观中累官至御史台主簿,兼修国史。初,延寿父太师,多识前世旧事,尝以宋、齐、梁、陈、齐、周、隋天下参隔,南方谓北为"索虏",北方指南谓"岛夷",其史于本国详,他国略,往往訾美失传,思所以改正,拟《春秋》编年,刊究南北事,未成而殁。延寿既数与论撰,所见益广,乃追终先志。本魏登国元年,尽隋义宁二年,作本纪十二、列传八十八,谓之《北史》。本宋永初元年,尽陈祯明三年,作本纪十、列传七十,谓之《南史》。凡八代,合二书百八篇上之。其书颇有条理,删落酿辞,过本书甚远。时人见年少位下,不甚称其书。迁符玺郎,兼修国史,卒。尝撰《太宗政典》,调露中,高宗观之,咨美直笔,赐其家帛五十段,藏副秘阁,仍别录以赐皇太子云。

按:自德棻建议修梁、陈、周、齐、隋五史,而《晋书》亦成于当时史臣之手。故欲观唐初史笔,则有晋、梁、陈、周、齐、隋六家之史,及李延寿之南、北史。《晋书》百三十卷,惟陆机、王羲之两传论皆称"制曰",盖太宗自撰之辞也。刘知幾谓贞观中诏前后晋史十八家，未能尽善，敕史官更加纂撰。自是，言晋史者皆弃其旧本，竞从新撰。然唐人所撰类书、注释，犹每称引王隐、虞预、朱凤、何法盛、谢灵运、臧荣绪、沈约之书，与徐广、干宝、邓粲、王韶之、曹嘉之、刘谦之之纪，及孙盛、习凿齿、檀道鸾之著述，要自新撰成而旧本渐废矣。刘元海与高祖渊同名，史臣至不敢加贬语，且曰"元海人杰"，又曰"策马鸿骞，乘机豹变"。委曲献谀，一至于此。

其余诸史利病，可略而言。姚思廉之《梁书》《陈书》，并承其父察之业，李百药《北齐书》亦缵其父德林之绪。江左文雅之邦，故思廉叙述较为优赡，其排比次第，犹是汉晋以来相承之史法也。北齐立国本浅，鲜丰功伟烈足资史材，列传诸人或上接魏朝，或下逮周世，徒以取盈卷帙，节目丛脞，未足观美。令狐德棻专叙《周书》，同修者有岑文本、崔仁师、陈叔达、唐俭，颇因周隋时柳䶉、牛宏之书。刘知幾于《周书》颇多贬辞，谓："宇文开国，事由苏绰。军书辞令，皆准《尚书》。太祖敕朝廷诸文，悉准此。……而令狐不能别求他述，用广异闻，惟凭本书，重加润色。遂使周室一代之史，多非实录。"《隋书》帝纪五卷、列传五十卷皆署唐魏徵等奉敕撰，志三十卷署长孙无忌等撰。据《史通》，则撰纪传者为颜师古、孔颖达，撰志者为于志宁、李淳风、韦安仁、李延寿、令狐德棻。按贞观三年诏修隋史，十五年又诏修梁、陈、周、齐、隋五代史志，故《隋书》十志，皆不以隋代为限，梁、陈、周、齐诸书之无志者，皆可借此考见。《律历志》出于李淳风，《五行志》或以为褚遂良作，《经籍志》以四部分列，垂为后世定法。汉以后、唐以前之著述，赖以存其目者多矣。《兵志》之作，亦自《隋书》为始，《唐书》以下，殆沿其例欤。

南、北史意存简要，体为通史，视旧史为约。而纪、传之外不别作表、志，颇足缺憾。其列传以姓分衍，卷第无法。南则王谢分支，北则崔卢系派。故家世族，一例连书，朝代不晰，几近家传，施于国史，多所未安，不得援《史记》世家之例为比也。

第二章 上官体与四杰

第一节 上官体

上官仪,字游韶,陕州陕人。贞观初,擢进士第,召授弘文馆直学士,迁秘书郎。太宗每属文,遣仪视稿,私宴未尝不预。高宗即位,为秘书少监,进西台侍郎,同东西台三品。麟德元年,坐梁王忠事下狱死。仪工诗,其词绮错婉媚,人多效之,谓为"上官体"。集三十卷,今佚。

《安德山池宴集》一首:

上路抵平津,后堂罗荐陈。缔交开狎赏,丽席展芳辰。密树风烟积,回塘荷芰新。雨霁虹桥晚,花落凤台春。翠钗低舞席,文杏散歌尘。方惜流觞满,夕鸟已城闉。

《大唐新语》:"高宗承贞观之后,天下无事,上官仪独为宰相,尝凌晨入朝,循洛水堤,步月徐辔,咏诗曰:'脉脉大川流,驱车历长洲。鹊飞山月曙,蝉噪野云秋。'音韵凄响,群公望之如神仙焉。"《诗苑类格》曰:"唐上官仪曰诗有六对:一曰正名对,'天地''日月'是也;二曰同类对,'花叶''草芽'是也;三曰连珠对,'萧萧''赫赫'是也;四曰双声对,'黄槐''绿柳'是也;五曰叠韵对,'彷徨''放旷'是也;六曰双拟对,'春树''秋池'是也。又曰诗有八对:一曰的名对,'送酒东南去,迎琴西北来'是也;二曰异类对,'风织池间树,虫穿草上文'是也;三曰双声对,'秋露香佳菊,春风馥丽兰'是也;四曰叠韵对,'放荡千般意,迁延一介心'是也;五曰联绵对,'残河若带,初月如眉'是也;六曰双拟对,'议月眉欺月,论花颊胜花'是也;七曰回文对,'情新因意得,意得逐情新'是也;八曰隔句对,'相思复相忆,夜夜泪沾衣;空叹复空泣,朝朝君未归'是也。"

上官昭容,名婉儿,仪之孙也。天性韶警,善文章。年十四,武后召见,有所制作,若素构。自通天以来,内掌诏命,掞丽可观。尝忤旨当诛,后惜其才,止黥而不杀也。然群臣奏议,及天下事皆与之。中宗即位,大被信任,进拜昭容。婉儿劝帝侈大书馆,增学士员,引大臣名儒充选。数赐宴赋诗,君臣赓和。婉儿尝代帝及后、长乐、安宁二主,众篇并作,而采丽益新。又差第群臣所赋,赐金爵,故朝廷靡然成风。当时属词者,大抵虽浮靡,然所得皆有可观,婉儿力也。开元初裒次其文,诏张说题篇。

自梁陈以还,诗已进于律体,作者竞拘声病,沈约之后,继以徐、庾。唐兴则太宗好宫体。上官仪出,益为绮错,更立六对之法。逮夫沈、宋,又加精切,虽属辞浮靡,然美丽可观。婉儿承其祖武,与诸学士争骛华藻。沈、宋应制之作,多经婉儿评定。当时以此相慕,遂为风俗。故律体之成,上官祖孙之力尤多矣。

第二节　王杨卢骆四杰

王勃、杨炯、卢照邻、骆宾王四人号"初唐四杰",承江左之风流,会六朝之华采。虽亦属辞绮错,而视上官体尤波澜深大,足以代表初唐之体格者也。

王勃,字子安,绛州龙门人。六岁善文辞,九岁得颜师古注《汉书》读之,作《指瑕》以摘其失。麟德初,刘祥道巡行关内,勃上书自陈,祥道表于朝,对策高第。年未及冠,授朝散郎,数献颂阙下。沛王闻其名,召署府修撰,后屡坐罪废斥。父福畤繇雍州司功参军,坐勃故左迁交趾令,勃往省,渡海溺水,悸而卒,年二十九。初,道出钟陵,九月九日都督大宴滕王阁,宿命其婿作序以夸客,因出纸笔遍请,客莫敢当,至勃,抗然不辞。都督怒,起更衣,遣吏伺其文辄报。一再报,语益奇,乃矍然曰:"天才也。"请遂成文,极欢罢。勃属文,初不精思,先磨墨数升,则酣饮,引被覆面卧,及寤,援笔成篇,不易一字,时人谓勃为"腹稿"。

杨炯,华阴人。幼聪敏博学,善属文。年十一,举神童,授校书郎,为崇文馆学士。武后时,左转梓州司法参军。秩满,迁婺州盈川令。卒于官。中宗即位,以旧僚赠著作郎。炯闻时人以"四杰"称,乃自言曰:"吾愧在卢前,耻居王后。"

卢照邻,字升之,范阳人。十岁从曹宪、王义方授《苍》《雅》,调邓王府典签。王有书十二车,照邻总披览,略能记忆。王爱重,比之相如。调新都尉,染风疾,去官,居太白山,以服饵为事。又客东龙门山,疾甚,足挛,一手又废。乃去阳翟具茨山下,买园数十亩,疏颍水周舍,复豫为墓。偃卧其中,后不堪其苦,与亲属诀,自投颍水死,年四十。尝著《五悲文》以自明。有集二十卷,又《幽忧子》三卷。

骆宾王,义乌人。七岁能赋诗。初为道王府属,历武功主簿,调长安主簿。善为五言诗,作《帝京篇》,当时以为绝唱。武后时,数上疏言事。下除临海丞,鞅鞅不得志,弃官去。徐敬业乱,署宾王为府属,为敬业传檄天下,斥武后罪。后读,但嘻笑,至"一抔之土未干,六尺之孤安在",矍然曰:"谁为之?"或以宾王对。后曰:"宰相安得失此人!"敬业败,宾王亡命,不知所之。中宗时,诏求其文,得数百篇。他日,崔融与张说评勃等曰:"勃文章宏放,非常人所及,炯、照邻可以企之。"说曰:"不然。盈川文如悬河,酌之不竭,优于卢而不减王,耻居后,信然;愧在前,谦也。"说部书谓骆宾王好以数对,如"秦地重关一百二,汉家离宫三十六",时号"算博士"。杨炯为文,好以古人姓名连开,如"张平子之略谈,陆士衡之所记,潘安仁宜其陋矣,仲长统何足知之",号"点鬼簿"。

《容斋四笔》:"王勃等四子之文,皆精切有本原。其用骈俪作序、记、碑、碣,盖一时体格如此,而后来颇议之。杜诗云:'王杨卢骆当时体,轻薄为文哂未休。尔曹身与名俱灭,不废江河万古流。'正谓此耳。'身名俱灭'以责轻薄子,'江河万古流'指四子也。韩公《滕王阁记》云:'江南多游观之美,而滕王阁独为第一。及得三王所为序、赋、记等,壮其文辞。'注谓:'王勃作《游阁序》。'又云:'中丞命为记,窃喜载名其上,词列三王之次,有荣耀焉。'则韩之所以推勃,亦为不浅矣。"

《艺苑卮言》曰:"卢、骆、王、杨,号称'四杰'。词旨华丽,固缘陈隋之遗,骨气翩翩意象,老境超然胜之。五言遂为律家正始。内子安稍近乐府,杨、卢尚宗汉魏,宾王长歌,虽极浮靡,亦有微瑕,而缀锦贯珠,滔滔洪远,故是千秋绝艺。"又曰:"子安诸赋,皆歌行也,为歌行则佳,为赋则丑。"

仲春郊外　王勃

东园垂柳径,西堰落花津。物色连三月,风光绝四邻。鸟飞村觉曙,鱼戏水知春。初晴山院里,何处染嚣尘。

早行　杨炯

敞朗东方彻,阑干北斗斜。地气俄成雾,天云渐作霞。河流才辨马,岩路不容车。阡陌经三岁,闾阎对五家。露文沾细草,风影转高花。日月从来惜,关山犹自赊。

狱中学骚体　卢照邻

夫何秋夜之无情兮,皎皛悠悠而太长。圜户杳其幽邃兮,愁人披此严霜。见河汉之西落,闻鸿雁之南翔。山有桂兮桂有芳,心思君兮君不将。忧与忧兮相积,欢与欢兮两忘。风裛裛兮木纷纷,涧绿叶兮吹白云。寸步千里兮不相闻,思公子兮日将曛。林已暮兮鸟群飞,重门掩兮人径稀。万族皆有所托兮,蹇独淹留而不归。

灵隐寺　骆宾王

鹫岭郁苕峣,龙宫锁寂寥。楼观沧海日,门对浙江潮。桂子月中落,天香云外飘。扪萝登塔远,刳木取泉遥。霜薄花更发,冰轻叶互凋。夙龄尚遐异,披对涤烦嚣。待入天台路,看余渡石桥。

第三章 武后及景龙时文学

第一节 武后时文学之盛

唐兴文雅之盛,尤在则天以来。虽当时则天诗笔多崔融、元万顷等代作,而内有上官之流,染翰流丽,天下闻风。苏、李、沈、宋,接声并骛。文士之多,当推此时。

《元万顷传》曰:"天后讽高宗广召文词之士入禁中修撰,万顷与左史范履冰、苗神客,右史周思茂、胡楚宾咸预其选,前后撰《列女传》《臣轨》《百寮新诫》《乐书》等,凡千余卷。朝廷疑议,及百司表疏,皆密令万顷等参决,以分宰相之权,时人谓之北门学士。"

《武后传》曰:"帝晚益病风不支,天下事一付后。后乃更为太平文治事,大集诸儒内禁殿,撰定《列女传》《臣轨》《百寮新诫》《乐书》等,大抵千余篇。因令学士密裁可奏议,分宰相权自此始。作瞾丙埊乙囝〇稬思夷贏峦舌十有二文。太后自名瞾。拜薛怀义为辅国大将军,封郑国公,令与群浮屠作《大云经》,言神皇受命事。春官尚书李思文诡言《周书·武成》为篇辞,有'垂拱天下治',为受命之符。后喜,皆班示天下,稍图革命。"

《大唐新语》曰:"则天初革命,大搜遗逸,四方之士应制者向万人。则天御洛阳城南门,亲自临试。张说对策,为天下第一。则天以逸古以来,未有科甲,乃屈为第二等。其警句曰'昔三监玩常,有司既纠之以猛;今四罪咸服,陛下宜济之以宽。'拜太子校书,仍令写策本于尚书省,颁示朝集及蕃客等,以光大国得贤之美。"

按武后尝召文学士所撰书有《玄览》及《古今内范》各百卷,《青宫纪要》《少阳政范》各三十卷,《维城典训》《凤楼新诫》《孝子列女传》各二十卷(《经籍志》作《列女传》一百卷),《内轨要略》《乐书要录》各十卷,《百寮新诫》《兆人本业》各五卷,《臣范》两卷,《垂拱格》四卷,并文集一百二十卷(《垂拱集》百卷,《金轮集》十卷)藏于秘阁。又撰《紫宸礼要》十卷,《字海》一百卷,《述圣记》一卷,《高宗实录》一百卷,《保傅乳母传》一卷。

《旧书》:久视元年,以张易之为奉宸令,引辞人阎朝隐、薛稷、员半千并为奉宸供奉。诏昌宗撰《三教珠英》于内。乃引文学之士李峤、阎朝隐、徐彦伯、张说、宋之问、崔湜、富嘉谟等二十六人,分门撰集,成一千三百卷,上之。易之、昌宗皆粗能属文,如应诏和诗,则宋之问、阎朝隐为之代作。后易之败,朝官房融、崔神庆、崔融、李峤、宋之问、杜审言、沈佺期、阎朝隐等皆坐窜逐,凡数十人。

盖武后在高宗时,已奖进文学。始则以北门学士诸人纂集群书,革命以后,又有《三教珠英》之集,引拔尤众。一时文士如苏、李、沈、宋之闳丽,陈子昂、卢藏用之古文,富嘉谟、吴少微之经术,刘子玄之史学,以及张说之词笔,徐坚之博洽,并腾誉文囿,上总初唐之丽则,下启开元之极盛。有唐一代,律诗与古文之体,最越前世,皆发于武后时,可谓异矣。

又武后子章怀太子亦有文采。章怀太子名贤,字明允,高宗第六子也。永徽间封潞王。上元二年,孝敬皇帝薨,其年六月,立为太子,寻令监国。招集当时学者,太子左庶子张大安、洗马刘讷言、洛州司户格希玄、学士许叔牙、成玄一、史藏诸、周宝宁等,注范晔《后汉书》,表上之。

《乐苑》曰:"《如意娘》,商调曲。唐则天皇后所作也。"其词曰:

看朱成碧思纷纷,憔悴支离为忆君。不信比来长下泪,开箱验取石榴裙。

第二节 珠英学士与沈宋

晁公武《郡斋读书志》:"《珠英学士集》五卷,谓唐武后朝,尝诏武三思等修《三教珠英》一千三百卷,预修书者凡四十七人,崔融编集其所赋诗,各题爵里,以官班为次,融为之序。"《旧唐书》称修《三教珠英》者二十六人。今《珠英学士集》已佚,据晁氏所记,乃有四十七人之多。且所谓二十六人者,亦不尽可考。其见于诸传中,预修《珠英》者有李峤、员半千、崔湜、张说、徐坚、阎朝隐、徐彦伯、宋之问、沈佺期、富嘉谟、刘知幾、刘允济、李适、王无竞、尹元凯、乔备等十余人而已。珠英学士荟萃一时文人,而李峤、张昌宗实为修书使。峤本与苏味道齐名,号"苏李",又与崔融、杜审言并号"文章四友"。此外则沈、宋最为杰出。今述诸人尤著者传略于后。

苏味道,赵州栾城人。九岁能属辞,与里人李峤俱以文翰显,时号"苏李"。

李峤,赵州赞皇人。富才思,有所属词,人多传讽。武后时,汜水获瑞石,峤为御史,上《皇符》一篇,为世讥薄。然其仕前与王勃、杨盈川接,中与崔融、苏味道齐名,晚诸人没,而为文章宿老,一时学者取法焉。后玄宗尝读峤《汾阴行》,叹曰:"李峤真才子也。"

崔融,字安成,齐州全节人。武后幸嵩高,见融铭《启母碣》,叹美之。及已封,即命铭《朝觐碑》。授著作郎。张易之兄弟颇延文学士,融与李峤、苏味道、麟台少监王绍宗降节佞附。易之诛,贬袁州刺史,召授国子司业。与修《武后实录》。劳,封清河县子。融为文华婉,当时未有辈者。朝廷大笔,多手敕委之,其《洛书宝图颂》尤工。撰《武后哀册》最高丽,绝笔而死,时谓思苦神竭云。年五十四。

杜审言,字必简,襄州襄阳人,晋征南将军预远裔。擢进士,为隰城尉,恃才高,以傲世见疾。苏味道为天官侍郎,审言集判,出谓人曰:"味道必死。"人惊问故,答曰:"彼见吾判,且羞死。"又尝语人曰:"吾文章当得屈、宋作衙官,吾笔当得王羲之北面。"其矜诞类此。《艺苑卮言》曰:"杜审言华藻整栗,小让沈、宋,而气度高逸,神情圆畅,自是中兴之祖,宜其矜率乃尔。"

此外如刘允济,少与王勃齐名。徐彦伯为文,变易求新,以凤阁为鹓阁、龙门为虬户、金谷为铣溪、玉山为琼岳、竹马为篠骖、月兔为兔魄,进士效之,谓之涩体。阎朝隐文章善构奇,为时所称,然要不及沈、宋之闳丽矣。

宋之问,字延清,一名少连,汾州人。之问伟仪貌,雄于辩。甫冠,武后召与杨炯分直习艺馆,累转尚方监丞、左奉宸内供奉。武后游洛南龙门,诏从臣赋诗。左史东方虬诗先成,后赐锦袍。之问俄顷献诗,后览之嗟赏,更夺袍以赐。于时张易之等烝昵宠甚,之问与阎朝隐、沈佺期、刘允济倾心媚附。易之所赋诸篇,尽之问、朝隐所为。(睿宗时之问坐赐死)魏建安后迄江左,诗律屡变。至沈约、庾信,以音韵相婉附,属对精密。及之问、沈佺期,又加靡丽,回忌声病,约句准篇,如锦绣成文。学者宗之,号为"沈宋"。语曰:"苏李居前,沈宋比肩。"谓苏武、李陵也。佺期,字云卿,相州内黄人。武后时预修《三教珠英》,转考功郎中,神龙中拜修文馆直学士。开元初始卒。

开元中,张说与徐坚论近世文章,说曰:"李峤、崔融、薛稷、宋之问之文,如良金美玉,无施不可。阎朝隐如丽服靓妆,燕歌赵舞,观者忘疲。若类之风雅,则罪人矣。"

独孤及曰:"汉魏之间,作者犹质有余而文不足。以今揆昔,则有朱弦疏越、太羹遗味之叹。沈詹事、宋考功始裁成六律,彰施五彩,使言之而中伦,歌之而成声。缘情绮靡之功,至是始备。虽去雅寖远,其利有过于古,犹路鼛出于土鼓,篆籀生于鸟迹。"

《艺苑卮言》曰:"五言至沈、宋始可称律,律为音律法律,天下无严于是者。知虚实平仄不得任情,而法度明矣。二君正是敌手,排律用韵稳妥,事不旁引,情无牵合,当为最胜。"

送别　李峤
岐路方为客,芳尊暂解颜。人随转蓬去,春伴落梅还。白云渡汾水,黄河绕晋关。离心不可问,宿昔鬓成斑。

登襄阳城　杜审言
旅客三秋至,层城四望开。楚山横地出,汉水接天回。冠盖非新里,章华即旧台。习池风景异,归路满尘埃。

上元　苏味道
火树银花合,星桥铁锁开。暗尘随马去,明月逐人来。游伎皆秾李,行歌尽落梅。金吾不禁夜,玉漏莫相催。

和梁王众传张光禄是王子晋后身　崔融

闻有冲天客，披云下帝畿。三年上宾去，千载忽来归。昔偶浮丘伯，今同丁令威。中郎才貌是，柱史姓名非。祗召趋龙阙，承恩拜虎闱。丹成金鼎献，酒至玉杯挥。天仗分旄节，朝容间羽衣。旧坛何处所，新庙坐光辉。汉主存仙要，淮南爱道机。朝朝缑氏鹤，长向洛城飞。

有所思　宋之问

洛阳城东桃李花，飞来飞去落谁家？洛阳女儿好颜色，坐见落花长叹息。今年花落颜色改，明年花开复谁在？已见松柏摧为薪，更闻桑田变成海。古人无复洛城东，今人还对落花风。年年岁岁花相似，岁岁年年人不同。寄言全盛红颜子，须怜半死白头翁。此翁白头真可怜，伊昔红颜美少年。公子王孙芳树下，清歌妙舞落花前。光禄池台交锦绣，将军楼阁画神仙。一朝卧病无相识，三春行乐在谁边？婉转蛾眉能几时，须臾鹤发乱如丝。但看古来歌舞地，唯有黄昏鸟雀飞。

古意呈补阙乔知之　沈佺期

卢家少妇郁金堂，海燕双栖玳瑁梁。九月寒砧催木叶，十年征戍忆辽阳。白狼河北音书断，丹凤城南秋夜长。谁谓含愁独不见，更将明月照流黄。

《全唐诗话》："刘希夷，一名庭芝，汝州人。少有文华，好为宫体诗，词旨悲苦，不为时人所重。善弹琵琶，尝为《白头翁》咏云：'今年花落颜色改，明年花开复谁在？'既而自悔曰：'我此诗谶，与石崇"白首同所归"何异？'乃更作一联云：'年年岁岁花相似，岁岁年年人不同。'既而又叹曰：'此句复仍似向谶矣。然死生有命，岂复由此！'即两存之。诗成未周岁，为奸人所杀。或云宋之问害之。后孙翌撰《正声集》，以希夷诗为集中之最，由是大为人所称。或云之问害希夷，以《洛阳篇》为己作，至今犹载此篇在《之问集》中。"案即前所录《有所思》篇也。或云希夷是之问之甥，刘宾客《嘉话录》言之问以土囊压杀希夷，而夺其句。临汉《隐居诗话》已辨其妄。希夷诗以《公子行》

《代悲白头翁》二篇尤为时所诵。当时又有张若虚赋《春江花月夜》一篇,亦初唐之名制云。

第三节　陈子昂与富吴体

唐初文章,不脱陈隋旧习。射洪陈子昂始奋发自为,追古作者。韩愈诗曰:"国朝盛文章,子昂始高蹈。"柳宗元亦谓:"张说工著述,张九龄善比兴,兼备者子昂而已。"(《杨评事文集后序》)马端临《文献通考》乃谓子昂"惟诗语高妙,其他文则不脱偶俪卑弱之体"。韩、柳之论不专称其诗,皆所未喻。今观其集,惟诸表序犹沿排俪之习,若论事书疏之类,实疏朴近古,韩、柳之论未为非也。

陈子昂,字伯玉,梓州射洪人。武后朝登进士第,官至右拾遗。子昂资性褊躁,然轻财好施,笃朋友,与陆余庆、王无竞、房融、崔泰之、卢藏用、赵元最厚。唐兴,文章承徐、庾余风,天下祖尚,子昂始变雅正。初为《感遇诗》三十八章,王适曰:"是必为海内文宗。"乃请交。子昂所论著,当世以为法。大历中,东川节度使李叔明为立旌德碑于梓州,为学堂。子昂初至京师,不为人知。有卖胡琴者,价百万,豪贵传视,无辨者。子昂突出,顾左右:"以千缗市之。"众惊问,答曰:"余善此乐。"皆曰:"可得闻乎?"曰:"明日可集宣阳里。"如期偕往,则酒肴毕具,置胡琴于前。食毕捧琴语曰:"蜀人陈子昂有文百轴,驰走京毂,碌碌尘土,不为人知,此乐贱工之役,岂宜留心?"举而碎之,以其文轴遍赠会者。一日之内,声华溢都。时武攸宜为建安王,辟为书记。武后朝为灵台正字。后为县令段简诬,系狱中而卒。

与东方左史虬修竹篇并序　陈子昂

东方公足下:文章道弊五百年矣。汉、魏风骨,晋、宋莫传,然而文献有可征者。仆尝暇时观齐、梁间诗,彩丽竞繁,而兴寄都绝,每以永叹,窃思古人,常恐逶迤颓靡,风雅不作,以耿耿也。一昨于解三处,见明公《咏孤桐篇》,骨气端翔,音情顿挫,光映朗练,有金石声。遂用洗心饰视,发挥幽郁。不图正始之音复睹于兹,可使建安作者相视而笑。解君云:"张茂先、何敬祖,东方生与其比肩。"仆亦以为知言也。故感叹推制,作《修竹诗》一篇,当有知音,以传示之。

龙种生南岳,孤翠郁亭亭。峰顶上崇翠,烟雨下微冥。夜闻鼯鼠叫,昼聒泉壑声。春风正淡荡,白露已清泠。哀响激金奏,密色滋玉英。岁寒霜雪苦,含彩独青青。岂不厌凝冽,羞比春木荣。春木有荣歇,此节无凋零。始愿与金石,终古保坚贞。不意伶伦子,吹之学凤鸣。遂偶云和瑟,张乐奏天庭。妙曲方千变,萧韶已九成。信蒙雕斫美,常愿事仙灵。驱驰翠虬驾,伊郁紫鸾笙。结交嬴台女,吟弄升天行。携手登白日,远游戏赤城。低昂玄鹤舞,断绝彩云生。永随众仙去,三山游玉京。

卢藏用《唐右拾遗陈子昂文集序》曰:"昔孔宣父以天纵之才,自卫反鲁,乃删《诗》定《礼》,述《易》道,而修《春秋》,数千百年文章粲然可观也。孔子殁二百岁而骚人作,于是怨丽浮侈之法行焉。汉兴二百年,贾谊、马迁为之杰,宪章礼乐,有老成之风;长卿、子云之俦,瑰诡万变,亦奇特之士也。惜其王公大人之言,溺于流杂而不显。其后班、张、崔、蔡、曹、刘、潘、陆,随波而作,虽大雅不足,其遗风余烈,尚有典型。宋、齐之末,盖憔悴矣,逶迤陵颓,流靡忘返,至于徐、庾,天之将丧斯文也。后进之士若上官仪者继踵而生,于是风雅之道,扫地尽矣。《易》曰:'物不可以终否,故受之以泰。'道丧五百岁而得陈君。君讳子昂,字伯玉,蜀人也。崛起江汉,虎视函夏,卓立千古,横制颓波,天下翕然,质文一变。非夫岷、峨之精,巫、庐之灵,则何以生此?故其谏诤之辞,则为政之先也;昭夷之碣,则议论之当也;国殇之文,则大雅之怨也;徐君之议,则刑礼之中也。至于感激顿挫,微显阐幽,庶几见变化之朕,以接乎天人之际者,则《感遇》之篇存焉。观其逸足骎骎,方将抟扶摇而凌太清,猎遗风而薄嵩、岱,吾见其进,未见其止。惜乎湮厄当世,道不偶时,委骨巴山,年志俱夭,故其文未极也。呜呼!聪明精粹而沦剥,贪叨桀骜以显荣,天乎天乎,吾始未知夫天焉,昔尝与余有忘形之契,四海之内,一人而已。良友殁矣,天其丧余。今采其遗文可存者编而次之,凡十卷。恨不逢作者,不得列于诗人之什,悲夫,故粗论文变而为之序。至于王霸之才,卓荦之行,则存之别传,以继于终篇云。"

又有成都阎丘均,与子昂、杜审言齐名。子昂所与酬答者,有东方虬、乔知之等。萧颖士于文章少许可,而独好子昂及卢藏用、富嘉谟之文,尹元凯亦与卢藏用厚善。

按《旧唐书·文苑传》:"富嘉谟,雍州武功人。举进士。长安中,累转晋阳尉。与新安吴少微友善,同官。先是,文士撰碑颂,皆以徐、庾为宗,气调渐劣。嘉谟与少微属辞,皆以经典为本,时人钦慕之,文体一变,称为'富吴体'。嘉谟作《双龙泉颂》《千蠋谷颂》,少微撰《崇福寺钟铭》,词最高雅,作者推重。""嘉谟与少微在晋阳,魏郡谷倚为太原主簿,皆以文辞著名,时人谓之'北京三杰'。"

张说曰:"富嘉谟文如孤峰绝岸,壁立万仞,浓云郁兴,震雷俱发,诚可畏也。若施于廊庙则骇矣。"燕公仍好丽词,故其言如此。富、吴等文章今罕传。唐初复古之功,当推伯玉无疑矣。

第四节 刘知幾

自魏文《典论》,唱讥评文史之风,及名理盛兴,而月旦之事,每施于篇翰。由晋、宋以至齐、梁,作者众矣。而揆其所论,多评于词赋而略于载笔。唐初刘子玄乃专评史家,著《史通》内、外四十九篇,自成一家之作,古所未有也。子玄名知幾,武后时官获嘉主簿。时吏横酷,淫及善人,公卿被诛死者踵相及。子玄悼士无良而甘于祸,作《思慎赋》以刺时。苏味道、李峤见而叹曰:"陆机《豪士》之流乎?周身之道尽矣。"子玄与徐坚、元行冲、吴兢等善,尝曰:"海内知我者数子耳。"累迁凤阁舍人,兼修国史。中宗时,迁秘书少监,仍领史事。当时修史皆宰相监修,意尚不一。子玄因求罢史职,奏记萧至忠,为言"修史五不可"之故,极为切至。徐坚见其《史通》,叹曰:"为史氏者宜置此坐右也。"又尝自比扬雄者四:"雄好雕虫小技,老而为悔;吾幼喜赋诗,而壮不为,期以述者自名。雄准《易》作经,当时笑之;吾作《史通》,俗以为愚。雄著书见尤于人,作《解嘲》;吾亦作《释蒙》。雄少为范逡、刘歆所器,及闻作经,以为必覆酱瓿;吾始以文章得誉,晚谈史传,由是减价。"其自感慨如此。子玄内负有所未尽,乃委国史于吴兢,别撰《刘氏家史》及《谱考》,上推汉为陆终苗裔,非尧后,彭城丛亭里诸刘出楚孝王嚣,曾孙居巢侯般不承元王。按据明审,议者高其博。今节录《史通·自叙》,可以观子玄之志矣。其词曰:

予幼奉庭训,早游文学。年在纨绮,便受《古文尚书》。每苦其辞艰琐,难为讽读。虽屡逢捶挞,而其业不成。尝闻家君为诸兄讲《春秋左氏传》,每废书而听。逮讲毕,即为诸兄说之。因窃叹曰:"使书皆如此,吾不复怠矣。"先君奇其意,于是始授以《左氏》,期年而讲诵都毕。于时年甫十有二矣。所讲虽未能深解,而大义略举。父兄欲令博观义疏,精此一经,辞以获麟以后,未见其事,乞且观余部,以广异闻。次又读《史》《汉》《三国志》。既欲知古今沿革,历数相承,于是触类而观,不假师训。自汉中兴以降,迄乎皇家实录,年十有七,而窥览略周。其所读书,多因假赁,虽部帙残缺,篇第有遗,至于叙事之纪纲,立言之梗概,亦粗知之矣。但于时将求仕进,兼习揣摩,至于专心诸史,我则未暇。泊年登弱冠,射策登朝,于是思有余闲,获遂本愿。旅游京洛,颇积岁年,公私借书,恣情披阅。至如一代之史,分为数家,其间杂记小书,又竟为异说,莫不钻研穿凿,尽其利害。加以自小观书,喜谈名理,其所悟者,皆得之襟腑,非由染习。故始在总角,读班、谢两汉,便怪前书不应有《古今人表》,后书宜为更始立纪。当时闻者共责,以为童子何知,而敢轻议前哲。于是赧然自失,无辞以对。其后见张衡、范晔集,果以二史为非。其有暗合于古人者,盖不可胜纪。始知流俗之士,难与之言,凡有异同,蓄诸方寸。及年以过立,言悟日多,常恨时无同好,可与言者。维东海徐坚,晚与之遇,相得甚欢,虽古者伯牙之识钟期、管仲之知鲍叔,不是过也。复有永城朱敬则、沛国刘允济、义兴薛谦光、河南元行冲、陈留吴兢、寿春裴怀古,亦以言议见许,道术相知,所有榷扬,将尽怀抱。每云:"德不孤,必有邻。四海之内,知我者不过数子而已矣。"昔仲尼以睿圣明哲,天纵多能,睹史籍之繁文,惧览者之不一,删《诗》为三百篇,约史记以修《春秋》,赞《易》道以黜八索,述《职方》以除九丘,讨论坟典,断自唐、虞,以迄于周,其文不刊,为后王法。自兹厥后,史籍逾多,苟非命世大才,孰能刊正其失?嗟予小子,敢当此任?其于史传也,尝欲自班、马已降,讫于姚、李、令狐、颜、孔诸书,莫不因其旧义,普加厘革。但以无夫子之名,而辄行夫子之事,将恐致惊末俗,取咎时人,徒有其劳,而莫之见赏,所以每握管,叹息迟回者久之。非欲之而不能,实能之而不敢也!既朝廷有知意者,遂以载笔见推,由是三为史臣,再入东观。每惟皇家受命,多历年所,史官所编,粗惟记录,至于纪传及志,则皆未有其书。长安中,会奉诏预修唐史,及今上即位,又敕撰《则天大圣皇后实录》。凡所著述,尝欲行其旧议,而当时同作诸士,及监修贵臣,每与其凿枘相违,龃龉难入。故其所载削皆与俗浮沉,虽自谓依违苟从,然犹大为史官所嫉。嗟乎!虽任当其职,而吾道不行,见用于时,而美志不遂,郁怏孤愤,无以寄怀。必寝而不言,嘿而无述,又恐没世之后,谁知予者?故退而私撰《史通》,以见其志。(下略)

第五节　景龙文学

武后时,登进文士。中宗即位,政无所革,诸人犹备侍从,故神龙、景龙间之文学,尚承武后时风气。加以上官昭仪亦在宫中,甚蒙宠遇,君臣相共媒饮,纪之可以见世变云。《大唐新语》:"神龙之际,京城正月望日,盛饰灯影之会,金吾弛禁,特许夜行。贵游戚属及下俚工贾,无不夜游。马车骈阗,人不得顾。王主之家,马上作乐,以相夸竞。文士皆赋诗一章,以纪其事。作者数百人,惟中书侍郎苏味道、吏部员外郭利贞、殿中侍御史崔液三人为绝唱。"

景龙二年,始于修文馆置大学士四员,学士八员,直学士十二员,象四时、八节、十二月。于是李峤、宗楚客、赵彦昭、韦嗣为大学士,李适、刘宪、崔湜、郑愔、卢藏用、李乂、岑羲、刘子玄为学士,薛稷、马怀素、宋之问、武平一、杜审言、沈佺期、阎朝隐为直学士,又召徐坚、韦元旦、徐彦伯、刘允济等满员。其后被选者不一。凡天子飨会游豫,唯宰相及学士得从。春幸梨园,并渭水祓除,则赐细柳圈辟疠;夏宴葡萄园,赐朱樱;秋登慈恩浮图,献菊花酒称寿;冬幸新丰,历白鹿观,上骊山,赐浴汤池,给香粉兰泽,从行给翔麟马,品官黄衣各一。帝有所感即赋诗,学士皆属和,当时人所歆慕。然皆狎猥佻佞,忘君臣礼法,惟以文华取幸。

《全唐诗话》:"中宗《九月九日幸临渭亭登高作》云:'九月正乘秋,三杯兴已周。泛桂迎樽满,吹花向酒浮。长房萸早熟,彭泽菊初收。何藉龙沙上,方得恣淹留。'时景龙三年也。序云:'陶潜盈把,既浮九酝之欢;毕卓持螯,须尽一生之兴。人题四韵,同赋五言,其最后成,罚之引满。'"

又曰:"十月,帝诞辰。内殿宴群臣联句:'润色鸿业寄贤才(帝云),叨居右弼愧盐梅(李峤)。运筹帷幄荷时来(宗楚客),职掌图籍滥蓬莱(刘宪)。两司谬忝谢钟裴(崔湜),礼乐铨管效尘埃(郑愔)。陈师振旅清九垓(赵彦昭),忻承顾问侍天杯(李适)。衔恩献寿柏梁台(苏颋),黄缣青简奉康哉(卢藏用)。宗伯秩礼天地开(薛稷),帝歌难续仰昭回(宋之问)。微臣捧日变寒灰,远惭班左愧游陪(上官婕妤)。'帝谓侍臣曰:'今天下无事,朝野多欢,欲与卿等词人,时赋诗宴乐,可识朕意,不须惜醉。'大学士李峤、宗楚客等跪奏曰:'臣等多幸,同遇昌期,谬以不才,策名文馆。思励驽朽,庶裨河岳。既陪天欢,不敢不醉。'此后每游别殿,幸离宫,驻跸芳苑,鸣笳仙禁,或戚里宸筵,王门毳席,无不毕从。"

中宗正月晦日幸昆明池赋诗,群臣应制百余篇。帐殿前结彩楼,命昭容选一篇为新翻御制曲。从臣悉集其下,须臾,纸落如飞,各认其名而怀之。既退,惟沈、宋二诗不下。移时,一纸飞坠,竞取而观,乃沈诗也。及闻其评曰:"二诗工力悉敌,沈诗落句云:'微臣雕朽质,羞睹豫章才。'盖词气已竭。宋诗云:'不愁明月尽,自有夜珠来。'犹陟健举。"沈乃伏,不敢复争。

又曰:"景龙中,中宗引近臣宴集,令各戏伎为乐。张锡为《谈容娘舞》,宗晋卿舞《浑脱》,张洽舞《黄獐》,杜元琰诵《婆罗门咒》,李行言唱《驾车西河》,卢藏用效道士上章,国子司业郭山恽请诵古诗两篇,诵《鹿鸣》《蟋蟀》未毕,李峤以诗有'好乐无荒'之语,止之。行言,陇西人,兼文学干事,《函谷关》诗为时人所许。中宗时,为给事中。能唱《步虚歌》。帝七月七日御两仪殿会宴,帝命为之。行言于御前长跪,作《三洞道士书词》歌曲,貌伟声畅,上颇叹美。"

《丹铅总录》曰:"唐自贞观至景龙,诗人之作,尽是应制。命题既同,体制复一,其绮绘有余,而微乏韵度。独苏颋'东望望春春可怜'一篇,迥出群英。"按颋诗是景龙中作也。

奉和春日幸望春宫应制　苏颋

东望望春春可怜,更逢晴日柳含烟。宫中下见南山尽,城上平临北斗悬。细草遍承回辇处,轻花微落奉觞前。宸游对此欢无极,鸟噪声声入管弦。

第四章　开元天宝之文学

第一节　开元天宝文学总论

开元天宝之间谓之盛唐,不独诗歌度越一世,其他文学亦各振迅奋发。今当以次论之,而先述其略于此。

(一)燕、许大手笔与李邕碑志。唐兴习为浮丽。开元之初,燕、许角立,始有浑茂之制,风气一变。同时李邕亦善为碑志。邕为善之子。《旧唐书·文苑传》称:"邕早擅才名,尤长碑颂。中朝衣冠及天下寺观,多赍持金帛往求其文。前后所制,凡数百首,受纳馈遗亦至巨万。时议以为自古鬻文,未有如邕者。"杜甫《八哀诗》所称"碑版照四裔"者也。

(二)盛唐诗。《渔洋诗话》曰:"盛唐诸公五言之妙,多本阮籍、郭璞、陶潜、谢灵运、谢朓、江淹、何逊;边塞之作,则出鲍照、吴均也。唐人于六朝,率揽其菁华,汰其芜蔓,可为学古者之法。"盖自陈子昂追建安之风,开元之际,则张曲江继之,李太白又继之。沈、宋集律体之成,而王、孟、高、岑益为华赡。子美兼擅古律,是盛唐之宗矣。

(三)古文。陈伯玉已倡古文,其流未盛。开元天宝之际,萧颖士、李华出,为文一本经典,始革陈隋以来俳绮之习。当时又有元结、独孤及诸人,皆韩、柳之先导也。

(四)纶诰表章。燕、许本长载笔,而许公又与李乂同称"苏李"。其后苏晋与贾曾同号"苏贾",皆在开元以来。至是纶诰表章,别为一体,常、杨继踵,而令狐刀笔,遂有传学。盖肇自开、天之际欤。

(五)纵横家。纵横家言,汉以后希复治之者,开元间赵蕤独出《长短经》,孙光宪《北梦琐言》载:"蕤,梓州盐亭人。博学韬钤,长于经世。夫妇俱有隐操,不应辟召。"《唐书·艺文志》亦载:"蕤,字太宾,梓州人。开元中召之不赴。"与光宪所纪略同,惟书名作《长短要术》为少异,盖一书而二名也。

是书皆谈王霸经权之要,成于开元四年。自序称凡六十三篇,合为十卷,今仅存九卷。清《四库提要》称:"其文格颇近荀悦《申鉴》、刘劭《人物志》,有魏晋之遗。"

(六)词曲。玄宗雅好声乐,梨园始盛。李白创《菩萨蛮》《清平乐》诸调,为词家之祖。

(七)滑稽派。《唐国史补》:"初,诙谐自贺知章,轻薄自祖咏,诨语自贺兰广、郑涉。近代咏字有萧昕,寓言有李纾,隐语有张著,机警有李舟、张彧,歇后有姚岘叔,讹语、影带有李直方、独孤申叔,题目人有曹著。"则滑稽之风亦盛自开元以来也。

第二节 燕许

开元初,燕许齐称,文章闳赡而不蹈浮靡之习。同时惟张九龄与之差肩。盛唐之始盛,此三人而已。

苏颋,字廷硕,瑰之子也。武后时,拜中书舍人,时同中书门下三品,父子同坐禁管。玄宗初平内难,书诏填委。颋在太极后阁,口所占授,功状百绪,轻重无所差。书史白曰:"丐公徐之;不然,手腕脱矣!"李峤曰:"舍人思若涌泉,吾所不及。"其后与李乂对掌书命。帝曰:"前世李峤、苏味道,文擅当时,号苏、李,今朕得颋及乂,何愧前人哉!"俄袭封许国公。自景龙后张说亦以文章显,称望与颋略等,故时号"燕许大手笔"。帝爱其文,曰:"卿所为诏令,别录副本,署臣某撰,朕当留中。"后遂为故事。其后李德裕著论曰"近世诏诰,惟颋叙事外自为文章"云。

张说,字道济,洛阳人。永昌中,武后策贤良方正,诏糊名考较,说所对第一。玄宗时迁中书令,封燕国公。说敦气节,立然诺,喜推借后进,于君臣朋友大义甚笃。帝在东宫所与密谋密计甚众,后卒为宗臣,朝廷大述作多出其手。帝好文辞,有所为必使视草。善用人之长,多引天下知名士,以佐佑王化,粉泽典章,成一王法。天子尊尚经术,开馆置学士,修太宗之政,皆说倡之。为文属思精壮,长于碑志,世所不逮。既谪岳州,而诗益凄惋,人谓"得江山助"云。说尝与徐坚评并世文章,以为韩休之文,如太羹玄酒,有典则,薄滋味;许景先如丰肌腻理,虽秾华可爱,而乏风骨;张九龄如轻缣素练,实济时用,而窘边幅;王翰如琼杯玉斝,虽烂然可珍,而多玷缺。坚谓为笃论。然诸人文章,今传于世者,惟九龄可与燕、许相埒,且尤工于诗,有古意焉。

张九龄,字子寿,韶州曲江人。七岁知属文。擢进士,官中书舍人。出为洪州都督,后以张说荐为集贤院学士,俄拜中书侍郎,同平章事。明皇尝谓侍臣曰:"张九龄文章,自有唐名公,皆弗如也。朕终身师之,不得其一二。此人真文场之元帅也。"

皇甫湜谕业曰:"燕公之文,如梗木柟枝,缔构大厦,上栋下宇,孕育气象,可以燮阴阳而阅寒暑,坐天子而朝群后。许公之文,如应钟鼖鼓,笙簧钟磬,崇牙树羽,考以宫县,可以奉明神、享宗庙。"曲江之文,则同时已有燕公之评。其后柳子厚《杨评事文集后序》谓"燕文贞以著述之余,攻比兴而莫能盛;张曲江以比兴之隙,穷著述而不克备;盖以陈拾遗独能兼之"。清王士禛谓唐五古诗凡数变,自陈拾遗夺魏晋之风骨,变梁陈之俳优,而张曲江实为之继云。

故刑部尚书中山李公诗法记　　苏颋

唐开元四年太岁景辰二月戊申朔二十六日癸酉,银青光禄大夫刑部尚书昭文馆学士中山公薨于京师宣阳里私第,享年六十。先五日,扈驾自新丰汤井还,其日奉制,持节复赛于汤,所以降雨故也。还历二日,自说斋祭涤灌之事,愿言赋诗。至其夕,宾友皆散,因作扈从诗十韵,迟明,命以示颋。诗成而寝,奄忽生灾,此即夫子获麟之卒章也。既殁,公子增右金吾仓曹博陵崔望之,自其家取以见遗。呜呼!翰墨未燥,形神已离,举朝惊嗟之声,不崇朝而达于远矣。公文特称于世,每谓知音则寡,同气相求,逮观此词,何异于理?正心而为咏,岂交臂而相失?曾未数刻,恨不回车击节而如旧也。抚膺一恸,不觉涕之涟洏。痛矣中山!长无见日,虽子期不听,存者可以绝弦;而相如有作,殁者竟传遗草。故铭如右,记其事云。

孔补阙集序　张说

唐会稽孔季诩，字季和，识真之士也。弱冠制举，授校书郎，转国子主簿，年三十一，卒于左补阙。祖绍安，中书舍人。考桢，绛州刺史。季和清规素业，有奕代之训；依仁游艺，其圣者之后。永昌之始，接迹书坊，有广汉陈子昂、巨鹿魏知古、高阳许望、信都杜澄、昌乐谷倚、广陵马怀素、东莱王无竞、河南元希声、临淄李伯鱼、谯国桓彦范，佥谓季和神清韵远，析理探微，卫叔宝之比也。呜呼！人斯云亡，世阅多故，十稔之外，零落将尽。而后来者皆首华金，步鸣玉，负玺丹地，挥毫紫宸，何尝不拜职之日，叹在刘王乔；临坛之时，恨无谢益寿者矣？顷见许州之子，风裁可观，潘子之门有尼，夏侯之学传建，集作者五卷以示予，称从弟四人皆良器。怆相如之遗草，幸公业之不亡，因叙曩意，存之编首云尔。

感遇　张九龄

兰叶春葳蕤，桂华秋皎洁。欣欣此生意，自尔为佳节。谁知林栖者，闻风坐相悦。草木有本心，何求美人折？

幽林归独卧，滞虑洗孤清。持此谢高鸟，因之传远情。日夕怀空意，人谁感至精？飞沉理自隔，何所慰吾诚？

鱼游乐深池，鸟栖欲高枝。嗟尔蜉蝣羽，薨薨亦何为？有生岂不化，所感奚若斯？神理日微灭，吾心安得知。浩叹杨朱子，徒然泣路歧。

第三节　李杜

明皇世，文学大盛，燕、许以下，论者推李翰林、杜工部为诗人之尤，盖李、杜并时齐名。后或有所优劣，非笃论也。

按《唐书·文艺传》："李白，字太白，兴圣皇帝九世孙。其先隋末以罪徙西域，神龙初遁还，客巴西。白之生，母梦长庚星，因以命之。十岁通诗书，既长，隐岷山。州举有道，不应。苏颋为益州长史，见白异之，曰：'是子天才奇特，少益以学，可比相如。'然喜纵横术，击剑为任侠，轻财重施。更客任城，与孔巢父、韩准、裴政、张叔明、陶沔居徂徕山，日沉饮，号'竹溪六逸'。天宝初,南入会稽,与吴筠善。筠被召,故白亦至长安,往见贺知章。知章见其文,叹曰:'子谪仙人也。'言于玄宗,召见金銮殿,论当世事,奏颂一篇。帝赐食,亲为调羹,有诏供奉翰林。白犹与饮徒醉于市。帝坐沉香亭子,意有所感,欲得白为乐章。召入,而白已醉,左右以水颒面,稍解,援笔成文,婉丽精切,无留思。帝爱其才,数宴见。白尝侍帝,醉,使高力士脱靴。力士素贵,耻之,擿其诗以激杨贵妃,帝欲官白,妃辄沮止。白自知不为亲近所容,益骜放不自修,与知章、李适之、汝阳王琎、崔宗之、苏晋、张旭、焦遂为'酒中八仙人'。恳求还山,帝赐金放还。白浮游四方,尝乘舟与崔宗之自采石至金陵,着宫锦袍坐舟中,旁若无人。安禄山反,转侧宿松、匡庐间,永王璘辟为府僚佐。璘起兵,逃还彭泽,璘败,当诛。初,白游并州,见郭子仪,奇之。子仪尝犯法,白为救免。至是,子仪请解官以赎,有诏长流夜郎。会赦,还浔阳,坐事下狱。"释囚后,依当涂令李阳冰,遂卒于当涂。唐孟启《本事诗》:"李太白初自蜀至京师,舍于逆旅。贺监知章闻其名,首访之。既奇其姿,复请所为文。出《蜀道难》以示之,读未竟,称叹者数四,号为'谪仙',解金龟换酒,与倾尽醉。期不间日,由是称誉光赫。贺又见其《乌栖曲》,叹赏苦吟曰:'此可以泣鬼神矣。'故杜子美赠诗及焉。曲曰:'姑苏台上乌栖时,吴王宫里醉西施。吴歌楚舞欢未毕,西山欲衔半边日。金壶丁丁漏水多,起看秋月坠江波。东方渐高奈乐何?'或言是《乌夜啼》二篇,未知孰是,故两录之。《乌夜啼》曰:'黄云城边乌欲栖,归飞哑哑枝上啼。机中织锦秦川女,碧纱如烟隔窗语。停梭向人问故夫,欲说辽西泪如雨。'白才逸气高,与陈拾遗齐名,先后合德。其论诗云:'梁陈以来,艳薄斯极,沈休文又尚以声律,将复古道,非我而谁与?'故陈李二集,律诗殊少,尝言:'兴寄深微,五言不如四言,七言又其靡也,况使束于声调俳优哉?'故戏杜曰:'饭颗山头逢杜甫,头戴笠子日卓午。借问别来太瘦生,总为从前作诗苦。'盖讥其拘束也。"

杜甫,字子美,本襄阳人,后徙河南巩县,审言之孙也。少时李邕奇其才,先往见之。初,应进士不第。天宝末献《三大礼赋》,玄宗奇之。会安禄山乱,肃宗时,官至右拾遗。后依严武于剑南最久,武卒,往来梓、夔间。大历中出瞿塘,下江陵,溯沅湘以登衡山,因游客耒阳卒。《唐书》曰:"甫旷放不自检,好论天下大事,高而不切。少与李白齐名,时号'李杜'。尝从白及高适过汴州,酒酣登吹台,慷慨怀古,人莫测也。"

《旧唐书》曰:"天宝末诗人,甫与李白齐名,而白自负文格放达,讥甫龌龊,而有饭颗山之嘲诮。"元和中词人元稹论李、杜之优劣曰:"予读诗至杜子美而知小大之有所总萃焉。始尧、舜之时,君臣以赓歌相和。是后诗人继作,历夏、殷、周千余年,仲尼缉拾选拣,取其干预教化之尤者三百,余无所闻。骚人作而怨愤之态繁,然犹去风雅日近,尚相比拟。秦、汉以还,采诗之官既废,天下妖淫,民讴、歌颂、讽赋、曲度、嬉戏之辞,亦随时间作。至汉武赋《柏梁》,而七言之体兴。苏子卿、李少卿之徒,尤工为五言。虽句读文律各异,雅郑之音亦杂,而辞意简远,指事言情,自非有为而为,则文不妄作。建安之后,天下之士遭罹兵战,曹氏父子鞍马间为文,往往横槊赋诗,故其道壮抑扬冤哀悲离之作,尤极于古。晋世风概稍存。宋、齐之间,教失根本,士以简谩歙习舒徐相尚,文章以风容色泽文逸精清为高,盖吟写性灵、留连光景之文也,意义格力无取焉。陵迟至于梁、陈,淫艳刻饰,佻巧小碎之词剧,又宋、齐之所不取也。唐兴,学官大振,历世能者之文互出。而又沈、宋之流,妍练精切,稳顺声势,谓之为律诗。由是之后,文体之变极焉。然而莫不好古者遗近,务华者去实,效齐、梁则不迨于魏、晋,工乐府则力屈于五言,律切则骨格不存,闲暇则纤浓莫备。至于子美,盖所谓上薄风、骚,下该沈、宋,言夺苏、李,气吞曹、刘,掩颜、谢之孤高,杂徐、庾之流丽,尽得古今之体势,而兼人人之所独专矣。使仲尼考锻其旨要,尚不知贵,其多乎哉!苟以为能所不能,无可无不可,则诗人以来,未有如子美者!是时山东人李白,亦以文奇取称,时人谓之'李杜'。予观其壮浪纵恣,摆去拘束,摹写物象,及乐府歌诗,诚亦差肩于子美矣。至若铺陈终始,排比声韵,大或千言,次犹数百,词气豪迈,而风调清深,属对律切,而脱弃凡近,则李尚不能历其藩翰,况堂奥乎?予尝欲条析其文,体别相附,与来者为之准,特病懒未就尔。"自后属文者,以稹论为是。

稹之论既出,韩愈为诗曰:"李杜文章在,光焰万丈长。不知群儿愚,哪用故谤伤。蚍蜉撼大树,可笑不自量。"或云所以讥稹也。王世贞《艺苑卮言》曰:"李、杜光焰千古,人人知之。沧浪并极推尊,而不能致辨。元微之独重子美,宋人以为谈柄。近时杨用修为李左祖,轻俊之士,往往傅耳。要其所得,俱影响之间。五言古、选体及七言歌行,太白以气为主,以自然为宗,以俊逸高畅为贵;子美以意为主,以独造为宗,以奇拔沉雄为贵。其歌行之妙,咏之使人飘扬欲仙者,太白也;使人慷慨激烈、歔欷欲绝者,子美也。选体,太白多露语、率语,子美多稚语、累语,置之陶、谢间,便觉伧父面目,乃欲使之夺曹氏父子位耶?五言律、七言歌行,子美神矣,七言律,圣矣。五七言绝,太白神矣,七言歌行,圣矣,五言次之。太白之七言律,子美之七言绝,皆变体,间为之可耳,不足多法也。"

古风　李白

大雅久不作,吾衰竟谁陈?王风委蔓草,战国多荆榛。龙虎相啖食,兵戈逮狂秦。正声何微茫,哀怨起骚人。扬马激颓波,开流荡无垠。废兴虽万变,宪章亦已沦。自从建安来,绮丽不足珍。圣代复元古,垂衣贵清真。群才属休明,乘运共跃鳞。文质相炳焕,众星罗秋旻。我志在删述,垂晖映千春。希圣如有立,绝笔于获麟。

戏为六绝句　杜甫

庾信文章老更成,凌云健笔意纵横。今人嗤点流传赋,不觉前贤畏后生。

王杨卢骆当时体,轻薄为文哂未休。尔曹身与名俱灭,不废江河万古流。

纵使卢王操翰墨,劣于汉魏近风骚。龙文虎脊皆君驭,历块过都见尔曹。

才力应难夸数公,凡今谁是出群雄?或看翡翠兰苕上,未掣鲸鱼碧海中。

不薄今人爱古人,清词丽句必为邻。窃攀屈宋宜方驾,恐与齐梁作后尘。

未及前贤更勿疑,递相祖述复先谁？别裁伪体亲风雅,转益多师是汝师！

解闷十二首（录五首）　**杜甫**

沈范早知何水部,曹刘不待薛郎中。独当省署开文苑,兼泛沧浪学钓翁。

李陵苏武是吾师,孟子论文更不疑。一饭未曾留俗客,数篇今见古人诗。

复忆襄阳孟浩然,清诗句句尽堪传。即今耆旧无新语,漫钓槎头缩颈(一作"项")鳊。

陶冶性灵在底物？新诗改罢自长吟。孰知二谢将能事,颇学阴何苦用心。

不见高人王右丞,蓝田丘壑漫寒藤。最传秀句寰区满,未绝风流相国能。

李杜名篇尤多,今仅录其论诗者数首。杜与李交谊至挚,杜集中多忆李之作。杜既与高适、岑参诸人唱和,又亟称孟浩然、王摩诘。《解闷》所云薛郎中,薛据也,孟子,孟云卿也,皆并世所心许之人云。

第四节　王孟高岑与当时之诗人

开元、天宝间诗人,李、杜之外,当推王、孟、高、岑。孟襄阳句法章法虽仅止于五言四十字,然冲淡温雅,时有超然之致,自成一家言。摩诘之才,秀丽疏朗,往往意兴发端,神情傅合,由工入微,不犯痕迹,所以为佳,七言律尤臻妙境。高、岑不相上下。岑道劲少让达夫,而婉缛过之。选体岑差健,歌行亦奇瑰,高一起一伏,尤为正宗。王渔洋论盛唐诗,以李、杜为"二圣",王维为"一贤"。"二圣一贤"者,盖比于圣仙佛,李白慕神仙,杜甫好儒,而王维信佛也。于并世诗人,又有王昌龄号"诗天子"。崔颢《黄鹤楼》诗,严沧浪以为七律之冠。王湾之《江南意》,当时以为诗人以来,未有此作。他如储光羲、李颀、常建、王之涣、贾至、綦毋潜等,皆一时之杰。殷璠《河岳英灵集》录二十四人,多为盛唐诸公。元结《箧中集》又推沈千运、孟云卿七人,其诗雅健,别为一体。此外又有贺知章、包融、张旭、刘眘虚,号"吴中四杰"。而李嘉祐、皇甫曾兄弟,并及开天之盛,后以列之大历才子中。开元天宝之间,抑何诗人之多乎!

王维,字摩诘,河东人,与弟缙并有名。孟浩然,襄阳人,早隐鹿门山,游京师,赋诗为张九龄、王维所称,终于处士。高适,字达夫,沧州人,年五十乃学为诗,而仕宦为最达。岑参为文本之孙,尝为蜀嘉州刺史,后终于蜀,诗意洽拔孤秀,时人比之吴均、何逊。今略录诸人遗事如下。

按《唐国史补》:"王维好释氏,故字摩诘。立性高致,得宋之问辋川别业,山水胜绝,今清源寺是也。维有诗名,然好取人文章佳句:'行到水穷处,坐看云起时',《英华集》中诗也;'漠漠水田飞白鹭,阴阴夏木啭黄鹂',李嘉祐诗也。"《全唐诗话》:"《集异记》载:'王维未冠,文章得名,妙能琵琶。春之一日,岐王引至公岐王引至公主第,使为伶人进主前。维进新曲,号《郁轮袍》,并出所作。主大奇之。'""禄山之乱,李龟年奔放江潭,曾于湘中采访使筵上唱云:'红豆生南国,春来发几枝。愿君多采撷,此物最相思。'又:'秋风明月苦相思,荡子从戎十载余。征人去日殷勤嘱,归雁来时数附书。'此皆王维所制,而梨园唱焉。"

孟浩然初入京师,王维私邀入内署。俄而玄宗至,浩然匿床下,维以实对,帝喜曰:"朕闻其人而未见也。"诏浩然出。帝问其诗,再拜,自诵所为,至"不才明主弃"之句,帝曰:"卿不求仕,而朕未尝弃卿,奈何诬朕?"因放还。皮日休《孟亭记》云:"明皇世,章句之风,大得建安体。论者推李翰林、杜工部为尤。介其间能不愧者,惟吾乡之孟先生也。先生之作,遇景入咏,不钩奇挟异,令龆龀束人口者,涵涵然有干霄之兴,若公输氏当巧而不巧者也。北齐美萧悫'芙蓉露下落,杨柳月中疏',先生则有'微云淡河汉,疏雨滴梧桐';美王融'日霁沙屿明,风动甘泉烛',先生则有'气蒸云梦泽,波撼岳阳城';谢朓之诗句精者,有'露湿寒塘草,月映清淮流',先生则有'荷风送香气,竹露滴清响'。此与古人争胜于毫厘间也。"

《集异记》:"开元中,诗人王昌龄、高适、王之涣齐名,时风尘未偶,而游处略同。一日,天寒微雪,三诗人共诣旗亭,贳酒小饮。忽有梨园伶官十数人,登楼会宴。三诗人因避席隈映,拥炉火以观焉。俄有妙妓四辈,寻续而至,奢华艳曳,都冶颇极。旋则奏乐,皆当时之名部也。昌龄等私相约曰:'我辈各擅诗名,每不自定其甲乙。今者可以密观诸伶所讴,若诗人歌词之多者,则为优矣。'俄而一伶拊节而唱,乃曰:'寒雨连江夜入吴,平明送客楚山孤。洛阳亲友如相问,一片冰心在玉壶。'昌龄引手画壁曰:'一绝句!'又一伶讴之曰:'开箧泪沾臆,见君前日书。夜台何寂寞,犹是子云居。'适则引手画壁曰:'一绝句!'寻又一伶讴曰:'奉帚平明金殿开,强将团扇共徘徊。玉颜不及寒鸦色,犹带昭阳日影来。'昌龄则又引手画壁曰:'二绝句!'之涣自以诗名已久,因谓诸人曰:'此辈皆潦倒乐官,所唱皆巴人下俚之词耳!岂阳春白雪之曲,俗物敢近哉?'因指诸妓中之最佳者曰:'待此子所唱,如非我诗,吾即终身不敢与子争衡矣!脱是吾诗,子等当须列拜床下,奉吾为师!'因欢笑而俟之。须臾,次至双鬟,发声则曰:'黄河远上白云间,一片孤城万仞山。羌笛何须怨杨柳,春风不度玉门关。'之涣即揶揄二子曰:'田舍奴,我岂妄哉?'因大谐笑。诸伶不喻其故,皆起诣曰:'不知诸郎君何此欢噱?'昌龄等因话其事。诸伶竞拜曰:'俗眼不识神仙,乞降清重,俯就筵席!'三子从之,饮醉累日。"

杜确《岑嘉州集序》曰:"自古文体,变易多矣。梁简文帝及庾肩吾之属,始为轻浮绮靡之词,名曰'宫体',自后沿袭,务于妖艳,谓之'摛锦布绣'焉,其有敦尚风格,颇存规正者,不复为当时所重。讽谏比兴,由是废缺。物极则变,理之常也。圣唐受命,斫雕为朴,开元之际,王纲复举,浅薄之风,兹焉渐革。其时作者凡十数辈,颇能以雅参丽,以古杂今,彬彬然,灿灿然,近建安之遗范矣。南阳岑公,声称老著。"

顾况《储光羲集序》曰:"圣人贤人,皆钟运而生,述圣贤之意,亦钟运盛衰矣。开元十四年，严黄门知考功，以鲁国储公进士高第，与崔国辅员外、綦母潜著作同时。其明年擢第，常建少府、王龙标昌龄。此数人皆当时之秀，而侍御声价，隐隐凌轹诸子。"

殷璠《河岳英灵集》去取至为精核，所录仅二十四人，以常建为冠。载诗仅二百三十四首，建居十五首。其序称"刘桢死于文学，左思终于记室，鲍照卒于参军，常建亦沦于一尉"，深用悲惋。又称其"松际露微月，清光犹为君""山光悦鸟性，潭影空人心"诸句。而尤推《吊王将军墓》一篇，以为善叙悲怨，胜于潘岳。

《彦周诗话》曰："岑参诗亦自成一家，盖尝从封常清军，其记西域异事甚多，如《优钵罗花歌》《热海行》，古今传记所不载也。"

《怀麓堂诗话》："唐诗李、杜之外，孟浩然、王摩诘足称大家。王诗丰缛而不华靡，孟却专心古澹而悠远深厚，自无寒俭枯瘠之病。由此言之，则孟为尤胜。储光羲有孟之古而深远不及，岑参有王之缛而又以华靡掩之。"

《艺苑卮言》曰："盛唐七言律，老杜外，王维、李颀、岑参耳。李有风调而不甚丽，岑才甚丽而情不足，王差备美。"

积雨辋川庄作　王维

积雨空林烟火迟，蒸藜炊黍饷东菑。漠漠水田飞白鹭，阴阴夏木啭黄鹂。山中习静观朝槿，松下清斋折露葵。野老与人争席罢，海鸥何事更相疑。

黄鹤楼　崔颢

昔人已乘黄鹤去，此地空余黄鹤楼。黄鹤一去不复返，白云千载空悠悠。晴川历历汉阳树，芳草萋萋鹦鹉洲。日暮乡关何处是？烟波江上使人愁。

江南意　王湾

客路青山外，行舟绿水前。潮平两岸阔，风正一帆悬。海日生残夜，江春入旧年。乡书何处达？归雁洛阳边。

送浑将军出塞　高适

将军族贵兵且强,汉家已是浑邪王。子孙相承在朝野,至今部曲燕支下。控弦尽用阴山儿,临阵常骑大宛马。银鞍玉勒绣蝥弧,每逐嫖姚破骨都。李广从来先将士,卫青未肯学孙吴。传有沙场千万骑,昨日边庭羽书至。城头画角三四声,匣里宝刀昼夜鸣。意气能甘万里去,辛勤判作(一作"动")一年行。黄云白草无前后,朝建旌旄夕刁斗。塞下应多侠少年,关西不见春杨柳。从军借问所从谁,击剑酣歌当此时。远别无轻绕朝策,平戎早寄仲宣诗。

白雪歌送判官归京　岑参

北风卷地白草折,胡天八月即飞雪。忽如一夜春风来,千树万树梨花开。散入珠帘湿罗幕,狐裘不暖锦衾薄。将军角弓不得控,都护铁衣冷难着。瀚海阑干百丈冰,愁云惨淡万里凝。中军置酒饮归客,胡琴琵琶与羌笛。纷纷暮雪下辕门,风掣红旗冻不翻。轮台东门送君去,去时雪满天山路。山回路转不见君,雪上空留马行处。

缓歌行　李颀

小来托身攀贵游,倾财破产无所忧。暮拟经过石渠署,朝将出入铜龙楼。结交杜陵轻薄子,谓言可生复可死。一沉一浮会有时,弃我翻然如脱屣。男儿立身须自强,十年闭户颍水阳。业就功成见明主,击钟鼎食坐华堂。二八蛾眉梳堕马,美酒清歌曲房下。文昌宫中赐锦衣,长安陌上退朝归。五陵宾从莫敢视,三省官僚揖者稀。早知今日读书是,悔作从前狂侠非。

杂诗二首　储光羲

秋风(一作"气")肃天地,太行高崔嵬。猿狖清夜吟,其声一何哀。寂寞掩圭荜,梦寐游蓬莱。琪树远亭亭,玉堂云中开。洪崖吹箫管,素女飘飘来。雨师既先后,道路无纤埃。鄙哉楚襄王,独好云阳台。

浑胚(一作"混沌")本无象,末路多是非。达士志寥廓,所在能忘机。耕凿时未至,还山聊采薇。虎豹对我蹲,鸳鸯傍我飞。仙人空中来,谓我勿复归。格泽为君驾,云霓为君衣。西游昆仑墟,可与世人违。

第五节　萧李诸人之古文

唐初为古文者,推陈子昂,及燕、许继作,犹杂骈俪之词。至于萧、李,而后古文之规模始具,实导韩、柳之先路者也。

萧颖士,字茂挺。四岁属文,十岁补太学生。观书一览即诵,通百家谱系、书籀学。开元二十三年举进士,对策第一。天宝初补秘书正字,于时裴耀卿、席豫、张均、宋遥、韦述,皆先进,器其材,与均礼,由是名播天下。会免官客濮阳,于是尹徵、王恒、卢异、卢士式、贾邕、赵匡、阎士和、柳并等,皆执弟子礼,以次授业,号"萧夫子"。官至扬州功曹参军,客死汝南,年五十二,门人共谥曰"文元先生"。颖士居平以推引后进为己任,如李阳、李幼卿、皇甫冉、陆渭等数十人,由奖目皆为名士。天下推知,人称"萧功曹"。尝兄事元德秀,而友殷寅、颜真卿、柳芳、陆据、李华、邵轸、赵骅。时人语曰"殷、颜、柳、陆、李、萧、邵、赵",以能全其交也。所与游者孔至、贾至、源行恭、张有略、族弟季遐、刘颖、韩拯、陈晋、孙益、韦建、韦收,独华与齐名,世号"萧李"。所许可当世者,陈子昂、富嘉谟、卢藏用之文辞,董南事、孔述睿之博学而已。子存,字伯诚,亦能文辞,与韩会、沈既济、梁肃、徐岱等善。颜真卿在湖州,与存及陆鸿渐等讨摭古今韵字所原,作书数百篇。韩愈少为存所知。自袁州还,过存庐山故居,而诸子前死,惟二女在。因赋诗曰:"中郎有女能传业,伯道无儿可主家。今日匡山过旧隐,空将哀泪对烟霞。"留百缣以拯之。

李华,字遐叔,赵州赞皇人,天宝中尝为监察御史,晚去官,客隐山阳,勒子弟力农,安于穷槁,慕浮图法,不甚著书,惟天下士大夫家传墓版文,及州县碑颂,时时赍金帛往请,乃强为应。大历初卒。初,华作《含元殿赋》成,以示萧颖士,颖士曰:"《景福》之上,《灵光》之下。"华文辞绵丽,少宏杰气,颖士健爽自肆,时谓不及颖士,而华自疑过之。因作《吊古战场文》,极思研榷,已成,污为故书,杂置梵书之庋。它日与颖士读之,称工,华问今谁可及,颖士曰:"君加精思,便能至矣。"华愕然而服。华爱奖士类,名随以重,若独孤及、韩云卿、韩会、李纾、柳识、崔祐甫、皇甫冉、谢良弼、朱巨川。后至执政显官。华当安禄山反时，尝为所得，署伪官，以致仕不进。及为元德秀、权皋铭《四皓赞》，称道深婉，读者怜其志。宗子翰及从子观，皆有名。

贾至，字幼邻，曾之子也。擢明经第，从玄宗幸蜀，知制诰。帝传位，至当撰册，既进稿，帝曰："昔先天诰命，乃父为之辞。今兹命册，又尔为之。两朝盛典出卿家父子，可谓继美。"至文章在萧、李之亚，尤工于诗云。

柳浑母兄识，字方明，知名士也。工文章，与萧颖士、元德秀、刘迅相上下，而识练理创端，往往诣极，虽趣尚非博，然当时作者伏其简拔。浑亦善属文，然沉思不逮于识云。

李舟《独孤常州集序》曰："天后朝，广汉陈子昂，独溯颓波，以趣清源，自兹作者稍稍而出。先大夫尝因讲文谓小子曰：'吾友兰陵萧茂挺、赵郡李遐叔、长乐贾幼邻，洎所知河南独孤至之，皆宪章六艺，能探古人述作之旨。贾为玄宗巡蜀分命之诏，历历如西汉时文，若使三贤继司王言，或载史笔，则典谟、训诰、誓命之书，可仿佛于将来矣。'"

颖士，号萧夫子，门人最多。自前所述者之外，刘太真亦有文采。当时为文，稍知雅正者，无不与颖士诸人游。及独孤及出李华之门，亦喜鉴拔后进，梁肃、高参、崔元翰、陈京、唐次齐皆师事之。韩、柳嗣起，盖沐其余风者也。

唐扬州功曹萧颖士文集序　李华

开元天宝间词人，以德行著于时者，曰河南元君德秀字紫芝，其行事，赵郡李华为墓碣，已书之矣。以文学著于时者，曰兰陵萧君颖士字茂挺，梁国鄱阳忠烈王之后。曾祖某官，大父某官，考讳某，莒县丞，咸有德，不至尊位。君七岁能诵数经，背碑覆局。十岁以文章知名，十五誉满天下。十九进士擢第，历金坛尉、桂（一作"扬"）州参军、秘书正字、河南参军。辞官避地江左，永王修书请君，君遁逃不与相见。淮南连帅表君为扬州功曹参军，相国诸道租庸使第五琦请君为介，君以先世寄殡嵩阳，因之迁祔终事，至汝南而没，春秋若干。呜呼！天下儒林，为之憔悴。君为金坛尉也,会官不成;为扬州参军也,丁家艰去官;为正字也,亲故请君著书,未终篇,御史府以君为慢官离局,奏谪罢职;为河南参军也,僚属多嫉君才名,上司以吏事责君,君拂衣渡江,遇天下多故。其高节深识,皎皎如此。君谓六经之后,有屈原、宋玉,文甚雄壮,而不能经。厥后有贾谊,文词详正,近于理体。枚乘、司马相如,亦瑰丽才士,然而不近风雅。扬雄用意颇深,班彪识理,张衡宏旷,曹植丰赡,王粲超逸,嵇康标举,此外皆金相玉质,所尚或殊,不能备举。左思诗赋,有雅颂遗风;干宝著论,近乎王化根源,此外皆复绝无闻焉。近日陈拾遗子昂,文体最正。以此而言,见君之述作矣。君以文章制度为己任,时人咸以此许之,不幸没于旅次。有文十卷行于世,其篇目虽存,章句遗逸,古所谓有其义而无其辞者也。后之为文者,取以为法焉。今海内至广,人民至众,求君之比,不可复得。难乎哉!君有子一人曰存,为苏州常熟县主簿,雅有家风,知名于世。以华平生最深,见托为序,力疾直书云尔。

虑子贱碑颂并序　贾至

清静致理,中庸之德至;高明柔克,简易之体大。绎微旨而征遗论,何先生道蔚其葳蕤者也!先生宣慈在躬,精义入神,德顺乎天,性根于仁,殷其如雷,暖然如春。始受业于仲尼,终委质于鲁君。尔乃周道凌迟,王风哀思,夷狄窃于位号,干戈乱于原野。则我鲁国无齐晋之强,定哀非桓文之主,三卿有僭虐之政。先生处此乱邦,从容理邑,平心气而全耳目,晏然跻富寿之域焉。自非知微知彰,变化无穷,孰能臻此?观夫为政之大,体元之要,恤孤哀丧,举事问吊,训之以悌,加之以孝,借五更而悟君,贤三老而禀教。然后燕居以佚其体,张乐以和其人。夜渔不戒而信,欺吏不威而息。是以宣尼惜君之理小,子期问君之政暇,何其远哉!向使移于有国之君,则陶唐之理也;施于有政之臣,则二南之化也。昔舜左禹而右皋陶,不下席而天下理;周公馈膳在御,不解悬而四夷伏。小大则异,其揆则同。天宝初,至始以校书郎尉于单父,想先生行事,征其颂声。而古碑残缺,苔篆磨灭,使立志之士,何以楫其遗风焉?呜呼!其道

存而其事往,其人亡而其政息。哀哉!遂作颂曰:

鸣琴汤汤,虑子之堂。清静无为,邑人以康。浇风化淳,霸俗致王。谁谓阳鳙,革而为鲂?皤皤黄发,或师或友;芃芃麦苗,不稂不莠。齐师已却,鲁俗斯阜。谏或剖心,伊人引肘。穆穆伊人,希圣之才。尧舜既往,孰为来哉?从时卷舒,与道徘徊。游泳孔门,取容定哀。泱泱千古,显显令德。声随悠牧,惠与顺息。人亡政弊,道播神默。寂寥夜川,惆怅旧国。荒祠尚扫,苔篆将磷。寻风聆韵,想见其人。年代邈殊,精诚暗亲。再表贞石,颂声惟新。

第六节　元结与《箧中集》

与萧、李并世而诗文并与时异者,又有元结,后世亦称其古文,以为先于韩愈者也。结字次山,河南人。少不羁,年十七乃折节向学,擢天宝十二载进士第,国子司业苏源明荐之。先是,源明善杜甫、郑虔,而尤称结及梁肃,至是结上时议三篇。后官至道州刺史,进容管经略使卒。结所著有《元子》十卷,李商隐为作序,《文编》十卷,李纾为作序,又《猗玕子》一卷,并见《唐志》,皆不传。今所传《次山集》十卷,盖后人掇拾散佚而编之,非其旧本。结文章戛戛自异,变排偶绮靡之习。杜甫尝和其《春陵行》,称其"可为天地万物吐气"。晁公武谓其文如古钟磬,不谐俗耳,高似孙谓其文章奇古不蹈袭。盖唐文自韩愈以前,毅然自为者,自结始。

皇甫湜题其《浯溪中兴颂》曰:"次山有文章,可惋只在碎。然长于指叙,约结有余态。心语适相应,出句多分外。于诸作者间,拔戟成一队。"其品题亦颇近实也。

元结选《箧中集》,以沈千运为冠。千运吴兴人,家于汝北,为诗力矫时习,一归雅正。王季友、于逖、孟云卿、张彪、赵徵明、元季川,皆其同调也。《箧中集》编于乾元三年,而千运诸人多已先卒,盖其诗并作于开元、天宝之间矣。杜甫诗尝称"丰城客子王季友",又曰:"孟子论文更不疑。"指孟云卿。又有《赠张十二山人彪》。李白亦有诗赠于逖。盖《箧中集》诸人,多与李、杜往还,其诗格尤卓然不同。杜甫于李白犹有"重与细论文"之句,而独推服元卿。故开元、天宝间,《箧中集》诗,别为一体,不为风气所囿,惜所传诗不甚多耳。

《箧中集》序　元结

元结作《箧中集》,或问曰:"公所集之诗,何以订之?"对曰:风雅不兴,几及千岁,溺于时者,世无人哉?呜呼!有名位不显,年寿不将,独无知音,不见称颂。死而已矣,谁云无之?近世作者,更相沿袭,拘限声病,喜尚形似。且以流易为辞,不知丧于雅正。然哉,彼则指咏时物,会谐丝竹,与歌儿舞女,生污惑之声于私室可矣;若令方直之士,大雅君子,听而诵之,则未见其可矣。吴兴沈千运,独挺于流俗之中,强攘于已溺之后。穷老不惑,五十余年,凡所为文,皆与时异。故朋友后生,稍见师效,能似类者,有五六人。於戏!自沈公及二三子,皆以正直而无禄位,皆以忠信而久贫贱,皆以仁让而至丧亡。异于是者,显荣当世,谁为辩士,吾欲问之。天下兵兴,于今六岁,人皆务武,斯焉谁嗣?已长逝者,遗文散失,方阻绝者,不见近作。尽箧中所有,总编次之,命曰《箧中集》。且欲传之亲故,冀其不亡于今。凡七人,诗二十四首。时乾元三年也。

感怀弟妹　沈千运

今日春气暖,东风杏花拆。筋力久不如,却羡涧中石。神仙杳难准,中寿稀满百。近世多夭伤,喜见鬓发白。杖藜竹树间,宛宛旧行迹。岂知林园主,却是林园客。兄弟可存半,空为亡者惜。冥冥无再期,哀哀望松柏。骨肉能几人,年大自疏隔。性情谁免此,与我不相易。惟念得尔辈,时看慰朝夕。平生兹已矣,此外尽非适。

赠史修文　沈千运

故人阻千里,会面非别期。握手于此地,当欢反成悲。念离宛犹昨,俄已经数期。畴昔皆少年,别来鬓如丝。不道旧姓名,相逢知是谁?曩游尽骞翥,与君仍布衣。岂曰无其才,命理应有时。别路渐欲少,不觉生涕洟。

第五章 大历文学

第一节 韦应物与刘长卿

大历以下,或谓之中唐。然杜甫诗在大历间所作最多,大历诸贤,故多及与盛唐诗人唱和,固难于其间分别盛衰也。要至十才子之名出,而后诗体渐变。其稍早者,当推韦应物、刘长卿最为大家。故别出一节于大历十才子之前,可以览焉。

韦应物,京兆长安人。少以三卫郎事明皇,晚更折节读书。永泰中,授京兆功曹,迁洛阳丞。大历十四年,自鄠令制除栎阳令,以疾辞不就。建中三年,拜比部员外郎,出为滁州刺史。久之,调江州。追赴阙,改左司郎中,复出为苏州刺史。应物性高洁,所在焚香扫地而坐。唯顾况、刘长卿、丘丹、秦系、皎然之俦,得厕宾客,与之酬倡。其诗闲澹简远,人比之陶潜,称"陶韦"云。

刘太真与韦苏州书云:"顾著作来巴,足下《郡斋燕集》,想亦示,何情致畅茂遒逸之如此!宋齐间,沈、谢、吴、何,始精于理意,缘情体物,称诗人旨。后之传者,甚矣其源,推足下制其横流。师挚之始、《关雎》之乱,于足下之文见之矣。"则知苏州诗为当时所贵如此。

《全唐诗话》:"李肇《国史补》云:'开元后位卑而名著,李北海邕、王江宁昌龄、李馆陶、郑广文虔、元鲁山德秀、萧功曹颖士、张长史旭、独孤常州及、崔比部元翰、梁补阙肃,韦苏州其一也,应物仕宦本末,似止于苏。按白傅答禹锡云:'敢有文章替左司?'谓应物也,官称亦止此。"

宋葛立方《韵语阳秋》:"韦应物语,平平处甚多,至于五字句,则超然出于畦径之外。如《游溪诗》:'野水烟鹤唳,楚天云雨空。'《南斋诗》:'春水不生烟,荒冈筠翳石。'《咏声诗》:'万物自生听,太空常寂寥。'如此等句,岂下于'兵卫森画戟,燕寝凝清香'哉?故白乐天云:'韦苏州五言,高雅闲淡,自成一家之体。'东坡亦云:'乐天长短三千首,却逊韦郎五字诗。'"

《岁寒堂诗话》曰:"韦苏州诗,韵高而气清;王右丞诗,格老而味长。虽称五言之宗匠,然互有得失,不无优劣。以体韵观之,右丞诗格老而味远,不逮苏州,至于词不迫切而味甚长,虽韦苏州亦不可及也。"

刘长卿,字文房,官至随州刺史。宝应间,皇甫湜云:"诗未有刘长卿一句,已呼宋玉为老兵矣;语未有骆宾王一字,已骂宋玉为罪人矣。"其名重如此。

《全唐诗话》:"高仲武云:'刘长卿员外有吏干而犯上。两度迁谪,皆自取之。诗体虽不新奇,甚能炼饰。十首已上,语意稍同,于落句尤甚,此其短也。'然'春风吴草绿,古木剡山深。明日沧州路,归云不可寻',又'沙鸥惊小吏,明月上高枝',又'细雨湿衣看不见,闲花落地听无声',截长补短,盖玉徽之类欤。又'得罪风霜苦,全生天地仁',伤而不怨,亦足以发挥风雅矣。"

《云溪友议》:"刘长卿郎中因人谓前有沈、宋、王、杜,后有钱、郎、刘、李,乃曰:'李嘉祐、郎士元焉得与予齐称耶?'每题诗不言其姓,但言长卿而已。"

顾况,字逋翁,苏州人。性诙谐,虽王公贵人与之交者,必戏侮之。其《赠柳宜城》辞句,率多戏剧,文体皆此类也。皇甫湜序其集,序曰:"偏于逸歌长句,骏发踔厉,往往若穿天心,出月胁,意外惊人,语非常人所能为,甚快意也。"

释皎然名昼,姓谢氏,长城人,灵运十世孙。居杼山。文章俊丽,颜真卿、韦应物并重之,与之酬倡。贞元中,敕写其文入秘阁。《因话录》:"吴兴僧昼,字皎然,工律诗。尝谒韦苏州,恐诗体不合,乃于舟中抒思,作古体十数篇为贽。韦公全不称赏,昼极失望。明日,写其旧制献之,韦公吟讽,大加叹咏。因语昼云:'师几失声名,何不但以所工见投,而猥希老夫之意。人各有所得,非卒能致。'昼大伏其鉴别之精。"

李嘉祐,字从一,赵州人。大历中为袁州刺史。与刘长卿、冷朝阳、严维诸人友善。为诗丽婉,有齐梁风。高仲武云:"李嘉祐振藻天朝,大收芳誉,中兴高流也。与钱、郎别为一体,往往涉于齐梁,绮美婉丽,盖吴均、何逊之敌也。至于'野渡花争发,春塘水乱流','朝露晴作雨,湿气晚生寒',文华之冠冕也。又：'禅心起忍辱，梵语问多罗。'设使许询更生，孙绰复出，穷思极笔，未到此境。"

秦系，字公绪，会稽人。天宝末，避乱剡溪。建中初，客泉州南安。张建封闻系之不可致，请就加校书郎。与刘长卿善，以诗相赠答。权德舆曰："长卿自以为五言长城，系用偏师攻之，虽老益壮。"其后东渡秣陵，年八十余卒。南安人思之，为立于亭，号其山为高士峰云。

韦、刘所善者，顾况、皎然、严维、秦系、李嘉祐之流，在大历才子外，别出一体。钱、郎、刘、李齐称，长卿若有不屑。然李故与刘善，且其诗亦刘之亚，非郎所能匹也。故以钱、郎入下节，而独附从一于此。

拟古　韦应物

辞君远行迈，饮此长恨端。已谓道里远，如何中险艰。流水赴大壑，孤云还暮山。无情尚有归，行子何独难？驱车背乡园，朔风卷行迹。严冬霜断肌，日入不遑息。忧欢容发变，寒暑人事易。中心君讵知？冰玉徒贞白。

黄鸟何关关，幽兰亦靡靡。此时深闺妇，日照纱窗里。娟娟双青娥，微微启玉齿。自惜桃李年，误身游侠子。无事久离别，不知今生死。

酒星非所酌，月桂不为食。虚薄空有名，为君长叹息。兰蕙虽可怀，芳香与时息。岂如凌霜叶，岁暮蔼颜色。折柔将有赠，延意千里客。草木知贱微，所贵寒不易。

悲歌　顾况

边城路，今人犁田昔人墓。岸上沙，昔日江水今人家。今人昔人共长叹，四气相催节回换。明月皎皎入华池，白云离离渡霄汉。我欲升天天隔霄，我欲渡水水无桥。我欲上山山路险，我欲汲井井泉遥。越人翠被今何夕，独立沙边江草碧。紫燕西飞欲寄书，白云何处逢来客。

酬张夏　刘长卿

几岁依穷海,颓年惜故阴。剑寒空有气,松老欲无心。玩雪劳相访,看山正独吟。孤舟且莫去,前路水云深。

酬秦系　同上

鹤书犹未至,那出白云来。旧路经年别,寒潮每日回。家空归海燕,人老发江梅。最忆门前柳,闲居手自栽。

山中赠张正则评事　秦系

终年常避喧,师事五千言。流水闲过院,春风与闭门。山茶邀上客,桂实落前轩。莫强教余起,微官不足论。

第二节　大历十才子

《唐书·文艺传》:"卢纶与吉中孚、韩翃、钱起、司空曙、苗发、崔峒、耿沣、夏侯审、李端皆能诗齐名,号大历十才子。"王士禛《分甘余话》曰:"唐大历十才子,传闻不一,江邻几所《志》乃卢纶、钱起、郎士元、司空曙、李益、李端、李嘉祐、皇甫曾、耿沣、苗发、吉中孚,共十一人,或又云有夏侯审。按发、审诗名不甚著,未可与诸子颉颃。且皇甫兄弟齐名,不应有曾而无冉。又韩翃同时盛名,而亦不之及,皆不可解。"按《唐书》有韩翃,而无李益、李嘉祐、皇甫曾、郎士元。宋初去唐未远,而传闻不同如此。据严沧浪《诗话》,则冷朝阳亦在十才子中。盖诸人并是大历之英,于韦、刘以外,又别为一派者矣。

卢纶,字允言,河中蒲人。大历初数举进士不第,元载取其文以进,补阌乡尉,累迁监察御史,辄称疾去。建中初,为昭应令。卒。宪宗诏中书舍人张仲素访集遗文。文宗尤爱其诗,问宰相:"纶文章几何?亦有子否?"李德裕对:"纶四子:简能、简辞、弘正、简求,皆擢进士第,在台阁。"帝遣中人悉索家笥,得诗五百篇以闻。《容斋随笔》:"李益、卢纶,皆唐大历十才子之杰。纶于益为内兄。"

李益,字君虞,姑臧人。大历四年进士,长于歌诗。贞元末,与宗人李贺齐名。每一篇成,乐工争以赂求取之,被声歌供奉天子。至《征人》《早行》等篇,天下皆施之图绘。王世贞曰:"绝句李益为胜,韩翃次之。"

韩翃,字君平,南阳人。侯希逸表佐淄青幕府,府罢,十年不出。李勉在宣武,复辟之。俄以驾部郎中知制诰。时有两韩翃,其一为刺史,宰相请孰与?德宗曰:"与诗人韩翃。"终中书舍人。

钱起,吴兴人。天宝中,举进士,与郎士元齐名。时诏曰:"前有沈、宋,后有钱、郎。"终考功郎中。

郎士元,字君胄,中山人,天宝十五载进士。高仲武云:"郎士元员外,河岳英奇,人伦秀异,自家型国。"遂拥大名。右丞已后,与钱起争长,自丞相以下出使出牧,二公无诗祖饯,时论鄙之。两公词体大约欲同,就中郎稍更闲雅,近于康乐,如"荒城背流水,还雁入寒林",又"去鸟不知倦,远帆生暮愁",又"萧条夜静边风吹,独倚营门望秋月",可齐衡古人,掩映时辈。又"暮蝉不可听,落叶岂堪闻",古人谓谢朓工于发端,比之于今,有惭沮矣。

皇甫曾,字孝常,丹阳人,冉母弟也。天宝十二载登进士第,诗名与兄相上下,时比张氏景阳、孟阳云。冉,字茂政,大历初官至右补阙,然冉名尤盛。高仲武称冉佳句,如"果熟任霜封,篱疏从水渡",又"裹露收新稼,迎寒著旧庐",又"燕知社日辞巢去,菊为重阳冒雨开",可以雄视潘张,平揖沈谢;又《巫山诗》,终篇皆丽。自晋宋齐梁周隋以来,采掇者无数,而补阙独获骊珠,使前贤失步,后辈却立。

李端,字正己,赵郡人。大历五年进士。时郭尚父少子暧,尚代宗女升平公主,贤明有才思,尤喜诗人。而端等十人多在暧之门下,每宴集赋诗,公主坐视帘中,诗之美者赐百缣。暧因拜官会十子曰:"诗先成者赏。"时端先献警句云:"薰香荀令偏怜小,傅粉何郎不解愁。"主即以百缣赏之。钱起曰:"李校书诚有才,此篇宿构也,愿赋一韵正之,请以起姓为韵。"端即襞笺而献曰:"方塘似镜草芊芊,初月如钩未上弦。新开金埒教调马,旧赐铜山许铸钱。"暧曰:"此愈工也。"起等始服。子虞仲亦工诗。

此外吉中孚,鄱阳人,官户部侍郎;司空曙,字文初,广平人,从韦皋于剑南,终虞部郎中;苗发,晋卿子,终都官员外郎;崔峒,终右补阙;耿㴲,右拾遗;

夏侯审,侍御史,并见《唐书》、严沧浪《诗话》。冷朝阳在大历十子中为最下,余如戴叔伦、戎昱、张继、王建皆有诗名,亦在大历间,建尤工乐府。

赵执信《谈龙录》曰:"声病兴而诗有町畦,然古今体之分,成于沈宋。开元天宝间,或未之尊也。大历以还,其途判然,不复相入。由宋迄元,相承无改。胜国士大夫,浸多不知者。不知者多,则知者贵矣。今则悍然不信,其不信也,由不明于分之之时。又见齐梁体与古今体相乱,而不知其别为一格也。常熟钱木庵良择推本冯氏,著《唐音审体》一书,原委颇具可观采。"

顷见阮翁杂著,呼律诗为格诗,是犹欧阳公以八分为隶也。

省试湘灵鼓瑟　钱起

善鼓云和瑟,常闻帝子灵。冯夷空自舞,楚客不堪听。苦调凄金石,清音入杳冥。苍梧来怨慕,白芷动芳馨。流水传萧瑟,悲风过洞庭。曲终人不见,江上数峰青。

江南曲　李益

长乐花枝雨点消,江城日暮好相邀。春楼不闭葳蕤锁,绿水回通宛转桥。

寒食　韩翃

春城无处不飞花,寒食东风御柳斜。日暮汉宫传蜡烛,轻烟散入五侯家。

枫桥夜泊　张继

月落乌啼霜满天,江枫渔火对愁眠。姑苏城外寒山寺,夜半钟声到客船。

长安春望　卢纶

东风吹雨过青山,却望千门草色闲。家在梦中何日到,春生江上几人还。川原缭绕浮云外,宫阙参差落照间。谁念为儒逢世难,独将衰鬓客秦关。

第六章　韩柳古文派

第一节　韩柳古文之渊源

汉魏以下，为文竞尚缛绮，至于齐梁之间，而浮靡成风矣。惟北朝稍重气质。苏绰之徒，志欲复古而力不逮。唐兴，陈伯玉始以经典之体格为文，同时有卢藏用、富嘉谟之流和之，然其势未盛。自是以后，文士犹沿六朝之习。经开元天宝，诗格浸浸变矣。于是萧颖士、李华、贾至等，始奋起崇尚古文。元结、独孤及、梁肃诸人，相与为之左右。及乎韩、柳继起，而后古文之体大行，为后世所宗。晁公武《读书志》引《唐实录》谓韩愈学独孤及之文，此必有所据矣。

《北梦琐言》："葆光子曰：'唐代韩愈、柳宗元，洎李翱、李观、皇甫湜数君子之文，凌轹荀、孟，糠秕颜、谢，其所宗仰者，惟梁补阙一人而已，乃诸人之龟鉴，而梁之声采寂寂，岂阳春白雪之流乎？是知俗尘喧喧者，宜鉴其滥吹也。'"

《旧唐书·韩愈传》曰："大历贞元之间，文字多尚古学，效扬雄、董仲舒之述作，而独孤及、梁肃最称渊奥，儒林推重。愈从其徒游，锐意钻仰，欲自振于一代。洎举进士，投文于公卿间，故相郑余庆颇为之延誉，由是知名于时。"

独孤及，字至之，河南人。梁肃，字敬之，一字宽中，陆泽人。独孤及尝受知于李华，而梁肃又师事及。韩愈少时，尝为萧颖士子存所知，又从独孤及、梁肃之门人游。李华宗子翰，亦能为古文，愈每称之。李观亦华族子，与愈同举进士，相友善。故韩愈文章，实远承萧、李之绪，不可诬云。

独孤及、梁肃在当时并有重名，今录李舟、崔恭所作二家集序于后。

独孤常州集序　李舟

《传》曰："物生而后有象，象而后有滋，滋而后有数。数成而文见矣。"始自天地,终于草木,不能无文也,而况于人乎?且夫日月星辰,天之文也;丘陵川渎,地之文也;羽毛彪炳,鸟兽之文也;华叶彩错,草木之文也。天无文,四时不行矣;地无文,九州不别矣;鸟兽草木之无文,则混然而无名,而人不能用之矣。人无文则礼无以辨其数,乐无以成其章,有国者无以行其刑政,立言者无以存其劝诫。文之时用大矣哉!在人贤者得其大者,礼、乐、刑、政,劝诫是也;不肖者得其细者,或附会小说以立异端,或雕斫成言以神对句,或志近物而玩童心,或顺庸气以谐俚耳。其甚者则矫诬盛德,污蔑风教,为蛊为蠹,为妖为孽。噫!文之弊有至是者,可无痛乎!天后朝,广漠陈子昂独溯颓波,以趣清源,自兹作者稍稍而出。先大夫尝因讲文谓小子曰:"吾友兰陵萧茂挺、赵郡李遐叔、长乐贾幼几,洎所知河南独孤至之,皆宪章六艺,能探古人述作之旨。贾为元宗巡蜀分命之诏,历历如西汉时文,若使三贤继司王言,或载史笔,则典谟训诰誓命之书,可仿佛于将来矣。呜呼!三公皆不处此地,而运蹇多故,惟独孤至常州刺史,享年亦促,岂天之未欲振斯文耶?小子所不能知也已矣。"常州讳及,有遗文三百篇,安定梁肃编为上下帙,分二十卷,作为后序。常州爱士,而肃最为所重,讨论居多,故其为文之意,肃能言之。比葬博陵,崔贻孙又为神道碑,悉载行事,而痛其不登论道之位。崔公刚而好直,其词不党,君子谓之知言。昔班孟坚美汉得人之盛,曰文章则司马迁、相如,又曰刘向、王褒以文章显,是则四君子者,有汉之文雄欤?然而迁无乡曲之誉,亏大雅明哲保身之美;相如薄于贞操,有涤器受金之累;向无威仪,遗文以缪,而身几不免;褒多为歌颂,当时议者以为淫靡不急,其他无闻焉。大较词人多陷轻躁,否则懦狭迂僻,于事放弛,其能蹈履中道,可为物主者寡矣。孰与常州发论措辞,皆王霸大略。孝悌之至,达于神明,善与人交,久而敬之;当官正色,不畏强御,加之以仁惠爱物,吏民敬畏,而文又如是乎?其余则二君既言之矣,今亶录崔氏之作,缀于篇末云尔。

唐右补阙梁肃文集序　崔恭

叙曰：皇甫士安志好闲放，不荣轩冕。导情适志，作《高士传》，赞记遗韵，风猷尚在。而公早从释氏，义理生知，结意为文，志在于此。言谈语笑，常所切劘，心在一乘，故叙释氏，最为精博，与皇甫士安之所素尚，亦相放焉。则今天台大师元浩之门弟子也，抠衣捧席，与余同焉，故能知其景行，收其制作，编成二十轴，以为儒林之纲纪云。若夫明是非，探得失，乃作《西伯称王议》。宗道德，美功成，作《磻溪铭》《四皓赞》《钓台碑》《圯桥碑》。絜当世，激清风，作《先贤赞》《独孤常州集序》《观讲论语序》。美艺文，善章句，作《李补阙集序》《隐士李君遗文序》。备教化，彰讽咏，作《中书侍郎赠太子太傅李公集序》《开国公包君集序》。总名实，树遗风，作《常州独孤公遗爱颂》《太常卿常山郡开国公崔公神道碑》。恶戎丑，思康济，作《兵箴》。叙宗系，思祖德，作《述初赋》。病流滥，悦故居，作《过旧园赋》。明大道，宗有德，作《受命宝赋》。其余言志导情，记会叙别，总存诸集录。归根复命，一以贯之，作《心印铭》。住一乘，明法体，作《三如来画赞》。知法要，识权实，作《天台山禅林寺碑》。达教源，周境智，作《荆溪大师碑》。大教之所由，佛日之未忘，盖尽于此矣。若以神道设教，化源旁济，作《泗洲开元寺僧伽和尚塔铭》。言僧事，齐律仪，作《过海和尚碑铭》《幽公碑铭》。释氏制作，无以抗敌，大法将灭，人鲜知之，唱和之者或寡矣。故公之文章，粹美深远，无人能到，此事可以俟于知音，不可与薄俗者同世而论也。余之仰止，未尽其善，盖释氏之鼓吹欤？诸佛之影响欤？余所不者，道其穷欤？常怀不言之叹，杳冥之恨，尔后之人，识达希夷，意通响象，知我之言之不怍耳。若以叙人伦，正褒贬，则人皆知之，非独情至而称其制作也。大约公之习尚，敦古风，阅传记，轻轻然以此导引于人，以为其常，米盐细碎，未尝挂口，故鲜通人事，亦贤者之一病也。夫子所谓："君子多乎哉？不多也。"故无适时之用，任使之勤。余故以皇甫士安比之，若管夷吾、诸葛亮，留心济世，自谓栋梁，则非公之所尚也。所谓善古而不善今，知贤而不知俗，故论赞碑颂,能言贤者之事,不能言小人之称。享年若干,以某年月日,终于长安某里。朝廷尚德,故以公为太子侍读;国尚实录,故以公为史馆修撰;发诰令,敷王猷,故以公为翰林学士。三职齐署,则公之处朝廷,不为不达矣;年过四十,士林归崇,比夫颜子、黄叔度,不为不寿矣。其碌碌者,老于郎署,白首人世,又何补哉! 于达者不可以夭寿之叹,而病于促数焉! 公遗孤殁后而生,今已成立,则友朋之知臧孙之后,存于此也。

韩愈早年尤与李观相善,其集中赠诗,推许甚至。观卒年仅二十九,愈为墓志。此后愈独与柳宗元齐名。陆希声《李观文集序》曰:"贞元中,天子以文化天下,天下翕然兴于文。文之尤高者,李元宾观、韩退之愈。始元宾举进士,其文称居退之之右。及元宾死,退之之文日益高。今之言文章,元宾反出退之之下。论者以元宾早世,其文未极,退之穷老不休,故能卒擅其名。予以为不然。要之所得不同,不可以相上下者。文以理为本,而辞质在所尚。元宾尚于辞,故辞胜其理;退之尚于质,故理胜其辞。退之虽穷老不休,终不能为元宾之辞。假使元宾后退之之死,亦不能及退之之质。此所以不相见也。夫文兴于唐虞,而隆于周汉。自明帝后,文体浸弱,以至于魏晋宋齐梁隋,嫣然华媚,无复筋骨。唐兴,犹袭隋故态。至天后朝,陈伯玉始复古制,当世高之。虽博雅典实,犹未能全去谐靡。至退之乃大革流弊,落落有老成之风。而元宾则不古不今,卓然自作一体,激扬发越,若丝竹中有金石声。每篇得意处,如健马在御,蹀蹀不能止。其所长如此,得不谓之雄文哉?"先是,李翱亦称观文章不远于扬子云云。

与韩愈同举进士者,又有欧阳詹。詹,字行周,亦早卒。愈为之哀词,极为推许。李贻孙《欧阳行周集序》曰:"韩侍郎愈、李校书观,泊君并数百岁杰出。"此外,与柳子厚善者,刘禹锡、吕温亦为文有古制。大抵诸人皆承萧、李之绪,虽其平日讲贯之详不可悉闻,而渊源犹可考见云。

第二节 韩愈、柳宗元

《唐书》:"韩愈,字退之,邓州南阳人。七世祖茂,有功于后魏,封安定王。父仲卿,为武昌令,有美政,既去,县人刻石颂德。终秘书郎。愈生三岁而孤,随伯兄会贬官岭表。会卒,嫂郑鞠之。愈自知读书,日记数千百言,比长,尽能通六经、百家学。擢进士第。……后官至吏部侍郎。……每言文章自汉司马相如、太史公、刘向、扬雄后,作者不世出。故愈深探本元,卓然树立,成一家言。其《原道》《原性》《师说》等数十篇,皆奥衍闳深,与孟轲、扬雄相表里,而佐佑六经云。至它文造端置辞,要为不袭蹈前人者。然惟愈为之,沛然若有余,至其徒李翱、李汉、皇甫湜从而效之,遽不及远甚。从愈游者若孟郊、张籍,亦皆自名于时。"

《容斋随笔》曰:"刘梦得、李习之、皇甫持正、李汉,皆称诵韩公之文,各极其势。刘之语云:'高山无穷,太华削成。人文无穷,夫子挺生。鸾凤一鸣,蜩螗革音。手持文柄,高视寰海。权衡低昂,瞻我所在。三十余年,声名塞天。'习之云:'建武以还,文卑质丧。气萎体败,剽剥不让。拨去其华,得其本根。包刘越嬴,并武同殷。六经之风,绝而复新。学者有归,大变于文。'又云:'公每以为自扬雄之后,作者不出,其所为文,未尝效前人之言而固与之并。后进之士有志于古文者,莫不视以为法。'皇甫云:'先生之作,无圆无方,主是归工,抉经之心,执圣之权,尚友作者,跂邪抵异,以扶孔子,存皇之极。茹古涵今,有无端涯。鲸铿春丽,惊耀天下。栗密窈眇,章妥句适。精能之至,鬼入神出。姬氏以来,一人而已。'又云:'属文意语天出,业孔子、孟轲而侈其文,焯焯烈烈,为唐之章。'又云:'如长江秋注,千里一道,然施于灌激,或爽于用。'此论似不为知公者。汉之语云:'诡然而蛟龙翔,蔚然而虎凤跃,锵然而韶钧鸣,日光玉洁,周性孔思,千态万貌,卒泽于道德仁义,炳如也。'是四人者,所以推高韩公,可谓尽矣。及东坡之碑一出,而后众说尽废。其略云:'匹夫而为百世师,一言而为天下法,是皆有以参天地之化,关盛衰之运。自东汉以来,道丧文弊,历唐贞观开元而不能救,独公谈笑而麾之,天下靡然从公,复归于正。文起八代之衰,道济天下之溺,岂非参天地而独存者乎?'骑龙白云之诗,蹈厉发越,直到雅、颂,所谓若捕龙蛇、搏虎豹者,大哉言乎!"

《丹铅总录》:"唐人余知古与欧阳生论文云:'韩退之作《原道》,则崔豹《答牛亨书》;作《讳辨》,则张诏《论旧名》;作《毛颖》,则袁淑《大兰王九锡》;作《送穷文》,则扬子云《逐贫赋》。'"

《冷斋夜话》曰:"沈存中、吕惠卿吉甫、王存正仲、李常公泽,治平中在馆中夜谈诗。存中曰:'退之诗,押韵之文耳,虽健美富赡,然终不是诗。'吉甫曰:'诗正当如是,吾谓诗人亦未有如退之者。'正仲是存中,公泽是吉甫,于是四人者相交,久不决。公泽正色谓正仲曰:'君子群而不党,公独党存中。'正仲怒曰:'我所见如此,偶因存中,便谓之党,则君非党吉甫乎?'一坐大笑。予尝熟味退之诗,真出自然,其用事深密,高出老杜上。如《符读书城南》诗'少长聚嬉戏,不殊同队鱼',又'脑脂盖眼卧壮士,大招挂壁何由弯',皆自然也。襄阳魏泰曰:'韩退之诗曰:剥苔吊斑林,角黍饵沉冢。'"竹非黑点之斑也。楚竹初生,藓封之,土人斫之,浸水中,洗去藓,故藓痕成紫晕耳。

《岁寒堂诗话》:"苏黄门子由有云:'唐人诗当推韩杜,韩诗豪,杜诗雄,则杜诗之雄,可以兼韩之豪也。'此论得之。"

石鼓歌 韩愈

张生手持石鼓文,劝我试作石鼓歌。少陵无人谪仙死,才薄将奈石鼓何!周纲凌迟四海沸,宣王愤起挥天戈。大开明堂受朝贺,诸侯剑佩鸣相磨。蒐于岐阳骋雄俊,万里禽兽皆遮罗。镌功勒成告万世,凿石作鼓隳嵯峨。从臣才艺咸第一,拣选撰刻留山阿。雨淋日炙野火燎,鬼物守护烦㧙呵。公从何处得纸本,毫发尽备无差讹。辞严义密读难晓,字体不类隶与蝌。年深岂免有缺画,快剑斫断生蛟鼍。鸾翔凤翥众仙下,珊瑚碧树交枝柯。金绳铁索锁纽壮,古鼎跃水龙腾梭。陋儒编诗不收入,二雅褊迫无委蛇。孔子西行不到秦,掎摭星宿遗羲娥。嗟予好古生苦晚,对此涕泪双滂沱。忆昔初蒙博士征,其年始改称元和。故人从军在右辅,为我量度掘臼科。濯冠沐浴告祭酒,如此之宝存岂多!毡包席裹可立致,十鼓只载数骆驼。荐诸太庙比郜鼎,光价岂止百倍过!圣恩若许留太学,诸生讲解得切磋。观经鸿都尚填咽,坐见举国来奔波。剜苔剔藓露节角,安置妥帖平不颇。大厦深檐与盖覆,经历久远期无他。中朝大官老于事,讵肯感激徒媕婀?牧童敲火牛砺角,谁复著手为摩挲?日销月铄就埋没,六年西顾空吟哦。羲之俗书趁姿媚,数纸尚可博白鹅。继周八代争战罢,无人收拾理则那。方今太平日无事,柄任儒术崇丘轲。安能以此上论列,愿借辩口如悬河。石鼓之歌止于此,呜呼吾意其蹉跎!

邵博《闻见后录》:"退之《石鼓诗》,体子美八分歌也。"

柳宗元,字子厚。其先河东人,后徙于吴。宗元少精敏绝伦,为文章卓伟精致,一时辈行推仰。第进士,博学宏辞科,授校书郎,调蓝田尉。贞元十九年,为监察御史里行。善王叔文、韦执谊,二人者奇其才。及得政,引内禁近,与计事,擢礼部员外郎,欲大进用。俄而叔文败,贬邵州刺史,不半道,贬永州司马。既窜斥,地又荒疠,因自放山泽间,其堙厄感郁,一寓诸文,仿《离骚》数十篇,读者咸悲恻。雅善萧俛,诒书言情。后移柳州刺史。其为文思益深,尝著书一篇,号《贞符》。宗元少时嗜进,谓功业可就。既坐废,遂不振。然其才实高,名盖一时。韩愈评其文曰:"雄深雅健似司马子长,崔、蔡不足多也。"既没,柳人怀之,托言降于州之堂,人有慢者辄死。庙于罗池,愈因碑以实之云。

王鏊《震泽长语》:"吾读《柳子厚集》,尤爱山水诸记,而在永州为多。子厚之文,至永益工,其得山水之助耶?及读《元次山集》,记道州诸山水,亦曲极其妙。子厚丰缛精绝,次山简淡高古,二子之文,吾未知所先后也。然近世言古文者,尤推子厚诸记,次山盖非其匹云。"

宋人多以子厚之诗工于退之,惟《岁寒堂诗话》云:"柳柳州诗字字如珠玉,精则精矣,然不若退之变态百出也。使退之收敛而为子厚则易,使子厚开拓而为退之则难矣。意味可学,而才气则不可及也。"

唐大理评事杨君文集后序　　柳宗元

赞曰:文之用,辞令褒贬、导扬讽谕而已。虽其言鄙野,足以备于用。然而阙其文彩,固不足以竦动时听,夸示后学,立言而朽,君子不由也。故作者抱其根源,而必由是假道焉。作于圣,故曰经;述于才,故曰文。文有二道:辞令褒贬,本乎著述者也;导扬讽谕,本乎比兴者也。著述者流,盖出于《书》之谟训、《易》之象系、《春秋》之笔削,其要在于高壮广厚,词正而理备,谓宜藏于简册也。比兴者流,盖出乎虞夏之咏歌、殷周之雅颂,其要在于丽则清越,言畅意美,谓宜流于谣诵也。兹二者,考其旨义,乖离不合,故秉笔之士,恒偏胜独得,而罕有兼者。故有能而专美,命之曰艺成,虽古文雅之盛世,不能并肩而生。唐兴已来,称是选而不怍者,梓潼陈拾遗。其后燕文贞以著述之余,攻比兴而莫能极;张曲江以比兴之隙,穷著述而不克备。其余各探一隅,相与背驰于道者,其去弥远。文之难兼,斯亦甚矣。若杨君者,少以篇什著声于时,其炳耀尤异之辞,讽诵于文人,满盈于江湖,达于京师。晚节遍悟文体,尤邃序述,学富识远,才涌未已,其雄杰老成之风,与时增加。既获是,不数年而夭,其季年所作尤善。其为《鄂州新城颂》《诸葛武侯传论》,饯送梓潼陈众甫、汝南周愿、河东裴秦、武都何义府、泰山羊士谔、陇西李练凡六《序》,《庐山禅居记》《辞李常侍启》《远游赋》《七夕赋》,皆人文之选已。用是陪陈君之后,其可谓具体者欤?呜呼!公既悟文而疾,既即功而废,废不逾年,夭病及之,卒不得穷其工,竟其才,遗文未克流于世,休声未克充于时。凡我从事于文者,所宜追惜而悼慕也。某以通家修好,幼获省谒,故得奉公元兄命,论次篇目,遂述其制作之所诣,以系于后。

韩柳之为文,皆规三代、西汉,下此不道也。故退之《进学解》曰:"上规姚姒,浑浑无涯;周《诰》殷《盘》,佶曲聱牙;《春秋》谨严,《左氏》浮夸;《易》

奇而法,《诗》正而葩;下逮《庄》《骚》,太史所录,子云相如,同工异曲。先生之于文,可谓闳其中而肆其外矣!"盖自扬、马以下,未尝称焉。子厚《与韦中立论师道书》曰:"本之《书》以求其质,本之《诗》以求其直,本之《礼》以求其宜,本之《春秋》以求其断,本之《易》以求其动。"又曰:"参之《穀梁氏》以厉其气,参之《孟》《荀》以畅其支,参之《老》《庄》以肆其端,参之《国语》以博其趣,参之《离骚》以致其幽,参之太史以著其洁。"盖二公自述其取材之源如此。

韩柳二家之文,各有其至者,未易优劣,且平生互相推许。惟韩崇儒教,力排佛老,而柳子厚嗜浮图之言,以为与《易》《论语》合,此其不同者耳。

第三节　韩门诸子

韩退之抗颜为师,颇有从游者。而柳子厚远谪,惟称与吴武陵论文,此外无闻焉。故退之之门独盛。《唐书》称李翱、李汉、皇甫湜为愈之徒,而孟郊、张籍亦从愈游,又贾岛、刘义皆韩门弟子。其人或不必尽受业,然为文之法,多承韩公绪论。此外又有沈亚之,学于退之。樊宗师为文最奇涩,亦与退之雅善,且志且墓。故知韩柳倡古文,风气一变,当时慕而效之,各有所得者甚众。兹略论次李翱数家如后。

李翱,字习之,韩愈侄婿也。元和初为国子博士,史馆修撰,后官至山南东道节度使。其学皆出于愈,集中载答皇甫湜书,自称高愍女、杨烈妇传,不在班固、蔡邕下,其自许稍过。然观与梁载言书,论文甚详,至寄从弟正辞书,谓人号文章为一艺者,乃时所好之文,其能到古人者,则仁义之词,恶得以一艺名之。故才与学虽皆逊愈,不能熔铸百氏,皆如己出,而立言具有根柢,大抵温厚和平,俯仰中度,不似李观、刘蜕诸人有矜心作意之态。苏舜钦谓其词不逮韩,而理过于柳,诚为笃论。郑獬谓其尚质而少工,则贬之太甚矣。

宋世尚理学,颇有极推习之文者。《蒙斋笔谈》曰:"李习之学识实过韩退之,盖其所知者各异。退之主张吾道千载一人,而余为是言,固不韪矣。然余自不以为疑,易不取《原道》读之,醇粹而不杂,明果而不二,世皆以比孟子,然究其所终,则得儒者之说。而苟知学孔子者,皆能为是言。习之《复性书》三篇,于秦汉以下,诸儒略无所袭,独超然知颜子之用心。……今世言三代、周公、孔子之道,详者莫如《礼记》,《礼记》之传驳,而真得孔子之言者,惟《中庸》与《大学》。退之出于《大学》而未至……习之学出《中庸》而不胶其言。……唐人记习之——退之侄婿——似不肯相下,虽退之强毅亦不敢屈以从己,弟子之者惟籍、湜等尔。近岁无能知习之者,惟老苏尝及之,然止与其文辞。子瞻兄弟不复言,甚矣学之难也!"

皇甫湜,字持正,睦州新安人。擢进士第,为陆浑尉,仕至工部郎中。裴度留守东都,尝辟为判官。度修福先寺,将立碑,求文于白居易。湜怒曰:"近舍湜而远取居易,请从此辞。"度谢之,湜即请斗酒,饮酣授笔立就。度赠以车马缯彩甚厚,湜大怒曰:"自吾为《顾况集序》,未尝许人,今碑字三千,字三缣,何遇我薄耶?"度笑曰:"不羁之才也。"从而酬之。

沈亚之,字下贤,学于韩退之,与皇甫湜以文往来,元和七年以书不中第。李贺有诗送之,又杜牧、李商隐集,均有拟沈下贤诗。则亚之固以诗名世,其文则务为险崛,在孙樵、刘蜕之间。观其《答学文僧请益书》,为"陶器速售而易败,煅金难售而经久"。《送韩静略序》亟述退之之言,盖亦戛然自异者也。

孙樵《与王霖秀才书》曰:"樵尝得为文真诀于来无择,来无择得之于皇甫持正,皇甫持正得之于韩吏部退之。"按来无择名择,宝历间应贤良科。《唐志》有《秣陵子集》一卷。

其余孟郊、张籍、卢仝、刘叉之伦,当于下章论之。

答独孤舍人书　李翱

足下书中,有"无见怨怼以至疏索"之说,盖是戏言,然亦似未相悉也。荐贤进能,自是足下公事,如不为之,亦自是足下所阙,在仆何苦,乃至怨怼?仆尝怪董生大贤,而著《仕不遇赋》,惜其自待不厚。凡人之蓄道德才智于身,以待时用。盖将以代天理物,非为衣服饮食之鲜肥而为也。董生道德备具,武帝不用为相,故汉德不如三代,而生人受其憔悴,于董生何苦,而为《仕不遇》之词乎?仆意间自待甚厚,此身穷达,岂关仆之贵贱耶?虽终身如此,固无恨也,况年犹未甚老哉。去年足下有相引荐意,当时恐有所累,犹奉止不为,何遽不相悉?所以不数附书者,一二年来往还,多得官在京师,既不能周遍,又且无事,性颇慵懒,便一切画断,只作报书。又以为苟相知,固不在书之疏数;如不相知,尚何求而数书。或惟往还中有贫贱更不如仆者,即数数附书耳,近频得人书,皆责疏简,故具之于此,见相怪者,当为辞焉。

谕业　皇甫湜

《逍遥游》曰:"适百里者宿舂粮,适千里者必聚粮。"此言务远则积弥厚。成安君曰:"千里馈粮,士有饥色;樵苏后爨,师不宿饱。"此言持不实则危。一则寓论,一则武经,相发明其义符也。故强于内者外必胜,殖不固者发不坚。功不什倍,不可以果志;力不兼两,不可以角敌。号猿贯虱,彻札饮羽,必非一岁之决拾;仰马出鱼,理心顺气,必非容易之搏拊。浅辟庸种无嘉苗,颣絇疏织无良帛。夫欲利其获,不若优其为获之方;若欲显其能,不若营其为显之道。求诸人不若求诸己,驰其华不若驰其实。彼则趑趄于卿士之门,我则婆娑于圣贤之域;彼则巾车于名利之肆,我则冠屦于文史之囿。道寖而后进,业成而后索。以其劳于彼,曷若勤于此;以其背于路,易若赘于家。求售者声门而炫贾,致贱者深匿而俟价;求聘者自容有靓妆,取娉者嫌扃于密影。鲔可荐也,不虑纶罟之不逢;橘可贡也,不虑包匦之不入。务出人之名,安得不厉出人之器?战横行之阵,安得不振横行之略?书不千轴,不可以语化;文不百代,不可以语变。体无常轨,言无常宗,物无常用,景无常取,在殚其理,核其微,赋物而穷其致。歌咏者极性情之本,载述者遵良直之旨,触类而长,不失其要,此大略也。夫比文之流,其来尚矣。自六经子史,至于近代之作,无不详备。当朝之作,则燕公悉以评之,自燕公已降,试为子论之。燕公之文,如梗木柟枝,缔构大厦,上栋下宇,孕育气象,可以燮阴阳而阅寒暑,坐天子而朝群后。许公之文,如应钟蕤鼓,笙簧镈磬,崇牙树羽,考以宫县,可以奉神明,享宗庙。李北海之文,如赤羽玄甲,延亘平野,如云如风,有貙有虎,阗然鼓之,吁可畏也。贾常侍之文,如高冠华簪,曳裾鸣玉,立于廊庙,非法不言,可以望为羽仪,资以道义。李员外之文,则如金舆玉辇,雕龙采凤,外虽丹青可掬,内亦体骨不饥。独孤尚书之文,如危峰绝壁,穿倚霄汉,长松怪石,倾倒溪壑,然而略无和畅,雅德者避之。杨崖州之文,如长桥新构,铁骑夜渡,雄震威厉,动心骇目,然而鼓作多容,君子所慎。权文公之文,如朱门大第,而气势宏敞,廊庑廪厩,户牖悉周,然而不能有新规胜概,合人竦观。韩吏部之文,如长江秋注,千里一道,冲飚激浪,瀚流不滞,然而施诸灌溉,或爽于用。李襄阳之文,如燕市夜鸿,华亭晓鹤,嘹唳亦足惊听,然而才力偕鲜,悠然高远。故友沈谏议之文,则如隼击鹰扬,灭没空碧,崇兰繁荣,曜英扬蕤。虽迅举秀擢,而能沛艾绝景。其他握珠玑、奋组绣者,不可一二而纪矣。若数公者,或传符于帝宰,或受命于神工,或凤鸯词林,或虎踞文苑,或抗辔荀孟,或攘袂班扬,皆一时之豪彦,笔砚之麟凤。今皆游泳其波澜,偃息其林薮,铨其一挥之旧也,而骤以谕业之言,动子之志,诚未当也。遂绝意随计,解装退修,循力行待取之儒规,达先难后获之通理,将为勇退,真勇进也,斯可尚矣。子既信余之不欺,余亦贵子之不忽,因源流遵业,而列谕焉。

第七章　元和长庆间之诗体

第一节　元白与刘白

李肇《国史补》曰："元和以后，文则学奇涩于樊宗师，学放旷于张籍；诗则学矫激于孟郊，学浅切于白居易，学淫靡于元稹，俱名为'元和体'也。"

《因话录》："韩文公与孟东野友善，韩公文至高，孟长于五言，时号'孟诗韩笔'。元和中后进师匠韩公，文体大变。又柳柳州宗元、李尚书翱、皇甫郎中湜、冯詹事定、祭酒杨公、余座主李公，皆以高文为诸生所宗。而韩、柳、皇甫、李公，皆以引接后学为务。杨公尤深于奖善，遇得一句，终日在口，人以为癖，终不易初心。长庆以来，李封州甘为文至精，奖拔公心，亦类数公。甘出于李相国武都公门下，时以为得人，惜其命运湮厄，不得在抡鉴之地。又元和以来，词翰兼奇者有柳柳州宗元、刘尚书禹锡及杨公，刘、杨二人，词翰之外，别精篇什。又张司业善歌行，李贺能为新乐府，当时言歌篇者，宗此二人。李相国程、王仆射起、白少傅居易兄弟、张舍人仲素，为场中词赋之最，言程式者，宗此五人。"

据已上所论，元和体者，实兼诗文而言。至元微之自叙其诗，则称元和体出于元、白，是专指诗言之矣。

《唐书》曰："元稹，字微之，河南人。……尤长于诗，与白居易名相埒，天下传讽，号'元和体'，往往播乐府。穆宗在东宫，妃嫔近习皆诵之，宫中呼元才子。稹之谪江陵，善监军崔潭峻。长庆初，潭峻方亲幸，以稹歌词数十百首奏御，帝大悦，问稹今安在，曰为南宫散郎。即擢祠部郎中，知制诰，变诏书体，务纯厚明切，盛传一时。然其进非公议，为士类訾薄，稹内不平，因《诫风俗诏》，历诋群有司，以逞其憾"，"宰相令狐楚，一代文宗，雅知稹之辞学，谓稹曰：'尝览足下制作，所恨不多，迟之久矣。请出其所有，以豁予怀。'稹因献其文，自叙曰：'稹初不好文，徒以仕无他歧，强由科试。及有罪谴弃之后，自以为废滞潦倒,不复为文字有闻于人矣。曾不知好事者抉摘刍芜,尘渎尊重。窃承相公特于廊庙间道稹诗句,昨又面奉教约,令献旧文,战汗悚踊,惭靦无地。稹自御史府谪官,于今十余年矣,闲诞无事,遂专力于诗章,日益月滋,有诗句千余首。其间感物寓意,可备蒙瞽之风者有之,辞直气粗,罪尤是惧,固不敢陈露于人。唯杯酒光景间,屡为小碎篇章,以自吟畅,然以为律体卑痺,格力不扬,苟无姿态,则陷流俗。常欲得思深语近,韵律调新,属对无差,而风情宛然,而病未能也。江湖间多新进小生,不知天下文有宗主,妄相放效,而又从而失之,遂至于支离褊浅之辞,皆目为元和诗体。稹与同门生白居易友善,居易雅能诗,就中爱驱驾文字,穷极声韵,或为千言,或五百言律诗,以相投寄。小生自审不能过之,往往戏排旧韵,别创新辞,名为次韵相酬,盖欲以难相排。自尔江湖间为诗者复相放效,力或不足,则至于颠倒语言,重复首尾,韵同意等,不异前篇,亦目为元和诗体。而司文者考变雅之由,往往归咎于稹。尝以为雕虫小事,不足以自明。始闻相公记意,累旬已来,实虑粪土之墙,庇之以大厦,使不复破坏,永为版筑者之误,辄写古体诗歌一百首,百韵至两韵律诗一百首,为五卷,奉启跪陈。或希构厦之余,一赐观览,知小生于章句中栾栌榱桷之材,尽曾量度,则十余年之遭回,不为无用矣。'楚深称赏,以为今代之鲍谢也。"稹官至武昌军节度使,有《元氏长庆集》百卷。

白居易,字乐天,其先太原人。元和初为翰林学士,迁左拾遗。累官苏州刺史、河南尹,会昌初以刑部尚书致仕。居易敏悟绝人,工文章,未冠谒顾况,况吴人,恃才,少所推可,见其文,自失曰:"吾谓斯文遂绝,今复得子矣。"居易于文章精切,然最工诗。初颇以规讽得失,及其多更下偶俗好,至数千篇,当时士人争传。鸡林行贾,售其国相,率篇易一金,其伪者,相辄能辩之。初与元稹酬咏,故号元白;稹卒又与刘禹锡齐名,号刘白。其始生七月能展书,姆指之无两字,虽试百数不差,九岁谙识声律,其笃于才章,盖天禀然。《墨客挥犀》曰:"白乐天每作诗,令一老妪解之,问曰解否,曰解则录之,不解则又复易之。故唐末之诗,近于鄙俚也。"

《容斋随笔》曰:"元微之、白乐天在唐元和长庆间齐名,其赋咏天宝时事,《连昌宫词》《长恨歌》,皆脍炙人口,使读之者性情荡摇,如身生其时,亲见其事,殆未易以优劣论也。然《长恨歌》不过述明皇追怆贵妃始末,无他激扬,不若《连昌词》有监戒规讽之意。如云:'姚崇、宋璟作相公,劝谏上皇言语切……长官清平太守好,拣选皆言由相公。开元之末姚宋死,朝廷渐渐由妃子。禄山宫里养作儿,虢国门前闹如市。弄权宰相不记名,依稀忆得杨与李。庙谟颠倒四海摇,五十年来作疮痍。'其末章及官军讨淮西,乞'庙谋休用兵'之语,盖元和十一二年所作,殊得风人之旨,非《长恨》比云。"

《诗苑类格》曰:"白乐天讽谕之诗长于激,闲适之诗长于遣,感伤之诗长于切,律诗百言以上长于赡,五字七字百言以下长于情。"

连昌宫辞　元稹

连昌宫中满宫竹,岁久无人森似束。又有墙头千叶桃,风动落花红簌簌。宫边老人为余泣,少年进食曾因入。上皇正在望仙楼,太真同凭阑干立。楼上楼前尽珠翠,炫转荧煌照天地。归来如梦复如痴,何暇备言宫里事。初过寒食一百六,店舍无烟宫树绿。夜半月高弦索鸣,贺老琵琶定场屋。力士传呼觅念奴,念奴潜伴诸郎宿。须臾觅得又连催,特敕街中许燃烛。春娇满眼垂红绡,掠削云鬟旋装束。飞上九天歌一声,二十五郎吹管逐。逡巡大遍凉州彻,色色《龟兹》轰录续。李謩压笛傍宫墙,偷得新翻数般曲。平明大驾发行宫,万人鼓舞途路中。百官队仗避岐薛,杨氏诸姨车斗风。明年十月东都破,御路犹存禄山过。驱令供顿不敢藏,万姓无声泪潜堕。两京定后六七年,却寻家舍行宫前。庄园烧尽有枯井,行宫门闭树宛然。尔后相传六皇帝,不到离宫门久闭。往来年少说长安,玄武楼成花萼废。去年敕使因斫竹,偶值门开暂相逐。荆榛栉比塞池塘,狐兔骄痴缘树木。舞榭欹倾基尚在,文窗窈窕纱犹绿。尘埋粉壁旧花钿,乌啄风筝碎珠玉。上皇偏爱临砌花,依然御榻临阶斜。蛇出燕巢盘斗拱,菌生香案正当衙。寝殿相连端正楼,太真梳洗楼上头。晨光未出帘影黑,至今反挂珊瑚钩。指向傍人因恸哭,却出宫门泪相续。

自从此后还闭门,夜夜狐狸上门屋。我闻此语心骨悲,太平谁致乱者谁?翁言:野父何分别,耳闻眼见为君说。姚崇宋璟作相公,劝谏上皇言语切。燮理阴阳禾黍丰,调和中外无兵戎。长官清平太守好,拣选皆言由相公。开元之末姚宋死,朝廷渐渐由妃子。禄山宫里养作儿,虢国门前闹如市。弄权宰相不记名,依稀忆得杨与李。庙谟颠倒四海摇,五十年来作疮痏。今皇神圣丞相明,诏书才下吴蜀平。官军又取淮西贼,此贼亦除天下宁。年年耕种宫前道,今年不遣子孙耕。老翁此意深望幸,努力庙谋休用兵。

琵琶行　白居易

浔阳江头夜送客,枫叶荻花秋瑟瑟。主人下马客在船,举酒欲饮无管弦。醉不成欢惨将别,别时茫茫江浸月。忽闻水上琵琶声,主人忘归客不发。寻声暗问弹者谁,琵琶声停欲语迟。移船相近邀相见,添酒回灯重开宴。千呼万唤始出来,犹抱琵琶半遮面。转轴拨弦三两声,未成曲调先有情。弦弦掩抑声声思,似诉平生不得志。低眉信手续续弹,说尽心中无限事。轻拢慢捻抹复挑,初为《霓裳》后《六幺》。大弦嘈嘈如急雨,小弦切切如私语。嘈嘈切切错杂弹,大珠小珠落玉盘。间关莺语花底滑,幽咽泉流水下滩。冰泉冷涩弦凝绝,凝绝不通声暂歇。别有幽愁暗恨生,此时无声胜有声。银瓶乍破水浆迸,铁骑突出刀枪鸣。曲终收拨当心画,四弦一声如裂帛。东船西舫悄无言,唯见江心秋月白。沉吟放拨插弦中,整顿衣裳起敛容。自言本是京城女,家在虾蟆陵下住。十三学得琵琶成,名属教坊第一部。曲罢曾教善才服,妆成每被秋娘妒。五陵年少争缠头,一曲红绡不知数。钿头银篦击节碎,血色罗裙翻酒污。今年欢笑复明年,秋月春风等闲度。弟走从军阿姨死,暮去朝来颜色故。门前冷落鞍马稀,老大嫁作商人妇。商人重利轻别离,前月浮梁买茶去。去来江口守空船,绕船月明江水寒。夜深忽梦少年事,梦啼妆泪红阑干。我闻琵琶已叹息,又闻此语重唧唧。同是天涯沦落人,相逢何必曾相识!我从去年辞帝京,谪居卧病浔阳城。浔阳地僻无音乐,终岁不闻丝竹声。

住近湓江地低湿,黄芦苦竹绕宅生。其间旦暮闻何物?杜鹃啼血猿哀鸣。春江花朝秋月夜,往往取酒还独倾。岂无山歌与村笛?呕哑嘲哳难为听。今夜闻君琵琶语,如听仙乐耳暂明。莫辞更坐弹一曲,为君翻作《琵琶行》。感我此言良久立,却坐促弦弦转急。凄凄不似向前声,满座重闻皆掩泣。就中泣下谁最多?江州司马青衫湿。

刘禹锡,字梦得,彭城人,贞元九年进士,又登宏词科。禹锡精于古文,善五言诗。今体文章,复多才丽。贞元末,王叔文用事,尤荷知奖。叔文败,禹锡贬连州刺史。未至,斥朗州司马。州接夜郎诸夷,风俗陋甚,家喜巫鬼。每祠歌《竹枝》,鼓吹裴回,其声伧伫。禹锡谓屈原居沅湘间作《九歌》,使楚人以迎送神,乃倚其声作《竹枝辞》十余篇。于是武陵夷俚悉歌之。按《旧唐书》本传,禹锡晚年与少傅白居易友善,诗笔文章,时无在其右者,常与禹锡唱和往来。因集其诗而序之曰:"彭城刘梦得,诗豪者也。其锋森然,少敢当者,予不量力,往往犯之。夫合应者声同,交争者力敌,一往一复,欲罢不能。由是每制一篇,先于视草,视竟作兴,作则文章。一二年来,日寻笔砚,同和赠答,不觉滋多。太和三年春以前,纸墨所存者,凡一百三十八首,其余乘兴仗醉,率然口号者,不在此数。因命小侄龟编勒成两轴,仍写二本,一付龟儿,一授梦得小男仑郎,各令收藏,附两家文集。予顷与元微之唱和颇多,或在人口。尝戏微之云:'仆与足下二十年来为文友诗敌,幸也,亦不幸也。吟咏情性,播扬名声,其适遗形,其乐忘老,幸也。然江南士女,语才子者,多云元白。以子之故,使仆不得独步于吴越间,此亦不幸也。'今垂老复遇梦得,梦得非重不幸耶?梦得文之神妙,莫先于是。若妙与神,则吾岂敢?如梦得'云里高山头白早,海中仙果子生迟''沉舟侧畔千帆过,病树前头万木春'之句之类,真谓神妙矣。在在处处,应有灵物护持,岂止两家子弟秘藏而已。"其为名流许与如此。梦得尝为《西塞怀古》《金陵五题》等诗。江南文士,称为佳作。虽名位不达,公卿大寮,多与之交。

杨柳枝词　　刘禹锡

炀帝行宫汴水滨,数株杨柳不胜春。晚来风起花如雪,飞入宫墙不见人。

城外春风吹酒旗,行人挥袂日西时。长安陌上无穷树,唯有垂杨绾别离。

第二节　李贺、刘枣强

《唐书·文艺传》:"李贺,字长吉。系出郑王后,七岁能辞章。韩愈、皇甫湜始闻未信,过其家,使贺赋诗,援笔辄就,如素构,自目曰《高轩过》。二人大惊,自是有名。为人纤瘦,通眉,长指爪,能疾书。每旦日出,骑弱马,从小奚奴,背古锦囊,遇所得,书投囊中。未始先立题然后为诗,如他人牵合程课者。及暮归,足成之。非大醉、吊丧,日率如此,过亦不甚省。母使婢探囊中,见所书多,即怒曰:'是儿要呕出心乃已耳。'以父名晋肃,不肯举进士,愈为作《讳辨》,然卒亦不就举。辞尚奇诡,所得皆惊迈,绝去翰墨畦径,当时无能效者。乐府数十篇,云韶诸工,皆合之弦管。为协律郎,卒,年二十七。与游者权璩、杨敬之、王恭元,每撰著,时为所取去。贺亦早世,故其诗歌世传者鲜焉。"

杜牧论贺诗曰:"元和中,韩吏部亦颇道其歌诗。云烟绵联,不足为其态也;水之迢迢,不足为其清也;春之盎盎,不足为其和也;秋之明洁,不足为其格也;风樯阵马,不足为其勇也;瓦棺篆鼎,不足为其古也;时花美女,不足为其色也;荒国陊殿,梗莽丘陇,不足为其恨怨悲愁也;鲸呿鳌掷,牛鬼蛇神,不足为其虚荒诞幻也。盖骚之苗裔,理虽不及,辞或过之,骚有感怨刺怼,言及君臣理乱,时有以激发人意。乃贺所为,得无有是?贺能探寻前事,所以深叹恨今古未尝经道者,如《金铜仙人辞汉歌》,补梁庾肩吾《宫体谣》。求取情状,离绝远去笔墨畦径间,亦殊不能知之。贺生二十七年死矣。世皆曰使贺且未死,少加以理,奴仆命《骚》可也。"

高轩过　李贺

华裾织翠青如葱,金环压辔摇玲珑。马蹄隐耳声隆隆,入门下马气如虹。云是东京才子,文章巨公。二十八宿罗心胸,元精耿耿贯当中。殿前作赋声摩空,笔补造化天无功。庞眉书客感秋蓬,谁知死草生华风。我今垂翅附冥鸿,他日不羞蛇作龙。

当时为歌诗乐府,名亚于贺者,有刘言史。按《全唐诗话》:"皮日休《刘枣强碑文》云:歌诗之风,荡来久矣。大抵丧于南朝,坏于陈叔宝。然今之业是者,苟不能求古于建安,即江左矣;苟不能求丽于江左,即南朝矣。或过为艳伤丽病者,即南朝之罪人也。吾唐来有是业者,言出天地外,思出鬼神表。读之则神驰八极,测之则心怀四溟,磊磊落落,真非世间语也。自李太白百岁有是业者,雕金篆玉,牢奇笼怪,百锻为字,千炼成句。虽不追躅太白,亦后来之佳作也。其与李贺同时,有刘枣强焉。先生姓刘氏,名言史,不详其乡里。所有歌诗千首,其美丽恢赡,自贺外世莫得比。王武俊之节制镇冀也,先生造之。武俊雄健,颇好词艺,一见先生,遂加异敬。将置之宾位,先生辞免。武俊善骑射,载先生以二乘,逞其艺于野。武俊先骑,惊双鸭起于蒲稗间。武俊控弦不再发,双鸭连毙于地。武俊欢甚,命先生曰:'某之伎如是,先生之词如是,可谓文武之会矣。何不一言以赞耶?'先生由是马上草《射鸭歌》以示武俊。议者以为祢正平《鹦鹉赋》之类也。武俊益重先生,由是奏请官先生,诏授枣强令,先生辞疾不就。世重之曰:'刘枣强,亦如范莱芜之类焉。'"

孟郊《哭刘言史》曰:"诗人业孤峭,饿死良已多。相悲与相哭,累累其奈何。精异刘言史,诗肠倾珠河。取次抱置之,飞远东溟波。可惜大国谣,飘为四夷歌。常于泉中会,颜色两切磋。今日果成死,葬襄之洛河。洛峰远相吊,洒泪双滂沱。"

第三节　孟郊、贾岛

《因话录》谓:"韩文公与孟东野友善,韩公文至高,孟长于五言,时号'孟诗韩笔'。"及东野卒,而韩公文极称贾岛,以为可继东野之后,盖二人苦涩之趣,有相同也。

孟郊,字东野,湖州武康人。少隐嵩山,性介,少谐合。韩愈一见,与为忘形交。年五十始得进士第,调溧阳尉。县有投金濑、平陵城,林薄蒙翳,下有积水,郊间往坐水旁,裴回赋诗,而曹务多废,令白府以假尉代之,分其半奉。其卒也,张籍谥曰"贞曜先生"。

按《全唐诗话》:"李翱荐孟郊于张建封云:'兹有平昌孟郊,正士也。伏闻执事旧知之。郊为五言诗,自前汉李都尉、苏属国及建安诸子、南朝二谢,郊能兼其体而有之。'李观荐郊于梁肃补阙,书曰:'郊之五言诗,其高处在古无上,其平处下顾两谢。'韩送郊诗曰:'作诗三百首,杳默《咸池》音。'彼三子皆知言也,岂欺天下之人哉。"

严沧浪曰:"孟郊之诗,憔悴枯槁。其气局促不伸,退之许之如此,何耶?诗道本甚大,孟郊自为之艰涩耳!"

《岁寒堂诗话》曰:"孟郊诗'楚山争蔽亏,日月无全辉''万株古柳根,擎此磷磷溪''大行横偃脊,百里芳崔嵬'等句,皆造语工新,无一点俗韵。然其他篇章,似此处绝少也。李观评其诗云:'高处在古无上,平处下观二谢。'许之亦太甚矣。东坡谓:'初如食小鱼,所得不偿劳。又如食蟛蟹,竟日嚼空螯。'贬之亦太甚矣。"

《归田诗话》:"遗山论诗云:'东野悲鸣死不休,高天厚地一诗囚。江山万古潮阳笔,合卧元龙百尺楼。'推尊退之而鄙薄东野至矣。东坡亦有'未足当韩豪'之句,又云:'我厌孟郊诗,复作孟郊语。'盖不为所取也。"

灞上轻薄行　孟郊

长安无缓步,况值天景暮。相逢灞浐间,亲戚不相顾。自叹方拙身,忽随轻薄伦。常恐失所避,化为车辙尘。此中生白发,疾走亦未歇。

贾岛,字浪仙,范阳人。初为浮屠,名无本。来东都时,洛阳令禁僧,午后不得出。岛为诗自伤,愈怜之。因教其为文,遂去浮屠,举进士,虽逢值公卿贵人,皆不之觉也。累举不中第,文宗时贬长江主户卒。

《全唐诗话》:"岛诗有警句,韩退之喜之。其《渡桑干》诗曰:'客舍并州三十霜,归心日夜忆咸阳。无端更渡桑干水,却望并州是故乡。'又《赴长江道中》诗曰:'策杖驰山驿,逢人问梓州。长江何日到,行客替生愁。'晋公度初立第于街西兴化里,凿池种竹起台榭。岛方下第,或以为执政恶之,故不在选。怨愤题诗曰:'破却千家作一池,不栽桃李种蔷薇。蔷薇花落秋风起,荆棘满庭君始知。'皆恶其不逊。岛为僧时,洛阳令不许僧午后出寺。岛有诗云:'不如牛与羊,犹得日暮归。'韩愈惜其才,俾反俗应举,贻其诗云:'孟郊死葬北邙山,日月星辰顿觉闲。天恐文章中断绝,再生贾岛在人间。'由是振名。"苏绛为墓志,称:"所著文篇,不以新句绮靡为意,淡然蹑陶谢之踪。片云独鹤,高步尘表,长沙裁赋,事略同焉。"

《野客丛谈》:"《唐遗史》载贾岛初赴举在京,一日驴上得句云:'鸟宿池边树,僧敲月下门。'思易敲为推,引手作推敲之势。韩退之为京兆尹,车骑方出,岛不觉,行至第三节,左右推至尹前,岛具道所得诗句。退之遂并辔归,为布衣交。"

题李凝幽居　贾岛

闲居少邻并,草径入荒园。鸟宿池边树,僧敲月下门。过桥分野色,移石动云根。暂去还来此,幽期不负言。

《临汉隐居诗话》:"贾岛云:'独行潭底影,数息树边身。'其自注云:'二句三年得,一吟双泪流。知音如不赏,归卧故山秋。'不知此二句有何难道,至于三年始成,而一吟泪下也。"

《唐书》曰:"贾岛、刘叉,皆韩门弟子。"又:"卢仝居东都,韩愈爱其诗,礼重之。仝自号玉川子,尝为《月蚀诗》以讥切元和逆党。愈称其工,和之。"刘叉有《冰柱诗》,亦有名。叉与仝诗格皆奇恣,与时不类云。

第四节　张籍、姚合

元和长庆之间,能于元白诸人之外,别树一体,而得名最久,尤为当时诗人所宗者,莫如张文昌。文昌早擅乐府,与王建齐名。晚乃传律格诗,及门者甚众。晚唐诸家,多效其体。时姚武功亦为时流所尚,盖律体由大历以来,至于张姚,而全开晚唐之风格矣。故比而论之。

按《唐书》本传:"张籍者,字文昌,和州乌江人。第进士,为太常寺太祝。久次迁秘书郎,韩愈荐为国子博士。历水部员外郎,主客郎中。当时有名士皆与游,而愈贤重之。籍性狷直,尝责愈喜博簺及为驳杂之说,论议好胜人,其排释老不能著书,若孟轲、扬雄以垂世者。……籍为诗,长于乐府,多警句。仕终国子司业。"按《云仙杂记》:"张籍取杜甫诗一帙,焚取灰烬,副以膏蜜,频饮之曰:'令吾肝肠从此改易。'"

《全唐诗话》:"白乐天读张籍诗集曰:'张公何为者?业文三十春。尤工乐府词,举代少其伦。'姚合读籍诗云:'妙绝《江南曲》,凄凉怨女诗。古风无敌手,新语是人知。'"

《彦周诗话》:"张籍、王建乐府皆杰出。所不能追逐李、杜者,气不胜耳。"《岁寒堂诗话》:"张司业诗,与元、白一律,专以道得人心中事为工。但白才多而意切,张思深而语精,元体轻而词躁尔。律诗虽有意味,而少文,远不逮李义山、刘梦得、杜牧之。然籍之乐府,诸人未必能也。"

《云溪友议》:"朱庆馀校书,既遇水部郎中张籍知音,遍索庆馀制篇什数通,吟改后,只留二十六章,水部置于怀抱而推赞之。清列以张公重名,无不缮录讽咏,遂登科第。朱君尚为谦退,作《闺意》一篇以献张公。公明其进退,寻亦和焉。诗曰:'洞房昨夜停红烛,待晓堂前拜舅姑。妆罢低声问夫婿,画眉深浅入时无?'张籍郎中酬曰:'越女新妆出镜心,自知明艳更沉吟。齐纨未足人间贵,一曲菱歌抵万金。'朱公才学,因张公一诗,名流于海内矣。"

《全唐诗话》:始水部张籍为律格诗,惟朱庆馀亲受其旨。既而任蕃、陈标、章孝标、司空图,咸及门焉。宝历、开成之际,子迁尤为水部所知,声价特甚,故其诗格与之相类。按:"项斯,字子迁,江东人。始未为闻人,因以卷谒杨敬之。杨苦爱之,赠诗云:'几度见诗诗尽好,及观标格过于诗。平生不解藏人善,到处逢人说项斯。'未几,斯达长安,明年擢上第。"

姚合,陕州硖石人,宰相崇曾孙,元和进士。初授武功主簿,开成末终秘书监,与马戴、费冠卿、殷尧藩、张籍游。李频师之。合诗名重于时,人称姚武功云。

清《四库全书提要》曰:"姚合,诗家皆谓之姚武功,其诗派亦称武功体。以其早作《武功县诗》三十首,为世传诵,故相习而不能改也。合选《极玄集》,去取至为精审。自称所录为'诗家射雕手',论者以为不诬。其自作则刻意苦吟,冥搜物象,务求古人体貌所未到。张为作《主客图》,以李益为清奇雅正主,以合为入室。然合诗格与益不相类,不知为何以云然。其集在北宋不甚显,至南宋,'永嘉四灵'始奉以为宗。其末流写景于琐屑,寄情于偏僻,遂为论者所排。然由摹仿者滞于一家,趋而愈下,要不必追咎作始,邃惩羹而吹齑也。"

按合为诗刻意苦吟,工于点缀景物。而刻画太甚,或至流于纤仄。观所选《极玄集》,录王维至戴叔伦二十一人之诗一百首,亦可见其微意所寄,或即奉此律格也。

《全唐诗话》:"僧清塞,东洛人,姓周氏。少从浮图法,遇姚合而返,乃易名贺,初与贾长江、无可齐名。贺《哭百岩师》云:'林径西风急,松枝构杪余。冻须亡夜剃,遗偈疾时书。地燥焚身后,堂空卧影初。此时频下泪,曾省到吾庐。'时岛亦有诗云:'苔覆石床新,师曾过几春。写留行道影,焚却坐禅身。塔院关松雪,经房锁隙尘。自嫌双泪下,不是解空人。'"

李频,字德新,睦州寿昌人。尤长于诗。时姚合名为诗,士多归重,频走千里丐其品。合大奖挹,以女妻之。频官至建州刺史,又与方干友善。

少年行　张籍

少年从猎出长杨,禁中新拜羽林郎。独到辇前射双虎,君王手赐黄金珰。日日斗鸡都市里,赢得宝刀重刻字。百里报仇夜出城,平明还在倡楼醉。遥闻虏到平陵下,不待诏书行上马。斩得名王献桂宫,封侯起第一日中。不为六郡良家子,百战始取边城功。

武功县中作　姚合

县去帝城远,为官与隐齐。马随山鹿放,鸡杂野禽栖。绕舍惟藤架,侵阶是药畦。更师嵇叔夜,不拟作书题。方拙天然性,为官世事疏。惟寻向山路,不寄入城书。因病多收药,缘餐学钓鱼。养身成好事,此外更空虚。

寄石桥僧　项斯

逢师入山日,道在石桥边。别后何人见,秋来几处禅。溪中云隔寺,夜半雪添泉。生有天台约,知无再出缘。

长安秋思　陈标

吴女秋机织曙霜,冰蚕吐丝月盈箱。金刀玉指裁缝促,水殿花楼弦管长。舞袖漫移凝瑞雪,歌尘微动避雕梁。唯愁陌上芳菲度,狼藉风池荷叶黄。

湘口送友人　李频

中流欲暮见湘烟,苇岸无穷接楚田。去雁远冲云梦雪,离人独上洞庭船。风波尽日依山转,星汉通霄向水连。零落梅花过残腊,故园归去又新年。

第八章 晚唐文学

第一节 杜牧

明高棅《〈唐诗品汇〉序》曰:"开成以后,则有杜牧之之豪纵,温飞卿之绮靡,李义山之隐僻,许用晦之偶对。他若刘沧、马戴、李群玉、李频等,尚能黾勉气格,埒迈时流,此晚唐变态之极,而遗风余韵,犹有存者焉。"盖晚唐诗人,杜牧之独睥睨元白,温李尤杰出,自为一体;江湖诸人,大抵师法张籍、贾岛、姚合;而喻坦之、许棠、张乔、郑谷、张蠙等,又号十哲。张祜、赵嘏,为牧之所推;朱庆馀、章孝标、陈标、任蕃、司空图、项斯,学于张籍;李频、方干、周贺,效姚合;李洞、喻凫、唐求,效贾岛;至如李群玉、许浑、马戴、刘沧、皮日休、陆龟蒙、韩偓、唐彦谦之流,则温李之羽翼也。若夫三罗及李山甫、杜荀鹤辈,句调鄙恶,最为卑格,殆缘乐天之浅俗与牧之之粗豪,不善学之弊,遂至于此。今当以次序其大略,而述牧之为首。

杜牧,字牧之,京兆万年人。太和二年,擢进士第,官至中书舍人。《唐书》附其事迹于杜佑传内,称其刚直有奇节,不为龌龊小谨,敢论列大事,指陈病利尤切。至少与李甘、李中敏、宋刓善,其通古今善处成败,甘等不及也。牧亦以疏直,时无右援者,从兄悰更历将相,而牧困踬不自振,颇怏怏不平。卒年五十。初,牧梦人告曰:"尔应名毕。"复梦书"皎皎白驹"字,或曰"过隙也",俄而炊甑裂,牧曰不祥也,乃自为墓志,悉取所为文章焚之。牧于诗,情致豪迈,人号为小杜,以别杜甫云。

范摅《云溪友议》曰:"先是,李林宗、杜牧言元白诗体舛杂,而为清苦者见嗤,因兹有恨。牧又著论,言近有元白者,喜为淫言媟语,鼓扇浮嚣,吾恨方在下位,未能以法治之。"《后村诗话》因谓牧风情不浅,如《杜秋娘》《张好好》诸诗(案《杜秋》诗非艳体,克庄此语殊误。),"青楼薄幸"之句,"街吏平安"之报,未知去元白几何? 比之以燕伐燕。其说良是。《新唐书》亦引以论白居易。然考牧无此论。惟《平卢军节度巡官李戡墓志》述戡之言曰"尝痛自元和以来，有元白诗者，纤艳不逞，非庄士雅人，多为其破坏。流于民间，疏于屏壁。子父女母，交口教授。淫言媒语，冬寒夏热，人人肌骨，不可除去。吾位不得用法以治之，欲使后代知有发愤者，因集国朝以来类于古诗得若干首，编为三卷，目为唐诗，为序以导其志"云云。然则此论乃戡之说，非牧之说。或牧尝有是语，及为戡志墓，乃借以发之，故摅以为牧之言欤？平心而论，牧诗冶荡甚于元白，其风骨则实出元白上。其古文纵横奥衍，多切经世之务。《罪言》一篇，宋祁作《新唐书·藩镇传论》，实全录之。费衮《梁谿漫志》载："欧阳修使子棐读《新唐书》列传，卧而听之，至《藩镇传叙》，叹曰：'若皆如此传，笔力亦不可及。'"识曲听真，殆非偶尔。即以散体而论，亦远胜元白。观其集中有《读韩杜集》诗，又《冬至日寄小侄阿宜》诗曰："经书刮根本，史书阅兴亡。高摘屈宋艳，浓薰班马香。李杜泛浩浩，韩柳摩苍苍。近者四君子，与古争强梁。"则牧于文章，具有本末，宜其睥睨长庆体矣。

赵嘏，字承祐，山阳人。会昌三年登进士第，大中间仕至渭南尉卒。嘏为诗赡美多兴味。杜牧尝爱其"长笛一声人倚楼"之句，吟叹不已，人因目为"赵倚楼"。牧又雅与张祜善。先是，祜与徐凝并在钱唐，谒白乐天，相遇赋诗，白独以凝为优。《云溪友议》曰："杜舍人之守秋浦，与张生为诗酒之交。酷吟祜《宫词》，亦知钱唐之岁，自有是非之论。怀不平之色，为诗二首以高之曰：'谁人得似张公子，千首诗轻万户侯。'又曰：'如何故国三千里，虚唱歌词满六宫。'张君诗曰：'故国三千里，深宫二十年。一声《何满子》，双泪落君前。'此歌宫娥讽念思乡，而起长门之思也。祜复游甘露寺，观卢肇先辈题处，曰：'不谓三吴有此人也。'祜曰：'日月光先到，山川势尽来。'卢曰：'地从京口断，山到海门回。'因而仰伏，愿交于此士矣。"按张祜，字承吉，清河人。

《全唐诗话》："祜长庆中深为令狐楚所知。楚镇天平，自草荐表，令以诗三百篇随状表进。祜至京，属元稹在内庭，上问之，稹曰：'祜雕虫小巧，壮夫不为。或奖激之，恐变陛下风教。'上颔之。由是失意东归，有'孟浩然身更不疑'之句"，"'故国三千里，深宫二十年。一声《何满子》，双泪落君前。'

'自倚能歌曲,先皇掌上怜。新声何处唱,肠断李延年。'二章祜所作《宫词》也,传入宫禁"。

《全唐诗话》曰:"崔涯者,吴楚之狂生也,与张祜齐名。每题一诗于娼肆,无不诵之于衢路。誉之则车马继来,毁之则杯盘失措。……祜、涯久在维扬,天下晏清,篇词纵逸,贵达钦惮,呼吸风生,颇畅此时之意也。"

江南春　杜牧

千里莺啼绿映红,水村山郭酒旗风。南朝四百八十寺,多少楼台烟雨中。

泊秦淮　同上

烟笼寒水月笼沙,夜泊秦淮近酒家。商女不知亡国恨,隔江犹唱《后庭花》。

长安晚秋　赵嘏

云物凄凉拂曙流,汉家宫阙动高秋。残星几点雁横塞,长笛一声人倚楼。紫艳半开篱菊静,红衣落尽渚莲愁。鲈鱼正美不归去,空戴南冠学楚囚。

赠内人　张祜

禁门宫树月痕过,媚眼唯看宿燕窠。斜拔玉钗灯影畔,剔开红焰救飞蛾。

第二节　温李

晚唐温李,诗律藻丽,别为一体。温庭筠,本名岐,字飞卿,太原人。按《唐书·温大雅传》:"彦博裔孙庭筠,少敏悟,工为辞章,与李商隐皆有名,号温李。然薄于行,无检幅,又多作侧辞艳曲。与贵胄裴诚、令狐滈等蒲饮狎昵,数举进士不中第。思神速,多为人作文。大中末,试有司,廉视尤谨,庭筠不乐,上书千余言,然私占授者已八人。执政鄙其为人,授方山尉。"《全唐诗话》云:"宣皇爱唱《菩萨蛮》词。丞相令狐绹假其修撰,密进之,戒令无泄。

而遽言于人,由是疏之。温亦有言,云'中书堂内坐将军',讥相国无学也。"

李商隐,字义山,怀州河内人。开成二年进士,释褐秘书省校书郎,调宏农尉。会昌二年,又以书判拔萃,王茂元镇河阳,辟为掌书记,历佐幕府,终于东川节度判官检校工部郎中。事迹具《唐书·文艺传》。温李虽齐名,词皆缛丽,然庭筠多绮罗脂粉之词,而商隐感时伤事,尚颇得风人之旨。故《蔡宽夫诗话》载王安石之语,以为唐人能学老杜,而得其藩篱者,惟商隐一人。自宋杨亿、刘子仪等,沿其流波,作《西昆酬唱集》,诗家遂有西昆体,致伶官有拧扯之讥。刘攽载之《中山诗话》,以为口实。元祐诸人,起而矫之。终宋之世,作诗者不以为宗。胡仔《渔隐丛话》至摘其《马嵬》诗、《浑河中》诗,诋为浅近。后江西一派,渐流于生硬粗鄙,诗家又返而讲温李。自释道源以后,注其诗者凡数家,大抵刻意推求,务为深解,以为一字一句,皆属寓言,而《无题》诸篇,穿凿尤甚。清《四库提要》谓《义山集·无题》之中,有确有寄托者,"来是空言去绝踪"之类是也;有戏为艳体者,"近知名阿侯"之类是也;有实属狎邪者,"昨夜星辰昨夜风"之类是也;有失去本题者,"万里风波一叶舟"之类是也;有与《无题》相连误合为一者,"幽人不倦赏"之类是也。其摘首二字为题,如《碧城》《锦瑟》诸篇,亦同此例。一概以美人香草解之,殊乖本旨。

义山之后,韩偓亦好为缛绮之词,有《香奁集》,盖偓少时常与义山相接。《义山集》曰:"韩冬郎即席为诗相送,一座尽惊。他日余方追吟'连宵侍坐徘徊久'之句,有老成之风。"即指偓也。其赠句甚相推许。偓字致光,一云字致尧。或谓《香奁集》和凝所作,托名于偓。然其中艳曲,间有吴子华诸人和作,盖和凝自别有一《香奁集》。今所传有无窜入和凝之作,则不可知耳。吴子华名融,有《唐英歌诗》,其诗音节谐雅,亦致光之亚。

宋初,杨、刘效义山诗,当时谓之西昆体。然杨大年尝称唐彦谦诗曰:"鹿门先生唐彦谦,为诗慕玉溪,得其清峭感怆,盖其体也。然警绝之句亦多有。"

《石林诗话》:"杨大年、刘子仪皆喜唐彦谦诗,以其用事精巧,对偶亲切。黄鲁直诗体虽不类,然亦不以杨、刘为过。"按彦谦字茂业,并州人。《旧唐书·文苑传》:"彦谦博学多艺,文词壮丽。至于书画音乐博饮之技,无不出于辈流。尤能七言诗。少时师温庭筠,故文格类之。"然则杨大年谓彦谦诗慕玉溪者,温李体格本相近也。《后山诗话》又谓唐人不学杜诗,惟唐彦谦而已。义山诗实是学杜,彦谦既师温李,则有时似杜,固无足异也。辗转相效,以至杨刘,皆为一派。

皮日休《松陵集序》曰:"有进士陆龟蒙,字鲁望者,以其业见造,凡数编。其才之变,真天地之气也。近代称温飞卿、李义山为之最,以陆生参之,乌知其孰为先后也。"则当时所推与温李相参者,又有陆鲁望。皮陆诗体相近,要是并承义山之绪矣。

皮日休,字袭美,襄阳人。咸通中射策不中第,退归,次其文名《文薮》。作《忧赋》《河桥》《霍山》《桃花赋》《九讽》《十原》,其余论议,皆上剔远非,下补近失,非空言也。又请命有司选士,去《庄》《列》书,专以《孟子》为主。崔仆守苏,辟为判官,与陆龟蒙为友。著《鹿门隐书》十篇,有《松陵唱和集》。

《北梦琐言》:"唐吴郡陆龟蒙,字鲁望,旧名族也……家于苏台。龟蒙幼精六籍,弱冠攻文。与颜荛、皮日休、罗隐、吴融为益友。性高洁。家贫,思养亲之禄,与张博为吴兴、庐江二郡倅。著《吴兴实录》四十卷、《松陵集》十卷、《笠泽丛书》三卷。……方干诗名著于吴中,陆未许之,一旦顿作诗五十首,装为方干新制,时辈吟赏景仰。陆谓曰:'此乃下官效方干之所作也。'方诗在模范中尔,句奇意精,识者亦然之。薛许州能,以诗道为己任,还刘得仁卷,有诗云:'百首如一首,卷初如卷终。'讥刘不能变态,乃陆之比也。"

皮陆唱和诗中有吴体,他集未见其体。殆即七律中之拗体,而远开江西一派者也。

织锦词　温庭筠

丁东细漏侵琼瑟,影转高梧月初出。簇簌金梭万缕红,鸳鸯艳锦初成匹。锦中百结皆同心,蕊乱云盘相间深。此意欲传传不得,玫瑰作柱朱弦琴。为君裁破合欢被,星斗迢迢共千里。象尺熏炉未觉秋,碧池已有新莲子。

利州南渡　同上

澹然空水对斜晖,曲岛苍茫接翠微。波上马嘶看棹去,柳边人歇待船归。数丛沙草群鸥散,万顷江田一鹭飞。谁解乘舟寻范蠡?五湖烟水独忘机。

河内诗(二首之一)　李商隐

鼍鼓沉沉虬水咽,秦丝不上蛮弦绝。嫦娥衣薄不禁寒,蟾蜍夜艳秋河月。碧城冷落空蒙烟,帘轻幕重金钩栏。灵香不下两皇子,孤星直上相风竿。八桂林边九芝草,短襟小鬓相逢道。入门暗数一千春,愿去闰年留月小。栀子交加香蓼繁,停辛伫苦留待君。(右一曲楼上)

重过圣女祠　同上

白石岩扉碧藓滋,上清沦谪得归迟。一春梦雨常飘瓦,尽日灵风不满旗。萼绿华来无定所,杜兰香去未移时。玉郎会此通仙籍,忆向天街问紫芝。

无题　韩偓

小槛移灯灺,空房锁隙尘。额披风尽日,帘押月侵晨。香瓣更衣后,钗梁拢鬓新。吉音闻诡计,醉语近天真。妆好方长叹,欢余却浅颦。绣屏金作屋,丝幰玉为轮。致意通绵竹,精诚托锦鳞。歌凝眉际恨,酒发脸边春。溪纻殊倾越,楼箫岂羡秦。柳虚襄渗气,梅实引芳津。乐府降清唱,宫厨减食珍。防闲襟并敛,忍妒泪休匀。宿饮愁萦梦,春寒瘦著人。手持双豆蔻,的的为东邻。

七夕　唐彦谦

露白风清夜向晨,小星垂佩月埋轮。绛河浪浅休相隔,沧海波深尚作尘。天外凤凰何寂寞,世间乌鹊漫辛勤。倚阑殿北斜楼上,多少通宵不寐人。

病后春思　皮日休

连钱锦暗麝氤氲,荆思多才咏鄂君。孔雀钿寒窥沼见,石榴红重堕阶闻。牢愁有度应如月,春梦无心只似云。应笑病来惭满愿,花笺好作断肠文。

独夜有怀因作吴体寄袭美　陆龟蒙

人吟侧景抱冻竹,鹤梦缺月沉枯梧。清涧无波鹿无魄,白云有根虬有须。云虬涧鹿真逸调,刀名锥利非良图。不然快作燕市饮,笑抚肉柈眠酒垆。

第三节　三十六体及唐末四六

自张说、苏颋并称燕许,而杨炎、常衮同掌丝纶,皆流誉当时,缙绅向慕。于是制诰奏章,蔚成别体。作者竞标新巧,以副笔札之能。元和以来,此风弥甚。又程试律赋,声调日趋卑下。故由唐末至于五季,为文多尚四六,自三十六体倡之矣。

《旧唐书·李商隐传》:"初,商隐能为古文,不喜偶对。从事令狐楚幕,楚能章奏,遂以其道授商隐,自是始为今体章奏。博学强记,下笔不能自休,尤善为诔奠之辞。与太原温庭筠、南郡段成式齐名,时号'三十六体'。"按商隐、庭筠、成式三人,并行十六,是以有"三十六体"之名。成式,字柯古,文昌之子,尤有逸才。而商隐章奏,又受之令狐楚云。

令狐楚,字悫士,德棻之裔。官至山南西道节度使。于笺奏制令尤善,每一篇成,人争传诵。《旧书》曰:"先是,李说、严绶、郑儋相继镇太原,高其行义,皆辟为从事,自掌书记。楚才思俊丽,德宗好文,每太原奏至,能辨其楚所为,颇称之。"

《全唐诗话》:庭筠才思艳丽,工于小赋。每入试,押官韵作赋,凡八叉手而八韵成,时号温八叉。多为邻铺假手,日救数人,而士行玷缺,缙绅薄之。李义山谓曰:"近得一联句,云'远比赵公,三十六年宰辅',未得偶句。"温曰:"何不云'近同郭令,二十四考中书'?"宣宗尝赋诗,上句有"金步摇",未能对,遣求进士对之,庭筠乃以"玉条脱"续也,宣宗赏焉。又药名有"白头翁,"温以"苍耳子"为对。他皆类此。

为桂州王珙中丞贺赦表　令狐楚

臣某言：伏奉十一月十日制书，南郊大礼毕，大赦天下者，湛恩庞鸿，大号涣汗，际天接地，孰不庆幸？臣某中贺。臣闻禘尝之礼，所以仁祖祢也；郊社之仪，所以尊天地也。五帝之前，蒉桴土鼓致其敬，敬有余矣，而礼不足；三王已降，金罍玉斝备其礼，礼有余矣，而敬不闻。秦之增封也，觊望神仙；汉之郊丘也，禳除灾害。虽无文而咸秩，终有废而莫举。犹可以编在方册，垂其鸿名。岂若国家参文质于六经之中，陛下酌损益于百代之后？顺昊天之成命，得黎人之欢心。九谷有年，四方无事。然后因吉土，迎长日。咸池屡舞，太簇登歌。万灵识周旋之位，百神集飨献之节。云散而柴燔高达，风清而萧芗远闻。信大报之无私，亦玄鉴之不昧。臣当时集军将、官吏、僧道、百姓等，丁宁宣示讫。惟天之意，莫遗于微细；如日之辉，不隔于幽远。顽艳知感，鬼神怀柔。何者？刑莫大于成狱，陛下舍之，罪无轻重；恩莫深于延赏，陛下推之，泽及存殁。行道求志，敢于直言者，既许以亲览；触纶罣网，屏在远方者，又移之近郊。减来岁之新租，昭其俭也；弃比年之逋债，弘诸仁也。念勋臣而树勋者益劝，尊有德而不德者知惭。赐羸老有粟帛之优，礼神祇无牲币之爱。此所谓幽室尽晓，枯条遍春。雷雨作而蛰虫昭苏，风云行而笼鸟飞舞。率土臣妾，不胜大庆。况臣蒙被恩泽，获齿生类，会守远郡，阻窥盛礼，徘徊天外，目与心断，无任抃跃之至。谨遣突将王清朝等，奉表陈贺以闻。

樊南甲集序　李商隐

樊南生十六，能著《才论》《圣论》，以古文出诸公间。后联为郓相国、华太守所怜，居门下时，敕定奏记，始通今体。后又两为秘省房中官，恣展古集，往往咽噱于任、范、徐、庾之间。有请作文，或时得好对切事，声势物景，哀上浮壮，能感动人。十年京师，寒且饿，人或目曰：韩文、杜诗，彭阳章檄，樊南穷冻。人或知之。仲弟圣仆，特善古文，居会昌中进士，为第一二，尝表以今体规我，而未为能休。大中元年，被奏入岭当表记，所为亦多。冬如南郡，舟中忽复括其所藏，火燹墨污，半有坠落。因削笔衡山，洗砚湘江，以类相等色，得四百三十三件，作二十卷，唤曰《樊南四六》。四六之名，六博格五、四数六甲之取也，未足矜。十月十二日夜月明序。

送穷文　段成式

予大中八年，作《留穷辞》。词人谓予辞反之胜也。至十三年客汉上，复作《送穷祝》。是年正之晦，童稚戏为送穷船。判筒而槽，比箄而间。细枭缠幅，楮饰木偶。家督被酒，请禳穷，将酹地歌舞。予谓穷曰："予送非嚵馋历戚，循阴索隙，胥莘瀹饼，直胆涎沥者；非寒哭蔟磷，败衣网身，恶觑墙闲，冷啸凄辛者；非吓觋嗾巫，欺痴烧衰，烬薆潴泉，扰狸狐狸者。噫！有才欷升窄，胺肠哕喀，几童其笔，燥心汗滴，以是而殁者，去些。有开卷数幅，室心妨目，袭经攻史，方寸曰魇，以是而殁者，去些。有议古酌今，左凌右侵，麓垤泚浐，短浅不禁，以是而殁者，去些。"

唐末善为律赋者甚众。虽时有警句，而体卑下，不足悉论。洪迈《容斋四笔》曰："晚唐士人作律赋，多以古事为题，寓悲伤之旨。如吴融、徐寅诸人是也。黄滔，字文江，亦以此擅名。有《明皇回驾经马嵬坡》隔句云：'日惨风悲，到玉颜之死处；花愁露泣，认朱脸之啼痕。''褒云万叠，断肠新出于啼猿；秦树千层，比翼不如于飞鸟。''羽卫参差，拥翠华而不发；天颜怆恨，觉红袖以难留。''神仙表态，忽零落以无归；雨露成波，已沾濡而不及。''六马归秦，却经过于此地；九泉隔越，几凄恻于平生。'景阳井云：'理昧纳隍，处穷泉而讵得；诚乖驭朽，攀素绠以胡颜。''青铜有恨，也从零落于秋风；碧浪无情，宁解流传于夜壑。''荒凉四面，花朝而不见朱颜；滴沥千寻，雨夜而空啼碧溜。''莫可追寻，玉树之歌声邈矣；最堪惆怅，金瓶之咽处依然。'馆娃宫云：'花颜缥缈，欺树里之春风；银焰荧煌，却城头之晓色。''恨留山鸟，啼百草之春红；愁寄垄云，锁四天之暮碧。''遗堵尘空，几践群游之鹿；沧洲月在，宁销怒触之涛。'陈皇后因赋复宠云：'已为无雨之期，空悬梦寐；终自凌云之制，能致烟霄。'秋色云：'空三楚之暮天，楼中历历；满六朝之故地，草际悠悠。'白日上升云:'较美古今,列子之乘风固劣;论功昼夜,姮娥之奔月非优。'凡此数十联,皆研确有情致,若夫格律之卑,则自当时体如此耳。"

第四节　司空图与方干

元和以后,始尚律格之诗。张籍、贾岛、姚合,并为巨子,为时流所宗。其后则司空图、方干亦以律格为诗。司空图本学于张籍,方干则受诗律于徐凝,又雅为姚合所重,合所称李频,亦与干同里友善。图及干俱推贾岛。盖张籍、贾岛、姚合三人,其诗虽各有不同,至言律格则相近,故图及干之诗,兼源于此三人,而远开宋人诗体者也。宋江西派虽云出自黄庭坚,黄实为苏门六君子之一。苏黄平日论诗,本自相近。观其所为,大抵亦承律格诗之绪。东坡甚称司空图诗,又尝手写方干七律,时自省览,可见微意所寄矣。陆龟蒙诗效玉溪,故不满于律格一派,有所诃诋。司空图许刘得仁,而薛许州讥为千篇一律,均为所尚各异之证。宋自西昆体废,则律格之体行,而为苏黄江西一派,其渊源政复可考耳。

司空图,字表圣,河中虞乡人。咸通末进士,历礼部郎中。僖宗行在,用为知制诰中书舍人。后归隐中条山。著《诗品》二十四则,当世传之。其《与王驾评诗书》曰:"国初,主上好文雅,风流特甚。沈宋始兴之后,杰出于江宁,宏肆于李杜,极矣。右丞、苏州,趣味澄夐,若清沇之贯达。大历十数公,抑又其次焉。力勍而气孱,乃都市豪作耳。刘公梦得、杨巨源,亦各有胜会。阆仙、无可、刘得仁等,时得佳致,亦足涤烦。厥后所闻,逾褊浅矣。"

《容斋随笔》曰:"东坡称司空表圣,诗文高雅,有承平之遗风。盖尝自列其诗之有得于文字之表者二十四韵,恨当时不识其妙。又云:表圣论其诗,以为得味外味。如:'绿树连村暗,黄花入麦稀。'此句最善。又:'棋声花院闭,幡影石坛高','吾尝独入白鹤观,松阴满地,不见一人,惟闻棋声,然后知此句之工,但恨其寒俭有僧态'。予读表圣《一鸣集》,有《与李生论诗》一书,乃正坡公所言者。"

与李生论诗书　司空图

　　文之难,而诗之难尤难,古今之喻多矣,而愚以为,辨于味,而后可以言诗也。江岭之南,凡足资于适口者,若醯,非不酸也,止于酸而已;若鹾,非不咸也,止于咸而已。中华之人所以充饥而遽辍者,知其咸酸之外,醇美者有所乏耳。彼江岭之人,习之而不辨也,宜哉。诗贯六义,则讽谕、抑扬、渟蓄、渊雅,皆在其间矣。然直致所得,以格自奇。前辈诸集,亦不专工于此,矧其下者邪!王右丞、韦苏州澄澹精致,格在其中,岂妨于遒举哉!贾阆仙诚有警句,然视其全篇,意思殊馁,大抵务于塞涩,方可置才,亦为体之不备也,矧其下者哉!噫,近而不浮,远而不尽,然后可以言韵外之致耳。愚幼尝自负,既久而愈觉缺然。然得于早春,则有"草嫩侵沙长,冰轻著雨消";又"人家寒食月,花影午时天";又"雨微吟足思,花落梦无憀"。得于山中,则有"坡暖冬生笋,松凉夏健人";又"川明虹照雨,树密鸟冲人"。得于江南,则有"戍鼓和潮暗,船灯照岛幽";又"曲塘春尽雨,方响夜深船";又"夜短猿悲减,风和鹊喜灵"。得于塞上,则有"马色经寒惨,雕声带晚饥"。得于丧乱,则有"骅骝思故第,鹦鹉失佳人";又"鲸鲵人海涸,魑魅棘林幽"。得于道宫,则有"棋声花院闭,幡影石坛高"。得于夏景,则有"地凉清鹤梦,林静肃僧仪"。得于佛寺,则有"松日明金像,苔龛响木鱼";又"解吟僧亦俗,爱舞鹤终卑"。得于郊原,则有"远陂春早渗,犹有水禽飞"。得于府乐,则有"晚妆留拜月,春睡更生香"。得于寂寥,则有"孤萤出荒池,落叶穿破屋"。得于惬适,则有"客来当意惬,花发遇歌成"。虽庶几不滨于浅涸,亦未废作者之讥诃也。七言云:"逃难人多分隙地,放生鹿大出寒林。"又"得剑乍如添健仆,亡书久似忆良朋"。又"孤屿池痕春涨满,小栏花韵午晴初"。又"五更惆怅回孤枕,犹自残镫照落花"。又"殷勤元旦日,欹午又明年"。皆不拘于一概也。盖绝句之作,本于诣极。此外千变万状,不知所以神而自神也。岂容易哉?足下之诗,时辈固有难色。倘复以全美为上,即知味外之旨矣。勉旃。某再拜。

方干,字雄飞,桐庐人,诗人章八元之外孙也。咸通中屡举进士不第。初居县之鸬鹚源,徐凝一见器之,授以诗律。干始举进士,谒钱唐太守姚合,合视其貌陋,甚卑之,坐定览卷,乃骇目变容。馆之数日,登山临水,无不与焉。咸通中一举不得志,遂遁会稽,渔于鉴湖。太守王龟以其亢直,宜在谏署,欲荐之不果。干自咸通得名,迄文德,江之南无有及者。殁后十余年,宰臣张文蔚奏名儒不第者五人,请赐一官以慰其魂,干其一也。干貌寝陋,又唇阙而喜陵侮。尝谒廉帅,误三拜,人号方三拜。晚遇医补其唇,又号补唇先生。其诗多警句,高秀异常。廉帅方荐于朝,而干则死矣。门人私谥曰"玄英先生"。

清《四库提要》曰:"何光远《鉴戒录》称干为诗炼句,字字无失。咏系风雅,体绝物理。……盖其气格清迥,意度闲远。于晚唐纤靡俚俗之中,独能自振,故盛为一时所推。然其七言浅弱,较逊五言。《郝氏林亭》而外,佳句无多,则又风会之有以限之也。"

表圣所称刘得仁者,贵主之子。长庆中即以诗名。自开成至大中三朝,昆弟皆历贵仕。而得仁出入举场三十年,卒无成,惟以诗有名于时。薛许州所讥为"百首如一首,卷初为卷终"者也。

表圣与李生书,颇自负其七绝。然晚唐诗人,同工绝句,固不仅表圣。王世懋《艺圃撷余》曰:"晚唐诗萎薾无足言,独七言绝句脍炙人口,其妙至欲胜盛唐。愚谓绝句觉妙,正是晚唐未妙处;其胜盛唐,乃其所以不及盛唐也。绝句之源,出于乐府,贵有风人之致。其声可歌,其趣在有意无意之间,使人莫可捉着。盛唐惟青莲、龙标二家诣极,李更自然,故居王上。晚唐抉心露骨,便非本色。议论高处,逗宋诗之径;声调卑处,开大石之门。"

当时李频诗格,亦出于姚合,与方干友善,诗名相亚。频,睦州寿昌人,已见前。又释齐己与司空图相契,有《白莲集》,多五言律诗。《四库提要》以齐己五言律诗虽颇沿武功一派,而风格独造,如《剑客》《听琴》《祝融峰》诸篇,犹有大历以还遗意。盖唐之诗僧,皎然以后,推齐己、贯休。贯休粗豪,当时以歌行得名,然其律诗不及齐己之体格整饬云。

题邵公禅院　刘得仁

无事门多掩,阴阶竹扫苔。劲风吹雪聚,渴鸟啄冰开。树向寒山得,人从瀑布来。终期天目老,擎锡逐云回。

旅次洋州寓居郝氏林亭　方干

举目纵然非我有,思量似在故山时。鹤盘远势投孤屿,蝉曳残声过别枝。凉月照窗欹枕倦,澄泉绕石泛觞迟。青云未得平行去,梦到江南身旅羁。

登祝融峰　齐己

猿鸟共不到,我来身欲浮。四边空碧落,绝顶正清秋。宇宙知何极,华夷见细流。坛西独立久,白日转神州。

第五节　《唐风集》与三罗

　　唐末江湖之士,皆挟诗以干谒贵游,渐成风气。《全唐诗话》曰:"自贞元后,唐文甚振,以文学科第为一时之荣。及其弊也,士子豪气骂吻,游诸侯门,诸侯望而畏之。如刘鲁风、姚岩杰、柳棠、胡曾之徒,其文皆不足取。余故载之者,以见当时诸侯争取誉于文士,此盖外重内轻之芽蘖。如李益者,一时文宗,犹曰:'感恩知有地,不上望京楼。'其后如李山甫辈,以一名一第之失,至挟方镇,劫宰辅,则又有甚焉者矣。一篇一韵,初若虚文,而治乱之萌系焉。余以是知其不可忽也。"然当时为诗者,或尚绮丽,或尚格律。又有一派,专主粗豪,以李山甫之徒为最下。故唐末诗体粗豪,又杂俚语。而负一时重名者,莫如杜荀鹤、罗隐。此盖沿于乐天、牧之流弊,而别为一体者也。

　　《江南通志》:"杜荀鹤,字彦之,石埭人。甫七岁,资颖豪迈,志存经史。比长,择居香林之胜,与顾云诸贤为友。景福二年进士及第。诗律自成一家,世号晚唐格。"按计有功《唐诗纪事》称:"荀鹤,牧之微子也。牧之会昌末自齐安移守秋浦,时年四十四。所谓'使君四十四,两佩左铜鱼'者也。时妾有妊,出嫁长林乡正杜筠而生荀鹤,擢第年四十六矣。"后尝献梁太祖诗三十章,得其厚遇,洎受禅拜翰林学士,五日而卒。荀鹤自序其诗为《唐风集》,顾云作序,以为"可以左揽工部袖,右拍翰林肩,吞贾、喻八九于胸中,曾不芥蒂"。按贾指贾岛,喻指喻凫。亦见其与律格一派诗人所尚不同矣。

荀鹤诗最有名者,为"风暖鸟声碎,日高花影重"一联。而欧阳修《六一诗话》以为周朴诗。吴聿《观林诗话》亦称见唐人小说作朴诗,则荀鹤特窃以压卷耳。朴,赤城人。与方干、李频善。时人称其诗月锻季炼。前诗见《唐风集》之首,实与余诗不类,故疑当为朴作也。

罗隐,字昭谏,余杭人。与罗邺、罗虬,并号"江东三罗",而隐名尤重。隐池之梅根浦,为唐相郑畋、李蔚所知。畋女览隐诗,讽诵不已,畋疑有慕才意。隐貌寝陋,女一日帘窥之,自此绝不咏其诗。光启中,钱镠辟为节度判官副使,梁祖以谏议召,不行。开平中,魏博、罗绍威推为叔父,表授给事中。年八十余卒。

《遁斋闲览》:"唐人诗句中用俗语者,惟杜荀鹤、罗隐为多。杜荀鹤诗,如曰'只恐为僧僧不了,为僧得了尽输僧',曰'乍可百年无称意,难教一日不吟诗',曰'啼得血流无用处,不如缄口过残春',曰'举世尽从愁里老,谁人肯向死前闲',曰'世间多少能言客,谁是无愁行睡人',曰'逢人不说人间事,便是人间无事人',曰'莫道无金空有寿,有金无寿欲何如'。罗隐诗,如曰'西施若解亡人国,越国亡来又是谁',曰'今宵有酒今宵醉,明日愁来明日愁',曰'能消造化几多力,不受阳和一点尘',曰'只知事逐眼前去,不觉老从头上来',曰'时来天地皆同力,运去英雄不自由',曰'采得百花成蜜后,不知辛苦为谁甜',曰'明年更有新条在,绕乱春风卒未休',今人多引此语,往往不知谁作。"

杨慎《丹铅总录》曰:"晚唐江东三罗,罗隐、罗虬、罗邺也。皆有集行世,当以邺为首。如《闺怨》云:'梦断南窗啼晓乌,新霜昨夜下庭梧。不知帘外如珪月,还照边庭到晓无。'《南行》云:'腊晴江暖鹧鸪飞,梅雪香黏越女衣。鱼市酒村相识遍,短船歌月醉方归。'此二诗隐与虬皆不及也。"

隐与邺并余杭人,虬则台州人,为李孝恭从事,籍中有善歌者杜红儿,虬令之歌,赠以彩。孝恭以红儿为副戎所盼,不令受。趾怒,手刃红儿。既而追其冤,作《比红儿诗》百首。世称杨大年不知《比红儿诗》,即指此也。其末章曰:"花落尘中玉堕泥,香魂应上窈娘堤。欲知此恨无穷处,长倩城乌夜夜啼。"

三罗并以诗名,而隐兼善古文。唐末为古文者,有长沙刘蜕,字复愚,年辈稍早于隐,著《文泉子》,文体慕扬雄,甚奇涩。而隐文平易,所著《逸书》《两同书》等,世颇传之。其《英雄之言》曰:

> 物之所以有韬晦者,防乎盗也,故人亦然。夫盗亦人也,冠屦焉,衣服焉。其所以异者,退让之心,贞廉之节,不恒其性耳。视玉帛而取者,则曰牵于寒饿;视家国而取者,则曰救彼涂炭。牵于寒饿者,无得而言矣;救彼涂炭者,则宜以百姓心为心。而西刘则曰"居宜如是",楚籍则曰"可取而代"。噫,彼必无退让之心、贞廉之节,盖以视其靡曼骄崇,然后生其谋耳。为英雄者犹若是,况常人乎?是以峻宇逸游,不为人之所窥者,鲜矣。

晚唐诗人,自诸人之外,又有曹唐之游仙诗、胡曾之咏史诗、陈陶之歌行,均有名于时。然体格均卑下,无足取者。曹唐,字尧宾,桂州人。初为道士,后举进士不第。咸通中累府使从事。所著游仙诗百首见传。按《北梦琐言》:"唐进士曹唐游仙诗,才情缥缈,岳阳李远员外,每吟其诗而思其人。一日曹往谒之,李倒屣而迎。曹生人质充伟,李戏之曰:'昔者未睹标仪,将谓可乘鸾鹤。此际拜见,安知壮水牛亦恐不胜其载。'"李远亦能诗,当时传其"长日惟消一局棋"之句。《郡阁雅言》曰:"李远体物缘情,皆谓臻妙。"尝有《赠筝妓伍卿》诗云:"轻轻没后更无筝,玉腕红纱到伍卿。坐客满筵都不语,一行哀雁十三声。"《咏鸳鸯》云:"鸳鸯离别伤,人意似鸳鸯。试取鸳鸯看,多应断寸肠。"胡曾,邵阳人,咸通中举进士不第。按《全唐诗话》:"王衍五年,宴饮无度。衍自唱韩琮《柳枝词》曰:'梁苑隋堤事已空,万条犹舞旧春风。那堪更想千年事,谁见杨花入汉宫。'内侍宋光溥咏曾诗曰:'吴王恃霸弃雄才,贪向姑苏醉醆醋。不觉钱塘江上月,一宵西送越兵来。'衍怒,罢宴。曾有咏史诗百篇行于世。"

《北梦琐言》:"大中年洪州处士陈陶,有逸才,歌诗中似负神仙之术,或赡王霸之说。其诗句云:'江湖水浅深,不足掉鲸尾。'又云:'饮冰狼子瘦,思日鹧鸪寒。'又云:'中原不是无麟凤,自是皇家结网疏。'盖亦是粗豪一派也。至如李山甫、李咸用之流,纷纷不足悉数矣。"

第九章　五代词曲之盛

　　五代时于文学之绩最伟者,莫如印刷术始盛一事。先是,蜀中早有雕板,自冯道请刻五经,而后天下竞以传刻古书为事。故印刷术虽非起于五代时,要至五代时刻书者乃渐众矣。此外词曲之体,尤为五代时所尚。《花间》一集,实词家总集之祖,后世倚声者咸宗焉。

　　五代诗文皆不竞。当时唐末诗人,如罗隐、杜荀鹤等,多有存者。后如王仁裕、郑云叟诸人,虽颇以诗名,而粗滑至无足观。惟后蜀花蕊夫人之《宫词》,可嗣王建之后。然故当最以小词为胜矣,文体尤浮浅猥俗。谭峭、史虚白之流(峭有《化书》,虚白有《钓矶立谈》之类),稍稍欲自拔于风气。又宣城蒯鳌,亦在南唐时。史称其为文力矫唐末织丽之弊,而所作不概见。此外,徐楚金亦质胜于鼎臣,惜其早世。蜀牛希济《文章论》,尚是有志古文者,其辞曰:

　　圣人之德也有其位,乃以冶化为文,唐虞之际是也。圣人之德也无其位,乃以述作为文,周孔之教是也。纂尧舜之运,以宫室车辂钟鼓玉帛之为文,山龙华虫粉米藻火之为章,亦已鄙矣。师周孔之道,忘仁义教化之本,乐霸王权变之术,困于编简章句之内,何足大哉! 况乎浇季之世,淫靡之文,恣其荒巧之说,失于中正之道。两汉以前,史氏之学犹在,齐梁以降,国风、雅、颂之道委地。今国朝文士之作,有诗、赋、策、论、箴、判、赞、颂、碑、铭、书、序、文、檄、表、记,此十有六者,文章之区别也。制作不同,师模各异。然忘于教化之道,以妖艳为胜,夫子之文章,不可得而见矣。古人之道,殆以中绝,赖韩吏部独正之于千载之中,使圣人之旨复新。今古之体,分而为四:崇仁义而敦教化者,经体之制也;假彼问对,立意自出者,子体之制也;属词比事,存于褒贬者,史体之制也;又有释训字义,幽远文意,观之者久而方达,乃训诂雅颂之遗风。即皇甫持正、樊宗师为之,谓之难文。今有司程式之下,诗赋判章而已。惟声病忌讳为切,比事之中,过于谐谑。学古文者,深以为惭。晦其道者,扬袂而行,又屈宋之罪人也。且文者,身之饰也,物之华也,宇宙之内,微一物无文。无文乃顽也,何足以观。且天以日月星辰为文,地以江河淮济为文,时以风云草木为文,众庶以冠冕服章为文,君子以可教于人谓之文。垂是非于千载,殁而不朽者,唯君子之文而已。且时俗所省者,唯诗赋两途。即有身不就学,口不知书,而能吟咏之列。是知浮艳之文,焉能臻于理道?今朝廷思尧舜洽化之文,莫若退屈、宋、徐、庾之学,以通经之儒,居燮理之任。以扬、孟为侍从之臣,使仁义治乱之道,日习于耳目。所谓"观乎人文,可以化成天下"也。

《艺苑卮言》:"词者,乐府之变也。昔人谓李太白《菩萨蛮》《忆秦娥》,杨用修又传其《清平乐》二首,以为调祖,不知隋炀帝已有《望江南》词。盖六朝诸君臣,颂酒赓色,务裁艳语,默启词端,实为滥觞之始。"

忆秦娥　李白

箫声咽,秦娥梦断秦楼月。秦楼月,年年柳色,灞陵伤别。乐游原上清秋节,咸阳古道音尘绝。音尘绝,西风残照,汉家陵阙。

菩萨蛮　同上

平林漠漠烟如织,寒山一带伤心碧。暝色入高楼,有人楼上愁。玉阶空伫立,宿鸟归飞急。何处是归程,长亭更短亭。

近时吴衡照《莲子居词话》曰:"唐词《菩萨蛮》《忆秦娥》二阕,花庵以后,咸以为出自太白。然太白集本不载。至杨齐贤、萧士赟注,始附益之。胡应麟《笔丛》疑其伪托,未为无见。谓详其意调,绝类温方城,殊不然。如'暝色入高楼,有人楼上愁','西风残照,汉家陵阙'等语,神理高绝,却非金荃手笔所能。"

唐自玄宗以后,声乐弥盛。始则由诗变调,不尽长短句也。如《渔父词》

《杨柳枝》《浪淘沙》诸调,唐人仍载入诗集,而《花间集》亦录之。自太白以下,温庭筠填词最工。庭筠自有《金荃词》,亦见于《花间集》。今略录数首如下。

菩萨蛮　温庭筠

小山重叠金明灭,鬓云欲度香腮雪。懒起画蛾眉,弄妆梳洗迟。
照花前后镜,花面交相映。新帖绣罗襦,双双金鹧鸪。
水精帘里颇黎枕,暖香惹梦鸳鸯锦。江上柳如烟,雁飞残月天。
藕丝秋色浅,人胜参差剪。双鬓隔香红,玉钗头上风。

清张惠言谓温方城《菩萨蛮》亦是感士不遇之意。然则小词非仅缘情绮丽之作,故往往有所寄托也。《花间集》者,后蜀赵崇祚编。崇祚,字宏荃。事孟昶为卫尉少卿。录自温庭筠以下十八人,凡五百首(今逸二首)。然其余多蜀士。欧阳炯序,作于孟昶之广政三年,即晋天福五年也。

五代时,词以蜀与南唐为最盛。蜀有韦庄、牛峤、毛文锡、牛希济、薛昭蕴、顾敻、魏承咏、毛熙震、李珣、欧阳炯、孙光宪等。晋汉之际,和凝亦好小词。南唐诸主,多善为词,而后主尤工。当时冯延巳作,尤警丽可观也。蜀词赖《花间集》以传。南唐诸词,往往见于《尊前集》。宋张炎《乐府指迷》曰:"粤自隋唐以来,声诗间为长短句,至唐人则有《尊前》《花间集》。"然《尊前集》不著编者名氏。陈振孙《书录解题》,但推《花间》为倚声填词之祖,故学者或疑《尊前》为晚出也。

《北梦琐言》:"晋相和凝,少年时好为曲子词,布于汴洛。洎入相,专托人收拾焚毁不暇。然相国厚重有德,终为艳词玷之。契丹入夷门,号为'曲子相公'。"

马令《南唐书·冯延巳传》云:延巳,字正中,广陵人。……著乐章百余阕。其《鹤冲天》词云:"晓月坠,宿云披,银烛锦屏帏。建章钟动玉绳低,宫漏出花迟。"又《归国谣》词云:"江水碧,江上何人吹玉笛?扁舟远送潇湘客,芦花千里霜月白。伤行色,明朝便是关山隔。"见称于世。"元宗乐府辞云'小楼吹彻玉笙寒',延巳有'风乍起,吹皱一池春水'之句,皆为警策。"元宗尝戏延巳曰:"'吹皱一池春水',干卿何事?"延巳曰:"未如陛下'小楼吹彻玉笙寒'。"元宗悦。

《古今词话》:"李后主煜《菩萨蛮》词云:'铜簧韵脆银寒竹,新声慢奏移纤玉。眼色暗相勾,娇波横欲流。雨云深绣户,来便谐衷素。宴罢又成空,梦迷春睡中。'又:'花明月暗飞轻雾,今宵好向郎边去。划袜下香阶,手提金缕鞋。画堂南畔见,一晌偎人颤。奴为出来难,教君恣意怜。'按两词为继立周后作也。周后,即昭惠后之妹。昭惠感疾,周后尝留禁中。故有'来便谐衷素''教君恣意怜'之语,声传外庭。至再立后,成礼而已。韩熙载等皆为诗讽焉。"按南唐后主为词至淫艳,入宋封陇西公。亡国以后,乃有哀婉之作矣。

女冠子　韦庄

四月十七,正是去年今日。别君时,忍泪伴低面,含羞半敛眉。　不知魂已断,空有梦相随。除却天边月,没人知。

更漏子　毛文锡

春夜阑,春恨切,花外子规啼月。人不见,梦难凭,红纱一点灯。偏怨别,是芳节,庭下丁香千结。宵雾散,晓霞晖,梁间双燕飞。

采桑子　和凝

蝤蛴领上诃梨子,绣带双垂。椒户闲时,竞学樗蒲赌荔枝。丛头鞋子红编细,裙窣金丝。无事颦眉,春思翻教阿母疑。

山花子　南唐嗣主李璟

菡萏香销翠叶残,西风愁起绿波间。还与韶光共憔悴,不堪看。细雨梦回鸡塞远,小楼吹彻玉笙寒。多少泪珠何限恨,倚阑干。

浪淘沙　南唐后主李煜

帘外雨潺潺,春意阑珊,罗衾不耐五更寒。梦里不知身是客,一晌贪欢。　独自莫凭栏,无限江山,别时容易见时难。流水落花春去也,天上人间。

谒金门　冯延巳

风乍起,吹皱一池春水。闲引鸳鸯芳径里,手挼红杏蕊。　斗鸭阑干独倚,碧玉搔头斜坠。终日望君君不至,举头闻鹊喜。

第十章　宋文学之大势及五代文学之余波

第一节　宋文学总论

唐文学之特质,仅在诗歌。宋文学之特质,则在经学文章之发达。经术至宋一变,学者益究心纯理,故文体往往平正可观。太祖少时学于辛文悦,晚年最好读书。尝曰:"宰相须用读书人。"盖以此为施政之本。太宗、真宗,能继其志。自来儒臣显荣,未有越于宋代者也。赵普称以《论语》半部佐太祖定天下,以半部佐太宗致太平。李沆为相,亦曰:"如《论语》中'节用而爱人''使民以时'两句,尚不能行。圣人之言,终身诵之可也。"及王安石以文学相神宗,司马光以德行相哲宗,自是取士,必以经义,学者所诵一主儒家之言。徽宗虽务荒淫,而善词章。钦宗庸弱,犹除元祐党籍,追赠范仲淹等官爵。尚贤好艺之习,其渐渍者久矣。南渡以后,朱熹、张栻、吕祖谦、陆九渊,并以讲学为一时矜式。亡国之际,有谢枋得、文天祥、陆秀夫诸人,凛凛执节。江湖遗民,秉义不屈者尤众。当时印刷术已大行,民间易得蓄书。著作之士,亦易以所作传于后世。于是杂文学并兴,体制日盛,颇异前代。请言其略。

(一)文体

宋之文章,约有三变。西昆一派刀笔之文,此就五代文体而少加整切者也。柳、穆、欧、苏之古文,此远宗经、子,而近希韩、柳,以骋其议论,极其体势者也。程朱一派性理之文,则冲容平易,以发挥道义、温厚尔雅为则,而不矜才藻驰骤者也,当于以后更为详说。四六于制诏奏启用之,亦别为一体。

(二)诗体

宋人虽多自谓效法唐人,而体格实渐与唐不类。后世于唐宋诗之优劣,颇有抑扬。《怀麓堂诗话》曰:"唐人不言诗法,诗法多出宋,而宋人于诗无所得。所谓法者,不过一字一句,对偶雕琢之工,而天真兴致,则未可与道。其高者失之捕风捉影,而卑者至于粘皮带骨,至于江西诗派极矣。"然《南濠诗话》又曰:"昔人谓诗盛于唐,坏于宋,近亦有谓元诗过宋诗者,陋哉见也。刘后村云:'宋诗岂惟不愧于唐,盖过之矣。'予观欧、梅、苏、黄、二陈至石湖、放翁诸公,其诗视唐未可便谓之过,然真无愧色者也。元诗称大家,必曰虞、杨、范、揭。以四子而视宋,特泰山之卷石耳。方正学诗云:'前宋文章配两周,盛时诗律亦无俦。今人未识昆仑派,却笑黄河是浊流。'又云:'天历诸公制作新,力排旧习祖唐人。粗豪未脱风沙气,难诋熙丰作后尘。'非具正法眼藏者,焉能道此?"

诗话亦自宋始盛,最著者如欧阳修之《六一诗话》、陈师道之《后山诗话》、胡仔之《苕溪渔隐丛话》、杨万里之《诚斋诗话》、严羽之《沧浪诗话》等。此外不可胜举矣。

(三)词曲

五代以来,词体已盛。然至南宋益清新稳切,备极工巧。戏文亦始南宋,又词曲之变体也。

(四)俗语文体

宋初已有平话。其后讲学者又传语录,其体多用俗语,别为一种文字。而章回体小说,即起于此时矣。

(五)史学

宋代史部,颇多巨制。而袁枢首创纪事本末之体。盖《史通》叙述史例,首列六家,统归二体,即纪传体与编年体是也。司马光《资治通鉴》,汇编年体之大观,然或一事而隔越数卷,首尾难稽。枢乃因司马之作,自出新意,区别门目以类排纂,每事各详起讫,自为标题,每篇各编年月,自为首尾,成《通鉴纪事本末》四十二卷,学者便之。枢字机仲,建安人,宋史有传。以后宋明诸史,有陈邦瞻、谷应泰等,踵枢例为书,而条理逊之。唐时杜佑作《通典》,郑樵又作《通志》,其意殆将拟通史也。清章学诚《文史通义》最推樵书。余如李焘之《通鉴长编》,李心传之《建炎以来系年要录》,皆史家宏著也。

(六)考证之学

宋以来讥评文史之风大行,于是博洽之士,能证旧闻之正误,考古书之得失,次为杂说,颇有多家。如洪迈之《容斋随笔》、王应麟之《困学纪闻》,尤为学者所推。其余笔记诸书,有关考订者最夥。盖宋世此风方盛矣。

第二节　五代文学之余波

五代文体衰陋,及风气将变,而宋室受命,故宋兴文学,多承五代余烈。当时小学则有林罕、句中正、郭忠恕之流,文士则有徐铉、扈蒙、张昭、窦俨、陶谷、宋白等。今惟徐铉《骑省集》尚传。然诸人在当时皆负重名,或掌制诰,或典试科。其势被士流者甚巨。先是,铉与弟锴并治《说文解字》。锴早卒于南唐,别有《说文通释》。铉入宋,又受诏与句中正校定《说文》,今承用其本。铉文采要是诸人之冠,尝为故主李煜墓志,立言有体,当世称之。

吴王李煜墓志铭　徐铉

盛德百世,善继者所以主其祀;圣人无外,善守者不能固其存。盖运历之所推,亦古今之一贯。其有享蕃锡之宠,保克终之美,殊恩饰壤,懿范流光,传之金石,斯不诬矣。王讳煜,字重光,陇西人也。昔庭坚赞九德,伯阳恢至道,皇天眷祐,锡祚于唐,祖文宗武,世有显德。载祀三百,龟玉沦胥,宗子维城,蕃衍万国。江淮之地,独奉长安。故我显祖,用膺推戴,焜耀之烈,载光旧吴,二世承基,克广其业。皇宋将启,玄贶冥符。有周开先,太祖历试,威德所及,寰宇将同。故我旧邦,祗畏天命,贬大号以禀朔,献地图而请吏。故得义动元后,风行域中,恩礼有加,绥怀不世。鲁用天王之礼,自越常钧;酅存纪侯之国,曾何足贵?王以世嫡嗣服,以古道驭民,钦若彝伦,率循先志。奉烝尝,恭色养,必以孝;宾大臣,事耆老,必以礼。居处服御,必以节;言动施舍,必以仁。至于荷全济之恩,谨藩国之度,勤修九贡,府无虚月,祗奉百役,知无不为。十五年间,天眷弥渥。然而果于自信,怠于周防。西邻起衅,南箕构祸。投杼致慈亲之惑,乞火无里妇之辞。始营因垒之师,终后涂山之会。太祖至仁之举,大赉为怀。录勤王之前效,恢焚谤之广度。位以上将,爵为通侯,待遇如初,宠锡斯厚。今上宣猷大麓，敷惠万方。每侍论思，常存开释。及飞天在运，丽泽推恩，擢进上公之封，仍加掌武之秩，侍从亲礼，勉谕优容，方将度越等彝，登崇名数。呜呼！阅川无舍，景命不融。太平兴国三年秋七月八日，遘疾薨于京师里第，享年四十有二。皇上抚几兴悼，投瓜轸悲，痛生之不逮，俾殁而加饰，特诏辍朝三日，赠太师，追封吴王。命中使莅葬，凡丧祭所须，皆从官给。即其年冬十月日，葬于河南府某县某乡某里，礼也。夫人郑国、夫人周氏，勋旧之族，是生邦媛，肃雍之美，流咏国风，才实女师，言成闺则。子左千牛卫大将军某，襟神俊茂，识度渊通，孝悌自表于天资，才略靡由于师训，日出之学，未易可量。惟王天骨秀颖，神气清粹，言动有则，容止可观。精究六经，帝综百氏。常以为周孔之道不可暂离。经国化民，发号施令，造次于是，始终不渝。酷好文辞，多所述作。一游一豫，必颂宣尼。载笑载言，不忘经义。洞晓音律，精别雅郑。穷先王制作之意，审风俗淳薄之原，为文论之，以续《乐记》。所著文集三十卷，杂说百篇，味其文，知其道矣。至于弧矢之善，笔札之工，天纵多能，必造精绝。本以恻隐之性，仍好竺乾之教。草木不杀，禽鱼咸遂。赏人之善，常若不及；掩人之过，唯恐其闻。以至法不胜奸，威不克爱。以厌兵之俗，当用武之世。孔明罕应变之略，不成近功；偃王躬仁义之行，终于亡国。道有所在，复何愧欤！呜呼哀哉！二室南峙，三川东注，瞻上阳之宫阙，望北邙之云树，旁寂寂兮迥野，下冥冥兮长暮，寄不朽于金石，庶有传于竹素。其铭曰：

天鉴九德，锡我唐祚，绵绵瓜瓞，茫茫商土。裔孙有庆，旧物重睹，开国承家，疆吴跨楚。丧乱孔棘，我恤畴依。圣人既作，我知所归。终日靡俟，先天不违。惟藩惟辅，永言固之。道或污隆，时有险易。蝇止于棘，虎游于市。明明大君，宽仁以济。嘉尔前哲，释兹后至。亦觐亦见，乃侯乃公。沐浴玄泽，徊翔景风。如松之茂，如山之崇。奈何不淑，运极化穷。旧国疏封，新阡启室。人基之谋，卜云其吉。龙章骥德，兰言玉质。邈尔何往，此焉终毕。俨青盖兮裶裶，驱素虬兮迟迟。即隧路兮徒返，望君门兮永辞。庶九原之可作,与缑岭兮相期。垂斯文于亿载,将乐石兮无亏。

第三节　宋初古文

宋初为古文者,柳开最早。开,字仲涂,大名人。开宝六年进士,历典州郡,终于如京使。事迹具《宋史·文苑传》。开少慕韩愈、柳宗元为文,因名肩愈,字绍元,既又改名改字,自以为能开圣道之涂也。集中《东郊野夫》《补亡先生》二传,自述甚详。当时梁周翰、高锡、范杲,并好古文,与开声名相埒,而开作尤卓然名家。有《河东集》十五卷,其门人张景所编也。自后欧阳修为古文,独推穆伯长、苏子美,而略不及开。洪迈尝以为异,《容斋随笔》曰:"予读《张景集》中《柳开行状》云:公少诵经籍,天水赵生,老儒也,持韩愈文仅百篇。授公曰:'质而不丽,意若难晓,子详之何如?'公一览不能舍。叹曰:'唐有斯文哉!'因为文章直以韩为宗尚。时韩之道独行于公,遂名肩愈,字绍元。韩之道大行于今,自公始也。又云:公生于晋末,长于宋初。扶百年之大教,续韩孟而助周孔。兵部侍郎王祐得公书曰:'子之文出于今世,真古之文章也。'兵部尚书杨昭俭曰:'子之文章世无如者,已二百年矣。'开以开宝六年登进士第,景作《行状》时咸平三年。开序韩文云:'予读先生之文,自年十七至于今,凡七年。'然则在国初,开已得昌黎集而作古文,去穆伯长时数十年矣。苏、欧阳更出其后,而欧阳略不及之。乃以为天下未有道韩文者,何也?范文正公作《尹师鲁集序》云:'五代文体薄弱,皇朝柳仲涂起而麾之。洎杨大年专事藻饰,谓古道不适于用,废而弗学者久之。师鲁与穆伯长力为古文,欧阳永叔从而振之,由是天下之文一变而古。'"其论最为至当。

石介作《怪说》以诋杨大年,而有《过魏东郊》诗,为开而作,推崇备至。盖开慕韩柳为文,又极称扬雄,似有志圣贤之言者,固宜介之许之也。惟蔡絛《铁围山丛谈》记开在陕右为刺史,喜生脍人肝,为郑文宝所按,赖徐铉救之得免。则其酷暴乃至此。惟絛每好颠倒是非,其言或不足深信耳。

柳如京文集序　　张景

　　一气为万物母,至于阴阳开阖,嘘吸消长,为昼夜,为寒暑,为变化,为死生,皆一气之动也。庸不知斡之而致其动者,果何物哉？不知其何物所以为神也,人之道不远是焉。至道无用,用之者有其动也。故为德,为教,为慈爱,为威严,为赏罚,为法度,为立功,为立言,亦不知用之而应其动者,又何物也？夫至道潜于至诚,至诚蕴于至明,离潜发蕴,而不知所至者,非神乎哉？尧舜之揖让,汤武之征伐,周公之制礼乐,孔子之作经典,孟轲之拒杨墨,韩愈之排释老,大小虽殊,皆出于不测,而垂于无穷也。先生生于晋末,长于宋初,拯五代之横流,扶百世之大教,续韩孟而助周孔,非生孰能哉？先生之道,非常儒可道也；先生之文,非常儒可文也。离其言于往迹,会其旨于前经。破昏荡疑,拒邪归正。学者宗信,以仰以赖。先生之用,可测乎？藏其用于神矣！然其生不得大位,不克著之于事业,而尽在于文章。文章盖空言也,先生岂徒为空言哉？足以观其志矣。今缉其遗文九十五篇,为十五卷,命之曰《河东先生集》。先生名氏、官爵暨行事备之行状,而系于集后。

　　柳仲涂后,为古文者则有孙、丁并称。孙何,字汉公,蔡州汝阳人。丁谓,字谓之,长洲人。二人少相友善,在贡籍中有声,尝同袖文谒王禹偁。禹偁大惊,重之,以为自唐韩愈、柳宗元后,三百年始有此作,为位至通显。后又与杨大年酬唱,列名《西昆酬唱集》中。禹偁为文,亦异流俗。知长洲时,罗处约知吴县,相与为诗歌赠答,时人诵之。何弟仅及宗人甫,皆能治古文云。

碑解　　孙何

　　进士鲍源,以文见借,有碑二十首。与之语,颇熟东汉、李唐之故事,惜其安于所习,犹有未变乎俗尚者,作《碑解》以贶之。碑非文章之名也,盖后假以载其铭耳。铭之不能尽者,复前之以序,而编录者通谓之文,斯失矣。陆机曰:"碑披文而相质。"则本末无据焉。铭之所始,盖始于论撰祖考,称述器用,因其镌刻而垂乎鉴戒也。铭之于嘉量者,曰量铭斯可也,谓其文为量,不可也。铭之于景钟者,曰钟铭斯可矣,谓其文为钟,不可也。铭之于庙鼎者,曰鼎铭斯可矣,谓其文为鼎,不可也。古者盘盂几杖皆有铭,就而称之曰盘铭、盂铭、几铭、杖铭,则庶几乎正,若指其文曰盘、曰盂、曰几、曰杖,则三尺童子,皆将笑之。今人之为碑,亦由是矣。天下皆踵乎失,故众不知其非也。蔡邕有《黄钺铭》,不谓其文为黄钺也。崔瑗有《座右铭》,不谓其文为座右也。《檀弓》曰:"公室视丰碑,三家视桓楹。"释者曰:"丰碑斫大木为之,桓楹者,形如大楹耳,四植谓之桓。"《丧大记》曰:"君葬四绋二碑,大夫葬二绋二碑。"又曰:"凡封,用绋,去碑负引。"释者曰:"碑,桓楹也。树之于圹之前后,以绋绕之,间之辘轳,挽棺而下之。用绋去碑者,纵下之时也。"《祭义》曰:"祭之日,君牵牲既入庙门,丽于碑。"释者曰:"丽,系也,谓牵牲入庙系著中庭碑也。"或曰以纼贯碑中也。《聘礼》曰"宾自碑内听命",又曰"东面北上碑南"。释者曰:"宫必有碑,所以识日景引阴阳也。"考是四说,则古之所谓碑者,乃葬祭飨聘之际,所植一大木耳。而其字从石者,将取其坚且久乎,然未闻勒铭于上者也。今丧葬令其螭首龟趺,洎丈尺品秩之制,又易之以石者,后儒所增耳。尧、舜、夏、商、周之盛,六经所载,皆无刻石之事。《管子》称无怀氏封泰山刻石纪功者,出自寓言,不足传信。又世称周宣王蒐于岐阳,命从臣刻石,今谓之石鼓,或曰猎碣。洎延陵墓表,俚俗目为夫子十字碑者,其事皆不经见,吾无取焉。司马迁著《始皇本纪》,著其登峄山、上会稽甚详,止言刻石颂德,或曰立石纪颂,亦无勒碑之说。今或谓之峄山碑者,乃野人之言耳。汉班固有《泗水亭长碑文》,蔡邕有《郭有道》《陈太丘碑文》,其文皆有序冠篇,末则乱之以铭,未尝斥碑之材而为文章之名也。彼上衡未知何从而得之?由魏而下,迄乎李唐,立碑者不可胜数,大抵皆约班、蔡而为者也。虽失圣人述作之意,然犹仿佛乎古。迨李翱为《高愍女碑》,罗隐为《三叔碑》《梅先生碑》,则所谓序与铭皆混而不分,集列其目,亦不复曰文。考其实,又未尝勒之于石,是直以绕绋丽牲之具而名其文,戾孰甚焉。复古之士,不当如此。贻误千载,职机之由。今之人为文,揄扬前哲,谓之赞可也;警策官守,谓之箴可也;针砭史阙,谓之论可也;辩析政事,谓之议可也;祼献宗庙。谓之颂可也;陶冶情性,谓之歌诗可也。何必区区于不经之题,而专以碑为也?设若依违时尚,不欲全咈乎诡诞者,则如班、蔡之作,存序与铭,通谓之文,亦其次也。夫子曰:"必也正名乎。"又曰:"名不正则言不顺。"君子之于名,不可斯须而不正也。况历代之误,终身之惑,可不革乎?何始寓家于颍,以涉道犹浅,尝适野,见苟陈古碑数四,皆穴其上,若贯索之为者。走而问故起居郎张公观。公曰:"此无足异也,盖汉实去圣未远,犹有古丰碑之象耳。后之碑则不然矣。"五载前接柳先生仲涂,仲涂又具道前事,适与何合,且大嚎昔人之好为碑者,久欲发挥其说,以贻同志。自念资望至浅,未必能见信于人,又近世多以是作相高,而夸为大言,苟从而明之,则谤将丛起,故蓄之而不发。以生力古嗜学,偶泥于众好,其兄又于何为进士同年,故为生一二而辩之。噫! 古今之疑,文章之失,尚有大于此者甚众。吾徒乐因循而惮改作,多谓其事之故然。生第勉而思之,则所得不独在于碑矣。

第四节　九僧与西昆体

宋初如徐铉诗,犹有唐音。当时九僧亦有名。今惟传惠崇《句图》百韵,多警丽可诵,殆西昆之先导也。欧阳修《六一诗话》曰:"国朝浮屠以诗名于世者九人,故时有集号《九僧诗》,今不复传矣。余少时闻人多称其一曰惠崇,余八人者忘其名字也。余亦略记其诗有云:'马放降来地,雕盘战后云。'又云:'春生桂岭外,人在海门西。'其佳句多类此。其集已亡,今人多不知有所谓九僧者矣,是可叹也。"按九僧者,剑南希昼、金华保暹、南越文兆、天台行肇、汝州简长、青城惟凤、江东宇昭、峨眉怀古,并淮南惠崇是也。欧公盖偶忘其名耳。

九僧以后,遂有杨大年辈之西昆体。田况《儒林公议》云:"杨亿在两禁,变文章之体。刘筠、钱惟演辈从而效之……以新诗更相属和。……亿后编叙之,题曰《西昆酬唱集》。"今是集尚传,即亿编也,凡亿及刘筠、钱惟演、李宗谔、陈越、李维、刘骘、刁衎、任随、张咏、钱惟济、丁谓、舒雅、晁迥、崔遵度、薛映、刘秉十七人之诗。而亿序乃称属而和者十有五人,岂以钱、刘为主,而亿与李宗谔以下为十五人欤?诗皆近体,上卷凡一百二十三首,下卷凡一百二十五首。而亿序称二百有五十首,不知何时佚二首也。

据田况之说,则西昆体实倡于杨亿,而钱、刘诸人和之。谓曰"西昆"者,亿序以为取玉山策府之名也。亿,字大年,建州浦城人。《宋史》称其所著有《括苍》《武夷》《颍阴》《韩城》《退居》《汝阳》《蓬山》《冠鳌》等集,内外制刀笔共一百九十四卷。按《归田录》:"杨大年每欲作文,则与门人宾客饮博投壶弈棋,语笑喧哗,而不妨构思。以小方纸细书,挥翰如飞,文不加点。每盈一幅,则命门人传录,门人疲于应命。顷刻之际,成数千言,真一代之文豪也。"又《能改斋漫录》:"杨文公亿有重名,尝因草制为执政者多少涂窜,杨甚不平,因取稿本上涂抹处,以浓墨傅之,就加为鞋,题其旁曰:世业杨家鞋底。人或问其意。曰:'此语是它别人脚迹。'当时传以为笑尔。后舍人草制,被点抹者则相谑曰:'又遭鞋底。'"

清《四库全书提要》曰:"西昆酬唱诗,宗法唐李商隐。词取妍华,而不乏兴象。效之者渐失本真,惟工组织,于是有优伶挦扯之戏。石介至作《怪说》以刺之,而祥符中遂下诏禁文体浮艳。然介之说,苏轼尝辨之。真宗之诏,缘于《宣曲》一诗,有'取酒临邛'之句,陆游《渭南集》有《西昆诗跋》,言其始末甚详,初不缘文体发也。其后欧、梅继作,坡、谷迭起,而杨刘之派遂不绝如线。要其取材博赡,练词精整,非学有根柢,亦不能镕铸变化,自名一家,固亦未可轻诋。《后村诗话》云:《西昆酬唱集》对偶字面虽工,而佳句可录者殊少,宜为欧公之所厌。又一条云:君仅以诗寄欧公。公答云:'先朝刘杨风采耸动天下,至今使人倾想。'岂公特恶其碑版奏疏,其诗之精工稳切者,自不可废欤?二说自相矛盾。平心而论,要以后说为公矣。"

按欧阳永叔尝为钱惟演推官,相处甚久。故欧公诗虽别出一体,于西昆一派，固亦有所取也。《六一诗话》曰："杨大年与钱、刘数公唱和，自《西昆集》出，时人争效之，诗体一变。而先生老辈，患其多用故事，至于语僻难晓，殊不知自是学者之弊。如子仪《新蝉》云：'风来玉宇乌先转，露下金茎鹤未知。'虽用故事，何害为佳句也？又如：'峭帆横渡官桥柳，叠鼓惊飞海岸鸥。'其不用故事，又岂不佳乎？盖其雄文博学，笔力有余，故无施而不可。"盖欧公所厌，是学西昆而不善者耳。

《古今诗话》曰："杨大年、钱文僖、晏元献、刘子仪为诗，皆宗李义山，号西昆体。后进效之，多窃取义山诗句。尝内宴，优人有为义山者，衣服败裂，告人曰：'吾为诸馆职挦扯至此。'闻者大噱。然大年咏汉武诗云：'力通青海求龙种，死讳文成食马肝。待诏先生齿编贝，忍令乞米向长安。'义山不能过也。"

泪　杨亿

寒风易水已成悲，亡国何人见黍离。枉是荆王疑美璞，更令杨子怨多歧。胡笳暮应三挝鼓，楚舞春临百子池。未抵索居愁翠被，圆荷清晓露淋漓。

同　钱惟演

家在河阳路入秦，楼头相望祇酸辛。江南满目新亭宴，旗鼓伤心故国春。仙掌倚天频滴露，方诸待月自涵津。荆王未辨连城价，肠断南州抱璧人。

同　刘筠

含酸茹叹几伤神，呜咽交流忽满巾。建业江山非故国，灞陵风雨又残春。虞歌诀别知亡楚，燕酒初酣待报秦。欲诉青天销积恨，月娥孀独更愁人。

杨、刘之重于当时者，不仅在诗。其制奏刀笔之属，亦为后进所效。虽沿骈俪之词，在宋四六中，尚是偶有清警之句者。录子仪一首，以见其体。

回颍州曾学士启　　刘筠

伏念褊局至庸，孱躯多病，暗于机用，动涉背驰。耻介宠以趋风，甘受嗤而摈迹。向者起于将废，擢是无闻。猥玷纶曹，仍参灵职。帝言郁穆，殊无演畅之工；王度清夷，深积优游之幸。自惟窃吹，固极常涯。矧乃金马兰台，名儒旧德。荣滞者过半，零落者实繁。孰谓鳏生，更希殊进。诚以衰门积疊，诸寡食贫。严助岂厌于直庐，郗愔愿补于远郡。乘穰守之方阕，荷尧聪之俯从。聚庇本宗，才罹岁篝。岂期优诏，处移近藩。获依仁者之邻，实出非常之契。适将叙款，俄辱诲函。披赠锦之英词，徒知诱进；示巽床之谦旨，殊匪为仪。欣悚交怀，铭藏奚克。

元方回《罗寿可诗序》曰"宋刬五代旧习，诗有白体、昆体、晚唐体。……其晚唐一体，九僧最迫真。寇莱公、林和靖、魏仲先父子、潘逍遥、赵清献之祖，凡数家，深涵茂育，气势极盛"云云。盖于九僧、西昆以外，又称寇准、林逋、魏野、潘阆、赵湘诸人。今观其诗，果尚有唐之遗韵。又如胡宿之七律、陈尧佐之绝句、释重显之五言，亦饶有风格。钱惟演从弟易，字希白，歌诗效李白。苏易简称于太宗，即自布衣召置翰林。此数家皆在欧梅变体之前，诗法唐人，时有清响者也。

第十一章　庆历以后之古文复兴

第一节　庆历前后之风尚与西昆派之反动

自杨亿、刘筠尚声偶之辞，天下学者，靡然从之，则柳、范之古文绌焉，而为诗者，亦竞慕西昆体。当时惟王禹偁诗，颇与西昆异，好之者未盛也。陈从易，字简夫，欧阳永叔称其诗宗杜甫，要至苏子美兄弟及梅尧臣出，而后诗体一变。子美兄弟，又与穆伯长、尹师鲁诸人为古文，而文体一变。欧公于诗极推梅尧臣，古文则渊源于子美、师鲁诸家，故庆历以来，杨、刘之势始息矣。先是，徂徕石介作《怪说》，以诃杨、刘文体。西昆派之反动，实始于此，其下篇曰：

或曰："天下不谓之怪，子谓之怪，今有子不谓怪，而天下谓之怪。请为子而言之可乎？"曰："奚其为怪也？"曰："昔杨翰林欲以文章为宗于天下，忧天下未尽信己之道。于是盲天下人目，聋天下人耳。使天下人目盲，不见有周公、孔子、孟轲、扬雄、文中子、吏部之道；使天下人耳聋，不闻有周公、孔子、孟轲、扬雄、文中子、吏部之道。俟周公、孔子、孟轲、扬雄、文中子、吏部之道灭，乃发其盲，开其聋，使天下唯见己之道，唯闻己之道，莫知其佗。今天下有杨亿之道四十年矣，今人欲反盲天下人目，聋天下人耳，使天下人目盲，不见有杨亿之道，使天下人耳聋，不闻有杨亿之道。俟杨亿道灭，乃发其盲，开其聋，使目唯见周公、孔子、孟轲、扬雄、文中子、吏部之道，耳唯闻周公、孔子、孟轲、扬雄、文中子、吏部之道。周公、孔子、孟轲、扬雄、文中子、吏部之道，尧舜禹汤文武之道也，三才九畴五常之道也。反厥常则为怪矣！夫《书》则有尧舜典、皋陶益稷谟、禹贡、箕子之洪范，《诗》则有大小雅、周颂、商颂，《春秋》则有圣人之经，《易》则有文王之繇、周公之爻、夫子之十翼。今杨亿穷研极态，缀风月，弄花草,淫巧侈丽,浮华纂组,刊镂圣人之经,破碎圣人之言,离析圣人之意,蠹伤圣人之道,使天下不为《书》之典谟禹贡洪范、《诗》之雅颂、《春秋》之经、《易》之繇爻十翼,而为杨亿之穷研极态、缀风月、弄花草、淫巧侈丽、浮华纂组,其为怪大矣。是人欲去其怪而就于无怪,今天下反谓之怪而怪之。呜呼!"

观介之说,可见西昆派势力之大矣。介,字守道,兖州奉符人。天圣八年进士及第,初授嘉州判官,后以直集贤院出通判濮州。《宋史》有传。初,介尝躬耕徂徕山下,人以"徂徕先生"称之。深恶五季以后,文格卑靡。故尝极推柳开之功,而复作《怪说》以排杨亿。其文章宗旨可以想见。王士禛《池北偶谈》称"其文倔强劲质,有唐人风,较胜柳、穆二家,而终未脱草昧之气"云。

当时祖无择、李觏,亦为古文。在风气初变之时,其体格与尹洙诸人不相上下。无择《龙学文集》,觏有《盱江集》见存。而欧阳公所推者,尤在子美兄弟与师鲁而已。盖柳、范以后,韩愈、柳宗元之文,犹未甚为士人所好。及穆、尹数子,为之表章,而后学者非韩、柳不道矣,实以欧阳永叔之功为最大。然数子为古文,又在永叔前也。永叔书韩文后云:"予少家汉东,有大姓李氏者,其子尧辅颇好学。予游其家,见其敝箧贮故书在壁间,发而视之,得唐《昌黎先生文集》六卷,脱落颠倒无次序,因乞以归读之。……是时天下……未有道韩文者,予亦方举进士,以礼部诗赋为事。……后官于洛阳,而尹师鲁之徒皆在,遂相与作为古文,因出所藏《昌黎集》而补缀之。……其后天下学者亦渐趋于古,韩文遂行于世。"又作《苏子美集序》云:"子美齿少于予,而予学古文反在其后。天圣之间……学者务以言语声偶摘裂以相夸尚。子美独与其兄才翁及穆参军伯长作为古歌诗杂文,时人颇共非笑之,而子美不顾也。其后……学者稍趋于古,独子美为于举世不为之时……可谓特立之士也。"《柳子厚集》有穆修所作后序云:"予少嗜观韩、柳二家之文,柳不全见于世……韩则虽目其全,至所缺坠亡字失句,独于集家为甚。……凡用力二纪,文始几定,时天圣九年也。"观此则知古文复兴,实此数人之力矣。

答乔适书　穆修

近辱书并示文十篇,终始读之,其命意甚高。自及淮西来,尝见人言足下少年乐喜文,固耳闻而心存之,但未敢轻取人说,遂果知足下能然。盖古道息绝不行于时已久,今世士子,习尚浅近,非章句声偶之辞,不置耳目,浮轨滥辙,相迹而奔,靡有异途焉。其间独取以古文语者,则与语怪者同也。众又排诟之,罪毁之,不目以为迂,则指以为惑,谓之背时远名,阔于富贵。先进则莫有誉之者,同侪则莫有附之者。其人苟失自知之明,守之不以固,持之不以坚,则莫不惧而疑,悔而思,忽焉且复去此而即彼矣。噫!仁义中正之士,岂独多出于古而鲜出于今哉!亦由时风众势驱迁溺染之,使不得从乎道也。观足下十篇之文,则信有志乎古矣。其书之问,则曰将学于今,则成浅陋,将学于古,则惧不得取名于世。学宜何旨?引韩先生《师说》之说,以求解惑为请。足下当少秀之年,怀进取之机,又学古于仁义不胜之时,与之者寡,非之者众,不得无惑于中焉,是以枉书见问。某不才而弃于时者也,何足为人质其是非可否?徒以退拙无所用心,因得从事于不急之学。知旧者不识其愚且戆,或谓之为好古焉。故足下以是厚相期待者,盖感其声而求其类乎,可不少复其意耶?试为足下言之。夫学乎古者所以为道,学乎今者所以为名,道者仁义之谓也,名者爵禄之谓也。然则行道者有以兼乎名,守名者无以兼乎道。何者?行夫道者虽固有穷达云耳,然而达于上也,则为贤公卿;于下也,则为令君子。其在上则礼成乎君,而治加乎人;其在下则顺悦乎亲,而勤修乎身。穷也达也,皆本于善称焉。守夫名者,亦固有穷达云耳,而皆反乎是也。达于上也,何贤公卿乎?穷于下也,何令君子乎?其在上则无所成乎君而加乎人,其在下则无所悦乎亲而修乎身。穷也达也,皆离于善称焉。故曰行道者有以兼乎名,守名者无以兼乎道。有其道而无其名,则穷不失为君子;有其名而无其道,则达不失为小人。与其为名达之小人,孰若为道穷之君子?矧穷达又各系其时遇,岂古人道有负于人耶?

足下有志乎道而未忘名,乐闻于古而喜求于今,二者之心,苟交存而无择,将惧纯明之性寖微,浮躁之气骤胜矣。足下心明乎仁义,又学识其归向,在固守而弗离,坚持而弗夺,力行而弗止,则必立乎名之大者矣。学之正伪有分,则文之指用自得。何惑焉？不宣。

哀穆先生文并序　　苏舜钦

呜呼！穆伯长以明道元年夏,客死于淮西道中,友人苏叔才子美作诗悼,遣人驰吊之。痛夫道不光,予又次其一二行以鉴于世,为文哀之。先生字伯长,名修。幼嗜书,不事章句,必求道之本原,皆记士徒无意处,熟习评论之。性刚介,喜于背俗,不肯下与庸人小合,愿交者多,固拒之。议事坚明,上下今古皆可录。然好诋卿弼,斥言时病,谨细后生畏闻之。又独为古文,其语深峭宏大,羞为礼部格诗赋。咸平中,举进士,得出身,调泰州司法参军。牧守称其才,贰郡者恶之。又尝以言忤贰郡者,守病告,贰者私黜吏,使诬告先生赇。具狱,聚左证,后召先生,使众参考之,由是贬池州。中道窜诣阙下,叩登闻鼓称冤,会贰郡者死,复受谴于朝,后累恩得为蔡州参军。先生自废来,读书益勤,为文章益根柢于道,然耻以文干有位,以故困甚。张文节守亳,亳之土豪者作佛庙,文节使以骑召先生作记。记成,竟不窜士名。士以白金五斤遗之,曰："枉先生之文,愿以此为寿。"又使周旋者曰："亡所以遗者,乞载名于石,图不朽耳。"既而亟召士让之,投金庭下,遂俶装去。郡士谢之,终不受。尝语之曰："宁区区糊口为旅人,不为匪人辱吾文也。"天圣末,丞相有欲置为学官者,耻诣谒之,竟不得。尝客京师南河邸中,往往醉,暮归逆地,如不省持者。夜半邸人犹闻其吟诵喟叹声,因隙窥之,则张灯危坐,苦矉执卷亦出曙,用是贷其资。母丧,徒跣自负榇成葬,日诵《孝经》《丧记》,未尝观佛书饭浮屠氏也。识者哀怜之,或厚遗,则必为盗取去,不然且病,或妻子卒。后得柳子厚文,刻货之,售者甚少,逾年积得百缗。一子辄死。将还淮西,遇病,气结塞胸中不下,遂卒。噫吁！天之厌文久矣,先生意以黜废穷苦终其身,顾其道宜不容于今世。然由赋数奇只,常罹兵贼恶少辈所辱困，其节行至死不变。有孤懦且幼，遗文散坠不收，伯长之道竟已矣乎！初，先生死，梁坚自解以书走上党遗予，欲访其文，俾予集序之。去年赴举京师，历问人，终不复得一篇，惟有《任中正尚书家庙碑》《静胜亭记》《徐生墓志》《蔡州塔记》，皆平昔所为，又不足成卷。今舅氏守蔡，近以书使存其家，且求所著文字，未至。闲作文哀之。道不胜于命，命不会于时，吁嗟！先生竟胡为？

苏舜钦，字子美。其兄舜元，字才翁，梓州人。今惟子美《学士集》十六卷尚存。尹洙有《河南集》二十七卷。至于西昆诗体，子美与梅圣俞为诗，已自矫之，圣俞得名尤甚。然欧阳公于二家皆所推服，未下优劣也。《六一诗话》曰："圣俞、子美齐名于一时，而二家诗体特异。子美笔力豪俊，以超迈横绝为奇。圣俞覃思精微，以深远闲淡为意。各极其长，虽善论者，不能优劣也。余尝于《水谷夜行》诗略道其一二云：'子美气尤雄，万窍号一噫。有时肆癫狂，醉墨洒滂霈。譬如千里马，已发不可杀。盈前尽珠玑，一一难拣汰。梅翁事清切，石齿漱寒濑。作诗三十年，视我犹后辈。文辞愈精新，心意虽老大。有如妖韶女，老自有余态。近诗尤古硬，咀嚼苦难嘬。又如食橄榄，其味久愈在。苏豪以气轹，举世徒惊骇。梅穷独我知，古货今难卖。'语虽非工，谓粗得其仿佛，然不能优劣之也。"

梅尧臣，字圣俞，宣城人。官屯田都官员外郎。《宋史》有传。清《四库全书提要》曰："宋初诗文，尚沿唐末、五代之习。柳开、穆修欲变文体，王禹偁欲变诗体，皆力有未逮。欧阳修崛起为雄，力复古格。于时曾巩、苏洵、苏轼、苏辙、陈师道、黄庭坚等，皆尚未显。其佐修以变文体者尹洙，佐修以变诗体者则尧臣也。曾敏行《独醒杂志》载：'王曙知河南日，尧臣为县主簿，袖所为诗文呈览。曙谓其诗有晋宋遗风，自杜子美没后二百余年，不见此作。'然尧臣诗旨趣古淡，知之者希。陈善《扪虱新话》记苏舜钦称'平生作诗，不幸被人比梅尧臣'。又记晏殊赏其'寒鱼犹著底，白鹭已飞前'二句，尧臣以为非我之极致者，则其孤僻寡和可知。惟欧阳修深赏之。邵博《闻见后录》乃载传闻之说,谓修忌尧臣出己上,每商榷其诗,多故删其最佳者。殊为诬谩,无论修万不至此,即尧臣亦非不辨白黑者,岂得失不自知耶?陆游《渭南集》有《梅宛陵别集序》曰:'苏翰林多不可古人,惟次韵和渊明及先生二家诗而已。'案苏轼和陶诗有传本,和梅诗则未闻。然游非妄语者,必原有而今佚之。是尧臣之诗,苏轼亦心折之矣。"

《闻见后录》:"东坡《与陈传道书》云:'知传道日课一诗,甚善。此技虽高才非甚习不能工。'盖梅圣俞法也。又韩少师云:'梅圣俞学诗,日欲极赋象之工,作《挑灯杖子诗》尚数十首,李邯郸诸孙亨仲云:"吾家有梅圣俞诗善本,世所传多为欧阳公去其尤者,忌能名之或压也。"'予谓欧阳公在谏路,颇诋邯郸公,亨仲之言恐不实。然曾仲成云:'欧阳公有"韩孟于文词,两雄力相当。孟穷苦累累,韩富浩穰穰。郊死不为岛,圣俞发其藏"等句。圣俞谓苏子美曰:"永叔自要作韩退之,强差我作孟郊。"虽戏语,亦似不平也。'"

泛溪　梅尧臣

中流清且平,舍楫任舟行。渐近鹭犹立,已遥村觉横。何妨绿樽满,不畏晚风生。屈贾江潭上,愁多未适情。

发勺陵　同

秋雨密无迹,蒙蒙在一川。孤村望渐远,去鸟飞已先。向晚云漏日,微光人倚船。安知偶自适,落岸逢沙泉。

当时石曼卿,名延年,歌诗豪迈,亦为永叔诸人所称。其《平阳作代意一首寄师鲁》云:

十年一梦花空委,依旧山河损桃李。雁声北去燕西飞,高楼日日春风里。眉北石洲山对起,娇波泪落妆如洗。汾河不断天南流,天色无情淡如水。

石曼卿诗，朱子亦尝称之。要自庆历以后，诗文体始大变矣。盖宋三百年文章之盛，莫如仁宗以后七十年间。方太祖创业，首尚文学，奖厉名节之士。太宗、真宗，制度文物渐备，及仁宗亲政，人才辈出，群贤互相推引。至庆历之际，欧阳修、余靖、蔡襄在谏院，杜衍、韩琦、范仲淹在枢府，直言谠论，时进于朝，天下仰望风采。石介至作《庆历圣德诗》。其后文彦博、富弼、王安石、司马光相继为相，文学之士，接踵朝列。而欧阳修尤为一时文章宗匠，三苏、曾巩之流，皆出其门，当于下以次论之。

第二节　欧阳修

宋初古文，作者数家，至欧阳永叔出，始卓然为一代、宗匠。永叔自述所学，谓其为古文，实渊源于苏子美、尹师鲁。邵伯温《闻见前录》曰：钱惟演留守西都，"因府第双桂楼，西城建临园驿，命永叔、师鲁作记。永叔文先成，凡千余言。师鲁曰：'某只用五百字可纪。'及成，永叔服其简古。永叔自此始为古文"。永叔作《苏子美集序》，又谓子美学古文在先。而子美实与穆伯长游，故永叔之古文，渊源于苏、尹二家也。

按《宋史》本传："欧阳修，庐陵人。四岁而孤，母郑守节自誓，亲诲之学。家贫，至以荻画地学书。幼敏悟过人，读书辄成诵。及冠，嶷然有声。宋兴且百年，而文章体裁，犹仍五季余习，锼刻骈偶，淟涊弗振。士因陋守旧，论卑气弱。苏舜元、舜钦、柳开、穆修辈，咸有意作而张之，而力不足。修游随，得唐韩愈遗稿于废书簏中，读而心慕焉。苦心探赜，至忘寝食，必欲并辔绝驰而追与之并。举进士，试南宫第一，擢甲科，调西京推官。始从尹洙游，为古文，议论当世事，迭相师友。与梅尧臣游，为歌诗相倡和。遂以文章名冠天下。"卒谥"文忠"。晚自号"六一居士"。朱子尝称欧公文敷腴温润，一唱三叹，而最喜其《丰乐亭记》。陈同甫好读欧阳文，择其精者，为《欧阳文粹》，是专选欧文之始也。

《朱子语类》又曰："欧公文亦好是修改到妙处。顷有人买得《醉翁亭记》稿，初说'滁州四面有山'，凡数十字，末后改定，只曰'环滁皆山也'五字而已。"

醉翁亭记

环滁皆山也。其西南诸峰,林壑尤美。望之蔚然而深秀者,琅琊也。山行六七里,渐闻水声潺潺,而泻出于两峰之间者,酿泉也。峰回路转,有亭翼然临于泉上者,醉翁亭也。作亭者谁?山之僧曰智仙也。名之者谁?太守自谓也。太守与客来饮于此,饮少辄醉,而年又最高,故自号曰"醉翁"也。醉翁之意不在酒,在乎山水之间也。山水之乐,得之心而寓之酒也。若夫日出而林霏开,云归而岩穴暝,晦明变化者,山间之朝暮也。野芳发而幽香,佳木秀而繁阴,风霜高洁,水落而石出者,山间之四时也。朝而往,暮而归,四时之景不同,而乐亦无穷也。至于负者歌于途,行者休于树,前者呼,后者应,伛偻提携,往来不绝者,滁人游也。临溪而渔,溪深而鱼肥,酿泉为酒,泉香而酒洌,山肴野蔌,杂然而前陈者,太守宴也。宴酣之乐,非丝非竹,射者中,弈者胜,觥筹交错,坐起而喧哗者,众宾欢也。苍颜白发,颓乎其间者,太守醉也。已而夕阳在山,人影散乱,太守归而宾客从也。树林阴翳,鸣声上下,游人去而禽鸟乐也。然而禽鸟知山林之乐,而不知人之乐;人知从太守游而乐,而不知太守之乐其乐也。醉能同其乐,醒能述以文者,太守也。太守谓谁?庐陵欧阳修也。

吴氏《林下偶谈》曰:"和平之言难工,感慨之词易好。近世文人能兼之者,惟欧公。如《吉州学记》之类,和平而工者也。如《丰乐亭记》之类,感慨而好者也。然《丰乐亭记》意虽感慨,辞犹和平。至于《苏子美集序》之类,则纯乎感慨矣。乃若愤懑不平如王逢原,悲伤无聊如邢居实,则感慨而失之者也。"

又曰:"欧公凡遇后进投卷可采者,悉录之为一册,名曰'文林'。公为一世文宗,于后进片言只字,乃珍重如此,令人可以鉴矣。"

永叔与宋子京同修《唐书》，又自撰《五代史》。《五代史》尤为文士所称。然其诗体豪放似太白。王荆公选四家诗，以太白、少陵、退之及永叔并列，其推之至矣。《石林诗话》曰："欧公诗始矫昆体，专以气格为主。故其诗多平易疏畅，律诗意所到处，虽语有不伦，亦不复问。而学之者往往遂失于快直，倾囷倒廪，无复余地。然公诗好处，岂专在此？如《崇徽公主手痕诗》：'玉颜自昔为身累，肉食何人与国谋。'此是两段大议论，抑扬曲折，发见于七字之中；婉靡雄胜，字字不失相对。虽昆体之工者，亦未易比，言所会处如是乃为至到。"

永叔之诗，其最自喜者，为《庐山高》及《明妃曲》二篇，尝曰："《庐山高》今人莫能为，惟李太白能之。《明妃曲》后篇，太白不能为，唯杜子美能之。至其前篇，则子美亦不能为，唯吾能之也。"盖自许如此。

明妃曲

汉宫有佳人，天子初未识。一朝随汉使，远嫁单于国。绝色天下无，一失难再得。虽能杀画工，于事竟无益。耳目所及尚如此，万里安能制夷狄？汉计已成拙，女色难自夸。明妃去时泪，洒向枝上花。狂风日暮起，飘泊落谁家？红颜胜人多薄命，莫怨春风当自嗟。

与欧公并世相先后，为古文者，如范仲淹、宋祁、刘敞、司马光。朱子谓范文正公好处，欧不能及。宋子京亦师韩文。《林下偶谈》曰："刘原父文醇雅，与欧公同时，为欧公名盛所掩。而欧、曾、苏、王，亦不甚称其文。刘尝叹百年后当有知我者。至东莱编《文鉴》，多取原父文，几与欧、曾、苏、王并，而水心亦亟称之，于是方论定。"王介甫谓司马光文似西汉，其修《资治通鉴》，史家之鸿制也。诸人皆与欧公相善，而文章得力各不同。宋子京作《唐书》，雕琢剽削，务为艰涩，然亦服欧公。尝写其《陇冈阡表》二句云：求其生而不得，则死者与我皆无恨也。其笔记中自述为文用力之要曰：

余少为学本无师友,家苦贫无书,习作诗赋,未始在志立名于当世也,愿计粟米养亲绍家阀耳。年二十四,而以文投故宰相夏公,公奇之,以为必取甲科,吾亦不知果是欤。天圣甲子,从乡贡试礼部,故龙图学士刘公叹所试辞赋,大称之朝,以为诸生冠,吾始重自淬砺力于学,模写有名士文章,诸儒颇称以为是。年过五十,被诏作《唐书》,精思十余年,尽见前世诸著,乃悟文章之难也。虽悟于心,又求之古人,始得其崖略,因取视五十以前所为文,觍然汗下,知未尝得作者藩篱,而所效皆糟粕刍狗矣。夫文章必自名一家,然后可以传不朽。若体规画圆,准方作矩,终为人之臣仆,古人讥屋下作屋,信然。陆机曰:"谢朝花于已披,启夕秀于未振。"韩愈曰:"惟陈言之务去。"此乃为文之要。五经皆不同体,孔子没后,百家奋兴,类不相沿,是前人皆得此旨。呜呼!吾亦悟之晚矣。虽然,若天假吾年,犹冀老而成云。

第三节　曾巩、王安石

曾巩、王安石,早相友善。巩出于欧公之门,而安石亦为欧公推挽。当时方盛为古文。巩登嘉祐二年进士,安石登庆历二年进士。然二人性行不甚相同。巩学术醇正,以孝友闻;安石有才略,该通政事文学,强忮执拗,自用太甚。故巩为文章,典雅有余,精彩不足;安石之文,则纯洁雄伟,精悍之气,溢于纸表。后人或以巩之文非韩、柳、欧、苏之伦,其所以入八家之选者,岂非以其学术醇正耶?安石之文,优于苏、欧,颉颃韩、柳,而列之八家,或以为嗛,岂非以其资性执拗,为后之学者所恶耶?朱子尤好巩文。吕祖谦《古文关键》遂独取韩、柳、欧、苏、曾七家,而不取安石。亦各从所好也。

《宋史》:"巩,字子固,建昌南丰人。生而警敏,读书数百言,脱口辄诵。年十二试作《六论》,援笔而成,辞甚伟。甫冠,名闻四方。欧阳修见其文,奇之。"又曰:"巩为文章,上下驰骋,愈出而愈工。本原六经,斟酌于司马迁、韩愈,一时工作文词者,鲜能过也。少与王安石游,安石声誉未振,巩导之于欧阳修,及安石得志,遂与之异。神宗尝问:'安石何如人?'对曰:'安石文学行义,不减扬雄,以吝故不及。'帝曰:'安石轻富贵,何吝也?'曰:'臣所谓吝者,谓其勇于有为,吝于改过耳。'"

按《闻见录》曰:"曾子固初为太平州司户。守张伯玉,前辈人也。欧阳公、王荆公诸名士,共称子固文章。伯玉殊不顾,间语子固:'吾方作六经阁,其为之记。'子固凡誊稿六七,终不当伯玉之意,则谓子固曰:'吾自为之。'其书于纸曰:'六经阁者,诸子百家皆在焉。'不书尊经也云云。子固始大畏服,益自励于学矣。"《却扫编》曰:"神宗患本朝国史之繁,尝欲重修五朝正史,通为一书,命曾子固专领其事,且诏自择属官。曾以彭城陈师道应诏,朝廷以布衣难之,未几撰《太祖皇帝总叙》一篇以进,请系之《太祖本纪》篇末,以为国史书首。其说以为太祖大度豁如,知人善任使,与汉高祖同,而汉祖所不及者,其事有十。因具论之,累二千余言。神宗览之,不悦曰:'为史但当实录以示后世,亦何必区区与先代帝王较优劣乎?且一篇之赞已如许之多,成书将复几何?'于是书竟不果成。"

《朱子语类》曰:"南丰文字确实。"又曰:"南丰文却近质。他初亦只是学为文,却因为文,渐见些子道理,故文字依傍道理做,不为空言,只是关键紧要处,也说得宽缓不分明。缘他见处不彻,本无根本工夫,所以如此。但比之东坡,则较质而近理。"又曰:"南丰拟制内有数篇,虽杂之三代诰命中亦无愧。"又曰:"南丰作宜黄、筠州二《学记》好,说得古人教学意出。"

战国策目录序　曾巩

刘向所定《战国策》三十三篇,《崇文总目》称十一篇者,阙。臣访之士大夫家,始尽得其书,正其误谬,而疑其不可考者,然后《战国策》三十三篇复完。叙曰:向叙此书,言周之先,明教化、修法度,所以大治;及其后,谋诈用而仁义之路塞,所以大乱。其说既美矣,卒以谓此书战国之谋士,度时君之所能行,不得不然,则可谓惑于流俗,而不笃于自信者也。夫孔、孟之时,去周之初已数百岁,其旧法已亡,旧俗已熄久矣,二子乃独明先王之道,以谓不可改者,岂将强天下之主,以后世之所不可为哉?亦将因其所遇之时,所遭之变,而为当世之法,使不失乎先王之意而已。二帝、三王之治,其变固殊,其法固异,而其为国家天下之意,本末先后,未尝不同也。二子之道,如是而已。盖法者,所以适变也,不必尽同;道者,所以立本也,不可不一,此理之不易者也。故二子者守此,岂好为异论哉?能勿苟而已矣。可谓不惑乎流俗,而笃于自信者也。战国之游士则不然,不知道之可信,而乐于说之易合。其设心注意,偷为一切之计而已,故论诈之便而讳其败,言战之善而蔽其患。其相率而为之者,莫不有利焉,而不胜其害也;有得焉,而不胜其失也。卒至苏秦、商鞅、孙膑、吴起、李斯之徒,以亡其身;而诸侯及秦用之者,亦灭其国。其为世之大祸明矣,而俗犹莫之寤也。惟先王之道,因时适变,为法不同,而考之无疵,用之无敝。故古之圣贤,未有以此而易彼也。或曰:"邪说之害正也,宜放而绝之。则此书之不泯,其可乎?"对曰:"君子之禁邪说也,固将明其说于天下,使当世之人皆知其说之不可从,然后以禁则齐,使后世之人皆知其说之不可为,然后以戒则明,岂必灭其籍哉?放而绝之,莫善于是。是以孟子之书,有为神农之言者,有为墨子之言者,皆著而非之。至于此书之作,则上继春秋,下至楚汉之起,二百四五十年之间,载其行事,固不得而废也。"此书有高诱注者二十一篇,或曰三十二篇,《崇文总目》存者八篇,今存者十篇云。

安石,字介甫,抚州临川人。父益都官员外郎。安石少好读书,一过目,终身不忘。其属文,动笔如飞,初若不经意,既成,见者皆服其精妙。友生曾巩携以示欧阳修,为之延誉。其释经义,不取先儒传注,务出新意。训释《诗》《书》《周礼》既成,颁之学官,天下号曰"新义"。晚居金陵,又作《字说》,多穿凿傅会,其流入于佛老,一时学者莫敢不传习。主司纯用以取士,士莫得自名一说。于是先儒传注,一切废不用。黜《春秋》之书,不使列于学官,至戏目为断烂朝报焉。说部记王荆公喜说字,客曰:"霸字何以从西?"荆公以西在方域,主杀伐,累言数百不休。或曰:"霸从雨不从西也。"荆公随曰："如时雨化之耳。"其无定论类此。方三经义之颁于学官也，未数年安石又自列其非是者，奏请易去。今惟《周官新义》见存，余书不传。然经义之弊，自安石启之也。

杨升庵最称介甫《书刺客传后》。今观其文，大似司马子长。介甫善拟古如此。

书刺客传后　王安石

曹沫将而亡人之城，又劫天下盟主，管仲因勿倍以市信一时，可也。予独怪智伯国士豫让，岂愿不用其策耶？让诚国士也，曾不能逆策三晋，救智伯之亡，一死区区，尚足校哉？其亦不欺其意者也。聂政售于严仲子，荆轲豢于燕太子丹，此两人者，污隐困约之时，自贵其身，不妄愿知，亦曰有待焉。彼挟道德以待世者，何如哉？

介甫极推韩退之之为文，然又讥其"可怜无补费精神"。今录论文书一首，以见其志之所存。《上人书》曰：

尝谓文者，礼教治政云尔。其书诸策而传之人，大体归然而已。而曰"言之不文，行之不远"云者，徒谓辞之不可以已也，非圣人作文之本意也。自孔子之死久，韩子作，望圣人于百千年中，卓然也。独子厚名与韩并。子厚非韩比也，然其文卒配韩以传，亦豪杰可畏者也。韩子尝语人以文矣，曰云云，子厚亦曰云云。疑二子者，徒语人以其辞耳，作文之本意，不如是其已也。孟子曰："君子欲其自得之也。自得之，则居之安；居之安，则资之深；资之深，则取之左右逢其原。"孟子之云尔，非直施于文而已，然亦可托以为作文之本意。且所谓文者，务为有补于世而已矣。所谓辞者，犹器之有刻镂绘画也，诚使巧且华，不必适用；诚使适用，亦不必巧且华。要之以适用为本，以刻镂绘画为之容而已。不适用，非所以为器也。不为之容，其亦若是乎？否也。然容亦未可已也，勿先之，其可也。某学文,数挟此说以自治。始欲书之策而传之人,其试于事者,则有待矣。其为是非邪? 未能自定也,执事正人也,不阿其所好者,书杂文十篇献左右,愿赐之教,使之是非有定焉。

世称曾子固不长韵语,然其诗亦多醇厚可诵。介甫本有诗名,而绝句尤工,集中集句诗亦甚自然。

虞美人草　曾巩

鸿门玉斗纷如雪,十万降兵夜流血。咸阳宫殿三月红,霸业已随烟烬灭。刚强必死仁义王,阴陵失道非天亡。英雄本学万人敌,何用屑屑悲红妆? 三军散尽旌旗倒,玉帐佳人坐中老。香魂夜逐剑光飞,青血化为原上草。芳心寂寞寄寒枝,旧曲闻来似敛眉。哀怨徘徊愁不语,恰如初听楚歌时。滔滔逝水流今古,汉楚兴亡两丘土。当年遗事久成空,慷慨樽前为谁舞?

明妃曲　王安石

明妃初嫁与胡儿,毡车百辆皆胡姬。含情欲语独无处,传与琵琶心自知。黄金捍拨春风长,弹看飞鸿劝胡酒。汉宫侍女暗垂泪,沙上行人却回首。汉恩自浅胡自深,人生乐在相知心。可怜青冢已芜没,尚有哀弦留至今。

《诗人玉屑》:"黄山谷曰:'荆公暮年作小诗,雅丽精绝,脱去流俗。每讽味之,便觉沉灌生牙颊间。'"《苕溪渔隐》曰:"荆公小诗如:'南浦随花去,回舟路已迷。暗香无觅处,日落画桥西。'""染云为柳叶,剪水作梨花。不是春风巧,何缘见岁华。""檐日阴阴转,床风细细吹。倏然残午梦,何许一黄鹂。""蒲叶清浅水,杏花和暖风。地偏缘底绿,人老为谁红。""爱此江边好,留连至日斜。眠分黄犊草,坐占白鸥沙。""日净山如洗,风暄草欲薰。梅残数点雪,麦涨一川云。"观此数诗,真可使人一唱而三叹也。

《石林诗话》曰:"王荆公晚年诗律尤精严,造语用字,间不容发,然意与言会,言随意遣,浑然天成,殆不见有牵率排比处。如'含风鸭绿粼粼起,弄日鹅黄袅袅垂',读之初不觉有对偶。至'细数落花因坐久,缓寻芳草得归迟',但见舒闲容与之态耳。而字字细考之,若经檃括权衡者,其用意亦深刻矣。"

《怀麓堂诗话》曰:"王介甫点景处,自谓得意,然不脱宋人气习。其咏史绝句,极有笔力,当别用一具眼观之。若《商鞅》诗乃发泄不平语,于理不觉有碍耳。"(其诗云:"今人未可非商鞅,商鞅能令政必行。")

《宋史·选举志》曰:"神宗笃意经学,深悯贡举之弊,且以西北人材,多不在选,遂议更法。王安石谓:'古之取士俱本于学,兴建学校以复古。其明经诸科,欲行废罢,取明经人数增进士额。'……他日问王安石,对曰:'今人材乏少,且其学术不一,异论纷然,不能一道德故也。一道德则修学校,欲修学校,则贡举法不可不变。若谓此科尝多得人,自缘仕进别无他路,其间不容无贤;若谓科法已善,则未也。今以少壮时,正当讲求天下正理,乃闭门学作诗赋,及其人官,世事皆所不习,此科法败坏人才,致不如古。'既而中书门下又言:'古之取士,皆本学校,道德一于上,习俗成于下,其人才皆足以有为于世。今欲追复古制,则患于无渐,宜先除去声病偶对之文,使学者得专意经术,以俟朝廷兴建学校,然后讲求三代所以教育选举之法,施于天下,则庶几可以复古矣。'于是改法,罢诗赋、帖经、墨义,士各占治《易》《诗》《书》《周礼》《礼记》一经,兼《论语》《孟子》。每试四场,初大经,次兼经,大义凡十道。……经论一首,次策三道,礼部试即增二道。中书撰大义式颁行,试义者须通经有文采,乃为中格。不但如明经墨义,粗解章句而已。"盖选举制之变,其初意未尝不善,其后乃渐敝。至明清沿其法,而陈腐相因,不堪言矣。今附录当时经义一首如下。

惟几惟康其弼直　张庭坚

所贵乎圣人者,非以其力足以除天下既至之患,而以其虑之之深,远察正始,忧患之所不及;非以其有智与勇足以大有为于世,而以其安静休息,有所不为;非以其无一过失,使天下莫得而议之,以其有过而必改,故于事也无忽,于民也不扰,于群臣也不惮。其危言正论,以拂于己。夫是以虑无遗策,举世无过事,而天下治安之势,得以永保而弗替,此几康弼直,禹之所以为舜戒也。盖惟几也,则能察微正始,不忽乎事;惟康也,则能安静休息,不扰乎民。惟辅弼之臣直,则能不以无过之为美,而以改过之而为善。凡忠谠之论,矫拂之辞,皆所以乐从而愿听焉。虽然,是三者在艰难创业之时,则固未始以为难。海宇适平,基绪方立,俄焉怠忽而不之察,则祸患将不旋踵而至,所以操心常危,虑患常深,而事每不失其几者,势使然也。民虽出于涂炭,而恐惧之未忘;世虽偃于征诛,而疮痍之未瘳。俄然扰动而不之恤,则下不胜其困怨,乱将复作,所以设法务约,敷政务宽,而使民不失其康者,亦势使然也。夫欲事之适于几,民之适于康,则天下之深谋至计,惟恐一日而不得闻,朝廷之上,辅弼之臣,莫不謇謇其直,亦其势不得不然也。天下既大治矣,则智虑怠而昏,心意侈而广,智虑昏则玩晏安而忽忧勤,心意广则喜功名而烦兴作。夫宴安之是玩,则不可责以难也;功名之是喜,则不可语以过也。于是谄谀者亲,而谏诤者疏。几康弼直之戒,于是时最不可忘。彼舜也,继尧极治之后,天下可谓无事矣。虽然,无事者,有事之所从起,而圣人之所深畏者也。观舜之君臣,相与赓歌规戒,而其言及于敕天命康庶事,则禹之所言者,舜固不待告而知矣。而禹犹戒之,何也? 使天下后世,咸曰以舜之圣而犹不免于此,则庶乎其能知戒矣!

王氏新学既行,士多揣摩风气,奉《字说》《新义》为主。苏子瞻讥当世剿说雷同,如"黄茅白苇,弥望皆然",然又时流于穿凿。《却扫编》:"方王氏之学盛时,士大夫读书求义理,率务新奇。然用意太过,往往反失于凿。"有称老杜《禹庙》诗最工者,或问之,对曰:"'空庭垂橘柚',谓厥包橘柚锡贡也;'古屋画龙蛇',谓驱龙蛇而放之菹也。此皆著禹之功也,得不谓之工乎?"

第四节 三苏

三苏虽经欧阳公之识拔，然文章豪放，与欧阳体制不同，而子瞻尤为绝伦。蜀地僻远，在宋之初，文稚未盛。洵独教其二子轼、辙成名，文章学术，自为一家，亦豪杰之士也。洵，字明允，眉山人。年二十七，始发愤为学。岁余往应试不第，归尽焚旧所作文，闭户读书，遂通六经百家之说。既而与二子轼、辙至京师，谒翰林学士欧阳修，上《权书》《衡论》二十二篇，欧公以为贾谊、刘向不能过也。一时士大夫争相传诵，三苏由是有名。后或称洵为老苏，轼为大苏，辙为小苏云。

《宋史》曰："轼，字子瞻。生十年，父洵游学四方，母程氏亲授以书，闻古今成败，辄能语其要。……比冠，博通经史，属文日数千言，好贾谊、陆贽书。既而读《庄子》，叹曰：'吾昔有见，口未能言，今见是书，得吾心矣。'嘉祐二年，试礼部。方时文磔裂诡异之弊胜，主司欧阳修思有以救之，得轼《刑赏忠厚论》，惊喜，欲擢冠多士，犹疑其客曾巩所为，但置第二；复以《春秋》对义居第一，殿试中乙科，后以书见修，修语梅圣俞曰：'吾当避此人出一头地。'闻者始哗不厌，久乃信服。"按《扪虱新话》："东坡省试论刑赏，梅圣俞一见，以为其文似孟子，置在高等。坡后往谢梅，梅问：'论中尧皋陶事出何书？'坡徐应曰：'想当然耳，至今传以为戏。'"

《宋史》又曰："轼与弟辙，师父洵为文，既而得之于天。尝自谓：'作文如行云流水，初无定质，但常行于所当行，止于所不可不止，虽嬉笑怒骂之辞，皆可书而诵之。其体浑涵光芒，雄视百代，有文章以来，盖亦鲜矣。洵晚读《易》，作《易传》未究，命轼述其志。轼成《易传》，复作《论语说》，后居海南作《书传》。又有《东坡集》四十卷，后集二十卷，奏议十五卷，内制十卷，外制三卷，《和陶诗》四卷。一时文人，如黄庭坚、晁补之、秦观、张耒、陈师道，举世未之识，轼待之如朋俦，未尝以师资自予也。"按《春渚纪闻·东坡事实》："先生尝谓刘景文与先子曰：'某平生无快意事，惟作文章。意之所到，则笔力曲折，无不尽意。自谓世间乐事，无逾此者。'"

辙,字子由。性沉静简洁,为文汪洋淡泊,似其为人,不愿人知之。而秀杰之气,终不可掩。其高处殆与兄轼相迫。著有《诗传》《春秋传》《古史》《老子解》《栾城文集》。

三苏初至京师,缙绅大夫,无不倾倒,独王介甫见其文,曰:"此战国之文耳。"明允亦恶介甫多不近人情,为作《辨奸论》,后张方平作洵墓志载焉。其辞曰:

> 事有必至,理有固然。惟天下之静者,为能见微而知著。月晕而风,础润而雨,人人知之。人事之推移,理势之相因,其疏阔而难知,变化而不可测者,孰与天地阴阳之事?而贤者有不知,其故何哉?好恶乱其中,而利害夺其外也。昔羊叔子见王衍曰:"误天下之苍生者,必此人也邪?"郭汾阳见卢杞曰:"此人得志,吾子孙无遗类矣。"自今而言之,其理固有可见者。然以吾观之,王衍之为人也,容貌语言,固有以欺世而盗名者,然不忮不求,与物浮沉,使晋无惠帝,虽衍千百,何从而乱天下乎?卢杞之奸,固足以欺国,然不学无文,容貌不足以动人,言语不足以眩世,非德宗之鄙,亦何从而乱之?由此言之,二公之料二子,容有之,非必然也。今有人口诵孔老之书,身履夷齐之行,收召好名之士、不得志之人,相与造作语言,私立名字,以为颜渊、孟轲复出。而阴贼险狠,与人异趣,是王衍、卢杞合为一人也。岂可胜言哉!夫面垢不忘洗,衣垢不忘浣,此人之至情也。今也不然,衣臣虏之衣,食犬彘之食,囚首丧面而谈诗书,此岂情也哉!凡事之不近人情者,鲜不为大奸慝,竖刁、易牙、开方是也。以盖世之名,而济其未形之恶,虽有愿治之主、好贤之相,犹将举而用之,其为天下之患,必然无疑者,非二子之比也。《孙子》曰:"善用兵者,无赫赫之功。"使斯人而不用也,则吾言为过,而斯人有不遇之叹,孰知其祸之至于此哉!不然,天下被其祸,而吾将获知言之名。悲夫!

三苏之中,子瞻诗尤高,近世赵翼谓:"以文为诗,自昌黎始,至东坡益大放厥词,别开生面,成一代之大观。"沈德潜亦谓:"苏诗于韩文公后,又开辟一境界。"《二老堂诗话》:"苏文忠公诗,初若豪迈天成,其实关键甚密。再来杭州《寿星院寒碧轩》诗,句句切题,而未尝拘。其云'清风肃肃摇窗扉,窗前修竹一尺围。纷纷苍雪落夏簟,冉冉绿雾沾人衣',寒碧如在其中。第五句'日高山蝉抱叶响',颇似无意,而杜诗云'抱叶寒蝉静',并叶言之,寒亦在中矣。'人静翠羽穿林飞',固不待言。末句却说破'道人绝粒对寒碧,为问鹤骨何缘肥',其妙如此。"

《艺苑卮言》曰:"读子瞻文,见才矣,然似不读书者。读子瞻诗,见学矣,然似绝无才者。"

小苏才气虽不及父兄,然亦时有大言壮语。余文颇法度整齐,有秀杰之气,乃其所自得者。《朱子语类》:"或问:'苏子由之文,比东坡稍近理否?'曰:'亦有甚道理? 但其说利害处,东坡文字较明白,子由文字不甚分晓,要之学术只一般。'"

子由诗远非东坡之比。《栾城遗言》:"公言东坡律诗最忌属对偏枯,不容一句不善者。古诗用韵必须偶数。""《张十二病后诗》一卷,颇得陶元亮体。然予观古人为文,各自用其才耳,若用心专模仿一人,舍己徇人,未必贵也。"

赤壁赋　苏轼

壬戌之秋,七月既望,苏子与客泛舟游于赤壁之下。清风徐来,水波不兴。举酒属客,诵明月之诗,歌窈窕之章。少焉,月出于东山之上,徘徊于斗牛之间。白露横江,水光接天。纵一苇之所如,凌万顷之茫然。浩浩乎如冯虚御风,而不知其所止;飘飘乎如遗世独立,羽化而登仙。于是饮酒乐甚,扣舷而歌之,歌曰:"桂棹兮兰桨,击空明兮溯流光。渺渺兮予怀,望美人兮天一方。"客有吹洞箫者,倚歌而和之。其声呜呜然,如怨如慕,如泣如诉,余音袅袅,不绝如缕,舞幽壑之潜蛟,泣孤舟之嫠妇。苏子愀然,正襟危坐而问客曰:"何为其然也?"客曰:"月明星稀,乌鹊南飞,此非曹孟德之诗乎?西望夏口,东望武昌,山川相缪,郁乎苍苍,此非曹孟德之困于周郎者乎?方其破荆州,下江陵,顺流而东也,舳舻千里,旌旗蔽空,酾酒临江,横槊赋诗,固一世之雄也,而今安在哉?况吾与子渔樵于江渚之上,侣鱼虾而友麋鹿,驾一叶之扁舟,举匏樽以相属。寄蜉蝣于天地,渺沧海之一粟。哀吾生之须臾,羡长江之无穷。挟飞仙以遨游,抱明月而长终。知不可乎骤得,托遗响于悲风。"苏子曰:"客亦知夫水与月乎?逝者如斯,而未尝往也;盈虚者如彼,而卒莫消长也。盖将自其变者而观之,则天地曾不能以一瞬;自其不变者而观之,则物与我皆无尽也,而又何羡乎?且夫天地之间,物各有主,苟非吾之所有,虽一毫而莫取。惟江上之清风,与山间之明月,耳得之而为声,目遇之成色,取之无禁,用之不竭,是造物者之无尽藏也,而吾与子之所共适。"客喜而笑,洗盏更酌,肴核既尽,杯盘狼藉,相与枕藉乎舟中,不知东方之既白。

月夜与客饮杏花下　苏轼

杏花飞帘散余春,明月入户寻幽人。褰衣步月踏花影,烟如流水涵青苹。花间置酒清香发,争挽长条落香雪。山城薄酒不堪饮,劝君且吸杯中月。洞箫声断月明中,惟忧月落酒杯空。明朝卷地春风恶,但见绿叶栖残红。

东坡尤喜延纳文士,故当时黄庭坚、秦观、张耒、晁补之,称"苏门四学士",益以陈师道、李廌,称"苏门六君子"。黄庭坚年最长,少东坡九岁,秦观少庭坚三岁,张耒少观三岁,陈师道、晁补之,皆少耒一岁。诸子年龄才调皆相伯仲。今以黄陈入下章江西诗派中,而述诸人于此。

秦观,字少游,高邮人。有《淮海集》四十卷,后集六卷,长短句三卷。初观与两弟觌、觏皆知名。而《宋史》本传称观文丽而思深。《苕溪渔隐丛话》载苏轼荐观于王安石,安石答书,述叶致远之言,以为清新婉丽有似鲍、谢。《敖陶孙诗评》则谓其诗如时女步春,终伤婉弱。元好问《论诗绝句》因有"女郎诗"之讥。今观其集,少年所作,神锋太俊或有之,概以为靡曼之音,则诋之太甚。吕本中《童蒙训》曰："少游'雨砌堕危芳,风棂纳飞絮'之类,李公择以为谢家兄弟不能过也。过岭以后诗,高古严重,自成一家,与旧作不同。"斯公论矣。然观所作,要以长短句为工,当于后词人中论之。

晁补之,字无咎,巨野人。有《鸡肋集》七十卷。初,东坡通判杭州,补之年甫十七,随父端友宰杭州之新城。轼见所作《钱塘七述》,大为称赏,由是知名。张耒称补之自少为文,即能追步屈、宋、班、扬,下逮韩愈、柳宗元之作,促驾力鞭,务与之齐而后已。《苕溪渔隐丛话》谓《鸡肋集》"古乐府是其所长,辞格俊逸可喜"。今观其文,大抵好驰骋议论,有苏氏父子之体者也。

李廌,字方叔,济南人。《文献通考》载其有《济南集》二十卷,今仅传《永乐大典》辑本八卷而已。其文章才气横溢,东坡称其笔墨澜翻,有飞沙走石之势。李之仪称其如大川东注,昼夜不息,不至于海不止。盖其兀奡奔放之概,置之秦、张之间,信其亚也。

张耒,字文潜,楚州淮阴人。幼颖异,十三岁能为文,十七时作《函关赋》,已传人口。游学于陈,学官苏辙爱之,因得从轼游。轼亦深知之,称其文汪洋冲澹,有一唱三叹之声。今传其《宛邱集》七十六卷。耒仪观甚伟,有雄才,笔力绝健,于骚词尤长。及二苏及黄庭坚、晁补之辈相继死,耒独存,士人就学者众,分日载酒殽饮食之。诲人作文,以理为主。尝著论云:

> 自六经以下至于诸子百氏,骚人辩士论述,大抵皆将以为寓理之具也。故学文之端,急于明理,如知文而不务理,求文之工,世未尝有也。夫决水于江河淮海也,顺道而行,滔滔汩汩,日夜不止,冲艰柱,绝吕梁;放于江河,而纳之海,其舒为沦涟,鼓为波涛,激之为风飙,怒之为雷霆,蛟龙鱼鳖,喷薄出没,是水之奇变也。水之初岂若是哉?顺道而决之,因其所遇而变生焉。沟渎东决而西竭,下满而上虚,日夜激之,欲见其奇,彼其所至者,蛙蛭之玩耳。江河淮海之水,理达之文也,不求奇而奇至矣。激沟渎而求水之奇,此无见于理。而欲以言语句读为奇,反复咀嚼,卒亦无有,文之陋也。

第十二章　黄庭坚及江西诗派

江西诗派之说,发于吕本中。其作《江西诗社宗派图》,明陈师道以下二十五人,诗法相传,而皆出自黄庭坚。盖宋之诗体,欧、梅始变西昆之习,及苏轼出,以旷世奇才,包韩、白之雄豪,总张、姚之格律,又以逸气高情,驱驾万象,故是宋诗人之魁也。苏门有六君子,世惟以庭坚之诗与轼相配,称曰"苏黄"。今观黄诗气味风格,多渊源子瞻,殆不可掩。后人或以苏长于文,黄长于诗,大非知言也。王若虚曰:山谷于诗,每与东坡相抗,门人亲党遂有"言文首东坡,论诗右山谷"之语。

今之学者,亦多以为然。漫赋四诗,为商略之云:

绝足犹来不可追,汗流余子费奔驰。谁言直待南迁后,始是江西不幸时。

信手拈来世已惊,三江滚滚笔头倾。莫将险语夸劲敌,公自无心与物争。

戏论谁知出至公,蜻蜓信美恐生风。夺胎换骨何多样,都在先生一笑中。

文章自得方为贵,衣钵相传岂是真。已觉祖师低一著,纷纷嗣法更何人。

上诗抑山谷太甚。苏黄要自未易优劣,虽才气各有短长,体格究未相远。诗至唐已尽其妙,苏黄不得不独出奇变。《渔洋诗话》曰:"胡应麟病苏黄古诗,不为《十九首》、建安体,是欲继天马之足,作辕下驹也。"苏黄惟在不屑拟古,故自成一派。而江西余风,遂多为后世言诗者所宗也。

黄庭坚,字鲁直,洪州分宁人。举进士,调叶县尉。熙宁初,举四京学官,第文为优,教授北京国子监,留守文彦博才之,留再任。苏轼尝见其诗文,以为超轶绝尘,独立万物之表,世久无此作,由是声名始震。庭坚学问文章,天成性得,陈师道谓其诗得法杜甫,学甫而不为者。善行、草书,楷法亦自成一家。轼为侍从时,举坚自代,其词有"瑰伟之文,妙绝当世。孝友之行,追配古人"之语,其重之也如此。初游灊皖山谷寺、石牛洞,乐其林泉之胜,因自号"山谷道人",后又自号"涪翁"。

山谷在苏门六君子中,诗最长而文稍弱,要能自立门户,不同流俗者。今录其《寄洪甥驹父》一首,见论文之意。其词曰:

> 所寄《释权》一篇,词笔纵横。极见日新之效,更须治经,深其渊源,乃可到古人耳。青琐祭文,语意甚工,但用字时有未安处,自作语最难。老杜作诗,退之作文,无一字无来处。盖后人读书少,故谓韩、杜自作此语耳。古之能为文章者,真能陶冶万物,虽取古人之陈言入于翰墨,如灵丹一粒,点铁成金也。文章最为儒者末事,然既学之,又不可不知其曲折,幸熟思之。至于推之使高如太山之崇,崛如垂天之云,作之雄壮如沧江八月之涛,海运吞舟之鱼,又不可守绳墨、令俭陋也。

《冷斋夜话》曰:"造语之工,至于荆公、东坡、山谷,尽古今之变。荆公曰:'江月转空为白昼,岭云分暝与黄昏。'又曰:'一水护田将绿绕,两山排闼送青来。'东坡《海棠诗》曰:'只恐夜深花睡去,高烧银烛照红妆。'又曰:'我携此石归,袖中有东海。'山谷曰:'此皆谓之句中眼,学者不知此妙语。韵终不胜。'"

以团茶洮州绿石砚赠无咎文潜　黄庭坚

晁子知囊可以括四海,张子笔端可以回万牛。自我得二士,意气倾九州。道山延阁委竹帛,清都太微望冕旒。贝宫胎寒弄明月,天网下罩一日收。此地要须无不有,紫皇访问富春秋。晁无咎,赠君越侯所贡苍玉璧,可烹玉尘试春色,浇君胸中《过秦论》,斟酌古今来活国;张文潜,赠君洮州绿石含风漪，能淬笔锋利如锥，请书元祐开皇极，第入思齐访落诗。

唐末张为作《主客图》，列一人为主，而分列余人为入室等类，实《宗派图》之先声。盖视钟嵘之溯源分品，又有进焉者也。要至《江西宗派图》出，叙一派系统相承，尤为详密。《苕溪渔隐丛话》曰："吕居仁近时以诗得名，自言传衣江西，尝作《宗派图》。自豫章以降，列陈师道、潘大临、谢逸、洪刍、饶节、僧祖可、徐俯、洪朋、林敏修、洪炎、汪革、李錞、韩驹、李彭、晁冲之、江端本、杨符、谢薖、夏倪、林敏功、潘大观、何颉、王直方、僧善权、高荷，合二十五人以为法嗣，谓其源流皆出豫章也。其《宗派图序》数百言，大略云：'唐自李杜之出，焜耀一世，后之言诗者，皆莫能及。至韩、柳、孟郊、张籍诸人，激昂奋厉，终不能与前作者并。元和以后至国朝，歌诗之作或传者，多依效旧文，未尽所趣。惟豫章始大出而力振之，抑扬反覆，尽兼众体，而后学者同作并和，虽体制或异，要皆所传者一，予故录其名字，以遗来者。'余窃谓豫章自出机杼，别成一家，清新奇巧，是其所长，若言'抑扬反覆，尽兼众体'，则非也。元和至今，骚翁墨客，代不乏人。观其英词杰句，真能发明古人不到处，卓然成立者甚众，若言'多依效旧文，未尽所趣'，又非也。所列二十五人，其间知名之士，有诗句传于世，为时所称道者，止数人而已，其余无闻焉，亦滥登其列。居仁此图之作，选择弗精，议论不公，余是以辨之。"（按《陵阳室中语》：吕居仁自谓《宗派图》乃少时戏作。又云其书本作一卷，连书诸人姓字，后丰城邑官刻石，遂如禅门宗派分为数等，当时初不尔也。）

《宗派图》中，惟陈师道本与山谷同在苏门六君子之列。师道，字履常，一字无己，彭城人。少而好学苦志。年十六，蚤以文谒曾巩。巩一见奇之，许其以文著，时人未之知也。留受业。熙宁中，王氏经学盛行，师道心非其说，遂绝意进取。巩典五朝史事，得自择其属，朝廷以白衣难之。师道高介有节，安贫乐道。于诸经尤邃《诗》《礼》，为文精深雅奥，喜作诗，自云"学黄庭坚"。至其高处，或谓过之，然小不中意辄焚去，今存者财十一。世徒喜诵其诗文，至若奥学至行,或莫之闻也。尝铭《黄楼》,曾子固谓如秦石。有《后山集》二十四卷。

妾薄命　陈师道

主家十二楼,一身当三千。古来妾薄命,事主不尽年。起舞为主寿,相送南阳阡。忍著主衣裳,为人作春妍。有声当彻天,有泪当彻泉。死者恐无知,妾身长自怜。

《归田诗话》曰:"陈后山少为曾南丰所知。东坡爱其才,欲牢笼于门下,不屈。有'向来一瓣香,敬为曾南丰'之句。又《妾薄命》云:'主家十二楼,一身当三千。''忍著主衣裳,为人作春妍。'亦为南丰也。然《送东坡》则云:'一代不数人,百年能几见?风帆目力尽,江空岁年晚。'推重向慕甚至,特不肯背南丰尔,志节可尚也。一生清苦,妻子寄食外家。《寄外舅郭大夫》云:'嫁女不离家,生男已当户。'《得家信》云:'深知报消息,不敢问何如。'况味可知也。诗格极高,吕本中选江西宗派,以嗣山谷,非一时诸人所及。"又曰:"'闭门觅句陈无己,对客挥毫秦少游',山谷诗,喻二人才思迟速之异也。后山诗如'坏墙得雨蜗成字,古屋无人燕作家',寥落之状可想。淮海诗如'翡翠侧身窥绿酒,蜻蜓偷眼避红妆',艳冶之情可见。二人他作亦多类此。后山宿斋宫,骤寒,或送绵半臂,却之不服,竟感疾而终。淮海谪藤州,以玉盂汲水,笑视而卒。二人于临终,屯泰不同又如此。"

吕本中,字居仁。其作《江西宗派图》,以己为殿。著有《东莱诗集》。《敖陶孙诗评》称其诗如散圣安禅,自能奇逸,颇为近似。苕溪胡仔《渔隐丛话》称其"树移午影重帘静,门闭春风十日闲""往事高低半枕梦,故人南北数行书""残雨人帘收薄暑,破窗留月镂微明"诸句,殊不尽其所长。《朱子语录》乃称本中论诗,欲字字响,而暮年诗多哑。

发翠微寺　吕本中

古殿突兀风有声,粥鱼欲打鸡三鸣。披衣起坐问行李,仆夫屡报天阴晴。昨日路长频雨阻,今日东风得无苦。杉松连山寒欲动,橘柚隔篱香半吐。却忆京城无事时,人家打酒夜深归。醉里不知妻子骂,醒后肯顾儿啼饥。如今流落长江上,所至盗贼犹旌旗。已怜异县风俗僻,况复中原消息稀。

《宗派图》出,其中韩驹稍有异论。驹,字子苍,蜀仙井监人。政和中召试赐进士出身,累除中书舍人,权直学士院。南渡初,知江州。《宋史》有驹学原出苏氏,故吕本中作《江西宗派图》,列驹其中,驹颇不乐。然驹诗磨淬剪截,亦颇涉豫章之格,不果如陈师道之瓣香南丰,不忘所自耳,非必其宗旨之迥别也。江西诗派诸人,自黄、陈、吕诸家,惟驹之《陵阳集》与《洪龟父集》(朋字)及谢薖之《竹友集》、谢逸之《溪堂集》,犹有传辑本耳。

送王秘阁二首　韩驹

乌衣诸王吾早闻,晚途独识和州孙。风流沓拖欲垂尽,文采陆离今尚存。奉祠乃是衰翁事,如君胡为亦为此。仆夫在门君疾驱,往献天子平边书。

右军池头鸰鹩呼,康乐台下杉柽疏。碧山学士此筑室,白发散人来卜居。身随沙鸥卧烟雨,十年无书上公府。枉作西班老从臣,看君才华不能举。

宋末,方回撰《瀛奎律髓》,亦主江西派,倡为一祖三宗之说。一祖者,杜甫;三宗者,黄庭坚、陈师道、陈与义也。与义,字去非,号简斋,洛阳人,有《简斋集》十六卷。与义之生,视元祐诸人稍晚,故吕居仁《宗派图》中不列其名。靖康以后,北宋诗人凋零殆尽,惟与义为文章宿老,岿然独存。其诗源出豫章,而风格遒上,思力沉挚,能自辟一径。故方回以之并于山谷、后山,同称三宗也。宋人诗话称简斋之诗晚而工,如"木落太湖白,梅开南纪明""慷慨赋诗还自恨,徘徊舒啸却生哀""山林有约吾当去,天地无情子亦饥""楼头客子杪秋后,日落君山元气中""世乱不妨松偃蹇,村空更觉水潺湲",皆佳。又有《晚晴独步》及《题董宗禹园先志亭》等古诗,亦皆佳。

江南春　陈与义

雨后江上绿,客悲随眼新。桃花十里影,摇荡一江春。朝风逆船波浪恶,暮风送船无处泊。江南虽好不如归,老荠绕墙人得肥。

第十三章　道学派与功利派之文体

第一节　周张程朱之道学派文体

《宋史》于《儒林》之外，别立《道学传》，录周元公以下。盖道学至宋始盛，其影响于文学尤甚大也。自唐以来言古文者，虽渐去华就朴，为文必衷经术，然仅有时因文见道而已。盖以文为主，以道为客，往往杂以诙嘲靡曼之辞，文体未能一出于正。及道学派出，然后极力以求道体之所在，而不屑屑于文，以为徒雕琢其辞，亦末乎云尔。或者以文体至是始敝，其流为语录讲章，益不足以云文也。惟周、张、程、朱诸人为之，其说理精粹，又有从容闲暇之象，又岂文士之所能逮哉？如《太极图说》《通书》《正蒙》《西铭》《四箴》之类。二程所为墓志，颇有能美盛德之形容者，其文固自工矣。邵尧夫《击壤集》最为诗体之变，后世乃有推为诗人以来所无者。盖择义既精，出言虽杂雅俗，亦非所计。朱子慕南丰为文，诗尤有古音。道学派文体，至朱子而纯也。今略列诸家论文之说如下。

周子通书

　　文所以载道也，轮辕饰而弗庸，徒饰也，况虚车乎？文辞艺也，道德实也，笃其实而艺者书之。美则爱，爱则传焉。贤者得以学而至之，是为教，故曰：言之不文，行之不远。然不贤者，虽父兄临之，师保勉之，不学也，强之不从也。不知务道德而第以文辞为能者，艺焉而已，噫，弊也久矣。

　　朱子释此章曰："或疑有德者必有言，有不待艺而后其文可传矣。周子此章，似犹别以文辞为一事而用力焉，何也？曰：'人之才德偏有长短，其或意中了了而言不足以发之，则亦不能传于远矣。'故孔子曰：'辞达而已矣。'程子亦言:'《西铭》吾得其意,但无子厚笔力,不能作耳。'正谓此也。然言或可少,而德不可无,有德而有言者常多,有德而不能言者常少。学者先务,亦勉于德而已矣。"

二程全书

程子曰:圣贤之言,不得已也。盖有是言,则是理明;无是言,则天下之理有阙焉。如彼耒耜陶冶之器一不制,则生人之道有不足矣。圣贤之言,虽欲已得乎,然其包涵尽天下之理,亦甚约矣。后之人始执卷,则以文章为先,平生所为,动多于圣人。然有之无所补,无之靡所阙,乃无用之赘言也。不止赘而已,既不得其要,则离真失正,反害于道必矣。问:"作文害道否?"曰:害也。凡为文不专意则不工,若专意则志局于此,又安能与天地同其大也?《书》曰:"玩物丧志。"为文亦玩物也。吕与叔有诗云:"学如元凯方成癖,文似相如始类俳。独立孔门无一事,只输颜氏得心斋。"此诗甚好。古之学者惟务养情性,其他则不学。今为文者,专务章句悦人耳目,既务悦人,非俳优而何?曰:"古者学为文否?"曰:人见六经,便以为圣人亦作文,不知圣人亦摅发胸中所蕴,自成文耳。所谓"有德者必有言"也。曰:"游、夏称文学,何也?"曰:游、夏亦何尝秉笔学为词章?且如"观乎天文以察时变,观乎人文以化成天下",此岂词章之文也?

朱子语类

朱子曰:"有治世之文,有衰世之文,有乱世之文。六经,治世之文也。如《国语》委靡繁絮,真衰世之文耳。是时语言议论如此,宜乎周之不能振起也。至于乱世之文,则《战国》是也。然有英伟气,非衰世《国语》之文之比也。楚汉间文字,真是奇伟,岂易及也!"

问:"韩文李汉序头一句甚好。"曰:"公道好,某看来有病。"曰:"文者,贯道之器。且如六经是文,其中所说皆是这道理,如何有病?"曰:"不然。这文皆是从道中流出,岂有文反能贯道之理?文是文,道是道,文只如吃饭时下饭耳。若以文贯道,却是把本为末,以末为本,可乎?其后作文者皆是如此。"因说:"苏文害正道,甚于老佛,且如《易》所谓'利者义之和',却解为利无义则不和,故必以利济义,然后合于人情。若如此,非惟失圣言之本旨,又且陷溺其心。"

贯穿百氏及经史乃所以辨验是非,明此义理,岂特欲使文词不陋而已。义理既明,又能力行不倦,则其存诸中者必也光明四达,何施不可? 发而为言以宣其心志,当自发越不凡,可爱可传矣!今执笔以习研钻华采之文,务悦人者,外而已,可耻也已。

欧公文章及三苏文好处,只是平易说道理,初不曾使差异底字,换却那寻常底字。

文章到欧、曾、苏,道理到二程,方是畅。荆公文暗。

刘子澄言:"本朝只有四篇文字好:《太极图》《西铭》《易传序》《春秋传序》。"因伤时文之弊,谓:"张才叔《书义》好。自靖人自献于先王义,胡明仲醉后每诵之。"又谓:"刘棠舜《不穷其民论》好,欧公甚喜之。其后姚孝宁《易义》亦好。"

欧阳子云:"三代而上,治出于一,而礼乐达于天下;三代而下,治出于二,而礼乐为虚名。"此古今不易之至论也。然彼知政事礼乐之不可不出于一,而未知道德文章之尤不可使出于二也。夫古之圣贤,其文可谓盛矣。然初岂有意学为如是之文哉?有是实于中,则必有是文于外。如天有是气,则必有日月星辰之光耀;地有是形,则必有山川草木之行列。圣贤之心,既有是精明纯粹之实,以磅礴充塞乎其内,则其著见于外者,亦必自然条理分明,光辉发越而不可掩。盖不必托于言语,著于简册,而后谓之文。但是一身接于万事,凡其语默动静,人所可得而见者,无所适而非文也。姑举其最而言,则《易》之卦画、《诗》之歌咏、《书》之记言、《春秋》之述事,与夫《礼》之威仪、《乐》之节奏,皆已列为六经而垂万世。其文之盛,后世固莫能及。然其所以盛而不可及者,岂无所自来?而世亦莫之识也。故夫子言之曰:"文王既没,文不在兹乎?"盖虽已决知不得辞其责矣,然犹若逡巡顾望而不能无所疑也。至于推其所以兴衰,则又以为是皆出于天命之所为,而非人力之所及。此其体之甚重,夫岂世俗所谓文者所能当哉！孟轲氏没,圣学失传,天下之事,背本趋末,不求知道养德以充其内,而汲汲乎徒以文章为事业。然在战国之时,若申、商、孙、吴之术,苏、张、范、蔡之辨,列御寇、庄周、荀况之言,屈平之赋,以至秦汉之间,韩非、李斯、陆生、贾傅、董相、史迁、刘向、班固,下至严安、徐乐之流,犹皆先有其实,而后托之于言。唯其无本而不能一出于道,是以君子犹或羞之。及至宋玉、相如、王褒、扬雄之徒,则一以浮华为尚,而无实之可言矣。雄之《太元》《法言》,盖亦《长杨》《羽猎》之流,而粗变其音节,初非实为明道讲学而作也。东京以降,迄于隋唐,数百年间,愈下愈衰,则其去道益远,而无实之文,亦无足论。韩愈氏出,始觉其陋,慨然号于一世,欲去陈言以追诗书六艺之作。而其敝精神、靡岁月,又有甚于前世诸人之所为者。然犹幸其略知不根无实之不足恃,因是颇溯其源而适有会焉,于是《原道》诸篇始作。而其言曰:"根之茂者其实遂,膏之沃者其光煜。仁义之人,其言蔼如也。"其徒和之,亦曰:"未有不深于道而能文者,则亦庶几其贤矣。"然今读其书,则其出于谄谀戏豫放浪而无实者,自不为少。若夫所原之道,则亦徒能言其大体,而未见其有探讨服行之效,使其言之为文者,皆必由是以出也。故其议论古人,则又直以屈原、孟轲、马迁、相如、扬雄为一等,而犹不及于贾、董。其论当世之弊,则但以辞不己出,而遂有神徂圣伏之叹。至于其徒之论,亦但以剽掠僭窃为文之病,大振颓风,教人自为,为韩之功则其师生之间,传授之际,盖未免裂道与文以为两物,而于其轻重、缓急、本末、宾主之分,又未免于倒悬而逆置之也。自是以来,又复衰歇。数十百年而后欧阳子出,其文之妙,盖已不愧于韩氏。而其曰"治出于一"云者,则自荀、扬以下,皆不能及,而韩亦未有闻焉,是则疑若几于道矣。然考其终身之言,与其行事之实,则恐其亦未免于韩氏之病也。抑又尝以其徒之说考之,则诵其言者既曰"吾老将休,付子斯文矣",而又必曰"我所谓文,必与道俱";其推尊之也既曰"今之韩愈"矣,而又必引"夫文不在兹"者,以张其说。由前之说,则道之与文,吾不知其果为一耶?为二耶?由后之说,则文王、孔子之文,吾又不知其与欧韩之文果若是其班乎?否也。呜呼!学之不讲久矣,习俗之谬,其可胜言也哉。吾读《唐书》而有感,因书其说以订之,因言文士之失曰:"今晓得义理底人少,间被物欲激搏,犹自一强一弱,一胜一负。如文章之士,下梢头都靠不得。且如欧阳公初间做《本论》,其说已自大段拙了,然犹是一片好文章,有头尾。他不过欲封建、井田,与冠、昏、丧、祭、蒐田、燕飨之礼,使民朝夕从事于此。少间无工夫,被佛氏引去,自然可变,其计可谓拙矣!然犹是正当议论也。到得晚年,自做《六一居士传》,宜其所得如何,却只说有书一千卷,集古录一千卷,琴一张,酒一壶,棋一局,与一老人为六,更不成说话,分明是自纳败阙。如东坡一生读尽天下书,说无限道理。到得晚年过海,做昌化《峻灵王庙碑》,引唐肃宗时一尼,恍惚升天,见上帝以宝玉十三枚赐之,云:'中国有大灾,以此镇之。'今此山如此,意其必有宝,更不成议论,似丧心人说话。其他人无知,如此说尚不妨,你平日自视为如何,说尽道理,却说出这般话,是可怪否?'观于海者难于水,游于圣人之门者难为言。'分明是如此了,便看他们这般文字不入。"

凡人做文字不可太长,照管不到,宁可说不尽,欧苏文皆说不曾尽。东坡虽是宏阔澜翻,成大片滚将去,他里面自有法,今人不见得他里面藏得法,但只管学他一滚做将去。

前辈云:"文字自有稳当的字,只是始者思之不精。"又曰:"文字自有一个天生成腔子。古人文字,自贴这天生成腔子。"

今世士大夫好作文字,论古今利害,比并为说曰:"不必如此,只要明义理。义理明则利害自明,古今天下只是此理。所以今人做事多暗与古人合者,只为理一故也。"

人做文字不著,只是说不著,说不到,说自家意思不尽。

文章须正大,须教天下后世见之,明白无疑。

看前人文字，未得其意，便容易立说，殊害事。盖既不得正理，又枉费心力，不若虚心静看，即涵养究索之功，一举而两得之也。

道学之传，始自二程受学周元公。同时邵康节、张横渠，亦言理学。自至弥盛，杨时、谢良佐、游酢、吕大临，号"程门四先生"。而龟山名最高，朱晦庵、张南轩皆从其游。于是又有朱、陆之异同。朱、陆以后，道学分为二派，益大行于世矣。

《癸辛杂识》："南渡以来，太学文体之变，乾、淳之文师淳厚，时谓之乾淳体。……至端平、江万里习《易》，自成一家，文体几于中复。淳祐甲辰，徐霖以《书》学魁南省，全尚性理，时竞趋之，即可以钓致科第功名。自此，非四书，东西《铭》《太极图》《通书》《语录》，不复道矣。至咸淳之末，江东谨思、熊瑞诸人倡为变体，奇诡浮艳，精神焕发，多用庄、列之语，时人谓之换字文章。对策中有'光景不露''大雅不浇'等语，以至于亡，可谓文妖矣。"（周密所记）可见道学与当时科举之影响。然以用庄、列语等为文妖，亦重道学派文体者也。

朱子文体醇雅，并深于古诗。《诗人玉屑》曰："晦庵谓古今之诗，凡有三变：盖自书传所记，虞夏以来，及汉魏，自为一等；自晋宋间颜谢以后，下及唐初，自为一等；自沈宋以后，定著律诗，下及今日，又为一等。然自唐初以前，其为诗者固有高下，而法犹未变。至律诗出，而后诗之与法始皆大变。以至今日，益巧益密，而无古人之风矣。故尝妄欲抄取经史诸书所载韵语，下及《文选》、汉魏古词，以尽乎郭景纯、陶渊明之所作，自为一编，而附于《三百篇》、楚辞之后，以为诗之根本准则。又于其下二等之中，择其近于古者各为一编，以为之羽翼舆卫。其不合者，则悉去之，不使其接于吾耳目而入于吾之胸次。要使方寸之中，无一字世俗言语意思，则其诗不期于高远而自高远矣。"

《怀麓堂诗话》曰："晦翁深于古诗。其效汉魏，至字字句句，平侧高下，亦相依仿，命意托兴，则得之《三百篇》者为多。观所著《诗传》，简当精密，殆无遗憾,是可见已。感兴之作,盖以经史事理,播之吟咏,岂可以后世诗家者流例论哉!"

卜居　朱熹

卜居屏山下,俯仰三十秋。终然村墟迥,未惬心期幽。近闻西山西,深谷开平畴。茅茨十数家,清川可行舟。风俗颇淳朴,旷土非难求。誓捐三径资,往遂一壑谋。伐木南山巅,结庐北山头。耕田东溪岸,濯足西溪流。朋来即共欢,客去成孤游。静有山水乐,而无身世忧。著书俟来哲,补过希前修。兹焉毕暮景,何必营菟裘。

第二节　永嘉永康之功利派文学

自周行己传程子之学,永嘉遂自为一派,陈傅良及叶适,尤其巨擘。然其学在考古今成败,谙练掌故,以济世变,不专谈心性,故与道学派不同。吕祖谦讲学于婺,则永康陈亮颇与讲论。亮以后论杂王霸,亦不尽本祖谦。于是永嘉、永康之言,若与道学派相较,可谓之当时之功利派。惟其文采雅有可观,不可不论也。

陈傅良,字君举,瑞安人。尝受学于薛季宣,又与张栻、吕祖谦友善。季宣之学,出于程子之门人袁溉。好言古代制度,如封建、井田之类。傅良益综贯历史,自秦汉以下,治法利病,靡不研究,有《止斋文集》。其文多切实用,而密栗坚峭,无南渡末流冗沓腐滥之气。虽才气微不逮水心,亦其亚也。水心云:"君举初学欧不成,后乃学张文潜,而文潜亦未易到。"

叶适,字正则,永嘉人。其学术本原,略近止斋。而文章雄赡,才气奔逸,在南渡卓然为一大宗。其碑版之作,简质厚重,尤可追配作者。故永嘉诸子之文,当以适为冠。有《水心集》二十九卷。适尝自言:"为文之道,譬如人家觞客,虽或金银器照座,然不免出于假借,惟自家罗列者,即仅瓷缶瓦杯,然都是自家物色。"其命意如此,故能脱化町畦,独运杼轴,亦韩愈所谓文必己出者也。

司马温公祠堂记　叶适

公河内人,生于光州,因以为名。绍熙三年,太守王侯闻诗,改祠公郡东堂。光边远极陋,民之智识,不足于耕殖,而何暇知公之仁?虽然,公自元祐以来,由京师达四方,家绘其像,饮食皆祝,非必师友士大夫能敬公而已。公之乡已不得见,因其尝生也,表厉尊显,以明尚贤治民之本首,此侯之志欤?自王迹泯而圣贤之德业不著,士负所有而就功名,以为凡用世操术,必将有异于人而后可。故或诡谲其身,而出处乱,封大其欲而廉隅失,朴拙称任重,跌宕为豪英。寡学多蠢谓之有力,先从后畔自许知权。其谬于情性伦理,固亦多悔,而犹强忮坚忍,以冀其成者,盖道德丧而流俗驱靡之然矣。公子弟时力学,进士起家州佐,从辟官使承事,犹常人耳。充实积久,而廉夫畏其洁,高士则其操,儒先宗其学,去就为法,故步趋中绳墨,用舍进退,关乎民心,为宋元臣。至于深衣幅巾,退然山泽之间,诚意至义,不敢加一豪于婴儿下走,而同其吉凶忧乐之变。岂必殊特自许?谓当离类绝伦,与人异趣者哉。若夫比并伊吕,配拟经训,使人主降屈体貌。自以圣人复出,及其造事改法,众所不向,天下大扰。而公以身争之,稍还其旧以便民。小人比而怨公,遂纳善士于朋党,而指公为魁杰,追斥崖上,刻名坚石,播之外朝,士皆毁庐灭迹,同族废锢。当是时,天象错戾,碑首扑裂。其后女真入中国,海内横流。余读《实录》,至靖康元年二月壬寅,诏赠公太师,未尝不感愤泪落也。盖是非邪正,久郁不伸,致使夷狄驾祸以明之而后止。然则公独夫之力,岂能动天?而天人之际,何其可畏若是哉!余是以因侯之作,并论次以明圣贤之德业,不在彼而在此也。

水心兼长于诗,其后流为四灵一派。然其体格自近晚唐,而不规规于江西派者也。吴氏《林下偶谈》称水心诗,或誉之太过。今姑记一则曰:"水心诗蚤已精严,晚尤高远。古调好为七言八句,语不多而味甚长。其间与少陵争衡者非一,而义理尤过之,难以全篇概举。姑举其近体成联者:'花传春色枝枝到,雨递秋声点点分。'此分量不同,周匝无际也。'江当阔处水新涨,春到极头花倍添。'此地位已到,功力倍进也。'万卉有情风暖后,一筇无伴月明边。'此惠和夷清气象也。'包容花竹春留巷,谢遣荷蒲雪满涯。'此阳舒阴惨规模也。'隔垣孤响度,别井暗泉通。'此感通处,无限断也。'举世声中动,浮生胥带来。'此真实处,非安排也。'峙岩桥畔船辞柂,冷水观边花发枝。'此往而复来也。'有儿有女后应好,同穴同衾今奈何。'此哀而不伤也。'此日深探应彻底,他时直上自摩空。'此高下本一体,特有等级也。'蓍蔡羲前识,箫韶舜后音。'此古今同一机,初无起止也。所谓关于义理者如此,虽少陵未必能追攀。至于'因上岩峣览吴越,遂从开辟数羲皇。'此等境界,此等襟度,想象无穷极则,惟子美能之。他如'驿梅吹冻蕊,柂雨送春声''绿围齐长柳,红糁半含桃''听鸡催谒驾,立马待紬书''野影晨迷树,天文夜照城''晒书天象切,浴砚海光翻''地深湘渚浪,天远桂阳城',置《杜集》中何以别?乃若'遣腊冰千箸,勾春柳一丝''燐迷王弼宅,蒿长孟郊坟''帆色挂晓月,橹音穿夕烟''门邀百客醉,囊讳一金存''难招古渡外,空老夕阳滨',又特其细者。"

陈亮,字同父,永康人。本与朱子友善,然才气雄毅,有志事功,持论乃与朱子相左,有《龙川文集》三十卷。清《四库提要》曰:"今观集中所载,大抵议论之文为多。其才辨纵横,不可控勒,似天下无足当其意者。使其得志,未必不如赵括、马谡狂躁偾辕。但就其文而论,则所谓开拓万古之心胸、推倒一时之豪杰者,殆非尽妄。与朱子各行其志,而始终爱重其人,知当时必有取也。"先是,吕东莱祖谦居于婺,以讲学唱诸儒,四方翕然归之。同父与同郡,负才颉颃,亦游其门,以兄事之。尝于丈席间时发警论,东莱不以为然。既而东莱死,同父以文祭之曰:

呜呼!孔氏之家法,儒者世守之。得其粗而遗其精,则流而为度数刑名。圣人之妙用,英豪窃闻之,徇其流而忘其源,则变而为权谲纵横。

故孝悌忠信，常不足以趋天下之变。而材术辩智，常不足以定天下之经。在人道无一事之可少，而人心有万变之难明。虽高明之洞见，犹小智之自营；虽笃厚而守正，犹孤垒之易倾。盖欲整两汉而下，庶几及见三代之英，岂曰自我，成之在兄。方夜半之剧论，叹古来之未曾，讲观象之妙理，得应时之成能，谓人物之间出，非天意之徒生。兄独疑其未通，我引数而力争。岂其于无事之时，而已怀厌世之情？俄遂婴于末疾，喜未替于仪型，何所遭之太惨，曾不假于余龄。将博学多识，使人无自立之地，而本末具举，虽天亦有所未平耶？兄尝诵子皮之言曰："虎帅之听，孰敢违子。人之云亡，举者莫胜。"假使有圣人之宏才，又将待几年而后成？孰知夫一觞之恸，徒以拂千古之膺。伯牙之琴，已分其不可复鼓；而洞山之灯，忍使其遂无所承？眇方来之难恃，尚既往之有灵。

程史谓朱晦翁见同父祭文，大不契意。《遗婺人书》曰："诸君子聚头磕额，理会何事，乃至有此等怪论。"同父闻之不乐，它日上书孝宗，其略曰："今世之儒士，自谓得正心诚意之学者，皆风痹不知痛痒之人也。举一世安于君父之大仇，而方且扬眉拱手以谈性命，不知何者谓之性命乎？陛下接之而不任以事也，臣以是服陛下之仁意。"盖以微风晦翁，而使之闻之，晦翁亦不讶也。

按道学派与永嘉诸人文体，仍承当时古文一派之绪，惟所造各有不同耳。朱子文似曾子固，止斋、同父并好厥文。自吕东莱，已好为辩博凌厉之词，及水心纵论政治，皆有苏氏父子之余风者也。

第十四章　南渡后之诗体

第一节　陆范杨尤四大家

南渡后诗人,陆游、尤袤、范成大、杨万里,号四大家,而游得名尤盛。四人之诗,皆得法于曾幾。幾为诗效黄庭坚。故四家之诗,亦江西派之变也。幾,字吉甫,赣县人。高宗时,官浙西提刑,以忤秦桧去位,侨居上饶茶山寺,因自号"茶山居士"。陆游为作墓志云:"公治经学道之余,发于文章,而诗尤工,以杜甫、黄庭坚为宗。"魏庆之《诗人玉屑》则云:"茶山之学,出于韩子苍。"其说小异。然韩驹虽苏氏之徒,而名列江西诗派中,其格法实近于黄。殊途同归,实亦一而已矣。尤袤、杨万里、范成大、陆游,皆师事茶山,传其诗法,游益加研练,面目略殊,遂为南渡之大宗。《诗人玉屑》载赵庚夫《题茶山集》曰:"清于月白初三夜,淡似汤烹第一泉。咄咄逼人门弟子,剑南已见一灯传。"其句律渊源固灼然可考也。

陆游,字务观,山阴人,佃之孙也。佃之学出于王安石,有《陶山集》。方回称其诗格与胡宿相似。盖尤长七言近体。游诗亦惟七言律最佳,岂亦源自家学耶?所著有《剑南诗稿》《渭南文集》《南唐书》等。清《四库提要》曰:"游诗法传自曾幾,而所作《吕居仁集序》又称源出居仁。二人皆江西派也。然游诗清新刻露,而出以圆润,实能自辟一宗,不袭黄陈之旧格。刘克庄号为工诗,而《后村诗话》载游诗仅摘其对偶之工,已为皮相。后人选其诗者,又略其感激豪宕、沉郁深婉之作,惟取其流连光景,可以剽窃移掇者,转相贩鬻。放翁诗派,遂为论者口实。夫游之才情繁富,触手成吟,利钝互陈,诚所不免。故朱彝尊《曝书亭集》有是集跋,摘其自相蹈袭者至一百四十余联。是陈因窠臼,游且不能自免,何况后来?然其托兴深微,遣词雅隽者,全集之内,指不胜屈,安可以选者之误,并集矢于作者哉!"

尤袤、杨万里、范成大虽与游齐名称四大家,而袤《梁溪集》久佚,今所传诗,惟尤侗所辑一卷,篇什寥寥,未足定其优劣。杨万里《诚斋诗集》颇以粗豪为主,殊非游匹。惟范成大《石湖诗集》,可推为游之亚。清《四库提要》曰:"今以杨、陆二集与石湖相较,其才调之健不及万里,而亦无万里之粗豪;气象之阔不及游,而亦无游之窠臼。初年吟咏,实沿溯中唐以下。观第三卷《夜宴曲》下注曰:'以下二首效李贺。'《乐神曲》下注曰:'以下四首效王建。'已明明言之。其他如《西江有单鹄行》《河豚叹》,则杂长庆之体。《嘲里人新婚诗》、《春晚》三首、《隆师四图》诸作,则全为晚唐、五代之音,其门径皆可覆案。自官新安橼以后,骨力乃以渐而遒。盖追溯苏、黄遗法,而约以婉峭,自为一家,伯仲于杨、陆之间,固亦宜也。"

渔翁　陆游

江头渔家结茅庐,青山当门画不如。江烟淡淡雨疏疏,老翁破浪行打鱼。恨渠生来不读书,江山如此一句无。我亦衰迟惭笔力,共对江山三叹息。

晚泊松滋渡口　同上

小滩拍拍鸬鹚飞,深竹萧萧杜宇悲。看镜不堪衰病后,系船最好夕阳时。生涯落魄惟耽酒,客路苍茫自咏诗。莫问长安在何许,乱山孤店是松滋。

巫山高并序　范成大

余旧尝用韩无咎韵题陈秀陵《巫山图》,考宋玉赋意,辨高唐之事甚详。今过阳台之下,复赋乐府一首。世传瑶姬为西王母女,尝佐禹治水,庙中石刻在焉。

湿云不收烟雨霏,峡船作滩梢庙矶。杜鹃无声猿叫断,惟有饥鸦迎客飞。西真功高佐禹迹,斧凿鳞皴倚天壁。上有瑶簪十二尖,下有黄湍三百尺。蔓花虬木风烟昏,薜佩翠帷香火寒。灵斿飘忽定何许,时有行人开庙门。楚客词章元是讽,纷纷余子空嘲弄。玉色赪颜不可干,人间错说高唐梦。

和陆务观见和归馆之韵　杨万里

君诗如精金，入手知价重。铸作鼎及鬲，所向一一中。我如驽并骥，夷途不应共。难追紫蛇电，徒掣青丝鞚。析胶偶投漆，异榻可同梦。不知清庙茅，可望明堂栋。平生怜坡老，高眼薄萧统。渠若有猗那，心肯师晋宋。破琴聊再行，新笛正三弄。因君发狂言，湖山春已动。

第二节　四灵诗派及严沧浪

南渡以来，诗人多沿江西派之绪。其矫然自异者，则有四灵之效晚唐，严沧浪之宗盛唐。四灵并永嘉人。徐照，字灵辉；徐玑，字灵渊；翁卷，字灵舒；赵师秀，字灵秀。世谓"永嘉四灵"，皆叶适之门人也。照本字道晖，玑字致中，师秀字紫芝，后均改称灵。四人诗格相类，工为唐律，专以贾岛、姚合、刘得仁为法。其徒翕然效之，有八俊之目。照又自号"山民"，早卒。叶适为作墓志，称"其诗数百，琢思尤奇。横绝欻起，冰悬雪跨，使读者变掉慄慄，肯首吟叹，不能自已。然无异语，皆人所知也，人不能道耳"。所以推奖之者甚至。盖水心为诗，已异江西，宜为四灵渊源所出也。独吴子良《林下偶谈》以水心非宗尚晚唐者，引《道晖墓志》末云："尚以年不及乎开元、元和之盛，而君既死。盖虽不没其所长，而亦终不满也。"又云："水心后为王木叔序，谓木叔不喜唐诗，闻者皆以为疑。夫争妍斗巧，极外物之意态，唐人所长也。及要其终不足以定其志之所守，唐人所短也。木叔之评，其可忽诸？又跋刘潜夫诗卷，谓谢显道称不如流连光景之诗，此论既行，而诗因以废矣。潜夫能以谢公所薄者自鉴，而进于古人不已，参雅颂、轶风骚可也，何必四灵哉！此跋既出，为唐律者颇怨，而后人不知，反以为水心崇尚晚唐者，误也。水心称当时诗人可以独步者，李季章、赵蹈中耳。近时学者歆艳四灵，剽窃模仿，愈陋愈下，可叹也哉。"

《贵耳集》曰："赵荣天，叶水心四灵之友也，名师秀，字紫芝。作晚唐诗：'野水多于地，春山半是云。'《白石岩》云：'起来闲把青衣袖，裹得栏干一片云。'又云：'有约不来过夜半，闲敲棋子落灯花。'《移居》云：'笋从坏砌砖中出,山在邻家树上青。'《呈二友》云:'禽翻竹叶霜初下,人立梅花月正高。'又云:'一片叶初落,数联诗已清。'《再移居》云:'地僻传闻新事少,路遥牵率故人多。'"

又曰:"翁卷,字灵舒,四灵也。有《晓对》诗:'梅花分地落,井气隔帘生。'《瀑布》云:'千年流不尽,六月地长寒。'《春日》云:'一阶春草碧,几片落花轻。'《游寺》云:'分石同僧坐,看松见鹤来。'《吾庐》云:'移花连旧土,买石带新苔。'"

清《四库全书》徐照《芳兰轩集》提要曰:"四灵之诗,虽镂心铁肾,刻意雕琢,而取径太狭,终不免破碎尖酸之病。照在诸家中,尤为清瘦。如其《寄翁灵舒》诗中'楼高望见船'句,方回以为'眼前事,道著便新'。又《冬日书事》诗中'梅迟思闰月,枫远误春花',方回亦以为'思'字误字,当是推敲不一乃得之。是皆集中所称佳句。要其清隽者在此,其卑靡者亦即在此。风会升降之际,固有不能自知者矣。"

李东阳《怀麓堂诗话》曰:"唐人不言诗法,诗法多出宋,而宋人于诗无所得。所谓法者,不过一字一句对偶琢雕之工,而天真兴致,则未可与道。其高者失之捕风捉影,而卑者坐于粘皮带骨,至于江西诗派极矣。惟严沧浪所论超离尘俗,真若有所自得,反覆譬说,未尝有失。顾其所自为作,徒得唐人体面,而亦少超拔警策之处。予尝谓识得十分,只做得八九分,其一二分,乃拘于才力,其沧浪之谓乎?"按南渡以来,江西诗派盛行,其矫之者,如四灵之徒,又落晚唐破碎尖巧之习。自严羽出,乃力主盛唐,其著《沧浪诗话》,首诗辨,次诗体,次诗法,次诗评,次诗证,叙述颇有条贯,大旨以盛唐之诗,主于妙悟,故用禅理说诗,自沧浪始。明胡元瑞比之达摩西来,独辟禅宗。而近世王渔洋言神韵,亦大抵本诸沧浪矣。惟冯班作《严氏纠谬》,至诋为呓语,则由于好尚之各有不同欤。

古懊恼歌　严羽

五两转须臾,相望奈何许。寄语黄帽郎,船头慢摇橹。君子如白日,愿得垂末光。妾身如萤火,安能久照郎?郎去无见期,妾死那瞑目。郎归认妾坟,应有相思木。船在下江口,逆风不得上。结束作男儿,与郎牵百丈。朝亦出门啼,暮亦出门啼。蛛网挂风里,遥想无定时。懊恼复懊恼,懊恼无奈何。请郎且少住,听妾懊恼歌。

今摘录沧浪论诗之言如下:

夫学诗者以识为主,入门须正,立志须高。以汉魏盛唐为师,不作开元、天宝以下人物。若自生退屈,即有下劣诗魔入其肺腑之间,由立志之不高也。行有未至,可加工力;路头一差,愈骛愈远,由入门之不正也。故曰:学其上仅得其中,学其中斯为下矣。又曰:见过于师,仅堪传授;见与师齐,减师半德也。工夫须从上做下,不可从下做上。先须熟读楚辞,朝夕讽咏,以为之本;及读《古诗十九首》、乐府四篇;李陵、苏武、汉魏五言皆须熟读;即以李、杜二集枕藉观之,如今人之治经,然后博取盛唐名家酝酿胸中,久之自然悟入。虽学之不至,亦不失正路。此乃从顶领上做来,谓之向上一路,谓之直截根源,谓之顿门,谓之单刀直入也。

诗之法有五:曰体制、曰格力、曰气象、曰兴趣、曰音节。

诗之品有九:曰高、曰古、曰深、曰远、曰长、曰雄浑、曰飘逸、曰悲壮、曰凄婉。其用工有三:曰起结、曰句法、曰字眼。其大概有二:曰优游不迫、曰沉着痛快。诗之极致有一:曰入神。诗而入神,至矣!尽矣!蔑以加矣!惟李杜得之,他人得之盖寡也。

禅家者流,乘有小大,宗有南北,道有邪正。具正法眼看,是谓第一义。若声闻辟支果,皆非正也。论诗如论禅。汉魏晋等作与盛唐之诗则第一义也,大历以还之诗则已落第二义矣,晚唐之诗则声闻辟支果也。学汉魏晋与盛唐诗者,临济下也;学大历以还者,曹洞下也。大抵禅道惟在妙悟,诗道亦在妙悟,且孟襄阳学力下韩退之远甚,而其诗独出退之上者,一味妙悟故也。惟悟乃为当行,乃为本色。然悟有浅深,有分限之悟,有透彻之悟,有但得一知半解之悟。汉魏尚矣,不假悟也。谢灵运至盛唐诸公,透彻之悟也。他虽有悟者,皆非第一义也。吾评之非僭也,辨之非妄也,天下有可废之人,无可废之言,诗道如是也。若以为不然,则是见诗之不广,参诗之不熟耳。试取汉魏之诗而熟参之,次取晋宋之诗而熟参之,次取南北朝之诗而熟参之,次取沈、宋、王、杨、卢、骆、陈拾遗之诗而熟参之,次取开元天宝诸家之诗而熟参之,次独取李杜二公之诗而熟参之,又取大历十才子之诗而熟参之,又取元和之诗而熟参之,又取晚唐诸家之诗而熟参之,又取本朝苏黄以下诸公之诗而熟参之,其真是非亦有不能隐者。倘犹于此而无见焉,则是为外道蒙蔽其真识,不可救药,终不悟也。

　　夫诗有别材,非关书也;诗有别趣,非关理也。而古人未尝不读书,不穷理。所谓不涉理路、不落言筌者,上也。诗者,吟咏情性也。盛唐诗人,惟在兴趣,羚羊挂角,无迹可求。故其妙处莹彻玲珑,不可凑泊,如空中之音、相中之色、水中之月、镜中之象,言有尽而意无穷。近代诸公作奇特解会,以文字为诗,以议论为诗,以才学为诗,以是为诗,夫岂不工?终非古人之诗也。盖于一唱三叹之音有所歉焉。且其作多务使事,不问兴致,用字必有来历,押韵必有出处,读之终篇,不知著到何在;其末流甚者,叫噪怒张,殊乖忠厚之风,殆以骂詈为诗,诗而至此,可谓一厄也,可谓不幸也。然则近代之诗无取乎?曰:有之。吾取其合于古人者而已。国初之诗尚沿袭唐人,王黄州学白乐天,杨文公、刘中山学李商隐,盛文肃学韦苏州,欧阳公学韩退之古诗,梅圣俞学唐人平澹处。东坡、山谷,始自出己法以为诗,唐人之风变矣。山谷用工尤深刻,其后法席盛行海内,称为江西宗派。近世赵紫芝、翁灵舒辈独喜贾岛、姚合之语,稍稍复就清苦之风,江湖诗人多效其体,一时自谓之唐宗,不知止入声闻辟支之果,岂盛唐诸公大乘正法眼者哉。嗟乎!正法眼之无传久矣!唐诗之说未唱,唐诗之道有时而明也。今其唱其体曰唐诗矣,则学者谓唐诗诚止于是耳,兹诗道之重不幸耶?故予不自量度,辄定诗之宗旨,且借禅以为喻,推原汉魏以来,而截然谓当以盛唐为法,虽获罪于世之君子,不辞也。

第三节 宋遗民诗体

南渡以来,诗人犹承江西余韵。放翁、石湖格调平正,最为大家。朱晦庵始欲一变时习,模仿古作。而水心、四灵效晚唐体。沧浪又持妙悟之论,以盛唐为宗。皆力有未宏,其流不广。于是江湖诗人,多纤琐粗犷之习。文文山留意杜诗,《指南》前后集中每有可观之作。遗民以谢翱、方凤负一时大名,惟翱作刻意拟古,所传《晞发集》虽存诗不多,自是一时之俊。余如郑所南、邓牧心诸人,流入诡怪;而林景熙、王逢等集,风格未遒。然当亡国之际,亦不乏激昂慷慨之音。至《月泉吟社》之集,已在元时。其诗"清新尖刻,别为一家"(王士禛语)。于时鼎革初定,宋之遗老,散处东南。《月泉吟社》计收卷三千七百三十五,作者二千七百余人,颇极一时之盛。先是,元至元二十四年,宋义乌令浦阳吴渭字清翁,号潜斋,约诸乡遗老为月泉吟社,预于小春月望命题,至正月望日收卷,月终结局,诸乡吟社用好纸楷书,明州里姓号,如期来浦江交卷。俟评校毕,三月三日揭晓,赏随诗册分送。因用范石湖故事,以《春日田园杂兴》为题,延谢翱皋羽、方凤景山、吴思齐子善相与甲乙评骘,以罗公福为第一。罗公福即连文凤之托名。文凤,三山人,有《百正集》。诸遗民皆及元世犹存,所以论次于此者,以此固宋诗之所以终也。

乌栖曲拟张司业　谢翱

吴宫草深四五月,破楚门开乌啼歇。美人军装多在船,归来把弓堕弓弦。越罗如粟越王献,宫中养蚕不作线。辘轳出屋井水浅,栀树花萎子如茧。乌栖乌啼宫烛秋,越女入宫吴女愁。

酬谢皋父见寄(南剑人名翱)　**林景熙**

入山采芝薇,豺虎据我丘。入海寻蓬莱,鲸鲵掀我舟。山海两有碍,独立凝远愁。美人渺天西,瑶音寄青羽。自言招客星,寒川钓烟雨。风雅一手提,学子屦满户。行行古台上,仰天哭所思。余哀散林木,此意谁能知。夜梦绕勾越,落日冬青枝。

寄友　邓牧

我在越,君在吴,驰书百里邀我游西湖。我还吴,君适越,遥隔三江共明月。明月可望,佳人参差。笑言何时,写我相思。知君去扫严陵墓,只把清尊酬黄土。浮云弟楚江水深,感慨空劳吊今古。孤山山下约陈实,联骑须来踏春色。西湖千树花正繁,莫待东风吹雪积。有酒如渑,有肉如林。鼓赵瑟,弹秦筝,与君沉醉不用醒。人生行乐耳,何必千秋万岁名。

第十五章　宋四六

　　自唐令狐传表章之法,而樊南遂有四六之集。宋之作者,尤别为一体,故有"宋四六"之称。《容斋三笔》曰:"四六骈俪,于文章家为至浅,然上自朝廷命令、诏册,下而缙绅之间笺书、祝疏,无所不用。则属辞比事,固宜警策精切,使人读之激昂讽咏不厌,乃为得体。"谢伋《四六谈尘》云:"四六施于制诰、表奏、文檄,本以便宣读,多以四字、六字为句。宣和多用全文长句为对,前人无此格。"又云:"四六之工,在于翦裁。若全句对全句,何以见工?"可见宋人甚重此事也。

　　宋初四六,颇沿五季之风,而杨刘刀笔,稍出清裁。王禹偁所为,亦多宏赡。《青箱杂记》:"王禹偁老精四六,有同时与之在翰林而大拜者,王以启贺之曰:'三神山上,曾陪鹤驾之游;六学士中,独有渔翁之叹。'白乐天尝有诗云'元和六学士,五相一渔翁'故也。"

　　宋英宗时,司马光以不能四六辞翰林学士。光综史传为《通鉴》,其学殖淹博,文词最为典雅,岂不能为四六者?盖因宋承五季之后,时犹崇尚排偶,竞趋浮华,故光以不能四六为辞,所以矫当世之失,而欲返之于淳朴,其用意良深矣!固非如后世鄙陋无文之人,高谈性命而蔑视词章,以自文其不学者所得而借口也。

　　吴子良《林下偶谈》曰:"本朝四六,以欧公为第一,苏、王次之。然欧公本工时文,早年所为四六,见别集,皆排比而绮靡。自为古文后,方一洗去,遂与初作迥然不同。他日见二苏四六,亦谓其不减古文,盖四六与古文同一关键也。然二苏四六尚议论,有气焰,而荆公则以辞趣典雅为主。能兼之者欧公耳。水心于欧公四六暗诵如流,而所作亦甚似之。顾其简淡朴素,无一毫妩媚之态,行于自然,无用事用句之癖,尤世俗所难识也。水心与筼窗论四六,筼窗云:'欧做得五六分,苏四五分,王三分。'水心笑曰:'欧更与饶一两分可也。'水心见筼窗四六数篇,如《代谢希孟上钱相》之类,深叹赏之。盖理趣深而光焰长,以文人之华藻,立儒者之典型,合欧、苏、王为一家者也。"

南渡以来四六,尤以汪藻、洪迈、周必大、綦崇礼、孙觌为工。张邦基《墨庄漫录》曰:"孙觌仲益尚书,四六清新,用事切当。宣和中,与家兄子章同为兵部郎。未几,子章出知无为军,仲益继迁言官,亦出知和州。时淮南漕以无为岁额上供米后时,委知州取勘无为当职官吏。仲益得檄,漫不省也,置而不问,亦不移文。已而米亦办,子章德仲益,以启谢之。仲益答之,有云:'苞茅不及,敢加问楚之师;辅车相依,自作全虞之计。'人颇称赏,以为精切也。"

马迹上梁文　孙觌

四郊烽火,诞弥蛇豕之墟;一岛风烟,宛在鼋鼍之窟。鸣朴出鲛人之馆,浮杯开梵帝之官。偶避地于兵间,遂问津于耕者。鸿庆居士,数奇半世,多难百罹。救过吹齑,惮心喘月。平生许国,卧陈登百尺之楼;晚岁营巢,住扬雄一区之宅。令龟三卜,避盗五迁。独行鸥鹭之群,共集鸡豚之社。半山衔日,落帆影于坐中;万壑留风,过樵声于枕上。蓬茅不翦,畚锸自随。遥开白板之扉,缓扣乌犍之角。儿童拍手,竞欲挽须;妇女应门,那闻辘釜。泥田父瓦盆之饮,荷园官菜把之恩。怅昨梦之已非,休吾生于既老。木居士安能为福,亦又何求?土偶人自得所归,于是焉息。共此百家之聚,大同一笑之欢。

《丹铅总录》:"宋人四六,如'才非一鹗,难居累百之先;智异众狙,遂起朝三之怒',水利云:'刻石立作三犀牛,重见离堆之利;复陂谁云两黄鹄,讵烦鸿却之谣。'四六中古文也。"

俞樾《春在堂笔录》曰:"骈体之文,谓之四六,则以四字六字相间成文正格。《困学纪闻》所录诸联,如周南仲草追贬秦桧制云:'兵于五材,谁能去之,首弛边疆之禁;臣无二心,天之制也,忍忘君父之仇。'贪用成句而不顾其冗长,自是宋人习气。又载王燴辞督府辟书云:'昔温太真绝裾违母,以奉广武之檄,心虽忠而人议其失性;徐元直指心恋母,以辞豫州之命,情虽窘而人子其顺天。'以议论行之,更宋派之陋者。此派一行,而明人王世贞所作四六,竟有以十余句为一联者,其亦未顾四六之名而思其义乎!"

第十六章　宋之词曲小说

第一节　词体之变迁

词体自五季已盛。宋初则柳耆卿所作,尤旖旎近情。张端义《贵耳集》曰:"项平斋言诗当学杜诗,词当学柳词。杜诗、柳词皆无表德,只是实说。"然则当时推之至矣。有《乐章集》一卷。永初名三变,崇安人。景祐元年进士,官至屯田员外郎,故世号柳屯田。叶梦得《避暑录话》曰:"柳永为举子时,多游狭斜,善为歌词。教坊乐工每得新腔,必求永为词,始行于世。余仕丹徒,尝见一西夏归朝官云:'凡有井水饮处,即能歌柳词。'亦言其传之广也。"又《后山诗话》曰:"柳三变游东都南北二巷,作新乐府,骫骳从俗,天下咏之,遂传禁中,仁宗颇好其词,每使侍从歌之再三。三变闻之,作宫词号《醉蓬莱》,因内官达后宫,且求其助。仁宗闻而觉之,自是不复歌其词矣。会改京官,乃以无行黜之。后改名永,仕至屯田员外郎。"按《画墁录》:"柳三变既以调忤仁庙,吏部不放改官。三变不能堪,诣政府。晏公曰:'贤俊作曲子么?'三变曰:'只如相公亦作曲子。'公曰:'殊虽作曲子,不曾道"绿线慵拈伴伊坐。"'柳遂退。"盖柳亦善他文,为其词所掩耳。

雨霖铃　柳永

寒蝉凄切,对长亭晚,骤雨初歇。都门帐饮无绪,方留恋处,兰舟催发。执手相看泪眼,竟无语凝咽。念去去,千里烟波,暮霭沉沉楚天阔。

多情自古伤离别,更那堪,冷落清秋节!今宵酒醒何处?杨柳岸,晓风残月。此去经年,应是良辰好景虚设。便纵有千种风情,更与何人说?

耆卿同时晏殊父子,亦作词。殊,字同叔,谥"元献"。其诗文本近西昆体诸人,故词亦婉丽。刘攽《中山诗话》称其不减冯延巳。有《珠玉词》一卷,张子野为之序。子野亦善词,号张三影。殊子几道,有《小山词》。欧阳永叔亦为词,近晏氏父子,然皆非乐章之匹也。

清《四库全书》《东坡词》提要曰:"词自晚唐五代以来,以清切婉丽为宗。至柳永而一变,如诗家之有白居易。至轼而又一变,如诗家之有韩愈,遂开南宋辛弃疾等一派。寻源溯流,不能不谓之别格。然谓之不工则不可。故至今日,尚与花间一派并行而不能偏废。曾敏行《独醒杂志》载:'轼守徐州日作《燕子楼》乐章,其稿初具,逻卒已闻张建封庙中有鬼歌之。'其事荒诞不足信,然足见轼之词曲,舆隶亦相传诵,故造作是说也。"盖至东坡,而词体又一变矣。

念奴娇　苏轼

大江东去,浪淘尽,千古风流人物。故垒西边,人道是,三国周郎赤壁。乱石穿空,惊涛拍岸,卷起千堆雪。江山如画,一时多少豪杰。　遥想公瑾当年,小乔初嫁了,雄姿英发。羽扇纶巾,谈笑间,樯橹灰飞烟灭。故国神游,多情应笑我,早生华发。人生如梦,一樽还酹江月。

晁补之曰:"今代词手,惟秦七、黄九,他人不能及也。"(陈振孙《书录》所引)然黄九究非秦七之比。耆卿以后,东坡要是别体,故秦七合推当行。《吹剑录》:"东坡在玉堂日,有幕士善歌,因问:'我词何如柳七?'对曰:'柳郎中词,只合十七八女郎,执红牙板,歌"杨柳岸晓风残月"。学士词,须关西大汉、铜琵琶、铁绰板,唱"大江东去"。'东坡为之绝倒。"《坡仙集外纪》:"东坡问陈无己:'我词何如少游?'无己曰:'学士小词似诗,少游诗似小词。'"盖少游诗格不及苏黄,而词则情韵兼胜,在苏黄之上。叶梦得《避暑录话》曰:"秦少游亦善为乐府,语工而入律,知乐者谓之作家歌。"蔡絛《铁围山丛谈》亦记:"少游女婿范温,常预贵人家会。贵人有侍儿喜歌秦少游长短句,坐间略不顾温,酒酣欢洽,始问此郎何人。温遽起叉手对曰:'某乃山抹微云女婿也。'闻者绝倒。"则少游词为当时所重可知矣。

满庭芳　秦观

山抹微云,天连衰草,画角声断谯门。暂停征棹,聊共引离尊。多少蓬莱旧事,空回首、烟霭纷纷。斜阳外,寒鸦数点,流水绕孤村。　销魂!当此际,香囊暗解,罗带轻分。谩赢得、青楼薄幸名存。此去何时见也,襟袖上、空惹啼痕。伤情处,高城望断,灯火已黄昏。

然北宋词人虽各有名章隽句,自柳耆卿外,余人多不谙音律。故李易安《词论》历诋诸家,盖词藻意致虽工,而不能切比声调。此仅如长短句之诗,亦无贵乎词家矣。至徽宗朝,周邦彦素好音乐,能自度曲,尝颂《大晟乐府》,比切声调,十二律,各有篇目。有《清真集》(今传者曰《片玉词》),词韵清蔚,冠绝一时。所制诸调,不独音之平仄宜遵,即仄字中上去入三音,亦不容相混。所谓分利节度,深契微芒。又多用唐人诗句,隐括入调,浑然天成。长篇尤富艳精工,善于铺叙。陈郁《藏一话腴》谓其"以乐府独步,贵人学士,市侩妓女,皆知其词为可爱",非溢美也。邦彦,字美成,钱塘人。仕至徽猷阁待制,出知顺昌府,徙处州卒。

少年游　周邦彦

并刀如水,吴盐胜雪,纤指破新橙。锦幄初温,兽香不断,相对坐调笙。低声问:向谁行宿?城上已三更。马滑霜浓,不如归去,直是少人行。

李格非女清照,自号"易安居士",亦以倚声有名。今传《漱玉词》仅数十阕,而音调清新。《琅环记》:"李易安以《醉花阴·重阳》词寄其夫赵明诚,明诚叹绝。苦思求胜之,废寝食者三日,得五十阕,杂易安词于中,以示友人陆德夫。陆玩之再三,谓只三句绝佳:'莫道不销魂,帘卷西风,人比黄花瘦。'正易安作也。"

南渡以后之词,辛稼轩、刘改之好为豪壮语,师法东坡。惟白石、梦窗仍以警丽为主,而音律精妙,大抵出自清真。故南宋词惟此二派。然后一派尤盛,要是正宗矣。

辛弃疾,字幼安,历城人。官至浙东安抚使。有《稼轩词》。刘后村云:"公所作大声镗鞳,小声铿訇,横绝六合,扫空万古。其浓丽绵密者,亦不在小晏、秦郎之下。"清《四库全书》《稼轩词》提要曰:"其词慷慨纵横,有不可一世之概,于倚声家为变调,而异军特起,能于翦红刻翠之外,屹然别立一宗,迄今不废。观其才气俊迈,虽似乎奋笔而成,然岳珂《桯史》记'弃疾自诵《贺新郎》《永遇乐》二词,使座客指摘其失。珂谓《贺新郎》词首尾二腔语句相似,《永遇乐》词用事太多。弃疾乃自改其语,日数十易,累月犹未竟。其刻意如此云云。'则未始不由苦思得矣。"

《艺苑卮言》曰:"词至辛稼轩而变,其源实自苏长公,至刘改之诸公极矣。南宋如曾觌、张抡辈应制之作,志在铺张,故多雄丽;稼轩辈抚时之作,意存感慨,故饶明爽。然而秾情致语,几于尽矣。"按刘改之,名过,太和人。有《龙洲词》。本稼轩客,故词多壮语。

贺新郎·别茂嘉十二弟　辛弃疾

绿树听啼鴂。更那堪、鹧鸪声住,杜鹃声切。啼到春归无寻处,苦恨芳菲都歇。算未抵人间离别。马上琵琶关塞黑,更长门翠辇辞金阙。看《燕燕》,送归妾。

将军百战声名裂。向河梁、回头万里,故人长绝。易水萧萧西风冷,满座衣冠似雪。正壮士悲歌未彻。啼鸟还知如许恨,料不啼清泪长啼血。谁共我,醉明月?

清真、漱玉,妙尚声音,词格已进,然选辞未尽精粹。至鄱阳姜夔,句琢字炼,始归于雅,而吴文英、史达祖、高观国为之羽翼。故张炎谓数家格调不凡,句法挺异,俱能特立清新之意,删削靡曼之词。故词体至是又一进矣。

夔,字尧章,鄱阳人。萧东夫爱其词,妻以兄子,因寓居吴兴之武康,与白石洞天为邻,自号"白石道人",又号"石帚"。庆元中,曾上书乞正太常雅乐,得免解,讫不第。有《白石诗》一卷,词五卷。夔诗格高秀,为杨万里等所推。词亦精深华妙,尤善自度新腔,故音节文采,并冠绝一时。其诗所谓"自制新词韵最娇,小红低唱我吹箫"者,风致尚可想见。黄叔旸云:"白石词极精妙,不减清真,其高处有美成所不能及。"张炎云:"词要清空,不要质实。姜白石如野云孤飞,去留无踪。"其推之至矣。

吴文英,字君特,"梦窗"其自号也,庆元人。所著词有《梦窗甲乙丙丁四稿》。尝与姜夔、辛弃疾游倡和,其词卓然为南宋一大宗。沈泰嘉《乐府指迷》称其"深得清真之妙,但用事下语太晦处,人不易知"。张炎《乐府指迷》亦称其"如七宝楼台,炫人眼目,拆碎下来,不成片段"。所短所长,评品皆为平允。盖其天分不及周邦彦,而研炼之功则过之。词家之有文英,亦如诗家之有李商隐也。

史达祖,字邦卿,号梅溪,汴人。有《梅溪词》一卷。姜尧章云:"奇秀清逸,有李长吉之韵,盖能融情景于一家,会句意于两得。"张功甫云:"史生之作,情词俱到,织绡泉底,去尘眼中。有瑰奇警迈、清新闲婉之长,而无施荡污淫之失。端可分镳清真,平睨方回。"方回谓贺铸也。

高观国,字宾王。有《竹屋痴语》一卷。陈造云:"竹屋、梅溪词,要是不经人道语,其妙处少游、美成不及也。"宋末词人最著者,则有张炎叔夏之《山中白云词》,王沂孙圣与之《碧山乐府》,周密公谨之《草窗词》,并一时之选也。

暗香　姜夔

旧时月色,算几番照我,梅边吹笛?唤起玉人,不管清寒与攀摘。何逊而今渐老,都忘却春风词笔。但怪得竹外疏花,香冷入瑶席。

江国,正寂寂。叹寄与路遥,夜雪初积。翠樽易竭,红萼无言耿相忆。长记曾携手处,千树压、西湖寒碧。又片片、吹尽也,几时见得?

声声慢·闰重九饮郭园　吴文英

檀栾金碧,婀娜蓬莱,游云不蘸芳洲。露柳霜莲,十分点缀成秋。新弯画眉未隐,似含羞、低度墙头。愁送远,驻西台车马,共惜临流。

知道池亭多宴,掩庭花、长是惊落秦讴。腻粉阑干,犹闻凭袖香留。输他翠涟拍甃,瞰新妆、时浸明眸。帘半卷,带黄花、人在小楼。

双双燕　史达祖

过春社了,度帘幕中间,去年尘冷。差池欲住,试入旧巢相并。还相雕梁藻井。又软语、商量不定。飘然快拂花梢,翠尾分开红影。

芳径,芹泥雨润。爱贴地争飞,竞夸轻俊。红楼归晚,看足柳昏花暝。应自栖香正稳,便忘了、天涯芳信。愁损翠黛双蛾,日日画阑独凭。

齐天乐　高观国

碧云缺处无多雨,愁与去帆俱远。倒苇沙闲,枯兰溆冷,寥落寒江秋晚。楼阴纵览。正魂怯清吟,病多依黯。怕挹西风,袖罗香自去年减。

风流江左久客,旧游得意处,珠帘曾卷。载酒春情,吹箫夜约,犹忆玉娇香软。尘栖故宛。叹璧月空檐,梦云飞观。送绝征鸿,楚峰烟数点。

壶中天·养拙夜饮客有弹箜篌者即事以赋　张炎

瘦筇访隐,正繁阴闲锁,一壶幽绿。乔木苍寒图画古,窈窕行人韦曲。鹤响天高,水流花净,笑语通华屋。虚堂松静,夜深凉气吹烛。

乐事杨柳楼心,瑶台月下,有生香堪掬。谁理商声帘户悄,萧飒悬珰鸣玉。一笑难逢,《四愁》休赋,任我云边宿。倚阑歌罢,露萤飞上秋竹。

第二节　平话及戏曲之渊源

宋时多以俗语为书者,其论学记事者有语录,杂史琐闻有平话。而戏曲亦渊源于是时,可略而言也。

《永乐大典》有平话一门,所收至夥,皆优人以前代轶事敷衍而口说之。见《四库全书提要》杂史类附注。按《七修类稿》云:"小说起宋仁宗时,国家闲暇,日欲进一奇怪之事以娱之,故小说得胜头回之后,即云'话说赵宋某年'云云,此即平话也。惜《永乐大典》所收,不可得见矣。"据此则宋世以平话为书者必多,今惟传《宣和遗事》,黄荛圃刊人《士礼居丛书》中,为章回体小说存于世之最古者。又宋刘斧所著《青琐高议》,每条亦以七字标目,如"张乖崖明断分财,回处士磨镜题诗"之类,皆与平话体例相近也。

语录亦为俗体文字之一种,然其始固不仅问学言理之语,乃用此名。宋倪思有《重明节馆伴语录》一卷。盖绍熙二年七月金遣完颜兖、路伯达来贺重明节,思为伴馆,纪一时问答之语而成是书,故曰《重明节馆伴语录》。按马永卿《懒真子》载苏老泉与二子同读富郑公《使北语录》事,则知"语录"之名,北宋已有之。盖当时士大夫以奉使、伴使为两国邦交大事,故有所语必备录之,以上于朝廷,是以有"语录"之名。嗣后遂相沿为记录之一体,儒家因之而有语录,宋《艺文志》所载《程颐语录》二卷、《刘安世语录》二卷、《谢良佐语录》一卷、《张九成语录》十四卷、《尹焞语录》四卷、《朱熹语录》四十三卷之类是也。释家亦因之,宋《艺文志》所载僧慧忠《语录》一卷、庞蕴《语录》一卷、僧神清《语录》一卷、僧重显《语录》八卷、僧宗杲《语录》五卷、净慧禅师《语录》一卷、松源和尚《语录》二卷之类是也。宋《艺文志》又有朱宋卿《徐神翁语录》一卷,则道家亦袭其名矣。学者不知,讥宋儒误袭释家之名,是未详考也。盖当时平民文学已渐形发达,故宜多有类于平话、语录之书也。

六朝以来即有戏曲之体,要至宋时始大备。或见其盛于金元之间,遂疑其出自异域而与前此之文学无关者,此大不然也。尝考其变迁之迹,皆在有宋一代,不过因金元人音乐上之嗜好,而日益发达耳。今详证之于后。

戏曲者,所以歌舞演故事。古乐府中如《焦仲卿妻诗》《木兰辞》《长恨歌》等,虽咏故事,而不被之歌舞;《柘枝》《菩萨蛮》之咏,虽合歌舞,而不演故事,皆未可谓之戏曲。唯汉之角抵,于鱼龙百戏外,兼搬演古人物。张衡《西京赋》曰:"东海黄公,赤刀粤祝,冀厌白虎,卒不能救。"又曰:"总会仙倡,戏豹舞罴,白虎鼓瑟,苍龙吹篪。女娥坐而长歌,声清畅以蜲蛇;洪崖立而指麾,被羽毛之襳襹。度曲未终,云起雪飞。"则所搬演之人物,且自歌舞。然所演者实仙怪之事,不得云故事也。演故事者,始于唐之大面、拨头、踏摇娘等戏。

代面(即大面)出于北齐。北齐兰陵王长恭,才武而面美,常着假面以对敌,尝击周师金墉城下,勇冠三军。齐人壮之,为此舞以效其指麾击刺之容,谓之《兰陵王入阵曲》。拨头出西域。胡人为猛兽所噬,其子求兽杀之,为此舞以象之也。踏摇娘生于隋末。隋末河内有人貌恶而嗜酒,常自号郎中,醉归必殴其妻。其妻美色善歌,为怨苦之辞。河朔演其曲而被之弦管。因写其夫之容,妻悲诉每摇顿其身,故号《踏摇娘》。(上见《旧唐书·音乐志》,《乐府杂录》及《教坊记》所在略同。)及昭宗光化中,孙德昭之徒刃刘季述,始作《樊哙排闼》剧(宋陈旸《乐书》第一百八十六卷)。唐时戏剧可考者仅此。至宋初搬演较为任意。宋孔道辅奉使契丹,契丹宴使者,优人以文宣王为戏,道辅艴然径出(《宋史·孔道辅传》)。又祥符天禧中,杨大年、钱文僖、晏元献、刘子仪以文章立朝,为诗皆宗李义山。后进多窃义山语句。尝内宴,优人有为义山者,衣服败裂,告人曰:"吾为诸馆职挦扯至此。"闻者欢笑(刘攽《中山诗话》)。至南宋时洪迈《夷坚志》、叶绍翁《四朝闻见录》所载优伶调谑之事,尚与此相类。虽搬演古人物,然果有歌词与故事否,及歌词与故事是否相应,今不可详考。即不必尽同于金元间所谓戏曲,亦其渊源所自出矣。

杂剧之名,亦起于宋。宋制,每春秋圣节三大宴,小儿队、女弟子队各进杂剧队舞及杂剧之制,具见《宋史·乐志》及宋孟元老《东京梦华录》。《宋志》谓:"舞队之制,其名各十,小儿队凡七十二人,女弟子队凡一百五十人。每春秋圣节三大宴,其第一,皇帝升座,宰相进酒,庭中吹觱篥,以众乐和之,赐群臣酒,皆就坐,宰相饮,作倾杯,百官饮,作三台。第二,皇帝再举酒,群臣立于席后,乐以歌起。第三,皇帝举酒如第二之制,以次进食。第四,百戏皆作。第五,皇帝举酒如第二之制。第六,乐工致辞,继以诗一章,谓之口号,皆述德美,及中外蹈咏之情。第七,合奏大曲。第八,皇帝举酒殿上,独弹琵琶。第九,小儿队舞,亦致辞以述德美。第十,杂剧罢,皇帝起更衣。第十一,皇帝再坐举酒,殿上独吹笙。第十二,蹴鞠。第十三,皇帝举酒,殿上独弹筝。第十四,女弟子队舞,亦致辞,如小儿队。第十五,杂剧。第十六,皇帝举酒如第二之制。第十七,奏鼓吹曲,或用法曲,或用龟兹。第十八,皇帝举酒如第二之制。第十九，用角抵，宴毕。"而队舞制度，《东京梦华录》所载尤详："初参军色作语，勾小儿队舞。小儿各选年十二三者二百余人，列四行，每行队头一名，四人簇拥，并小隐士帽，著绯绿紫青生色花衫，上领四契义栏束带，各执花枝。排定，先有四人裹卷脚帕头紫衫者，擎一彩殿子，内金贴字牌，擂鼓而进，谓之队名牌，上有一联，谓如'九韶翔彩凤，八佾舞青鸾'之句。乐部举乐，小儿队舞步进前，直叩殿陛。参军色作语问小儿班首，近前进口号，杂剧人皆打和毕。乐作，群舞合唱，且舞且唱。又唱破子毕，小儿班首入进致语，勾杂剧入场，一场两段。内殿杂戏为有使人在座，不敢深作谑谐，惟用群队装其似像，市语谓之拽串。杂戏毕，参军色作语放小儿队，又群舞《应天长》曲子出场。"女弟子队舞，杂剧与小儿略同，唯节次稍多。此徽宗圣节典礼也。若宴辽使，其典礼与三大宴同，惟无后场杂剧，及女弟子舞队。辽宴宋使，则酒一行觱篥起歌，酒二行歌，酒三行歌手伎入，酒四行琵琶独弹，饼茶致语食入，杂剧进（《辽史·乐志》）。由此观之，则宋之搬演李义山，辽之搬演文宣王，既在宴时，其为杂剧，无可疑也。

杂剧亦有歌词。《宋史·乐志》谓真宗不喜郑声，而或为杂剧辞，未尝宣布于外是也。其词如何，今不可考。唯三大宴之致辞，则由文臣为之。故宋人集中多乐语一种，又谓之致语，又谓之念语。民间宴会之伎乐，亦当仿此而稍简略。故乐语一种，凡婚嫁宴享落成时均用之，更有于勾队放队外兼作舞词者，秦观、晁无咎、毛滂、郑仅等之《调笑转踏》是也。兹录郑仅之《调笑转踏》如下。

调笑转踏

良辰易失，信四者之难并；佳客相逢，实一时之盛事。用陈妙曲，上佐清欢。女伴相将，调笑入队。（此与乐语之勾队相当，少游作此下尚有口号一首。）

秦楼有女字罗敷，二十未满十五余。金环约腕携笼去，攀枝折叶城南隅。使君春思如飞絮，五马徘徊芳草路。东风吹鬓不可侵，日晚蚕饥欲归去。

归去携笼女,南陌柔桑三月暮。使君春思如飞絮,五马徘徊频驻。蚕饥日晚空留顾,笑指秦楼归去。

石城女子名莫愁,家住石城西渡头。拾翠每寻芳草路,采莲时过白苹洲。五陵豪客青楼上,醉倒金壶待清唱。风高天阔白浪飞,急催艇子摇双桨。

双桨小舟荡,唤取莫愁迎叠浪。五陵豪客青楼上,不道风高江广。千金难买倾城样,那听绕梁清唱。

绣户珠帘翠幕张,主人置酒宴华堂。相如年少多才调,消得文君暗断肠。断肠初认琴心挑,么弦暗写相思调。从来万事不关心,此度伤心何草草。

草草最年少,绣户银屏人窈窕。瑶琴暗写相思调,一曲关心多少。临邛客舍成都道,苦恨相逢不早。

溪溪流水武陵溪,洞里春长日月迟。红英满地无人扫,此度刘郎去后迷。行行渐入清流浅,香风引到神仙馆。琼浆一饮觉身轻,玉砌云房瑞烟暖。

烟暖武陵晚,洞里春长花烂漫。红英满地溪流浅,渐听云中鸡犬。刘郎迷路香风远,误到蓬莱仙馆。(此下尚有九诗九曲分咏各事,以句调相同,故略之。)

放队

新词宛转递相传,振袖倾鬟风露前。月落乌啼云雨散,游人陌上拾花钿。

凡乐语但勾放舞队,而不为之制词,而转踏不独定所搬演之人物,并作舞词,唯阕数之多少,则无一定。如上郑仅之调笑,多至十三阕,秦、毛二家,各八阕,而晁无咎作则仅七阕耳。(秦、晁、郑三家调笑均见《乐府雅词》,毛作见《宋六十一家词·东堂词》中。)其但作勾队遣队辞而不为作歌词者亦有之,如洪适之《句降黄龙舞》及《句南吕薄媚舞》是也(见《盘洲文集》卷七十八)。然诸家调笑,虽合多曲而成,然一曲分咏一事,非就一人一事之首尾而咏之也。惟石曼卿作《拂霓裳转踏》,述开元天宝遗事(见王灼《碧鸡漫志》卷三),是为合数阕咏一事之始。今其辞不传,传者惟赵德麟(令畤)之《商调蝶恋花》,述《会真记》事,每阕并置原文于曲前,又以一阕起一阕结之。视后世戏曲之格律,几于具体而微。德麟于子瞻守颍州时为其属官,至绍兴初尚存,其词作于何时,虽不可考,要在元祐之后,靖康之前。原词具载《侯鲭录》中,毛西河《词话》以为戏曲之祖,然犹用通行词调。而宋人所歌除词调外,尚有所谓大曲者。王灼《碧鸡漫志》曰"凡大曲有散序、靸、排遍、攧、正攧、入破、虚催、实催、衮遍、歇指、杀衮,始成一曲,谓之大遍。而《凉州排遍》,予曾见一本,有二十四段。后世就大曲制词者类从简省,而管弦家又不肯从首至尾吹弹,甚者学不能尽"云云。此种大曲自唐已有之,如郭茂倩《乐府诗集》所载《水调歌》《凉州》《伊州》等叠数,多寡不等,皆借名人之诗以入曲是也。宋吴自牧《梦粱录》载谓"汴京教坊大使孟角毬曾做杂剧本子,葛守诚撰四十大曲",殆即此类。今以大曲与真戏曲相比较,则舞大曲时之动作,皆有定制,未必与所演之人物所要之动作相适合;其词亦系旁观者之言,而非所演之人物之言,故其去真戏曲尚远也。至由叙事体而变为代言体,由应节之舞蹈而变为自由之动作,北宋杂剧已进步至此否,今阙无考。以后杨诚斋之《归去来兮辞引》(《诚斋集》卷九十七),其为大曲,抑自度腔,均不可知,然已纯用代言体。先是,东坡《哨遍》,亦隐括《归去来辞》,用代言体。然以数曲代一人之言,实自诚斋始,又元人散套之先声也。

宋时杂剧之名,见周密《武林旧事》者,有二百八十余本。陶宗仪曰:"稗官废而传奇作,传奇作而戏曲继。"金季元初乐府犹宋词之流,传奇犹宋戏曲之变,世传谓之杂剧。则其渊源相承,皆自宋代,因不可诬矣。

宋世所传诸杂剧之名,其撰者何人,与其曲文若何,罕可考者,今略举证一二。刘一清《钱塘遗事》云:"湖山歌舞,沉酣百年。贾似道少时,佻挞尤甚,自入相后,犹微服闲行,或饮于伎家。至戊辰、己巳间,王焕戏文盛行于都下,始自太学有黄可道者为之。一仓官诸妾见之,至于群奔。遂以言去。"周德清《中原音韵》云:"沈约之韵,乃闽浙之音而制中原之韵者。南宋都杭,吴兴与切邻,故其戏文如《乐昌分镜》等类,唱念呼吸,皆如约韵。"叶子奇《草木子》云:"俳优戏文始于王魁,永嘉人作之。识者曰:若见永嘉人作相,宋当亡。及宋将亡,乃永嘉陈宜中作相。其后元朝南戏盛行。及当乱,北院本特盛,南戏遂绝。"据以上数条,则王焕一本,为太学生黄可道作,独有撰名。而周德清尝论《乐昌分镜》用韵之法。又知王魁戏文,为永嘉人所撰而已。

第十七章　辽金文学

辽初称契丹，金称女真，俱起塞北，遂以兵力蹂躏中夏。宋兴未久，先已苦辽，接以金人之患，至弃中原，偏安南都，终以不振。辽亡于金，金亡于元。辽享国二百余年，在宋创业之前四十余年。金享国百二十余年，灭于宋未亡之前四十余年。

辽自景宗以下三世，九十余年，号称极盛，而其文献，了无可征，《辽史·文学传》所载不过萧韩家奴王鼎等数人而已。今所传惟僧行均之《龙龛手鉴》、王鼎之《焚椒录》等寥寥数书。沈存中以辽时禁其国文书流入中土，故流布者绝罕，靡得而述也。

金既灭辽伐宋，袭其遗制，在世宗、章宗二朝，文物最盛。先是，太祖得辽人韩昉而言始文。太宗入宋汴州取经籍图书，宋宇文虚中、张斛、蔡松年、高士谈辈后先归之而文字熠兴，然犹借才异代也。至蔡珪传其父松年家学，遂开金代文章正宗。洎大定、明昌之间，赵秉文、杨云翼主文盟，时则有若梁襄、陈规、许古之劲直，党怀英、王庭筠之文采，王若虚、王渥之博洽，雷渊、李纯甫之豪俊，为金文之极盛。及其亡也，则有元好问以宏衍博大之才，足以上继唐宋而下开元明，与李俊民、麻革之徒为之后劲。迹其文章，雄浑挺拔。或轶南宋诸家，乃好问编《中州集》诗。同时有冯清甫亦辑金文，至百余卷，惜竟不传。其专集之幸存者，惟王寂之《拙轩集》、赵秉文之《滏水集》、王若虚之《滹南遗老集》、李俊民之《庄靖集》，与元好问之《遗山集》五家而已。

元好问《闲闲公墓志》颇叙宋辽金文学相承之变。闲闲公即赵秉文，好问实出其门。今秉文《滏水集》尚存，好问所为志曰："唐文三变，至五季，衰陋极矣。由五季而为辽宋，由辽宋而为国朝，文之废兴可考也。宋有古文，有词赋，有明经。柳、穆、欧、苏诸人斩伐俗学，力百而功倍，起天圣迄元祐，而后唐文振。然似是而非、空虚而无用者，又复见于宣、政之季矣。辽则以科举为儒学之极致，假贷剽窃，牵合补缀，视五季又下衰。唐文奄奄如败北之气，没世不复,亦无以议为也。国初因辽宋之旧,以词赋、经义取士,预此选者,选曹以为贵科,荣路所在,人争走之。传注则金陵之余波,声律则刘郑之末光,固已占高爵而钓厚禄。至于经为通儒,文为名家,良未暇也。及翰林蔡公正甫出于大丞相之世业,接见宇文济阳、吴深州之风流,唐宋文派,乃得正传,然后诸儒得而和之。盖自宋以后百年,辽以来三百年,若党承旨世杰、王内翰子端、周三司德卿、杨礼部之美、王延州从之、李右司之纯、雷御史希颜,不可不谓之豪杰之士。若夫不溺于时俗,不汩于利禄,慨然以道德仁义、性命祸福之学自任,沉潜乎六经,从容乎百家,幼而壮,壮而老,怡然涣然,之死而后已,惟我闲闲公一人。"

又曰:"公究观佛、老之说而皆极其旨归,尝著论,以为害于世者,其教耳。又其徒乐从公游,公亦尝为之作文章,若碑、志、诗、颂甚多。晚年录生平诗文,凡涉于二家者不在也。大概公之文出于义理之学,故长于辨析,极所欲言而止,不以绳墨自拘。七言长诗,笔势纵放,不拘一律;律诗壮丽,小诗精绝,多以近体为之;至五言,则沉郁顿挫如阮嗣宗,真淳古朴似陶渊明,他文或不近也。"好问于秉文虽推崇甚至,然金之文章,终以好问为一代大宗。以秉文于己有相知之雅,故极称之耳。

元好问,字裕之,太原秀容人。兴定五年进士,官至行尚书省左司员外郎,金亡不仕。裕之七岁能诗,见知于赵闲闲。易代之后,谓国亡史作,以金源著述自任,构亭曰"野史亭"。记录至百余万言,今所传止《中州集》。其诗文足以冠金元两代,有《遗山文集》。

西楼曲　元好问

游丝落絮春漫漫,西楼晓晴花作团。楼中少妇弄瑶瑟,一曲未终坐长叹。去年与郎西入关,春风浩荡随金鞍。今年匹马妾东还,零落芙蓉秋水寒。并刀不剪东流水,湘竹年年泪痕紫。海枯石烂两鸳鸯,只合双飞便双死。重城车马红尘起,乾鹊无端为谁喜。镜中独语人不知,欲插花枝泪如洗。

横波亭为青口帅赋　元好问

　　孤亭突兀插飞流,气压元龙百尺楼。万里风涛接瀛海,千年豪杰壮山丘。疏星澹月鱼龙夜,老木清霜鸿雁秋。倚剑长歌一杯酒,浮云西北是神州。

　　金一代之诗,仅以见于《中州集》者较多。清撰《全金诗》,其增于《中州集》才十一而已。刘祁《归潜志》亦颇掇拾文献,而所采未备。《艺苑卮言》曰:"元裕之好问有《中州集》,皆金人诗也。如宇文太学虚中、蔡丞相松年、蔡太常珪、党承旨怀英、周常山昂、赵尚书秉文、王内翰庭筠,其大旨不出苏黄之外。要之,直于宋而伤浅,质于元而少情。"

　　元房祺编《河汾诸老诗集》,皆金之遗老,凡麻革、张宇、陈赓、陈扬、房皞、段克己、段成己、曹之谦八人之诗,人各一卷。八人并从元好问游者也。今所存诗,止一百七十七首,已非完本。然金诗自好问之《中州集》,及刘祁《归潜志》所载以外,惟见于此(《杜本谷音》亦偶有金遗老诗)。诸老以金源遗逸,抗节林泉,均有渊明义熙之志,文章亦颇有超然拔俗之趣。

　　金章宗雅好音乐,故北曲已盛于此时。陶宗仪《辍耕录》多记宋金院本之名,至数百种,今惟传《西厢记》传奇。是董解元作。解元名里无考,毛西河《词话》谓解元为章宗学士,不知何据。《太和正音谱》谓其仕元初,制北曲,则殆失考也。《西厢记》是北曲传于今之最古者,故为详考诸书评论如下。

　　明胡应麟《少室山房笔丛》:"《西厢记》虽出唐人《莺莺传》,实本金董解元。董曲今尚行世,精工巧丽,备极才情;而字字本色,言言古意,当是古今传奇鼻祖。金人一代文献尽此矣。然其曲乃优人弦索弹唱者,非扮演杂剧也。"

　　施国祁《礼耕堂丛说》曰:"旧见《传是楼书目》,有古本《西厢记》,为董解元作。既阅《辍耕录》,知其为金章宗时人。今读此本,为海阳黄嘉惠刻,定为《董西厢》,分上下二卷,无出名关目。行间全载宫调引子,尾声率填乐府方言,不采类书故实。曲多白少,不注工尺,是流传读本,与院妓刘丽华口授者不同。黄引云:解元,史失其名,时论其品如朱汗碧蹄,神采骏逸,此又涵虚子评目所未及。"又云:"'竹索浮桥,檀口香腮。'为关氏袭句。据文中尚有'颠不剌的''鹘淋渌老'等语,亦似采当日方言也。"

焦循《易余籥录》曰:"王实甫《西厢记》,全蓝本于董解元。谈者未见董书,遂极口称道实甫耳。如《长亭送别》一折,董解元云:'莫道男儿心如铁。君不见满川红叶,尽是离人眼中血。'实甫则云:'晓来谁染霜林醉?总是离人泪。'泪与霜林,不及血字之贯矣。又董云:'且休上马,苦无多泪与君垂,此际情绪你争知?'王云:'阁泪汪汪不敢垂,恐怕人知。'董云:'马儿登程,坐车儿归舍;马儿往西行,坐车儿往东。拽两口儿一步儿离得远如一步也。'王云:'车儿投东,马儿向西。两处徘徊,落日山横翠。'董云:'我郎休怪强牵衣,问你西行几日归著。路里小心呵,且须在意。省可里晚眠早起,冷茶饭莫吃好将息。我专倚门儿专望你。'王云:'到京师,服水土。趋程途,节饮食。顺时自保携身体,荒村雨露眠宜早,野店风霜起要迟。鞍马秋风里,最难调护,须要扶持。'董云:'驴鞭半袅,吟肩双耸,休问离愁轻重,向个马儿上,驮也驮不动。'王云:'四围山色中,一鞭残照里。人间烦恼填胸臆,量这大小车儿如何载得起?'董云:'帝里酒酽花浓,万般景媚。休取次共别人便学连理。少饮酒,省游戏,记取奴言语,必登高第。妾守空闺把门儿紧闭,不拈丝管,罢了梳洗。你咱是必把音书频寄。'王云:'你休忧文齐福不齐,我只怕停妻再娶妻。一春鱼雁无消息。我这里青鸾有信频宜寄,你切莫金榜无名誓不归。君须记,若见异乡花草,休再似此处栖迟。'董云:'一个止不定长吁,一个顿不开眉黛。两边的心绪,一样的情怀。'王云:'他在那壁,我在这壁。一递一声长吁气,两相参玩。'王之逊董远矣。若董之写景语有云'听塞鸿哑哑的飞过暮云重',有云'回首孤城,依约青山拥',有云'柳堤儿上把瘦马儿连忙解',有云'一径入天涯,荒凉古岸,衰草带霜滑',有云'驼腰的柳树上有鱼槎,一竿风旆茅檐上挂,澹烟消洒,横锁着两三家',有云'淅零零地雨打芭蕉,急煎煎的促织儿声相接',有云'灯儿一点甫能吹灭,雨儿歇,闪出昏惨惨的半窗月',有云'披衣独步在月明中,凝睛看天色',有云'野水连天天竟白',有云'东风两岸绿杨摇,马头西接着长安道,正是黄河津要。寸金竹索,缆著浮桥',前人比王实甫为'词曲中思王太白',实甫何敢当?当用以拟董解元。"王实甫止有四卷,至《草桥店梦莺莺》而止,其后一卷,乃关汉卿所续。详见王弇州《曲藻》,及都穆《南濠诗话》。关所续亦依董,惟董以张珙用法聪之谋,携莺奔于杜太守,关所续则杜来普救寺也。

第十八章　元文学及戏曲小说之大盛

第一节　元之诗文

元之诗文,虞集最为大家。盖南宋之末,道学一派侈谈心性,江湖一派矫语山林,不乏庸沓猥琐之音,古法荡然耗矣。元兴,作者蔚起,大德、延祐以还,尤为极盛,要以集为大宗。先是,承宋贤之学,以性理为宗者,有许衡、刘因、吴澄、金履祥等,而戴表元受业王应麟,亦为古文,袁桷尝从学焉。桷最与集善。姚燧出许衡之门,马祖常《元明善神道碑》称燧与明善,文章最为一代之宗。此外又有欧阳玄、吴莱、黄溍、柳贯。而苏天爵、陈旅则集之门人也。元代为古文与集相先后者,具于此矣。《妮古录》曰:"元文称虞集、杨载、范梈、揭傒斯、马祖常、欧阳玄、黄溍、柳贯、元好问、袁桷、姚燧。"盖元好问至元初尚存,而杨载、范梈、揭傒斯之诗,与集并称四大家。视四家稍后者,有萨天锡、张雨。及杨维桢出,尤工乐府,又为明初诗人之宗焉。

虞集,字伯生,宋丞相允文五世孙也。曾祖刚简为利州路提刑,有治绩,尝与临邛魏了翁、成都范仲黼、李心传辈讲学蜀东门外,得程朱氏微旨。祖珏知连州,亦以文学知名。父汲黄冈尉,宋亡侨居临川崇仁,与吴澄为友,澄称其文清而醇。晚稍起家教授,于诸生中得字术鲁翀、欧阳玄而称许之。汲娶国子祭酒杨文仲女。文仲世以《春秋》名家,而族弟参知政事栋,明于性理之学。杨氏在室即尽通其说,故集与弟槃皆受业家庭。出则以契家子从吴澄游,授受具有源委。集仕至翰林直学士,兼国子祭酒。晚居崇仁,有《道园学古录》五十卷,又自号"邵庵",故世称"邵庵先生"。

《辍耕录》曰:"虞伯生先生集、杨仲弘先生载同在京日,杨先生每言伯生不能作诗。虞先生载酒请问作诗之法,杨先生酒既酣,尽为倾倒。虞先生遂超悟其理,继有诗送袁伯长先生桷扈驾上都,以所作诗介他人质诸杨先生。先生曰:'此诗非虞伯生不能也。'或曰:'先生尝谓伯生不能作诗,何以有此?'曰:'伯生学问高,余曾授以作诗法,余莫能及。'又以诣赵魏公孟𫖯,诗中有'山连阁道晨留辇,野散周庐夜属櫜'之句,公曰:'美则美矣,若改山为天,野为星,则尤美。'虞先生深服之。故国朝之诗,称虞、赵、杨、范、揭焉。范即德机先生柠,揭即曼硕先生傒斯也。尝有问于虞先生曰:'仲弘诗如何?'先生曰:'仲弘诗如百战健儿。''德机诗如何?'曰:'德机诗如唐临晋帖。''曼硕诗如何?'曰:'曼硕诗如美女簪花。''先生诗如何?'笑曰:'虞集乃汉廷老吏。'盖先生未免自负,公论以为然。"

伯生又与黄文献溍、柳道传贯、揭曼硕傒斯齐名,号儒林四杰。见《元史·柳贯传》。而黄、柳与吴立夫莱并受业宋遗民方凤,溍大服立夫诗文。宋景濂故游黄柳之门,而得力于立夫尤多。遂开明代古文之宗,溯其渊源,远有端绪矣。

李东阳《怀麓堂诗话》曰:"宋诗深,却去唐远,元诗浅,去唐却近。顾元不可为法,所谓'取法乎中,仅得其下'耳。极元之选,惟刘静修、虞伯生二人,皆能名家,莫可轩轾。世恒为刘左袒,虽陆静逸鼎仪亦然。予独谓高牙大纛,堂堂正正,攻坚而折锐,则刘有一日之长。若藏锋敛锷,出奇制胜,如珠之走盘,马之行空,始若不见其妙,而探之愈深,引之愈长,则于虞有取焉。然此非为道学名节论,乃为诗论也。"此又以刘静修之诗与伯生并称,盖静修虽理学之儒,而诗调清深。《太平清话》亦谓静修先生诗胜文,是也。

伯生作《傅若金诗序》,称"进士萨天锡最长于情,流丽清婉"。天锡名都拉,有《雁门集》。其诗与虞、杨、范、揭不同。又有道士张伯雨,早及与伯生诸人往还,晚又从倪云林、杨铁崖赠答,有《句曲外史诗集》。

吴莱有《渊颖集》。王士禛《论诗绝句》曰:"铁崖乐府气淋漓,渊颖歌行格尽奇。耳食纷纷说开宝,几人眼见宋元诗?"盖举立夫以配铁崖。及后选七言古诗,乃惟录立夫而不及铁崖。盖立夫诗覃思精炼,渔洋晚来尤重之也。

杨维桢虽入明尚存,而在元世已负重名。其《铁崖乐府》根柢于青莲、昌谷,纵横排奡,自辟町畦。其高者或突过古人,然下者亦多堕入魔趣。故文采照映一时,而弹射者亦复四起。清《四库提要》称其《拟白头吟》一篇"买妾千黄金,许身不许心。使君自有妇,夜夜白头吟"之类,有《三百篇》风人之旨,自是元季大家矣。

纪旧游　赵孟頫

二月江南莺乱飞,杂花满树柳依依。落红无数迷歌扇,嫩绿多情妒舞衣。金鸭焚香川上暝,画船挝鼓月中归。如今寂寞东风里,把酒无言对夕晖。

溪上　同上

溪上东风吹柳花,溪头春水净无沙。白鸥自信无机事,玄鸟犹知有岁华。锦缆牙樯非昨梦,凤笙龙管是谁家？令人苦忆东陵子,拟向田园学种瓜。

望易京　刘因

乱山西下郁岧峣,还我燕南避世谣。天作高秋何索寞,云生故垒自飘萧。谁教神器归群盗,只见金人泣本朝。莫怪风雷有余怒,田畴英烈未全消。

自赞画像　虞集

邈乎千载之下,而谓古今一时也。眇乎五尺之躯,而谓天地一体也。廓乎不自知其所知也,欿乎未能至其所至也。俛乎若忧,非有伤乎其内也;泊乎若休,无所待乎其外也。服今人之服,食今人之食,同乎今之人,聊以顺吾际也。读古人之书,颂古人之诗,思夫古之人,不知老之至也。

送朱生南归　同上

喜子南归盱水上,经过为我问临川。几家橘柚霜垂屋,何处蒹葭月满船。应有交游怜远道,试从父老说丰年。寒机早晚成春服,一一平安报日边。

送袁待制扈从上京　同上

日色苍凉映紫袍,时巡毋乃圣躬劳。天连阁道晨留辇,星散周庐夜属櫜。白马锦鞯来窈窕,紫驼银瓮出葡萄。从官车骑多如雨,独有扬雄赋最高。

宗阳宫玩月　杨载

老君台上凉如水,坐看冰轮转二更。大地山河微有影,九天风露寂无声。蛟龙并起承金榜,鸾凤双飞载玉笙。不信弱流三万里,此身今夕到蓬瀛。

夏五月武昌舟中触目　揭傒斯

两髾背立鸣双橹,短蓑开合沧江雨。青山如龙入云去,白发何人并沙语。船头放歌船尾和,篷上雨鸣篷下坐。推篷不省是何乡,但见双双白鸥过。

节妇王氏　范梈

妾年二三四,始识月团团。十二学女工,刺绣如鸳鸯。十九嫁夫家,事姑施衿鞶。夫婿良家儿,世籍为王官。虽联朱紫贵,不习绮与纨。过庭执诗礼,开口若惊湍。风仪在一时,争作玉人看。天地忽降毒,摧折青琅玕。同首四十春,景光若流丸。贞心守松柏,芳性轶芝兰。落月帘帷曙,西风机杼寒。沉思往昔事,泪下红阑干。豪客至茅屋,举家窜林峦。入房卫病姑,身犯白刃攒。相向义怜释,视死色无难。亲知为叹息,保社为辛酸。欲与上州府,为妾旌门阑。妾实无所愿,所愿在所安。妇人往从人,阿母涕汍澜。送行遗之语,敬顺无违欢。匹偶固有时,宁知忧患端?辛苦蹈物变,岂羡身独完。殷勤谢旧故,闻者摧肺肝。

送畅纯甫序　姚燧

欧阳子为宋一代文宗,一时所交海内豪俊之士,计不千百而止。及谢希深、尹师鲁二人者死,序集古录,遂有无谢、尹知音之恨。呜呼!岂文章也,作者难而知之者尤难欤!余尝思古之人,唯其言之可以行后为恃,以待他日子云者出,将不病夫举一世之人不余知也。今乃若是,亦以有知者为快,而失之为悲欤!余冠首时,未尝学文,视辈流所作,惟见其不如古人者,虽不敢轻非诸口,而亦未尝轻是于心也。过而自思,人之能者,余操虑持论且然,余不能之,何以免人无嫉贤之讥乎!年二十四,始取韩文读之。走笔试为,持以示人,譬如童子之斗草,彼能是余亦能是,彼有是余亦有是,特为士林御侮之一技焉耳。或谓有作者风,私心益不喜,以为彼忠厚者不欲遽相斥笑,姑为是谀言以愚之,不然,殆鼓舞之希进其成也。自是蒙耻益作,既示之人,且就正于先师,先师亦赏其辞,而戒之曰:弓矢为物,以待盗也,使盗得之,亦将待人。文章固发闻士子之利器,然先有能一世之名,将何以应人之见役者哉!非其人而与之,与非其人而拒之,钧罪也。非周身斯世之道也。余用是废作,有亦不以示人。纯甫自言得余只字一言,不弃而录之。又言世无知公者。岂惟知之?读而能句,句而得其意者犹寡。呜呼!世固有厌空桑之瑟,而思闻鼓缶者乎?然文章以道轻重,道以文章轻重。世复有班孟坚者出,表古今人物,九品之中,必以一等置欧阳子,则为去圣贤也有级而不远。其文虽无谢、尹之知,不害于行后,犹以失之为悲。下下之外,岂别有等置余为哉?则为去圣贤也无级而绝远。其文如风花之逐水,霜叶之委土,朝夕腐耳,岂有一言之几乎古,可闻之将来乎?纯甫独信之。自余不可不谓之知己,足为百年之快,恐纯甫由此而取四海不知言之非也。然纯甫实善文,其不轻以出者,将以今为未集积而至于他日,以骚雅末流,典谟一代乎?将恃夫莅民既为循吏,持宪既为才御史,富民又将为良大农,道行一时,无暇于为言乎?岂以世莫己知,有之而退藏于密也,由积而为书他日,与道行一时,无暇于为言则可,由莫己知而不出,若余也,虽不善文而善知文,则纯甫独失人矣。今以农副行田陇右,于其别也,叙以问之。至元丁亥七夕姚燧书。

相逢行　萨都剌

一年相逢在京口,笑解吴钩换新酒。城南桃杏花正开,白面青衫鞭马走。一年相逢白下门,短衣窄袖呼郎君。朝驰燕赵暮吴楚,逸气自觉凌青云。一年相逢在阙下,东家蹇驴日相假。有如臣甫去朝天,泥滑沙堤不敢打。都门一别今五年,今年相逢沧海边。千山木叶下如雨,雁声堕地秋连天。将军毳袍腰羽箭,拥马旌旗照溪面。小官不识将军谁,卧病孤舟强相见。岂知此地逢故人,摩挲老眼开层云。旧游历历似隔世,夜雨岂不思同群?郎君别后瘦如许,无乃从前作诗苦。溪头月落山馆深,剪烛犹疑梦中语。人生聚散亦有时,且与将军游武夷。弓刀挂在洞前树,洞里仙童来觅诗。稽首武夷君,借我幔峰顶,分我紫霞浆,与子连夜饮。左手招子乔,右手招飞琼,举觞星月下,听吹双凤笙。我酌一杯酒,持劝天上月。劝尔长照人相逢,莫向关山照离别。凤笙换曲曲未终,天风木杪吹晨钟。拂衣罢宴下山去,又隔云山千万重。

风雨渡扬子江　吴莱

大江西来自巴蜀,直下万里浇吴楚。我从扬子指蒜山,旧读《水经》今始睹。平生壮志此最奇,一叶扁舟傲烟雨。怒风鼓浪屹于城,沧海输潮开水府。凄迷滟滪恍如见,潆洄扶桑杳何所?须臾草树皆动摇,稍稍鼋鼍欲掀舞。黑云鲸涨颇心掉,明月贝宫终色侮。吟倚金山有暮钟,望穷采石无朝橹。谁欤敲齿咒能神?或有伛身言莫吐。向来天堑如有限,日夜军书费传羽。三楚畸民类鱼鳖,两淮大将犹熊虎。锦帆十里徒映空,铁锁千寻竟燃炬。桑麻夹岸收战尘,芦苇成林出渔户。宁知造物总儿戏,且揽长川入尊俎。悲哉险阻惟白波,往矣英雄几黄土!独思万载疏凿功,吾欲持觞酹神禹。

鸿门会　杨维桢

天迷关,地迷户,东龙白日西龙雨。撞钟饮酒愁海翻,碧火吹巢双狻猊。照天万古无二乌,残星破月开天除。座中有客天子气,左腋七十二明珠。军声十万振屋瓦,拔剑当人面如赭。将军下马力拔山,气卷黄河酒中泻。剑光上天寒彗残,明朝画地分河山。将军呼龙将客走,不破青天撞玉斗。

第二节　元之词曲杂剧

世传元人以曲取士,此于《元史》无征。明沈德符《顾曲杂言》云:"元人未灭南宋时,以此定士子优劣。每出一题,任人填曲,如宋宣和画学,出唐诗一句,能得画外趣者登高第。故宋画元曲,千古无匹。"

王元美《艺苑卮言》曰:"《三百篇》亡,而后有骚赋;骚赋难入乐,而后有古乐府;古乐府不入俗,而后以唐绝句为乐府;绝句少宛转,而后有词;词不快北耳,而后有北曲;北曲不谐南耳,而后有南曲。"

又曰:"曲者,词之变。自金、元入中国,所用胡乐,嘈杂凄紧,缓急之间,词不能按,乃更为新声以媚之。而诸君如贯酸斋、马东篱、王实甫、关汉卿、张可久、乔梦符、郑德辉、宫大用、白仁甫辈,咸富有才情,兼喜声律,以故遂擅一代之长,所谓宋词元曲,殆不虚也。但大江以北,渐染胡语,时时采入,而沈约四声,遂阙其一。东南之士,未尽顾曲之周郎;逢掖之间,又稀辨挝之王应。稍稍复变新体,号为南曲。高拭则成,遂掩前后。大抵北主劲切雄丽,南主清峭柔远,虽本才情,务谐俚俗,譬之同一师承而顿渐分教,俱为国臣而文武异科。"

元时作曲多北人。北方止有平上去三声,而无入声。以北声作曲,故曰北曲。高安周德清乃别制《中原音韵》,以明南北之殊音也。其序曰"自关、郑、白、马一新制作,韵共守自然之音,字能通天下之语,字畅语俊韵促音调;观其所述,曰忠,曰孝,有补于世。其难则有六字三韵,'忽听、一声、猛惊'是也。诸公已矣,后学莫及!何也?盖其不悟声分平、仄,字别阴、阳。夫声分平、仄者,谓无入声,以入声派入平、上、去三声也。作平者最为紧切,施之句中,不可不谨。派入三声者,广其韵耳。有才者本韵自足矣。字别阴、阳者,阴、阳字平声有之,上、去俱无。上去各止一声"云云。其为作北曲者所遵用,亦韵学之别宗也。

《太和正音谱》有涵虚子《词品》,评有元一代作曲诸家甚详,而以马致远为首。今具录之:"马东篱如朝阳鸣凤,张小山如瑶天笙鹤,白仁甫如鹏抟九霄,李寿卿如洞天春晓,乔梦符如神鳌鼓浪,费唐臣如三峡波涛,宫大用如西风雕鹗,王实甫如花间美人,张鸣善如彩凤刷羽,关汉卿如琼筵醉客,郑德辉如九天珠玉,白无咎如太华孤峰。"以上十二人为首等。"贯酸斋如天马脱羁,邓玉宾如幽谷芳兰,滕玉霄如碧汉闲云,鲜于去矜如奎壁腾辉,商政叔如朝霞散彩，范子安如竹里鸣泉，徐甜斋如桂林秋月，杨淡斋如碧海珊瑚，李致远如玉匣昆吾，郑廷玉如佩玉鸣鸾，刘廷信如摩云老鹘，吴西逸如空谷流泉，秦竹村如孤云野鹤，马九皋如松阴鸣鹤，石子章如蓬莱瑶草，盖西村如清风爽籁，朱廷玉如百草争芳，庾吉甫如奇峰散绮，杨立斋如风烟花柳，杨西庵如花柳芳妍，胡紫山如秋潭孤月，张云庄如玉树临风，元遗山如穷崖孤松，高文秀如金瓶牡丹，阿鲁威如鹤唳青霄，吕止庵如晴霞结绮，荆干臣如珠帘鹦鹉，萨天锡如天风环珮，薛昂夫如雪窗翠竹，顾均泽如雪中乔木，周德清如玉笛横秋，不忽麻如闲云出岫，杜善夫如凤池春色，钟继先如腾空宝气，王仲文如剑气腾空，李文蔚如雪压苍松，杨显之如瑶台夜月，顾仲清如雕鹗冲霄，赵文宝如蓝田美玉，赵明远如太华晴云，李子中如清庙朱瑟，李进取如壮士舞剑，吴昌龄如庭草交翠，武汉臣如远山叠翠，李直夫如梅边月影，马昂夫如秋兰独茂，梁进之如花里啼莺，纪君祥如雪里梅花，于伯渊如翠柳黄鹂，王廷秀如月印寒潭，姚守中如秋月扬辉，金志甫如西山爽气，沈和甫如翠屏孔雀，睢景臣如凤管秋声，周仲彬如平原孤隼，吴仁卿如山间明月，秦简夫如峭壁孤松，石君宝如罗浮梅雪，赵公辅如空山清啸，孙仲章如秋风铁笛，岳伯川如云林樵响，赵子祥如马嘶芳草，李好古如孤松挂月，陈存甫如湘江雪竹，鲍吉甫如老蚊泣珠，戴善甫如荷花映水，张时起如雁阵惊寒，赵天锡如秋水芙蓉，尚仲贤如山花献笑，王伯成如红鸳戏波。"以上七十人次之。又有董解元、卢疏斋、鲜于伯机、冯海粟、赵子昂、班彦功、王元鼎、董君瑞、查德卿、姚牧庵、高拭、史敬先、施君美、汪泽民辈，凡百五人，不著题评，抑又其次也。虞道园、张伯雨、杨铁崖辈俱不得与，可谓严矣。

　　钟继先《录鬼簿》曰："马致远，字东篱，大都人，江浙行省务官。其事迹无考。所作杂剧惟臧懋循《元曲选》所录《汉宫秋》《荐福碑》《任风子》《青衫泪》《岳阳楼》《陈抟高卧》《踏雪寻梅》等七本见传。"《太和正音谱》又曰："其词典雅清丽，可与《灵光》《景福》相颉颃。有振鬣长鸣，万马皆喑之意。又若神凤飞鸣于九霄，岂可与凡鸟共语哉！宜列群英之上。"

　　东篱子杂剧之外，兼擅散套、小令，而《百岁光阴》一套，尤为一时所称。

《艺苑卮言》曰:"马致远《百岁光阴》放逸宏丽而不离本色。押韵尤妙。……元人称为第一,真不虚也。"沈德符《顾曲杂言》曰:"元人如乔梦符、郑德辉辈,俱以四折杂剧擅名,其余技则工小令为多。若散套,虽诸人皆有之,惟马东篱《百岁光阴》、张小山《长天落彩霞》为一时绝唱。其余俱不及也。"小山名可久,庆元人。兼能为诗,有小令二卷见存。今录东篱《百岁光阴》散套于下:

双调·秋思

（夜行船）百岁光阴如梦蝶,重回首往事堪嗟。昨日春来,今朝花谢,急罚盏夜阑灯灭。(乔木查)秦宫汉阙,都做了衰草牛羊野。不恁渔樵无话说。纵荒坟横断碑,不辨龙蛇。(庆宣和)投至狐踪与兔穴,多少豪杰。鼎足三分半腰折,魏耶? 晋耶? (落梅风)天教富,莫太奢。无多时好天良夜。看钱奴硬将心似铁,空辜负锦堂风月。(风入松)眼前红日又西斜,疾似下坡车。晓来清镜添白雪,上床和鞋履相别。莫笑鸠巢计拙,葫芦提一恁妆呆。(离亭宴歇煞尾)蛩吟一觉才宁贴,鸡鸣时万事无休歇。名利,何年是彻? 密匝匝蚁排兵,乱纷纷蜂酿蜜,闹穰穰蝇争血。裴公绿野堂,陶令白莲社。爱秋来那些:和露摘黄花,带霜烹紫蟹,煮酒烧红叶。人生有限杯,几个登高节? 嘱咐俺顽童记者:便北海探吾来,道东篱醉了也。

自马致远外,元代剧曲名家最著者,有王实甫、郑德辉、白仁甫、乔梦符、关汉卿诸人。所作皆北曲也,往往见于臧晋叔《元曲选》中。其目存而曲不传者甚众。今世惟重王实甫之《西厢记》。沈德符《顾曲杂言》曰:"《西厢》到底不过描写情感,予观北剧,尽有高出其上者,世人未曾遍观,逐队吠声,诧为绝唱,真井蛙之见耳。"则自明世已独重《西厢记》矣。按实甫,大都人。《元曲选》并录其《丽春堂》杂剧,然远非《西厢》之匹。《丽春堂》谱金完颜某事,而剧末云:"早先声把烟尘扫荡,从今后四方八荒,万邦齐仰,贺当今皇上。"以颂祷金皇作结。则此剧之作,尚在金世,实甫亦由金入元者矣。《太和正音谱》既谓实甫之词"如花间美人",又曰:"铺叙委婉,深得骚人之趣。极有佳句,如玉环之出浴华池,绿珠之采莲洛浦。"《艺苑卮言》:"《西厢》久传为关汉卿撰,迩来乃有以为王实甫者,谓至邮亭而止,又云至'碧云天,黄花地'而止,此后乃汉卿所补也。初以为好事者传之妄,及阅《太和正音谱》,王实甫十三本,以《西厢》为首;汉卿六十一本,不载《西厢》,则亦可据。第汉卿所补商调《集贤宾》及《挂金索》:'裙染榴花,睡损胭脂皱;纽结丁香,掩过芙蓉扣;线脱珍珠,泪湿香罗袖;杨柳眉颦,人比黄花瘦。'俊语亦不减前。"

明时何元朗精晓音律,尤好剧曲,极称郑德辉《㑳梅香》《倩女离魂》《王粲登楼》诸剧(今见《元曲选》),以为出《西厢》之上。王元美不以为然。沈德符《顾曲杂言》亦评元人杂剧曰:"杂剧如《王粲登楼》《韩信胯下》《关大王单刀会》《赵太祖风云会》之属,不特命词之高秀,而意象悲壮,自足笼盖一时。至若《㑳梅香》《倩女离魂》《墙头马上》等曲,非不轻俊,然不出房帏窠臼,以《西厢》例之可也。他如《千里送荆娘》《元夜闹东京》之属,则近粗莽;《华光显圣》《目连入冥》《大圣收魔》之属,则太妖诞;以至《三星下界》《天官赐福》,种种喜庆传奇,皆系供奉御前,呼嵩献寿,但宜教坊及钟鼓司肄习之,并勋戚贵铛辈赞赏之耳。"

元人杂剧,至明时盛行者,大半见于臧晋叔《元曲选》。《艺苑卮言》亦记当时所行诸剧曰:"今世所演习者,北《西厢记》出王实甫,《马丹阳度任风子》出马致远,《范张鸡黍》出宫大用,《拜月亭》《单刀会》出关汉卿,《两世姻缘》出乔梦符,《唬范雎》出高文秀,《㑳梅香》《王粲登楼》《倩女离魂》出郑德辉,《风雪酷寒亭》出杨显之,《伍员吹箫》《庄子叹骷髅》出李寿卿,《东坡梦》《辰钩月》出吴昌龄,《陈琳抱妆盒》《王允连环记》《敬德不伏老》《黄鹤楼》《千里独行》不著姓氏,皆元人词也。"

乔梦符,名吉,太原人,杂剧之外兼作教曲,有《惺惺道人乐府》。白仁甫,名朴,真定人,能诗文,别有《天籁集》。沈德符所称《墙头马上》即仁甫作也。《艺苑卮言》曰:"乔梦符吉博学多能,以乐府称,尝云作乐府亦有法,曰凤头、猪肚、豹尾六字是也。大概起要美丽,中要浩荡,结要响亮。尤贵在首尾贯穿,意思清新。苟能若是,斯可以言乐府矣。"此所谓乐府,乃今乐府,如《折桂令》《水仙子》之类。元时名家,论作曲之法者不多,今略著一条于此。

北曲杂剧,率仅四折。《顾曲杂言》曰:"北有《西厢》,南有《拜月》,杂剧变为戏文,以至《琵琶》,遂演为四十余折,几十倍杂剧。"《拜月亭》系元施君美撰(关汉卿别有《拜月亭》,是北曲。),何元朗以为胜《琵琶记》,然《琵琶》得名较盛,高则诚所作,为南曲之宗焉。则诚名拭(一作则成),或曰名明。朱彝尊《静志居诗话》曰:"高明,字则诚,瑞安人,元至正进士,有《柔克斋集》。"顾仲瑛辑元耆旧诗为《玉山雅集》,中录高则诚作,称其"长才硕学,为时名流"。可知则诚不专以词曲擅美也。世传《琵琶记》为薄幸王四而作,此殆不然。陆务观诗云:"斜阳古柳赵家庄,负鼓盲翁正作场。死后是非谁管得,满村听说蔡中郎。"是南渡日已演作小说矣。闻则诚填词,夜案烧双烛,填至"吃糠出"句云:"糠和米本一处飞。"双烛花交为一,洵异事也。蒋仲舒《尧山堂外纪》谓撰《琵琶记》者乃高拭,其字则成,别是一人。按涵虚子《曲谱》有高拭而无高明,蒋氏或有所据,俟再考。按明黄溥言《甬中今古录》曰:"元末永嘉高明,字则诚,登至正四年进士,历任庆元路推官,文行之名重于时。见方谷珍来据庆元,避世于鄞之栎社,以词曲自娱。编《琵琶记》,其曲调拨萃前人。入国朝,遣使征辟,辞以心恙不就。使复命,上曰:'朕闻其名,欲用之,原来无福。'既卒,有以其《记》进,上览毕曰:'五经四书如五谷,家家不可缺,高明《琵琶记》如珍馐百味,富贵家其可缺耶?'其见推许如此。今流传华夷,不负所学云。"

《艺苑卮言》曰:"则诚所以冠绝诸剧者,不惟琢句之工、使事之美而已。其体贴人情,委曲必尽;描写物态,仿佛如生;问答之际,了不见扭造,所以佳耳。至于腔调微有未谐,譬见钟、王墨迹,不得其合处,当精思以求诣,不当执末以议本也。"

又元纪君祥,大都人,有《赵氏孤儿冤报冤》一剧(《元曲选》本)。法国文豪福禄特尔(Voltaire)尝转译之,以为中国之悲剧。然君祥在当时作曲,固非马、郑诸英之比,其他剧今亦不传。以元曲见于外译之最早者,惟君祥之剧而已,故附著于此。福禄特尔译此篇,仅叙演其事,似欲据　以作曲而未成也。

明人称元士大夫以乐府鸣者,奇巧莫如关汉卿、庾吉甫、杨淡斋、卢疏斋,豪爽则有如冯海粟、滕玉霄,蕴藉则有如贯酸斋、马昂父。姜南《瓠里子笔谈》曰:"近时人歌唱,或被之管弦,皆淫词艳曲,所谓使人闻之丧其所守者。尝观元人乐府,有四时行乐《小梁州》词四阕,不过摹写杭州西湖四时景象。比之其他词曲,犹为彼善于此,乃酸斋贯云石之作也。"其词曰:

春风花草满园香,马系在垂杨。桃红柳绿映池塘,堪游赏。沙暖睡鸳鸯。宜晴宜雨宜阴凉,比西施淡抹浓妆。玉女弹,佳人唱。湖山堂上,直吃得醉何妨?

画船撑入柳阴凉,听一派笙簧。采莲人和采莲腔,声嘹亮,惊起宿鸳鸯。佳人才子游船上,笑吟吟满饮琼浆。归棹晚,湖光漾。一钩新月,十里芰荷香。

芙蓉映水菊花黄,满目秋光。枯荷叶底鹭鸶藏。金风荡,飘动桂枝香。雷峰塔上登高望,见钱塘一派长江。湖水清,江潮长。天边斜月,新雁两三行。

彤云密布锁高峰,凛冽寒风,琼花片片洒长空。梅梢冻,雪压路难通。六桥顷刻如银洞,粉妆成九里寒松。酒满斟,笙歌送。玉船银棹,人在水晶宫。

第三节　元之小说

自宋仁宗时,即有平话,其后《宣和遗事》遂具章回小说之体。当时以俗语著为传奇演义之属者,宜自多有,民间亦竞好之。及夫元代,而施耐庵、罗贯中出,善摹写人情,刻画事物,至今犹几户置其书,可谓盛矣。夫传奇演义,即诗歌、纪传之变。其体通俗,故能叙述纤屑猥琐之事,无所不尽。又因各有所激,而为荒唐哀艳奇恣不可究诘之词。虽或虚造故实,近于游戏,颇杂淫靡,然察其志所寄托,亦有发愤之意。且时以劝戒,不无可取,不能概指为浅俗而废之也。窃尝论之:方政治之弊,举世是非赏罚不得其正,人民憔悴困苦而不自聊。于是为小说者乃因民心,述游侠、大盗、报仇、行义之事,以为可以快意,此一类也。学术之弊,极于经义程试,束缚士人之思想出于一途。文章议论陈陈相袭,如黄茅白苇,为人所厌。于是为小说者,为述神鬼,不经六合以外之事,以振发其耳目,此又一类也。婚姻之弊,多怨偶之祸。于是为小说者,乃述男女慕悦、婚姻遇合之事,此又一类也。大抵文学之兴,无不因于其时之弊而有所讽刺。小说之所为作亦缘于此。况至于元之浊世,其事之可以讽刺者,岂不众哉! 既往往寓之于剧曲,而复旁溢为章回体诸小说,《水浒传》《三国志演义》《西游记》等,为最著矣。

王圻《续通考》以《琵琶传》《水浒传》刊《经籍志》中。《水浒传》者,东都施耐庵撰,亦有云罗贯中作者。耐庵事迹,无可考见。贯华堂所藏古本《水浒传》,前有施耐庵自叙一篇,或云后人依托也。今录之如下:

  人生三十而未娶,不应更娶,四十而未仕,不应更仕,五十不应在家,六十不应出游。何以言之? 用违其时,事易尽也。朝日初出,苍苍凉凉,操头面,裹巾帻,进盘飧,嚼杨木。诸事甫毕,起问可中? 中已久矣! 中前如此,中后可知。一日如此,三万六千日何有! 以此思忧,竟何所得乐矣? 每怪人言某甲于今若干岁,夫若干者,积而有之之谓。今其岁积在何许? 可取而数之否? 可见已往之吾,悉已变灭。不宁如是,吾书至此句,此句以前已疾变灭。是以可痛也! 快意之事莫如友,快友之快者莫若谈,其谁曰不然? 然亦何曾多得。有时风寒,有时泥雨,有时卧病,有时不值,如是等时,真住牢狱矣。舍下薄田不多,多种秫米,身不能饮,备吾友来需饮也。舍下门临大河,嘉树有荫,为吾友行立蹲坐处也。舍下执炊爨、理盘盂者,仅老婢四人,其余凡畜童子大小十有余人,便于驰走迎送、传接简帖也。舍下童婢稍闲,便课其缚帚织席。缚帚所以扫地,织席供吾友坐也。吾友毕来,当得十有六人。然而毕来之日为少,非甚风雨，而尽不来之日亦少。大率日以六七人来为常矣。吾友来亦不便饮酒，欲饮则饮，欲止则止，各随其心，不以酒为乐，以谈为乐也。吾友谈不及朝廷，非但安分，亦以路遥，传闻为多。传闻之言无实，无实即唐丧唾津矣。亦不及人过失者，天下之人本无过失，不应吾诋诬之也。所发之言，不求惊人，人亦不惊；未尝不欲人解，而人卒不能解者，事在性情之际，世人多忙，未曾尝闻也。吾友既皆恬淡阔达之士，其所发明，四方可遇。然而每日言毕即休，无人记录。有时亦思集成一书，用赠后人。而至今阙如者，名心既尽，其心多懒，一；微言求乐，著书心苦，二；身死之后，无能读人，三；今年所作，明年必悔，四也。是《水浒传》七十一卷，则吾友散后，灯下戏墨为多；风雨甚，无人来之时半之。然而经营于心，久而成习，不必伸纸执笔，然后发挥。盖薄暮篱落之下，五更卧被之中，垂首撚带，睇目观物之际，皆有所遇矣。或若问：言既已未尝集为一书，云何独有此传？则岂非此传成之无名，不成无损，一；心闲试弄，舒卷自娱，二；无贤无愚，无不能读，三；文章得失，小不足悔，四也。呜呼哀哉！吾生有涯，吾呜呼知后人之读吾书者谓何？但去今日以示吾友，吾友读之而乐，斯亦足耳。且未知吾之后生读之谓何，亦未知吾之后生得读此书乎？吾又安所用其眷念哉！东都施耐庵叙。

周亮工书影云："故老传闻，《水浒》一百回，各以妖异语引其首。嘉定时，郭武定重刻其书，削其致语，独存本传。"金坛王氏《小品》中亦云："此书每回前各有楔子，亦俱不传。"故今所传《水浒》，是郭武定本，非当时之旧矣。

钮琇《觚剩》曰："《水浒传》三十六天罡，本于龚圣与之《三十六赞》，其赞首呼保义宋江，终扑天雕李应，《水浒》名号，悉与相符。惟易尺八腿刘唐为赤发鬼，易铁天王晁盖为托塔天王，则与龚《赞》稍异耳。"

罗贯中，名本，庐陵人，或曰武林人也。相传贯中师施耐庵，所作最多，尤好叙述史事，不尽为凿空之词，独出于正。今惟《三国志演义》盛行，所记事虽不见正史，往往据诸传记为之。又有汉晋隋唐以来演义，颇记罗氏故事，扬其祖烈。又有《平妖传》亦贯中作，王缑山以为《水浒》之亚。然自《三国志演义》以外，贯中诸书悉为后人改削窜乱，失其旧矣。贯中又能为杂剧，有《宋太祖风云会》一剧，沈德符称之。世又传贯中之后，三世为喑，未知其审。近日跻德林(Candlin)氏之《中国小说论》以贯中文体明白显易，拟之英伦文家马考来(Macaulay)；又以其结构类于希腊诗人荷马(Homer)之《伊利亚》(*Iliad*)，惟一为诗体一为文体耳。

《西游记》相传为邱长春作，然长春别有《西游记》，是纪行之作。在《道藏》中，非平话体也。惟其书大抵亦出自元世，为神怪小说之宗。欧美论者，以其事视希腊神话，及格黍(Goethe)之《伏师特》(*Faust*)剧尤奇。跻德林《小说论》则以其能合斯宾舍(Spenser)之《神后曲》(*Faerie Queene*)与彭阳(Bunyan)之《天路历程》(*Pilisrim's Progress*)为一手云。

弹词为小说之一体，亦始自元。杨维桢之《四游记》(《仙游》《梦游》《侠游》《冥游》)，明臧晋叔有刻本，以后益广其体。虽词调多猥下，实合诗歌与纪传为一。或云弹词起于杨慎之《廿一史弹词》，非也。(按《廿一史弹词》似非慎作，依托也。)

第十九章　明初文学

第一节　明初古文

明太祖起自畎亩,开国之初,颇奖厉文雅,征用遗贤。及海内既定,屡兴大狱。刘基、宋濂夙荷帷幄之殊遇,至是并被疑忌。诗人高启之伦,辄用细故,坐伏斧质。其刻薄寡恩亦已甚矣。逮夫燕王篡立,尤阴鸷好杀,歼戮异己,文士尤婴其祸,以至孝孺族诛,解缙瘐死,皆一时之显学也。又自开国来,便用经义取士。成化以后,八股文体方盛。承学之士,惟伺主司之好尚,以干尺寸之禄,而文章滋敝焉。其间虽不无豪杰之士能以造述自见,终不足比于前代。今当以次论述之。

明初文学承元季之遗风,而刘基、宋濂最为文章魁杰,然或谓基文不逮濂之醇正。先是,基于太祖前论当世文章,亦以濂为第一,而自拟第二。故明初古文,宜推宋濂为最矣。濂,字景濂,金华人。元末文章,以吴莱、柳贯、黄溍为一朝之后劲。濂初从莱学,既又学于贯与溍,其授受具有源流。又早从闻人梦吉讲贯五经,其学问亦具有根柢。初,入龙门山著书十余年。明兴,与刘基同征,见太祖。基雄迈有奇气,濂以儒者自任,故基尝参军事,濂但以文学侍左右备顾问而已。既而以疾告归。洪武二年,复召为《元史》总裁官,除翰林学士,知制诰,兼修国史。后由国子司业为礼部主事,启沃献替,一以礼法。勋业爵位虽不及基,而一代礼乐宪章,多濂所裁定。后以长孙慎一事获罪,太祖欲处之于死,幸皇后、皇太子力救,乃贬茂州,至夔州卒。其文有《潜溪集》及《潜溪后集》,元季已行世。洪武以后之作,刘基选定为《文粹》十卷,门人方孝孺又选《续文粹》十卷。刘基,字伯温。洪武初为御史中丞,封诚意伯。所作有《覆瓿集》《写情集》《犁眉公集》等。《明史》濂本传称其"为文醇深演迤,与古作者并"。在朝廷郊社、宗庙、山川、百神之典,朝会、燕飨、律历、衣冠之制,四裔、贡赋、赏劳之仪,旁及元勋、巨卿、碑记、刻石之词,咸以委濂,为开国文臣之首。士大夫造门乞文者,后先相踵。外国贡使亦知其名,高丽、安南、日本至出兼金购其文集。《刘基传》中又称基所为文章气昌而奇,与濂本为一代之宗。清《四库》濂集提要曰:"濂文雍容浑穆,如天闲良骥,鱼鱼雅雅,自中节度。基文神锋四出,如千金骏足,飞腾飘瞥,蓦涧注坡。虽皆极天下之选,而以德以力,则略有间矣。方孝孺受业于濂,努力继之,然较其品格,亦终如苏之与欧。盖基讲经世之略,所学不及濂之醇。方孝孺自命太高,意气太盛,所养不及濂之粹也。"

盖元末文章,颇极纤秾缛丽之弊。杨维桢诗文尤好奇谲之词,不轨于正义,而诗尤甚。明初风气将变,王彝至作《文妖》一篇以诋维桢,盖兼指其文。其略曰:

> 天下所谓妖者,狐而已矣。俄而为女妇,而世之男子惑焉。则见其黛绿朱白、柔曼倾衍之容,无乎不至。虽然,以为人也则非人,以为妇女也则非妇女,而有室家之道焉。此狐之所以妖也。文者道之所在,易为而妖哉!浙之西言文者必曰杨先生。予观其文,以淫词谲语裂仁义,反名实,浊乱先圣之道。顾乃柔曼倾衍,黛绿朱白,奄然以自媚。宜乎世之为男子者惑之也。予故曰:会稽杨维桢之文,狐也,文妖也。噫!狐之妖至于杀人之身,而文之妖,往往后生小子群趋而竞习焉,其足为斯文祸非浅小也。文而可妖哉?妖固非文也。世盖有男子而弗惑者何忧焉。

与濂同受学于黄溍者,有义乌王祎,字子充,尝与濂同修《元史》。一日,太祖语濂曰:"浙东人才,惟卿与王祎。才思之雄祎不如卿,学问之博卿不及祎。"其负当世之重名可知,所著有《华川前集》《华川后集》,今合编为一本。其文醇朴宏肆,有宋人轨范,濂为之序,称其文凡三变:初年所作幅程广而运化宏,壮年出游之后气象益以沉雄,暨四十以后乃浑然天成、条理不爽。可谓知祎之深矣。郑瑗《井观琐言》称其文精密而气弱,非笃论也。

与濂祎同时者,又有徐一夔、苏伯衡、胡翰。文体虽相近,而不及濂、祎。

惟方孝孺字希直,从学于濂,其文章濂门人无出其右者。初,太祖召见孝孺,喜其举止端整,顾太子曰:"彼庄士也,我当遗斯人辅汝。"遂谕还乡。建文即位,征为翰林学士,又进侍讲。燕王举兵南下,僧道衍嘱之曰:"至京师必勿杀方孝孺。杀孝孺,天下读书种子绝矣。"然孝孺卒以守节不屈被僇,年四十六。有《逊志斋集》,其文雄健豪壮,然得力于濂者居多云。

答章秀才论诗书　宋濂

濂白秀才足下:承书知学诗弗倦,且疑历代诗人皆不相师,旁引曲证,亹亹数百言,自以为确乎弗拔之论。濂窃以为世之善论诗者,其有出于足下乎?虽然,不敢从也。濂非能诗者,自汉魏以至乎今,诸家之什,不可谓不攻习也;荐绅先生之前,亦不可谓不磨切也。揆于足下之论,容或有未尽者。请以所闻质之可乎?《三百篇》勿论已,姑以汉言之。苏子卿、李少卿,非作者之首乎?观二子之所著,纡曲凄惋,实宗国风与楚人之辞。二子既没,继者绝少。下逮建安、黄初,曹子建父子起而振之,刘公幹、王仲宣力从而辅翼之。正始之间,嵇阮又叠作,诗道于是乎大盛,然皆师少卿而驰骋于风雅者也。自时厥后,正音衰微。至太康复中兴,陆士衡兄弟则仿子建;潘安仁、张茂先、张景阳则学仲宣;左太冲、张季鹰则法公幹;独陶元亮天分之高,其先虽出于太冲、景阳,究其所自得,直超建安而上之,高情远韵,殆犹太羹充铏,不假盐醯,而至味自存者也。元嘉以还,三谢、颜、鲍为之首,三谢亦本子建,而杂参于郭景纯,延之则祖士衡,明远则效景阳,而气骨渊然,骎骎有西汉风。余或伤于刻镂,而乏雄浑之气,较之太康则有间矣。永明而下,抑又甚焉,沈休文拘于声韵,王元长局于褊迫,江文通过于摹拟,阴子坚涉于浅易,何仲言流于琐碎,至于徐孝穆、庾子山,一以婉丽为宗,诗之变极矣。然而诸人,虽或远式子建、越石,近宗灵运、元晖,方之元嘉,则又有不逮者焉!唐初承陈隋之弊,多尊徐、庾,遂致颓靡不振,张子寿、苏廷硕、张道济相继而兴,各以风雅为师。而卢升之、王子安务欲凌跨三谢,刘希夷、王昌龄、沈云卿、宋少连亦欲蹴驾江薛,固无不可者,奈何溺于久习,终不能改其旧,甚至以律法相高,益有四声八病之嫌矣。唯陈伯玉痛惩其弊,专师汉魏而友景纯、渊明,可谓挺然不群之士,复古之功,于是为大。开元天宝中,杜子美复继出,上薄风雅,下该沈宋,才夺苏李,气吞曹刘,掩颜谢之孤高,杂徐庾之流丽,真所谓集大成者,而诸作皆废矣。并时而作,有李太白,宗风骚及建安七子,其格极高,其变化若神龙之不可羁。有王摩诘依仿渊明,虽运词清雅,而萎弱少风骨。有韦应物祖袭灵运,能壹寄秾鲜于简淡之中。渊明以来,盖一人而已。他如岑参、高达夫、刘长卿、孟浩然、元次山之属,咸以兴寄相高,取法建安。至于大历之际,钱郎远师沈宋,而苗崔卢耿吉李诸家,亦皆本伯玉而宗黄初,诗道于是为最盛。韩柳起于元和之间,韩初效建安,晚自成家,势若掀雷抉电,撑决于天地之垠;柳斟酌陶谢之中,而措辞窈眇清妍,应物而下,亦一人而已。元白近于轻俗,王张过于浮丽,要皆同师于古乐府。贾浪仙独变入僻,以矫艳于元白。刘梦得步骤少陵,而气韵不足。杜牧之沉涵灵运,而句意尚奇。孟东野阴祖沈谢,而流于蹇涩。卢仝则又自出新意,而涉于怪诡。至于李长吉、温飞卿、李商隐、段成式,专夸靡曼,虽人人各有所师,而诗之变又极矣。比之大历,尚有所不逮,况厕之开元哉!过此以往,若朱庆馀、项子迁、李文山、郑守愚、杜彦之、吴子华辈,则又驳乎不足议也。宋初袭晚唐五季之弊,天圣以来,晏同叔、钱希圣、刘子仪、杨大年数人,亦思有以革之,第皆师于义山,全乖古雅之风,迨王元之以迈世之豪,俯就绳尺,以乐天为法。欧阳永叔痛矫西昆,以退之为宗。苏子美、梅圣俞介乎其间。梅之覃思精微,学孟东野,苏之笔力横绝,宗杜子美,亦颇号为诗道中兴。至若王禹玉之踵徽之,盛公量之祖应物,石延年之效牧之,王介甫之原三谢,虽不绝似,皆尝得其仿佛者。元祐之间苏黄挺出,虽曰共师李杜,而竞以己意相高,而诸作又废矣。自此之后,诗人迭起,或波澜富而句律疏,或锻炼精而情性远,大抵不出于二家。观于苏门四学士及江西宗派诸诗,盖可见矣。陈去非虽晚出,乃能因崔德符而归宿于少陵,有不为流俗之所移易。驯至隆兴、乾道之时,尤延之之清婉,杨廷秀之深刻,范至能之宏丽,陆务观之敷腴,亦皆有可观者。然终不离天圣、元祐之故步,去盛唐为益远。下至萧赵二氏,气局荒颓,而音节促迫,则其变又极矣。由此观之,诗之格力崇卑,固若随世而变迁,然谓其皆不相师可乎?第所谓相师者,或有异焉:其上焉者,师其意,辞固不似而气象无不同;其下焉者,师其辞,辞则似矣,求其精神之所寓,固未尝近也。然唯深于比兴者,乃能察知之耳。虽然,为诗当自名家,然后可传于不朽。若体规画圆,准方作矩,终为人之臣仆,尚乌得谓之诗哉!是何者?诗乃吟咏情性之具,而所谓风雅颂者,皆出于吾之一心。特因事感触而成,非智力之所能增损也。古之人,其初虽有所沿袭,未复自成一家言,又岂规规然必于相师者哉?呜呼!此未易为初学道也。近来学者类多自高,操觚未能成章,辄阔视前古为无物,且扬言曰:"曹刘李杜苏黄诸作,虽佳不必师。吾即师,师吾心耳。"故其所作往往猖狂无伦,以扬沙走石为豪,而不复知有纯和冲粹之意,可胜叹哉!可胜叹哉!濂非能诗者,因足下之言,姑略诵所闻如此,唯足下裁择焉,不宣,濂白。

时斋先生俞公墓表　王祎

元既有江南,以豪侈率直变礼文之俗,未数十年,薰渍狃狎,胥化成风,而宋之遗俗,销灭尽矣。为士者怒马短衣,效其语言容饰,以自附于上,冀速获仕进。否则讪笑以为鄙怯。非确然自信者,鲜不为之变。是时金华俞先生,独率其家以礼,深衣高冠,谈说古道。客造门,肃威仪俯首,拱而趋以迓,至门,左右立,三揖;至阶,揖如初,乃升;及位,又揖者三。每揖皆有辞,相称慰庆赞周旋俯仰,辞气甚恭。乡人小子去家久,不知宋俗皆然,或窃指先生为异,或尤以为迂缓,先生不顾也。年七十有二,卒于元至治四年正月十七日。先生既亡,而宋之遗俗无有知者矣。先生讳金,字未器,别号时斋。其先杭人。吴越钱氏时,有仕其国为户部尚书兼营田使者曰公帛,尝道婺义,为爱其地,遂迁邑之凤林乡。户部生德诠,德诠生谏,又徙金华之孝顺镇。谏生海,海生善转、善智,各有子四人,皆为儒。惟善智子言昌,宋大观三年上舍释褐进士,知永丰、萧山二县。而善转子奉,复家溪南之琴山。奉生某县主簿允中,允中生性,性生恣益,恣益生寿,寿生义,先生父也。母金氏。先生少好学,善自程督,钩发窥索,水涵木滋,月长岁化,壮而有名。一试不合有司,即退修于家,于经史尤潜心搜订,较辩疑昧,多所附益。学者师尊之,受业者继于门。先生年愈加,志愈笃,为学晚而弥成。人望其致于用,而宋亡矣。故先生之名不大显于世,惟发之文章以自见,久亦散佚不传,世由是无从知先生,知而言之者,乡人而已。然先生所存,乡人未必知之。知其详者,惟子暨孙,至曾孙则已疏矣。使更越数世,复有知者乎?笃于自信者,固不恤乎人之知否,然德如先生而弗传,则天下之为善者寡矣。祎是以论列之,以见不苟合乎一时者,乃所以合乎后世也。先生娶王氏,生四子,曰禄、祺、祐、祉,乃弃诸子而卒。诸子以卒之岁十二月甲子葬于就日乡义和里之阡,今去先生卒时四十有六年。而先生之孙有钦、有奇、有识、有观、有庆、有用、有元,多为老成人。曾孙五人,亦已长云。

第二节 明初之诗

明初开国文士宋濂、刘基并能为诗,而濂不及基之豪纵,要以高启情词并茂,足推一时之冠。于是吴中有"四杰"之称,北郭有"十友"之目。王世贞《艺苑卮言》曰:"胜国之季,业诗者,道园以典丽为贵,廉夫以奇崛见推。迨于明兴,虞氏多助,大约立赤帜者,二家而已。才情之美,无过季迪;声气之雄,次及伯温。当是时,孟载、景文、子高辈实为之羽翼。而谈者尚以元习短之,谓辞微于宋,所乏老苍,格不及唐,仅窥季晚。然是二三君子,工力深重,风调谐美,不得中行,犹称殆庶,翩翩乎一时之选也。"盖廉夫诗文,王常宗诋为文妖。其徒瞿佑、刘士亨、马浩澜辈效之,又不及远甚。故当以季迪诸家为明初诗人之宗矣。

高启,字季迪,长洲人。元末避张士诚之乱遁居松江之青丘,自号青丘子。洪武初召修《元史》,授翰林院国史编修,后坐撰魏观《上梁文》被诛,年仅三十九。所著有《吹台集》《凤台集》《娄江吟稿》《姑苏杂咏》，启自定为《缶鸣集》，景泰初徐庸合编为《大全集》，凡诗千七百余首。又有《凫藻集》古文五卷。王子充曰："季迪之诗，隽而清丽，如秋空飞隼，盘旋百折，招之不肯下；又如碧水芙蕖，不假雕饰，翛然尘外。"谢徽曰："季迪之诗，缘情随事，因物赋形，横从百出，开合变化。"李东阳曰："国初称高、杨、张、徐。高才力声调，过三人远甚。百余年来，亦未见有卓然过之者。"清《四库》《大全集》提要曰："启天才高逸，实据明一代诗人之上。其于诗，拟汉魏似汉魏，拟六朝似六朝，拟唐似唐，拟宋似宋。凡古人之所长，无不兼之。振元末纤秾丽之习，而返之于古，启实为有力。然行世太早，殒折太速，未能熔铸变化，自为一家。故备有古人之格，而反不能名启为何格。此则天实限之，非启过也。特其摹仿古调之中，自有精神意象存乎其间。譬之褚临禊帖，究非硬黄双钩者比。故终不与北地、信阳、太仓、历下，同为后人诟病焉。"

启在当时与杨基、张羽、徐贲并称"四杰"，又因与王行、徐贲、高逊志、唐肃、宋克、余尧臣、张羽、吕敏、陈则同居北郭，号"北郭十友"。然诸子皆非启之匹也。基，字孟载，嘉州人，家于吴，有《眉庵集》。少时以《铁笛歌》为杨维桢所称。其诗颇染元习，李东阳谓其《春草》诗最传。徐泰《诗谈》谓其"天机云锦，自然美丽，独时出纤巧，不及高启之冲雅"。王世贞《艺苑卮言》又谓其"情至之语，风雅扫地"。朱彝尊《静志居诗话》独推重其五言古体。然近体之佳者，亦自清俊流逸。虽不能方驾青丘，要非余人所及。张羽字来仪，本浔阳人。徐贲，字幼文，本蜀人。皆居吴。羽有《静居集》，贲有《北郭集》，其诗又高杨之亚云。

《眉公笔记》："吴之诗，自唐皮陆唱和为一盛，再盛于元季。自王元俞、郑元祐、张天雨、龚子敬、陈子平、宋子虚、钱翼之、陈敬初、顾仲瑛辈各出所长以追匹古者，继而张仲简、杜彦正、王止仲、杨孟载、高季迪、宋仲温、徐幼文、陈惟寅、丁逊学、王汝器、释道衍辈附和而起，故数诗之能，必指先屈于吴也。维时张来仪自江右来，与高、杨、徐相友善，名为大家，比唐之四杰。故老言不唯文才之似，而其终亦不相远。眉庵、盈川，令终如一。高太史存心无疵而毙,则同乎宾王。北郭虽溺海,仅全要领,而非首丘。张来仪窜岭表,寻召还。以对内政不协,恐祸及己,遽投龙江以没,又与照邻无异。"

程孟阳曰:"静居五言古诗,学杜、学韦各有神理,非苟然者,乐府、歌行,材力驰骋,音节谐畅,不袭宋元格调。眉庵乐府尚多套数语,不若静居才力深浑,有自得处。七言律诗清圆浑脱,不事雕缋,全是唐音,颉颃高杨,未知前后。或谓杨不如高,又谓张徐不及高杨,皆耳食之论也。"

遣兴　刘基

江上潮来风卷沙,城头毕逋乌尾讹。燕泥半湿昨夜雨,蛛网忽粘何处花？孤坐日月自闲暇,出门歧路空交加。漫将白发对芳草,目送去鸿天一涯。

西台恸哭诗　高启

峨峨子陵台,其下大江奔。何人此登高？恸哭白日昏。哀哉宋遗臣,旧客丞相门。丞相既死节,有身耻空存。北望万里天,再拜奠酒尊。阴云暮飞来,恍如载忠魂。所哭岂穷途？中抱千古冤。上悲宗周陨,下念国士恩。凄凉当世事,感慨平生言。空山谁知哀？惟有猴与猿。岂不畏众惊,声发不忍吞。人言天有耳,此哭宁不闻。愿因长风还,吹此血泪痕。往隐燕山隅,一洒宿草根。田横去已远,兹道不复论。作歌悼往事,庶使薄俗敦。

梅花　同上

琼姿只合在瑶台,谁向江南处处栽。雪满山中高士卧,月明林下美人来。寒依疏影萧萧竹,春掩残香漠漠苔。自去何郎无好咏,东风愁寂几回开？

新柳　杨基

浓如烟草淡如金,濯濯姿容袅袅阴。渐软已无憔悴色,未长先有别离心。风来东面知春浅,月到梢头觉夜深。惆怅吴宫千万树,乱鸦疏雨正沉沉。

春草　同上

嫩绿柔香远更浓,春来无处不茸茸。六朝旧恨斜阳里,南浦新愁细雨中。近水欲迷歌扇绿,隔花偏衬舞裙红。平川十里人归晚,无数牛羊一笛风。

川上暮归　张羽

此地频经画舫过,暮归原不畏风波。烟中渔网悬杨柳,浦口船灯照芰荷。归鸟去边行客少,夕阳尽处乱山多。此时诗思浑无赖,听得前溪《子夜歌》。

秀野轩　徐贲

何处问幽寻,轩居湖上林。竹阴看坐钓,苔迹想行吟。嶂日斜明牖,渚风凉到琴。相过有邻叟,应只话闲心。

明初诗人,共推季迪为冠,而何大复独以袁海叟为冠,李空同谓为知言。凯,字景文,华亭人,洪武中由举人荐授监察御史,旋以病免。有《在野集》。凯工诗,有盛名,自号海叟。背戴乌巾,倒骑黑牛游行九峰间,好事者至绘为图。初,在杨维桢座,客出所赋《白燕》诗,凯微笑别作一篇以献,维桢大惊,遍示座客,人遂呼"袁白燕"云。

白燕　袁凯

故国飘零事已非,旧时王谢见应稀。月明汉水初无影,雪满梁园尚未归。柳絮池塘香入梦,梨花庭院冷侵衣。赵家姊妹多相忌,莫向昭阳殿里飞。

李空同曰:"海叟师法子美,集中诗《白燕》最下最传,诸高者顾不传。"何大复曰:"我朝诸名家集多不称鄙意,独海叟较长。海叟歌行法杜,古作不尽是,要其取法必自汉魏以来。"程孟阳曰:"海叟诗气骨高妙,天然去雕饰。天容道貌,即之泠然。《古意》二十首高古激越,雄视一代。七言古诗笔力豪宕,鲜不如意。七言律诗,自宋元来学杜未有如叟之自然者。野逸元澹,疏荡傲兀,往往得老杜兴会。"惟《渔洋诗话》以海叟远非青丘之匹云。

陆深《金台纪闻》曰:"国初高启季迪侍郎,与袁海叟皆以诗名。而云间与姑苏近,殊不闻其还往唱酬,若不相识然。何也?元敬尝道季迪有赠景文诗曰:'清新还似我,雄健不如他。'今其集不载是诗。元敬得之史鉴明古,史得之朱应祥岐凤。岐凤,吾松人,以诗自豪于一时。为序《在野集》者,其事虽无考,然两言者盖实录云。"

李东阳《怀麓堂诗话》曰:"林子羽《鸣盛集》专学唐,袁凯《在野集》专学杜。盖能极力摹拟,不但字面句法,并其题目亦效之,开卷骤视,宛若旧本。然细味之,求其流出肺腑,卓尔自立者,指不能一再屈也。"盖自高袁之外,诗以唐人为宗者又有林子羽。子羽名鸿,福清人。洪武初,以人才荐授将乐县训导,历礼部精膳司员外郎。性脱落不善仕。年未四十,自免归。闽中善诗者称十才子,鸿为之冠。十才子者,闽郑定、侯官王褒、唐泰、长乐高棅、王恭、陈亮、永福王偁及鸿弟子周元、黄元,时人目为"二元"者也。鸿之论诗,大指谓:"汉魏骨气虽雄,而菁华不足。晋祖元虚,宋尚条畅。齐梁以下,但务春华少秋实。惟唐作者可谓大成。然贞观尚习故陋,神龙渐变常调,开元天宝间声律大备,学者当以是为楷式。"闽人言诗者,率本于鸿。明初诗人又有会稽钱宰,元末已称宿儒,洪武中以国子博士致仕,为诗刻意古调,拟汉魏以下诸作,有《临安集》(今传《永乐大典》粹本)。又金华童冀尝与宋濂、张羽、姚广孝诸人唱和,诗调清刚,有《尚䌹斋集》。以及孙蕡之《西庵集》,虞堪之《希澹园诗》,皆不为元末风气所囿,而时有古音者也。

效陶彭泽　童冀

少无簪组念,雅志在丘岑。结庐古涧阿,栖迹嘉树林。南轩纳朝阳,北牖延夕阴。踵门无深辙,入室有鸣琴。良朋以时至,清坐谈古今。秋田秋向熟,浊醪行可斟。顷筐撷园蔬,持竿钓清浔。欢饮聊共适,过满非所钦。

拟行行重行行　钱宰

出门万里别,行行远防边。相望各天末,北斗日夜躔。四运秋复春,不见君子还。燕车北其辙,越马南其辕。目远心愈近,怅望徒悬悬。黄云暗关塞,路险不见天。式微夫如何,日月忽已迁。愿言崇明德,无为终弃捐。

九日登绁月兰若忆郑二宣　林鸿

微霜初下越王城,衰病逢秋也自轻。九日登临多纵醉,百年感慨独钟情。断蝉野寺黄花晚,远树江天白雁晴。却忆浮丘炎海上,懒题诗句寄同声。

第二十章　台阁体

　　成祖起靖难之师，文儒如方孝孺之伦，并被杀戮，惟修《永乐大典》，为古今类书之最宏富者。先是，解缙上封事曰"陛下好观韵府杂书，抄辑芜秽，略无文彩。若喜其便于检阅，愿集一二儒英，随事类别，勒成一经"云云。其后遂修《永乐大典》，缙实为总裁官。用分韵编类之法，书成，累二万巨册，仅写二部而已。清世颇就其中抄辑古籍，遗文坠简，赖以有传，其功甚不细也。惜今《大典》已散佚，不存十一矣。

　　永乐以后至成化之末八十余年，海内无事。诗文亦趋于雍容平易，有承平之风。中间杨士奇、杨荣、杨溥并以文雅见任，逮事成祖、仁宗、宣宗、英宗四朝，历执国柄，号曰"三杨"。其诗文称台阁体，而士奇尤优矣。

　　杨士奇名寓，太和人，以字行。建文之初，以史才召入翰林，永乐初入内阁，典机务，累进华盖殿大学士，尽瘁王事四十余年。正统九年，寿八十卒。三杨并称，而士奇文章特优，制诰碑版，多出其手。仁宗雅好欧阳修文，士奇文亦平正纡余，得其仿佛。有《东里全集》九十七卷，别集四卷。郑瑗《井观琐言》称其文典则，无浮泛之病，杂录叙事极平稳不费力。后来馆阁著作，沿为流派，遂为七子之口实。然李梦阳诗云："宣德文体多浑沦，伟哉东里廊庙珍。"亦不尽没其所长。盖其文虽乏新裁，而不失前辈典型，遂主持数十年之风气，非偶然也。

　　杨荣，字勉仁，建文二年进士。受知成祖，入文渊阁，为大学士。历事仁宗、宣宗，至正统五年卒，年七十。诗文虽不及士奇，而在溥之右，有《文敏集》。溥，字弘济，与荣同举进士，为翰林编修，后擢翰林学士。宣宗、英宗之世，与士奇及荣共典机要。正统十一年卒，年七十五。当时以三人居第，称士奇为西杨，荣为东杨，溥为南杨。三杨声望相匹，皆富贵老寿，惟文采则荣、溥不及士奇云。

同蔡尚远、尤文度、朱仲礼、杨仲举、蔡用严游东山　杨士奇

步出城东门,逍遥望云巘。累月怀佳游,兹晨遂登践。梵宇绕层阿,飞楼凌绝岘。方塘涵湛碧,乔林茂敷衍。繁翳幽莫通,丰茸纷不剪。攀磴穷高跻,绿径屡回转。是时微雨收,轻霞澹舒卷。遥睇素横川,俯视绿盈畎。陟降体自便,顾眄心已缅。况接旷士言,复偕释子辩。析空理弗昧,达喧抱愈展。何因此间栖,永全浮灵遣。

三杨之文虽无深湛幽渺之思、纵横驰骤之才足以震耀一世,而逶迤有度,醇实无疵。台阁之文,所由与山林枯槁者异也。柄国既久,晚进者递相摹拟,余波所衍,渐流为肤廓冗长,千篇一律。物穷则变,于是何李崛起,倡为复古之论,而士奇、荣等遂为艺林之口实。平心而论,凡文章之力,足以转移一世者,其始也必能自成一家,其久也亦无不生弊。微独东里一派,即前后七子,亦孰不皆然? 不可以前人之盛,并回护后来之衰,亦不可以后来之衰,并掩没前人之盛也。当时又别有正统十才子、景泰十才子,然大抵沿台阁体之余习,故不复深论焉。

第二十一章 弘正文学

第一节 何李

弘治、正德之际，内外多事。西北边境，屡患寇攘，权阉窃柄，国政日就陵替，盗贼满野，天子壅蔽，惟以嬉游为务。而此时文学独有复古之象，李梦阳、何景明、边贡、徐祯卿等相唱和，"文必秦汉，诗必盛唐以上"，力矫永乐以后之台阁体，风气至是一变。先是，海内称李梦阳、何景明、边贡为三才子，后益以徐祯卿，称"弘正四杰"。就中李梦阳、何景明最为杰出。李以雄健胜，何以秀逸胜，实开嘉靖四十子之体格焉。

明初诗人，或染元习，或沿宋体。何、李既出，乃一矫以唐音，然亦李东阳一麾之力居多。东阳字宾之，号西涯，茶陵人。天顺八年，年十八，登进士第。历官太子少师、吏部尚书、华盖殿大学士。正德十一年卒，年七十。初，武宗之立，东阳与刘健、谢迁俱受顾命，一时号为贤相，惟与刘瑾并立朝，为后人所訾。然好奖成后进，推挽才彦。学士大夫出其门者，卒粲然有所成就，天下翕然宗之，称曰"西涯先生"。李梦阳虽后来颇诋东阳，固亦尝执贽其门，故复古之功，诚推何、李，何、李又实借誉于东阳也。是以穆敬甫曰："东阳倡始之功，甚似唐之燕、许。"王元美亦云："东阳之于李、何，犹陈涉之启汉高也。"其诗尤雅驯清彻，格律严整，得唐人之风致。有《怀麓堂集》百卷。

花将军歌　李东阳

花将军，身长八尺勇绝伦，从龙渡江江水浑。提剑跃马走平陆，敌兵不能逼，主将不敢嗔。杀人如麻满川谷，遍体无一刀枪痕。太平城中三千人，楚贼十万势欲吞。将军怒呼缚尽绝，骂贼如狗狗不狺。檣头万箭集如猬，将军愿死不愿生作他人臣。郜夫人，赴水死，有妻不辱将军门。将军侍婢身姓孙，收尸葬母抱儿走，为贼俘虏随风尘。寄儿渔家属渔姥，死生已分归苍旻。贼平身归窃儿去,夜宿陶穴如生坟。乱兵争舟不得渡,堕水不死如有神。浮槎为舟莲为食,空中老父能知津。孙来抱儿达行在,哭声上彻天能闻。帝呼花云儿,风骨如花云,手摩膝置泣复叹,云汝不死犹儿存。儿年十五官万户,九原再拜君王恩。忠臣节妇古稀有,婴杵尚是男儿身。英灵在世竟不朽,下可为河岳,上可为星辰。君不见金华文章石室史,嗟我欲赋岂有笔力回千钧。

李梦阳,字天赐,更字献吉,庆阳人,徙扶沟。弘治癸丑进士,授户部主事,转员外郎。应诏陈言,弹寿宁侯张鹤龄,系锦衣狱,旋释之。进郎中,代尚书。韩文草奏劾刘瑾,坐奸党致仕。有《空同子集》。梦阳才思雄骛,与何景明等以复古自命,皆卑视一世,而梦阳尤甚。吴人黄省曾、越人周祚千里致书,愿为弟子。迨嘉靖朝,李攀龙、王世贞出,复奉以为宗。天下推李、何、王、李为四大家,无不争效其体。华州王维桢以为:"七言律自杜甫以后,善用顿挫倒插之法,惟梦阳一人。"而后有讥梦阳诗文者,则谓其摹拟剽窃,得史迁、少陵之似,而失其真云。何景明,字仲默,信阳人。八岁解诗、古文,弘治十一年举于乡,年方十五,旋第进士,授中书舍人。与李梦阳辈,倡诗古文,梦阳最雄骏,景明稍后出,相与颉颃。官至陕西提学副使。卒年三十九。景明志操耿介,尚节义,鄙荣利,与梦阳并有国士风,两人为诗文初相得甚欢,名成之后互相诋諆。梦阳主摹仿,景明则主创造,各树坚垒不相下,两人交游亦遂分左右袒。说者谓景明之才,本逊梦阳,而其诗秀逸稳称,视梦阳粗浮剽窃,反为过之。然天下语诗文必并称何、李。其持论谓:"诗溺于陶,谢力振之,古诗之法亡于谢;文靡于隋,韩力振之,古文之法亡于韩。"

清《四库》《空同集》提要曰:"梦阳倡言复古,使天下毋读唐以后书,持论甚高,足以悚当代之耳目。故学者翕然从之,文体一变。厥后摹拟剽贼,日就窠臼。论者追原本始,归狱梦阳,其受垢厉亦最深。考明自洪武以来,运当开国,多昌明博大之音。成化以后,安享太平,多台阁雍容之作。愈久愈弊,陈陈相因,遂至啴缓冗沓,千篇一律。梦阳振起痿痹,使天下复知有古书,不可谓之无功,而盛气矜心,矫枉过直。《因树屋书影》载其'黄河水绕汉宫墙'一诗,以落句有'郭汾阳'字,涉用唐事,恐贻口实,遂删除其稿不入集中。其坚立门户,至于如此。同时若何景明、薛蕙皆梦阳倡和之人,景明论诗诸书,既断新往复;蕙亦有'俊逸终怜何大复,粗豪不解李空同'句,则气类之中已有异议,不待后来之排击矣。平心而论,其诗才力富健,实足以笼罩一时。而古体必汉魏,近体必盛唐,句拟字摹,食古不化,亦往往有之。所谓'武库之兵,利钝杂陈'者也。其文则故作聱牙,以艰深文其浅易。明人与其诗并重,未免怵于盛名。"又《大复集》提要曰:"梦阳、景明二人,天分各殊,取径稍异,故集中与梦阳论诗诸书,反复诘难,断新然两不相下。平心而论,摹拟蹊径,二人之所短略同。至梦阳雄迈之气与景明谐雅之音亦各有所长,正不妨离之双美,不必更分左右袒也。景明于七言古体深崇四杰转韵之格,见所作《明月篇序》中。王士禛《论诗绝句》有曰:'接迹风人《明月篇》,何郎妙悟本从天。王杨卢骆当时体,莫逐刀圭误后贤。'乃颇不以景明为然。其实七言肇自汉氏,率乏长篇。魏文帝《燕歌行》以后,始自为音节。鲍照《行路难》始别成变调。继而作者实不多逢。至永明以还,蝉联换韵,宛转抑扬,规模始就。故初唐以至长庆,多从其格。即杜甫诸歌行,鱼龙百变,不可端倪,而《洗兵马》《高都护》《骢马行》等篇,亦不废此一体。士禛所论,以防浮艳涂饰之弊则可,必以景明之论足误后人,则不免于惩羹而吹齑矣。"

送李帅之云中　李梦阳

　　黄风北来云气恶,云州健儿夜吹角。将军按剑坐待曙,纥干山摇月半落。槽头马鸣士饭饱,昔无完衣今绣袄。沙场缓辔行射雕,秋草满地单于逃。

九日南陵送橙菊　同上

　　朱门美菊采先芳,玉匳新橙摘早霜。传送满盘真斗色,分看随手各矜香。深怜便合移尊酹,暂贮应须得蟹尝。独醉秋堂卧风物,一年晴雨任重阳。

鲥鱼　何景明

五月鲥鱼已至燕,荔枝卢橘未能先。赐鲜遍及中珰第,荐熟应开寝庙筵。白日风尘驰驿骑,炎天冰雪护江船。银鳞细骨堪怜汝,玉箸金盘敢望传。

弘正间文学,为李东阳之羽翼者有杨一清,为李、何之羽翼者有边贡、徐祯卿,号"弘正四杰"。然当时李、何与祯卿、贡、朱应登、顾璘、陈沂、郑善夫、康海、王九思等,号"十才子"。又李、何、祯卿、贡、海、九思、王廷相号"十才子"。祯卿又先与文徵明、唐寅、祝允明有"吴中四子"之目,继与陆深齐名。吴中四子诗本慕白居易、刘禹锡,祯卿从李、何游,乃变而向汉魏盛唐。朱彝尊《静志居诗话》论成弘间诗体曰:"成弘间,诗道傍落,杂而多端。台阁诸公,白草黄茅,纷芜靡蔓,其可披沙而拣金者,李文正、杨文襄也。理学诸公,击壤打油,筋斗样子,其可识曲而听真者,陈白沙也。北地一呼,豪杰四应,信阳角之,迪功犄之,律以高廷礼《诗品》,浚川、华泉、东桥等为之羽翼,梦泽、西原等为之接武,正变则有少谷、太初,傍流则有子畏,霞蔚云蒸,忽焉丕变,呜呼甚哉!"

重赠吴国宾　边贡

汉江明月照归人,万里秋风一叶身。休把客衣轻浣濯,此中犹有帝京尘。

寄华玉　徐祯卿

去岁君为蓟门客,燕山雪晴秦云白。马上相逢脱紫貂,朝回沽酒城南陌。燕山此日雪纷纷,只见秦云不见君。胡天白雁南飞尽,千里相思那得闻。

拟宫怨　顾璘

不见彤墀日月旗,庭隅草木掩清辉。金舆到处无新故,玉貌从来有是非。莫雨楼台双燕入,春寒池馆百花稀。监官一去无人语,独自含颦咏绿衣。

闲居秋日　祝允明

逃暑因能暂闭关,不须多把古贤攀。并抛杯勺方为懒,少事篇章未碍闲。风堕一庭邻寺叶,云开半面隔城山。浮生只说潜居易,隐比求名事更艰。

月夜登阊门西虹桥　文徵明

白雾漫空去渺然,西虹桥上月初圆。带城灯火千家市,极目帆樯万里船。人语不分尘似海,夜寒初重水生烟。平生无限登临兴,都落风栏露楯前。

杨慎少时亦曾与何大复诸人游接,故《升庵集》诗文亦不属唐以后体格,惟盛年远谪,不在声气之中耳。慎著述之富,有明一代,罕见其比。清《四库提要》称慎诗:"含吐六朝,于明代独立门户;文虽不及其诗,然犹存古法,贤于何、李诸家窒塞艰涩不可句读者。盖多见古书,薰蒸沉浸,吐属自无鄙语,譬诸世禄之家,天然无寒俭之气矣。"

咏柳　杨慎

垂杨垂柳管芳年,飞絮飞花媚远天。金距斗鸡寒食后,玉蛾翻雪暖风前。别离江上还河上,抛掷桥边与路边。游子魂销青塞月,美人肠断翠楼烟。

第二节　王守仁

弘正间王守仁以文章之彦,蔚为儒宗。先是,明初以来言理学者有薛瑄、胡居仁、丘濬、陈献章诸家,皆承伊洛之绪论,未有创解新说也。自守仁出,始称朱陆以后之硕学焉。

守仁字伯安,余姚人。弘治十二年进士,为刑部主事。忤刘瑾,谪龙场驿丞。及刘瑾诛,历官至太仆寺少卿、鸿胪寺卿、兵部尚书等,封新建伯。嘉靖八年卒于安南，年五十八，谥"文成"。先是，守仁尝筑书屋，于阳明洞讲学，故世称曰"阳明先生"。

阳明之学，宗陆象山，以致良知为主。所论或与朱子异趣。故薛瑄之徒尊朱子，其学为河东；阳明一派为姚江派。阳明尝自谓初溺于任侠，次溺于骑射，次溺于词章，次溺于神仙，次溺于佛氏，终乃致力圣贤之学，究格物致知之旨。然其文章特雅健有光彩，上承宋濂、方孝孺之绪，而开王慎中、唐顺之、归有光之先声。其诗格尤典正不矜奇巧，初与李、何诸人倡和，后大有所悟，断然弃去，社中人皆深惜之。尝曰："学如韩、柳，不过文人，辞如李、杜，不过诗人，惟志心性之学，以颜、闵为期者，乃人间第一等德业也。"然彼诗文亦自成一家，足为一代之大宗矣。

瘗旅文　王守仁

维正德四年秋月三日，有吏目云自京来者，不知其名氏，携一子一仆，将之任，过龙场，投宿土苗家。予从篱落间望见之，阴雨昏黑，欲就问讯北来事，不果。明早，遣人觇之，已行矣。薄午，有人自蜈蚣坡来，云："一老人死坡下，傍两人哭之哀。"予曰："此必吏目死矣，伤哉！"薄暮，复有人来云："坡下死者二人，傍一人坐哭。"询其状，则其子又死矣。明日，复有人来云："见坡下积尸三焉。"则其仆又死矣。呜呼伤哉！念其暴骨无主，将二童子，持畚锸往瘗之，二童子有难色然。予曰："噫！吾与尔犹彼也！"二童闵然涕下，请往。就其傍山麓为三坎，埋之。又以只鸡、饭三盂，嗟吁涕洟而告之曰：呜呼伤哉！繄何人？繄何人？吾龙场驿丞、余姚王守仁也。吾与尔皆中土之产，吾不知尔郡邑，尔乌为乎来为兹山之鬼乎？古者重去其乡，游宦不逾千里。吾以窜逐而来此，宜也。尔亦何辜乎？闻尔官，吏目耳，俸不能五斗，尔率妻子躬耕可有也，乌为乎以五斗而易尔七尺之躯？又不足，而益以尔子与仆乎？呜呼伤哉！尔诚恋兹五斗而来，则宜欣然就道，乌为乎吾昨望见尔容蹙然，盖不胜其忧者？夫冲冒雾露，扳援崖壁，行万峰之顶，饥渴劳顿，筋骨疲惫，而又瘴疠侵其外,忧郁攻其中,其能以无死乎?吾固知尔之必死,然不谓若是其速,又不谓尔子尔仆,亦遽然奄忽也!皆尔自取,谓之何哉?吾念尔三骨之无依,而来瘗尔,乃使吾有无穷之怆也。呜呼伤哉!纵不尔瘗,幽崖之狐成群,阴壑之虺如车轮,亦必能葬尔于腹,不致久暴露尔。尔既已无知,然吾何能为心乎?自吾去父母乡国而来此,二年矣。历瘴毒而苟能自全,以吾未尝一日之戚戚也。今悲伤若此,是吾为尔者重,而自为者轻也。吾不宜复为尔悲矣。吾为尔歌,尔听之。歌曰:连峰际天兮,飞鸟不通。游子怀乡兮,莫知西东。莫知西东兮,惟天则同。异域殊方兮,环海之中。达观随寓兮,奚必予宫?魂兮魂兮,无悲以恫。又歌以慰之曰:与尔皆乡土之离兮,蛮之人言语不相知兮。性命不可期!吾苟死于兹兮,率尔子仆来从予兮,吾与尔遨以嬉兮。骖紫彪而乘文螭兮,登望故乡而嘘唏兮。吾苟获生归兮,尔子尔仆尚尔随兮,无以无侣悲兮!道旁之冢累累兮,多中土之流离兮,相与呼啸而徘徊兮。飧风饮露,无尔饥兮。朝友麋鹿,暮猿与栖兮。尔安尔居兮,无为厉于兹墟兮!

第二十二章　嘉靖万历文学

第一节　嘉靖八才子及归有光之古文

嘉靖初，王慎中等倡为古文，以矫李、何之弊，有"八才子"之号。先是，北地信阳，声华籍甚，教天下无读唐以后书。然其学得于诗者较深，得于文者颇浅，故其诗能自成家，而古文则钩章棘句，剽袭秦汉之面貌，遂成伪体。史称慎中为文，初亦高谈秦汉，谓东京以下无可取，已而悟欧、曾作文之法，乃尽焚旧作，一意师仿，尤得力于曾巩。唐顺之初不服其说，久乃变而从之，壮年废弃，益肆力于文，演迤详赡，卓然成家，与顺之齐名，天下称之曰王、唐。又与陈东、李开先、熊过、任瀚、赵时春、吕高称"八才子"，而王、唐名最高矣。慎中字道思，晋江人。嘉靖五年进士，历官户部主事、礼部员外郎、山东提学佥事、江西参议、河南参政，后罢官屏居二十年。嘉靖三十八年卒，年五十一。有《遵岩集》。顺之字应德，毗陵人。嘉靖八年进士，历兵部、吏部，入翰林，后罢官，入阳羡山中读书十余年，复召用。以嘉靖三十九年卒，年五十四。有《荆川集》。自八才子之以古文倡也，李何集几遏不行，李攀龙、王世贞后起力排之，卒不能掩。攀龙，慎中提学山东时所赏拔者也，其后宗何李，遂与慎中异趣云。

八才子自王、唐外，其文不甚显。茅坤、归有光稍晚出，治古文有声而名不在八才子之列。坤字顺甫，善古文，最心折唐顺之。顺之喜唐宋诸大家文，所著《文编》，唐宋人自韩、柳、欧、三苏、曾、王八家外无所取，故坤选《八大家文钞》。其书盛行，海内乡里小生无不知茅鹿门者。鹿门，坤之别号也。顺之有《答茅鹿门知县论文书》曰：

熟观鹿门之文，及鹿门与人论文之书，门庭路径，与鄙意殊有契合；虽中间小小异同，异日当自融释，不待喋喋也。至如鹿门所疑于我本是欲工文字之人，而不语人以求工文字者，此则有说。鹿门所见于我者，殆故吾也，而未尝见夫槁形灰心之吾乎？吾岂欺鹿门者哉！其不语人以求工文字者，非谓一切抹杀，以文字绝不足为也，盖谓学者先务，有源委本末之别耳。文莫犹人，躬行未得，此一段公案，姑不敢论，只就文章家论之。虽有绳墨布置、奇正转折，自有专门师法；至于中间一段精神、命脉、骨髓，则非洗涤心源、独立物表、具今古只眼者，不足以与此。今有两人，其一人心地超然，所谓具千古只眼人也，即使未尝操纸笔呻吟，学为文章，但直据胸臆，信手写出，如写家书，虽或疏卤，然绝无烟火酸馅习气，便是宇宙间一样绝好文章；其一人犹然尘中人也，虽其颛颛学为文章，其于所谓绳墨布置，则尽是矣，然翻来覆去，不过是这几句婆子舌头语，索其所谓真精神与千古不可磨灭之见，绝无有也，则文虽工而不免为下格。此文章本色也。即如以诗为喻，陶彭泽未尝较声律，雕句文，但信手写出，便是宇宙间第一样好诗。何则？其本色高也。自有诗以来，其较声病、雕句文用心最苦而立说最严者，无如沈约，苦却一生精力，使人读其诗，只见其捆缚龌龊，满卷累牍，竟不曾道出一两句好话。何则？本色卑也。本色卑，文不能工也，而况非其本色者哉！且夫两汉而下之文之不如古者，岂其所谓绳墨转折之精之不尽如哉？秦汉以前，儒家者有儒家本色，至如老庄家有老庄本色，纵横家有纵横家本色，名家、墨家、阴阳家皆有本色，虽其为术也驳，而莫不皆有一段千古不可磨灭之见。是以老家必不肯剿儒家之说，纵横必不肯借墨家之谈，各自其本色而鸣之为言。其所言者，其本色也，是以精光注焉，而其言遂不泯于世。唐宋而下，文人莫不语性命，谈治道，满纸炫然，一切自托于儒家。然非其涵养畜聚之素，非真有一段千古不可磨灭之见，而影响剿说，盖头窃尾，如贫人借富人之衣，庄农作大贾之饰，极力装做，丑态尽露，是以精光枵焉，而其言遂不久湮废。然则秦汉而上，虽其老、墨、名、法、杂家之说而犹传，今诸子之书是也；唐宋而下，虽其一切语性命、谈治道之说而亦绝不传，欧阳永叔所见唐四库书目百不存一焉者是也。后之文人，欲以立言为不朽计

者，可以知所用心矣。然则吾之不语人以求工文字者，乃其语人以求工文字者也，鹿门其可以信我矣。（下略）

归有光，字熙甫，昆山人。少师事同邑魏校，应嘉靖十九年进士不第，退居安亭江上，讲学著文二十余年，学者称曰"震川先生"。嘉靖四十四年，始成进士，年六十矣。授长兴知县，甚有治绩。隆庆五年卒，年六十六。有光为古文，虽视王唐稍晚，而趣尚略同，尤好《太史公书》，得其神理。时王世贞承二李之后主盟文坛，有光力排抵之。其《项思尧文集序》曰：

永嘉项思尧与余遇京师，出所为诗文若干卷，使余序之。思尧怀奇未试，而志于古之文，其为诗可传诵也。盖今世之所谓文者难言矣。未始为古人之学，而苟得一二妄庸人为之巨子，争附和之以诋排前人。韩文公云："李杜文章在，光焰万丈长。不知群儿愚，那用故谤伤！蚍蜉撼大树，可笑不自量！"文章至于宋、元诸名家，其力足以追数千载之上而与之颉颃；而世直以蚍蜉撼之，可悲也！毋乃一二妄庸人为之巨子以倡导之与！思尧之文，固无俟于余言，顾今之为思尧者少，而知思尧者尤少。余谓文章，天地之元气，得之者，其气直与天地同流。虽彼之权足以荣辱毁誉于人，而不能以与于吾文章之事；而为文章者，亦不能自制其荣辱毁誉之机于己。两者背戾而不一也久矣。故人知之过于吾所自知者，不能自得也；已知之过于人之所知，其为自得也，方且追古人于数千载之上矣。吾与思尧言自得之道如此。思尧果以为然，其造于古也必远矣。

钱谦益题《归熙甫集》曰："熙甫生与王弇州同时。弇州世家膴仕，主盟文坛，海内望走，如玉帛职贡之会，惟恐后时。而熙甫老与场屋，与一二门弟子，端拜雒诵，自相倡叹于荒江虚市之间。尝为人叙其文曰：'今之所谓文者，未始为古人之学，苟得一二妄庸人为之巨子，以诋排前人。'弇州笑曰：'妄诚有之，庸则未敢闻命。'熙甫曰：'唯庸故妄，未有妄而不庸者也。'弇州晚年颇自悔其少作,亟称熙甫之文,尝赞其画像曰:'风行水上,涣为文章。风定波息,与水相忘。千载有公,继韩欧阳。予岂异趋,久而自伤。'其推服之如此。而又曰:'熙甫志墓文绝佳,惜铭词不古。'推公之意,其必以聱牙诎曲不识字句者为古耶?不独其护前仍在,亦其学问种子,埋藏八识田中,所见一差,终其身而不能改也。如熙甫之《李罗村行状》《赵汝渊墓志》,虽韩、欧复生,何以过此?以熙甫追配唐、宋八大家,其于介甫、子由,殆有过之无不及也。士生于斯世,尚能知宋、元大家之文,可以与两汉同流,不为俗学所澌灭,熙甫之功,岂不伟哉!传闻熙甫上公车,赁骡车以行。熙甫俨然中坐,后生弟子执书夹侍。嘉定徐宗伯年最少,从问李空同文云何?因取集中《于肃愍庙碑》以进。熙甫读毕,挥之曰:'文理哪得通?'偶拈一帙,得曾子固《书魏郑公传后》,挟册朗诵,至五十余过,听者皆欠伸欲卧,熙甫沉吟讽咏,犹有余味。宗伯每叹先辈好学深思,不可几及如此。今之君子,有能好熙甫之文如熙甫之于子固者乎?后山一瓣香,吾不忧其无所托矣。"

按牧斋为文与熙甫不类,而推之至于如此。清世桐城派作者尤尊熙甫,殆有逾于王唐焉。

第二节 李王七子之诗体

与王唐对峙而复倡李何一派,言文必秦汉、诗必盛唐者,又有李攀龙、王世贞、谢榛、宗臣、梁有誉、徐中行、吴国伦七子。明代文章自前后七子而大变。前七子以李梦阳为冠,何景明附翼之。后七子以攀龙为冠,王世贞应和之。后攀龙先逝而世贞名位日昌,声气日广,著述日富,坛坫遂跻攀龙上。然尊北地,排长沙,续前七子之焰者,攀龙实首倡也。殷士儋作《攀龙墓志》称:"文自西汉以来,诗自天宝以下,若为其毫素污者,辄不忍为。故所作一字一句,摹拟古人。骤然读之,斑驳陆离,如见秦、汉间人;高华伟丽,如见开元、天宝间人也。"至万历间,公安袁宏道兄弟始以赝古诋之。天启中,临川艾南英排之尤力。今观其集,古乐府割剥字句,诚不免剽窃之讥。诸体诗亦亮节较多,微情差少。杂文更有意诘屈其词,涂饰其字,诚不免如诸家所讥。然攀龙资地本高,记诵亦博,其才力富健,凌轹一时,实有不可磨灭者。撷其英华,固亦豪杰之士也。

李攀龙,字于鳞,历城人。嘉靖甲辰进士,除刑部主事,历郎中。出知顺德府,升陕西提学副使。称病归乡里,构白雪楼居之。东眺华不注,西挹鲍山,日夕读书吟咏楼中十年,宾客造门,皆谢不见。已而擢河南按察使,奔母丧,哀毁过甚,遂得疾。隆庆四年卒,年五十七。有《沧溟集》。

王世贞,字元美,太仓人,自号"凤洲",亦称"弇州山人"。嘉靖二十六年进士,由刑部主事迁员外郎郎中。尝疏辩杨继盛之冤,为严嵩所忌,出为青州兵备副使。嵩诛,历任太仆寺卿、兵部右侍郎、刑部尚书。万历十八年卒,年六十五。有《弇州山人四部稿》百七十四卷,续稿二百七卷。世贞始与攀龙狎主文柄,攀龙殁,独操其柄二十年。才最高,地望最显,声华意气,笼盖海内。举天下士大夫,以及山人词客,衲子羽流,莫不奔走门下,片言褒赏,声价骤起。自古文士享隆名,主风雅,领袖人伦,未有若世贞之盛者也。其持论文必西汉,诗必盛唐,大历以后书勿读,而藻饰太甚,晚年攻者渐起,世贞顾渐造平淡。病亟时,刘凤往视,见其手《苏子瞻集》讽玩不置也。其所与游者大抵见其集中。《前五子篇》则攀龙、中行、有誉、国伦、臣也。《后五子篇》则南昌余曰德、蒲圻魏裳、歙汪道昆、铜梁张佳胤、新蔡张九一也。《广五子篇》则昆山俞允文、濬卢柟、濮州李先芳、孝丰吴维岳、顺德欧大任也。《续五子篇》则阳曲王道行、东明石星、从化黎民表、南昌朱多煃、常熟赵用贤也。《末五子篇》则京山李维桢、鄞屠隆、南乐魏允中、兰溪胡应麟也,而用贤复与焉。又作《八哀篇》纪同郡中老辈陆治、彭年、文嘉、陈鎏、陆师道、黄姬水、顾圣之、钱谷。作《四十咏》纪远近交游皇甫汸、莫如忠、许邦才、周天球、沈明臣、王祖嫡、刘凤、张凤翼、朱多煃、顾孟、林殷、都穆、文熙、刘黄裳、张献翼、王稚登、王叔承、周弘禴、沈思孝、魏允贞、喻均、邹迪光、余翔、张元凯、张鸣凤、邢侗、邹观光、曹昌先、徐益孙、瞿汝稷、顾绍芳、朱器封、王廷绶、徐桂、王伯稠、王衡、汪道贯、华善继、张九一、梅鼎祚、吴稼竳之属。然其所去取颇以好恶为高下。曰德字德甫,佳胤字肖甫,九一字助甫,世贞诗所谓"吾党有三甫"也。

谢榛,字茂秦,临清人,有《四溟山人集》。嘉靖间挟诗卷游长安,脱黎阳卢柟于狱。诸公皆多其行谊,争与交欢。是时于鳞、元美结社燕市,茂秦以布衣执牛耳。结社之始,尚论有唐诸家,茫无适从。茂秦主选十四家诗,熟读之以会神气,申咏之以求声调,玩味之以哀精华,自是称诗选格多取定于茂秦。于鳞赠诗曰:"谢榛吾党彦,咄嗟名士籍。遂令清庙音,乃在褐衣客。"于时子与、公实、子相、元美撰《五子诗》,咸首茂秦而次以于鳞。既而布衣高论,不为同社所安,于鳞乃遗书绝交而曰:"岂其使一眇君子肆于二三之上? 必不然矣。"迹其隙末,乃因明卿入社,茂秦喻以粪土,由是布恶于众。元美别定五子,遽削其名。其后世贞有后五子、广五子、续五子、末五子之咏,更广为四十子,而茂秦终不得与焉。故四溟赋《杂感》诗,有"奈何君子交,中道两弃置"之句,亦可悯矣。于鳞有言:"眇君子虽耄而绳墨犹存,则亦未尝深绝之,特明时重资格,于章服中杂以韦布,终以为嫌尔。"然七子论诗之旨,实自茂秦发之也。

朱彝尊以七子中元美才气十倍于鳞,然元美推服于鳞甚至。茂秦今体工力深厚,句响字稳,亦在诸人之上。此外,梁有誉,字公实,顺德人,有《兰汀存稿》。宗臣,字子相,兴化人,有《方城集》。徐中行,字子与,长兴人,有《青萝馆集》。吴国伦,字明卿,兴国州人,有《甄甄洞正续集》。明卿文采最劣,宜茂秦深薄之,然最老寿,元美即世之后犹与汪伯玉、李本宁狎主齐盟,亦见一时之风气也。

古意　李攀龙

秋风西北起,吹我游子裳。浮云从何来,安知非故乡。萧萧胡马鸣,翩翩下枯桑。暮色入中原,飞蓬转战场。往路不可怀,行役自悲伤。

怀子相　同上

蓟门秋抄送仙槎,此日开樽感岁华。卧病山中生桂树,怀人江上落梅花。春来鸿雁书千里,夜入楼台雪万家。南粤东吴还独往,应怜薄宦滞天涯。

袁江流钤山冈　　王世贞

汤汤袁江流,巘巙钤山冈。钤山自言高,袁江自言长。不知何星宿,独火或贪狼。降生小家子,为灾复为祥。瘦若鹳雀立,步则鹤昂藏。朱蛇戬其冠,光彩烂纵横。孔雀虽有毒,不能掩文章。十五齿邑校,二十荐乡书。三十拜太史,矻矻事编摩。五十天官卿,藻镜在留都。六十登亚辅,少保秩三孤。七十进师臣,独秉密勿谟。八十加殊礼,内殿敕肩舆。任子左司空,孽孙执金吾。诸儿胜拜跪,一一赐银绯。甲第连青云,冠盖罗道途。僄直不复下,中禁起周庐。凉堂及便房,事事皆相宜。文丝织隐囊,细锦为床帷。尚方铸精镠,胡碗杯苂篱。雕盘盛玉膳,黄票封大禧。五尺凤头尖,时时遣问遗。黄绒团蟒纱,织作自留司。匹匹压纱银,百两颇有余。剪作百和香,染为混元衣。温凉四时药,手自剂刀圭。日月报薄蚀,朝贺当暑祁。但卧不必出,称敕撰直词。御史噤莫声,缇骑勿何谁。相公有密启,为复未开封。九重不斯须,婕好贴当胸。密诏下相公,但称严少师,或字呼惟中。县官与相公,两心共一心。相公别有心,县官不可寻。相公与司空,两心同一心。司空别有心,相公不得寻。昔逐谙城翟,黄冠归田里。后诒贵溪夏,朝衣向东市。戈矛生謦咳,斋粉成睚眦。朝疏论相公,棰榜夕以至。宁忤县官生,不忤相公死。相公犹自可,司空立杀尔。凌晨直门开,九卿前白事。不复问诏书,但取相公旨。相公前报言,但当语儿子。儿子大智慧,能识天下体。九卿不能答,次且出门去。不敢归其曹,共过城西邸。司空令传语,偶醉未可起。去者归其曹,留者当未至。九卿面如土,九卿足如枳。为复且忍饥,以次前白事。司空有德色,相公直庐喜。司空稍嗫嚅,相公直庐恚。不复问相公,但取司空旨。县官有密诏,急取相公对。相公不能对,急复呼儿子,儿子大智慧,能识天下体。一疏天怒廻,再疏天颜喜。九边十二镇,诸王三十国。中外美达官,大小员数百。各各黄金铸,一一千金直。南海明月珠,于阗夜光玉。猫精鸦鹘石,酒黄祖母绿,红紫青觫鞨,大者如拳蕨。蔷薇古剌水,伽南及阿速。瑞脑真龙涎,十里为芬馥。古法书名画,何止千百轴。玉欔标金题,煌煌照箱簏。妖姬围鹓队,队队皆殊色。银床金丝帐,玉枕象牙席。杏衫平头奴,丝縢双蹴鞠。酒阑呼不见,潜入他房宿。生埋冯子都,烂煮秦宫肉。生者百丛花,殁者一丛棘。近即龙床底,远至阴山后。凡我民膏脂,无非相公有。义儿数百人,监司迫卿寺。以至大节镇,侯家并戚里。逶迤洙泗步,灿灿西京手。老者相公儿,少者司空子。谓当操钧柄,天地俱长久。御史上弹章,天眼忽一开。诏捕少司空,究核诸脏罪。三木囊赭衣,炎方御魑魅。金吾一孙戍,余者许归侍。意犹念相公,续廪存晚计。舳舻三十艘,满载金珠行。相公船头坐,谁敢问讥征。啸傲郿坞间,足夸富家翁。司空不之成,还复称司空。广征诸山材,起第象紫宫。募卒为家卫,日夜声汹汹。从奴踏邑门,子弟郡国雄。不论有反状,讹言所流腾。宗社万不忧,黔首或震惊。御史再发之,天威不为恒。御史乘飞置,捕司空至京。司空辞相公,再拜泣且絮:"今当长相别,儿不负阿父。"相公心自言:"阿父宁负汝?不识一丁字,束发辟三府,月请尚书奉,冠服亚汝父。汝父身不保,安能相救取!"重恳监刑客,少入别诸姬。"归者吾而配,不归而鬼妻。"诸姬心自言:"司空何太痴!归者吾而配,不归人人妻。"还抚诸儿郎:"阿爷生别离。金银空饶积,高与钤山齐,不得铸爷身,及身身始知。"儿郎心自言:"阿爷何太痴!有金儿当使,无金儿自支。"监刑两指挥,各携铁锒铛。程程视溲寝,步步相扶将。有酒强为歌,无酒夜彷徨。秋官爰书上,顷刻飞骑传。一依叛臣法,砥死大道边。有尸不得收,纵施群乌鸢。家资巨千万,少府司农钱。上宝入尚方,中宝发助边。不得称相公,没入优老田。片瓦不盖头,一丝不著肩。诸孙呼践更,夕受亭长鞭。僮奴半充戍,余者他州县。夜半一启门,诸姬鸟兽窜。里中轻薄子,媒妁在两腕。相公逼饥寒,时一仰天叹:"我死不负国,奈何生儿叛?"傍人为大笑:"嗜汝一何愚!汝云不负国,国负汝老奴?谁令汝生儿,谁令汝纵卖?谁纳庶僚贿,谁腴诸边储?谁僇直谏臣,谁为开佞谀?谁仆国梁柱,谁剪国爪牙?土木求神仙,谁独称先驱?六十登亚辅,少保秩三孤。七十进师臣,独秉廊庙谟。八十加殊礼,内殿敕肩舆。任子左司空,孽孙执金吾。诸儿胜拜跪,一一赐银绯。甲第连青云,冠盖罗道途。以此称无负,不如一娄猪!食君圈中料,为君充庖厨。以此称无负,不如一羖䍽!食君田中草,为君御霜雪。以此称无负,不如鞲中鹘!虽饱则掣去,毛羽前啮决。以此称无负,不如鼠在厕!虽有小损伤,所共多污秽。"相公寂无言,次且复彷徨。颊老不能赤,泪老不盈眶。生当长掩面,何以见穹苍?死当长掩面,何以见高皇?殓用六尺席,殡用七尺棺。黄肠安在哉?珠襦久还官。狐兔未称尊,一丘不得安。为子能负父,为臣能负君。遗臭污金石,所得皆浮云。

暮秋即事　谢榛

十见黄花发,孤樽思不胜。关河秋后雁,风雨夜深灯。留滞愁王粲,交游忆李膺。相随年少子,走马猎韩陵。

秋日怀弟　同上

生涯怜汝自樵苏,时序惊心尚道途。别后几年儿女大,望中千里弟兄孤。秋天落木愁多少,夜雨残灯梦有无。遥想故园挥涕泪,况闻寒雁下江湖。

瓜步眺望　梁有誉

残红惨淡已黄昏,江上烟波独怆魂。京口树浓藏雨气,海门风急长潮痕。西来暮色连三楚,北望浮云隔九阍。正值旗亭须买醉,忧时怀土不堪论。

登云门诸山　宗臣

山头月白云英英,千峰倒插千江明。手把芙蓉步石壁,苍翠乱射猿鸟惊。谁其云外吹紫笙?欲来不来空复情。天风吹我佩萧瑟,恍疑身在昆仑行。

感旧　徐中行

自别燕台白日徂,华阳碣石总荒芜。独留一片西山月,犹照当年旧酒垆。

第三节　公安体与竟陵体

嘉靖七子之派,徐文长欲以李长吉体变之,不能也,汤义仍欲以尤萧范陆体变之,亦不能也。王百穀、王承父、屠长卿虽迭有违言,然寡不敌众。自袁宗道兄弟出,而后公安体代行。先是,宗道在馆中,与同馆南充黄辉力排王李之说,于唐好白乐天,于宋好苏轼,名其斋曰"白苏"。至其弟宏道、中道,益矫以清新轻俊,学者多舍王李而从之,目为"公安体"。然戏谑嘲笑,间杂俚语,空疏者便之。其后王李风渐熄,而钟谭之说大炽。钟谭,钟惺、谭友夏也。中道忧之,将昌言掊击,然时方竞趋不能止矣。

袁宗道,字伯修,公安人。弟宏道,字无学;中道,字小修。然三人之中,宏道得名最盛。

宏道年十六为诸生,即结社城南,为之长。间为诗歌、古文,有声里中。举万历二十年进士,归家下帷读书,诗文主妙悟。选吴县知县,听断敏决,公庭鲜事,与士大夫谈说诗文,以风雅自命。改京府学官国子博士,迁礼部郎,调吏部,移病卒于家。有《锦帆》《解脱》《潇碧堂》《鉼花斋》《华嵩游草》《破研斋》《广陵》《桃源》《故箧》等集。

朱彝尊《静志居诗话》曰:"传有言,琴瑟既敝,必取而更张之,诗文亦然,不容不变也。隆、万间王、李之遗派充塞,公安昆弟起而非之,以为'唐自有古诗,不必选体,中晚皆有诗,不必初盛,欧苏陈黄各有诗,不必唐人。唐诗色泽鲜妍,如旦晚脱笔砚者,今诗才脱笔砚,已是陈言,岂非流自性灵与出自剽拟,所从来异乎'。一时闻者涣然神悟,若良药之解散而沉疴之去体也。乃不善学者,取其集中俳谐调笑之语,如《西湖》云:'一日湖上行,一日湖上坐。一日湖上住,一日湖上卧。'《偶见白发》云:'无端见白发,欲哭反成笑。自喜笑中意,一笑又一跳。'《严陵钓台》云:'人言汉梅福,君之妻父也。'此本滑稽之谈,类入于狂言,不自以为诗者,乃锡山华闻修选明诗,从而击赏叹绝。是何异弃苏合之香,取结蜣之转邪?"

横塘渡　袁宏道

横塘渡,郎西来,妾东去。感郎千金顾。妾家住红桥,朱门十字路。忍取辛夷花,莫过杨柳树。

妾薄命　同上

落花去故条,尚有根可依。妇人失夫心,含情欲告谁?灯光不到明,宠极心还变。只此双蛾眉,供得几回盼。看多自成故,未必真衰老。辟彼既开花,不若初生草。

归来　同上

归来兄弟对门居,石浦河边小结庐。可比维摩方丈地,不妨扬子一床书。蔬园有处皆添甲,花雨无多亦溜渠。野服科头常聚首,阮家礼法向来疏。

钟惺,字伯敬,竟陵人。万历庚戌进士,除行人,升工部主事,改南京礼部主事,进郎中,迁福建提学佥事。有《隐秀轩集》,评阅古诗、《史记》、东坡文等书。谭元春,字友夏,竟陵人。天启丁卯举人,试第一。有《岳归堂集》。自袁宏道兄弟矫王李诗之弊,倡以清真,惺复矫其弊,变而为幽深孤峭。与同里谭元春评选唐人之诗为《唐诗归》,又评隋以前诗为《古诗归》。钟谭之名满天下,谓之"竟陵体"。然两人学不甚富,其识解多僻,大为通人所讥。元春,字友夏,名辈后于惺,以《诗归》故与齐名。至天启七年始举乡试第一,惺已前卒矣。或曰:"《诗归》本非钟谭二子评选,乃竟陵诸生某假托为之。"钟初见之怒,将言于学使除其名。既而家传户习,遂不复言。钟谭并起,伯敬扬历仕途,湖海之声气犹未广,借友夏应和,竟陵体乃盛行。

舟晚　钟惺

舟栖频易处,水宿偶依岑。岸暝江逾远,天寒谷自深。隔墟烟似晓,近峡气先阴。初月难离雾,疏灯稍著林。渔樵昏后语,山水静中音。莫数归鸦翼,徒惊倦客心。

得蜀中故人书　谭元春

蜀川兵定人静,老友天寒信来。莫怪草堂深闭,小桥边有门开。

《静志居诗话》曰:"《礼》云:'国家将亡,必有妖孽。'非必日蚀星变龙漦鸡祸也,惟诗有然。万历中公安矫历下、娄东之弊,倡浅率之调,以为浮响,造不根之句,以为奇突,用助语之辞,以为流转,著一字务求之幽晦,构一题必期于不通。《诗归》出而一时纸贵,闽人蔡复一等,既降心以相从,吴人张泽、华淑等,复闻声而遥应,无不奉一言为准的,入二竖于膏肓,取名一时,流毒天下,诗亡而国亦随之矣。"

第二十三章　明之戏曲小说

　　戏曲小说,元代已盛,明世反若不逮。然作者众多,时有佳制,固不得无述也。元季作曲诸家多及明初尚存,流风余韵,扇被当时。而宁王权及周宪王有燉以贵族之尊,先后偶导,故士人向慕矣。宁献王权,太祖第十六子,洪武二十四年就封大宁,永乐元年改封南昌,晚慕冲举,自号臞仙,涵虚子、丹丘先生,均其别号也。有《太和正音谱》《琼林雅韵》等书。所作传惟《荆钗记》见传(《六十种曲》本)。王元美曰"《荆钗》近俗,而时动人"是也。

　　周宪王系周定王长子,洪熙元年袭封,景泰三年薨。《列朝诗集》曰:"宪王遭世隆平,奉藩多暇,留心翰墨,尤精马、贯之学,制《诚斋乐府》传奇若干种,音律谐美,流传内府,至今中原弦索多用之。"李梦阳《汴中元宵绝句》云:"中山孺子倚新装,赵女燕姬总擅场。齐唱宪王新乐府,金梁桥外月如霜。"王诗有《诚斋录》《新录》诸集,其《竹枝歌》云:"春风满山花正开,春衫女儿红杏腮。侬家荡桨过江去,为问阿郎来不来。""巴山后面竹鸡啼,巴山前头沙鸟栖。巴水巴山郎到处,闻郎又过石门溪。"复有《鹧鸪天·咏绣鞋》云:"花簇香钩浅涴尘,轻风微露石榴裙。金莲自是怪三寸,难载盈盈一段春。仙已去,事犹存。阳台何处更为云?相思携手游春日,尚带年时草露痕。"明沈德符《顾曲杂言》曰:"我朝填词高手,如陈大声、沈青门之属,俱南北散套,不作传奇。惟周宪王所作杂剧最夥,其刻本名《诚斋乐府》,至今行世,虽警拔稍逊古人,而调入弦索,稳叶流丽,犹有金元风范。"

　　又曰:"沈青门、陈大声辈南词宗匠,皆治化间人。"又曰:"今人但知陈大声南调之工耳,其《北一枝花》'天空碧水澄'全套,与马致远《百岁光阴》,皆咏秋景,直堪伯仲。又《题情新水令》'碧桃花外一声钟'全套,亦绵丽不减元人,本朝词手似无胜之者。"陈名铎,号秋碧,大声其字也,金陵人,官指挥使。今皆不知其为何代何方人矣。大声又《南北宫词纪》。王元美独以其散套多蹈袭,才情亦浅。然当时故有重名,其佳处亦自不可掩也。

前七子中，如王敬夫九思(亦号渼陂)、康对山海亦能作曲，与沈青门、陈大声同时，兼作杂剧，惟所作皆北曲耳。南曲始自施君美、高则诚，不用中原韵。至所谓昆曲，则出于昆山魏良辅也。《顾曲杂言》曰："康对山、王渼陂二太史，俱以北擅场，并不染指于南。渼陂初学填词，先延名师，闭门学唱三年，而后出手。"其专精不泛及如此。章邱李中麓太常亦以填词名，与康王俱石友，而不娴度曲，即如所作《宝剑记》，生硬不谐，且不知南曲之有入声，自以《中原音韵》叶之，以致吴侬见诮。同时惟临朐冯海椠差为当行，亦以不作南词耳。南词自陈沈诸公外，如"楼阁重重""因他消瘦""风儿疏剌剌"等套，尚是化治遗音。此外吴中词人如唐伯虎、祝枝山，后为梁伯龙、张伯起辈，纵有才情，俱非本色矣。

《艺苑卮言》曰："刘瑾以扩充政务为名，诸翰林悉出补部属。鄠杜王敬夫，其乡人也，独为吏部郎，不数月，长文选。会瑾败，谪同知寿州。敬夫有隽才，长于词曲，而傲睨多脱疏。人或逸之李文正，谓敬夫尝讥其诗。御史追论敬夫，褫其官。敬夫编《杜少陵游春》传奇剧骂李，李闻之，益大恚。虽馆阁诸公，亦谓敬夫轻薄，遂不复用。敬夫与康德涵俱以词曲名一时，秀丽雄爽，康大不如也。评者以敬夫声价不在关汉卿、马东篱下。"

杨用修慎亦偶作曲，有《兰亭记》《太和记》《洞天元记》等，今未见，惟《陶情乐府》见传。《艺苑卮言》曰："杨状元慎才情盖世，所著有《洞天元记》《陶情乐府》，脍炙人口，而颇不为当家所许。盖杨本蜀人，故多川调，不甚谐南北本腔也。摘句如：'费长房缩不就相思地，女娲氏补不完离恨天。别泪铜壶共滴，愁肠兰焰同煎。和愁和闷，经岁经年。'又：'傲霜雪镜中紫髯，任光阴眼前赤电，仗平安头上青天。'皆佳语也。"

《顾曲杂言》曰："填词出才人余技，本游戏笔墨间耳，然亦有寓意讥讪者。如王渼陂之《杜甫游春》，则指李西涯及汤石斋、贾南坞三相；康对山之《中山狼》，则指李崆峒；李中麓之《宝剑记》，则指分宜父子；近日王辰玉之《哭倒长安街》，则指建言诸公是也。又闻汤义仍之《紫箫》，亦指当时秉国首揆，才成其半，即为人所议，因改为《紫钗》。而屠长卿之《彩毫记》，则竟以李青莲自命，第未知果惬物情否耳。"

《艺苑卮言》曰："北人自王、康后，推山东李伯华。伯华以百阕《傍妆台》为德涵所赏。今其辞尚存，不足道也。"伯华名开先，嘉靖初与王慎中诸人称八才子。"北杂剧已为金元大手擅胜场，今人不复能措手。曾见汪太函四作，为《宋玉高唐梦》《唐明皇七夕长生殿》《范少伯西子五湖》《陈思王遇洛神》，都非当行。惟徐文长渭《四声猿》盛行，然以词家三尺律之，犹河汉也。梁伯龙有《红线》《红绡》二杂剧，颇称谐稳，今被俗优合为一大本南曲，遂成恶趣。近年独王辰玉太史衡所作《真傀儡》《没奈何》诸剧，大得金元本色，可称一时独步。然此剧但四折，用四人各唱一折，或一人共唱四折，故作者得逞其长，歌者亦尽其技。王初作《郁轮袍》，乃多至七折，其《真傀儡》诸剧，又只以一大折了之，似尚隔一尘。顷黄贞甫汝亨以进贤令内召还，贻汤义仍新作《牡丹亭记》，真是一种奇文，未知与王实甫、施君美如何，恐断非近日诸贤所辨也。汤词系南曲，因论北词附及之。"

《艺苑卮言》曰："吾吴中以南曲名者：祝京兆希哲、唐解元伯虎、郑山人若庸。希哲能为大套，富才情，而多驳杂。伯虎小词，翩翩有致。郑所作《玉玦记》最佳，他未称是。《明珠记》即《无双传》，陆天池采所成者，乃兄浚明给事助之，亦未尽善。张伯起《红拂记》，洁而俊，失在轻弱。梁伯龙《吴越春秋》，满而妥，间流冗长。陆教谕之《袭敝词》，有一二可观。吾常记其结语：'遮不住愁人绿草，一夜满关山。'又：'本是个英雄汉，差排做穷秀才。'语亦隽爽。其他未称是。"又曰："张伯起《红拂记》一佳句云：'爱他风雪耐他寒。'不知为朱希真词也。其起句云：'检尽历头冬又残，爱他风雪耐他寒。拖条竹杖家家酒，上个篮舆处处山。'亦自潇洒。"

《顾曲杂言》曰："张伯起少年作《红拂记》，演习之者遍国中。后以丙戌上太夫人寿，作《祝发记》，则母已八旬而身亦耳顺矣。其继之者则有《窃符》《灌园》《彖廖》《虎符》，共刻函为《阳春六集》，盛传于世。……同时沈宁庵璟吏部，自号词隐，生亦酷爱填词，至作三十余种，其盛行者惟《义侠》《桃符》《红蕖》之属。沈工韵谱，每制曲必遵《中原音韵》《太和正音》诸书，欲与金元名家争长。张则以意用韵,便俗唱而已。"又曰:"同时昆山梁伯龙辰鱼亦称词家,有盛名,所作《浣纱记》至传海外,然止此不复续笔。其大套小令则有《江东白苎》之刻,尚有传之者。《浣纱》初出时,梁游青浦,屠纬真为令,以上客礼之,即命优人演其新剧为寿。每遇佳句,辄浮大白酬之。"按屠纬真亦作传奇,其《昙花记》为西宁侯宋世恩夫人事作也,又有《彩毫记》。

《顾曲杂言》尝综论明代南曲曰:"南曲则四节、连环、绣襦之属,出于化治间,稍为时所称。其后则嘉靖间陆天池名采者,吴中陆贞山黄门之弟也,所撰有《王仙客明珠记》《韩寿偷香记》《陈同甫椒觞记》《程德远分鞋记》诸剧。今惟《明珠》盛行。又郑山人若庸《玉玦记》,使事稳帖,用韵亦谐。内'游西湖'一套,尤为时所脍炙,所乏者生动之色耳。近年则梁伯龙、张伯起俱吴人,所作盛行于世,若以《中原音韵》律之,俱门外汉也。惟沈宁庵吏部后起,独恪守词家三尺,如庚清、真文、桓欢、寒山、先天诸韵,最易互用者,斤斤力持,不少假借,可称度曲申韩,然词之堪入选者殊鲜。梅禹金《玉合记》,最为时所尚,然宾白尽用骈语,饾饤太繁,其曲半使故事及成语,正如设色骷髅,粉捏化生,欲博人宠爱,难矣。汤义仍《牡丹亭梦》一出,家传户诵,几令《西厢》减价,奈不谐曲谱,用韵多任意处,乃才情自足不朽也。"

按明代作曲诸家,自汤义仍出,遂掩前后。义仍名显祖,临川人。万历癸未进士,除南太常博士,迁南礼部主事,谪徐闻典史,量移知遂昌县。有《玉茗堂集》。朱彝尊《静志居诗话》曰:"义仍填词妙绝一时,语虽斩新,源实出于关马郑白。其《牡丹亭》曲本尤极情挚。人或劝之讲学,笑答曰:'诸公所讲者性,仆所言者情也。'世或相传云刺昙阳子而作。然太仓相君实先令家乐演之,且云:'吾老年人颇为此曲惆怅。'假令人言可信,相君虽盛德有容,必不反演之于家也。当日娄江女子俞二娘,酷嗜其词,断肠而死。故义仍作诗哀之云:'画烛摇金阁,真珠泣绣窗。如何伤此曲?偏只在娄江。'又《七夕答友》诗云:'玉茗堂开春翠屏,新词传唱《牡丹亭》。伤心拍遍无人会,自掐檀痕教小伶。'其后又续成《紫箫》残本,身后为仲子开远焚弃。"义仍所作,自《牡丹亭》外,又有《紫箫记》《紫钗记》《南柯记》《邯郸记》等奇传。明末则阮大铖之《燕子笺》《春灯谜》盛行，其填词不及义仍远甚。

《明史·艺文志》录小说至一百二十七部，三千三百七卷。然皆琐谈杂记，而平话体未列也。宋元以来已行章回体小说，施、罗嗣作，其流益广。《西游》或以为元人手笔，或以出自明初。大抵平话之作，明一代最盛，然率不著撰人及作者之时，故莫能详也。如郭武定（名勋）之《英烈传》、钟伯敬之《开辟演义》，虽述史事，而辞未结构，无足观。又有《列国志》述春秋战国之事，颇为翔实，殆明人作，其体是拟《三国志演义》者。藉尔士（Giles）《中国文学史》所称又有《玉娇梨》一种，以其叙述不务繁冗，颇为西士所重，然吾国固罕论及之者。此外要不可胜记。弹词亦颇行于明代，多叙事为记传。惟《万古愁曲》是明末归庄子慕作，寓发愤之意，或名曰《击筑余音》，以为熊开元于明亡后作也。

第五编 近世文学史

第一章　清初遗臣文学

第一节　侯魏之古文

明季公安、竟陵体盛行,而文体日就琐碎。及风气将变,而国祚旋移。故清初文学,实赖明遗臣为之藻饰。如侯方域、魏禧之于文,钱谦益、吴伟业之于诗,顾炎武、黄宗羲之博综众学,皆有明三百年文学之后劲,又同时振新朝文学之先声者也。亦如元好问之于元,杨维桢之于明,其关系于后来风气者极大。今先述侯、魏之古文,以次及其余焉。

侯方域,字朝宗,商丘人。明末与桐城方以智密之、如皋冒襄辟疆、宜兴陈贞慧定生,并号四公子。父恂,明户部尚书。明亡,朝宗奉父归乡里。尝一应举。顺治十一年卒,年三十七。朝宗初放意声伎,已而悔之。发愤为诗、古文,倡韩欧学于举世不为之日。尝游吴下,将刻集,集中文未脱稿者,一夕补缀立就。有《壮悔堂文集》。其文才气奔放,而为志传能写生,得迁、固神理。密之国变后以僧服终,定生、辟疆俱卒于家。

魏禧,字冰叔,号勺庭。宁都人。与兄际瑞字善伯、弟礼字和公并治古文,号"宁都三魏"。而冰叔文尤高,人称曰"魏叔子"。明亡后,移家翠微峰,士友多往依之。彭士望躬庵、林时益确斋亦至,皆与冰叔立谈定交,挈妻子来家翠微,世所称易堂诸子者也。冰叔既隐居,益肆力古文辞。喜读史,尤好《左氏传》及苏洵。其为文主识议,凌厉雄杰。年四十,乃出游。涉江逾淮,至吴越,往往交其奇士。康熙初,以博学鸿词征,称疾笃乃免。康熙十九年,卒于仪征,年五十七。有《文集》《日录》《左传经世》等书。易堂九子,自三魏及躬庵、确斋外,曰李腾蛟咸斋、邱维屏邦士、彭任中叔、曾灿青藜,敦友谊,如骨肉。高僧无可尝至山中,叹曰:"易堂真气,天下无两矣。"无可即方以智也。

明遗民中为古文者,又有南昌王猷定于一、新建陈宏绪士业、徐世溥巨源,皆在明季,力矫当时文体琐碎之弊。而于一《四照堂集》尤著云。

与任王谷论文书　侯方域

仆少年溺于声伎,未尝刻意读书,以此文章浅薄,不能发明古人之旨。然其大略亦颇闻之矣。大约秦以前之文主骨,汉以后之文主气。秦以前之文,若六经,非可以文论也。其他如老、韩诸子、《左传》、《战国策》、《国语》,皆敛气于骨者也。汉以后之文,若《史》,若《汉》,若八家,最擅其胜,皆运骨于气者也。敛气于骨者,如泰华三峰,直与天接。层岚危嶝,非仙灵变化,未易攀陟。寻步计里,必蹶其趾。姑举明文,如李梦阳者,亦所谓蹶其趾者也。运骨于气者,如纵舟长江大海间,其中烟屿星岛,往往可自成一都会。即飓风忽起,波涛万状,东泊西注,未知所底;苟能操舵觇星,立意不乱,亦自可免漂溺之失。此韩欧诸子所以独嵯峨于中流也。六朝选体之文,最不可恃。士虽多而将嚣,或进或止,不按部伍。譬用兵者,调遣旗帜声援,但须知此中尚有小小行阵,遥相照应,未必全无益。至于摧锋陷敌,必更有牙队健儿,衔枚而前。若徒恃此,鲜有不败。今之为文,解此者罕矣。高者欲舍八家,跨《史》《汉》而趋先秦,则是不筏而问津,无羽翼而思飞举,岂不怪哉。顷见足下所为杜、周、张、汤诸论,奇确圆畅,若有余力,仆目中所仅见。殚思著述,必当成名。然亦少有说,觉引天道报施汤、周处,稍涉觍缕。行文之旨,全在裁制。无论细大,皆可驱遣。当其间漫纤碎处,反宜动色而陈,凿凿娓娓,使读者见其关系,寻绎不倦。至大议论,人人能解者,不过数语发挥,便须控驭,归于含蓄。若当快意时,听其纵横,必一泻无复余地矣。譬如渴虹饮水,霜隼抟空,瞥然一见,瞬息灭没,神力变化,转更夭矫。足下以为何如?仆十五岁时学为文,金沙蒋黄门鸣玉方为孝廉,有盛名,每见必称佳,仆窃自喜。又得同学吴君伯裔日来逼索,尽日且酬和数首,以此得不废。然皆从嬉游之余,纵笔出之,以博称誉,间有合作,亦如春花烂漫,柔脆飘扬,转目便萧索可怜。近得贾君开宗、徐君作肃,共相磋磨,乃觉文章有分毫进益。贾精于论,徐老于法。二君尝言:"此系何等事,君不惨澹经营,便轻率命笔!"仆佩其言,不敢忘。足下当行文快意时,每一回思之,必赏此言之不谬也。

第二节 钱吴之诗

清初诗人,当以钱谦益、吴伟业为最。二人皆明遗臣,而尝仕清。然其诗在启、祯之际,实可称为大家,即清诗人中,亦未能或之先也。谦益,字受之,号牧斋。明末为礼部尚书。清顺治帝定江南,谦益出降,仕为礼部侍郎,兼秘书院学士,修《明史》,为副总裁。已而以疾归江南十余年。其诗出入李、杜、韩、白、苏、陆、元、虞之间,才力富健,学问鸿博。所著有《初学》《有学》二集。乾隆朝诏毁其集,以励臣节,故沈德潜《清诗别裁》至不录其一首。然其诗沉郁而兼藻丽,高情逸致,或以为在梅村之右,固不可以人废言也。

陆宣公墓道行　钱谦益

延英重门昼不开,白麻黄阁飞尘埃。中条山人叫阊哭,金吾老将声如雷。苏州宰相忠州死,天道宁论乃如此。千年遗椁归不归,两地孤坟竟谁是?人言藁葬在忠州,又云征还返故丘。图经聚讼故老哄,争以朽骨如天球。齐女门前六里路,荞麦茫茫少封树。下马犹寻董相坟,飞凫谁辨孙王墓。青草黄茅万死乡,蝇头细字写巾箱。起草尚传哀痛诏,闭门自验活人方。永贞求旧空黄土,元祐青编照千古。人生忠佞看到头,至竟延龄在何许。君不见华山山下草如薰,石阙丰碑野火焚。樵夫踞坐行人唾,传是崖州丁相坟。

狱中杂诗　同上

良友冥冥恨夜台,寡妻稚子尺书来。平生何限弹冠意,死后空余挂剑哀。千载汗青终有日,十年血碧未成灰。白头老泪西窗下,寂寞封题一雁回。

吴伟业，字骏公，号梅村。明崇祯四年进士，尝为东宫侍读。明亡，退居乡里。时侯方域遗书与论出处，劝其必全臣节，勿仕新朝。后为当事者所迫，出为秘书侍讲，迁国子祭酒，旋丁母忧归。康熙十年卒，年六十三。遗言"敛以僧服，墓前树一圆石，题曰'诗人吴梅村之墓'足矣"。梅村常以枉节自恨，有《述怀诗》曰："我本淮王旧鸡犬，不随仙去落人间。"又《怀古兼吊侯朝宗》曰："死生总负侯嬴诺，欲滴椒浆泪满樽。"其志可见矣。

清《四库》《梅村集》提要曰："其少作大抵才华艳发，吐纳风流，有藻思绮合、清丽芊眠之致。及乎遭逢丧乱，阅历兴亡，激楚苍凉，风骨弥为遒上，暮年萧瑟，论者以庾信方之。其中歌行一体，尤所擅长。格律本乎四杰，而情韵为深。叙述类乎香山，而风华为胜。韵协宫商，感均顽艳，一时尤称绝调。"按梅村长歌，如《永和宫词》之类，尤为一时所传云。

鸳湖曲　　吴伟业

鸳鸯湖畔草粘天，二月春深好放船。柳叶乱飘千尺雨，桃花斜带一溪烟。烟雨迷离不知处，旧堤却认门前树。树上流莺三两声，十年此地扁舟住。主人爱客锦筵开，水阁风吹笑语来。画鼓队催桃叶伎，玉箫声出柘枝台。轻靴窄袖娇妆束，脆管繁弦竞追逐。云鬟子弟按霓裳，雪面参军舞鸜鹆。酒尽移船曲榭西，满湖灯火醉人归。朝来别奏新翻曲，更出红妆向柳堤。欢乐朝朝兼暮暮，七贵三公何足数。十幅蒲帆几尺风，吹君直上长安路，长安富贵玉骢骄，侍女熏香护早朝。分付南湖旧花柳，好留烟月伴归桡。那知转眼浮生梦，萧萧日影悲风动。中散弹琴竟未终，山公启事成何用。东市朝衣一旦休，北邙抔土亦难留。白杨尚作他人树，红粉知非旧日楼。烽火名园窜狐兔，画阁偷窥老兵怒。宁使当时没县官，不堪朝市都非故。我来倚棹向湖边，烟雨台空倍惘然。芳草乍疑歌扇绿，落英错认舞衣鲜。人生苦乐皆陈迹，年去年来堪痛惜。闻笛休嗟石季伦，衔杯且效陶彭泽。君不见白浪掀天一叶危，收竿还怕转船迟。世人无限风波苦，输与江湖钓叟知。

钱、吴以外,又有龚鼎孳,亦崇祯间进士,入仕清朝。与钱、吴并称"江左三家",而所作不逮钱、吴远甚。其他遗老之诗,多未脱公安、竟陵之余习。惟王彦泓次回、冯班定远之善言风怀,杜濬于皇之五言近体,申涵光凫盟、吴嘉纪野人之五言古体,皆能卓然名家。又如孙枝蔚豹人、顾景星黄公、陈恭尹元孝、屈大均翁山,及费密此度父子,亦其彰彰较著者也。

第三节 黄宗羲、顾炎武

明末刘宗周念台,讲学蕺山,承姚江之绪。出其门者甚众,而最著者为太仓陆世仪道威、桐乡张履祥考夫、余姚黄宗羲太冲。其后道威、考夫皆治程朱之学。惟太冲笃守师传,与关中李颙中孚、容城孙为逢钟元,号"海内三大儒"。三人之学,大抵出入白沙、阳明之间者也。太冲尤综贯经史百家,旁推交通,以自成其学。同时非蕺山弟子而为程朱学者,有昆山顾炎武宁人、济阳张尔岐稷若、衡阳王夫之而农。宁人、稷若、而农亦不规规宋学门户,每溯汉儒注疏,以明经术之原。而宁人学尤博大,所言期致于实用,故后世又独以宁人与太冲并称"顾黄"。以二家之学,其根柢之厚,包括之广,非并世诸家所能及。太冲辟图书之谬,知《古文尚书》之伪;宁人审古韵之微,补《左传》杜注之遗,实开清一代汉学之先。至太冲之《明夷待访录》,宁人之《日知录》,推论古今治法,多凿然可行,盖讲学而不堕于空疏,考古而不流于破碎,在遗民中,未能或之先也。且其文采亦至可观,特略述二人行事著述于此。

太冲,又号梨洲。父尊素,天启中为御史,以劾魏忠贤下狱死。时太冲年十九,袖铁椎上京讼冤。忠贤已伏诛,因具疏请诛余党,手锥牢子叶咨、颜仲文毙之,二人即毙尊素于狱者也。思宗闵其孝,不罪。归乡后益肆力学问,从父遗命,受业于刘念台。弟宗炎,字晦木;宗会,字泽望,太冲亲教之,皆成儒者。清兵南下,纠合里中子弟数百人,号"世忠营",军溃后亡命。后思母归里,远近多往请业者,康熙间屡征不起。康熙三十四年卒,年八十六。尝谓明人讲学,袭语录之糟粕,不以六经为根柢,教学者必先穷经,而求事实于诸史;

又谓读书不多，无以证斯理之变化。多而不求诸心，则为俗学。其学虽出于姚江，而实会濂洛之道统，横渠之礼教，康节之象数，东莱之文献，艮斋、止斋之经术，水心之文章，其曲畅旁通者多矣。顾炎武见其《明夷留书》而叹曰："三代之治可复也。"所著书甚多，文集曰《南雷文定》《文约》，学者称"南雷先生"。

宁人，本名绛，明亡后改名炎武，字宁人。学者称为"亭林先生"。顾氏世为望族，宁人生父曰同应。从父同吉早卒，聘王氏，未婚守节，以宁人为之后。少读书一目十行，性耿介不与世交，独与里中归庄善，同游复社，相传有归奇顾怪之目。母王养炎武襁褓中，抚育守节，事姑孝，曾断指疗姑疾。崇祯九年，有司为请旌于朝。乙酉夏，母王年六十矣，避兵常熟，谓宁人曰："我虽妇人，受国恩矣。"卒不食死，遗言后人勿事二姓。宁人自是流寓四方，尝卜居华阴。康熙中，大臣屡荐欲起之，至以死辞。康熙二十一年卒，年六十九。宁人之居华阴也，诸生请讲学，谢之曰："近日二曲以讲学故得名，遂招逼迫，几凶死，名之为累甚矣。况东林覆辙有进于此者乎？"少读《宋史·刘忠肃传》曰："士当以器识为先，一命为文人，无足观矣。"即终身谢绝应酬文字。李二曲求为其母传，至再三，终谢之。尝曰："文不关于经术政理之大，不足为也。韩公起八代衰，若但作《原道》《谏佛骨表》《平淮西碑》《张中丞传后序》诸篇，而一切谀墓之文不作，岂不诚山斗乎？今犹未也。"宁人于书无所不窥，尤留心经世学，录史传、图经、公移、邸抄，下至说部之有关民生利病者，参以躬所闻见，曰《天下郡国利病书》，别一编曰《肇域志》。最精韵学，能据遗经以正六朝、唐人之失，据唐人以正宋人之失。有《音学五书》，李光地以为自汉晋以来所未有。晚益笃志六经，谓经学即理学也。自有舍经学言理学者，乃堕于禅学而不自知。其《日知录》三十卷，尤终身精诣之书，凡经史粹言皆具焉。汪钝翁尝言："经学修明者，吾得顾子亭林、李子天生；内行醇备者，吾得魏子环极、梁子曰缉。"先生广之曰："学究天人，确乎不拔，吾不如王寅旭；读书为己，探赜洞微，吾不如杨雪臣；独精三礼，卓然经师，吾不如张稷若；萧然物外，自得天机，吾不如傅青主；坚苦力学，无师而成，吾不如李中孚；险阻备尝,与时屈伸,吾不如路安卿;博闻强记,群书之府,吾不如吴任臣;文章尔雅,宅心和厚,吾不如朱锡鬯;好学不倦,笃于朋友,吾不如王山史;精心六书,信而好古,吾不如张力臣。"当时言经世之学者,又有颜元习斋、唐甄铸万、胡承诺石庄、费密此度、刘献廷继庄。铸万之《潜书》、石庄之《绎志》、此度之《弘道书》,其文采亦可观。至言考证之学者,又有毛奇龄、阎若璩、万斯大、万斯同。奇龄等大抵显誉于康熙朝,当于后论之。

与友人论学书　顾炎武

比往来南北,颇承友朋推一日之长,问道于盲。窃叹夫百余年以来之为学者,往往言心言性,而茫乎不得其解也。命与仁,夫子之所罕言也;性与天道,子贡之所未得闻也。性命之理,著之《易传》,未尝数以语人。其答问士也,则曰"行己有耻";其为学,则曰"好古敏求";其与门弟子言,举尧舜相传所谓危微精一之说,一切不道,而但曰"允执其中,四海困穷,天禄永终"。呜呼!圣人之所以为学者,何其平易而可循也!故曰:"下学而上达。"颜子之几乎圣也,犹曰:"博我以文。"其告哀公也,明善之功,先之以博学。自曾子而下,笃实无若子夏,而其言仁也,则曰:"博学而笃志,切问而近思。"今之君子则不然,聚宾客门人之学者数十百人,"譬诸草木,区以别矣"。而一皆与之言心言性,舍多学而识,以求一贯之方,置四海之困穷不言,而终日讲危微精一之说,是必其道之高于夫子,而其门弟子之贤于子贡,跳东鲁而直接二帝之心传者也。我弗敢知也。《孟子》一书,言心言性,亦谆谆矣,乃至万章、公孙丑、陈代、陈臻、周霄、彭更之所问,与孟子之所答者,常在乎出处、去就、辞受、取与之间。以伊尹之元圣,尧舜其君其民之盛德大功,而其本乃在乎千驷一介之不视不取。伯夷、伊尹之不同于孔子也,而其同者,则以"行一不义,杀一不辜,而得天下不为"。是故性也,命也,天也,夫子之所罕言,而今之君子之所恒言也;出处、去就、辞受、取与之辨,孔子、孟子之所恒言,而今之君子之所罕言也。谓忠与清之未至于仁,而不知不忠与清而可以言仁者,未之有也;谓不怯不求之不足以尽道,而不知终身于怯且求而可以言道者,未之有也。我弗敢知也。愚所谓圣人之道者如之何?曰"博学于文",曰"行己有耻"。自一身以至于天下国家,皆学之事也;自子臣弟友以至出入、往来、辞受、取与之间,皆有耻之事也。耻之于人大矣!不耻恶衣恶食,而耻匹夫匹妇之不被其泽,故曰:"万物皆备于我矣,反身而诚。"呜呼!士而不先言耻,则为无本之人;非好古而多闻,则为空虚之学。以无本之人,而讲空虚之学,吾见其日从事于圣人而去之弥远也。虽然,非愚之所敢言也,且以区区之见,私诸同志而求起予。

第二章　康熙文学

第一节　王士禛与诗

康熙六十一年间，文学最盛。是时，屡耀兵塞外，平台湾，定西藏，国内晏然。乃集儒臣，编纂群书。自《全唐诗》《佩文韵府》《字典》《渊鉴类函》，以及天文、历算、律吕、刑政、儒释之书，多所考定。而当世之显学，经学考证则阎若璩、毛奇龄，理学则汤斌、陆陇其、李光地，古文则汪琬、姜宸英、邵长蘅、方苞，诗词则宋琬、施闰章、陈维崧、彭孙遹、尤侗、王士禛、朱彝尊、赵执信、查慎行，而小说戏曲之最流行于世者，如《红楼梦》《桃花扇》《长生殿》等，皆纷纷并时而俱出。要以王士禛之诗与方苞之文，在当时能卓然自成一家，尤为后人所宗矣。今分别述之。

钱、吴以后之诗人，则推宋琬、施闰章二人雄视南北，有"南施北宋"之目。琬，字玉叔，号荔裳，山东莱阳人，顺治四年进士。闰章，字尚白，号愚山，安徽宣城人，顺治六年进士。荔裳有《安雅堂集》，愚山有《学余堂集》。沈归愚谓："宋诗以雄浑磊落胜，施诗以温柔敦厚胜，惟朱彝尊学最综博，为诗兼擅众体，颉颃施宋之间。"彝尊，字锡鬯，号竹垞，秀水人。有《曝书亭集》。其余陈其年、尤展成、彭羡门，或长俪词，或工乐府，不专以诗名。至于阮亭为诗，独主神韵，遂以度越诸子焉。

从军行送王玉门之大梁　宋琬

有客有客髯而紫，左挟秦弓右吴矢。自言家本关中豪，黄金散尽来江沚。年来倦上仲宣楼，裹粮且访侯嬴里。腰间匕首徐夫人，河畔荒丘魏公子。悬知吊古有深愁，慷慨登车不可止。自从盗决黄河奔，大梁未有千家村。烽火但增新战垒，尘沙非复古夷门。短衣聊向将军幕，长剑终酬国士恩。落日驱车临广武，春风试马出辕辕。丈夫佩印乃恒事，安能郁郁老丘樊？王郎顾我深叹息，一见欢喜如旧识。此行不但为封侯，人生贵在抒胸臆。江上杨花白雪飞，梁园芳草青袍色。盾鼻犹堪试彩毫，莺声聊为停珠勒。醉后狂歌气如云，军中教战容如墨。春风拂地车斑斑，起看明月揽刀环。平台宾客久零落，至今汴水空潺湲。怜予偃蹇风尘际，年来磬折凋朱颜。已知苦被雕虫误，强弩欲挽不可关。待尔他年分虎竹，相从射猎终南山。

过湖北山家　施闰章

路回临石岸，树老出墙根。野水合诸涧，桃花成一村。呼鸡过篱栅，行酒尽儿孙。老矣吾将隐，前峰恰对门。

雁门关　朱彝尊

白登雁门道，骋望勾注巅。山冈郁参错，石栈纷钩连。度岭风渐生，入关寒凛然。层冰如玉龙，万丈悬蜿蜒。飞光一相射，我马忽不前。抗迹怀古人，千载多豪贤。郅都守长城，烽火静居延。刘琨发广莫，吟啸扶风篇。时来英雄奋，事去陵谷迁。古人不可期，劳歌为谁宣？嗷嗷中泽鸿，聆我慷慨言。

清初诗人，皆厌明代王、李之肤廓，钟、谭之纤仄。而王士禛独标神韵，笼盖百家，其声望足以奔走天下。虽身后诋諆者不少，然论者谓士禛之在清，如宋之有东坡，元之有道园，明之有青丘，屹然为一代大宗，未有能易之者也。士禛，字贻上，号阮亭，别自号渔洋山人，山东新城人。顺治十五年进士，官至刑部尚书。康熙五十年卒，年七十八。士禛早岁为钱谦益所知，而诗格与之不同，尝与朱彝尊齐名。少游历下，集诸名士于明湖，赋《秋柳诗》，和者数百人。在京师与汪苕文、程周量、刘公㦷、梁曰缉、叶子吉、彭羡门、李圣一、董文骥等，以诗相倡和。在扬州与林茂之、杜于皇、孙豹人、方尔止等，修禊红桥，又与陈其年、邵潜夫等，修禊如皋冒氏之水绘园。每公暇，辄召宾客泛舟载酒平山堂。吴梅村云："贻上在广陵，昼了公事，夜接词人。"盖实录也。迄官礼部，复与李湘北、陈午亭、宋牧仲及汪、程、刘、梁等为文社。时宋荔裳、施愚山、曹顾庵、沈绎堂,皆在京师,相与唱酬无虚日。又尝奉使南海、西岳,遍游秦、晋、洛、蜀、闽、越、江、楚间,所至访其贤豪,考其风土,遇佳山水必登临,融怪荟萃,一发之于诗,故其诗能尽古今之奇变,蔚然为一代风气所归。有《带经堂集》。其诗又特称《精华录》。所选古诗,及《唐贤三昧集》,具见其诗眼所在,如《三昧集》不取李、杜一首,而录王维独多,可以知其微旨矣。

晓雨复登燕子矶绝顶　王士禛

岷涛万里望中收,振策危矶最上头。吴楚青苍分极浦,江山平远入新秋。永嘉南渡人皆尽,建业西风水自流。泪洒重悲天堑险,浴凫飞燕满汀洲。

再过露筋祠　同上

翠羽明珰尚俨然,湖云祠树碧于烟。行人系缆月初堕,门外野风开白莲。

渔洋以外,山东诗人,自宋荔裳已述于前,余如田山薑雯、曹实庵贞吉、颜修来光敏等,皆其著者。渔洋有《感旧集》,录并世诗人略备,不复详举。方渔洋得名甚盛,而赵执信作《谈龙录》,诋为清秀李于鳞(按此系引吴乔之说)。盖虽主神韵,而实不免于模拟也。执信,字伸符,号秋谷,山东益都人。康熙十八年进士。通籍时方开鸿词科,能诗者萃集辇下。渔洋久以诗、古文雄长坛坫,鸿生俊才,多出其门。秋谷本娶渔洋甥女,初亦深相引重,已乃自树一帜,尝谓古诗自汉魏六朝,至初唐诸大家,各成韵调,谈艺者多忽不讲,与古法戾,乃为《声韵谱》,以发其秘。及著《谈龙录》,持论异于渔洋,而渔洋心折其才,不以为忤也。独善德州冯廷櫆,而师承冯定远班,曰:"吾生平师友,皆在冯氏矣。"如吴天章、朱锡鬯辈,皆折辈行与之交。后以国恤置酒高会,被劾归田,年未三十。自是徜徉林壑,逾五十年。乾隆九年始卒,年八十三。有《饴山堂诗文集》。

太白酒楼歌　赵执信

高楼势与泰岱平,楼头夜夜辉长庚。仙人犹似恋陈迹,长援北斗东南倾。当年贺监早相识,长安论诗青眼明。金龟换酒定何许?酒家恨不得其名。任城地好富水木,凭高纵饮神峥嵘。当时我若接杯斝,岂复于公为后生。今年隔水望丹膴,栋雨檐云纷纵横。君不见少陵诗台留鲁郡,秋草芜没飞流萤。又不见曹公陵墓磻磑北,残松积藓荒碑亭。雪泥鸿爪半澌灭,雄名空自驰风霆。文章故是身外物,敢与曲蘖相争衡。文章殉人酒殉己,此论虽创堪服膺。舒州杓,力士铛。公昔与之同生死,我亦欲与寻前盟。重来大醉捶黄鹤,吾言不食星辰听。

渔洋之诗,以神韵缥缈为宗;秋谷之诗,以思路巉刻为宗。然渔洋之弊,易流于肤廓;秋谷之弊,易流于纤仄。二家虽各有短长,而渔洋终是大家矣。介于其间者,又有查初白。初白,本字悔余,名慎行,浙江海宁人。少受诗法于钱田间,又从黄梨洲游。康熙癸未进士,寻授编修。圣祖幸南海子捕鱼,命群臣赋诗。初白诗云:"笠檐蓑袂平生梦,臣本烟波一钓徒。"圣祖称善,诏宣"烟波钓徒查翰林"。盖同时有查声山学士,故以诗别之也。有《敬业堂集》五十卷。梨洲尝比其诗于陆放翁。渔洋则谓奇创之才,初白逊游;绵至之思,游逊初白云。

汴梁杂诗　查慎行

梁宋遗墟指汴京,纷纷代禅事何轻。也知光义难为弟,不及朱三尚有兄。将帅权倾皆易姓,英雄时至适成名。千秋疑案陈桥驿,一著黄袍遂罢兵。

第二节　方苞与古文

清初为古文者,自侯、魏以外,有汪琬、姜宸英、邵长蘅,皆显誉于康熙朝,及方苞出,而桐城派遂为一代正宗矣。

琬,字苕文,号钝翁,晚居尧峰,因以自号,长洲人。顺治十二年进士。康熙己未,召试博学鸿词,授翰林院编修。初,琬自裒其文为《钝翁类稿》六十二卷、《续稿》五十六卷。晚年又手自删汰,定为《尧峰文钞》。古文一派,自明代肤滥于七子,纤佻于三袁,至启、祯而极敝。清初风气还淳,一时学者始复讲唐宋以来之矩矱,至魏禧、侯方域外,称琬为最工,宋荦尝合刻其文以行世。清《四库提要》以禧才杂纵横,未归于纯粹;方域体兼华藻,稍涉于浮夸;惟琬学术既深,轨辙复正,其言大抵原本六经,与二家迥别。其气体浩瀚,疏通畅达,颇近南宋诸家,蹊径亦略不同,庐陵、南丰固未易言。要之,接迹唐、归,无愧色也。当时泽州陈廷敬亦为古文,苕文甚重之。廷敬官至大学士,有《午亭文编》。

宸英,字西溟,一字湛园,浙江慈溪人。少工诗、古文,圣祖闻其名,尝谓侍臣曰:"闻江南有三布衣,尚未仕耶?"三布衣者,秀水朱彝尊,无锡严绳孙,及宸英也。然宸英至年七十始登第,未几下狱死,时康熙三十八年也,年七十二。有《湛园集》。魏禧尝论侯、汪及西溟之文曰:"朝宗肆而不醇,尧峰醇而不肆,惟西溟在醇肆之间。"识者以为知言。

长蘅,字子湘,江苏武进人。少称奇童,十岁为诸生,试必高等。应行省试辄不售,乃弃举子业,潜心经史,为诗古文辞。久之,入京师,友人强之入太学试,吏部宋德宜得其文,惊曰:"今之震川也。"拔第一。例授州同,不就,后客宋牧仲所最久。牧仲谓韦布之士,以文章名海内者三人,侯朝宗、魏叔子、邵子湘也。朝宗文雄悍超轶,当者辟易,如项王瞋目一呼,楼烦目不能视,手不能发,盖气胜也。而或疑其本领犹薄,是非往往失实。叔子文不名一体,奥衍精卓切事理,而或者卤莽于经学,又其行文急于见法。子湘之文必依于道,醇而肆,简洁而雄深。大较英爽飙发不如朝宗,而根柢胜之;明切善议论不如叔子,而春容胜之。则鼎足而传于后,无疑。然叔子雅不以诗名,朝宗诗力追北地,而蹊径未化。子湘之诗,卓然名家,是又二子所瞿然退舍也。有《青门集》。渔洋亦谓其文为唐荆川以后一人云。

自侯、魏、汪、姜诸人,矫明末之风,振唐、归之绪,士多好古文者。及方苞出,其学独有传于后。于是所谓桐城派古文者,终清之世不绝。苞,字灵皋,桐城人,移居江宁,学者称"望溪先生"。少下笔为古文即工,与兄舟百川、同邑戴名世田有共相切磋。及田有以《南山集》下狱死,而望溪名日高。先是,望溪游京师,鄞万斯同奇之,告之曰:"勿读无益之书,勿为无益之文。"苞终身诵之,以为名言,遂一心穷经。《通志堂九经》,徐氏所雕,阅之三过,为文益峻洁。姜宸英编修见所作,叹曰:"后来之秀也。"江阴杨名时、河间魏廷珍以讲学相知契,甚推敬之。临川李绂,每议论不合,断断争之,退而未尝不交相许也。望溪生于康熙七年,举康熙四十五年进士,六十一年,充武英殿总裁。至乾隆十四年,年八十二始卒。其古文杂著,生平不自收拾,稿多散失。告归后,门弟子始为裒集成编,曰《望溪集》,并刊其说经之书。所为文以法度为主,尝谓"周秦以前,文之义法无一不备;唐宋以后,步趋绳尺,而犹不能无过差"。是以所作,上规《史》《汉》,下仿韩欧,不肯少轶于规矩之外,故大体雅洁。所论古人矩度与为文之道,颇能沉潜反覆而得其用意之所以然。望溪初至京师,见时辈言古文多称钱牧斋,尝私语汪武曹、何屺瞻曰:"牧斋文秽恶藏于骨髓,一如其人,有或效之,终不可涤濯。"武曹辈初讶之,既乃服其非过言。望溪极推同邑刘大櫆海峰有韩欧之才。姚鼐受学海峰,当时有"天下文章尽在桐城"之语。后人称桐城派,实自望溪始也。

方灵皋稿序　戴名世

始余居乡年少,冥心独往,好为妙远不测之文,一时无知者,而乡人颇用是姗笑。居久之,方君灵皋与其兄百川起金陵,与余遥相应和,盖灵皋兄弟亦余乡人而家于金陵者也。始灵皋少时,才思横逸,其奇杰卓荦之气,发扬蹈厉,纵横驰骋,莫可涯涘。已而自谓弗善也,于是收敛其才气,浚发其心思,一以阐发义理为主,而旁及于人情物态,雕刻炉锤,穷极幽渺,一时作者,未之或及也。盖灵皋自与余往复讨论,面相质正者且十年。每一篇成,辄举以示余,余为之点定评论,其稍有不惬于余心,灵皋即自毁其稿。而灵皋尤爱慕余文,时时循环讽诵,尝举余之所谓妙远不测者,仿佛想象其意境。而灵皋之孤行侧出者,固自成其为灵皋一家之文也。灵皋于《易》《春秋》训诂不依傍前人,辄时有独得;而余平居好言史法。以故余移居金陵,与灵皋互相师资,荒江墟市,寂寞相筹。而余多幽忧之疾,颓然自放,论古人成败得失,往往悲涕不能自已。盖用是无意于科举,而唾弃制义尤甚。乃灵皋叹时俗之波靡,伤文章之萎薾。颇思有所维挽救正于其间。今岁之秋,当路诸君子毅然廓清风气,凡属著才知名之士,多见收采,而灵皋遂发解江南。灵皋名故在四方,四方见灵皋之得售而知风气之将转也,于是莫不购求其文。而灵皋属余为序而行之于世。呜呼!自余与灵皋兄弟相率刻意为文,而佗傺失志,莫甚于余。回首少时以至今日,已多历年所。所为冥心独往者,至今犹或贻姗笑。今幸灵皋以其文行于世,而所谓维挽救正之者,灵皋果与有责焉。而百川之文,亦渐以流布于四方。则四方之士,所为赖以鼓舞振起者,独在方氏弟兄间,而余亦且持是以间执乡人之口也。于是乎书。

第三章　乾嘉文学

第一节　汉学及考证学之盛

明末才俊之士，痛矫时文之陋，薄今爱古，弃虚崇实。汉学之基，实启于此。顾炎武、黄宗羲、王夫之诸人，皆负绝人之姿，博极群书，考订经史，风气幡然一变。阎若璩、毛奇龄等接踵继起，校核益精，愈推愈密。江藩《汉学师承记》以阎若璩为冠，而顾、黄仅附载于后，谓其犹杂宋学也。要至乾嘉之际，惠、戴诸人既出，乃纯乎标汉学之帜耳。

阎若璩，字百诗。本太原人，徙居淮安。少读书颖悟，一时名士，如李太虚、方尔止、王于一、杜于皇辈，皆折辈行与交。年二十余，即疑《尚书》伪古文二十五篇之讹。沉潜三十余年，乃尽得其症结所在，作《尚书古文疏证》。平生于顾炎武、黄宗羲最所敬畏，然如宗羲之《明夷待访录》、炎武之《日知录》，若璩皆为指摘其谬。世宗在潜邸，手书延至京师，握手赐坐，呼先生而不名，索观所著书，每进一篇，未尝不称善。康熙四十三年卒，年六十九。当时毛奇龄亦好以辨驳说经，每历诋古人，议论锋起。然好为立异，若璩疑《古文尚书》，奇龄则为作冤词，以为非伪。至他所考订，多为后之言汉学者所据依。又著《古今通韵》，以诎顾炎武、李因笃之说。且精于乐律，文词富赡。明亡后，尝变姓名避仇。一日在淮上，中秋夜乘醉赋《明河篇》六百余言，及旦传写殆遍。施愚山还自京师，见之惊曰："此必吾友毛生者也。"后漫游四方，作《续哀江南赋》万余言。他诗文皆典丽敏捷，又善乐府剧曲，为时所诵。康熙十七年，应博学鸿词，授检讨，纂修《明史》。康熙五十二年卒，年六十九。奇龄，萧山人，字大可，又名甡。著书数百卷，学者称"西河先生"。

阎潜邱、毛西河外，如胡渭、顾祖禹、张尔岐、马骕，其为学俱以考订为主，亦汉学之先导也。要自惠氏祖孙，而汉学始有统绪可理。惠周惕，字元龙，吴县人。子士奇，字天牧，自号半农。士奇子栋，字定宇，号松崖。惠氏世治经术,以汉学为归。而松崖承家学,益为精博,所著有《周易述》《易汉学》《九经古义》等。松崖所友善者,沈彤、沈大成;受业弟子最知名者,有余古农、江艮庭。同时如王光禄鸣盛、钱少詹大昕、戴编修震、王侍郎昶,皆尝执经问难,以师礼事之。钱少詹为松崖作传论曰:"宋以来,说经之书,盈屋充栋。高者蔑弃古训,自夸心得;下者剿袭人言,以为己有。儒林之名,徒为空疏藏拙之地。独惠氏世守古学,而先生所得尤深。拟之汉儒,当在何邵公、服子慎之间,马融、赵岐辈不能及也。"

戴震,字慎修,一字东原,休宁人。少时塾师授以《大学章句》,问其师曰:"此何以知为孔子之言而曾子述之? 又何以知为曾子之意而门人记之?"师曰:"朱文公说也。"问:"文公何时人?"曰:"宋人。""孔子、曾子何时人?"曰:"周人。""周、宋相去几何时?"曰:"几二千年矣。"曰:"然则文公何以知其然?"师不能对。自后读书,每字必求其义。得许氏《说文解字》,大好之,遂尽通《十三经注疏》。尝曰:"某自十七岁时,有志闻谓非求之六经孔孟不得,非从事于字义、制度、名物,无由以通其语言也。"及年二十时,以所学就正歙江先生永,尝称永学自汉经师康成后,罕其俦匹。齐召南见所作《考工记图》《屈原赋注》,恨不识其人。旋入京师,时纪编修昀、王编修鸣盛、钱编修大昕、王中书昶、朱编修筠,以学问名一时,见东原皆大叹服,遂馆于纪氏。南归见惠定宇先生于扬州,其学益进。乾隆三十八年,开四库馆。纪昀、裘曰修交荐之于朝,以举人召充纂修官。乙未会试不第,诏一体与殿试。授庶吉士。四十二年卒,年五十五。门人刊其著述为《戴氏遗书》。东原同时学者,郡人郑牧、方矩、程瑶田、汪龙,而瑶田名较著。弟子亲授业者,高邮王念孙,字怀祖,著《广雅疏证》。念孙子引之,能世其学,著《经义述闻》等书。又段大令玉裁,字若膺,一字懋堂,金坛人,官四川巫山知县,深于小学,有《说文解字注》《诗经小学录》。《汉学师承记》又谓卢学士文弨、纪相国昀、邵学士晋涵、任侍御大椿、洪舍人榜、汪孝廉元亮,于东原皆同志之友而问学焉。孔检讨广森则姻娅而执弟子之礼者也。懋堂之婿曰龚丽正,号暗斋,仁和人。外孙自珍,字璱人,并能传其学。故清之治汉学者,以惠、戴之传为最广。江都汪中荣甫，治经宗汉学，谓清诸儒崛起，接二千余年坠绪，若顾亭林、阎百诗、梅定九、胡朏明、惠定宇、戴东原，皆足继往开来。经学自亭林始开其端，河洛图书至胡氏而绌，中西推步至梅氏而精，力辟《古文》者阎氏也，专治汉《易》者惠氏也，及东原出而集大成焉。拟为作《六儒颂》。阮元《儒林传》，亟推张惠言之于孟虞《易》说，孔广森之于《公羊春秋》，为专家绝学。盖皋文实承惠氏之书，而檴轩本受戴氏之学，其渊源固有所自也。嘉、道以来，阳湖庄氏《公羊》之学，传于刘逢禄、龚自珍、宋翔凤，又今古学之辨渐明。陈乔枞父子之于《书》，陈立之于《公羊》，皆卓然为世所称。其余名家，指不胜屈，要自惠、戴启之矣。

第二节　乾嘉诗体

乾嘉时之诗人，有袁枚、沈德潜、蒋士铨、赵翼、黄景仁、张问陶等。是时，王贻上之神韵说，已渐不厌于众，于是沈德潜倡为格调说，袁枚倡性灵说。枚又与蒋士铨、赵翼称"乾隆三大家"。三家自为未及古人，然亦当时之选，不可以无述也。

袁枚，字子才，号简斋，钱塘人。生于康熙五十五年。乾隆四年进士，出为县令江南。年四十遽告归，辟一园于江宁城西，名曰"随园"，因以自号。嘉庆二年卒，年八十二。其诗文甚富，兼长四六，而诗体有时流于谐谑，不无轻佻之弊。赵翼诗亦间有此病。翼，字云松，号瓯北。江苏阳湖人。乾隆二十六年进士，以翰林出为县令。年六十罢归，遍历浙东山水，日与知友赋诗自娱。嘉庆十九年卒，年八十八。瓯北兼好考证之学，有《廿二史札记》《陔余丛考》等书。其诗才气纵横，庄谐并作。方欲刻集时，或评其诗曰："虽不能及杜子美，已过杨诚斋矣。"瓯北傲然曰："吾自为赵诗耳，安知唐宋？"蒋士铨，字心余，一字苕生，号清容，江西铅山人。乾隆二十二年进士。在翰林八年，奉母归乡，未几复起为御史。乾隆四十九年卒，年六十一。苕生诗时为凄怆激楚，异于袁赵二家。洪亮吉尝论三人之诗曰："袁简斋如通天神狐，醉后露尾。赵云松如东方正谏，时带谐谑。蒋心余如剑侠入道，尚余杀机。"

杜牧墓　袁枚

萧郎白马远从军,前日樊川吊紫云。客里莺花逢杜曲,唐朝春恨属司勋。高谈潞泽兵三万,论定扬州月二分。手折芙蓉来酹酒,有人风骨类夫君。

题蒋心余《归舟安稳图》二首　赵翼

桃花贴浪柳垂堤,一叶扁舟老幼齐。难得全家总高致,介之推母伯鸾妻。

采石矶头片月高,一千年后少诗豪。知君醉酒江天夕,尚有平生宫锦袍。

题文信国遗像　蒋士铨

遗世独立公之容,大节不夺公之忠。天已厌宋犹生公,一代正气持其终。小人纷纷作丞辅,公不见用且歌舞。朝廷相公国已亡,六尺之孤是何主？出入万死身提戈,天意不属尚奈何。十载幽囚就柴市,毅魄旦欲收山河。节义文章皆可考,状元宰相如公少。山中谁救六陵移,地下真惭一身了。乱亡无补心可怜,天以臣节烦公肩。不然狗彘草间活,借口顺运谋身全。俎豆忠贞遂公志,岭上梅花公再世。乡人谁复继前贤？一拜须眉一流涕。

三大家以外,学问尤博洽而兼有诗人之名者,则仁和杭世骏大宗,号堇浦;钱塘厉鹗太鸿,号樊榭。堇浦每言:"吾经学不如吴东壁,史学不如全谢山,诗学不如厉樊榭。"而齐次风特嗜堇浦诗,尝集苏诗及堇浦诗为一卷,题曰《苏杭集句》。樊榭尤精深峭洁,截断众流,于新城长水外,自树一帜。在大江南北,主盟坛坫,凡数十年,兼工诗余,擅南宋诸家之胜。堇浦、樊榭诗,虽工力较深,而三大家尤为当时江湖诗人所重云。

简斋弘奖气类,一时诗人,多荷引誉,闺阁女流,亦多执贽,有《随园女弟子诗》。章学诚作《妇学》,深讥无行文人、炫耀后生、猖披士女,为人心风俗之病,盖以讽简斋也。学诚,字实斋,会稽人。所著《文史通义》,颇论文章体例,可嗣子玄《史通》之后。当时诗格与袁、赵相近者,又有张问陶船山,遂宁人。而黄景仁仲则《两当轩诗》,才气豪放,惜其早世。自此以后,则推舒位铁云、陈文述云伯工诗,可名一家。其余作者虽众,不可悉数矣。

第三节　桐城派及阳湖派之古文

康熙末,方望溪为古文,有重名于京师。见刘海峰文,大奇之。语人曰:"如苞何足言?同里刘生,乃韩、欧才尔。"自是天下皆闻刘海峰。海峰名大櫆,字耕南,桐城人。屡试不第。晚官黟县教谕,后归枞阳,不复出,卒年八十三。其古文喜学庄子,尤力追昌黎。姚姬传实从其游,于是言古文者称方、刘、姚。历城周书昌曰:"天下文章,尽在桐城矣。"此桐城派之名所由起,犹前世所称江西诗派者也。

姚姬传,名鼐,一字梦谷。世父范,学者称"姜坞先生",与同里刘海峰善,于是姬传受古文法于海峰。中乾隆二十八年进士,选庶吉士,历山东、湖南副考官。四库馆开,为纂修官。后归里,主梅花、钟山、紫阳、敬敷诸讲席,凡四十年。嘉庆二十年九月卒于钟山,年八十有五。有《惜抱轩集》。自望溪方氏为文章上接震川,推文家正轨,刘海峰继之。姬传亲问法于海峰,然自以所得为文,不尽用海峰法也。论者谓望溪之文质,恒以理胜;海峰以才胜,学或不及;惟姬传理与文兼至。歙吴殿麟,名定,亦海峰高弟。姬传在扬州,与殿麟居最久。有所作辄示殿麟,所不可即窜易数四,必得当乃已。殿麟有《紫石泉山房集》。新城鲁絜非以文名江右,始受学建宁朱梅崖,梅崖于当世之文少许可,独心折姬传。絜非乃渡江造访,使诸甥陈用光等问业焉。梅崖,名仕诱,乾隆辛未进士。选庶吉士,改知县,寻改教授以归。先是,闽中古文推蓝鹿洲鼎元,至梅崖益精卓成家。其论文谓始当力抗周、秦、两汉,与荀、屈、扬、马诸子搏,必伏而醢其脑;然后导而汇之韩、柳、欧阳、王、曾,若首受而尾逆也;及晚而反覆遵岩、震川诸家,心愈降而客气尽。于是奇辞奥旨,不合道者鲜矣。有《梅崖居士集》。絜非,名九皋,原名仕骥,有《山木居士集》。

用光,字硕士,有《太乙舟文集》。

复鲁絜非书　姚鼐

桐城姚鼐顿首,絜非先生足下:相知恨少,晚遇先生。接其人,知为君子矣;读其文,非君子不能也。往与程鱼门、周书昌尝论古今才士,惟为古文者最少。苟为之,必杰士也,况为之专且善如先生乎!辱书引义谦而见推过当,非所敢任。鼐自幼迄衰,获侍贤人长者为师友,剽取见闻,加臆度为说,非真知文、能为文也。奚辱命之哉?盖虚怀乐取者,君子之心。而诵所得以正于君子,亦鄙陋之志也。鼐闻天地之道,阴阳刚柔而已。文者,天地之精英,而阴阳刚柔之发也。惟圣人之言,统二气之会而弗偏,然而《易》《诗》《书》《论语》所载,亦间有可以刚柔分矣。值其时其人,告语之体各有宜也。自诸子而降,其为文无弗有偏者。其得于阳与刚之美者,则其文如霆,如电,如长风之出谷,如崇山峻崖,如决大川,如奔骐骥;其光也,如杲日,如火,如金镠铁;其于人也,如凭高视远,如君而朝万众,如鼓万勇士而战之。其得于阴与柔之美者,则其文如升初日,如清风,如云,如霞,如烟,如幽林曲涧,如沦,如漾,如珠玉之辉,如鸿鹄之鸣而入寥廓;其于人也,谬乎其如叹,邈乎其如有思,暖乎其如喜,愀乎其如悲。观其文,讽其音,则为文者之性情形状,举以殊焉。且夫阴阳刚柔,其本二端,造物者糅,而气有多寡进绌,则品次亿万,以至于不可穷,万物生焉。故曰:"一阴一阳之为道。"夫文之多变亦若是已。糅而偏胜可也,偏胜之极,一有一绝无,与夫刚不足为刚、柔不足为柔者,皆不可以言文。今夫野人孺子闻乐,以为声歌弦管之会尔;苟善乐者闻之,则五音十二律,必有一当,接于耳而分矣。夫论文者,岂异于是乎?宋朝欧阳、曾公之文,其才皆偏于柔之美者也。欧公能取异己者之长而时济之,曾公能避所短而不犯。观先生之文,殆近于二公焉。抑人之学文,其功力所能至者,陈理义必明当,布置取舍、繁简廉肉不失法,吐辞雅驯不芜而已。古今至此者,盖不数数得。然尚非文之至。文之至者,通乎神明,人力不及施也。先生以为然乎？惠寄之文，刻本固当见与，钞本谨封还。然钞本不能胜刻者，诸体中书、疏、赠序为上，记事之文次之，论辨又次之。鼐亦窃识数语于其间，未必当也。《梅崖集》果有过人处，恨不识其人。郎君、令甥皆美才，未易量，听所好恣为之，勿拘其途可也。于所寄文，辄妄评说，勿罪，勿罪！秋暑，惟体中安否？千万自爱。七月朔日。

姬传高弟，又有刘孟涂、管异之、梅伯言、方东树、姚石甫。而同时恽子居、张皋文亦为古文，后人或别之曰阳湖派。然其学亦出自海峰。故桐城派与阳湖派，渊源非有二也。陆祁孙《七家文钞序》曰：

尝论贤人君子，其才分各有所优绌，而或挟一端以自引重，则荒江老屋之间，有薄卿相而不为者矣。夫文之为道，非所云一端者耶？然而庐陵、眉山、南丰、新安而后，历金元明之久，仅得震川、荆川、遵岩三家。欲求一人而四之，虽刘王两文成，或且退然未敢自信，况其他哉？我朝自望溪方氏别裁诸伪体，一传为刘海峰，再传为姚惜抱。桐城一大县耳，而有三君子接踵辉映其间，可谓盛矣。然世之沉溺于伪体者，固未尝一日而息。朱梅崖所处僻远，彭秋士年少，心孤口众，徒能自守而已，有志之士所为慨息也。吾常自荆川之殁，此道中绝。后有作者，复趋于歧途以要一时之誉。乾隆间钱伯坰、鲁思亲受业于海峰之门，时时诵其师说于其友恽子居、张皋文二子者，始尽弃其考据骈俪之学，专志以治古文。盖皋文研精经传，其学从源而及流；子居泛滥百家之言，其学由博而反约。二子之致力不同，而其文之澄然而清，秩然而有序，则由望溪而上求之震川、荆川、遵岩，又上而求之庐陵、眉山、南丰、新安，如一辙也。夫君子之于学也，期与一世共明之，而非以为名也。非以为名，则自为之，与他人为之无以异也。以二子之才与识，而治古文，实自鲁思发之。君子以为鲁思之于文也，贤于其自为也。嗟乎！鲁思、惜抱以老寿终，而子居、皋文齿犹未也，乃皆不幸溘逝，遗书虽盛行于世，学者犹未能倾心宗仰。每与薛玉堂画水言之,相顾浩叹,画水因出其向所点定二子之文,又吴德旋仲伦所选梅厓、秋士文各十余篇,益以桐城三集,以命继辂,俾择其尤雅者,都为一篇,目曰《七家文钞》,聊以便两家子弟诵习云尔。非文之止于七家,与七家之文之尽于是编也。异时有志之士,效法而兴起者日益众。皇朝之文,将如班固所称"炳焉与三代同风",则虽以此书为乘韦之先,吾知七君子者,必欣然乐之,不以为忤也。

观此则海峰实桐城、阳湖二派之宗。阳湖诸子,先多好为骈体,故其词藻俊赡。然行文之波澜法度,固不能异于桐城也。子居,名敬,一号简堂。举乾隆四十八年乡试,充官学教习。居京师与同州张皋文友善,商榷经义,治古文。后授富阳知县,历官至南昌府吴城同知。皋文名惠言,经学湛深,著述甚富。官至编修。嘉庆七年卒,年四十二。有《茗柯文集》。子居闻皋文殁,慨然曰:"古文自元明以来渐失其传,吾向不多作者,以有皋文在也。今皋文死,吾当并力为之。"论者谓子居之文,得力于韩非、李斯,与苏明允相上下,近法家言,叙事似班孟坚、陈承祚。嘉庆二十二年卒,年六十一。有《大云山房文集》。此外世所称为阳湖派者,有陆继辂、董士锡、李兆洛等,皆有集行于世。

第四节　骈文及词体

有清一代,文学虽不逮于古,而骈文及小词之体,独盛于前世。乾嘉之际,作者尤众。自宋以来作四六者,皆以古文气势行之,略无情藻之美。清初诸人始渐效六朝、初唐。词自南宋以后,元季明初,降为曲调,多率意之作。正嘉之间,虽竞好拟古,而词格终乏雅音。清之词家,始字琢句炼,有美成、白石之遗。小令佳者,或足比肩五代。故清之骈体、小词,均元明所不及。且作家之著者,不啻数十百家,至于乾嘉而极盛矣。亦一时风尚使然也。

清初骈文家,当推毛西河、陈其年。西河不以骈文名,而所作颇合六朝矩矱。其年骈体,本与江都吴绮园次、钱塘章藻功岂绩,并有声誉。然园次才弱,岂绩欲以新巧胜二家,又遁为别调,譬诸明代之诗。其年导源庾信,才力富健，如李崆峒之学杜。园次追步李义山，如何大复之近中唐。岂绩纯用宋格，则公安、竟陵之流亚也。其年尝曰："吾胸中尚有骈文千篇，特未暇写出耳。"汪尧峰曰："唐以前不敢知。自开宝后七百年，无此等作矣。"尧峰少许可，其言如此，故清初骈文，宜以其年为冠。当时尤西堂侗熟于《骚》《选》，亦间作俪词，杂为谐谑游戏之文，有伤大雅，非其年之匹也。至乾隆初，山阴胡天游稚威工四六文，得唐燕、许之遗。稚威兼善诗、古文，有《石笥山房集》。袁简斋尤心折之，曰："吾于稚威，则师之矣。"简斋所作，亦才笔纵放，间以议论。此外惟昭文邵齐焘荀慈、阳湖洪亮吉稚存、江都汪中容甫最胜。邵文清简，洪文疏纵，汪文狷洁。然或又以汪、洪并称。汪不逮洪之奇，洪不逮汪之秀。综清代骈体，或无出汪、洪之右者也。与荀慈同为骈俪之文者，又有王太岳芥子、武进刘星炜圃三、钱塘吴锡麒穀人、南城曾燠宾谷、全椒吴鼐山尊，其体制皆在初唐四杰之间。余如孔檦轩、董方立，亦有佳篇。曾宾谷所录《骈体正宗》，则于当时诸人，略已具矣。

自序　汪中

昔刘孝标自序平生，以为比迹敬通，三同四异。后世诵其言而悲之。尝综平原之遗轨，喻我生之靡乐，异同之故，犹可言焉。夫亮节慷慨，率性而行，博极群书，文藻秀出，斯惟天至，非由人力。虽情符曩哲，未足多矜。余玄发未艾，野性难驯。麋鹿同游，不嫌摈斥。商瞿生子，一经可遗。凡此四科，无劳举例。孝标婴年失怙，薮是流离，托足桑门，栖寻刘宝。余幼罹穷罚，多能鄙事，赁舂牧豕，一饱无时。此一同也。孝标悍妻在室，家道撼轲。余受诈兴公，勃谿累岁，里烦言于乞火，家构衅于蒸梨，蹀躞东西，终成沟水。此二同也。孝标自少至长，戚戚无欢。余久历艰屯，生人道尽，春朝秋夕，登山临水，极目伤心，非悲则恨。此三同也。孝标凤婴羸疾，虑损天年。余药裹关心，负薪永旷，鳏鱼嗟其不瞑，桐枝惟余半生，鬼伯在门，四序非我。此四同也。孝标生自将家，期功以上，参朝列者，十有余人，兄典方州，余光在壁。余衰宗零替，顾景无俦，白屋藜羹,馈而不祭。此一异也。孝标倦游梁、楚,两事英王,作赋章华之宫,置酒睢阳之苑,白璧黄金,尊为上客,虽车耳未生,而长裾屡曳。余簪笔佣书,倡优同畜,百里之长,再命之士,苞苴礼绝,问讯不通。此二异也。孝标高蹈东阳,端居遗世,鸿冥蝉蜕,物外天全。余卑栖尘俗,降志辱身,乞食饿鸱之余,寄命东陵之上,生重义轻,望实交陨。此三异也。孝标身沦道显,藉甚当时,高斋学士之选,安成《类苑》之编,国门可悬,都人争写。余著书五车,数穷覆瓿,长卿恨不同时,子云见知后世,昔闻其语,今无其事。此四异也。孝标履道贞吉,不干世议。余天谗司命,赤口烧城,笑齿啼颜,尽成罪状,跬步才蹈,荆棘已生。此五异也。嗟乎！敬通穷矣,孝标比之,则加酷焉。余于孝标,抑又不逮。是知九渊之下,尚有天衢;秋荼之甘,或云如荠。我辰安在？实命不同。劳者自歌,非求倾听。目瞑意倦,聊复书之。

与孙季逑书　洪亮吉

季逑足下:仆远阅千里,不觏一士。日惟陈书,俯仰宇宙。夜或秉烛,驱役魂梦。昨已冬始,寒尤逼人。狂风一来,吹卷出户。稍迟未觅,已过墙外。南邻朽桑,虫厚逾寸。败叶既尽,时来啮人。车声过巷,床几皆动。土既不实,倏陷窟穴。离离黄蒿,乃长屋角。闲塵积吉,反不生草。地幸稍远,掩户避客。偶出酬接,皆至失欢。一再以思,未识何故。计念足下,顾恋坟墓。思遂南归,寄迹丙舍。而田不满顷,松才盈寸。沟水未活,溪桥不成。以此数事,尚迟年载。当复移家近冢,就姊谋居,对鹊营巢,徙鱼筑宅。林花悦魂,水鸟养性,招邀耆童,呵叱邻狗。一墓之外,更筑生圹。门皆东开,易见日月;穴必西向,昵就父母。松阴一树,承以梅株;鱼田半顷,围此蟹籪。更望足下,能来同之。当于屋旁,为构数室。赡身之具,取给园蔬;归魂之棺,仰此林木。时直霜露,言罗鸡豚。祀亲之余,谋以醉客。如此数岁,即复奄忽,良可不恨。嗟乎！积痒之士,寡至四十者。况开箧而视,已有传书。入隧以观,全具骨肉。后世知我,不详何人。及身而思,惟有足下。自非亲昵,谁能深言？勉谋飧饔,幸蓄光彩。

曾宾谷所选之佳者，尚有孙渊如、彭甘亭、刘芙初、吴巢松、乐莲裳诸人。甘亭选学最深，亦颇为选所累，捋扯太多，真气不出。要是骈文正宗，芙初、巢松诸人，婉约峭蒨，致足赏心，而文气已薄。如郭频伽辈，故为拗体，笔意似雅，边幅甚窘。此外如王仲瞿，虽有奇气，乃野狐禅。姚复庄欲开生面，亦颇犯此弊。晚近作者尤众，抑又下也。

清初如吴梅村、毛大可、朱竹垞、陈其年、王贻上、彭羡门之伦，均善倚声。而纳兰容若之《饮水词》《侧帽词》，独为一时之冠。盖其情致旖旎，不徒模拟古人，亦所自得者多也，小令尤善。此外如顾贞观、曹贞吉，抑亦其亚。要之此事清初最盛，善言风怀，不失古意。乾嘉以来，作者虽众，往往文胜而意浅。厉太鸿、黄仲则、张皋文、郭频伽诸家，略称较工，时有隽句，或通篇不能全称。近来竞追白石、梦窗，然貌合神离，又但如李于鳞之拟古矣。词家总集，如谭献《箧中词》录清代诸家甚备，选择亦精。

天仙子·闺情　成德

梦里蘼芜青一剪，玉郎经岁音书远。暗钟明月不归来，梁上燕，轻罗扇，好风又落桃花片。

酒泉子·无题　同上

谢却荼蘼，一片月明如水。篆香消，犹未睡，早鸦啼。嫩寒无赖罗衣薄，休傍阑干角。最愁人，灯欲落，雁还飞。

踏莎美人·六桥　顾贞观

湿翠群山，柔丝几树，当年倾国曾来处。前溪溪畔是谁招，觅个藕花丛里，暂停桡。

烟霭横空，露华如雨，催归却讶舟人语。西南风紧上轻潮，待得月明同倚，水仙桥。

疏影·蛛网　曹贞吉

柔丝几缕,学柔肠乱结,檐牙低处。雨湿还明,一任风吹,时有暗尘凝聚。多情惯恼闲蜂蝶,更惹遍、落英飞絮。忆那回、拂面牵衣,也解暂留人住。　　一一疏篱都冒,看晚红屋角,又添如许。记得前宵,钿盒齐开,输与痴呆儿女。怪他不碍愁城路,只隔断、梦魂来去。把花枝、欲拭还休,独自凭阑情绪。

暗香·红豆　朱彝尊

凝珠吹黍,似早梅乍萼,新桐初乳。莫是珊瑚,零落敲残石家树。记得南中旧事,金齿屐、小鬟蛮女。向两岸、树底盈盈,抬素手摘新雨。　　延伫,碧云暮。休逗入茜裙,欲寻无处。唱歌归去,先向绿窗饲鹦鹉。惆怅檀郎路远,待寄与、相思犹阻。烛影下、开玉合,背人暗数。

蝶恋花·闺思　王士禛

凉夜沉沉花漏冻。欹枕无眠,渐觉荒鸡动。此际闲愁郎不共,月移窗罅春寒重。忆共锦衾无半缝。郎似桐花,妾似桐花凤。往事迢迢徒入梦,银筝断续连珠弄。

丑奴儿慢　黄景仁

日日登楼,一日换一番春色,者似卷如流春日,谁道迟迟?一片野风吹草,草背白烟飞。颓墙左侧,小桃放了,没个人知。　　嫣然一笑,分明记得,三五年时。是何人、挑将竹泪,粘上空枝?请试低头,影儿憔悴浸春池。此间深处,是伊归路,莫惹相思。

第四章　清代之戏曲小说

　　清初文人，亦偶为剧曲，如王船山、吴梅村、毛西河等，皆间有所作。尤悔庵亦有名。世俗所流行，则无过李笠翁之《十种曲》、孔云亭之《桃花扇》也。

　　《渔洋诗话》曰："吴郡尤悔庵工乐府……流传禁中，世祖屡称其才。既而世庙升遐，尤一为永平推官，以细故罢去，归吴中，时时以乐府寓其感慨。所作《桃花源》《黑白卫》二传奇，尤为人脍炙。予尝寄诗曰：'南苑西风御水流，殿前无复按梁州。凄凉法曲人间遍，谁付当年菊部头？''猿臂丁年出塞行，灞陵醉尉莫相轻。旗亭被酒何人识？射虎将军右北平。'尤为泣下。康熙己未，尤以召试入翰林，为检讨。"又曰："梅村先生之《通天台》，尤悔庵之《黑白卫》《李白登科》，激昂慷慨，可使风云变色。自是天地间一种至文，不敢以小道目之。"

　　李笠翁，名渔，兰溪人，寓居钱塘，亦明之遗臣。十种曲者，《风筝误》《慎鸾交》《奈何天》《怜香伴》《比目鱼》《意中缘》《玉搔头》《蜃中楼》《巧团圆》《凰求凤》十种，皆喜剧也。虽词采未称，亦颇滑稽动俗。笠翁又有《十二楼》及《镜花缘》等小说，亦颇极诙嘲之趣。

　　《随园诗话》曰："李笠翁词曲尖巧，人多轻之。然其诗有足采者，如《送周参戎之蒲阳》云：'儒将从来重，君其髯绝伦。三迁无喜色，百战有完身。灰里求遗史，刀边活故人。仙华名胜地，细柳正堪屯。'《婺宁庵》云：'谁引招提路，随云上小峰。饭依香积煮，衣倩衲僧缝。鼓吹千林鸟，波涛万壑松。'《楞严》听未阕，归计且从容，尤展成赠云：'十郎才调本无双，双燕双莺话小窗。送客留髡休灭烛，要看花影照银缸。'"

　　袁于令之《西楼记传奇》当时亦有名。宋荦《筠廊偶笔》：袁箨庵以《西楼传奇》得盛名，与人谈及辄有喜色。一日出饮归，月下肩舆过一大姓门，其家方燕宾，演《霸王夜宴》。舆人曰："如此良夜，何不唱'绣户传娇语'，乃演《千金记》？"箨庵狂喜几堕舆。

《桃花扇》传奇出于康熙三十九年，云亭山人孔尚任作。尚任，字季重，号东塘，有《桃花扇》及《小忽雷》二传奇，而《桃花扇》最行。又尝著《阙里志》。《桃花扇》或以为可嗣玉茗，共四十四出。虽叙丽情，而尤致意于兴亡之恨。此外则推洪昉思之《长生殿》最为杰作矣。

《长生殿》传奇共五十出，钱塘洪昇昉思作。方传奇初成扮演，置酒高会，名流咸集，时尚在国恤，翰林院编修赵执信亦至。忌执信者以闻，遂与昉思俱斥。五十余年，以殁。《文献征存录》曰："昉思，上舍生，遭家难流寓困穷，备极坎壈。康熙甲申自苕霅还，落水死。有《稗村集》，王士禛所定也。……有《公子行》云：'春明门外酒楼高，称体新裁蜀锦袍。花里一声歌《子夜》，当筵脱与郑樱桃。'……朱彝尊有酬洪昇诗云：'金台酒坐擘红笺，云散星离又十年。海内诗家洪玉父，禁中乐府柳屯田。梧桐夜雨词凄绝，薏苡明珠谤偶然。白发相逢岂容易，津头且缆下河船。'赵执信曰：'昉思故名族，遘患难携家居长安中，殊有学识。其诗引绳切墨，不顺时趋。虽及阮翁之门，而意见多不合。朝贵亦轻之，鲜与往还。见予诗乃大惊，求为友。久之，为《长生殿》传奇。非时演于查楼，观者如云，而言者独劾予。予至考功，一身任之，褫还田里，坐客皆得免。昉思亦被逐归。予游吴越间两见之，情好如故。后闻其饮郭外客舟中，醉后失足坠水，溺而死矣。'"

乾隆丁酉，巡盐御史伊龄阿，奉旨于扬州设局，修改曲剧，凡四年事竣。总校黄文旸、李经，分校凌廷堪、程枚、陈治、荆汝为。修改既成，黄文旸著有《曲海》二十卷。文旸，字时若，号平山，江都人。《曲海总目》见《扬州画舫录》中。其序云："乾隆辛丑间，奉旨修改古今词曲。予受盐使者聘，得与修改之列，兼总校苏州织造进呈词曲，因得尽阅古今杂剧传奇，阅一年事竣。追忆其盛，拟将古今作者，各撮其关目大概，勒成一书。既成为《总目》一卷，以记其人之姓氏。然作是事者多自隐其名，而妄者又多伪托名流以欺世，且其时代先后，尤难考核。即此《总目》之成，已非易事矣。"按其目凡金元以来至于清世诸作曲者，并见著录。后更兵燹，虽目犹存而原曲大半亡佚矣。

乾隆间作曲者，惟蒋苕生之《九种曲》最流行。苕生尝携所撰曲本，强袁简斋观之,曰:"先生只算小病一场,宠赐披览。"简斋为览数阕,赏其中二句云:"任汝忒聪明,猜不出天情性。"新畲笑曰:"先生毕竟是诗人,非曲客也。商宝意《闻雷》诗'造物岂凭翻覆手,窥天难用揣摩心',此我十一个字之蓝本也。"语载《随园诗话》。按二句系《空谷香曲》,为蒋曲九种之一。其曲云:"人间一点名,簿上三分命。百岁匆匆,打合穷愁病。劳劳过一生,自担承,把苦乐闲忙取次经。绽教身子随时挣,想起心儿异样疼,何堪听?霜钟月柝一声声,尽由他恁地聪明,也猜不透天情性。"

此外如桂未谷之《后四声猿》、舒铁云之《瓶笙馆修箫谱》,亦饶有古致。陈文述《颐道堂集·舒铁云传》:"铁云能吹笛鼓琴,度曲不失分寸。所作乐府院本脱稿,老伶皆可按简而歌,不烦点窜。"其余作者间有,而名制实罕也。

宋元以来,平话已盛,率用章回体。至明之末叶,李卓吾之流,又于平话缀以评论。至清初金圣叹出,特创评论新体,乃以《西厢》《水浒》与《庄》《骚》齐称。其言曰:"天下才子书有六:一《庄子》,二《离骚》,三《史记》,四杜诗,五《水浒传》,六《西厢记》。"皆一一为之评论。为文洸洋巧恣,雅俗杂糅,亦振奇之士也。圣叹本姓张名采,明亡后改姓金,名喟,字圣叹,后以事死狱中。尝以《水浒》胜《史记》,又胜他小说也。

清代章回小说,无不推《红楼梦》为第一。俞樾《小浮梅闲话》曰:"《红楼梦》一书,脍炙人口,世传为明珠之子而作。……明珠子名成德,字容若。《通志堂经解》每一种有纳兰成德容若序,即其人也。乾隆五十一年二月二十九日上谕:'成德于康熙十一年壬子科中举人,十二年癸丑科进士,十六岁。'则其中举人止十五岁,于书中所述颇合也。此书末卷自具著作者姓名,曰曹雪芹。袁子才《诗话》云:'曹栋亭,康熙中为江宁织造,其子雪芹撰《红楼梦》一书,备极风月繁华之盛。'则曹雪芹固有可考矣。又《船山诗草》有《赠高兰墅同年》一首云:'艳情人自说红楼注云:传奇《红楼梦》八十回以后,俱兰墅所补。'然则此书非出一手。按乡会试增五言八韵诗始乾隆朝,而书中叙科场事已有诗,则其为高君所补可证矣。"按《红楼梦》之作,其寄意所在,颇多异说。藉耳士(Giles)《中国文学史》则称其叙述男女四百四十八人,一一生动，各具本末，殊为难能，以拟之英伦小说家斐尔定（Fielding）（生于千七百七年，辛于千七百五十四年。）云。

此外章回小说之流行于世者甚众，兹姑就其习见而作者姓名可考者，略举于下。

钮琇《觚賸续》云："吴兴董说，字若雨。……余幼时曾见其《西游补》一书，俱言孙悟空梦游事，凿天驱山，出入老庄，而未来世界历日先晦后朔，尤奇。"按若雨亦明遗民之一也。

《柚堂续笔谈》曰："张博山先生，嘉兴人，与查声山宫詹僚婿也。幼聪敏，十四五时私撰小说未毕，父师见之，加以夏楚。其父执某为之解纷曰：'此子有异才，但书未毕，其心不死，我为足成之。'即《平山冷燕》也。"

刘廷玑《在园杂志》云："吴人吕文兆熊性情孤冷，举止怪僻。所衍《女仙外史》百回，亦荒诞。而平生学问心事，皆寄托于此。"

叶名澧《桥西杂记》云："坊间所刊《儒林外史》五十卷，全椒吴敬梓所著也。字敏轩，一字文木，乾隆间人。尝以博学鸿词荐，不赴。袭父祖业，甚富，素不习治生，性复豪上，不数年而产尽。醉中辄诵樊川'人生直合扬州死'之句，后竟如所言。程鱼门吏部为作传。"按《儒林外史》所述诸人，皆以讽当时名士，为近日讥刺派小说之宗。

其余小说，世多有之，不能一一论列。惟近所行《蟫史》，云是王仲瞿作。而《七侠五义传》，相传经俞荫甫改定者，其叙述处皆有可观。

第五章　道咸以后之文学及八股文之废

嘉庆以后,学者多高语周、汉、秦、魏,薄清淡简朴之文,如仁和龚自珍瑟人,邵阳魏源默深。其为文皆出入诸子,往往有奇气。而上元梅曾亮伯言,独绍姚姬传之学,以教门人,湘乡曾涤生起而和之,则桐城一派复盛。至于道咸之际,士之为古文者,何其众也! 虽当洪、杨倡革命之军,海内云扰,而讲艺著文之风不绝,岂非导扬而振厉之者有其人耶? 涤生《欧阳生文集序》述乾隆以降桐城派授受渊源甚详。具录如下:

乾隆之末,桐城姚姬传先生鼐,善为古文辞。慕效其乡先辈方望溪侍郎之所为,而受法于刘君大櫆,及其世父编修君范。三子既通儒硕望,姚先生治其术益精。历城周永年书昌为之语曰:"天下之文章,其在桐城乎!"由是学者多归向桐城,号"桐城派"。犹前世所称江西诗派者也。姚先生晚而主钟山书院讲席。门下著籍者,上元有管同异之、梅曾亮伯言,桐城有方东树植之、姚莹石甫。四人者,称为高第弟子。各以所得,传授徒友,往往不绝。在桐城者,有戴钧衡存。庄事植之久,尤精力过绝人。自以为守其邑先正之法,襢之后进,义无所让也。其不列弟子籍,同时服膺,有新城鲁仕骥絜非、宜兴吴德旋仲伦。絜非之甥为陈用光硕士。硕士既师其舅,又亲受业姚先生之门。乡人化之,多好文章。硕士之群从,有陈学受蓺叔、陈溥广敷,而南丰又有吴嘉宾子序,皆承絜非之风,私淑于姚先生。由是江西建昌有桐城之学。仲伦与永福吕璜月沧交友,月沧之乡人有临桂朱琦伯韩、龙启瑞翰臣、马平王拯定甫,皆步趋吴氏、吕氏,而益求广其术于梅伯言。由是桐城宗派,流衍于广西矣。昔者,国藩尝怪姚先生典试湖南,而吾乡出其门者,未闻相从以学文为事。既而得巴陵吴敏树南屏,称述其术,笃好而不厌。而武陵杨彝珍性农、善化孙鼎臣芝房、湘阴郭嵩焘伯琛、溆浦舒焘伯鲁,亦以姚氏文家正轨,违此则又何求？最后得湘潭欧阳生。生，吾友欧阳兆熊小岑之子，而受法于巴陵吴君、湘阴郭君，亦师事新城二陈。其渐染者多，其志趣嗜好，举天下之美，无以易乎桐城姚氏者也。当乾隆中叶，海内魁儒畸士，崇尚鸿博，繁称旁证，考核一字，累数千言不能休。别立帜志，名曰"汉学"。深摈有宋诸子义理之说，以为不足复存，其为文尤芜杂寡要。姚先生独排众议，以为义理、考据、词章，三者不可偏废。必义理为质，而后文有所附，考据有所归。一编之内，惟此尤兢兢。当时孤立无助，传之五六十年。近世学子，稍稍诵其文，承用其说。道之废兴，亦各有时，其命也欤哉！自洪杨倡乱，东南荼毒。钟山石城，昔时姚先生撰杖都讲之所，今为犬羊窟宅，深固而不可拔。桐城沦为异域，既克而复失。戴钧衡全家殉难，身亦欧血死矣！余来建昌，问新城、南丰兵燹之余，百物荡尽，田荒不治，蓬蒿没人，一二文士转徙无所。而广西用兵九载，群盗犹汹汹，骤不可爬梳。龙君翰臣又物故。独吾乡少安，二三君子尚得优游文学，曲折以求合桐城之辙。而舒焘前卒，欧阳生亦以瘵死。老者牵于人事，或遭乱不得竟其学；少者或中道夭殂。四方多故，求如姚先生之聪明早达，太平寿考，从容以跻于古之作者，卒不可得。然则业之成否又得谓之非命也耶？欧阳生名勋，字子和，殁于咸丰五年三月，年二十有几。其文若诗，清缜喜往复，亦时有乱离之慨。庄周云："逃空虚者，闻人足音跫然而喜。而况昆弟亲戚之謦欬其侧者乎？"余之不闻桐城诸老之謦欬也久矣！观生之为，则岂直足音而已！故为之序，以塞小岑之悲，亦以见文章与世变相因，俾后之人得以考览焉。

按姬传受业姜坞（姚范），后与殿麟（吴定）、悔生（王灼）师海峰。台山（罗有高）、絜非（鲁九皋）师梅崖（朱仕琇）。硕士（陈用光）学于絜非，更事姬传。姬传之徒，伯言、异之（管同）、孟涂（刘开）、植之（东方树）最著。硕士行辈差先。伯言其年家子，异之典试所得士也。仲伦（吴德旋）、春木（姚椿）、生甫（毛岳生）出姬传门少后。姜坞曾孙硕甫（姚莹）亦姬传高第弟子，而名业特显，不徒以文称。秋士(彭绩)品诣孤峻,尺木(彭绍升)其族子,究心理学,尤与台山善。子居(恽敬)、皋文(张惠言)私淑海峰,同时拔起者,小岘(秦瀛)、祁孙(陆继辂)其尤也。湘皋(邓显鹤)善硕甫,月沧(吕璜)归向桐城,尝问道于仲伦、春木,以所学倡于粤西。其乡人伯韩(朱琦)、翰臣(龙启瑞)亦请业伯言。子序(吴嘉宾)、通甫(鲁一同)、位西(邵懿辰)、子余(孙鼎臣),皆从伯言讲论者也。石州(张穆)以朴学鸣,与伯言论不合。鲁川(冯志沂)兼师两人。异之子小异(管嗣复)传父业而早卒。植之之门,惟存庄(戴钧衡)著称。曾涤生自以粗解文章,由姚先生启之。其《欧阳生文集序》,吴南屏不以为然。然南屏为文,固实不出桐城派之绪论也。最近惟吴汝纶挚甫、张裕钊廉卿为文守桐城家法云。

咸同以来,宿学老师,遗风未沫。承其流者,经学考据则俞樾、戴望,骈体小词则李慈铭、谭献,皆不愧一时之选。光绪以后,诽议杂兴,或以桐城派局于议论,遂有复尚龚自珍、魏源之文,恣为驰骋开阖之致。于是新闻评议之书,竟盛于世矣。

综而论之,则清之文学,不逮于明,明文不逮宋元。殆皆经义八股之弊,深著人心。有以汩其聪明材智,使莫能自进于高明广大之域。此盖明以来有识之士,所为深讥而屡叹也。盖科场程试,其束缚之方法最严。既定之以八比之式,又限其修短之制。明郎瑛《七修类稿》云:"本朝科场,自洪武三年第一场经义,限五百字;四书义一篇,限三百字。第二场礼乐论,限三百字。第三场时务策一道,一千字以上。"按此即清制限字之所由始也。清俞正燮《癸巳存稿》云:"康熙七年,定乡、会试复用八股时文,限五百五十字。二十年,限六百五十字。……四十五年三月,陈廷敬奏'会元尚居易,首篇一千二百余字。向来作文不得过六百五十字,所作违例,应斥革',从之。乾隆四十三年,复限以七百字。"夫以发挥义理之事,而限其字数,使言者不得尽其辞,已为无理。及其末流,考官欲避剿袭之弊,乃好割截经文上下句命题,谓之截搭,尤属可怪。倪鸿《桐阴清话》曰:咸丰丁巳,河南学使俞樾出题多割裂。如试武陟县题曰《苟为无本七》,试修武县题曰《王知夫苗乎七》,试林县题曰《户求水》,诸如此类,不胜枚举。合场哗然,几至罢考。为御史河南曹芗溪登庸弹劾,奉旨革职。因忆嘉庆间歙县鲍觉生侍郎桂星督学河南时,出题亦多割裂。士子逐题作诗嘲之云:"礼贤全不在胸中,扭转头来只看鸿。一目如何能四顾,本来孟子说难通。"(顾鸿)"世间何物最为凶?第一伤人是大虫。能使当先驱得去,其余慢慢设牢笼。"(驱虎)鲍、俞皆一时名士,尚犹如此,其余更无论矣。以文为戏,未有甚于此者也。光绪庚子以后,始废八股试士之法,此为近数百年文学上之一大变。甫及十年,遂革命。故文学复兴之功,正所望于继今以往耳。